KB047846

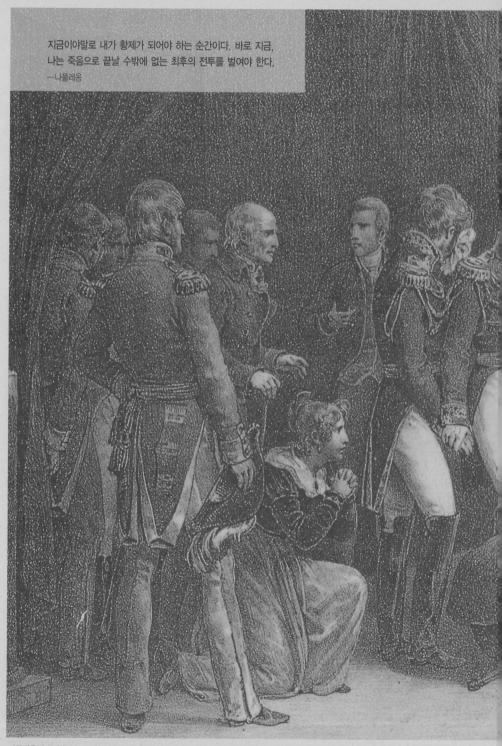

지금이야말로 내가 황제가 되어야 하는 순간이다. 바로 지금,
나는 죽음으로 끝날 수밖에 없는 최후의 전투를 벌여야 한다.
―나폴레옹

나폴레옹의 죽음(1821.5.5) C. 몰트(석판화).

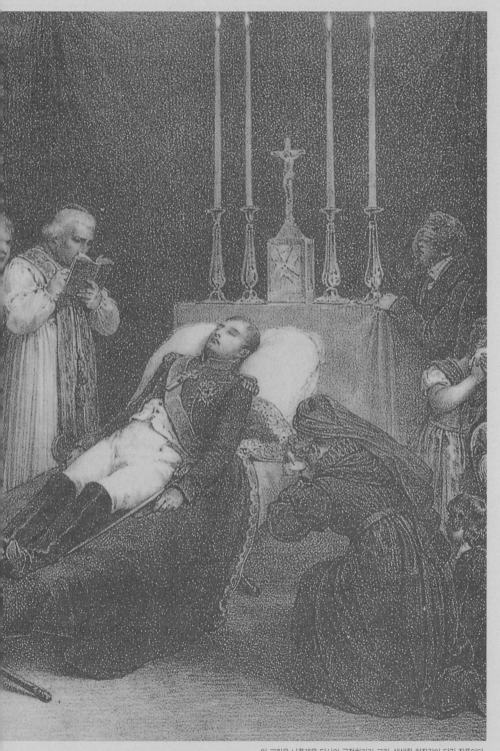

이 그림은 나폴레옹 당시의 궁정화가가 그린, 생생한 현장감이 담긴 작품이다.

나폴레옹
5

NAPOLÉON
by Max Gallo

Copyright © Éditions Robert Laffont, Paris, 1997
Korean Translation Copyright © 1998 by MUNHAKDONGNE Publishing Corp.
All rights reserved.

This Korean edition is published by arrangement with
Éditions Robert Laffont, Paris through Sibylle Books Literary Agency, Seoul.

이 책의 한국어판 저작권은 시빌 에이전시를 통해
프랑스 로베르라퐁사와 독점 계약한 (주)문학동네에 있습니다.
저작권법에 의해 한국 내에서 보호를 받는 저작물이므로
무단 전재 및 무단 복제를 금합니다.

이 도서의 국립중앙도서관 출판예정도서목록(CIP)은
서지정보유통지원시스템 홈페이지(http://seoji.nl.go.kr)와
국가자료공동목록시스템(http://www.nl.go.kr/kolisnet)에서 이용하실 수 있습니다.
(CIP제어번호: CIP2017015887)

나폴레옹
NAPOLÉON

5

불멸의 인간

막스 갈로 장편소설 | 임헌 옮김

문학동네

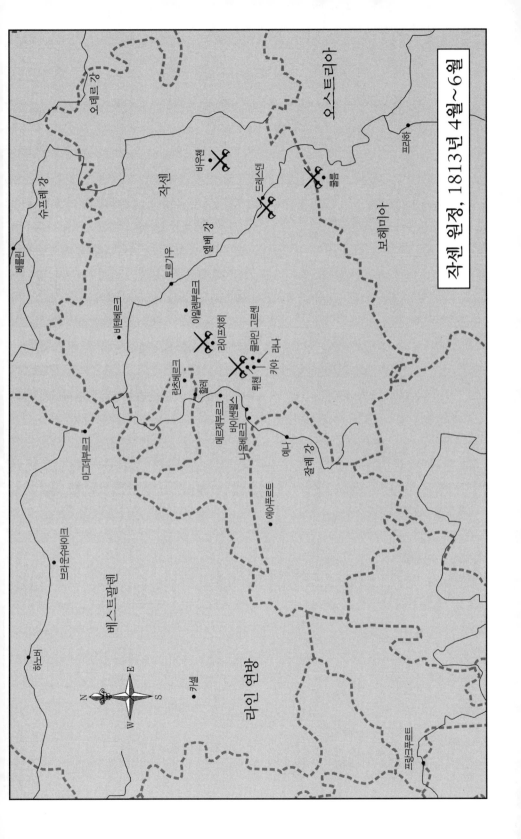

작센 원정, 1813년 4월~6월

오스트리아

프라하

보헤미아

바우첸 ⚔

드레스덴 ⚔

쿨름 ⚔

작센

엘베 강

토르가우

아일렌부르크

라이프치히 ⚔

뭘딘 고크셰

뤼첸 ⚔

키야 레나

엘스터 강

오데르 강

슈프레 강

베를린

비텐베르크

린츠베르크

할레

메르제부르크

바이센펠스

나움부르크

에어푸르트

에나

마그데부르크

브라운슈바이크

하노버

카셀

프랑크푸르트

베스트팔렌

라인 연방

N
E
S
W

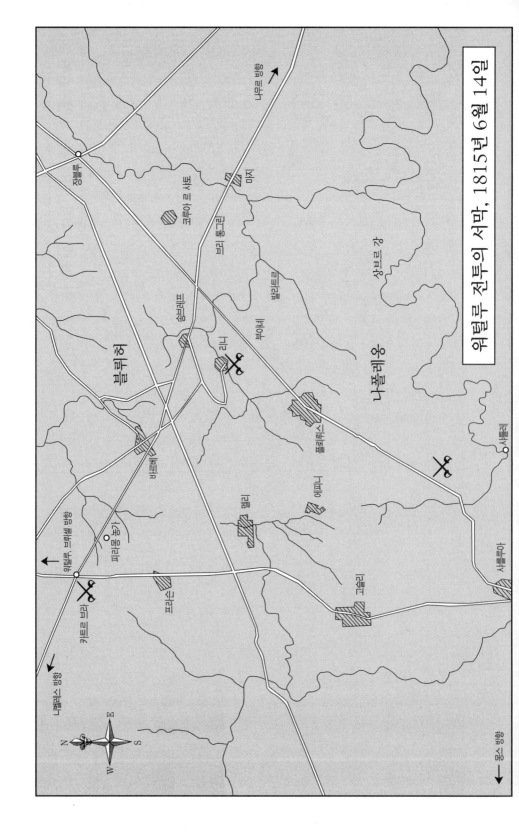

워털루 전투의 서막, 1815년 6월 14일

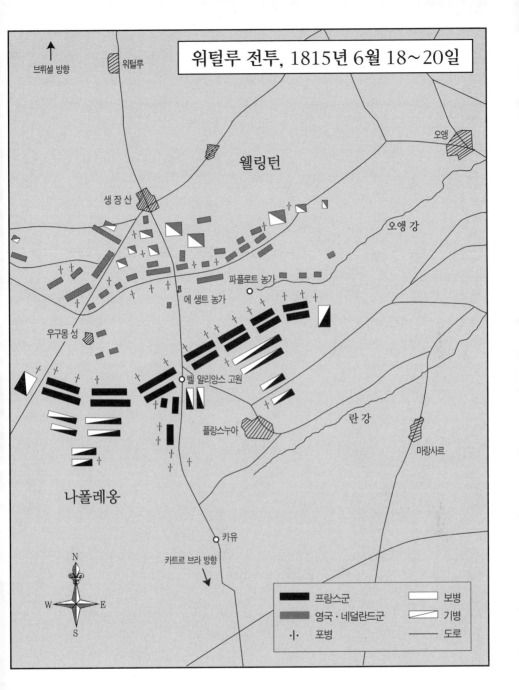

브뤼셀 방향
워털루
워털루 전투, 1815년 6월 18~20일
오앵
웰링턴
생장산
오앵 강
파플로트 농가
에 생트 농가
우구몽성
벨 알리앙스 고원
란 강
플랑스누아
마랑사르
나폴레옹
카유
카트르 브라 방향

N
W E
S

프랑스군
영국·네덜란드군
포병
보병
기병
도로

운명의 신이 나보다 강했다.
그러나 프랑스에게, 유럽에게 이 얼마나 큰 불행인가……
나는 구시대와 새로운 시대를 결합하고자 했고,
과거와 현재의 새로운 사물의 질서를 중재하고자 했다.
나는 한쪽에 대한 믿음과 원칙을 가지고 있으면서 또다른 한쪽도 인정했다.
나는 그 두 가지 모두에 속해 있었다.
하지만 각자에게 거리낌없이 제 몫을 돌려주었어야 했다.
유럽은 머지 않아 진정 하나의 민족을 이루고,
사람들은 저마다 도처를 여행하며 늘 공동의 조국에 있을 수 있었다.
—나폴레옹 보나파르트, 세인트 헬레나에서

차 례

제 1 부
큰 실수를 저질렀다. 그러나 만회할 방법이 있으리라

프로이센
단치히
빌라
엘베 강
바르샤바
공국
잘레 강
드레스덴
바르샤바
마인츠
틸르리 궁
메츠
오데르 강
생 클루
샘트 므누
비스타 강
퐁텐블로
라인 강
라인 연방
비엔나(쇤브룬)
프랑스
스위스
오스트리아
일리리아 지방
아
드
리
아
해

1812년 12월 19일 ~ 1813년 4월 16일

1
거부할 수 없는 과거는 받아들이고,
미래를 변화시키자

나폴레옹은 미소지으며 그들의 얼굴을 바라보았다. 그리고 그들에게 다가갔다.

1812년 12월 19일 토요일 오전 열한시 튈르리 궁의 살롱, 그들은 모두 그곳에 있었다. 황제의 부름을 받고 온 것이다.

그들의 얼굴에 경악과 도저히 믿을 수 없다는 표정이 역력했다. 그가 파리에 있다! 정말 나폴레옹이다! 그들은 나폴레옹이 살아남은 병사들과 함께, 유럽에서 멀리 떨어진 러시아 어느 벽지에서 눈 속을 헤매고 있을 거라고 상상했었다. 사흘 전인 12월 16일에 발표된 '나폴레옹군 전황 보고서 제29호'를 읽고 낙담했던 그들은, '전황 보고서'에 적혀 있던 대로 황제가 무사하다는 것을 지금 자기 눈으로 확인하고 있는 것이다. 피부는 추위에 시달려 부르트고, 혹한의 벌판을 달려온 긴 여행 내내 불어닥친 칼바람에 눈이 벌겋게 부어올랐을 뿐, 그는 건강한 모습으로 그들 앞에 서 있었다.

나폴레옹은, 얼이 빠져 굽실거리는 그들의 모습을 내심 즐기고 있었다. 여기 모인 사람들, 캉바세레스, 사바리, 클라르크, 몽탈리베, 그리고 시종들과 궁을 수비하는 장교들까지도, 그가 죽었다는 헛소문을 말레 장군이 퍼뜨렸을 때 모두들 그 말을 믿었다. 그리고 이들 가운데 누구도 그의 아들을 생각해준 자가 없었다! 모두들 임시정부에 가담할 준비를 하고 있었던 것이다!

이 사건을 끝까지 파헤쳐야 하리라. 그의 아들이 왕위를 계승하지 못하게 되는 일이 발생하지 않도록 철저히 조치를 취해야 했다.

이날 아침, 이곳 살롱으로 오기 전에 그는 아들을 보았다.

—벌써 어른처럼 격식에 맞춰 옷을 차려입은 저 조그만 아이, 저애가 바로 내 아들이란 말인가?

그는 자기를 향해 걸어오는 아들의 모습을 보면서, 그 동안 세월이 흘렀음을, 육 개월여가 걸린 모스크바 원정이 잠에서 깨어나면 잊혀지고 마는 한낱 악몽이 아니었음을 벼락처럼 깨달았다. 이날 아침 잠에서 깨어나 마리 루이즈를 바라보면서, 그리고 집무실에 들어서면서 가진 느낌은 바로 그런 것이었다. 살롱으로 오기 위해 집무실을 나서기 전, 아들을 보기 전까지는 그랬었다.

모든 것이 제자리에 그대로 있었던 것이다.

간밤에 그는 마리 루이즈의 몸을 다시 찾았다. 그녀의 몸은 처음에는 자기를 향해 달려드는 남자를 알아보지 못해 두려움에 굳어 있었으나, 이내 아주 달콤하고 부드러운 '착한 오스트리아 여인'으로 돌아왔다. 그녀를 만지는 것만으로도 그의 마음은 아늑함에 젖어들며, 여행의 피로와 심지어는 1812년 6월에서 12월에 이

15

르는 동안 수십만 병사들과 함께 지냈던 기억, 빌나에서 시작해서 빌나에서 끝을 맺었던 러시아 원정마저도 잊게 했었던 것이다.

뮈라, 베르티에, 으젠은 빌나에서 러시아군을 저지할 수 있을 것인가? 쿠투조프가 지휘하는 러시아군 역시 프랑스군만큼이나 지치고 피해를 입은 상태일 것이다. 뮈라가 빌나에서 끝까지 버텨 낼 수만 있다면, 다가오는 봄에 군대를 일으켜 러시아에 복수할 수 있으리라. 그것이 나폴레옹이 품고 있는 생각이었다.

수십만 장정들을 소집하고, 그들을 총과 대포로 무장시켜 제국의 태엽을 팽팽히 조일 것이다. 1813년 4월까지는, 모든 준비를 완료할 수 있다. 그때까지 오스트리아와의 동맹 관계가 유지되도록 애써야 할 것이고, 가능하다면 프로이센이 러시아 편에 서서 전쟁에 개입하지 않도록 막아야 했다.

—내가 해야 할 일이 바로 이것이다.

나폴레옹은 모여 있는 고관들 앞을 거닐며, 그들 한 사람 한 사람 앞에 멈춰 서서 업무 보고를 받았다. 그리고 질문했다.

"당신은 왜 나의 아들을 잊었소? 왜 내가 죽었다고 믿었소? 왜 나의 계승자를 생각지 않았던 거요?"

그는 참사원 위원이자 센 주지사인 프로쇼에게 시선을 돌렸다. 프로쇼는 반란을 꾀한 자들의 요구대로 그들이 임시정부를 구성할 수 있도록 장소를 제공해주었던 자였다.

"나는 당신 개인에 대해서는 탓할 생각이 없소. 하지만 참사원 위원으로서의 당신에 대해선 경고하지 않을 수 없소. 스스로 한 서약을 지킨다는 것이 과연 어떤 것인지 당신들이 잊었다면, 지금 이야말로 그것을 다시 배워야 할 때요. 확고한 원칙을 세워야만 하오."

그는 몇 걸음 물러나 엄중한 목소리로 덧붙였다.

"소심하고 겁 많은 군인들은 나라의 독립을 잃게 하지만, 소심하고 겁 많은 관리들은 나라의 법과 왕권과 사회 질서 자체를 파괴하는 것이오."

그는 다음날인 12월 20일 일요일에 소집할 예정인 원로원에서도 이같은 말을 반복할 것이다. 그는 당장 이날부터 매일 회의를 소집하기를 원했다. 각 부서의 장관회의, 제국의 재무 상태에 관한 회의, 제국 내의 행정에 관한 회의 등이었다. 1813년 1월 1일에는 외교단을 접견할 것이다. 몇 주 후인 2월 14일에는 입법원이 소집될 것이다. 그는 제국 전체가 일하는 것을 보고 싶었다. 봄이 오기 전까지 35만 명의 병사들을 징집해야 했다. 그는 1814년 징집대상 장정 15만 명과, 1809년에서 1812년까지 징집한 10만 명, 그리고 민병대에서 차출할 10만 명을 염두에 두고 있었다.

이 모든 것은 이미 그의 머릿속에 있었다. 다가오는 몇 주일 동안 그것을 실현하는 일만 남아 있을 뿐이다.

장관들과 고관들을 관찰했다. 방금 그가 내린 지시들에 그들은 안도하는 표정이었다. 사람이란 행동할 때, 그리고 그들의 선장이 키를 잡고 자기들을 인도하고 있다는 사실을 확인할 때, 안도하는 동물들이다. 이제 그는 대실패로 끝난 러시아 원정에 대해 말할 수 있었다. 숨겨보았자 무슨 소용이겠는가? 얼마 안 있으면, 병사들의 사신(私信)들이 프랑스에 도착할 것이고, 사람들은 그 편지들을 통해 알게 될 터였다. 병사들이 그곳에서 무슨 일을 겪었는지, 얼마나 많은 병사들이 죽었고 실종되었는지, 충분히 짐작하고 셈하게 될 터였다.

— 내가 '전황 보고서 제29호'에서 모든 사실을 알리고자 했던 것은 그 때문이었다. 모든 이들이 진실을 알게 될 텐데, 그것을 숨기려는 것은 정신나간 짓이다.

그는 차분한 목소리로 말했다.

"러시아를 상대로 내가 치르고 있는 전쟁은 정치적인 행위요. 러시아에 대한 어떠한 악감정도 내겐 없소. 나는 러시아 제국이 행한 악을 너그럽게 보아주려고 했소. 많은 러시아 농노들을 무장시켜 그들로 하여금 노예 해방을 주장케 하고 러시아에 대항케 할 수도 있었소. 많은 마을들에서 사람들은 내게 그렇게 해달라고 요구했었소. 하지만 그렇게 되면 많은 무고한 사람들이 죽음으로 내몰릴 것이 불 보듯 뻔했기 때문에, 나는 그러한 조치를 취하지 않았던 것이오……."

나폴레옹은 잠시 말을 멈추고, 고관들 앞을 천천히 거닐었다.

"내 작전의 성공 여부는 단 일 주일에 달려 있었소. 세상 일이란 게 다 그렇지만, 시간을 놓치면 끝장이오."

그는 접견이 끝났음을 알렸다. 드크레와 세삭을 남도록 하고 모두 물러가게 했다. 포병대와 기병대를 재편하기 위해 우선적으로 취해야 할 조치들을 그들과 의논하려는 것이었다.

그는 책상에 앉으며 말했다.

"행운의 여신이 나를 속였던 모양이오! 내가 갖고 있던 계획을 이행하지 못하고, 적에게 이끌려다닌 꼴이 되고 말았소. 나는 모스크바를 점령하면 그곳에서 평화 협정을 맺게 되리라 믿었는데…… 그곳에서 너무 오래 지체했소. 나는 두 번의 원정을 통해서 얻을 수 있는 것들을 단 한 번에 얻고자 했던 것이오. 나는 큰 실수를 저질렀소. 그러나 만회할 방법이 있을 것이오."

당장 시작해야 하리라. 그는 첫번째 명령을 내렸다. 드크레와 세삭이 물러가자 그는 콜랭쿠르에게 말했다.

"그 끔찍한 '전황 보고서'가 제 역할을 다한 것 같군. 우리의 패배가 가져온 고통보다는 나의 존재가 주는 기쁨이 훨씬 더 큰 거야. 사람들은 약간의 상처만 입었을 뿐 결코 좌절한 게 아니야. 비엔나에서도 곧 이러한 여론을 알게 될 테고, 석 달 안에 모든 것이 정상으로 되돌아올 걸세."

그는 마리 루이즈와 함께 튈르리 궁의 테라스를 거닐었다. 그녀
는 그의 팔에 기대어 줄곧 재잘거렸다. 그가 물었다.
"당신 아버지, 프란츠 황제께서는 안녕하시오?"
오스트리아와의 동맹이 필요했다. 안 된다 해도, 오스트리아가
최소한 중립은 지켜줘야 했다. 프란츠 황제에게 압력을 가하기 위
해 마리 루이즈를 이용해야 했다.
전령들이 매일 가져오는 소식들이 좋지 않았다. 베레지나 강에
서 살아남은 병사들이 빌나의 상점가에 들이닥쳤다. 전문에 따르
면, 온 도시가 병사들에게 약탈당했다. 게다가 코자크 족의 함성
이 들리자마자 줄행랑을 친 그들 병사들이 이번엔 코프노로 몰려
가 똑같은 짓을 자행했다! 그것만이 아니었다. 믿고 싶지 않은
소식들이 줄을 이었다. 근위대, 그가 자랑하는 '제국 근위대' 마저
집을 털고 저장품을 훔쳤고, 코자크 족이 나타나자 도망쳐버렸다.
단지 몇천 명의 병사들만이 네 원수의 지휘하에 니에만 강을 건
너는 데 성공했다. 강을 건넌 그들이 알게 된 사실은, 요르크의
프로이센군이 이미 도망쳤다는 것이었다. 그 때문에 후퇴중이던
맥도날드의 프랑스군이 러시아군에게 그대로 노출되어버렸다. 게
다가 슈바르첸베르크의 오스트리아군은 휴전 가능성을 놓고 러시
아군과 협상하기 시작했다는 것이다.
뮈라는 군대를 버리고 자기 왕국으로 돌아갔다. 뮈라는 메테르
니히와 협상했다. 그는 베르나도트란 놈처럼 자기 왕관을 지키기
위해, 그리고 혹시나 이탈리아 왕국의 왕관을 얻어 쓸 수 있지 않
을까 하는 꿈에 부풀어 배반한 것이다.
나폴레옹은 분노를 누르고, 뮈라에게 보내는 편지를 구술했다.
〈그대가 사자(獅子)는 죽었다고 믿는 사람들 중 하나는 아닐 거

19

라고 생각한다. 내가 빌나를 떠난 이후, 그대가 보여준 행동은 하나에서 열까지 내게 해를 끼치는 것이었다. 그대는 왕이라는 자리 때문에 이성을 잃어버린 것이야. 만일 그 자리를 그대로 지키고 싶다면, 지금까지 그대가 행한 바와는 전혀 다르게 처신해야 할 것이다.〉

─온 나라가 나를 중심으로 한데 뭉쳐 방어 태세를 갖추고 있음을 느낄 수 있다. 신병들이 깃발 아래 모여들고, 병기고들은 무기로 채워지고 있다. 프랑스 전체가 하나의 거대한 작업장이다. 하지만 고위층에는 일단의 배신자들이 있다.

파리와 궁정의 일상에 달라진 게 아무것도 없다는 것을 보여주어야 했다. 그는 오르탕스에게 지시하여 무도회를 준비시켰다. 그러자 생 제르맹 지역의 살롱들에선, 그것을 '의족(義足) 무도회'라고 비웃었다.

─내 주변에도 나를 배신하는 사람들이 있는 것이다.

그는 비밀경찰이 입수한 편지들을 훑어보았다.

편지의 발신인은 '창백한 인간', 여전히 추밀원(樞密院)에 참여하고 있는 탈레랑이었다. 그는 전혀 놀라지 않았다. 편지들은 탈레랑이 랭스의 전 대주교였던 자기 삼촌에게 보내는 것들이었다. 탈레랑의 삼촌은 루이 18세의 측근으로, 영국 하트웰에 망명중이었다. 영국 하트웰은, 그곳에 망명중인 루이 18세를 중심으로 작은 궁정이 형성되어 있는 곳이었다. 탈레랑은 편지에서 그들에게 협조할 것을 자청하고 있었으며, 러시아 원정이 프랑스에겐 '종말의 시작'이며, 모든 것은 '부르봉 왕가의 복귀'로 끝날 것이라고 적고 있었다.

저주받을 탈레랑!

나폴레옹은 극도로 분노했다. 그는 탈레랑을 재판에 회부해 유배시키기를 원했다. 그러나 사바리와 캉바세레스는 탈레랑을 변호했다.

"뭐하러 일을 터뜨리십니까, 폐하? 그를 감시하는 것으로 충분합니다."

나폴레옹은 망설였다. 탈레랑을 지금 재판에 회부한다면, 그것은 곧 제국의 지도층에 불화가 발생했다는 징후로 받아들여질 터였다.

—그 인간에게 다시 한번 나의 경멸과 분노를 표시하는 것으로 충분하리라.

그는 탈레랑을 호출했다.

여전히 창백한 얼굴에 우아한 미소를 지으며 들어오는 탈레랑에게 그가 소리쳤다.

"당신은 나를 배반하려 하는군! 아니, 이미 나를 배반했어!"

하지만 탈레랑은 부인했다. 그는 나폴레옹이 내미는 편지들을 힐끗 쳐다보고는, 자신은 결코 이런 것을 쓴 적이 없으며 누군가가 자신을 모함하기 위해 조작한 것이라고 주장했다.

나폴레옹은 손을 내저으며 고함쳤다.

"나는 당신을 알아. 당신이 어떤 짓을 할 수 있는 인간인지 알고 있단 말이오. 당신은 이 세상에서 가장 고약한 도적놈이오!"

게다가 이제는 부르봉 놈들하고까지 내통하다니!

그는 탈레랑을 내보냈다. 탈레랑이, 집무실 바로 옆방에서 대기하고 있는 고관들에게 말하는 소리가 들려왔다.

"오늘 아침, 폐하께선 기분이 아주 좋으신 모양이오!"

그러나 탈레랑은 타격받았다. 그는 병이 나서 자리에 눕고 말았다.

—탈레랑이 섬기던 자들이 눈물을 흘리겠군! 나를 무찌르고 유럽을 해방시킬 신성한 임무를 부여받았다고 믿는 알렉산드르 1세,

그자가 가장 먼저 슬퍼하겠어! 그자에게 그런 맹랑한 생각을 하도록 추동한 자들은 누구인가? 새로운 것에 대해 적대적인, 그리하여 나에게 맞설 반동의 황제를 찾고 있는 망명귀족들이리라. 첩보원들은 스탈 부인, 조제프 드 메스트르*, 그리고 프로이센인 슈타인** 등을 언급하고 있다. 그 모든 자들이 차르를 둘러싸고, 그를 멀리 이곳 파리로 이끌고 있다. 영국인들은 그 뒷돈을 대고. 베르나도트는 질투심과 내 자리를 차지하겠다는 희망으로 동맹에 가담했다. 다 좋다. 오스트리아만이 문제다. 오스트리아마저 거기에 넘어가서는 안 된다.

마리 루이즈가 어린 왕의 손을 잡고 다가왔다.

그녀는 날이 갈수록 부드럽고 상냥했다. 그녀는 잠시도 그와 떨어져 있으려 하지 않았다. 심지어 그가 집무실에 나가 있는 시간조차 견디지 못해했다. 그는 되도록 밤중에 일을 해야 했다. 하지만 앵발리드에서 공식적인 기념 행사에 참석해 대중 앞에 서게 될 때에는, 그녀는 곁에 그가 있음에도 무뚝뚝한 표정으로 불편해했다. 그녀는 미소를 주고받을 줄도 몰랐고, 적당한 말을 생각해낼 줄도 몰랐다. 하지만 나폴레옹과 단둘이 있게 되면, 미소지으며 달콤하고 사랑스러운 여자로 돌아왔다.

그녀는 오스트리아 황제 프란츠 1세의 딸이었다. 프란츠 1세는 자기 딸의 남편을 상대로 전쟁을 감행할 것인가? 외손자가 왕위를 계승하게 될 이 제국을 상대로?

나폴레옹은 프란츠 1세에게 편지를 썼다.

〈나는 이번 원정에서 마주친 러시아군을 모조리 물리쳤습니다.

---

* 프랑스의 정치가, 1753~1821.
** 프로이센의 정치가, 1757~1831.

22

나의 근위대를 투입할 필요조차 없었습니다. 근위대는 총 한 방 쏘지 않았으며, 단 한 사람도 희생당하지 않았습니다. 그러나 병사들이 야영을 견뎌내기엔 끔찍한 혹한이었습니다. 많은 병사들이 밤이 되면 민가나 피난처를 찾아 이탈했습니다. 내게는 그 병사들을 보호할 기병대가 더이상 없었습니다. 코자크 족이 매일 수천 명씩 발생하는 이탈한 병사들을 붙잡아갔습니다.〉

―이것이 프란츠 1세가 러시아 원정에 대해 가져야 할 생각이다. 어쨌거나 내가 언제나 러시아군을 무찔렀다는 것은 사실 아닌가? 다음번 원정에서 내가 새로운 군대를 이끌고 적을 니에만 강 너머로 쫓아버릴 것도 또한 사실이리라.

나폴레옹은 구술을 계속했다.

〈프랑스 상황을 말씀드리자면, 요즘처럼 만족스러운 때도 없었습니다. 병사들, 말들, 돈…… 프랑스는 내가 필요로 하는 모든 것을 제공하고 있습니다. 재정 상태는 아주 좋습니다. 현재의 이러한 상황을 참작하건대, 사실 나는 평화 협상을 필요로 하는 상황에 있지 않습니다. 폐하께서는 이제 나만큼이나 내 일과 내 생각을 잘 알고 있습니다. 이 편지에서 내가 폐하께 밝힌 심정은 우리 둘 사이의 일로 남게 되길 바랍니다. 하지만 폐하께서 내 입장을 잘 알고 있는 만큼, 폐하께서 적당하다고 판단하는 방식으로 평화를 위해 대처하실 수도 있으리라고 생각합니다.〉

―오스트리아가 나와 러시아 사이의 중재를 맡겠다고 나선다면, 거부할 까닭이 없다. 그러나 오스트리아를 어떻게 믿을 수 있겠는가? 내가 약해진다면, 그들도 프로이센인들처럼 마음을 바꿀 것이다. 나는 싸워야 한다. 나의 칼은 나의 군대다. 그리고 방패는 합스부르크 가의 마리 루이즈와 로마 왕, 그들의 혈관 속에 흐르고 있는 오스트리아의 피다.

나폴레옹은 황궁 비서관 르뇨 드 생 장 당젤리를 호출했다. 샤를마뉴 이래 왕위 계승자로 예정된 자가 미리 즉위하는 경우에 관한 모든 자료를 찾아보라고 지시했다.

―앞날을 대비하는 데 있어 섭정제를 도입해 로마 왕의 머리에 미리 왕관을 씌워주는 것보다 더 나은 방법이 있겠는가? 그러면 프란츠 1세가 감히 딸과 손자를 상대로 전쟁을 일으키는 반인륜적인 짓을 저지르겠는가?

그러나 러시아와의 전쟁은 다시 있을 것이며, 필경 프로이센과도 싸워야 하리라. 나폴레옹은 몸이 무거워졌음을 느끼고, 이전의 활력과 지구력을 되찾기 위해 사냥에 나섰다. 1813년 1월 19일 화요일, 베르티에의 영지인 그로부아 성과 주변의 숲은 몹시 추웠다.

지친 몸을 이끌고 폴란드에서 돌아온 베르티에 원수를 만났다. 나폴레옹은 빌나를 떠나면서, 프랑스군의 지휘권을 뮈라에게 준 것을 자책했다. 처음부터 으젠 드 보아르네를 선택했어야 했다. 그러나 이제 와서 으젠이 할 수 있는 일이 무엇이겠는가? 1812년 6월에 니에만 강을 건넜던 40만 명의 병사 중에서, 이제 군에 남아 있는 병력은 불과 3만여 명에 불과했다. 베르티에는 한탄했다. 나폴레옹은 한탄하는 베르티에를 꾸짖었다. 과거를 후회한들 무슨 소용이 있는가? 이미 지나간 일들은 돌이킬 수 없는 것이다. 그 결과를 받아들이는 수밖에 없다.

그가 말했다.

"격류는 그냥 흘러가게 놔두어야 하네. 며칠이 지나면, 그것은 저절로 가라앉게 되는 법이야."

거부할 수 없는 과거는 받아들이고, 미래를 변화시켜야 했다.

그로부아 숲을 질주하던 그는 갑자기 말머리를 돌렸다. 퐁텐블로 성까지 말을 달릴 것이었다. 며칠 전부터 한 생각이었다. 그러나 그 생각을 아무에게도 알리고 싶지 않았다.

성의 대부분의 방은 비어 있었다. 황제가 부재하는 동안, 가구들을 치워놓았던 것이다. 살롱과 침실들은 온기 하나 없이 썰렁했다. 하인들도 거의 눈에 띄지 않았다. 성의 한쪽 측면에만 환하게 불이 밝혀져 있었다. 그곳에 몇 달 전부터 교황 비오 7세가 머물고 있었다.

나폴레옹이 만나고자 한 사람이었다. 그는 교황에게 애정과 존경의 뜻을 비침으로써, 교회와 새로운 화친 조약을 맺고 싶었다.

나폴레옹은 춥고 긴 회랑을 지나 교황에게 다가가서 그를 포옹했다.

—화약을 맺어야만 한다. 나는 그것을 이루기 전에는 이 성을 떠나지 않을 것이다.

그는 유럽의 눈에, 여론의 눈에, 기독교도 군주들의 비난을 받는 적그리스도가 아니라 교황과 동맹을 맺은 황제로 비쳐지기를 원했다.

마리 루이즈는 추위에도 불구하고, 매일 저녁 '놀이와 약간의 음악'을 즐기기 위해 주위에 모여드는 몇몇 사람들과 함께 퐁텐블로에서 즐거운 시간을 보냈다. 그러나 그녀는 단지 사랑스러운 아내로만 남아 있을 수 없었다. 프란츠 1세에게 편지를 써야 했다. 1월 25일 월요일, 나폴레옹은 교황과의 화약에 대한 서명이 황후의 거처에서 이루어지기를 바랐다.

그는 마리 루이즈를 지켜보았다. 그녀의 얼굴엔 활기가 넘쳐 흘렀다. 나폴레옹은 그녀가 아버지에게 보낼 편지를 읽었다.

〈우리는 6일 전부터 퐁텐블로에 있습니다. 이곳에서 오늘 황제는 교황과 종교적인 문제를 결말지었습니다. 교황께선 아주 만족하신 모습이었습니다. 그는 오늘 이른 아침부터 무척 쾌활한 모습이었으며, 바로 조금 전에 조약에 서명하셨습니다. 아버님 역시 저와 마찬가지로 이러한 화해의 소식을 들으시고 기뻐하시리라 믿습니다.〉

나폴레옹은 환희에 넘쳤다. 물론 교황과의 이번 화약은 추기경 회의의 동의를 얻기 이전에는 한낱 초안에 불과할 뿐이었다. 추기경들이 모여 가타부타 결정을 내리기 전에 선수를 쳐야 했다.

1813년 2월 13일 토요일, 나폴레옹의 지시에 의해 교황과 화약을 맺었다는 사실이 신문에 발표되자, 프랑스와 이탈리아에선 모든 교회들이 테 데움을 노래하며 경축했다.

─중요한 것은 바로 이것이다! 앞으로도 나를 적그리스도라거나 이교(異教)의 왕이라고 말할 수 있을 것인가!

그는 메테르니히가 보낸 사절 부브나를 접견했다. 나폴레옹은 부브나에게 빈정거리는 어투로, 오스트리아 장군 슈바르첸베르크가 제예스에서 러시아군과 맺은 휴전 협정에 대해 물었다.

"당신들은 지원군을 게임에서 빼내가려 하고 있소. 당신들은 시스템을 바꿔버렸단 말이오!"

하지만 그렇게 되면 비엔나는 대담하게 프랑스와 결별해야 할 것이고, 프란츠 1세는 섭정을 맡게 될 자신의 딸과 대결해야 할 것이다. 게다가 이제 교황과 최상의 관계를 맺게 된 황제와 대결해야 하는 것이다.

"비엔나에서 이같은 사실을 깨닫고 있기를 바라오."

그는 부브나에게 말했다.

"나는 평화를 추구하오. 그러나 명예로운 평화만을 추구할 것이오."

입법원에서도 이 말을 반복할 것이다.

그는 다시 게임의 주인이 된 느낌이었다.

"신은 내게 위대한 일을 이루어내는 힘과 기쁨을 주셨소. 나는 그 일을 미완성인 채로 내버려둘 수 없소."

그는 교황과의 화약 내용을 실은 『르 모니퇴르』지를 뒤적였다.

그가 말했다.

"성직자들이란 결코 한 곳에 고정되어 있는 세력이 아니오. 친구가 아닐 때는 곧 적이며, 그들이 내게 베풀어주는 것에는 항상 그 대가가 따를 것이오. 성직자들은 우리를 하늘과 화해시키는 일에 전념해야 할 것이오. 우리 아내들에게 위안을 주어야 할 것이며, 또한 우리의 노년에 위안을 주어야 하오. 하지만 지상의 권력에 대해선 양보해야 하오. 교회 안에선 저들이 왕일지 모르나, 일단 그 문을 나서면 나의 신하요."

2
무력하고 무능한 인간이 되지 않을까 두려울 뿐이다

　나폴레옹은 튈르리 궁의 집무실에 앉아 하늘을 바라보고 있었다. 하늘은 짙푸른 빛이었다가 일순 어두워지며 거센 비를 뿌리곤 했다. 몰레가 들어왔지만, 그는 고개를 돌리지 않았다. 겨울과 봄 사이에서 주저하는 듯한 하늘에서 눈을 떼지 않았다.

　그의 내면도 그러한 하늘과 닮아 있었다. 열정적인 에너지, 전례 없이 솟구치는 강력한 의지, 그리고 이내 엄습해오는 피로감이 번갈아가며 그를 지배하고 있었다.

　1813년 2월, 그는 튈르리 궁 앞 공원과 카루젤 광장에서 열병식을 가졌다. 그는 갓 입대한 신병들로 구성된 임시 연대들의 분열행진을 지켜보았고, 청년 근위대의 대열을 사열했다. 그는 그들을 신뢰하고 싶었다. 하지만 제복과 총으로 무장했다고 해서 저들을 완전한 병사로 볼 수 있을까? 그들은 전투를 벌이기에는 아직 너무 어리고 여렸다.

하지만 그의 활력을 앗아가버리고, 한밤중 집무실에서 비서에게 명령을 구술하던 그를 갑자기 침묵에 빠뜨리는 것은 그런 걱정 때문이 아니었다. 그는 식민지로부터 오는 설탕을 대신할 사탕수수 재배를 계획하고, 전장에까지 황제에게 너무 많은 요리사가 딸려 있는 것을 시정케 하는 등 다가올 원정을 준비하고 있었다.

〈요리의 종류를 줄일 것. 전장에서 다양한 요리는 전혀 불필요한 일이다. 이것은 모범을 보이기 위해서이기도 하지만, 또한 거추장스러운 것을 줄이고자 함이다.〉

그때 갑자기 그는 말을 할 수가 없었다. 이 모든 것이, 그가 전에 경험한 것이었다. 전에도 이러한 것을 말했고 보았다. 자신이 반복하고 있다는 느낌, 이미 지나온 발자취를 되밟고 있다는 느낌. 그것은 문득문득 그를 수렁에 빠뜨리는 것이었다. 발이 디뎌지지 않는 허공을 걷는 느낌이었다. 게다가 지금의 그는 이전과 같은 민첩함이나 공격성, 욕망을 가지고 있지 못했다. 활력은 아직 남아 있다 해도, 그것은 습관 같은 것일 뿐이었다.

그는 불로뉴 숲에서 연이틀 사냥을 했다. 오르탕스의 집에서 열린 가면 무도회에도 참석했다. 그 무도회를 지시한 것도 그 자신이었다. 하지만 그는 어떤 기쁨도 느낄 수가 없었다. 살아가는 것, 정복하는 것이 반복적인 행동이 되어버렸다. 그는 일종의 기계였다. 과거에도 돌아갔으므로 현재도 돌아가는 기계일 따름이었다. 그는 적군을 무찌르기 위한 전투 계획을 구상했다. 러시아군, 그리고 필경 프로이센군도 그의 적이 될 것이었다. 그는 전혀 힘들이지 않고, 머릿속에 떠오르는 대로 독일 지도 위에 진군로를 그려나갔다.

그 언덕들과 그 강들과 그 도시들을 알고 있었다. 이미 수없이 그 길들을 밟았다. 그는 자기와 마주친 모든 적을 물리쳐왔다. 아우스터리츠에서, 예나에서, 바그람에서. 하지만 그는 의구심을 느꼈다. 그때보다 더 잘 싸울 수 있을 것인가?

그는 비로소 고개를 돌리고 몰레에게 자리를 권했다. 구체제 때의 유명한 의회의원 가문 출신인 몰레는 아첨꾼이었다. 나폴레옹도 그 사실을 잘 알고 있었다. 하지만 그는 이 야심 많은 사내를 높이 평가하고 있었다. 1813년 3월 4일, 몰레는 상원에 예산안을 제출하면서 '12년간의 전쟁을 거쳐 단 한 사람'에 의해 실현된, 메디치* 왕조 시대의 왕자도 놀랄 만한 기적에 대해 언급했었다.

—내 이야기였지!

나폴레옹은 아첨꾼들에게 속지 않았다. 그는 책상 위에 놓여 있는 전보들을 옆으로 치웠다.

—좋은 소식이라고는 단 하나도 없다. 러시아군이 바르샤바에 입성했고, 프로이센은 즉각 열광하며 내게 반기를 들었다. 프로이센은 알렉산드르 1세와 조약을 맺고, 1813년 3월 17일에 내게 선전포고를 했다. 스웨덴의 베르나도트는 나에 대항하여, 자기 조국에 대항하여, 영국과 손을 잡았다. 군의 지휘권을 맡은 으젠은 베를린과 함부르크, 그리고 드레스덴에서 철수했다.

그는 으젠에게 편지를 썼다.

〈네가 무엇 때문에 베를린을 떠나야 했는지 나는 이해할 수 없다…… 이제는 전쟁을 시작할 때가 되었다. 우리의 군사 행동은 런던과 상트페테르부르크의 적들은 물론, 비엔나의 우리 동맹국에게까지도 웃음거리가 되고 있다. 우리의 군대는 적의 보병부대가

---

* 1434~1737년에 걸쳐 피렌체와 토스카나 지방을 지배한 이탈리아의 부르주아 가문. 유럽의 여러 왕가와 혼인 관계를 맺었으며, 여러 명의 군주와 교황을 배출했다.

도착하기 일 주일도 더 전에, 적병 몇 명이 다가오는 것을 보거나, 소문만 듣고도 부리나케 도망치기 바쁘니 말이다.〉

—이것이 나의 군대란 말인가! 하지만 이러한 상황을 나는 바로잡을 수 있다.

그는 자리에서 일어나 지도들이 놓여 있는 방으로 갔다. 몰레가 그의 뒤를 따랐다.

"나는 5월에 대대적인 공세를 펼칠 생각이네. 우리는 드레스덴을 탈환하고, 오데르의 요새를 점령할 것이며, 상황에 따라서는 단치히의 진로를 터 적군을 비스타 강 너머로 몰아낼 것이야."

그는 지도를 손가락으로 짚어가며 작전 구상에 몰입했다. 잘레 계곡으로 적을 유인한 뒤, 그들을 포위하여 적군과 엘베 강 사이를 차단할 수도 있을 것이다.

병사들의 이동, 그 지역의 지형과 풍경이 생생하게 눈앞에 펼쳐졌다. 이미 예전에 했던 일이었다. 그것을 다시 되풀이해야 했다. 그는 할 수 있었다. 해야만 했다. 그것은 그가 언덕 위로 밀어올리는 바윗덩어리였다. 그는 시지푸스였다.

집무실로 돌아와 다시 책상 앞에 앉으며 그는 빈정대는 투로 중얼거렸다. 교황이 두 달 전에 서명한 화약을 취소하기로 결정했다는 것을 몰레는 알고 있는가?

—교황은 자신이 오류가 없는 사람임에도 불구하고 양심에 걸리는 잘못된 일을 범하지 않을 수 없었다고 편지에 적고 있다. 교황의 이 편지는 내게 적대심을 가지고 있는 추기경들에 의해 당연히 파리 전체에 그 내용이 알려질 것이다. 생 제르맹 지역의 가톨릭 교도들이 모두 그들을 지원하고 나서겠지!

그러나 그럼에도 불구하고, 화약은 3월 25일 공표될 것이다. 바로 내일이다. 그리고 3월 30일에는 황후가 책임을 맡게 될 섭정회가 구성될 것이며, 캉바세레스가 황후의 곁에서 보필할 것이다.

"어떻게 생각하는가, 몰레?"

몰레가 말했다.

"폐하께서 군을 지휘하고 계시는 동안에……."

그는 잠시 망설이다가 말을 이었다.

"말레와 같은 자의 위협으로부터 프랑스를 지켜내야 합니다. 국민들은 오래 전부터 그와 같은 법이 나오기를 기다려왔습니다."

나폴레옹이 자리에서 일어서며 말했다.

"대단할 게 없는 일이야. 나는 어떤 환상도 품고 있지 않아. 내가 유서를 남긴다 하더라도, 내가 죽고 나면 파기되리라는 건 너무나 분명한 사실이야. 원로원 결의라고 해서 그보다 더 존중되리라고 볼 수 있을까?"

몰레는 탄식하며 중얼거렸다.

"폐하가 사망했다는 놀라운 소식을 접한 사람들이 정신을 가다듬을 시간이 필요할 겁니다. 섭정 정부가 얼마나 신속하고 강력하게, 그 초기의 망설임의 순간을 이용하느냐에 모든 것이 달려 있게 될 것입니다."

—이것이 작금의 상황이다. 사람들은 나의 죽음과 내 후계에 대해 말하고 있다. 이전처럼 나의 권력을 확고히 하기 위해서가 아니라, 내가 사라지고 난 후 전개될 상황을 가늠하기 위해서이다.

나폴레옹은 권태롭다는 거동을 취해 보이며 말했다.

"무엇보다 중요한 것은 로마 왕이 스무 살쯤의 기품 있는 청년으로 자라나야 한다는 것일세. 그 외의 일들은 전혀 중요할 게 없어."

—하지만 그때까지, 내 아들이 성년이 될 때까지, 내가 살아 있을 수 있을까?

그는 침묵에 잠겨 방을 거닐기 시작했다. 상황을 직시해야 했다.

한참을 그렇게 거닐던 그가 천천히 입을 열었다.

"이 섭정에 한 가지 바람직한 게 있다면, 그것이 우리의 역사와 전통에 전혀 어긋나지 않는다는 점일세. 섭정을 맡게 될 황후는 이미 프랑스 왕비를 배출했던 가문의 피를 물려받고 있으니까 말일세……."

그는 어깨를 으쓱했다.

"프랑스에는 황후를 증오하는 하층민들이 존재하고 있지. 그들은 자기들이 저 불쌍한 마리 앙투아네트를 모욕했던 기억을 황후에게서 되살리려 하고 있어. 하지만 내가 살아 있는 한 그들은 아무 짓도 하지 못할 거야. 내가 어떤 사람인지를 포도달 13일에 경험했던 그들은, 자신들이 잘못할 경우 언제라도 내가 그들을 박살낼 수 있다는 사실을 잘 알고 있기 때문이지."

그는 군중과 맞서야 했던 소위 시절을 떠올렸다. 그는 천민들의 외침과 그 무질서를 결코 좋아해본 적이 없었다. 그는 군인이었다. 그는 가는 곳마다 올바른 예절과 의례를 복원시켰다. 그러한 규율이 지켜지도록 하기 위해 매순간 긴장과 노력이 필요했다. 그는 그러한 엄격성을 자기 자신에게도 강요했고 그로부터 그의 성격이 형성되었던 것이다.

몰레가 말했다.

"폐하, 폐하께서 계시는 한 어떤 일도 일어나지 않을 것입니다. 하지만 폐하께서 잘 알고 계시듯이, 만일 폐하가 계시지 않는다면 사람들은 언제라도 다시 들고일어날 것입니다."

"나도 알고 있네. 그래서 그 점에 유의하고 있어. 모스크바에서의 재난 이후 사람들은 대담해졌어. 앞으로는 더욱 심해지겠지."

그는 한숨을 내쉬며 말을 이었다.

"하지만 나는 또다시 원정을 떠나지 않을 수 없네. 저 고약한 러시아인들을 쳐부수어야만 해. 놈들을 그들의 국경 너머로 쫓아버리고, 다시는 그 밖으로 나올 생각을 하지 못하도록 해야 할 것이야."

그는 고개를 숙였다. 스스로에게 부과한 이러한 의무, 맞서야만 하는 이러한 필연, 이 모든 것이 이제는 그를 열광시키지 못했다. 그저 해야만 할 일. 그뿐이었다.

몰레가 말했다.

"사실을 감추지 마십시오, 폐하. 사람들은 처음으로 폐하께서 깊은 슬픔과 불안을 안고 출정하는 모습을 보게 될 것입니다. 사람들은 폐하께서 군대를 지휘하셔야만 한다고 믿고 있지만, 또한 폐하께서 이곳에서 차지하는 비중이 얼마나 막중한지를 모르고 계실까봐 염려하고 있습니다."

그는 그 모든 것을 알고 있었다.

나폴레옹은 다시 한숨을 내쉬며 말했다.

"내가 어찌하면 좋겠나? 사실 나는 나를 대신할 만한 사람을 찾을 수가 없네. 군대건 이곳이건 그 어느 곳에서도…… 만일 내가 내 장군들로 하여금 전쟁을 치르도록 할 수만 있다면 나 역시 무척 기쁠 것이야. 하지만 나는 그들이 오직 복종만을 하도록 길들여놓았어. 그 누구 하나 지휘할 능력을 가지고 있지 못해. 모두들 나의 명령을 따를 줄만 알지."

그는 창가를 향해 걸었다. 뮈라의 잘못 때문에 빌나에서 잃어버린 군대를 생각했다. 창 밖을 바라보며, 그가 말했다.

"나폴리 왕은 병사들을 복종시킬 수가 없었네. 아무도 그의 명령에 따르지 않았어. 내가 떠난 이후 군기는 극도로 문란해졌네. 다름아닌 나의 병사들이, 빌나에서 천이백만 프랑에 달하는 군대의 돈을 약탈한 것이야!"

그는 몰레에게 다가가며, 지친 목소리로 말했다.

"가여운 인간의 본성, 그것은 항상 불완전한 것이지. 삶의 습관에서 비롯되는, 그 많은 오류들을 도대체 어떻게 다 바로잡을 수가 있겠나. 뮈라가 전장에서 자기 아이들에게 편지를 쓸 때마다 굵은 눈물방울로 편지지를 적신다는 걸 믿을 수 있겠나? 그는 감상적인 인간이야! 그는 감정을 제대로 다스리지 못해. 오히려 그 때문에 혼란에 빠졌던 것이야."

그는 다시 몸을 돌리고 천천히 창문으로 걸어갔다.

"나 역시 그 누구 못지않게 다감한 사람일세. 나는 감정을 밖으로 드러내지 않기 위해 엄청난 자제력을 키워야만 했어. 아주 어린 시절부터 나는 가슴속의 현(絃)을 침묵시키기 위해 애썼지. 그 뒤로 그것은 한 번도 소리를 낸 적이 없네. 나 자신에게 스스로 부과한 이러한 노력 없이, 내가 그 모든 일들을 해낼 수 있었으리라고 믿나? 시간은 순식간에 흘러가네. 한순간을 놓침으로써 모든 것, 내가 이미 획득했던 것까지도 잃을 수 있는 것이야."

그는 뒷짐을 지며 하늘을 바라보았다.

"나는 움직여야 해. 행동하고, 전진해야 하네."

몰레가 중얼거렸다.

"폐하, 가능한 한 빠른 시일 안에 돌아오셔야 합니다."

나폴레옹은 시계를 꺼내 쳐다보았다. 그는 미소지었다.

"자, 꽤 많은 이야기를 했군. 시간이 늦었네. 이제 그만 자야겠어."

잔다? 어떻게 잠을 잔단 말인가? 그는 모든 것을 휩쓸어가버릴 폭풍이 다가오고 있음을 알고 있었다. 그는 그 폭풍을 냉정히 바라보고 있었다. 그의 눈에 너무도 분명해 보이는 앞일이, 그의 마음을 괴롭혔다. 먹구름이 몰려들고 있었다. 그는 알고 있었다. 이번 전쟁은 전투라고는 전혀 경험해본 적이 없는 어린 신병들을 데리고, 최악의 조건에서 치러야 한다는 것을. 게다가 18만 명의 인원을 추가 동원하기로 결정한, 원로원의 새로운 결의가 각 지방에서 일종의 저주로 받아들여지고 있는 상황이었다. 국민들은 반항하진 않았지만, 지칠 대로 지친 상태였다.

행사에 참석하거나, 황후를 동반하고 오페라에 갈 때마다, 그는 자기를 향해 환호하는 군중들의 함성 속에 일종의 공포심이 담겨 있다는 것을 충분히 느낄 수 있었다. '식인귀'. 영국에서 인쇄되어 사람들 사이에 은밀하게 나돌고 있는 팜플렛은 그를 그렇게 묘사하고 있었다. '식인귀!', '피에 굶주린 적그리스도!'.

그가 물러나기를 사람들은 바라는가? 부르봉 가에 자리를 내주기를? 얼마 전 루이 18세는 프랑스 왕좌에 대한 자신의 권리를 상기시키지 않았던가? 나라를 지배할 권리를 갖기 위해 루이 18세가 한 일이 무엇인가? 그는 어떤 나라의 왕이 되고 싶다는 것인가? 모욕당한 프랑스, 패배한 프랑스, 자기가 점령한 땅에서 쫓겨난 프랑스, 알렉산드르 1세와 프로이센 왕의 요구에 굴복한 프랑스?!

―이걸 위해 내가 이제껏 싸워왔단 말인가? 이런 종말을 보기 위해, 1792년 이래 그 많은 사람들이 죽어갔단 말인가? 나는 그나마 남아 있던 프랑스의 유산을 거둬들여 그것을 지키고 키워왔다.

그는 의자에 몸을 던지듯이 주저앉았다

―유럽의 군주들이 새로이 동맹*을 맺고 나에게 대항하고자 민중들의 감정을 이용하고 있는 지금, 그들과 대립되는 새로운 유럽을 내가 구현하고 있는 지금, 사람들은 내가 그 모든 것을 포기할 거라고 믿는단 말인가?

그는 의자를 붙잡고 무겁게 몸을 일으켰다.

―1813년, 이해는 나에게 가장 큰 도전의 해이다. 승리를 거둔다면, 나는 나의 제국을 세우게 되리라. 그리고 나의 아들이 내

---

* 1813년 2월에서 3월에 맺어진 제7차 대프랑스 동맹.

뒤를 잇게 되리라. 패배한다면…….

그런 상황은 생각하고 싶지 않았다.

만일 패배한다면, 단지 눈앞에 닥치는 상황에 직면하는 수밖에 없으리라. 세력을 되찾기 위해 모든 사건들을 이용해야 하리라. 마치 패배한 군대가 질서정연하게 후퇴하면서 살아남은 병사들을 한 명이라도 더 구하듯이.

1813년 3월 30일, 고관들이 모인 회의장에서 그는 황후를 맞았다. 그는 마리 루이즈를 자신의 곁에 앉도록 했다. 그녀는 선서를 할 것이다. 그녀에게 섭정의 책임이 주어지게 되는 것이다.

그녀가 단조로운 목소리로, 아직도 버리지 못한 강한 액센트가 섞인 독특한 억양으로 말하기 시작했다.

"저는 폐하께 충성을 맹세합니다. 저는 폐하께서 자신의 부재시 제게 일임하고자 하는 권한을 행사하는 데 있어 폐하께서 만든, 혹은 만드실 법을 충실히 따를 것을 선서합니다."

— 내가 패배한다면, 나를 배반함으로써 자기의 권력을 유지하려는 자들에게 그녀가 정녕 저항할 수 있을 것인가?

그는 어떤 환상도 품지 않았다. 그는 고관들의 얼굴을 뚫어지게 쳐다보았다. 저자들 가운데 과연 몇이나 황후와 로마 왕의 지배를 인정할 만큼 내게 충성을 다할 것인가?

하지만 황후를 섭정으로 임명하면서, 그가 기대하는 것은 그런 환상이 아니었다. 오스트리아는 동맹에 가입하지 않거나 혹은 그러기를 주저할 것이다. 그렇게 되면, 그는 시간을 벌 수 있으리라.

마리 루이즈에게 편지를 쓰도록 채근했다. 그리고 황후가 아버지에게 편지 쓰는 것을 지켜보았다.

〈황제는 아버님께 안부를 물으라고 제게 부탁하는군요…… 황

제는 아버님께 깊은 애정을 갖고 있습니다.〉

그는 그렇게 쓰도록 당부했다. 마리 루이즈는 그를 감동시킬 정
도로 순진하게 그가 시키는 대로 따랐다.

〈그는 하루도 빼놓지 않고, 자기가 얼마나 아버님을 좋아하는지
제게 말한답니다…… 황제는 아버님께 자주 편지를 쓰라고 말하
고, 자기의 깊은 우정을 아버님께 말씀드리라고 당부합니다. 사랑
하는 아버님, 그가 같은 말을 반복하지 않더라도 제가 그렇게 하
리라는 것을 잘 알고 계시지요!〉

프란츠 1세가 이렇게 사랑스러운 자기 딸이 섭정으로 있는 제
국에 전쟁을 선포한다면, 그것은 '극악무도한' 짓이리라!

하지만 이 '좋은 아버지, 프란츠'가 그에게 밀어닥치는 폭풍에
얼마나 오랫동안 저항할 수 있을 것인가?

나폴레옹은 전문들을 훑어보고 첩보원들이 올린 보고서들을 읽
었다. 독일이 봉기했다. 러시아의 비트겐슈타인 장군 군대는 군중
들의 열렬한 환영을 받으며 베를린에 입성했다. 모든 대학에서 교
수들은 강의를 중단했다. 철학자 피히테*는 말했다.

"우리의 조국이 자유를 되찾게 될 때, 강의는 재개될 것이다.
아니면 우리는 자유를 되찾기 위해, 모두 죽음을 불사할 것이다."

나폴레옹은 기억하고 있었다. 쇤브룬에서 그를 암살하려 했던
슈탑스란 청년, 그 청년의 증오와 광신적인 열정이 생생하게 떠올
랐다. 그는 군주들을 알고 있었다.

— 대부분 겁쟁이들이지. 그들은 군중의 열정에 따르는 척하면
서 그것을 이용할 것이다. 그리고 만일 내가 그들의 군대를 쳐부

---

* 독일의 철학자, 1762~1814. 1808년경에 프랑스에 대항하는 강력한 민족주의
감정을 고무하는 내용의 「독일 국민에게 고함」이라는 연설을 했다.

순다면, 그들은 모두 나에 대항해서 동맹을 맺을 것이다. 베르나도트처럼, 그리고 졸렬하게 비엔나의 지지를 얻으려 하는 그 멍청한 뮈라처럼! 그 사이, 오스트리아는 이탈리아와 독일에 군대를 대기시키고 적절한 시기가 오면 나를 공격하려 할 것이다.

문득 어지럼증이 엄습해왔다.

―그처럼 내가 오스트리아 대공들과 싸워야 했던 것이 벌써 몇 번째이던가? 다시 시작해야 하는 것인가?

나폴레옹은 오스트리아의 슈바르첸베르크를 접견했다. 슈바르첸베르크는 다시 파리 주재 대사로 부임해왔다. 4월 13일 화요일, 생 클루 공원엔 봄바람이 일렁이고 있었다. 접견실의 모든 창문이 열려져 있었다.

나폴레옹은 슈바르첸베르크를 창가로 이끌었다. 그는 러시아 원정에서 슈바르첸베르크의 군대가 거둔 성공을 상기시켰다. 슈바르첸베르크가 러시아와 맺은 휴전 협정에 대해선 한마디도 언급하지 않았다.

슈바르첸베르크는 당황한 모습이었다. 그는 나폴레옹의 질문에 대답할 엄두조차 내지 못했다. 나폴레옹이 물었다.

"우리의 동맹 관계를 강화하기 위해 내가 일리리아 지방을 오스트리아에 양도한다면, 프란츠 1세 황제는 받아들일 것 같소?"

그렇게 되면 오스트리아의 영토는 다시 아드리아 해안에까지 이르게 될 것이다.

슈바르첸베르크는 계속 입을 다물고 있었다.

―두려워하는 것이리라. 중재를 맡겠다고 나선 메테르니히의 말을 내게 전할 일이 난감하리라. 내가 마음을 상하게 될까봐 겁을 내고 있는 것이겠지……

달리 무엇을 할 수 있겠는가? 그저 그러한 모든 사실을 모르는 척할 수밖에. 슈바르첸베르크를 '친구'라 부르며, 다정하게 팔을 잡고 생 클루 성의 긴 회랑을 지나 배웅해주는 수밖에. 그리고 결국 아무런 해결에도 이르지 못한, 네 시간이 넘게 걸린 이번 면담이 매우 즐거웠노라고 말해주는 수밖에!

그는 멀어져가는 슈바르첸베르크를 바라보았다.

지나치게 타협적인 태도를 보여준 것이 아닐까?

— 슈바르첸베르크는 내가 전쟁을 두려워하고 있다고 상상하진 않을까?

문득 그는 자신을 돌아보았다.

— 언젠가 내가 전투에서 무력하고 무능한 인간이 되지 않을까 두려울 뿐이다. 그것만이 두려울 뿐이다. 하지만 그런 일은 내가 죽는 순간에나 있을 것이다! 나 혼자뿐일지라도 나는 싸운다. 그리고 나는 혼자가 아니다.

그는 독일에 주둔하고 있는 군대와 합류하기 위해 떠날 것이었다. 이미 수차례 그 길, 생트 므누를 거쳐 마인츠로 향하는 그 길을 통해 프랑스를 떠났었다.

그 길, 루이 16세는 오스트리아인 왕비와 함께 그 길을 따라 도망치다가 신분이 발각되어 붙잡혔었다.

— 나는 참수당한 그 불행한 여인의 질녀에게 섭정을 맡겼다. 내 아내 마리 루이즈에게. 나는 도망치기 위해서가 아니라 싸우기 위해 떠난다.

1813년 4월 15일 목요일 새벽 네시, 그는 생 클루 성을 떠났다.

저녁 여덟시에 생트 므누에서 저녁식사를 했다. 이튿날인 16일 금요일 아침 일곱시, 그는 메츠를 지났다. 그리고 그날 자정에 마인츠에 도착했다.

40시간 이상을 달린 것이다.

제2부
죽음이 우리에게 다가온다

프로이센

슈프레 강

엘베 강

바르샤바 공국

에카르츠베르크

로벤베르크

슐레지엔

카셀

바이마르

라이프치히

뤼첸

토르가우

에어푸르트

브레슬라우

슐뤼흐테른

바이센펠스

드레스덴

바우첸

프랑크푸르트

하나우

잘레 강

보르나

피르나

괴를리츠

비스바덴

마인츠

오데르 강

프랑스

뷔르츠부르크

프라하

라인 연방

보헤미아

오스트리아

1813년 4월 16일 ~ 1813년 11월 9일

3
죽은 자들의 대양 한가운데 홀로 살아 있는 섬

1813년 4월 17일 토요일 저녁 여섯시. 그는 자리에 앉아 편지를 쓰고 있었다.

〈나의 루이즈, 16일 자정에 마인츠에 도착했소. 오늘은 당신 편지를 받아보지 못했소. 당신이 어떻게 지내는지, 무엇을 하고 있는지 무척 궁금하오. 당신이 짐작하듯이 나는 할 일이 무척 많소. 궁정 대원수 뒤로크는 아직 도착하지 않았소.〉

그는 자리에서 일어나 창가로 다가갔다. 마인츠의 광장에선 젊은 병사들이 훈련중이었다. 그들 중 누군가가 황제를 발견했는지, 갑자기 그들은 소총을 들어올리며 '황제 폐하 만세!'를 외쳤다. 그는 뒤로 물러섰다. 병사들의 환호성이 가라앉기를 기다렸다. 북치는 소리가 들려왔다. 그 북소리는 4월 17일 온종일 불어대는 바람 소리에 섞여, 가까이 다가왔다가는 멀어지곤 했다.

어제 자정 이곳에 도착한 이후, 그는 밖에 나가지 않았다. 참모들의 보고를 받고, 네와 으젠의 급송 전문을 읽었다. 그는 바클레르 달브와 함께 지도를 살폈다. 러시아군과 프로이센군은 사방에서 전진해오고 있었다. 토르가우가 그들의 손에 떨어졌다. 드레스덴에서 그들은 승리자요 해방자로 환영받았다.

─나의 동맹자 작센 왕 프리드리히 아우구스트는 도망쳤다. 그자는, 총을 세워둔 채 내가 다치기만을 기다렸다가 결정적 시기에 나를 끝장내려는 오스트리아와 붙어버렸다.

그는 다시 펜을 잡았다.

〈이곳엔 바람이 꽤 심하게 불고 있소. 내 아들의 두 눈에 키스해주오. 당신의 부친 프란츠 황제께 매주 편지를 쓰시오. 황제께 우리 군대의 상황을 얘기해주고, 내가 그에게 커다란 애정을 느끼고 있다는 것을 전해주오.〉

─이것이 오스트리아를 잠시 망설이게 할 수만 있으면 된다. 몇 주 혹은 며칠이라도…… 내가 러시아군과 프로이센군을 물리칠 수 있는 시간만 벌면.

그는 다시 지도가 있는 곳을 향했다. 밤이 내리기 시작했다. 루스탐이 들어와 촛대에 불을 붙였다.

마룻바닥 위로 길게 그림자들이 드리워졌다. 그는 촛불을 탁자 가까이로 가져오라고 손짓했다. 바클레르 달브가 적들의 위치를 표시해 둔 지도 위에 몸을 굽혔다.

─몇천 명의 기병이 더 있다면, 일은 한결 쉬울 텐데.

그에겐 다른 카드가 없었다. 그가 갖고 있는 얼마 되지 않는 병력으로 그는 게임에 임해야만 했다.

그는 뒷짐을 지고 넓은 방 안을 거닐었다. 이번 전쟁, 이번 게

임은 다 잃거나 다 따거나 양단간에 하나일 터였다. 승리한다면, 탁자 위에 놓인 모든 판돈을 긁어오게 되리라. 패배한다면, 모든 것을 빼앗기게 되리라. 영국은 1792년 이래 프랑스와 벌여온 오랜 전쟁에서 승리를 거두게 될 것이다.

다 따든가, 다 잃든가 둘 중의 하나. 이해 1813년에 모든 것이 걸려 있었다.

그는 다시 자리에 앉았다. 마리 루이즈에게 썼다.

〈나는 당신이 소화 불량으로 고생하는 것을 원치 않소. 즐겁게 지내도록 노력하시오. 그러면 곧 좋아질 것이오. 일을 좀 하는 것도 좋은 방법일 게요. 안녕, 루이즈. 내가 당신을 사랑하듯 당신도 나를 사랑해주오. 나폴레옹.〉

북소리가 멈췄다. 바람도 잦아들었다. 잠들 수 없으리라. 구술해야 할 명령이 너무 많았고, 머릿속에 너무 많은 생각들이 떠올랐다. 많은 결정을 내려야 했다. 비서 팽을 불렀다. 그는 팽에게 작센 왕이 보내온 편지를 보여주었다. 수도 드레스덴을 포기한 작센 왕은 병력을 제공하길 거부했다.

그는 구술했다.

〈전하의 편지는 나를 고통스럽게 했소. 그 편지에 나에 대한 우정은 더이상 들어 있지 않았소. 나는 그것이 전하의 정부에 존재하고 있을 우리 공동의 적이 펼친 계략 때문이라고 이해하오. 나는 전하의 모든 기병대와 장교들을 필요로 하오. 전하도 알다시피 나는 내가 생각하는 바를 솔직하게 말하는 사람이오. 하지만 어떤 일이 벌어진다 해도, 내가 전하를 존경한다는 사실을 믿어 의심치 마시오.〉

─이것이 내가 쓸 수 있는 내용이다. 말을 자제해야 한다. 비엔나 주재 대사 나르본 백작에게도 프란츠 1세를 불쾌하게 자극하

지 말라고 지시해야 하리라. 메테르니히와 프란츠 1세가 뭘 원하는지 잘 알고 있다. 그들 자신은 위험을 무릅쓰지 않고 나를 망하게 하려는 의도이리라. 그들은 모든 준비를 마치고 내가 패하기만을 기다리고 있다.

다 차지하든지 다 잃든지, 무기가 양단간에 결정을 내려줄 것이다.

1813년 4월 28일 수요일, 그는 에카르츠베르크 시의 광장에 위치한 호텔에 사령부를 설치했다. 에어푸르트와 바이마르에서 가까운 곳이었다. 폭우가 퍼붓고 있는 그곳, 잘레 계곡에 20만 이상의 병사들이 집결해 있었다.

나폴레옹은 작은 방에 자리잡았다. 그는 지도 위로 몸을 숙였다. 잘레 계곡에서 출발해, 라이프치히와 드레스덴으로 진출하여, 러시아군과 프로이센군을 동쪽 비스타 강 쪽으로 몰아내야 했다. 그러면 함부르크를 향해 엘베 강을 따라 내려가 베를린을 위협할 수 있으리라.

작센 지방은 하나의 십자로였다. 이곳을 차지하면 독일 전역을 굽어보면서 북동부를 통제할 수 있었다. 나폴레옹은 라이프치히와 드레스덴 두 지역에 동그라미 표시를 했다.

다 차지하든지 다 잃든지, 둘 중 하나다.

간간이 울리는 천둥 소리에 뒤섞여 대포 소리가 진동하기 시작했다. 바이센펠스에서 전투가 벌어지고 있었다.

그는 말했다.

"잘레의 양쪽 기슭을 따라 병력을 진군시켜라."

수앙 장군이 지휘하는 사단 병력은 대부분 한 번도 전투를 치러보지 않은 젊은 신병들이었다. 그들이 러시아의 기병들과 대포들 앞에서 버텨낼 수 있을 것인가?

4월 30일 금요일, 그는 말을 타고 바이센펠스의 방어선을 둘러보았다. 네 원수가, 병사들이 백병전을 벌여 그곳을 점령했다고 보고했다.

네가 말했다.

"저 신병들이 고참병들에게 본보기를 보여주었습니다. 제게 저런 젊은이들을 많이 주십시오. 제가 원하는 곳으로 저들을 데려가겠습니다. 고참병들은 우리만큼이나 알 것은 다 알고 있습니다. 그들은 생각이 너무 많고, 걸리적거리는 것도 너무 많습니다. 반면에 저 불굴의 풋내기들은 어려움을 알지 못합니다. 저들은 왼편 오른편을 돌아보지 않고, 질주하는 말처럼 오직 앞만을 바라봅니다."

그는 '황제 폐하 만세'를 외치는 병사들과 함께 있었다. 그를 바라보는 저 젖비린내나는 얼굴들, 떨며 달리고 싸우고 소리친 나머지 벌겋게 상기된 얼굴들, 소총을 높이 쳐들고 황제를 연호하는 저 얼굴들. 그는 알고 있었다. 저들은 곧 죽으리라는 것을. 전투는 이제 시작되었던 것이다.

다 차지하든지 다 잃든지, 둘 중 하나였다.

하지만 그는 잃을 수는 없었다.

라이프치히로 진군해야 했다. 그는 뤼첸 방면의 길을 진군로로 선택했다. 그는 엘베 강을 따라 좀더 북쪽에 진을 치고 있는 으젠에게 명령문을 보냈다.

〈만일 이 도시 부근에서 포성 소리가 나거든, 즉각 적군의 우측으로 진군하라.〉

그의 생각이 이처럼 분명했던 적도 없었다. 그는 병력들의 이동 상황을 눈앞에 두고 바라보는 듯 꿰뚫고 있었다. 기병대만 있었다면, 그는 러시아와 프로이센군을 궤멸시킬 수 있었을 터였다. 러시아의 바르클레 드 톨리 장군과 비트겐슈타인 장군의 군대, 그리고 프로이센의 블뤼허 장군의 군대를.

—내가 가진 것만으로 적을 무찔러야 하리라.

그리고 무엇보다도 오스트리아가 개입하는 것을 막아야 했다. 밤중에 그는 다시 마리 루이즈에게 편지를 썼다.

〈당신 아버지 프란츠가, 평화가 내게 달렸다고 말했다는 것에 놀라지 않을 수 없소. 석 달 전에 이미 나는 평화 문제에 있어 준비가 돼 있노라고 그에게 말했었는데, 아무 반응을 보이지 않았었소. 이 나라가 러시아나 영국이 강요하는 치욕스런 조건을 받아들이지 않을 것이며, 그들 나라에 의해 박해받지 않을 것이라는 사실을 부친이 깨닫게 하시오. 그리고 내게는 무장을 갖춘 백만 명의 병사들이 있고, 내가 원하기만 한다면 그만한 병력을 더 마련할 수 있다는 사실도. 당신의 편지가 남의 의심을 받지 않도록 오스트리아인들을 통해 전달하시오. 나의 건강은 아주 좋소. 어제는 비가 많이 내렸지만 그 때문에 곤란한 일은 없었소. 지금은 다시 날이 개었소. 내 아들을 포옹해주오. 안녕, 내 사랑. 나폴레옹.〉

그는 참모들을 이끌고 언덕 위를 달렸다. 전위부대를 보고자 했다. 그 젊은 병사들이 그를 보아야 했고, 그가 어떤 사람인지 알아야 했다. 그가 위험을 아랑곳하지 않는다는 것을. 그는 왜 포탄에 맞지 않는가를.

그가 포탄에 맞는다면? 그럴 수도 있지 않은가? 그는 운명에 도전하고 있는 것이었다. 그는 자기 쪽을 향해 포를 발사하고 있는 적군 포대를 대하듯 운명을 대하고 있었다.

—나는 동요하지 않는다. 나를 맞히고 싶으면 맞히라고 할 수밖에. 나를 죽여라. 나는 그것을 받아들이겠다. 하지만 내가 죽지

않는다면, 그렇다면 나는 굴복하지 않고 계속 싸울 것이다.

포탄이 날아오는 소리가 들렸다. 그를 따르던 참모들 한가운데에서 흙덩이가 솟구쳤다. 연기가 걷히자, 참모들이 한 남자의 시체를 외투에 감싸는 모습이 눈에 들어왔다.

—이스트리아 공 베시에르! 나의 원수! 내가 아끼던 사람들 중 하나이며, 내가 근위 기병대의 지휘를 맡겼던 자.

나폴레옹은 그의 주검을 떠나면서 중얼거렸다.

"죽음이 우리에게 다가오고 있다."

그는 생각을 멈추고 말을 달리는 데에만 몰두하고 싶었다. 뤼첸의 시청에서 말을 멈췄다. 밤이 내렸다. 1813년 5월 1일 토요일이었다. 내일이면 전투가 시작되리라. 자리에 눕기 전, 그는 펜을 들었다.

〈나의 친구여, 당신 부친 프란츠에게 편지를 하시오. 그의 아내 오스트리아 황후가 우리에게 품고 있는 증오심에 이끌리지 말아야 한다고, 그것은 그에게 안 좋을 것이며 많은 불행을 가져올 거라고 말하시오. 나는 이스트리아 공의 죽음으로 무척 고통스럽소. 무척 충격적인 일이었소. 특별한 이유 없이, 저격병들을 격려하고 시찰하기 위한 길이었소. 첫번째 포탄이 그를 즉사시켰소. 그의 가여운 아내에게 위로의 말을 해주도록 하시오. 내 건강은 무척 좋소. 으젠 부왕도 잘 지내고 있소. 으젠 부인에게 그의 안부를 전해주도록 하시오. 안녕, 나의 친구여. 나폴레옹.〉

베시에르는 그에게서 몇 걸음도 안 되는 거리에서 죽었다.

—하지만 마리 루이즈를 불안하게 할 이유는 없다. 그런 얘기를 썼다간, 궁정의 모든 사람들, 아니 온 파리 시민들이 황후가 나 때문에 걱정하고 있다는 사실을, 내가 위험한 상황에 있다는 것을 알게 될 테고, 말레 장군과 같은 자들이 어둠 속에서 음모를 꾸밀 것이 아닌가.

그는 대법관 캉바세레스에게 보내는 글을 구술했다.

〈오늘 뤼첸으로 사령부를 옮겼소. 오늘 낮에 떨어진 적의 포탄에 우리는 큰 손실을 입었소. 이스트리아 공이 포탄에 맞아 현장에서 즉사한 것이오. 서둘러 그대에게 편지를 쓰는 것은, 그대가 이스트리아 공의 부인에게 이 사실을 알리기를 바라기 때문이오. 그녀가 신문을 통해 소식을 접하기 전에 말이오. 특히 황후에게는, 이스트리아 공이 죽을 때 그가 내게서 꽤 멀리 떨어진 곳에 있었다는 사실을 납득시키도록 하시오.〉

—죽음?

1813년 5월 2일 일요일, 뤼첸 남쪽 마을들에서 전투가 막 시작될 즈음, 그는 스스로에게 묻고 있었다. 죽음? 그럴 수도 있지. 이번 싸움은 다 차지하든가 다 잃든가 결정이 나는 판 아닌가. 이번 판에 가지고 있는 모든 카드를 내놓아야 한다면, 벌써 패주하기 시작하는 젊은 신병들 속으로, 최전방으로, 그가 내던지는 자신의 목숨이야말로 최후의 카드가 아니겠는가.

그는 말을 타고 병사들과 함께 있었다. 그의 주위에서 천 조각을 찢는 날카로운 파열음에 섞여 긴 휘파람 소리가 이어졌다. 총탄이 곁을 스치고 포탄이 쏟아졌다. 빼앗았다 빼앗기고, 다시 빼앗았다 또 빼앗기기를 이미 수차례 반복하다가 카야 마을 거리에 뿔뿔이 흩어진 채 내닫는 신병들을 향해 그가 소리쳤다.

"집결하라, 병사들이여! 우리는 전투에서 이겼다. 이제 전진하자!"

그는 참모들을 돌아보며 명령했다. 이 카야 마을을 축으로, 군의 오른쪽 날개 전체를 선회시켜라. 적군을 우회할 수 있을 것이다. 포병대는 오른쪽 날개의 이동을 뒤따르라. 도망가는 러시아군에 일제히 포격을 가하여 전멸시켜라!

그는 포화 아래에서 적의 군대들이 후퇴하는 모습을 지켜보았다. 그들은 패배했다. 하지만 궤멸된 것은 아니었다.

그는 말했다.

"만 육천 명의 기병만 더 있었다면, 나는 이번 전쟁을 훨씬 더 빨리 끝낼 수 있을 것이다."

하지만 승리했다. 드레스덴으로 통하는 길이 열린 것이다.

밤이 내리고 총성이 멈추자, 그는 전초를 둘러보았다. 병사들이 그를 환호했다. '황제 폐하 만세'의 외침이 전선을 따라 번져갔다.

그는 참모들에게 몸을 돌리며 말했다.

"저 젊은 병사들의 가치와 저들의 의지와 저들의 사랑에 비견될 만한 것은 아무것도 없네. 저들은 의욕으로 가득 차 있어."

야영지의 불빛 속에서 그를 둘러싸고 있는 장교들의 얼굴을 바라보았다. 전투에서 이겼고, 확신컨대 뤼첸에서의 승리가 전사에 기록될 만한 것임에 분명했지만, 그들은 침통한 표정들이었다.

야영지의 불 가까이에 이르자, 그는 말에서 내렸다. 그는 병사들에게 보내는 포고문을 구술했다. 지금, 이곳에서, 그는 저 젊은 병사들을 감동시킬 만한 말을 찾아야 했다.

〈병사들이여, 나는 그대들에게 만족하노라! 그대들은 나의 기대를 충족시켰다! 그대들의 의지와 용기만 있으면 내게는 부족한 것이 없다. 그대들은 내 독수리 깃발의 영광에 새로운 빛을 더해주었다. 그대들은 프랑스인의 피가 어떤 일을 해낼 수 있는지 증명해주었다. 뤼첸의 전투는 아우스터리츠, 예나, 프리트란트, 모스크바 강의 전투들보다 더 높이 평가될 것이다.〉

그는 다시 말에 올랐다. 부상병들의 신음 소리가 들려왔다. 전투는 많은 희생자를 냈다. 죽거나 부상당한 자들이 양쪽 진영에서 얼마나 될까? 천 명? 만 명? 이만 명?

피로가 엄습해왔다. 그 모든 주검들, 그 모든 승전에도 불구하고, 정작 승부는 아직도 가려지지 않은 것이다!

뤼첸에 도착한 그는 시청으로 들어갔다.

파리에서 전령들이 도착해 있었다. 전령들이 가져온 신문을 훑어보던 그는 분노를 터뜨렸다. 전쟁을 이런 식으로밖에 이해하지 못한단 말인가? 그는 치안장관 사바리에게 보내는 편지를 구술했다.

〈군대를 언급한 모든 신문기사들이 이처럼 우둔하기 짝이 없다면, 차라리 군대에 대해 아무것도 쓰지 않는 것이 낫다고 생각하네. 프랑스에서 이런 식으로 여론을 움직일 수 있다고 믿는 것은 커다란 잘못이야. 일이 되어가는 대로 놔두는 것이 낫겠어…… 우리에게 필요한 것은 진실이며 단순함이야. 이러이러한 일이 사실이다, 혹은 사실이 아니다, 이 한마디면 족한 것이야!〉

그는 지쳤다. 모든 것을 자기 손으로 처리해야 했다. 모든 것을. 그 무엇도 방치할 수 없었다. 실 한 가닥만 놓쳐버리면 모든 것이 끝장이었다. 몇 시간이라도 잠을 자야 했다. 그는 한숨을 내쉬었다. 마지막 일이 남아 있었다. 그는 종이와 펜을 가져오게 했다.

〈지금은 밤 열한시오. 무척 피곤하오. 알렉산드르 황제와 프로이센 왕이 지휘하는 군대를 상대로 완벽한 승리를 거두었소. 전사자와 부상자를 포함해서 만 명의 병사를 잃었지만, 나의 병사들은 영광스런 전과를 올렸소. 그들이 나를 얼마나 사랑하는지 그 증거를 보여주었소. 나는 마음 깊이 감동하고 있소. 내 아들을 포옹해주오. 내 건강은 아주 좋소. 안녕, 나의 루이즈. 나폴레옹.〉

얼마 동안이나 잤을까? 언제부터 다시 일을 하게 됐는지 기억할 수조차 없었다. 언제 잠을 자고 언제 일어났는지도 모르게, 그는 지도들을 살피고 참모들에게 명령을 구술했다.

엘베 강의 좌안 전체가 이제는 프랑스군의 손에 있었다. 로리스통 장군은 라이프치히를 점령했다. 드레스덴도 며칠 후면 수중에 들어올 것이었다. 그후에, 러시아와 프로이센군의 태도에 따라, 프사일라인으로 거슬러올라갈 것인지 아니면 동쪽으로 계속 전진할 것인지 결정하게 될 것이다.

지도를 들여다보며, 그는 바우첸, 뷔르셴, 괴를리츠, 브레슬라우 등의 지명에 표시를 했다.

그를 불안케 하는 것은, 이처럼 비스타로 진군함에 따라, 그의 우측이 무방비 상태가 된다는 점이었다. 그는 오스트리아 제국의 국경을 따라 나아갈 터인데, 메테르니히와 프란츠 1세를 어떻게 믿을 수 있단 말인가?

나르본 백작에게 편지를 썼다. 대사는 오스트리아 황제에게 냉담한 대접을 받고 있었다. 비엔나 정부는 프랑스군의 패배만을 기다리고 있었다. 그런 후에, 메테르니히는 러시아와 프로이센에 자신의 계획을 강요할 수 있을 것으로 상상하는 것이리라.

오스트리아와도 역시 전쟁중인 셈이었다.

그는 밖으로 나왔다. 날이 밝아오고 있었다. 야영지에는 여전히 모닥불이 타오르고 있었다. 맑은 날이었지만 추웠다. 말을 타고 전장을 달리던 그는 한순간 멈춰 섰다. 병사들에게 둘러싸인 농부들이 커다란 구덩이에 주검들을 던져넣고 있었다.

그는 말에 박차를 가하며, 행군중인 병사들을 지나갔다. 병사들이 그에게 환호를 보냈다.

―이들은 살아 있다. 이곳에 없는, 이들의 동료들은 죽었다. 베시에르 원수는 죽었다. 나는 살아 있다. 죽음은 나를 원하지 않았다. 나는 죽음을 겁내지 않는다. 죽음을 무시한다. 내가 싸우지 않는다면, 살아 있는들 무슨 소용이란 말인가?

땅거미가 질 무렵, 군대는 보르나의 작은 마을에 닿았다. 그는 병사들이 마련해놓은 탁자 앞에 자리잡고 편지를 쓰기 시작했다.

〈나의 친구여, 4월 30일자 당신의 편지를 받았소. 아들에 관한 소식과 당신이 잘 지낸다는 소식에 나는 무척 기뻤소. 내 건강도 아주 좋소. 날씨도 아주 좋소. 나는 도처에서 황급히 도망치고 있는 적군을 추적중이오.〉

그는 여기서 그칠 수 있을 것이었다. 어제 그랬던 것처럼, 쓰고 싶은 말을 쓸 수도 있었으리라. 이를테면 '어린 왕이 나를 완전히 잊었으리라고 생각하오. 나를 대신해 아이의 두 눈에 두 번 키스를 해주오'라고. 하지만 비엔나와의 전쟁을 피하기 위해, 가능한 일은 무엇이든 다 시도해야 했다.

그는 썼다.

〈당신 부친 프란츠는 옳은 길을 가고 있는 것 같지 않소. 사람들은 그를 부추겨 내게 대항시키려 하오. 오스트리아의 대리 대사 플로레를 부르도록 하시오. 그에게 이렇게 말하시오. '사람들이 나의 부친을 우리와 맞서도록 부추기고 있다. 내가 당신을 부른 것은, 당신이 내 부친에게 편지를 써서 황제는 힘이 있으며, 그에게는 무장한 백만 명의 병력이 있고, 내가 염려하는 대로 나의 부친이 황후의 쓸데없는 소리에 귀를 기울인다면, 그것은 큰 불행을 자초하는 거라고 말해주기를 부탁하기 위해서다. 나의 부친은 이 나라를 알지 못한다. 이 나라가 황제와 그 힘에 얼마나 큰 애착을 갖고 있는지 알지 못한다. 그의 사랑스런 딸이자, 태어난 조국에 지대한 관심을 갖고 있는 나를 대신해 아버지에게 말해달라. 만일 나의 부친이 남의 말에 넘어간다면, 프랑스군은 9월이 되기 전에 비엔나에 있게 될 것이고, 아버지는 그를 무척 아끼는 한 남자의 우정을 잃게 될 것이라고.' 그리고 같은 취지의 편지를 써서 부친에게도 보내시오. 이것은 나를 위해서라기보다는 당신의 부친을 위해서요. 나는 이런 일이 있게 될 줄 진작부터 알고 있었고, 준비가 되어 있으니까. 안녕, 나의 부드러운 사랑. 나폴레옹.〉

그는 해야 할 일을 했다.

5월 8일 토요일 오전 여덟시, 드레스덴에 입성했다. 경쾌한 햇살이 온 도시에 넘쳐흐르고 있었다. 멀리서 포성이 울렸고, 엘베 강 위로 연기가 피어올랐다. 러시아군과 프로이센군은 오스트리아 국경을 따라 브레슬라우로 후퇴하면서 다리를 모두 불태워버렸다.

도시의 입구에서 몇 미터 떨어진 길 한가운데, 근엄한 차림의 사람들이 모습을 나타냈다. 그 도시를 대표하는 귀족들이었다. 그는 그들을 경멸하는 시선으로 바라보았다.

─불과 며칠 전만 해도 프로이센 왕 프리드리히 빌헬름과 차르 알렉산드르를 환대하던 자들 아닌가. 승리자라고 판단하는 쪽에 열성적으로 친절을 베풀고 세금을 바치는 자들. 그리고 이제 그들은 내 앞에서 당황해하며 떨고 있다.

그는 말했다.

"당신들은 내가 이곳을 점령지로 다루어도 아무런 할 말이 없을 거요. 당신들은 당신네 국민들에게 군복을 입히고 무기와 장비를 주어 내게 대항하도록 했소. 당신들의 젊은 처녀들은 나의 적들의 발 아래 꽃을 뿌렸고."

그 화환들은 지금 다 어디로 갔는가? 거리의 똥만도 못 한 것들!

그가 타고 있던 말이 앞발로 땅을 걸어찼다. 귀족들은 몸을 떨었다. 하지만 이자들의 비겁함을 이용해야 했다.

그는 말을 이었다.

"그럼에도 불구하고 나는 모든 것을 용서할 작정이오. 당신들의

54

왕에게 감사하시오. 그가 당신들을 구했기 때문이오. 당신들 중
대표가 왕에게 찾아가 이곳으로 돌아오도록 간청하시오. 나는 오
로지 왕에 대한 사랑 때문에, 당신들을 용서하는 것이오. 당신들
이 전쟁 때문에 큰 피해를 당하지 않도록 가능한 한 애써보겠소."
　─작센 왕 프리드리히 아우구스트가 필요하다. 그의 기병들과
병사들이 필요하다. 그가 이곳 수도 드레스덴에 개선 장군처럼 돌
아오도록 해야 하리라. 그와 만찬을 가질 것이다. 그가 이 도시에
서 도망쳤으며, 그의 병사들을 동원해 나를 돕는 것을 거부했고,
나의 패배를 기다렸다는 사실을 모두 잊을 것이다. 하지만 드레스
덴의 모든 사람들과 마찬가지로 그 역시 내가 승리자라는 사실을
깨달아야 할 것이다.

　그는, 화려하고 아름다운 도시의 중심에 위치한 왕의 궁전에 자
리잡았다. 부드러운 봄날은 벌써 여름을 예고하고 있었다. 그는
마리 루이즈에게 썼다.
　〈사람들이 마치 봄처럼 신선하다고들 하는 당신 가까이에 있었
으면 좋겠소. 당신은 이 세상에서 가장 사랑스런 여인이오. 나폴
레옹.〉

　엘베 강가를 둘러보았다. 그 더운 날, 강에 다리를 놓고 있는
공병대를 검열했다. 그들은 웃통을 벗어붙인 채 일에 몰두하고 있
었다. 그는 그곳에 한참을 머물며, 베레지나 강의 다리를, 그때 죽
은 병사들을 생각했다. 에블레 장군과 휘하 대부분의 공병들은, 그
초인적인 노력을 벌인 이후에 불과 며칠밖에 더 살아남지 못했다.
　그는 너무 많은 과거를 갖고 있었다. 이따금 너무나 생생하게
떠오르는 과거의 이미지들을 그는 쉽사리 떨쳐낼 수가 없었다. 그
럴 때면 그는 자신을 향해 날아오는 포탄을 꿈꾸었다. 갑자기 어

디선가 날아온 포탄이 그의 머리를 날려버리기를.

다리가 완성되었다. 그는 강을 건넜다. 프로이센군과 러시아군은 슈프레 강가 바우첸에 진을 치고 있었다. 그는 멀리에서 그들의 위치를 관찰했다. 그리고 드레스덴으로 돌아왔다.

1813년 5월 16일 일요일, 메테르니히가 보낸 부브나 백작을 접견했다. 햇빛이 가득한 왕궁의 커다란 홀을 천천히 거닐며, 그는 부브나의 말에 귀기울였다. 조금씩 그림자가 길어지더니, 어느새 밤이 내리고 있었다.

그는 부브나가 말하게 내버려두었다. 부브나는, 평화를 이루기 위해 메테르니히가 제시한 조건들을 길게 설명하고 있었다. 비엔나는 중재를 자청하고 나섰다.

"무장하고 말이오?"

나폴레옹이 부브나 백작 앞에 멈춰 서며 물었다. 그의 얼굴에 이제 촛불의 불빛이 일렁이고 있었다.

—이자가 내놓는 제안은 너무나 뻔한 것 아닌가. 이자가 요구하는 것은 내게 포기하라는 것이다. 나보고 굴복하라는 것이다. 그들은 평화를 원하는 게 아니다. 나의 퇴위를 원하고 있다.

그가 예상했던 바였다. 하지만 그가 그러한 협상에 굴복하리라고 보는가?

그가 말했다.

"나는 나의 장인을 진작부터 존경해왔소. 우리는 참으로 고귀한 혼인 관계를 맺었고, 나는 그 점에 늘 감사하고 있소. 하지만 오스트리아 황제가 이제 와서 다른 길을 원한다면, 그 결혼은 없었던 게 나았을지 모르오. 지금 이 순간, 나는 그 결혼을 후회하지 않을 수 없소."

그 말을 하고 말았다. 마리 루이즈와의 결합을 문제삼고 말았다.

그는 부브나 백작에게서 등을 돌리고 걸음을 옮기며 말했다.

"내가 가장 마음에 걸리는 것은 로마 왕의 운명이오. 나는 프랑스가 오스트리아의 피를 더욱 가증스럽게 여기는 것을 원치 않소. 프랑스와 오스트리아 간의 오랜 전쟁으로 양쪽 모두에 원한이 싹트게 되었소. 당신도 알다시피……"

그는 부브나를 향해 돌아섰다.

"오스트리아 공주인 황후는 프랑스에 도착했을 때, 사람들로부터 사랑받지 못했었소. 그녀가 자상함과 미덕으로 비로소 민심을 얻기 시작한 지금, 당신은 나에게 온 나라를 자극할 일을 강요하고 있소. 물론 나는 그렇게 애정이 깊은 사람은 아니오. 하지만 내가 이 세상에서 누군가를 사랑한다면, 그것은 바로 내 아내일 것이오. 이 전쟁이 어떤 결과로 끝나든, 그것은 로마 왕의 운명에 영향을 미칠 것이오. 그러한 점 때문에 나는 오스트리아와의 전쟁이 달갑지 않은 거요."

홀을 떠나려는 부브나 백작에게 나폴레옹이 다가갔다.

—이자는 나의 확고함을 이해했을까?

"영국인들의 웃음거리가 되고 적들에게 승리를 안겨주느니, 불가피하다면 나는 용감한 프랑스인들의 선두에 서서 죽을 각오가 되어 있소."

—죽는다?

1813년 이해, 그는 다시 죽음을 생각하고 있었다.

십여 개의 촛불이 밝히는 커다란 홀에 서서, 그는 오랫동안 서성였다. 이윽고 그는 조그만 탁자에 기대어 마리 루이즈에게 몇 줄 적었다.

〈오늘 저녁 부브나 장군을 만나 내 생각을 말했소. 나는 그들이 내 말을 심사숙고하기를 기대하오. 어떤 경우든 당신은 걱정할 것

없소. 그들은 모두 혼쭐이 날 터이니…… 안녕, 나의 친구여. 내가 당신을 사랑하는 만큼 당신도 나를 사랑해주오. 나폴레옹.〉

드레스덴을 떠나 전초가 있는 곳으로 향했다. 포탄에 맞아 잿더미가 된 도시와 마을들을 통과해야 했다. 말을 타고 가면서, 그는 슈프레 강가를 굽어보는 언덕 위에서 마사 책임자 콜랭쿠르를 돌아보았다. 프로이센군과 러시아군은 바우첸 동쪽, 저 푸르른 언덕과 계곡에 진을 치고 있었다.

"알렉산드르를 만나보게. 그의 목적이 무엇인지를 안다면, 우리는 서로 타협할 수 있을 거야."

그는 말 고삐를 잡고, 콜랭쿠르가 탄 말이 다가오도록 기다렸다. 그는 적이 포진해 있는 언덕을 바라보았다. 저 언덕을, 병사들은 퍼붓는 총탄 속에서 기어올라야 하리라. 그는 병사들과 함께 할 것이었다.

피할 수만 있다면!

그는 다시 콜랭쿠르에게 말했다.

"나의 의도는 알렉산드르가 메테르니히의 음모에서 벗어날 수 있도록 돕자는 것일세. 내가 만일 어떤 희생을 치러야 한다면, 그것이 오스트리아가 아닌 알렉산드르 황제와 그의 동조자 프로이센 왕을 위한 것이기를 바라네. 동맹을 깨고 제 몫을 챙긴 이외에도, 중재국이란 자격으로, 다른 모든 일을 결정하려 드는 오스트리아를 위해서가 아니라, 나와 정정당당히 싸운 자들에게 그 몫이 돌아가기를 바라는 것일세."

—콜랭쿠르가 절을 하는군. 자기가 원하던 말을 듣게 된 사람처럼 낯빛이 환해졌어. 내 주위에 있는 자들은 모두 콜랭쿠르와 같아. 베르티에도, 모든 장군들도, 그리고 어쩌면 내게 가장 충성스런 대원수 뒤로크까지도 그럴 것이야. 그들은 지쳐 있어. 평화

를 원하지. 자기네가 쌓은 부를 누릴 수 있기를 원해. 어떤 대가
를 치르더라도…… 쌓아놓은 재산을 써먹지 못하고 죽게 될까봐
겁을 먹고 있어.

나폴레옹이 말했다.

"뭘 기다리고 있는 건가?"

그의 말이 떨어지자마자, 콜랭쿠르는 날듯이 달려갔다.

1813년 5월 19일 수요일. 날씨가 변했다. 콜랭쿠르가 알렉산드
르의 회답을 갖고 도착했을 때엔 비가 내리고 있었다. 휴전도 평
화도 없을 것이다. 차르는 그의 제안을 거절했다.

나폴레옹이 말했다.

"그자들 모두 내가 새로운 승리를 거두고 나면 좀더 고분고분
해질 거야."

그는 밤새 명령을 내렸다. 적군의 좌측을 공격해서 그들의 우측
방비를 허술하게 할 생각이었다. 따라서 주 공격은 네 원수가 슈
프레 강을 건너 적의 후방에 기습을 가하는 것과 동시에 우측에
가해지게 될 것이다.

빗줄기가 거세졌다. 그는 잠에서 깨어났다. 1813년 5월 20일
목요일, 폭우 속에서 전투가 벌어졌다. 그는 총탄과 포탄이 쏟아
지는 속에서 전위부대와 함께 있었다. 그는 바우첸에 들어갔다.
그는 전투가 벌어지는 동안 땅바닥 위에서 잠깐 눈을 붙이고, 지
도들을 들여다보며 밤을 보냈다. 그리고 5월 21일 금요일 아침,
말에 올라 뷔르셴을 향해 질주했다. 그는 전위부대를 떠나지 않았
다. 휘하의 병력들 중 가장 위험에 노출되어 있는 그들과 함께 있
을 필요가 있었다. 평소 그는, 부하들을 독려할 때와 같이 반드시
필요한 경우가 아니면, 지휘관은 위험을 무릅써서는 안 된다고 했
던 자신의 말을 기억하고 있었다. 다른 모든 경우, 장군들은 자신

의 목숨을 보호해야 한다고 늘 말했었던 것이다.

하지만 지금 이 순간은, 자기 목숨을 위태롭게 하는 것이 필요한 상황이었다.

그를 바라보는 호위대와 참모들의 시선에 당혹감이 역력했다. 그들은 묻고 있었다, 도대체 폐하께선 왜 저렇게 포탄이 퍼붓는 속을 달리려 하는가?

그는 운명이 원하는 것을 알아야 했던 것이다.

바우첸과 뷔르센의 전투는 승리로 끝났다. 오후 여섯시였다. 외딴 여인숙 앞에 자신의 막사를 설치하도록 지시했다. 여인숙 안에는, 바로 그곳에서 온종일 머물렀던 알렉산드르 황제의 체취가 아직 남아 있을 것이었다.

어둠이 깔리는 동안, 황제 근위대가 군악을 연주했다.

그는 마리 루이즈에게 편지를 썼다.

〈오늘 한 차례 전투를 치렀소. 바우첸을 점령했소. 비스타의 원군과 합세한 러시아와 프로이센군은 유리한 위치를 점하고 있었지만, 나는 그들을 패주시켰소. 오늘은 좋은 하루였소. 좀 피곤하오. 낮 동안 두어 차례나 온몸이 땀에 젖었소. 나 대신 내 아들을 포옹해주오. 우리측 피해는 사상자가 삼사천쯤 되는 것 같소. 장군들은 아무도 다친 사람이 없소. 안녕 내 사랑. 나폴레옹.〉

─하지만 끝난 것이 아니다. 언젠가 끝이 나기는 할 것인가?

러시아와 프로이센군은 궤멸되지 않았다. 그들을 추격해야 했다.

─그런데 내게는 기병대가 없다!

그는 전위부대가 있는 곳까지 말을 달려, 소총수들과 함께 언덕을 기어올라갔다. 포탄이 떨어졌다. 그들의 요란한 복장이 적군 포병의 주의를 끌었던 것이다. 호위대 엽기병 하나가 죽었다.

나폴레옹이 말했다.

"오늘은 행운이 우리를 썩 반기지는 않는 것 같군."

그러나 계속해서 나아갔다. 바로 몇 걸음 뒤에 콜랭쿠르, 뒤로크 대원수, 공병대 키르주네 장군, 그리고 모르티에 원수 등이 따라오고 있었다.

뒤를 돌아보았다. 그들에게선 승자의 모습을 찾아볼 수 없었다. 그들은 그저 명령에 복종할 따름이었다. 그는 계속 전진했다. 갑자기 휘파람 소리가 들리더니, 포탄이 바로 뒤에 있는 나무에 적중했다. 흙먼지가 자욱하게 일었다. 운명이 그에게 경고를 보내는 것 같았다. 그는 놀란 말을 진정시키며 흙먼지가 가라앉기를 기다렸다. 아주 멀리서 들려오는 듯한 콜랭쿠르의 침통한 목소리를 들었다.

"폐하, 뒤로크 대원수가⋯⋯."

그 한마디 말에 머릿속에 온갖 기억들이 한꺼번에 떠올랐다.

─툴롱에서부터 내 곁에 있어온 뒤로크. 단둘이 있을 때면 속내 말도 거침없이 나누고, 마리 발레프스카를 내게 데려다주었던 뒤로크. 뒤로크에게는 아무것도 숨기는 것이 없이 절대적으로 신뢰했다. 뒤로크가 죽었다. 란에 이어, 베시에르에 이어. 운명은 나를 죽은 자들의 대양 한가운데 홀로 떠 있는 살아 있는 섬으로 만들 작정인가?

그는 말에서 내렸다.

나무를 때린 포탄의 파편이 키르주네 장군을 죽이고, 뒤로크의 배를 갈가리 찢어놓았다. 그들은 겨우 숨만 붙어 있는 뒤로크를 마커스도르프 마을의 한 집으로 옮겼다.

뒤로크는 납빛이었다. 나폴레옹은 그의 곁에 앉아 그의 오른손을 잡았다. 손은 벌써 차디찼다. 그는 그렇게 십오 분 이상을 머물렀다.

뒤로크가 중얼거렸다.

"아, 폐하! 그만 가십시오. 폐하께서 별로 즐기실 만한 광경이
아닙니다."

나폴레옹은 무겁게 몸을 일으켰다. 그는 콜랭쿠르의 팔에 의지
했다. 그는 뒤로크를 향해 몸을 숙이고 마지막으로 나지막이 말했
다.

"잘 가게, 친구. 아마도 곧 다시 만나게 될 것이네."

그는 벌판에 세운 자신의 막사 앞에 미동도 하지 않고 앉아 있
었다. 드루오 장군이 포병대에 명령을 내려달라고 찾아왔다. 네는
적군이 패주했다고 알려왔다.

그는 말했다.

"내일 오게나. 모두들."

뒤로크를 다시 한번 보고 싶었다. 그는 뒤로크가 누워 있는 집
으로 향했다.

그는 죽은 자의 얼굴에 입을 맞추었다.

―내 삶의 일부도 그와 함께 죽은 것이다.

잠을 이루지 못했다. 뒤로크의 죽음은 어떤 불길한 징조처럼 그
를 괴롭히고 있었다. 그것은 징벌과도 같았다. '운명'은 그의 죽
음을 원하지 않았다! 그는 끝까지 가야만 하고, 그의 주위 사람들
이 죽어가는 것을 바라봐야만 했다. '운명'은 죽음이라는, 전장에
서의 휴식을 그에게 허락지 않았다.

좋다.

그는 괴를리츠로 진군하는 전위부대와 함께 있었다. 그는 보병
부대보다도 앞에 나섰다. 갑자기 러시아 기병들이 길 위에 나타났
다. 그들과의 거리는 불과 수백 미터였다. 나폴레옹은 침착하게

그들에게서 등을 돌리고, 다가오는 포병부대를 지휘하여 대포들을 설치하게 했다. 베르티에가 러시아군이 다가온다고 외치자, 나폴레옹은 침착하게 대답했다.

"그런가? 그렇다면 우리도 공격이다."

위험할 게 뭐가 있단 말인가? 죽음?

죽음이란 도대체 무엇인가? 게임의 끝일 뿐 아닌가.

밤이 내렸다. 그는 약탈당한 한 작은 농가에 자리잡았다. 그 작고 어두운 방에 머물 수밖에 없었다. 그게 뭐 대수란 말인가? 그는 뒤로크의 죽음말고는 아무것도 생각할 수가 없었다. 자신의 고통을 누군가와 나눠야만 했다. 누군가에게 속을 털어놓아야만 했다.

〈나의 친구, 당신은 뒤로크 대원수와 키르주네 장군이 포탄에 맞아 죽었다는 사실을 이미 들었을 것이오. 내가 얼마나 고통스러운지 짐작이 가오? 당신은 프리울 공에 대한 나의 우정을 잘 알 것이오. 프리울 공 뒤로크 대원수는 나와는 이십 년이 넘게 사귀어온 친구요. 나는 그에게 한 번도 불만을 가져본 적이 없소. 그는 어려운 일이 있을 때마다 내게 위안이 되어준 사람이오. 그의 죽음은 도저히 만회할 수 없는 커다란 손실이오. 그것은 우리 군에게는 최악의 손실이었소. 나는 뒤로크 대원수를 대신할 새로운 사람을 임명하기 전까진 콜랭쿠르로 하여금 그 자리를 지키도록 명령했소. 안녕, 내 사랑. 나폴레옹.〉

오데르와 나이세 사이의 노이마르크트에 자리잡았다. 흰 구름이 흘러가는 동유럽의 거대한 하늘을 바라보았다. 날씨는 따뜻했다. 나폴레옹은 사령부로 사용하고 있는 집 앞을 거닐었다.

한 달도 안 되는 사이에, 러시아와 프로이센군을 350킬로미터 후퇴시켰다. 언제나 전투에서 승리했지만, 그들을 궤멸시키지는 못했다. 그들을 추격하기 위한 기병대가 그에겐 없었던 것이다. 그들은 패했고 궁지에 몰렸다. 쿠투조프가 죽었다는 소식을, 그는 좀전에 전해들었다. 병이 들어 이번 전쟁에서 군대를 지휘할 수 없었던, 그 러시아군 대원수가 죽은 것이다.

―이제 여름이 다가오는데 무엇을 해야 하는가? 더구나 나는 이 황량한 폴란드를 전혀 모르지 않는가!

그는 주위를 둘러보았다. 콜랭쿠르와 베르티에가 보였다. 그는 그들의 말을 들었다.

―이들은 평화를 원하고 있다. 아마도 콜랭쿠르는 전쟁을 끝낼 수만 있다면, 패배까지도 받아들이려 할 것이다. 그를 보내리라. 메테르니히의 중재하에 휴전을 요구하러 온 러시아와 프로이센의 대표단을 만나게 할 것이다. 내게 기병대만 있었다면, 저들의 군대를 궤멸시킬 수도 있었으리라. 나의 용기병들, 흉갑기병들, 폴란드 창기병들은 다 어디에 있는가? 러시아의 눈 속에 파묻혀버렸잖은가!

베르티에에게 각 군대의 상황을 보고하도록 했다. 손실이 컸다. 신병들은 계속되는 행군을 이겨내지 못했다. 제3군단의 4만 7천 명 가운데 이제는 2만 4천 명밖에 남아 있지 않았다. 군수품의 공급도 제대로 이루어지지 않았다.

그는 콜랭쿠르를 불러 말했다.

"나는 7월 20일까지 효력을 발휘할 휴전 협정에 서명할 준비가 되어 있네. 그 기간 동안 프라하에서 평화 협상이 열려야 할 것이 야."

―콜랭쿠르는 기뻐하는군. 거의 열광하고 있어. 저런 자가 뒤로크를 대신하다니! 바로 저와 같은 자들만 이제 내 주위를 둘러싸

고 있다. 쓸 만한 사람들은 모두 죽었어. 콜랭쿠르 같은 자들만이 남아 있다.

1813년 6월 4일, 플라이스비츠에서 휴전이 이루어졌다.

노이마르크트를 떠나 드레스덴으로 돌아가기 전, 그는 참모장 클라르크에게 보내는 편지를 구술했다.

〈이 휴전은 내가 연이어 거두던 승리에 제동을 걸었네. 두 가지 이유로 휴전을 결심했네. 첫째는 내게 기병대가 부족한 탓으로 적에게 결정적 타격을 입힐 수 없기 때문이고, 둘째는 오스트리아가 우리에게 적대적인 태도를 취하고 있기 때문일세. 오스트리아 궁정은 겉으로는 우호적인 모습을 보이지만, 프라하에 집결해 있는 저들의 군대로 나를 위협하면서 실제적으로 적대하고 있지 않은 십만여 병력의 존재만으로 이익을 얻어내려 하고 있네. 가능하다면 9월까지 기다렸다가 대공세를 펼칠 생각일세.〉

그는 평화를 믿지 않았다.

—누가 과연 진정으로 평화를 바라는가? 그것은 나의 적들이 패배한 이후에나, 혹은 내가 항복한 이후에나 가능할 것이다. 하지만 평화가 가능한 일인 것처럼 행동해야 하리라. 많은 사람들이 그것을 바라고 있다. 그 바람 때문에 그들은 눈이 먼 것이다.

노이마르크트를 떠나기 전, 그는 마리 루이즈에게 편지를 썼다.

〈28일자 당신의 편지를 받았소. 당신이 무척 괴로워한다는 것을 알 수 있었소. 하지만 마인츠에서 오는 전문을 통해 두 달간의 휴전이 성립됐다는 소식을 접하게 되면, 당신 기분도 한결 나아질 거라고 기대하오. 내 건강은 좋소. 당신도 몸을 잘 보살피도록 하시오. 내 아들의 눈에 두 번 키스해주오. 나폴레옹.

나는 휴전 기간 동안 당신에게서 좀더 가까운 곳에 있기 위하여 드레스덴으로 갈 것이오.〉

4
군인의 영혼에는 무엇이 들어 있는가

노이마르크트에서 드레스덴으로 향하는 길 위를 천천히 달렸다. 그는 고삐를 느슨하게 잡고 말이 움직이는 대로 몸을 내맡기고 있었다. 머릿속에 온갖 생각들이 떠올랐다.

함성이 들렸다. 언덕 위에 있던 병사들이 비탈을 따라 달려내려오고 있었다. 그들이 외쳤다. '황제 폐하 만세!'

그는 병사들의 환호에 대답하지 않았다. 그들의 함성에 그저 정신이 어지러울 따름이었다. 휴전 이후, 그는 판단이 흔들리고 있었다. 비스타 강까지 적을 추격하지 않은 것은 실수가 아닐까. 자기도 모르는 사이에, 베르티에나 콜랭쿠르처럼 어떤 대가를 치르더라도 평화를 이루어야 한다고 부르짖는 자들의 주장에 설득당한 건 아닐까.

매일 밤 숙영지에서 그들은 그를 졸랐다. 가능한 한 서둘러 드레스덴으로 돌아가야 한다고, 마차를 타고 가자고, 그럼으로써 황제의 피로도 줄일 수 있을 거라고…… 그들은 더이상 원치 않았던 것이다. 새벽 세시부터 어두워질 때까지 말을 타야 하고, 야영지에서 몇 시간 동안이나 구술하는 그의 명령을 들어야 하는 것을.

그들은 평화를 원하고 있었다. 쉬고 싶었던 것이다. 그들은 자신들의 피로를 정치로 탈바꿈시켰다.

그는 마차를 거부하고, 말에 올랐다. 새벽녘은 선선했고, 낮은 길었다. 그는 병사들을 보았고, 그들도 황제를 보았다. 이따금 어느 도시에선 주민들이 그를 둘러싸고 환호를 보냈다. 6월 8일 화요일 동틀 무렵, 그가 괴를리츠를 떠나려는데, 도시의 외곽에서 화재가 발생했다. 그는 병사들에게 화재를 진압하라고 지시하고, 피해를 당한 주민들을 위해 6천 프랑을 내놓았다.

그는 바우첸에서 멈춰 섰다. 도시의 집들에는 아직도 많은 부상병들이 머물고 있었다. 도시 전체가 신음하는 것 같았다.

밤 사이 그는 집무실로 사용하는 작은 방 안에서, 술트 원수와 헌병사령관 프라델 장군의 보고서를 전달받았다. 오른손에만 부상을 입은 병사들의 수효가 2천에 달한다고 했다. 전장을 떠나기 위해 자해를 한 것이다. 프라델은 그들 모두를 본보기로 처벌할 것을 요구하고 있었다.

그가 전장에서 보았던 병사들일 것이다. 용감했지만 종종 당황해하던 신병들의 모습이 떠올랐다. 헌병사령관의 요구대로 그 병사들을 총살시키는 장면을 상상해보았다. 처벌이란, 쓸모 있을 경우에만 정당화될 수 있는 것이다. 그는 수석 군의관 라레를 불렀다. 라레는 충성스럽고 솔직한 사람이었다. 그는 군의관에게 물었다.

라레가 즉시 소리쳤다.

"폐하, 그 아이들은 죄가 없습니다. 헌병대가 폐하께 거짓말을 한 것입니다!"

나폴레옹은 고개를 떨구고 라레의 말을 주의깊게 들었다. 병사들은 본의 아니게 자기 총에 의해 부상을 입는 수가 있으며, 사각 대형으로 집결해올 때 바로 앞의 동료에게 상처를 입히는 경우도 자주 발생한다는 것이었다. 라레는 확신을 가지고 말했으며, 증언이나 증거를 내놓을 수도 있다고 주장했다.

방을 거닐며 귀기울이던 나폴레옹은 군의관 앞에 멈춰 섰다.

"나중에 자네에게 지시가 있을 것이네."

몇 걸음을 떼어놓던 그는 나가려는 군의관에게 말했다.

"자네 같은 사람을 만나게 되어 무척 기쁘네."

그는 금화 6천 프랑과 3천 리브르의 국가 연금, 그리고 다이아몬드가 박힌 세공품을 라레에게 하사하도록 지시했다.

모든 것을 보아야 한다. 모든 것을 알아야 하고, 결정을 내려야 한다.

그에게 라레 같은 사람이 아직 몇 명이나 더 남아 있을까? 란, 베시에르, 뒤로크, 그 외에도 무수한 사람들이 죽었다. 게다가 그가 막 전해받은 급송 전문은, 일리리아 지방의 총독 쥐노가 미쳤다는 소식을 전하고 있었다!

그는 기억하고 있었다. 툴롱에서의 일이었다.

나폴레옹이 포병대위 시절, 쥐노는 하사관이었다.

─그 청년 쥐노, 영국군의 포탄이 가까이에 떨어져 내가 그에게 구술하던 명령서가 흙먼지로 뒤덮이자 웃으며 말했었지. '덕분에 잉크를 말릴 필요가 없게 되었습니다.' 파리에서 지내던 비참

했던 시절, 내게 먹을 것을 나눠주었던 쥐노. 생 장 다크르에서도 내 곁에 있었지. 나는 이집트를 떠나면서 그에게 말했었던가. '우정을 느낀다'고.

나폴레옹의 가슴에 뚫린 구멍으로 쉴 새 없이 바람이 몰아치고 있었다.

— 그래, 나는 그렇게 말했었다. 그 쥐노가 미쳤다고? 라구사에서 열린 무도회에 벌거벗은 몸에 훈장들만 걸고 나왔다고?! 총독의 제복을 입고, 마부 대신 자기 마차를 몰았다고!

헛소리를 해대는 쥐노를 보다 못한 주위 사람들이 그를 감금하고, 부르고뉴에 있는 그의 집으로 돌려보냈다고 했다.

— 쥐노가 미쳤다. 죽은 것보다도 못 하다!

한동안 자리에 꼼짝도 하지 않고 앉아 있던 그는 몸을 일으키고는 마치 기나긴 어두운 터널을 지나온 사람처럼 주위를 둘러보았다. 그는 창가로 다가가며, 분명한 목소리로 명령들과 급송 전문들을 구술하기 시작했다.

그는 베르트랑 장군에게 썼다.

〈전쟁이란 활력과 결단력과 한결같은 의지 없이는 불가능한 것이야. 주저하거나 망설여서는 아니 되네. 엄한 군기를 확립하도록 하게. 일을 처리함에 있어, 그대의 병사들을 신뢰하는 데 주저하지 말게.〉

이제 또 가자. 길을 떠난 지 벌써 오 일째였다. 모두들 말에 올라라! 출발이다!

1813년 6월 10일 목요일, 그는 마침내 드레스덴에 돌아왔다.

그는 마리 루이즈에게 썼다.

〈친구여. 새벽 네시에 드레스덴에 도착했소. 시 외곽에 있는 마르콜리니 백작 저택에서 묵고 있소. 이 아담한 저택에 아주 아름다운 정원이 딸려 있어 무척 마음에 드오. 이에 비한다면 왕궁이란 얼마나 쓸쓸한 곳인지, 당신도 잘 알 거요. 내 건강은 무척 좋소. 내 아들을 포옹해주오. 내가 당신을 얼마나 사랑하는지 잘 알고 있겠지? 나폴레옹.〉

몇 시간 동안 잠을 자고 깨어나면서, 그는 몇 날 며칠을 잔 것 같은 느낌이었다.

그는 즉시 시 외곽 지역 프리드리히슈타트로 말을 몰았다.

병사들이 한가하게 오가고 있었다. 사람들이 말하는 평화가 저것이란 말인가?

그는 시내로 들어갔다. 그를 알아본 사람들이 주위에 몰려들었다. 환호는 없었다. 사람들은 놀라움에 사로잡힌 것처럼, 두려움이 뒤섞인 시선으로 그가 지나가는 것을 바라보았다.

작센 왕이 소식을 듣고 황급히 달려나오는 모습이 눈에 들어왔다. 나폴레옹은 말에서 내려 그에게 다가갔다.

왕은 말했다.

"엉뚱한 소문이 나돌았었습니다. 사람들은 황제 폐하께서 돌아가신 줄 알고 있었습니다. 폐하의 죽음을 숨기기 위해 모습이 똑같은 인형을 만들어 폐하의 마차에 싣고 다닌다는 말도 있었습니다."

―내가 죽었다고?

나폴레옹은 웃음을 터뜨렸다.

―사실 나의 삶의 한 부분은 이미 죽었는지도 모르지. 나머지 부분만 살아남아 계속해서 말을 타고, 명령을 내리고, 전투를 치르고, 희망을 품는 것인지도 몰라.

이따금 그가 빠져드는 느낌이었다. 그리고 이따금 모든 것에서

70

벗어나 몽상 속으로 빨려들어가기도 했다. 마치 삶을 떠나 졸고 있는 듯한 느낌이었다.

나폴레옹은 왕의 말을 들으며, 홀 안으로 걸어들어갔다. 왕은 러시아, 프로이센, 오스트리아, 영국 사이의 협정에 관한 소문을 언급했다.

왕은 오스트리아와 프로이센에서 활동하고 있는 자신의 첩보원들의 보고를 인용해가며 설명했다. 런던은 그 협정에 서명하는 대가로 러시아에 최소한 1백만 파운드를, 프로이센에 60만 파운드를 쏟아부을 예정이라는 것이었다. 협정이 성사되면, 그들 두 나라는 영국의 동의 없이는 나폴레옹과의 전쟁을 중지할 수 없게끔 묶이게 되고, 영국은 마음대로 그들의 조건을 강요하고 평화의 시기를 결정할 수 있게 될 것이었다. 오스트리아는 언제라도 그 협정에 서명할 준비가 되어 있는 듯이 보인다고, 왕은 말했다. 그러나 메테르니히는 영국이나 러시아에 유럽을 내주지 않기 위해 자기 자신의 카드를 내놓은 듯했다. 이른바 무장 중재, 오스트리아가 무장하고 중재하겠다는 정책을 내놓은 것이다. 하지만 영국이 자기네 법칙을 강요하고 있다면, 그것이 러시아와 프로이센에 의해 받아들여질 가능성이 있다면, 프라하에서 열린 평화 협상이란게 도대체 무슨 소용이란 말인가?

나폴레옹은 몸을 돌렸다. 그는 말하고 싶었지만, 차마 입 밖으로 내지는 못했다.

—이 모두가 나를 골탕먹이자는 연극 아닌가! 나를 바보로 아나? 하지만 같이 놀아주자. 내가 그들과 같이 놀아주는 것은 단지 시간을 벌기 위해서다!

시간, 그렇게 번 시간을 허비해서는 안 되었다. 그는 매일 도시를 돌아보고 병사들을 사열했다.

―드레스덴을 프랑스군의 요새로 만들어야 한다.

도시 주변의 나무들을 제거하도록 하라. 언덕 위에 병영을 설치하라. 성문을 보강하라. 방책을 세우라.

그는 새벽부터 밤까지 말을 타고 다녔다.

마리 루이즈에게 썼다.

〈나는 어제 정오부터 오후 네시까지 말을 탔소. 돌아왔을 때는 온몸이 땀에 젖어 있었소.〉

집무실에 돌아오자, 급송 전문과 편지들이 탁자에 놓여 있었다.

그는 방 안을 거닐며 그것들을 읽었다. 이따금 분노의 신음이 절로 새어나왔다. 섭정인 황후 마리 루이즈에게 보내는 공식 서한을 구술했다.

〈부인, 지난번 당신의 편지를 통해 당신이 침대에 누운 채 대법관의 방문을 받았다는 사실을 알게 되었소. 어떠한 상황이든, 어떤 이유에서든, 당신은 침대에 누운 채 사람들의 방문을 받아서는 아니 되오. 그러한 일은 최소한 서른 살은 넘어야 허락되는 것이오!〉

모든 급송 전문들이 그의 화를 돋우었다.

치안장관 사바리는 여론의 동향에 관한 보고서들을 계속해서 보내오고 있었다. 그에 따르면, 사람들은 평화를 바란다고 했다. 징병 기피자들의 수효가 만여 명에 달하고, 그것이 프랑스 서부와 남부 지방의 질서와 안전을 위협하는 원인이 되고 있었다. 징병을 기피하고 유랑하는 장정들이 만여 명! 산 속에 도적들이 들끓게 될 터였다. 사바리는 자코뱅파를 두려워하고 있었다. 하지만 황제의 비밀 첩보원들은 충성 기사단과 왕당파의 활동을 더욱 주시하고 있었다. 그들이 곳곳에서 음모를 꾸미고 비밀 결사 단체들을 만들고 있다는 것이었다.

―사바리 역시 다른 모든 배부른 자들처럼 내가 무기를 내려놓기를 바라는 것일 뿐이다! 다른 배불뚝이들처럼 조건이야 어떻든

평화를 원하고 있는 것이다.

그는 사바리에게 썼다.

〈장관의 보고는 내 마음에 들지 않았네. 평화가 필요하다는 장관의 주장을, 나는 그 동안 지겹게 들어왔어. 나의 제국이 어떤 상황에 있는지, 나는 장관보다 더 잘 알고 있네…… 나는 평화를 원하네. 그 누구보다 평화에 관심을 갖고 있어. 하지만 우리의 명예를 더럽히는 평화, 혹은 우리를 육 개월 후에 더욱 더 치열한 전쟁으로 내몰게 될 그러한 평화는 바라지 않네.〉

―사바리는 콜랭쿠르나 베르티에가 그렇듯이 나를 설득시키고자 할 것이다.

그는 몇 마디를 덧붙였다.

〈장관의 답장을 바라지 않네. 평화에 관한 문제는 장관의 소임과는 상관없는 일이야. 개입하려 하지 말게!〉

화가 풀리지 않은 그는 내뱉듯이 말했다.

"치안장관은 나를 평화주의자로 만들고 싶은 모양이군. 헛수고일 뿐만 아니라 괘씸한 일이야. 내가 평화주의자가 아니라고 전제하는 것일 테니 말야."

그는 고개를 숙이고 몇 걸음 걷다가 팔을 내두르며 소리쳤다.

"허풍을 떠는 게 아냐! 전쟁을 좋아서 하는 게 아니라고! 나만큼 평화를 사랑하는 사람도 다시 없어!"

그는 매일 밤 외출을 했다. 자신의 모습을 사람들에게 보여야 했다. 그는 만찬을 주최했고 손님들을 극장으로 이끌었다. 그럴 때면 그는 작센의 왕비와 팔짱을 끼고 일행의 맨 앞에 나서곤 했다. 그는 오페라에 가거나, 그가 즐겨 말하듯 마르콜리니의 '아담한 집'에 마련된 작은 극장을 찾았다.

그는 몇 명의 프랑스 배우들을 드레스덴으로 초대하도록 지시했다.

〈나는 파리에, 그리고 런던과 스페인에 소문이 나돌기를 바란다. 우리가 드레스덴에서 즐기고 있다고 사람들이 믿게 하고 싶다. 지금은 연극을 상연하기엔 적당한 계절이 아니니까, 이곳에 오게 될 배우들은 육칠 명 선을 넘지 않도록 하라.〉

그 배우들 중에 조르주 양, 마르스 양, 부르구앵 양 등이 있었다. 그녀들은 젊고 아름다웠다. 그는 상연이 끝난 다음 이따금 조르주 양을 만났다. 그녀와 함께 얘기하고 농담하고 웃었다. 몇 분 동안이나마 드레스덴에서의 모든 걱정을 잊곤 했다. 하지만 모든 것이 곧 제자리로 돌아왔다. 권태로웠다.

극장에서 이따금 졸았으며, 누군가가 깨우면 깜짝 놀라 주위를 둘러보곤 했다.

하지만 마르콜리니 백작의 저택 오른쪽 측면에 마련한 집무실로 돌아오면, 그는 잠을 이루지 못했다. 창문들은 열려 있었다. 날씨가 무더웠다. 병사들이 노래하는 소리나 포도 위를 지나는 순찰대의 말발굽 소리가 이따금 들려왔다. 기끔 번개가 내리쳤다.

그는 집무실로 돌아와, 바클레르 달브가 준비해놓은 지도들 위로 몸을 굽혔다.

―오스트리아가 분쟁에 개입한다면, 그들은 수십만 명의 병사들을 전장에 뿌려놓을 것이다. 드레스덴과 엘베를 지켜야 한다.

그는 몸을 일으켰다.

―남쪽엔 오스트리아군, 러시아군과 프로이센군은 중앙에, 베르나도트는 북쪽에 위치하게 될 것이다. 베르나도트는 2만 5천 명의 스웨덴군을 이끌고 포메른에 상륙했다. 모로가 그를 뒤따르고 있다. 카두달 사건 때에 실패한 그자가 또다시 나를 패망시키고자 미국에서 돌아온 것이다. 알렉산드르 진영에는 아작시오 시절의

내 적이었던 포조 디 보르고가 가담해 있다. 차르에게서, 베르나도트를 매수하라는 임무를 받고 일을 성사시킨 자도 보르고였다. 그들은 베르나도트에게 프랑스 왕좌를 약속했다. 바로 나의 왕좌를 빼앗아 그에게 주겠다는 것이다! 나의 숙적들이 모두 한데 모였다!

그는 다시 지도들을 면밀히 살펴보며 각 진영의 예상 진군로를 표시했다.

―예전에 암살자들에게 뒷돈을 대주며 나를 해치도록 교사한 영국이 지금은 파운드화를 물쓰듯 퍼부으며 전쟁 자금을 대고 있다. 그들은 뮈라에게도 손을 뻗쳤다. 나를 배반하면 이탈리아의 지배권과 돈을 주겠다고 제안한 것이다. 뮈라, 그 멍청한 위인은 그 유혹에 이끌리고 있다!

그는 지도들에서 눈을 떼고 창가를 향해 걸었다.

―그러고도 나보고 평화의 가능성을 믿으란 말인가!

그들이 모여 목숨을 노리고 있는 지금, 어떻게 잠을 잘 수 있단 말인가! 그들은 그가 가만히 앉아서 당하리라고 생각하는가? 최후의 순간까지, 그는 자신이 해야 할 바를 다할 것이었다. 비록 그가 이번처럼 어려운 상황을 맞은 적이 없긴 하지만, 아직은 아무것도 결판난 것이 없지 않은가.

―목숨을 걸고 한번 맞서볼 만한 게임이다! 다 잃든가 다 따든가, 둘 중 하나다.

그는 긴장을 늦추고 자리에 앉았다. 이제 편지를 써야 하리라.

〈이곳은 무척 덥소. 매일 밤 심한 비바람이 불고 있소. 내 아들에게 두 번 키스해주오. 당신이 이곳에 같이 있었다면 무척 기쁠 것이오. 하지만 그럴 만한 상황이 아니오. 안녕, 내 사랑. 나폴레옹.〉

다시 일어서야 하리라. 오랫동안 마음을 놓고 있을 수가 없었다. 그는 사람들을 야단치고 달래고 이끌어야 했다. 마리 루이즈조차도. 그녀는 그가 공식 서한을 보내 자신을 질책한 데 대해 불평했다. 그녀를 달래주어야 했다.

〈내가 당신에게 보낸 편지 때문에 슬퍼해서는 안 되오. 그것은 앞날을 위해 당신을 가르치려는 목적이었기 때문이오. 내가 당신한테 만족하고 있다는 것을, 설령 당신이 내 마음에 안 드는 일을 한다손 치더라도, 내가 그것을 크게 탓하지 않으리라는 것을 잘 알고 있을 거요. 당신은 나를 화나게 할 만한 일을 전혀 할 수 없는 여인이오. 그러기에는 당신은 너무 착하고 너무 완벽하오. 하지만 내 생각과는 어긋나는 것이 보일 때에는, 나는 앞으로도 계속해서 당신에게 말할 것이오. 그 때문에 당신이 고통받는 일이 없기를 바라오.〉

그는 펜을 놓았다.

힙스부르크 가의 후손인 그 오스트리아 여인과 결혼한 것이 잘못이 아니었을까?

내일 그는 오스트리아의 황제, '내 아내의 아버지'가 보낸 메테르니히를 만날 것이다.

이 무슨 운명이란 말인가!

그는 메테르니히가 전해준 프란츠 1세의 편지를 탁자에 올려놓았다. 언제나 거만한 태도를 버리지 않는 오스트리아 외교관의 얼굴을 찬찬히 살폈다. 메테르니히는 마리 루이즈와의 결혼을 성사시키는 데 주된 역할을 한 자였다. 나폴레옹은 그의 머리와 수완을 높이 평가했었다.

하지만 메테르니히는 속임수와 정치를 혼동하는 자들 가운데 하나에 불과할지도 모른다.

나폴레옹은 천천히 그에게 다가갔다. 그는 침착한 목소리로 말했다.

"그러니까 당신들은 전쟁을 원한다는 말이로군. 좋소. 전쟁을 하게 될 거요. 나는 뤼첸에서 프로이센군을 전멸시켰소. 바우첸에서 러시아군을 무찔렀소. 당신들은 자기 차례가 돌아오기를 원하는 모양인데, 그렇다면 비엔나에서 만나기로 합시다."

메테르니히 앞에 걸음을 멈추며 말을 이었다.

"당신들은 교정이 불가능한 사람들이오. 경험으로부터 아무런 교훈도 얻어내지 못했소. 나는 세 차례나 프란츠 황제에게 그의 왕좌를 되돌려주었소. 그에게, 내가 살아 있는 한 그와 뜻을 같이할 것이라고 약속했었소. 나는 그의 딸과 결혼했소. 그때 나는 스스로에게 이렇게 말했었소. '미친 짓이야.' 하지만 나는 그 미친 짓을 저지르고야 말았소."

그의 목소리가 높아졌다.

"오늘 나는 그 일을 후회하오."

메테르니히는 '그 운명이 나폴레옹의 손에 달려 있게 될' 평화에 대해 말하기 시작했다. 나폴레옹은 외면한 채 귀를 기울였다.

"그러한 평화를 확보하기 위해서는, 폐하께선 유럽 전체의 안정에 어긋나지 않을 일정한 한계 안으로 되돌아가셔야 합니다. 그렇지 않다면, 폐하께선 결국 분쟁을 피하실 수 없을 것입니다."

나폴레옹은 큰 목소리로 받아쳤다.

"그래? 도대체 사람들은 내게 무엇을 바라는 거요? 치욕을 받아들이라는 것인가? 결코 그런 일은 없을 것이오! 나는 차라리 죽음을 택할 것이오. 태어날 때부터 왕관을 쓰고 나온 당신네 군주들은 스무 번을 패하더라도 여전히 그들의 수도로 되돌아갈 수 있소. 하지만 나는 그럴 수가 없어! 나는 전대미문의 패배 이후에도 내게 변함 없는 충성을 보여주었고, 오로지 나만이 그들을 다스릴 수 있다고 확신하고 있는 프랑스 국민들에게 내가 무엇을 빚지고 있는지를 잘 알고 있소. 나는 지난해에 입은 손실을 이미 복구했소. 나의 군대를 보시오!"

메테르니히가 중얼거렸다.

"바로 폐하의 그 군대가 평화를 원하고 있는 겁니다."

"천만에! 군대가 아니오. 평화를 원하는 것은 바로 나의 장군들이오. 내게는 이제 장군들이 없는 것이나 다름없소. 모스크바의 추위에 그들은 불알이 얼어붙어버렸으니까!"

그는 웃음을 터뜨렸다.

"하지만 내 장담컨대, 우리는 올 10월에 비엔나에서 만나게 될 것이오."

그는 방 안을 거닐었다. 확신을 내보여야 했다. 하지만 최후에 웃는 자가 되기 위해서는 표현을 자제해야 했다.

메테르니히가 말했다.

"1812년에 그랬듯이, 행운의 여신은 폐하께 등을 돌릴 수도 있습니다. 저는 폐하의 병사들을 보았습니다. 그들은 어린 애들입니다. 폐하께서 징집한 그 젊은 아이들의 군대가 사라지고 나면 폐하께선 무엇을 하시겠습니까?"

나폴레옹은 메테르니히에게로 다가갔다.

"메테르니히, 당신은 군인이 아니오! 군인의 영혼 속에 무엇이 들어 있는지 알지 못하오. 나는 전장에서 자라났소. 당신은 이해하지 못하오. 반드시 그래야만 할 때, 타인의 생명은 물론 자신의 생명까지 버릴 줄 알아야 한다는 것이 무엇인지를 말이오."

그는 란을, 베시에르를, 뒤로크를 떠올렸다. 그들의 죽음을 떠올리자, 고통이 물밀듯이 밀려들었다. 슬픔이 그를 사로잡았다.

"나와 같은 사람은 목숨 따위에 연연해하지 않소……."

그는 갑자기 말을 멈추었다. 모자를 벗어 홀의 한쪽 구석으로 거칠게 던져버렸다. 그는 메테르니히 같은 자들을 경멸했다. 사람들의 생명을 중히 여기는 듯한 태도를 취하는, 그들 그 위선의 가면 뒤에는 무엇이 있는가? 사람들을 수십만 명씩 죽음으로 내몰면서, 거기에서 얻게 될 이익을 계산하고 있지 않은가?

나폴레옹은 외쳤다.

"나와 같은 사람은 이십만 명의 사람들이 죽는다 해도 전혀 신경쓰지 않소!"

이것이 지휘관의 거짓 없는 진실이다. 지배하는 자들의 비인간적인 진실, 메테르니히 같은 자는 결코 고백하지 못할 진실인 것이다.

그는 천천히 걸음을 옮겨 모자를 다시 주워들었다.

—이런 자들과는 전혀 공통점이 없어. 한때는 이들과 동맹을 맺을 수 있다고 생각했었지만, 이들은 아귀들일 뿐이야.

그는 홀을 거닐며 말했다.

"그래…… 내가 오스트리아 황녀와 결혼한 것은 정녕 어리석은 짓이었소."

메테르니히가 말했다.

"폐하께서 제 의견을 알고 싶으시다면, 솔직히 말씀드리건대 '정복자' 나폴레옹이 실수하신 것이지요."

"그런가? 그렇다면 프란츠 황제는 자신의 딸을 폐위시키고자 하는 것인가?"

메테르니히가 말했다.

"황제께선 자신의 의무만을 아실 뿐입니다."

—출신 좋은 왕들이란 바로 이런 것이다. 그들은 자기들의 딸을 정복자에게 내어주고, 버려버리는 것이다!

나폴레옹은 메테르니히가 말하려는 것을 막았다.

"황녀와 결혼함으로써 나는 현재와 과거를, 중세기적 편견과 현세기의 제도를 결합시키기를 원했소. 하지만 나는 잘못 생각했던 것이고, 지금에 와서 내가 범한 실수가 얼마나 엄청난 것인가를 실감하고 있소."

그는 메테르니히를 배웅했다.

메테르니히는 중얼거렸다.

"제가 이곳에 온 목적은 달성하기 힘들 것 같군요."

나폴레옹은 그의 어깨를 도닥거렸다.

"앞으로의 일을 알고 싶소? 당신들은 내게 전쟁을 걸어오지 않을 것이오."

메테르니히가 말했다.

"틀렸습니다, 폐하. 이곳에 오면서 저는 전쟁이 벌어지리란 예감을 갖고 있었습니다. 이곳을 떠나면서 저는 이제 그것을 확신하게 되었습니다."

나폴레옹은 혼자 남았다. 1813년 6월 26일 토요일, 그는 이날 오후 내내 메테르니히와 함께 있었던 것이다.

─전쟁은 벌어질 것이다. 어떻게 메테르니히 같은 자가, 나의 힘이 약해진 마당에 내가 존재하는 것을 받아들일 수 있겠는가? 과거와 현재, 그 둘은 양립할 수 없다. 나는 그 둘을 결합시켰다고 믿었다. 그것은 실수였다.

콜랭쿠르를 불렀다. 오스트리아의 개입을 늦추기 위해 휴전을 8월 10일까지 연장하도록 지시했다.

콜랭쿠르는 오스트리아의 모든 요구를 받아들이자고 말했다. 바르샤바 대공국을 양보하고, 독일과 이탈리아까지 포기하라……하지만 그것으론 충분치 않을 것이다. 현재의 상황을 지배하는 것은, 평화의 조건들을 결정하는 것은, 영국이기 때문이었다.

—콜랭쿠르는 협상만을 간절히 바라고 있기 때문에 아무것도 보지 못하고 있다.

　나폴레옹은 소리쳤다.

　"나 스스로 바지를 내리고 채찍을 맞으라고 요구하는 건가! 너무 지나치지 않은가! 자네는 내가 자네만큼이나 휴식을 원한다는 사실을 믿지 못하는가? 자네만큼 평화의 필요성을 느끼지 못한다고 생각해? 나는 평화를 이룩하기 위해서 타당하다고 여겨지는 것은 그 무엇도 거부하지 않아. 하지만 결코 수치스러운 일을 제안하지는 말게! 자네 역시 프랑스인이 아닌가!"

　—하지만 그가 아직도 프랑스인이라고 할 수 있을까?

　콜랭쿠르는 적의 대표들과 회담을 시작할 때, 그들에게 이렇게 말했다고 한다.

　"나는 여러분들이 그러한 것처럼 똑같은 유럽인입니다. 평화를 통해서건, 아니면 전쟁을 통해서건, 우리가 프랑스로 되돌아갈 수 있게 해주십시오. 그러면 여러분들은 3천만 프랑스인들에게 축복받을 것입니다."

　—배반자!

　나폴레옹은 창가에 서서 붉은 노을이 지는 하늘을 오래 바라보았다.

　—하지만 달리 내가 부릴 만한 사람이 있던가? 그리고 그게 뭐 중요하단 말인가? 어차피 모든 것은 전장에서 결판이 날 것이다. 콜랭쿠르에게 말하라고 하자. 협상하고 나를 팔아먹으라고 하자. 내게 군대가 남아 있는 한 놈들은 나를 붙잡으러 와야만 하리라! 가라, 콜랭쿠르. 8월 10일까지 휴전을 연장시켜라. 그리고 저들이 내게 바라는 것이 무엇인지 알아보도록 하라!

　마리 루이즈에게 편지를 썼다.

〈아주 오랫동안 메테르니히와 이야기를 나누었소. 무척 피로하오. 내가 보기에 메테르니히는 음모를 꾸미고 있는 것 같소. 그는 당신 부친 프란츠를 아주 나쁜 쪽으로 몰아가고 있소. 그자는 지금의 자리를 차지하고 있을 만한 자격이 없소. 나폴레옹.〉

겉으로 보기엔 모든 것이 평온했다. 그는 말을 타고 전원을 돌아다녔다. 낮 동안엔 날이 더웠고, 밤엔 비바람이 몰아치기도 했다. 그는 병사들의 야영지나 요새들을 둘러보고, 작센군의 병사들을 사열했다.

—저들이 내게로 총부리를 돌리지 않으리라고 누가 장담할 수 있는가? 모든 것이 걸린 이번 판에서, 내가 가진 카드가 실제로 어느 정도의 가치를 갖게 될지 불확실하다. 나를 둘러싼 자들의 열광은 다 어디로 갔는가?

미쳐버린 쥐노를 대신해서 일리리아 지방의 통치를 맡기기 위해 푸셰를 드레스덴에 소환했다. 나폴레옹은 1813년 7월 2일 푸셰를 맞았다.

—푸셰도 알고 있으리라. 영국군 웰링턴 장군이 열흘 전 비토리아에서 대승을 거두었다*는 사실을, 그리고 이제는 스페인을 지키는 것이 문제가 아니라 피레네 국경을 방어하는 것이 문제라는 것을.

나폴레옹은 피레네 국경 방어의 지휘를 술트 원수에게 맡겼다. 조제프에게서는 모든 권한을 박탈했다. 그런데 남편을 따라 드레스덴에 머물며 거드름피울 생각만 하고 있던 술트의 부인이 항의하러 찾아왔다. 그녀는 남편이 스페인에서 전투를 벌이기엔 너무 지쳐 있다고 말했다.

---

* 스페인에서의 반도 전쟁(1808~1814) 중 대불 동맹군이 나폴레옹군을 최종적으로 격퇴한 결정적인 전투인 비토리아 전투(1813. 6. 21)를 말한다. 이 전투의 패배로 조제프의 프랑스군은 피레네 산맥 너머로 퇴각하게 되었다.

"부인, 나는 부인에게 잔소리를 해주십사 부탁한 적이 없소. 나는 부인의 남편이 아닐뿐더러, 만일 내가 그러했다면 부인은 아마도 달리 행동했을 것이오. 아내들은 순종해야 한다는 것을 유념하시오. 남편에게 돌아가시오. 그를 괴롭히지 마오!"

—이제는 이런 소리까지 해야 한다! 이것이 내 원수들과 그 여편네들의 정신 상태다! 푸셰는 베르티에나 콜랭쿠르처럼 내게 양보할 것을 권하고 있다. 어째서 그는 사람들이 내게 원하는 것이 제국의 영토 일부가 아니라 제국 전체이며, 나의 몸이며, 나의 왕조라는 사실을 깨닫지 못하는 것인가?

그는 차분한 어조로 푸셰에게 말했다.

"제국의 존망이 걸린 문제요, 오트랑트 공. 고위층들이 이처럼 패배의식에 젖어 있다면 참으로 곤란한 일이오. 문제는 어떤 지방을 포기하느냐 마느냐에 있지 않소. 우리의 정치적 패권이 문제되는 것이오. 그리고 우리의 생존 자체가 걸려 있소."

—하지만 푸셰를 비롯한 대부분의 측근들은 벌써부터 나와 결별함으로써 자기들의 재산과 지위와 관직을 구할 생각을 하고 있는 것이 아닐까? 그들의 영악한 사고가 어디까지 전개되었는지 누가 알 것인가? 혁명을 경험한 그들은 왕좌가 무너지는 것을 무수히 보아왔다. 나의 왕좌라고 예외이겠는가? 하지만 내게는 통치하고 군대를 지휘하고 협상하는 데 그들말고는 달리 부릴 만한 사람이 없다.

전쟁을 기다리는 것은 언제나 지루한 일이다. 나폴레옹은 대부분의 저녁시간을 극장에서 보냈다. 하지만 '오이디푸스'를 짓누르는 운명도, '사랑과 우연의 장난'*도, 조르주 양과의 밤늦은 대화

---

* 프랑스의 극작가 마리보(1688~1763)의, 사랑을 주제로 한 낭만적인 희극.

도 한순간의 기분전환에 불과할 뿐이었다.

그는 그 무엇도 소홀히 하지 않았다.

그는 마리 루이즈를 자기 가까이에 불러옴으로써 프라하에서 진행되고 있는 협상에 모래알 하나를 집어넣고자 했다. 그는 그 협상에 아무것도 기대하지 않았다. 오로지 시간을 벌고자 할 따름이었다.

그녀에게 편지를 썼다.

〈당신이 보고 싶소. 22일에 출발하여 그날 밤은 샬롱에서, 23일은 메츠에서, 그리고 24일은 마인츠에서 묵도록 하시오. 나는 당신을 만나러 마인츠로 가겠소. 각 구역마다 각각 넉 대의 마차로 여행하도록 하시오. 공작부인과 함께 오도록 하오. 시종 두 사람과 의사도 동행하시오. 당신이 그 모든 것을 준비하시오. 가파렐리 백작이 호위대를 지휘할 것이며, 길을 이끌 것이오. 대법관에게도 당신의 여행을 알리시오. 당신이 출발하기 전에 또 내 소식을 받아볼 수 있을 것이오. 나폴레옹.〉

그는 7월 26일 월요일 밤 열한시에 마인츠에 도착했다. 전날 새벽 세시에 출발하여 밤낮을 달린 것이다.

연락도 없이 도착하여 마리 루이즈를 깜짝 놀래켰다. 그녀는 피로와 감기로 부어오른 얼굴에 눈을 제대로 뜨지도 못했다. 그녀는 변명 삼아 말했다. 나흘 동안 열 시간도 자지 못했고, 두통도 있었다. 그는 밤을 그녀와 함께 보냈다.

이튿날 새벽부터 일을 시작했다. 십여 장의 편지를 구술했고 지시들을 내렸다. 호기심으로 찾아온 라인 연방의 왕들을 접견해야 했다. 그는 그들에게 만찬과 볼거리를 제공했다.

식사하는 도중, 그는 가끔씩 주위의 침묵에 깜짝 놀라곤 했다.

그는 자기가 그곳에, 마리 루이즈 앞에 앉아 있다는 사실을 문득 깨달았다. 머릿속으로 군대의 이동과 구술할 문장들을 생각하고 있었는데…… 사람들은 그가 말하기를 공손하게 기다리고 있었던 것이다.

몇 마디 말해야 했다. 그의 귀에는 사람들의 대답이 들리지 않았다. 그는 다시 자기 생각에 빠져들고 있었던 것이다.

황후의 팔을 끼고 그들에게서 떨어져나왔다. 그녀를 불안하게 하고 싶지 않았다. 부친이나 메테르니히의 정치에 대해 그녀에겐 아무 책임이 없지 않은가. 그녀와 함께 라인 강변의 비스바덴, 카셀, 비베리히 등을 산책했다. 날은 더웠다. 여인들은 높고 명랑한 목소리로 재잘거렸다. 하지만 그의 머릿속에선 둔중한 북소리와 포성만이 들릴 뿐이었다.

그러나 그는 미소지었다. 아무 걱정이 없는 듯이, 자신에 찬 모습을 보여주어야 했다.

7월 31일 토요일, 드레스덴으로 떠나기 전날 밤, 그는 마리 루이즈에게 말했다.

"오스트리아가 혼란한 정세를 틈타 이익을 얻으려 하지만 않는다면 평화는 이루어지게 될 것이오. 황제는 메테르니히에게 속고 있소. 그자는 러시아인들에게 매수당한 자요. 게다가 그자는 정치란 곧 남을 속이는 것이라고 믿는 자요."

그녀는 충격받은 듯했다. 그녀는 다시 한번 황제에게 편지를 쓸 것이다.

그는 말했다.

"그들이 내게 모욕적인 조건을 요구한다면, 나는 그들과 전쟁을 벌일 것이오. 그 모든 대가는 오스트리아가 치르게 될 것이오. 당신을 고통스럽게 할 일을 생각하면 무척 유감이지만, 불의는 물리쳐야만 하오!"

갑자기 그의 어투가 바뀌었다. 그는 급박한 목소리로 말했다. 프랑스에 돌아가는 대로, 그녀는 셰르부르의 해군 공창을 방문해야 하리라. 그가 그녀의 여행 일정을 짤 것이었다.

일단 대륙에서 대불 동맹군을 패배시킨 다음엔 영국과 끝장을 볼 것이며, 벌써 그에 필요한 해군력을 갖추고 있다는 소문이 파리와 런던에 두루 퍼져야 했다. 마리 루이즈의 눈동자에 두려움이 가득 담기는 것을 보았다.

믿어야 한다. 그 모든 것이 가능하리라고 믿어야만 한다.

그는 마차를 타고 드레스덴으로 향했다. 8월 1일 일요일, 비가 억수로 쏟아지고 있었다. 뷔르츠부르크의 오주로 장군 사택에서 휴식을 취했다. 오주로도 평화에 대해 말했다. 오주로는 라인 강에서 병력들을 퇴각시키자고, 달리 말하면 엘베의 요새를 포기하자고 말했다!

―장군다운 장군을 어디서 찾을 수 있단 말인가?

마차 안에서 그는 편지를 썼다.

〈나의 루이즈, 밤새 무척 슬펐소. 나는 당신과 함께 있는 것에 익숙해져버린 것 같소. 얼마나 달콤한 날들이었소! 하지만 나는 다시 혼자가 된 것이오. 한 달 내에 우리가 다시 만나 오래오래 같이 있을 수 있기를 기대하고 있소. 안녕, 나의 친구여. 나를 잊지 말고, 당신 몸을 잘 보살피도록 하시오. 나폴레옹.〉

1813년 8월 4일 수요일, 드레스덴에 도착했다. 아침 아홉시였다. 비는 그쳤다. 집무실에 들어가 창문들을 열자, 마르콜리니 저택의 정원에서 밤새 비에 젖은 풀잎들의 내음이 풍겨왔다.

첫번째 편지를 읽었다. 그는 자리에서 일어나 창가로 향했다. 울창한 나뭇잎들 하나하나에 빗방울이 맺혀 있었다. 창에 기대어

오랫동안 그것들을 바라보았다. 그리고 나서 탁자로 돌아와 편지를 다시 읽었다.

부르고뉴의 자기 성에 돌아가 있던 쥐노가 성의 창에서 뛰어내렸다. 그는 죽었다.

란, 베시에르, 뒤로크, 쥐노…… 그리고 그들보다도 먼저 갔던 많은 사람들. 아주 오래 전 아르콜레 다리에서, 그를 구하기 위해 대신 총탄을 맞고 쓰러졌던 뮈롱을 떠올렸다.

ー그는 스물두 살이었다. 나는 며칠 후면 마흔네 살이 된다.

그날 하루 종일 마르콜리니의 저택을 떠나지 않았다.

그날 잠자리에 들지 않았다. 새벽녘까지 깨어 있었다. 프라하의 협상이 어찌 되었는지 궁금했다. 외무장관 마레에 따르면, 프랑스 대표단은 협상 테이블에 받아들여지지조차 않았다. 콜랭쿠르가 메테르니히의 발에 매달렸지만 헛수고였다. 그들이 요구하는 것이 무엇인지 알 수 없게 되었다.

나폴레옹은 중얼거렸다.

"모두 내놓으라는 것이겠지."

그렇다면, 그들을 스스로의 함정에 빠뜨려야 했다. 그들의 제안을 공식적으로 통고해달라고 요구하자. 그리고 받아들이자. 받아들이겠다고 해서 달라질 게 무엇이겠는가? 더이상 무슨 위험이 있겠는가? 협상을 질질 끌게 하기만 하면 되는 것이다.

그는 아무런 환상도 품고 있지 않았다. 영국은 더욱 더 많은 것을 요구하리라. 프로이센과 러시아와 맺은 협정과 그 동안 쏟아부은 돈으로 영국은 판을 주도하고 있었다. 오스트리아 역시 그들과 한통속이었다.

그렇다면? 기다리면서 전쟁을 준비해야 했다.

그는 드레스덴의 요새를 돌아보았다. 8월 10일, 자신의 생일을 기념하는 열병식을 가졌다. 그의 생일인 8월 15일이면, 열병식이 아니라 전투를 벌여야 한다는 것을 그는 확신하고 있었다.

〈군은 오늘 나의 생일을 축하해주었소. 4만 명의 병사들이 참가한 훌륭한 열병식이었소. 작센 왕과 귀족들이 함께 참가하였소. 오늘 밤 궁전에서 열리는 만찬에 나갈 것이고, 그후에는 불꽃놀이를 구경할 것이오. 다행히도 날씨는 아주 좋소. 내 건강도 무척 좋은 편이오. 당신은 17일 셰르부르로 출발하겠지? 즐겁게 지내기를 바라오. 당신이 본 것을 나중에 내게 얘기해주오. 안녕, 나의 친구여. 나폴레옹.〉

그리고 그가 예상했던 일이 벌어졌다.

콜랭쿠르의 전령이 숨이 끊어질 정도로 급하게 달려왔다. 메테르니히가 8월 11일 수요일 자정, 프라하 국제 회의의 폐회를 선언했다는 소식이었다. 메테르니히는 자기들이 내놓은 제안에 대한 나폴레옹의 회답은 필요치 않다고 선언했다.

—어떤 대가를 치르더라도 평화를 이뤄야 한다고 외치던 자들! 그들에게 또다른 증거가 필요하던가?

그는 마레에게로 몸을 돌렸다.

"평화냐 전쟁이냐의 문제는, 제국의 세력에 별다른 영향을 미치지 못할 약간의 영토를 양보하느냐 마느냐에 달려 있는 것이 아닐세. 우리가 전쟁을 할 수밖에 없는 것은, 열강들이 우리를 질투하고, 비밀결사 단체들이 우리를 증오하며, 영국의 사주를 받은 자들이 우리에게 반대하기 때문이네."

그는 홀을 몇 걸음 걸었다.

"오스트리아가 내게 전쟁을 선포했다는 소식은 아직 듣지 못했지만, 오늘 안에 그들로부터 선전포고가 있을 것이야."

오스트리아의 선전포고는 1813년 8월 12일 목요일에야 도착했다.

그는 엄중한 어조로 오스트리아의 미친 주장들과 그 비열한 배신을 비난했다.

—어찌 되었건 나는 황제의 사위가 아닌가? 그리고 로마 왕은 황제의 손자가 아닌가? 하지만 그런 놈들에게 그것이 무슨 대수겠는가!

그는 캉바세레스에게 보내는 편지를 구술했다.

〈황후가 셰르부르로 여행하기를 바라오. 이 모든 일을, 그녀가 되돌아온 이후에나 알리도록 하시오.〉

그는 펜을 들고 마리 루이즈에게 썼다.

〈너무 무리하지 말고 천천히 여행하도록 하시오. 당신의 건강이 내게 얼마나 중요한지 잘 알 것이오. 내게 자세하게 편지해주오. 내 건강은 좋소. 날은 아주 화창하오. 다시 더워지기 시작했소. 안녕, 내 사랑. 당신 아들에게 키스를. 나폴레옹.〉

—마리 루이즈, 나의 아들, 프랑스 국민, 이들 모두가 전쟁이 다시 시작되었다는 것을 조만간 알게 되리라!

5
올라갈 때는 멈출 수 있지만,
내려갈 때는 멈출 수 없다

1813년 8월 15일 일요일, 마흔네번째 생일을 맞은 그날, 그는 차가운 비바람 속을 뚫고 말을 달렸다. 프리나 교외를 통해 드레스덴을 벗어난 그는 동쪽, 바우첸과 괴를리츠를 향해 행군중인 병사들을 앞질렀다.

드레스덴을 빠져나온 그는 엘베 강을 가로지르는 다리 입구에서 잠시 멈췄다. 밤이 되면서 빗줄기는 더욱 거세졌다. 빗물이 모자의 챙과 외투에 스며들어, 그는 무거운 몸을 부르르 떨었다. 이런 경험을 얼마나 많이 했었던가? 이탈리아 강변에서, 라인 강가에서, 비스타와 니에만 강가에서…… 퍼붓는 빗속에서 얼마나 많은 다리들을 건넜으며, 얼마나 많은 강들을 따라 행군했던가!

그런데 마흔네 살이 되는 오늘, 다시 같은 일을 반복해야 하는 것이다. 그가 아무런 열정도 느끼지 못하는 것은 그 때문인가? 필요하다면 세상 전체와도 맞서 싸우겠다는 각오 이외엔 별다른 감정을 느끼지 못하는 것은 바로 그 때문인가?

그는 강을 건넜다. 아무런 환호성도 들리지 않았다. 온통 비에 젖은 병사들은 고개를 숙이고 전진하고 있었다. 그들은 굶주리고 있었다. 또다시 반복되고 있었다! 그는 행정장관 다뤼 장군에게 말했다.

"병사들이 제대로 먹질 못하고 있소. 그렇지 않다고 한다면 그 것은 현실을 보지 못하는 것이오. 일인당 빵 24온스, 쌀 1온스, 고기 8온스로도 결코 충분치가 않소. 그런데 오늘 당신은 빵 8온스, 쌀 3온스, 고기 8온스를 배급했을 뿐이오."

병사들은 계속해서 행군할 것이었다. 그런데 겨우 사흘째인 오늘, 아직 전투 한 번 치르지 않았는데 그들은 벌써 늘어지고 있었다. 베르티에와 군의관 라레는 병에 걸린 병사들의 숫자가 수천에 이른다고 알려왔다. 비바람이 몰아치는 기후, 기온의 변화가 심한 날씨, 모두가 병사들의 허기진 위장과 폐를 망쳐놓고 있었다.

그는 바우첸에서 멈춰 섰다. 불과 몇 주일 전인 5월 20일 이곳에서 승리를 거두었다. 그러나 그것이 무슨 소용이란 말인가?

그는 옷을 갈아입지도 않고 지냈다. 지도들을 살펴보아야 했다. 지도들의 상세한 부분들까지 이미 다 알고 있었지만, 더 연구해야만 했다. 그는 필경 60만에 달하는 적군과 마주하게 될 것이었다. 북쪽에 베르나도트, 중앙에 러시아군과 블뤼허의 프로이센군, 남쪽에 슐룸베르거의 오스트리아군······ 배신자 베르나도트는 우디노와 다부 원수가 맡을 것이다. 다부는 지금 그가 지키고 있는 함부르크를 떠나 이곳으로 올 것이다. 우디노와 다부의 군대는 베를린을 점령해야 한다. 중앙은? 맥도날드, 네, 로리스통, 마르몽 등을 중앙 전선에 배치시킬 것이다.

—나는? 나는 보헤미아를 칠 것이다. 오스트리아의 슈바르첸베르크 군대를 따돌리고 프라하까지 진격할 것이다. 오스트리아로 하여금 그 비열함의 대가를 치르도록 하리라.

바깥에서 떠들썩한 소리가 들려왔다. 참모 하나가 급하게 달려왔다. 나폴리 왕이 도착한 것이다.

나폴레옹은 팔짱을 끼고 서서, 뮈라가 다가오는 것을 바라보았다. 화려한 옷에 황금빛 혁대, 흰 타조 깃털이 장식된 모자, 나폴리 왕은 마치 그런 복장으로 자신의 거북함을 감추려는 것처럼 보였다. 나폴레옹은 그의 태도에서 그가 당황해하고 있다는 것을 알 수 있었다.

—내가 알고 있다는 것을 그는 알리라. 나의 정보망을 잘 알고 있으니까…… 그는 배반하려 했다. 하지만 그는 지금 여기에 있다. 아마도 영국이 그에게 충분한 대가를 제공하지 않았거나, 아니면 나를 떠남으로써 패배자의 진영에 서게 될 것을 겁냈던 것이리라. 아무튼 좋다. 그는 재편성된 기병내, 나의 44만 내군의 득공대가 될 4만의 기병들을 지휘하게 되리라.

그는 뮈라에게 자리를 권하고, 앞에 마주 앉으며 말했다.

"나는 이곳에, 바그람에서와 같은 정도의 전투를 네 번은 치를 수 있는 36만 5천 개의 포탄과 1천8백만 개의 약포를 보유하고 있네."

그는 정열적으로 이야기했다. 그러나 적의 군사력에 불안해하는 뮈라에게, 그러한 정열을 옮겨줄 수 없으리라는 것을 이미 느끼고 있었다.

—나폴리 왕도 다른 모든 자들처럼 불안해하는군.

뮈라는 베르나도트와 모로에 대해서 언급했다. 조미니에 대해서도…… 조미니, 전술에 뛰어난 그는 네의 참모부에서 도망쳐 러시아군으로 넘어가버렸다.

―그들 세 사람은 나의 전술을 잘 알고 있다. 나의 작전을 예측할 수 있으리라. 그들은 쿠투조프가 그랬던 것처럼 숨바꼭질을 하려 할 것이다. 그렇게 함으로써, 오래 기동하여 지친 나의 군대가 피로와 병으로 진흙탕 속에서 와해되기를 기다릴 것이다.

뮈라는 그것을 예감하고 있었다. 하지만 어쩐단 말인가?

그는 자리에서 일어나 뮈라에게 다가갔다. 그리고 준엄한 목소리로 말했다.

"현재 상황에서 가장 곤란한 점은, 장군들에게 자신감이 너무 결여되어 있다는 사실이네. 어디든 내가 있지 않은 곳에선, 그들은 적의 군사력을 실제보다 훨씬 더 크게 평가하고 있단 말일세."

―그런데 나는 몸이 하나뿐이지 않은가.

그는 덧붙였다.

"환상 때문에 겁을 먹어서는 안 되네. 장군들이 좀더 확신과 분별을 지녀야만 할 것이야."

뮈라를 내보냈다. 전장에서, 포화 아래서, 뮈라는 지금까지의 우유부단함과 유혹을 모두 잊을 것이리라. 그는 싸울 것이다.

시종 콩스탕이 들어와 벽난로에 장작을 집어넣었다.

―내 나이 이제 마흔네 살이다.

그는 편지를 썼다.

〈오늘 밤 괴를리츠로 떠나오. 전쟁이 선포되었소. 메테르니히에게 속은 당신 부친은 나의 다른 적들과 같은 편이 되었소. 전쟁을 원한 것은, 도를 넘어선 욕망과 탐욕에 사로잡힌 바로 당신 부친이었소. 알렉산드르 황제는 프라하에 도착했소. 러시아군은 보헤미아에 들어갔소. 내 건강은 아주 좋소. 나는 당신이 용기를 내기를, 당신 몸을 잘 보살피기를 바라오. 안녕, 내 부드러운 사랑. 나폴레옹.〉

비 내리는 밤을 뚫고, 그는 앞으로 나아갔다. 난간이 없는 다리가 앞에 놓여 있었다. 갑자기 가까운 곳에서 비명 소리가 들렸다. 참모 중 하나인 베르트랑 대령이 말을 멈춰 세우려고 애쓰다가 말과 함께 벼랑 아래로 떨어지는 것이 보였다.

그는 뒤도 돌아보지 않았다. 니에만 강가 밀밭에서 자기가 낙마했던 일이 떠올랐다. 그는 말에 박차를 가했다. 불길한 징조들을 뛰어넘어야 했다. 그것들을 쳐부수어야 했다. 그러한 징조들에도 불구하고 미래를 정복해야만 했다.

말을 타고 가면서 그는 참모들의 보고를 들었다. 프로이센군의 블뤼허 군대가 후퇴하여 카츠바흐 강을 되건너갔다. 나폴레옹이 예상했던 대로 적은 그와 맞서 싸우기를 거부하고 있었다.

로벤베르크에서 그는 방금 전에 받은 급보들을 다시 읽었다. 북쪽, 라우엔부르크에서 다부 군대가 승리를 거두었다. 그러나 베르나도트와 맞붙은 우디노는 제자리걸음이었다.

그는 집무실이 마련된 작은 방 안을 걸어다니며 중얼거렸다.

"아직 생각을 정리할 수가 없군."

밖으로 나왔다. 정오의 태양 아래 온 자연이 빛을 발하고 있었지만, 지평선 멀리에서는 검은 구름이 몰려오고 있었다. 다시 비가 올 것이다.

선 채로 급보들을 읽으며 식사하던 그가 갑자기 들고 있던 잔을 탁자 위에 내리쳤다. 우디노 휘하의 바이에른군과 작센군 1만여 명이 도망쳐버린 것이다! 그리고 남쪽에선 슈바르첸베르크의 군대가 드레스덴으로 향하고 있었다. 그가 블뤼허를 따라잡지 못한 채 앞으로 나아가고 있는 동안 그의 배후를 공격하려는 것이었다.

—드레스덴이 버텨내야 한다. 그곳은 아군의 심장부나 다름없다.

드레스덴에서 달려온 구르고 장군에게 상황을 물었다. 구르고는 어두운 표정으로 대답했다.

"폐하께서 내일까지 그곳에 도착하시지 않는다면, 드레스덴은 적에게 함락될 것입니다."

"자네가 한 말을 믿어도 되겠나? 내일까진 버텨낼 수 있겠어?"

"폐하, 제 목을 걸고 약속드립니다."

다시 내리기 시작한 빗속에서 그는 명령을 내렸다. 되돌아간다. 우리는 왔던 길을 되돌아간다. 병사들의 행렬이 방향을 바꿨다. 그는 행렬을 앞질러 드레스덴으로 질주했다.

우왕좌왕하는 병사들을 지나 엘베 강의 다리를 건넜다. 그 모든 광경에서 공황(恐慌)의 기색이 감지되었다. 그것은 이미 패배의 기운이었다. 이럴 수가 있는가! 그는 말에서 내려 섰다. 구비옹 생 시르 장군을 발견하고 그를 안심시켰다.

"원군일세. 내가 원군을 이끌고 왔네."

병사들이 그를 알아보았다. 그는 다리 한가운데 서서 각 부대장들에게 직접 명령을 내렸다. 오스트리아군과 프로이센군의 접근을 알리는 총소리나 대포 소리에도 그는 아랑곳하지 않았다. 그들은 대포 50문의 일제 포격을 앞세우고 밀집대형으로 전진해오고 있었다.

—이곳 전선의 적들은 거의 25만에 가깝고 우리는 10만이다. 하지만 우리는 이길 것이다.

그는 드레스덴을 둘러싼 들판의 지형을 샅샅이 연구해왔다. 그는 뮈라의 기병대에 적의 좌측을 돌격하라고 명령했다. 그렇게 돌파구가 열리면, 빅토르 장군의 보병대는 그곳을 통과해 적진으로 파고들라. 그 뒤를 이어 네가 공격에 나서라. 1천2백 문의 대포들이 적을 박살낼 것이다.

빗속에서, 진창 속에서 전투는 시작되었다.

전초를 둘러보았다. 적은 후퇴했다. 그들을 뒤쫓아야 했다. 잠시 드레스덴에 머문 그를 작센 왕이 찾아와 껴안았다. 나폴레옹은 왕을 곁으로 밀쳤다. 몸이 심하게 떨리고, 구토 증세가 느껴졌다. 모자는 양 어깨에 닿을 정도로 심하게 빗물에 젖어 있었다. 장화에도 빗물이 가득 스며들어 마치 차가운 물 속을 걷는 것 같은 느낌이었다. 그는 간신히 몸을 가누고 있었다. 콩스탕이 그의 옷을 벗겼다. 따뜻하게 덥혀놓은 침대 위에 몸을 뉘었지만, 열과 오한이 사라지지 않았다. 그럼에도 불구하고 그는 구술을 했다. 팽이 급보들을 읽어주었다. 드레스덴의 승리는 확실했다. 장군들을 포함해 1만여 명의 포로를 사로잡았고, 상당수의 군기들을 빼앗았다. 포로로 잡힌 몇몇 오스트리아 병사의 말에 따르면, 모로가 알렉산드르의 곁에 있다가 포탄에 맞아 죽었다.

그는 눈을 떴다. 모로가! 아무런 느낌이 없었다. 그가 예전에 목숨을 살려준 적이 있었지만 결코 증오심은 버리지 않았던 모로. 그를 운명이 제거해준 것이다.

―나는 증오하지 않는다. 나는 싸운다. 나는 그자를 경멸할 뿐이다. 하지만 이미 죽은 자를 경멸할 수 있는가?

한기가 점점 더 심해져갔다. 콩스탕에게 온수욕을 준비시키고, 뜨거운 물에 몸을 눕혔다. 조금씩 몸의 떨림이 가라앉았다. 그는 자리에 누우며, 깨우지 말라는 지시를 내렸다. 하지만 새벽 다섯시, 그는 벌써 자리에서 일어나 있었다.

1813년 8월 27일 금요일, 전위부대와 합류하기 전에 마리 루이즈에게 편지를 썼다.

〈세 명의 군주들이 몸소 지휘하는 오스트리아, 러시아, 프로이센의 군대를 상대로 드레스덴에서 커다란 승리를 거두었소. 나는 그들을 뒤쫓기 위해 말에 오를 것이오. 내 건강은 좋소. 나의 전속 부관 베랑제가 치명적인 부상을 입었소. 그의 가족과 그의 아내에

게 사실을 알리도록 하시오. 안녕, 내 사랑. 적에게서 빼앗은 깃발들을 당신에게 보내겠소. 나폴레옹.〉

빨리 말을 달릴 수가 없었다. 안장 위에 제대로 앉아 있기도 힘들 정도로 몸이 약해졌다는 것을 느꼈다. 그는 피르나 마을 가까이에서 멈췄다. 화창한 날씨였다. 지나가던 병사들이 그에게 환호를 보냈다. 어제의 승리가 그들을 변화시킨 것이다. 병사들이 행군하는 것을 바라보고, 또한 병사들이 그의 모습을 볼 수 있도록 그곳 들판에 식탁을 차리라고 지시했다.

자리에 앉아 음식을 몇 입 삼키던 그가 갑자기 앞으로 고꾸라졌다. 그의 이마에 땀방울들이 솟았다. 구토가 일었다. 그는 생각했다. 독이 들었구나! 영국인들, 메테르니히, 어쩌면 그의 주위에 있을지도 모를 그들의 하수인들…… 이 모든 자들이 그의 죽음을 원했다. 그가 죽으면, 그들은 마침내 프랑스를 굴복시키고 유럽을 그들 마음대로 주무를 수 있게 될 터였다.

그는 자신을 에워싸는 시종과 참모들에게 물러서라는 몸짓을 했다. 그는 공기가 필요했다. 음모에 희생당한 로마의 황제처럼 이렇게 죽고 싶지는 않았다. 그는 전장에서 죽기를 바랐다. 뮈롱처럼, 뒤로크와 란, 베시에르처럼, 그리고 저 무수한 젊은이들처럼…….

마흔네 살에 죽는다. 하지만 저 병사들은 겨우 그 나이의 절반도 살지 못했다. 그는 몸을 다시 일으켰다. 드레스덴에 돌아가야 한다고 콜랭쿠르가 거듭 주장했다.

"폐하께서는 요양하셔야 합니다."

추격을 계속할 수 없게 된 것이다. 다른 참모들은 황제를 피르나로 모셔야 한다고 말했다. 청년 근위대가 이미 피르나에 자리잡고 있으니, 그곳에서 군대를 지휘할 수 있으리라는 것이었다.

그는 생각했다.

―살아야 한다. 필요한 때에, 군인처럼 죽을 수 있기 위해서라
도 일단은 살아야 한다.

그는 무거운 어조로 말했다.

"드레스덴으로."

그는 눈을 감았다. 참모들이 그를 부축하여 마차까지 데려갔다.
마차는 동쪽으로 흘러가는 병사들의 대열을 거슬러오르기 시작했
다.

그는 집무실에 누웠다.

곧 그에게 한 묶음의 급보가 전달되었다. 맥도날드가 블뤼허에
게 패했다. 3만 명의 병사와 2만 명의 포로, 1백 문의 대포를 잃
은 것이다. 군기(軍旗)는 몇 개나 빼앗겼는가? 슈바르첸베르크를
추격하던 방담 장군의 군대는 쿨름에서 포위당했다. 방담은 병사
들과 함께 적에게 붙잡혔다. 네도 데네비츠에서 프로이센의 뷜로
장군에게 패했다. 드레스덴의 승리는 어디로 갔는가?

그는 몸을 일으키기가 힘겨웠다. 벌써 하루 이상을 누워 있었다.

다뤼가 그를 찾아왔다. 행정장관은 어두운 얼굴이었다. 군수품
의 부족이 시작된 것이다. 병사들이 제대로 먹질 못하고 있었다.
병사들은 이질과 감기 때문에 싸우기도 전에 쓰러져가고 있었다.

나폴레옹은 중얼거렸다.

"암담하군."

무겁게 몸을 일으켰다. 그는 다뤼의 도움을 물리치고 홀로 창가
로 걸어갔다. 비가 계속해서 내리고 있었다.

그가 말했다.

"보헤미아 원정은 불가능하겠군."

그는 겨우 몇 걸음을 움직일 수 있을 뿐이었다. 혼자 있고 싶었
다. 그는 창틀에 기대어 한동안 서 있었다.

―모든 것이 다 틀어지고 있다. 나도 어쩔 수 없다.

작센과 바이에른, 독일에서 징집된 병사들이 사방에서 도망치고 있었다. 배반은 나폴레옹의 주변으로까지 번지기 시작했다. 첩보원들은 보고했다. 뮈라는 한편으로는 싸우면서, 한편으론 영국인들과의 협상을 계속하고 있었다. 장군들은 몇 명을 제외하고는 존경과 명예와 부를 지나치게 많이 차지해버렸다. 그들은 향락의 잔을 들이켰다. 이제 그들은 휴식을 바랄 뿐이었다. 그들은 어떤 대가를 치르더라도 휴식을 얻으려 했다.

―신성한 불은 꺼졌다. 그들은 더이상 혁명 초기의, 혹은 내 전성기 때의 그들이 아니다.

그는 천천히 방 안을 거닐었다. 넘어지지 않기 위해 온몸의 근육에 힘을 줘야 했다.

―기적만이 우리를 구할 수 있다. 싸우는 수밖엔 다른 도리가 없다.

그는 조금씩 기운을 되찾아갔다. 최근의 급보들을 살펴보면서 그는 마레에게 말했다.

"전쟁이란 이런 것이야. 좋을 때가 있으면 나쁠 때도 있는 법이지."

예상했던 대로 암울한 소식들뿐이었다. 바이에른이 동맹국들과 휴전을 맺었다. 이제 그에게는 작센의 군대도, 바이에른의 군대도 남지 않게 되었다. 러시아 기병대가 베스트팔렌의 카셀까지 밀고 들어가 제롬을 그의 수도에서 쫓아내버렸다. 뷔르템베르크의 군대도 이제 사라져버렸다!

하지만 계속 싸우는 것말고 다른 해결책이 있는가?

그는 말했다.

"올라갈 때는 멈출 수 있지만, 내려갈 때는 결코 멈출 수 없는 법이지."

8월 31일 화요일, 그는 침실 안을 이리저리 거닐었다.

예전 그가 발랑스에 주둔하고 있을 때, 즐겨 암송했던 시 구절이 떠올랐다. 정열과 열광으로 가득한 젊은 위관 시절이었다. 그는 그 시구를 되풀이해서 읊조렸다.

나는 봉사하고, 명령하고, 정복했다, 사십 년간.
내 손안에서 나는 세상의 운명을 보았다.
그리고 나는 알고 있었다, 매번
나라의 운명은 한순간에 달려 있다는 것을.

그 순간, 그는 그러한 순간을 다시 한번 경험하고 싶었다. 그는 그럴 수 있었고, 그래야만 했다.

다시 병사들의 선두에 섰다. 그는 맞서기를 거부하는 블뤼허 군대를 따라잡기 위해 슈프레 강을 건넜다. 며칠 동안 말을 달린 그는 버려진 한 농가 앞에서 멈췄다. 호위하던 병사들도 말에서 내려 섰다. 참모들이 그에게 다가왔다. 그들은 그의 명령을 기다렸다.

하지만 그는 할 말이 없었다. 그는 지칠 대로 지쳐 있었다. 짚단 위에 몸을 뉘었다. 그리고 포탄에 맞아 구멍이 뚫린 농가의 지붕을 통해, 푸른 하늘에 흘러가는 구름을 한동안 바라보았다.

참모 하나가 곁으로 다가와 몇 분 동안 기다렸다.

—소식이 왔다는 것을 알고 있다. 힘이 들더라도 그의 보고를 들어야 하리라.

장교는 말했다. 블뤼허와 슈바르첸베르크의 군대가 드레스덴으로 모여들고 있었다. 북쪽에서는 베르나도트가 엘베 강을 건넜고, 블뤼허는 좀더 남쪽에서 도강할 태세였다. 뮈라는 완전히 지리멸

렬한 상태였다.

나폴레옹은 귀를 기울였다. 몸을 일으킨 그는 단호하고 기운찬 목소리로 명령을 내렸다. 적에게 포위당하지 않기 위해 엘베 전선을 포기하고 라이프치히로 퇴각해야 했다.

—싸워야 한다. 우리는 싸울 것이다. 이것을 기회로 이번 전쟁의 흐름을 바꿔놓을 수도 있으리라.

먼저 파리를 안심시켜야 했다. 편지들을 구술하고, 그 사본을 여러 장 복사해서 보내야 하리라. 적의 유격대가 후방에서 전령들을 공격해 편지를 가로챌 수도 있기 때문이었다.

—러시아에서 그랬듯이.

그는 그 생각을 머릿속에서 쫓아버렸다.

당황해하는 장관들을 정신차리게 해야 했다.

〈치안장관 로비고 공작, 당신이 보낸 암호문을 받아보았다. 장관이 증권에 관심을 갖는 것은 전혀 나쁠 것이 없지. 하지만 주가의 하락이 당신과 무슨 상관이 있나? 당신이 그 일에 관여하지 않으면 않을수록 더 좋을 것이네. 현재와 같은 상황에서 다소의 주가 하락은 자연스러운 것이야. 일이 되어가는 대로 그대로 놔두게. 장관이 그 일에 관여하고 그것에 중요성을 부여하는 것처럼 보인다면, 사태는 더욱 악화될 것이야. 나는 그것을 전혀 중요하게 생각지 않네!〉

—모든 것은 이곳에서, 전투를 통해 결정되리라. 하지만 나를 배반하지는 말라! 내게 필요한 병력을 달라!

그는 마리 루이즈를 위한 연설문을 구술했다. 그녀는 섭정의 자격으로, 그 연설문을 원로원에서 낭독하게 될 것이다. 그녀는 황제가 무엇 때문에 이미 징집한 1808년에서 1814년까지의 대상 장정 12만 명의 병력 외에, 1815년 징집 대상 장정 16만 명을 필요로 하는지 설명할 것이다.

그녀는 말할 것이다.

〈나는 이 위대한 프랑스 국민의 용기와 힘을 잘 알고 있습니다. 그대들의 황제와 조국과 명예가 그대들을 부르고 있습니다!〉

—그들은 받아들일 것인가? 그들은 이해할 것인가? 내가 달리 무슨 말을 할 수 있단 말인가?

한순간 그는 생각했다. 지금 그가 죽는다면, 포탄이 그의 몸을 갈가리 찢어놓는다면, 그의 아들과 마리 루이즈가 나라를 다스릴 게 아닌가? 어쩌면 그의 죽음만이 그의 왕조를 지속시킬 수 있는 유일한 방법이 아닐까? 오스트리아 황제와 메테르니히는 합스부르크 가의 후손이 프랑스 왕위에 오른 것을 보고 기뻐할 것이다. 그리고 제국의 고관들은 자신들의 지위와 재산을 지키기 위해 로마 왕 주위로 몰려들 게 아닌가.

—죽는다? 미래를 보장하기 위해?

그는 라이프치히의 전원 한가운데 위치한 두벤의 작은 성에 자리잡았다. 넓은 침실에 자신의 철제 침대와 지도들을 늘어놓은 탁자를 옮겨놓게 했다. 침실의 작은 창문으로 비에 젖은 바깥 풍경이 내다보였다.

1813년 10월 중순이었다. 그의 주위에는 모든 것이 조용했다. 참모와 지휘관들은 그가 말하기를, 그가 지시를 내리기만을, 기다리고 있었다. 그는 이따금 탁자가 있는 곳으로 가서 지도들을 살펴보고 소파에 앉았다. 가끔 종이를 집어 아무 생각 없이 몇 글자 적다가는 곧 펜을 던져버리고 다시 소파에 주저앉았다.

그는 바클레르 달브를 힐끗 쳐다보았다.

급보가 도착했다. 바이에른의 변절이 사실임이 확인되었다. 사방에서 독일 징집병들이 탈영하거나 적진에 투항했다. 그는 주위를 둘러보며 베르티에를 찾았다. 하지만 원수는 몸이 아파서 운신이 불가능했다.

자리에서 일어났다. 그는 아직 읽어보지 않은 급송 전문들이 쌓여 있는 탁자로 다가갔다.

그는 알고 있었다. 그에게는 16만 명의 병사들이 있었다. 그 병사들 중 1만여 명의 환자들을 계산에 넣어야 했다. 바로 그들을 데리고 싸워야 하는 것이다! 적군은 아마도 그 세 곱절은 넘을 것이다.

북쪽으로 진군하여 베를린을 점령하고, 이어서 다른 적들을 공격할 수 있을 것이다. 그는 수도 없이 그렇게 행동했었다. 이탈리아에서, 독일에서, 그는 그런 방식으로 전투를 승리로 이끌었고, 강행군 덕분에 상황을 역전시킬 수 있었다. 하지만 그것은 옛날 이야기였다. 쏟아지는 비와 몇 차례의 이동에 벌써 지쳐버린 어린 병사들에게 무엇을 요구할 수 있겠는가? 그 옛날 열정에 가득 찼던 장군들은 지금 어디에 있는가?

그 자신 이제는 마흔네 살이었다!

마렝고 전투, 그것은 1800년 6월 14일의 일이었다. 그날 드제가 죽었다. 그리고 십삼 년 이상의 세월이 흘렀다.

— 북쪽으로 진군할 수 없으리라. 이곳에서 싸워야 하리라.

비서를 불렀다. 그는 네에게 보내는 편지를 구술했다.

〈라이프치히로 가기 위해 전군에 후퇴를 명령했네. 나폴리 왕이 그곳에 먼저 도착해 있을 것이네. 의심할 나위 없이 라이프치히에서 커다란 전투가 벌어지게 될 걸세. 결정적인 순간이 다가온 것 같네. 이번에야말로 최선을 다해 싸우지 않으면 안 될 것이야.〉

그는 고개를 떨군 채 방 안을 거닐며, 구술을 계속했다.

〈병사들을 3열이 아닌 2열로 배치하도록 하게. 우리의 3열 배치에 익숙해져 있는 적군은 결과적으로 우리의 병력을 1.5배 정도

과대평가하게 될 걸세.〉

그들이 얼마 동안이나 속을 것인가? 어쩌면 그 사이에 그들을 무찌를 수 있지 않을까?

이것은 모든 것이 걸린 한판 승부였다.

그는 뮈라에게 보내는 급보를 구술했다.

〈좋은 전략 중 하나는, 적군에게 거둔 승리를 경축하는 양 축포를 쏘아대는 것일세.〉

전쟁에서는, 한순간의 망설임이 모든 것을 결정해버릴 수도 있었다.

두벤의 침실을 떠나려던 그는 다시 돌아서며, 뮈라에게 보내는 급보에 한 줄 덧붙이겠다고 비서에게 알렸다.

〈마치 내가 그곳에 있는 것처럼, 대규모의 열병식을 갖도록 하게. 병사들에게 '황제 폐하 만세'를 외치게 하게.〉

1813년 10월 14일 목요일 오전 일곱시였다.

―예전엔 이런 속임수가 필요치 않았다!

6
명예는 어디에 있는가

1813년 10월 14일, 이른 저녁부터 내리기 시작한 차가운 비를 맞으며, 그는 서 있었다.

작센 왕 프리드리히 아우구스트를 태운 마차가 멀어지고 있었다. 왕은 라이프치히로 돌아가는 길이었다.

—독일에서 아직까지 나를 지지하는 유일한 사람. 하지만 그가 무엇을 할 수 있을 것인가? 왕은 다짐했다. 자기 병사들에게 동맹국 프랑스를 배반하지 말라고 말할 것이며, 그들이 선서한 바를 지키고 명예롭게 싸우라고 독려하겠다고.

나폴레옹은 어깨를 으쓱했다. 명예란 것이 아직 남아 있던가?

그는 사령부가 설치된 호사스런 별장으로 들어가, 홀을 장식하고 있는 커다란 그림들 앞에 멈춰 섰다. 은행가의 사치! 그곳 주인은 라이프치히의 재정가 바이스터였다. 그자는 도시에서 몇 킬로미터 떨어진 로이트니츠 마을에 마련된 이 별장에 친구들을 초대하곤 했다.

—은행가들은 나의 적이다. 파리에선 금리가 계속 내려가고 있다. 나의 패배에 걸고 있는 것이다. 런던의 은행가들은 나에게 맞서 싸우기로 결심한 모든 자들에게 돈을 대여해주고 있다. 나는 혼자다.

그는 어둠침침한 방 안을 이리저리 거닐었다. 지도들이 펼쳐져 있었으며, 전문들이 쌓여 있었다.

—명예는 어디에 있는 것인가? 바이에른 왕은 나를 배반했다. 그는 자신의 사위인 으젠에게도 나의 적들과 동맹을 맺으라고 충고했다. 이것이 그들의 도덕이다! 내가 강할 땐 노예처럼 굴다가 내가 약해지니 주인처럼 행세하려는 것이다.

그는 창틀에 몸을 기대었다. 비의 장막 너머로 적진의 불빛들이 바라보였다. 슈바르첸베르크, 블뤼허, 베르나도트, 베니히센의 군대였다. 그들의 진영은 거의 원을 이루며 나폴레옹의 군대를 에워싸고 있었다. 남서쪽, 린데나우를 거쳐 에어푸르트로 향하는 길만이 열려 있을 따름이었다. 그것은 곧 프랑스로 향하는 길이었다. 하지만 그러자면 도랑과 늪을 건너야 하고, 엘스터 강과 그 지류들인 플라이세와 파르타를 건너야 했다. 또 얼마나 많은 다리들을 건너야 하는 것일까? 그는 베레지나 강의 다리를 생각했다.

—내게는 지금 어느 정도의 병력이 남아 있는가? 35만? 그 절반도 안 될 것이다! 게다가 프랑스군에 아직까지 남아 있는 뷔르템베르크와 작센, 독일 병사들이 과연 제대로 싸워줄 것인가?

아군을 둘러싸고 왕관 모양을 이루고 있는 야영지의 반짝이는 불빛에서 눈을 뗄 수가 없었다. 그 불빛은 완전한 승리냐 완전한 패배냐를 결정지을 한판 승부가 벌어지게 될 장기판의 경계를 이루고 있었다. 몇 시간 후면, 사방 십 킬로미터가 넘지 않는 공간에서 50만의 병사들과 3천 문의 대포들이 맞닥뜨리게 될 것이다.

─전 유럽이 나에게 대항하고 있다! 모든 나라들이 나의 제국에 대항하고 있다. 그들은 내가 프랑스 황제라는 사실을 받아들이지 않는다. 그들은 신권을 부여받은 왕을 참수하고, 나로 하여금 로마와 마드리드와 모스크바와 베를린과 비엔나를 정복할 수 있도록 했던 프랑스를 용서하지 않는다. 그들은 우리를 굴복시켜 무릎을 꿇리려 하는 것이다. 좋다. 나는 최후의 순간까지, 이 한판 승부를 치를 것이다. 이 한판이 끝나고 나면, 어느 것도 전과 같지 않을 것이다.

그는 눈을 붙이지 못했다. 1813년 10월 15일 금요일, 벌써 새벽이었다.

멀리 남쪽에서 대포 소리가 울려왔다. 슈바르첸베르크의 군대일 것이다. 정찰병들은 오스트리아 군대가 1백여 문의 대포를 앞세우고 다가오고 있다고 보고해왔다. 활로 무장한 코자크 족과 바스키르 족(러시아 동남부에 사는 몽골계 민족)이 출몰하여 프랑스군을 괴롭히고 있었다. 전장은 작은 언덕들과 수많은 하천들과 늪으로 이루어진 험난한 지형이었다.

나폴레옹은 말에 올랐다. 이 금요일은 전투가 벌어지는 날이 아니라, 양측의 군대가 거리를 좁히는 날일 것이다. 그는 그렇게 예상했다. 그는 뮈라를 동반하고 언덕들과 계곡들을 돌아다녔다. 내일이면, 이 땅이 피로 물들 것이다. 병사들이 그를 향해 함성을 질렀다. 좋은 날씨였다. 바하우 마을에 이르자, 그는 말에서 내려 주위를 살펴보았다. 이곳이 우리 군대의 중심이 될 것이다. 이곳을 중심으로 슈바르첸베르크 군대와 전투를 벌이게 될 것이다.

다시 말에 올라 고원 위를 달렸다.

그는 바하우에서 멀리 떨어지지 않은 한 지점을 선택했다. 내일, 그곳에 그의 막사가 세워질 것이다.

로이트니츠로 돌아온 그는 뮈라를 붙잡아두고 뚫어지게 바라보았다. 나폴리 왕은 눈을 내리깔았다. 그는 뮈라에게 나직이 말했다.

"자네는 용감한 사내야. 하지만 자네는 나의 왕좌보다 자네의 왕좌를 더욱 염두에 두고 있어. 자네는 언제라도 나와 동맹을 맺었던 군주들 중 한 사람처럼, 바이에른 왕처럼 처신할 수 있을 걸세."

뮈라는 항의조차 하지 않았다.

—붙잡고 계속 얘기해봤자 무슨 소용이 있겠는가…… 내일이면 전투가 벌어지리라.

1813년 10월 16일 토요일 아홉시, 연속적인 포격이 시작되었다. 이처럼 요란한 소리를 들어본 적이 없었다. 그가 예상했듯이, 바하우에서 전투가 시작되었다. 그는 전초를 향해 말을 달렸다. 사방에서 포탄이 터지고 있었다.

여기서 죽게 되는 것인가? 나 홀로 모든 나라들을 상대로 싸워야 하는 이 전투에서…….

안전한 장소로 피신하라는 콜랭쿠르의 말을 듣지 않았다. 그는 말등에 앉은 채 움직이지 않았다. 망원경을 통해 병사들과 말들이 쓰러지는 광경을 바라보았다. 총을 든 보병들이 적의 대포를 향해 달려들고 있었다. 오스트리아군이 후퇴하고 있었다. 청년 근위대를 투입시켜야 했다. 포냐토프스키의 폴란드군이 총검을 들고, 오스트리아 기병대를 향해 돌진했다.

나폴레옹은 즉석에서 지시를 내려 포냐토프스키를 원수의 지위로 승진시켰다.

그는 전세를 지켜보았다. 파도처럼 밀려드는 동맹군의 공세에 맞서 프랑스군은 잘 버텨내고 있었다. 이윽고 밤이 내렸다. 첫날 전투는 승리였다.

그는 막사로 향했다.

천천히 말을 달렸다. 내일이면 적군은 수만 혹은 수십만의 병사들로 강화될 것이다. 그는 누구에게 기대를 걸 수 있을 것인가? 대부분 작센인들인 불과 몇천 명의 병사들……

나폴레옹은 말에서 내렸다. 흰 제복을 입은 오스트리아 장교 하나가 막사 앞에 앉아 있었다. 메르벨트 장군이었다. 그를 레오벤에서 만난 적이 있었다. 당시 메르벨트는 오스트리아 전권 협상단의 한 사람이었다. 십육 년 전의 일이다. 그는 아우스터리츠에서도 역시 전권 협상단의 일원이었다. 그것은 팔 년 전 일이다.

하지만 미래가 위태로운 지금, 과거의 일이 무슨 의미가 있겠는가?

나폴레옹이 말했다.

"결국 장군도 이번에는 전투에 뛰어들었군."

메르벨트가 힘찬 목소리로 말했다.

"우리는 폐하와의 기나긴 투쟁을 끝장낼 것입니다. 우리의 피를 대가로 치르고서라도 우리는 독립을 쟁취하고야 말 것입니다."

나폴레옹은 뒷짐을 지고 막사 안을 거닐기 시작했다. 메르벨트는 오스트리아 황제 프란츠 1세가 그의 장인이라는 사실을 잊은 것인가? 프랑스 왕좌가 합스부르크 왕좌와 피로 연결되어 있다는 것을?

그는 메르벨트와 오랫동안 얘기했다. 그가 프란츠 1세에게 러시아의 승리 혹은 유럽 대륙에 대한 영국의 지배야말로 비엔나의 위기가 될 것이라는 사실을 납득시킬 수만 있다면, 프란츠는 동맹을 파기하지 않을까? 그것 역시 사용해볼 만한 카드였다.

그는 메르벨트 앞에 멈춰 섰다. 그는 메르벨트를 전초로 데려가라고 지시했다. 메르벨트는 프란츠 황제에게, 그의 사위인 나폴레옹 황제가 평화와 새로운 동맹 관계를 열망하고 있다는 것을 증언하게 될 것이다.

나폴레옹은 야영지 주위에 모여 있는 근위대 척탄병들을 둘러보러 갔다.

10월 17일 일요일, 하늘은 낮고 어두웠다. 대포 소리가 울리고 있었다. 나폴레옹은 토른베르크 고지에 올라갔다. 그곳에서는 전장이 한눈에 들어왔다. 오늘은 전투가 없을 것이다. 적군은 지원이 도착하기를 기다리고 있었다. 그는 도둑떼와 위생병들이 몸을 굽히고 시체와 부상병들로 뒤덮인 전장을 돌아다니는 것을 바라보았다.

그는 막사로 돌아와 접는 의자에 앉았다. 그는 움직이지 않았다. 땀이 온몸을 적셨다. 콜랭쿠르와 참모들의 눈빛에서 공포감을 읽을 수 있었다. 갑자기 위에 경련이 일어났다. 칼로 베는 듯한 통증이 느껴졌다. 그는 몸을 수그리고 구토했다. 피로와 통증으로 그는 꼼짝도 할 수 없었다. 그는 손을 배에 갖다 대고 눌렀다.

"몸이 불편해. 머리는 저항하는데, 몸이 버텨내질 못하는군."

이렇게 죽고 싶진 않았다.

콜랭쿠르가 외과의 이방을 부르자며, 휴식을 취하고 잠 좀 자라고 간청했다.

내일 전투가 벌어지는데 휴식을 취하라고!

나폴레옹이 콜랭쿠르에게 낮은 목소리로 말했다.

"왕의 막사는 바깥에서도 다 들여다보이는 법일세. 모두가 자기 자리를 지키도록 하려면 나는 서 있어야만 하네."

콜랭쿠르가 만류했지만, 그는 몸을 일으켜세웠다.

"나는 서 있어야 하네."

그는 마사 책임자에게 몸을 의지하고 몇 걸음을 걸었다.

"곧 괜찮아질 거야. 아무도 들어오지 못하게 하게."

─이 몸이 말을 들어야 한다. 고통이 제 구멍을 찾아 동굴 속으로 다시 들어가야 한다. 죽음이 오고야 말 것이라면, 포탄처럼 혹은 칼날처럼 나를 정면에서 공격하기를 바란다. 나는 그것이 슬그머니 내 속으로 스며들지 않기를 바란다.

호흡이 조금 나아졌다.

그가 말했다.

"많이 좋아졌네. 이젠 괜찮아."

통증이 사라졌다. 오한도 조금 가셨다.

내일, 전투를 지휘할 수 있으리라.

1813년 10월 18일 월요일 새벽 한시, 그는 말 위에 올랐다. 그는 전초를 시찰하고 토른베르크 언덕에 올랐다. 라이프치히 전투의 사흘째 날이었다.

─나의 군대는 버티고 있다. 하지만 병사들의 수는 점점 줄어들고 있다. 우리 쪽 전사자들보다는 우리가 죽인 적의 숫자가 훨씬 많지만, 나는 군대에 새로운 병력을 지원할 수가 없다. 반면 적군의 뒤에는 전 유럽이 버티고 있다.

갑자기 그는 말머리를 돌려 베르트랑 장군이 주둔하고 있는 린데나우로 향했다. 엘스터 강을 가로지르는 다리를 건넜다. 만일 후퇴가 결정될 때에는, 언제라도 다리를 날려버릴 수 있도록 지뢰를 설치해두어야 했다. 베르트랑의 군대는 린데나우에서 에어푸르트로 향하는 바로 이 길을 통해 프랑스로 돌아가게 될 나폴레옹 군의 전위부대가 될 것이다.

프랑스!

만일 그래야만 한다면, 그들은 조국 땅에서 싸울 것이다.

토른베르크로 돌아왔다. 그는 침착했다. 다음번 판을 위하여 이번 한판은 잃을 준비가 되어 있었다. 목숨이 붙어 있는 한, 모두 따느냐 모두 잃느냐의 승부는 끝없이 되풀이될 것이다. 그가 살아 있는 한, 모두 잃는다는 것은 존재하지 않을 것이다. 오로지 죽음만이 이 전쟁을 마감할 것이다.

그는 뒤로크를 생각했다. 살아남은 자들은 계속해서 싸워야 하는 것이다.

참모 하나가 달려왔다. 그의 제복은 찢어져 있었으며, 얼굴엔 피가 흐르고 있었다. 전선에 남아 있던 작센 군대들이 적군 편으로 넘어갔다. 그들은 포문의 방향을 돌려 함께 밥을 먹던 진영을 향해 포격을 가했다. 뷔르템베르크의 기병대도 적에게 넘어갔다. 작센 군대는 베르나도트의 스웨덴 군대와 합류하여 공격을 가해 왔다.

그는 손끝 하나 떨지 않았다. 그리 될 일이었다. 비열함은 비열함을 낳을 뿐이다. 어둠이 내리고, 바로 그 순간 그에게 남은 퇴로는 라이프치히 방향뿐이었지만, 그는 동요하지 않았다.

도시로 이르는 길들은 병사들로 가득했다. 그는 호위병들과 참모들을 이끌고 간신히 길을 낼 수 있었다. 도시 외곽에 위치한 프로이센군 주보(酒保)에 들어갔다. 그곳에 그의 사령부가 설치되어 있었다. 계단의 발치에서, 그는 소르비에 장군과 뒤롤루아 장군을 알아보았다. 그들은 군 포병대와 근위대 포병부대를 지휘하고 있었다.

그들이 미처 말을 하기도 전에, 그들의 표정에서 그들이 말하려는 것을 읽을 수 있었다. 그는 덤덤하게 그들의 말을 들었다.

하루 사이에 9만 5천 발의 포탄을 쏘았다. 이제 그들에게는 1만 6천 발의 포탄밖에 남지 않았다. 두 시간 동안 버틸 수 있는 양이었다. 그들은 마그데부르크나 에어푸르트의 군창에서 포탄을 공급받아야 했다.

나폴레옹이 말했다.

"에어푸르트."

그는 즉시 명령을 하달했다. 포냐토프스키는 라이프치히에서 후방을 책임지게 될 것이며, 엘스터 강 다리 주변을 지키게 될 것이다. 곧바로 철수를 시작해야 했다.

그는 침착한 목소리로 '나폴레옹군 전황 보고서'를 천천히 구술했다.

라이프치히의 외곽으로부터 총소리가 들려왔다. 하지만 그는 차분한 목소리로 작센군의 배신과 포병대의 포탄 부족에 대해 언급했다.

〈이러한 상황 때문에 프랑스군은 숫적으로 훨씬 능가하는 군대, 유럽의 모든 나라들이 가세한 군대를 상대로 두 차례나 영광스러운 승리를 거두었음에도 불구하고, 그 승전의 열매를 포기하지 않을 수 없었다.〉

1813년 10월 19일 화요일, 어느새 새벽이 되었다. 그는 도시 외곽의 주보에서 나와 라이프치히로 들어갔다. 도시에는 병사들이 거리를 가득 메운 채 천천히 이동하고 있었다. 그가 지나갔으나 아무 함성도 일지 않았다. 그는 작센 왕을 만나 작별 인사를 나눴다. 돌아오는 길에 너무 많은 병사들이 밀집해 있어서 도시의 성문 쪽으로 나아갈 수가 없었다.

도시의 외곽으로 빠져나와 린데나우 다리에 가까이 이르렀을 때, 참모들이 제안해왔다. 군대가 완전히 철수하는 즉시, 도시에 불을 지르자는 것이었다. 그렇게 함으로써 적군의 추격을 늦출 수 있을 것이고, 작센군의 배신에 대한 정당한 처벌이라는 것이었다.

그는 거칠게 고개를 내저었다. 그는 방금 전 궁전 발코니에서 작센 왕을 만났었다. 왕은 도시를 떠나기를 거부했다. 그는 자기 병사들의 소행을 떠올리며, 스스로 자기 근위대의 깃발을 불태우고 눈물을 흘렸다. 그런데 우리가 그의 도시를 파괴한다고?

엘스터 강의 다리를 건넜다.

그는 말에서 내려, 에어푸르트로 이르는 길을 따라 장교들을 직접 배치했다. 그들은 대열에서 이탈한 병사들을 다시 집결시켜야 했다. 그는 오랫동안 다리에 서서 병사들의 이동을 지켜보았다. 병사들은 너무나 지쳐 있어서 고개조차 들지 못했다.

엘스터 강 유역을 굽어보고 있는 커다란 풍차를 향해 천천히 나아갔다. 그는 그곳 층계참에 앉았다. 그리고는 이내 고개를 떨구었다. 잠이 든 것이다.

그는 깜짝 놀라 잠에서 깨어났다.

뭐라가 그의 곁에 있었다. 엘스터 강의 다리가 방금 폭파되었다. 그가 왜 폭파 소리를 듣지 못했단 말인가? 다리를 너무 일찍 파괴했다. 수천 명의 병사들이 아직 라이프치히에 있었다. 많은 병사들이 강을 건너기 위해 물 속에 뛰어들었다. 수십 문의 대포는 강을 건너지 못할 것이다. 헤엄쳐서 강을 건너온 병사들이 말했다. 도시에 남은 병사들은 탄약이 떨어졌다. 작센과 바덴과 프로이센 사람들이 프랑스 병사들을 죽이고 있었다.

그는 잠시 아무 반응도 보이지 않고 있다가 이윽고 명령했다.

"기병들을 엘스터 강가로 보내어 강을 무사히 건넌 병사들을 맞아들이도록 하게."

뭐라는 보고를 계속했다. 맥도날드 원수는 강을 헤엄쳐 건널 수 있었다. 사람들이 벌거벗은 그를 물 속에서 끌어내었다. 그러나 로리스통 장군은 익사한 것으로 보였다. 물에 뛰어든 병사들은 맥도날드를 향해 소리쳤다.

"원수님, 저 좀 구해주십쇼! 살려주세요!"

포냐토프스키는 물결 속으로 사라져버렸다.

―죽음이 내 가까이 왔건만, 내 손을 붙잡으려 하지는 않는군.
그렇다면 계속해서 싸울 수밖에!

7
받아들이든가, 죽든가, 맞서 싸우라

그는 구술을 멈추고, 그 낯익은 방을 둘러보았다. 오 년 전과 비교해 아무것도 달라진 것이 없었다. 바로 이곳, 에어푸르트 궁전의 이 홀에서, 그는 1808년 10월에 알렉산드르 1세를 맞았고, 괴테를 만났다. 그는 왕들의 황제였다. 정확히 오 년 전의 일이다. 하지만 1813년 10월 23일 토요일, 호사와 과시의 시절은 이제 지났다. 에어푸르트 거리에 모여 있는 병사들, 군복 한 벌, 식량, 무기, 탄약, 대포 따위를 얻기 위해 군창 앞에서 기다리고 서 있는 저들은 이제는 한 무리의 오합지졸에 불과했다.

　─제대로 모양을 갖춘 병력만을 따진다면, 남은 병사들이 얼마나 될까? 나의 근위대…… 아마도 2만 명 정도일 것이다. 나머지 2만여 명의 병사들은 대부분 지치고 병들고 부상당한 자들이다.

그들이 독일의 차가운 가을비를 맞으며 행군하고 있다. 라이프치히의 늪과 진흙구덩이 속에서 죽게 버려두었던 병사들은 얼마나 될까? 엘스터 강을 건너려다 익사한 병사들, 그리고 라이프치히의 민가들에서 죽임당한 병사들은 얼마나 될까? 2만? 3만? 적군은 그 두 배의 병사를 잃었다고 할지라도 그들은 병력을 재충전할 수가 있다. 나는 더 많은 병사들을 필요로 한다.

그는 참모장 클라르크에게 보내는 편지를 구술했다.

〈내가 필요로 하는 8만에서 10만의 장정 소집에 관한 건은 어찌 되었나? 전 유럽이 전쟁 상태에 있고, 다른 나라들에선 결혼한 남자들까지 징집하고 있으며, 전 세계가 무기를 들고 우리에게 대항하고 있는 현재의 상황에서, 프랑스 역시 그와 같은 조치를 취하지 않는다면 우리는 그들에게 패배하고 말 것이네.〉

─병사들에게 싸우고자 하는 의지가 있다는 것을 확신한다. 그들은 도망치지 않았다. 나는 그들을 지켜보았다. 그러나 장군들, 원수들에게는 이제 열정이 남아 있지 않다.

네는 가벼운 부상을 핑계 삼아 군대를 떠나 파리로 돌아갔다.

─하지만 그는 나를 배신한 것은 아니다. 그와 반대로, 뮈라는 라이프치히에서 돌격을 지휘하기에 앞서, 동맹군에게 전령을 보내 자신이 정치적 타협에 동의한다는 것을 알렸다. 만일 그들이 뮈라에게 로마의 소유권을 약속했었다면, 그는 동맹군에 합류했을 것이다. 게다가 그런 협상을 주도한 사람이 뮈라의 아내이자 나폴리 주재 오스트리아 대사의 정부이기도 한 나의 누이 카롤린이었다. 욕심에 머리가 돈 카롤린은 어떤 일도 마다하지 않았다. 뮈라 역시 나폴리에 가서 원군을 끌고 오겠다는 핑계를 대고 몇 시간 전에 군대를 떠났다.

뮈라가 와서 떨리는 목소리로 자신의 출발을 알렸을 때, 나폴레옹은 잠자코 그의 말을 듣기만 했다.

―뮈라는 내가 미처 대답을 하기도 전에 홀에서 도망쳐버렸다. 잘 가게, 뮈라!

―이러한 상황을 감추어선 안 되리라. 여론을 주도해야 한다. '나폴레옹군 전황 보고서'를 발표하여 라이프치히 전투를 알리고, 우리가 후퇴할 수밖에 없었던 이유를 설명해야 하리라.

그는 구술했다. 엘스터 강의 다리가 너무 일찍 폭파되었던 사실을 언급했다.

〈이 불행한 사건으로, 어느 정도의 손실이 발생했는지는 아직 가늠할 수 없다. 하지만 이 사건이 우리 군대에 야기한 혼란으로 상황은 뒤바뀌고 말았다. 승리를 거두었던 프랑스군은 마치 패배 당한 군대처럼 에어푸르트에 도착했던 것이다.〉

그는 잠시 머뭇거리다가 구술을 계속했다.

〈16일과 18일의 전투에서 아연실색했던 적군은 19일의 재난으로 용기와 승리할 것이라는 자신감을 되찾게 되었다. 그토록 빛나는 승리를 거두었던 프랑스군은 그후에 승리를 향한 자신감을 잃게 되었다.〉

그는 밖으로 나가지 않았다. 잠도 자지 않았다. 때로 창문으로 다가가, 도망병들이 지친 몸을 이끌며 지나가는 것을 바라보았다.

참모 하나가 급보를 가져왔다. 나폴레옹은 천천히 그에게 걸어갔다. 좋은 소식일 리가 없었다.

―베스트팔렌 왕국은 더이상 존재하지 않는군. 아듀, 나의 아우 제롬. 라인 연방에 끝까지 남았던 왕들이 동맹국에 합류했다. 바이에른 왕에 이어 뷔르템베르크의 왕도 그 뒤를 따랐다. 아듀, 독일! 술트의 군대는 스페인에서 도망쳐 바욘으로 철수했다. 아듀, 스페인!

그는 절망도 공포도 느끼지 않았다. 운명이 순조롭지 않을 때에는 그것을 받아들이든가, 죽든가, 맞서 싸워야 한다. 그 외에는 비겁함만이 있을 뿐이다. 그는 결코 자신의 운명에 대해 엄살을 피웠던 적이 없었다.

독일 지도를 가져오라고 명령했다. 그는 프랑스군이 주둔하고 있는 요새들에 표시했다. 만약 이 군대들을 모두 함부르크로 철수시킨다면, 그곳을 지키고 있는 다부는 10만 명의 병력을 거느리게 될 것이다. 다부가 그 병력을 독일 북부를 거쳐 라인 강까지 이동시킬 수만 있다면······.

그는 활기차게 방 안을 거닐었다. 이러한 작전을 펼친다면, 며칠 후에는 상황을 역전시킬 수도 있을 것이다.

그는 동맹군이 프랑스에 들어오는 것을 상상했다.

—그들이 나의 아름다운 도시 두세 군데에 불을 지른다면······ 그러면 나는 백만 대군을 얻게 될 것이다. 나는 전투를 벌일 것이고 승리를 거둘 것이다. 나는 그들을 단번에 비스타 강까지 몰아넬 것이다. 내게 기운이 생생하게 남아 있는 한, 아직은 아무것도 잃은 것이 없다.

그러한 의지를 군대에 불어넣어야만 했다.

여러 차례에 걸쳐 그에게 걱정이 담긴 편지를 보내왔던 치안장관 사바리에게 편지를 썼다.

〈로비고 공작, 그대의 근심과 두려움은 나를 웃게 만드네. 그대가 진실을 알아들을 수 있는 사람이라 여겼어. 나는 그대가 상상하는 것보다 훨씬 빨리 적들을 무찌르게 될 것일세. 지금 당장은 군대가 나를 너무나 필요로 하기 때문에 이곳을 떠날 수가 없네. 때가 되면 나는 파리에 있게 될 걸세.〉

그는 남아 있는 병력을 마인츠까지 데려가고자 했다. 그곳에서 라인 강을 건너 파리로 돌아가게 될 것이다. 마리 루이즈를 안심시켜야 했다.

〈나의 건강은 아주 좋소. 며칠 안에 마인츠에 도착하게 될 것이오. 어린 왕에게 키스해주오. 그리고 당신의 충실한 남편이 당신을 사랑한다는 것을 결코 의심치 마시오. 나폴레옹.〉

그는 에어푸르트를 떠났다. 소나기를 맞으며 행군하는 병사들의 대열을 따라 말을 달렸다. 참모들이 소식을 알려왔다. 드 브레데 장군이 지휘하는 바이에른과 오스트리아 동맹군이 마인츠를 향해 진군하고 있었다.

— 드 브레데! 그는 1805년부터 나의 군대에서 싸웠던 장군 아닌가! 그런데 그자가 나의 길을 가로막으려 하는 것이다!

서둘러야 했다. 슐뤼흐테른을 얼마 앞둔 지점에서, 그는 상당수의 폴란드 장교들이 길을 가로막고 있는 것을 보았다. 그들은 할 말이 있다고 했다. 그는 앞으로 나아갔다. 장교들 중 하나가 다가왔다. 그는 장교의 말을 들었다. 그 폴란드인늘은 자기들 역시 고국으로 돌아가기를 원하고 있었다.

그는 그들이 있는 곳으로 말을 몰았다.

"그대들이 나를 떠나려 한다는데, 그것이 사실인가?"

그들은 고개를 들지 못했다.

그는 말을 이었다.

"내가 다소 무리했던 것은 사실이네. 여러 가지 실수를 저질렀어. 두 해 전부터 행운은 내게서 등을 돌렸네. 그러나 행운이란, 여자처럼 변덕이 심한 것이야. 앞으로 어떻게 변할지 누가 알겠나? 어쩌면 그대들의 나쁜 운수가 나한테까지 미쳤는지도 모를 일이지……."

장교들은 깜짝 놀라 그를 바라보았다.

"그대들은 나에 대한 믿음을 잃어버렸단 말인가? 내가 이제 고자가 되었다고 생각해?"

폴란드인들은 아니라고 외쳤다.

그가 웃으면서 물었다.

"내가 좀 야위었나?"

그는 그들 한가운데 버티고 서서 외쳤다.

"나는 그대들이 원하는 바를 전해들었네. 나는 황제로서, 또한 한 사람의 장군으로서, 그대들의 태도를 높게 평가할 따름이야. 그대들에게 탓할 것이 아무것도 없네. 그대들은 나에게 충성스런 태도를 보여주었네. 내게 아무 말도 하지 않고 떠나려 하지도 않았어. 게다가 나를 라인 강까지 호위하겠다는 약속까지 했네. 이제 나는 그대들에게 유익한 충고를 해주고 싶네. 그대들이 나를 버린다면, 내게는 더이상 그대들을 위해 말할 수 있는 권리가 없게 될 걸세. 그리고 내가 믿어 의심치 않는 사실 한 가지는, 이번 참패에도 불구하고 나는 아직까지 유럽에서 가장 강력한 군주라는 것일세."

그는 말에 박차를 가했다. 그의 등뒤에서 폴란드 장교들이 외치는 소리가 들려왔다.

"황제 폐하 만세."

그는 아직 쓰러지지 않았다.

오랫동안 그는 자신에게서 이같은 단호함을 느끼지 못했었다. 드 브레데 장군이 이끄는 바이에른군은 하나우에 진을 치고 있었다. 포로로 붙잡힌 병사들은 말했다. 그들 5만 명이 넘는 병력에는, 오스트리아인들 이외에도 코자크 족이 포함되어 있었다. 드 브레데는 나폴레옹을 사로잡겠다고 공언했다.

—내게는 1만 7천 명의 병사들이 있다. 하지만 그들은 나의 근

위대이다.

그는 병사들에게 연설했다. 그리고 명령을 내렸다. 드루오 장군의 포병대가 단독으로 전진하게 될 것이다. 그들이 포격을 개시하면, 그 뒤를 이어 기병대가 돌진한다. 저 배신자들을 무찔러야만 한다.

포탄이 사방에서 터지기 시작했다. 그는 전장에서 불과 몇 걸음 떨어지지 않은 숲속에서 기다리고 있었다. 포탄 하나가 바로 그의 곁에 떨어졌지만 다행히 불발탄이었다. 그는 고개조차 돌리지 않았다. 그는 계속해서 콜랭쿠르와 얘기를 나누었다.

─죽음이 나를 원한다면, 나를 데려가라고 할 밖에!

바이에른군이 퇴각했다. 길이 열린 것이다. 10월 31일 일요일, 그는 프랑크푸르트에 도착했다.

그는 도시 외곽의 한 집에서 몇 시간을 머무르며, 편지를 썼다.

〈나의 루이즈, 프랑크푸르트에 도착했소. 이제 마인츠로 갈 것이오. 어제 나는 하나우에서 바이에른군과 오스트리아군을 단단히 혼내주있소. 그들의 병력은 6만 명이 넘었소. 나는 6천 명의 포로를 잡았고, 그들의 깃발과 대포들을 빼앗았소. 그 미친 자들은 감히 나의 길을 가로막으려 했었소! 나의 건강은 아주 좋소. 이처럼 좋았던 적도 없었던 것 같소. 나를 대신해서 어린 왕에게 키스를. 나폴레옹.〉

이 승리를 이용해야 했다. 그는 군대가 폭우 속에서 마인츠로 이동하는 동안, 이번엔 섭정 마리 루이즈에게 보내는 공식적인 편지를 구술했다.

〈부인, 바하우와 라이프치히와 하나우 전투에서 나의 군대가 포획한 스무 개의 깃발을 당신에게 보내오. 이것은 내가 당신에게 보내는 존경의 표시로서……〉

참모장에게 따로 지시를 내렸다. 파리에서 열병식을 벌여야 하리라. 기병장교들은 적에게서 빼앗은 군기들을 들고 행진하게 될 것이다.

〈내가 그러한 화려한 군사 퍼레이드를 어떻게 생각하는지 당신은 익히 알고 있을 것이오. 하지만 현재 상황으로선 그러한 행사가 필요하다고 여겨지오.〉

파리, 프랑스 국민들은 내가 아직도 승리자임을 알아야 한다.

사실, 그가 패배한 전투가 있었던가? 진정으로 패배한 일이. 그가 승리를 거두지 못한 적은 있었다. 하지만 자기가 나폴레옹을 패배시켰다고 말할 수 있는 적장이 과연 누가 있을 것인가?

다음번 승부에서, 모든 것을 회복할 수 있으리라.

11월 2일 화요일, 그는 마인츠에 도착했다. 라이프치히로부터 3백 킬로미터나 되는 길을 말을 타고 달려온 것이다.

파리에서 도착한 전보들을 모두 읽었다. 아우 루이가 수도에 와 있었다. 루이는 무엇을 원하는 것일까? 황후에게 경고해둘 필요가 있었다.

마리 루이즈에게 편지를 썼다.

〈그 녀석은 정신나간 놈이오. 나는 가족을 위해 모든 것을 베풀었건만, 결국 이런 고약한 일들만 생기고 있소. 나는 군을 재정비했소. 모든 것이 제모습을 갖춰가고 있소. 나의 아들에게 키스를. 나폴레옹.〉

그는 도시를 둘러보았다. 병사들은 누더기를 걸친 채 거리를 헤매고 있었다. 병원은 물론 창고들까지 환자들로 가득 찼다고 참모들이 보고했다. 티푸스는 총알이나 포탄만큼이나 많은 병사들을 죽이고 있었다.

새롭게 군대를 일으키기 위해 그는 떠나야 했다.

11월 7일 일요일 밤 열시, 그는 마인츠를 떠났다. 호위대도 따르지 않았다. 불편하기 짝이 없는 두 대의 마차와 세 명의 수행원들이 전부였다. 호사를 부릴 때가 아니었다.

1813년 11월 9일 화요일 오후 다섯시, 그는 생 클루에 도착했다.

마흔넷을 넘긴 나이에, 그는 모든 것을 정복할 것 같은 젊은 장군의 영혼을 느끼고 있었다. 자신의 내부에서.

제 3 부

나는 떠난다. 그대 가슴에 마지막 키스를 남기고

1813년 11월 10일 ~ 1814년 5월 3일

8
내 아내와 내 아들을 그대들에게 맡긴다

1813년 11월 9일 화요일, 하루가 끝나갈 무렵의 어슴푸레한 빛
이 감돌고 있는 생 클루 성의 입구에 들어섰다.

그는 자신을 향해 다가오는 젊은 여인과 어린아이를 보았다. 그
는 멈춰 섰다. 뛰어가서 그들에게 팔을 벌릴 수도 있으리라. 그러
나 그는 움직이지 않았다. 마음이 약해져서는 안 되었다. 그는 보
통 사람들과는 달랐다. 수백만 명의 운명을 책임지고 있는 것이다.
엄격해야 했다. 지금 그의 내부에 조그마한 틈이라도 생긴다면,
걷잡을 수 없는 감정의 물결에 자신의 의지를 빼앗기고 말 것이었
다.

마리 루이즈는 눈물에 젖어 그에게 몸을 기대었다. 그는 그녀를
위로했다. 오랫동안 여자의 몸을 안아보지 못했다. 고통과 추위로

보낸 여러 달 뒤에, 실로 오랜만에 느껴보는 부드러움과 따뜻함이었다. 죽음 뒤에 다시 찾은 생명의 기운이었다. 그는 몸을 굽혀 아이를 바라보았다. 아이가 그를 쳐다보더니 미소지으며 그의 목에 매달렸다. 그는 아들을 안고 집무실로 향했다. 고관들이 주위에 몰려들었지만, 그는 쳐다보지 않았다. 몬테벨로 공작부인, 아이의 가정교사인 몽테스키우 부인의 존재를 느꼈을 뿐이다. 그는 자기를 관찰하고 엿보는 사람들의 시선에서 벗어나 아내와 아이하고만 있기를 원했다.

— 냉기가 감도는군. 사람들은 눈치를 살피며 뭔가를 기대하고 있어. 무엇을? 내가 망하기를? 아니면, 내가 또 한 번 승리를 거두기를?

그의 등뒤로 문이 닫히는 소리가 들렸다.

탁자에는 급송 전문들과 지도, 그리고 서류들이 잔뜩 놓여 있었다.

내일, 그는 다시 일을 할 것이다. 추밀원 회의와 각료 회의를 열 것이다.

하지만 이날 밤은 그의 것이다. 새벽이 올 때까지는.

11월 10일 수요일, 황제의 인견에 장관들이 모여들었다.

— 부르봉 왕가와 내통하고 있는 배반자. 돈밖에 모르는 창백한 인간 탈레랑도 빠지지 않고 나왔군. 내가 몰락하기만 기다리고 있는 배신자가.

그는 탈레랑 앞에 걸음을 멈췄다.

"당신은 뭐하러 여기에 왔소? 나는 당신이 무슨 생각을 하는지 알고 있소. 혹시 내가 돌아오지 못했다면, 당신이 섭정회의 우두머리가 되었을 거라고 생각하고 있었겠지?"

나폴레옹은 고개를 저었다.

"조심하시오. 나와 싸워서 당신이 얻어낼 것은 아무것도 없소.

말해두건대, 만일 내가 죽을 병에라도 걸리게 된다면, 나보다는 당신이 먼저 죽게 될 거요."

탈레랑은 늘 그러했듯이 표정에 변화가 없었다. 그가 나직이 말했다.

"폐하, 굳이 그런 말씀을 하시지 않더라도 저는 폐하께서 장수하시기를 하늘에 간절히 빌고 있습니다."

나폴레옹은 그에게서 등을 돌렸다. 말 한마디 한마디에 위선이 가득한 탈레랑, 그러나 믿을 수 없기는 다른 사람들도 마찬가지였다. 그는 거친 목소리로 말했다.

"동맹국 군주들은 나의 무덤 앞에서 만나자고 서로 약속을 했소. 하지만 그 누구도 남들보다 먼저 그곳에 나타나려 하지 않을 것이오. 이제 그들은 만날 때가 되었다고 믿게 되었소. 그들은 사자가 죽었다고 믿고, 앞다투어 발길질을 하려 들 것이오."

그는 고개를 떨구었다.

"프랑스가 나를 버린다면, 나는 아무 일도 할 수 없을 것이오. 하지만 그렇게 되면 사람들은 곧 자신들이 한 짓을 후회하게 될 것이오."

그는 고관들을 향해 나아갔다. 그들이 두려워하며 길을 터주었다. 그들 가운데에서 검은 옷을 입은 한 노인을 알아보았다. 사관학교의 시험관이었던 라플라스였다. 그 학자는 몇 달 전에 자신의 역저인 『확률론』을 그에게 보냈었다. 나폴레옹은 기억하고 있었다. 그는 그 책을 비텝스크에서 받았었다. 눈이 내리던 그곳, 그의 군대가 사라져버린 그곳에서 그 책을 읽었다.

나폴레옹은 말했다.

"선생도 변했구려. 무척 야윈 것 같소."

라플라스는 나직이 말했다.

"폐하, 저는 딸을 잃었습니다."

그런가? 나는 군대 전체를 잃었다! 내 병사들은 모두 죽어 눈 속에 묻혀 있다. 나폴레옹은 몸을 돌렸다. 그는 엄숙한 목소리로 말했다.

"라플라스, 선생은 수학자요. 선생 딸이 죽은 일을 수에 적용시켜보시오. 그러면 그 결과가 제로라는 것을 알게 될 것이오."

누구도 입을 떼려 하지 않았다. 그들의 얼굴에 의혹과 불안이 새벽 서리처럼 어려 있었다.

이리저리 거닐던 그가 불쑥 입을 열었다.

"두고보시오! 나와 나의 병사들이 할 일을 잊고 있는 것은 아니라는 사실을 당신들은 곧 깨닫게 될 것이오. 우리는 엘베 강과 라인 강 사이에서 배반당했소. 하지만 라인 강과 파리에서는 반역자가 없을 것이오……."

그러나 이곳에서, 저 고관들과 장관들에게서 열렬한 지지를 기대할 수 있을 것인가. 그들은 그가 승리를 거둘 것이라고 판단되는 경우에, 그리고 그들에게 이익이 된다고 여겨지는 경우에만 복종하고 따를 것이다.

다시 한번 군대를 일으켜야 했다. 그는 병사들이 필요했다. 30만 명의 신병을 징집할 것을 상원에 요구하고, 민병대를 조직해야 했다. 블뤼허가 이끄는 7만 명의 프로이센과 러시아 동맹군은 라인 강을 향해 다가오고 있었다. 좀더 남쪽으로는 슈바르첸베르크가 지휘하는 1만 2천 명의 오스트리아군이 라인 강을 지키고 있는 프랑스군 요새들을 피해 스위스로 우회하고 있었다. 그에게 남은 병력만으로 그들과 대적할 수 있을 것인가?

병사들을 징집한다 할지라도, 그들이 과연 필요한 무기들을 갖출 수 있을 것인가?

그는 생 클루에 도착하자마자 참모장에게 말했었다.

"우리에게는 소총이 절대적으로 부족하네."

클라르크 장군은 횡설수설이었다. 브레스트와 라로셸의 병기고에 아직 여유분이 있다는 것이었다.

나폴레옹은 중얼거렸다.

"너무 멀어. 그것들이 도착하려면 몇 주는 걸릴 거야. 당신에게 다른 방도가 없다면, 병사들을 긁어모은들 무슨 쓸모가 있겠나? 총이 없단 말이네!"

가지고 있는 것만으로 대처하는 수밖에 없었다. 절망이 밀려들었지만, 그는 굴복하고 싶지 않았다. 좋지 않은 소식들이 시시각각 쌓여가고 있었다. 드레스덴, 토르가우, 단치히 등의 독일 요새들이 적에게 넘어갔다. 그들 도시의 수비대들을 규합해 하나의 군대를 조직하려던 그의 계획은 틀어지고 말았다. 예상했던 일이었다. 으젠의 군대도 기대할 수가 없게 되었다. 그들은 이탈리아에 남게 될 것이다.

─게다가 뮈라가 모은다는 지원군은 나를 돕기는커녕 필경 동맹군의 수를 늘리는 데 기여할 것이다. 여기, 내 주위에 있는 사람들 누구나 그러한 상황을 잘 알고 있다.

1813년 11월 14일 일요일, 그는 튈르리 궁에서 상원의원들을 맞았다. 그들은 그에게 충성을 다짐했다. 그들은 신병들을 징집하는 안건을 가결시켰다. 하지만 그들의 머릿속에는 의심이 자리잡고 있을 것이다. 형세를 따지고 이해득실을 계산하고 있으리라.

─이미 탈레랑과 한 패거리가 된 자들도 있다. 그들은 빈정거리는 투로 나의 '마지막 승리'를 찬양하고 있다. 달베르크 공작부인, 쿠르랑드 공작부인, 드 보데몽 부인 등 수다쟁이 '여편네 부대'를 동원해서 파리의 살롱들을 오염시키고 있다. 그들은 부르봉가의 복귀를 기다리고 있다. 나는 그것을 안다. 하지만 어쩔 것인

가. 내가 무엇을 할 수 있는가? 국민들에게 호소한다? 그들에게 다시 혁명을 일으키라고? 다른 사람 아닌, 바로 내가 끝장낸 혁명을?

그는 말했다.

"상원의원 여러분. 나는 여러분의 심정을 충분히 이해하오. 불과 일 년 전 모두 우리 편이었던 전 유럽이 오늘날 힘을 합쳐 우리에게 대항하고 있소. 그것은 세상의 여론이 프랑스가 아니면 영국에 의해 만들어지기 때문이오. 우리에게 힘과 에너지가 없다면, 언제라도 우리는 모든 것을 두려워하지 않을 수 없을 것이오."

그가 믿는 것은 그러한 힘과 에너지였다. 그는 말을 이었다.

"후세는 말할 것이오. 무척이나 힘든 상황이었지만, 프랑스와 나폴레옹은 그것을 이겨내었노라고."

사람들은 알고 있어야 했다. 그가 싸울 것이며, 치욕적인 화약을 맺지 않을 것이라는 사실을.

그는 집무실로 돌아왔다. 새로운 급송 전문이 도착해 있었다. 영국 군대가 바욘으로 다가오고 있었다.

전문을 읽던 그는 그것을 구겨버리고, 구술을 시작했다.

〈만일 영국군이 마라크 성에 발을 들여놓는 일이 생길 것 같으면, 그들이 나의 침대에 눕지 못하게 성과 내게 속한 모든 집들을 불태울 것. 가능하다면 가구들을 모두 끄집어내어 바욘의 아무 집에나 옮겨놓을 것.〉

—그들은 사자가 정말로 죽은 것인가를 확인하게 될 것이다.

무엇보다도 아무것도 변한 것이 없다는 사실을 보여주고, 믿게 하고, 알게 해야 했다.

그는 매일 각료 회의를 열고, 파리 거리를 돌아다녔다. 센 강의 둑을 산책했으며, 새로 열린 포도주 시장이나 꽃 시장을 찾기도

했다. 사람들은 그를 환호했다. 그가 생 탕투안에 들렀을 때, 그를 알아본 직공들과 장인들은 작업장이나 창고에서 뛰어나와 '나폴레옹 만세'를 외쳤다. 그들은 목청껏 노래했다. '귀족놈들을 가로등에 매달아라.' 혁명기의 노래 '사 이라'의 후렴이었다.

그는 기억하고 있었다. 1792년 튈르리 궁이 기습당했던 그날을, 그 야만적인 군중과 그에 대해 전혀 무력했던 부르봉 가의 왕을. 그러한 광경을 다시 보고 싶지 않았다. 그는 평생 동안 그것과는 다른 무엇을 세우고자 노력했다. 군중의 분노에 굴복하지 않을 것이며, 비겁한 왕들과는 다른 무엇을.

주위에 몰려드는 사람들에게서 그는 불안의 기운을 느꼈다. 그들은 불안해하고 있었다. 그들을 안심시켜야 했다.

그는 연이어 며칠간 극장이나 오페라에서 저녁시간을 보냈다. 카루젤에서 사열식을 갖고, 수천 명의 병사들을 행진시킴으로써 자신의 군대가 아직 건재하다는 것을 파리에 알리고자 했다. 열병식을 마치고, 생 클루로 돌아온 그는 집무실에 틀어박혔다. 그곳엔 어떠한 장식이나 치장도 없었다. 적이 다가오고 있었다. 스위스를 통과한 슈바르첸베르크는 샤프하우젠에서 라인 강을 건넜다. 바젤에 진출한 그의 군대는 지금 벨포르를 향해 전진하고 있었다. 곧 북동쪽으로 방향을 바꿔 디종과 샬롱 쉬르 사온을 향해 거슬러오르게 되리라. 그 동안 블뤼허의 프로이센과 러시아 동맹군은 라인 강을 곧바로 건너려 할 것이다. 동맹군의 병력은 계속해서 늘어나고 있었다. 그들은 이제 거의 40만 명에 육박했다.

―나는 무엇으로 그들에게 대항한단 말인가?

뇌리를 떠나지 않는 질문들을 잠시 잊을 필요가 있었다. 그는 사냥을 떠났다. 사토리 숲에서 말을 달렸다. 뒤따르는 일행을 떨쳐버리기 위해 그는 말에 박차를 가했다. 마침내 혼자가 되었을 때, 그는 말에서 내려 이슬비에 젖은 숲속을 오래 거닐었다. 그리고 천천히 생 클루 성으로 돌아왔다. 회랑을 가로질러 마리 루이즈에게로 향했다. 그녀는 매일 밤 그를 기다려왔다. 이날 밤은 그녀와 함께할 것이다. 그렇지만 그는 그녀가 잠이 들자 그녀 곁을 떠나 자신의 처소로 돌아왔다. 그곳에서 잠을 잊은 채 밤새 일했다.

한밤중에 콜랭쿠르의 처남인 생 테냥 백작이 그를 방문했다. 그자는 어떤 대가를 치르더라도 평화를 이루자고 주장할 것이었다. 나폴레옹은 그를 주의깊게 살폈다. 백작은 용감한 장교였다. 나폴레옹은 그를 알고 있었다. 이따금 협상 대표로 발탁하기도 했었다. 그는 포로로 붙잡혔다가 메테르니히와 동맹국들의 제안을 전달하는 조건으로 풀려났다고 말했다.

나폴레옹은 그에게 말하라는 몸짓을 하고, 팔짱을 낀 채 그의 주위를 거닐었다. 생 테냥은 흥분한 목소리로 말했다. 열강은 프랑스에 자연적 국경, '왕정하에서 프랑스가 결코 가져보지 못했던 영토'를 인정할 것이라고 했다.

나폴레옹은 그의 말을 가로막았다. 그게 무슨 말인가? 무슨 영토? 그것은 고도의 전략이었다. 동맹국들은 명예로운 평화에 동의할 의사가 있으며, 그들이 전쟁을 벌이는 상대는 프랑스가 아니라 오로지 나폴레옹 황제라는 것을 프랑스 국민들에게 믿게 하려는 수작에 불과했다!

그는 생 테냥을 돌려보냈다.

—메테르니히, 그는 약은 자이다. 평화 회담을 열자는 제의까지 해왔다. 그것은 사람들에게 전쟁이 끝날 것이라는 희망을 불어넣어 나로 하여금 국민들을 동원하지 못하게 하려는 수작이다. 저들은 장관들이나 원수들, 싸우기를 원치 않는 모든 사람들을 이용하려 하고 있다. 나를 고립시킨다, 그것이 그들의 목적이다. 그들의

가면을 벗겨버리리라.

11월 20일, 그는 콜랭쿠르, 마레, 베르트랑 장군을 튈르리 궁으로 불렀다. 마레를 다시 비서실장으로 복귀시키고, 콜랭쿠르를 외무장관에 임명했다. 베르트랑 장군은 궁정 대원수가 될 것이다.

그는 콜랭쿠르에게 다가가 말했다.

"자네가 협상을 맡게 될 것이네."

─콜랭쿠르는 동맹국들과의 협상이 가능하다고 믿는 자들 중 하나다. 열강들이 원하는 것이, 나를 패배시키는 게 아니라 단지 정신차리도록 하려는 것이라고 믿는 자들 중 하나다. 그들이 프랑스의 수족을 잘라내려고 하는 것이 아니라는 얘기다! 오히려 프랑스를 존중한다는 것이다!

나폴레옹은 웃어버리고 싶었다.

─메테르니히가 꿈꾸는 것은 오직 나를 몰락시키는 것이다. 그리하여 합스부르크 가의 후손이 프랑스 왕좌를 차지하게 하자는 것이 아니던가? 영국 외무장관 캐슬레이는 부르봉 가를 파리로 밀어넣으려 하고 있고, 알렉산드르는 루이 18세와 베르나도트 둘 중에 누구를 프랑스 왕으로 즉위시키느냐는 문제로 고민하고 있지 않은가! 콜랭쿠르나 생 테냥과 같은 자들은 어째서 그러한 사실을 깨닫지 못하는가?

그의 책상에는 동맹국들이 발표한 선언문이 놓여 있었다. 그것은 적군에 의해서, 혹은 남쪽에서 조직되기 시작한 왕당파들에 의해서 프랑스 전역에 배포되고 있었다. '프랑크푸르트 선언'의 복사물 수천 장이 시중에 나돌고 있었다. 그는 그것을 읽으며 외쳤다. 바로 이것이 정치적 공작의 증거 아닌가.

〈동맹국들은 프랑스와 전쟁하는 것이 아니다. 우리는 나폴레옹 황제가 그의 제국의 경계를 넘어서서 너무도 오랫동안 행사해왔던 지배권, 유럽과 프랑스에 불행을 가져다준 지배권을 상대로 전

쟁하고 있는 것이다. 동맹국들의 왕들은, 프랑스가 위대하고 강하며 행복한 나라로 남기를 염원하고 있다.〉

그는 선언문을 땅바닥에 내던졌다.

"나만큼 프랑스에 합당한 인물이 달리 누가 있단 말인가?"

동맹국들이 이 선언문과 함께 내놓은 제안들을 그는 알고 있었다. 그들은 이제 자연적 국경 따위는 언급하고 있지 않았다. 그들은 벨기에와 라인 강의 좌안과 사부아 지방을 프랑스에서 떼내었다. 그들이 제안하는 것은 혁명 이후의 정복을 백지화해버린 1790년의 프랑스였다.

그는 콜랭쿠르에게 보내는 편지를 구술했다. 동맹국 대표들과의 협상에 나선 콜랭쿠르는 모욕당했다. 그들은 그를 무시했으며, 그가 던지는 질문들에 대답조차 하지 않았다. 그들은 그럼으로써 동맹군이 프랑스 내로 진격할 수 있는 시간을 벌고자 했던 것이다.

나폴레옹은 콜랭쿠르에게 썼다.

〈자네가 내게 보내온 비열한 제안을 보고 충격을 받았네. 그들이 그러한 제안을 했다는 사실만으로도 모욕은 충분하네. 자네는 줄곧 부르봉 가에 대해 말하곤 했지. 자네가 보내온 비열한 제안을 받아들이기보다는 차라리 납득할 만한 조건하에서 부르봉 가가 프랑스를 되찾기를 바라겠네.〉

이미 생각했던 바대로 싸우는 수밖에 없었다.

—내게는 박차와 군화들이 필요하다.

그는 뒷짐을 지고 튈르리 궁의 집무실을 분주하게 오갔다. 그는 참모가 가져온 전보를 읽고, 경멸과 분노를 표시했다.

"암스테르담의 천민들이 폭동을 일으켰군."

기욤 도랑주가 조금 전에 군중의 환호를 받으며 암스테르담에 입성했다.

—네덜란드인들은 바로 나에게 환호를 보냈던 자들 아닌가! 인간이라는 것은 도무지 믿을 게 못 된다.

영국인들은 토스카나에 상륙했다. 뮈라는 오스트리아와 협정을 맺었다.

—뮈라는 자신의 병사들에게 나를 중상하고 모욕하는 내용의 성명을 발표했다. 내 누이의 남편이며, 내가 왕으로 만들어주었던 그자가!

뮈라는 이렇게 말했다.

"황제는 전쟁만을 원한다. 나는 그가 나의 군대에서 봉사하고 있는 프랑스인들의 애국심을 왜곡시키려 한다는 것을 알고 있다. 하지만 전 세계를 자신의 발밑에 두려 하는 나폴레옹 황제의 미친 야망에 봉사하는 것이 과연 아직도 명예로운 일이던가?"

파리에서는 입법원 의원들이 찬성 223표 대 반대 51표로, 뮈라의 선언과 비슷한 취지를 담고 있는 보고서를 채택했다.

—뮈라와 마찬가지로 제국으로부터 이익을 챙겼던 그들이! 적어도 뮈라에게는 자기 목숨을 걸고 싸웠다는 변명거리라도 있지만, 치즈에 달라붙은 쥐새끼들처럼 단물만 빨던 그들이 감히 '야만적 전쟁' 운운하며 나를 비판하는 글을 받아들였다.

그들은 보고서에서 말하고 있었다.

"이제는 프랑스가 혁명의 횃불을 전 세계로 퍼뜨리려 한다는 비난이 사라지게끔 해야만 한다."

—내가 말인가! 오히려 나는 이곳 프랑스에서 혁명의 불을 진화하지 않았던가? 나는 온 유럽에 민법전을 보급하려 애쓰지 않았던가? 러시아에서 농노들의 반란을 부추기기를 거부하지 않았던가?

그는 소리쳤다.

"입법원은 프랑스를 구하는 데 도움을 주기는커녕 오히려 그

몰락을 앞당기는 데 기여하고 있다. 그들은 그들의 의무를 저버렸다. 나는 나의 의무를 다하겠다. 나는 입법원을 해산시킨다."

그는 침착을 되찾고, 구술하기 시작했다.

〈나는 입법원에 해산을 명한다. 설령 그같은 명령 때문에, 파리 시민들이 튈르리 궁으로 쳐들어와 나를 죽이려 드는 일이 있을지라도, 나는 해산을 명한다. 바로 그것이 나의 의무이기 때문이다. 프랑스 국민이 내게 그들의 운명을 맡겼을 때, 나는 법이란 그들을 다스리기 위해 존재하는 것이라고 생각했다. 만일 그 법이 충분치 않다고 생각되었다면, 나는 받아들이지 않았을 것이다. 나를 루이 16세로 착각해서는 안 될 것이다.〉

1814년 1월 1일, 입법원 의원들이 황제를 찾아와 알현했다.

— 나를 배척했던 의원들이 내 앞에 나타나 굽신거리며 인사하는군.

그는 전장에서 돌아오자마자 그들에게 말했었다.

"모든 것이 우리에게서 등을 돌렸소. 프랑스인들의 힘과 단결이 없다면, 프랑스는 위험에 처하게 될 것이오!"

— 그러나 이들에겐 상관없는 일이다! 이들은 떨고 있다. 이들은 나를 비난하고 있다. 이들 중 하나인 레네*는 보고서에서, '20년 동안 유럽에 해를 끼쳐온 치명적 야망'에 대해 언급하고, '프랑스 왕정'을 찬양했다.

갑자기 나폴레옹은 의원들에게 다가가 그 한가운데 자리잡았다.

"당신들이 원하는 것이 무엇이오? 권력을 잡고 싶소? 그 권력을 갖고 뭘 하겠단 거요? 지금 프랑스가 필요로 하는 것이 과연 무엇이오? 그것은 의회도 아니고, 웅변가들도 아니오. 그것은 한

---

* 프랑스의 정치가, 1767~1836.

사람의 장군이오."

그는 경멸을 담은 표정으로 눈을 빛내며, 그들 앞을 지났다.

"당신들 중에 장군이 한 사람이라도 있소? 당신들에게 누가 권력을 위임했단 말이오? 나는 당신들에게 어떤 자격이 있는지 알고자 했지만 전혀 발견할 수가 없었소."

그는 어깨를 한 번 으쓱이고는 단상 위의 왕좌를 가리켰다.

"저 왕좌란 것은 금박을 입힌 네 조각의 나무를 조립해놓고 그위에 비로드를 입힌 것에 불과하오. 왕좌는 바로 사람이오. 그 사람은 바로 나요. 나의 의지와 나의 성격과 나의 명성이, 나를 그사람으로 만들어주는 것이오."

그는 힘찬 걸음으로 단상에 올랐다.

"프랑스를 구할 수 있는 사람은 바로 나요! 당신들이 아니오!"

그는 다시 그들에게 다가가며 말했다.

"당신들에게 뭔가 불평거리가 있었다면, 내가 기회를 줄 때까지 기다려야만 했소…… 서로간에 설명할 것이 있었다면, 그것은 우리 사이에서 이루어져야 했소. 그것은 집안 문제이기 때문이오. 더러운 내의는 바깥에서 빠는 법이 아니오. 그런데 당신들은 그러기는 고사하고, 내 얼굴에 진흙을 던지려 했소. 어떻게 당신들이 나의 불행을 비난할 수 있단 말이오? 나는 강인하고 대담한 성격을 타고난 덕분에 명예롭게 그 불행들을 견뎌냈소. 만일 내 영혼속에 그러한 자부심이 없었다면, 나는 황제의 자리에까지 오르지 못했을 것이오."

그는 의원들에게 등을 돌리며 소리쳤다.

"분명히 알아두시오! 사람들이 나를 죽일 수는 있어도, 나를 모욕할 수는 없소!"

그리고 다시 그들을 향하며, 차분해진 목소리로 덧붙였다.

"나에게 프랑스가 필요한 것보다 프랑스에 내가 더 필요하오.

각자 당신들의 지방으로 돌아가시오. 가서 프랑스 국민들에게 알리시오. 적들이 뭐라 말하든 그들이 싸우려는 대상은 나 개인이기에 앞서 프랑스 전체라는 사실을. 그리고 프랑스 국민들은 나 개인을 위해서가 아니라 바로 국가를 지키기 위해 싸워야만 한다는 것을. 나는 곧 군대를 이끌고 나갈 것이오. 나는 적을 물리칠 것이오. 나는 당신들이 나의 야망이라 부르는 것에 어떠한 희생이 따르더라도 기어이 평화를 이루고야 말 것이오……."

─이들은 모두 입을 다물고 있군. 음울한 얼굴을 하고, 내 말을 억지로 듣고 있을 뿐이야. 나의 힘과 나의 결심을 받아들이지 않는군. 이런 자들과 함께 내가 무엇을 할 수 있단 말인가?

그러나 행동에 나서야만 했다. 오스트리아군은 디종에, 러시아군은 툴에 접근하고 있었다. 그들은 마른 강을 건너려 하고 있었다.

그는 파리 경찰국장 파스키에에게 말했다.

"내게는 두 달이란 시간이 필요하네. 나에게 그 시간이 있었더라면, 그들은 라인 강을 건널 수 없었을 것이야. 사태가 심각해질 것 같네. 하지만 나 혼자서는 아무 일도 할 수가 없어. 사람들이 나를 도와주지 않는다면, 나는 굴복하고 말 것이네. 그리 되면 적이 과연 나 개인만을 원했던 것인지 사람들은 알게 될 거야."

그는 탈레랑을 생각했다. 탈레랑은 동맹국에 합류하길 원하는 자들을 계속해서 자기 주위에 끌어들이고 있었다. 탈레랑을 체포해서 뱅센 성에 감금하거나 총살해버릴까? 아무래도 좋았다.

─그렇다면 내가 하달하는 지시들을 시행치 않는 주지사들이나 혹은 얼마 전에 루이 18세가 발표한 '선언문'*을 배포하고 다니는

---

* 유럽 전역을 돌아다니며 반(反) 나폴레옹 운동을 벌이던 루이 18세는 1813년 성명서를 발표해 부르봉 왕정 복고 뒤에도 프랑스 혁명의 결과들을 인정하겠다고 선언했다.

자들은 어떻게 하면 좋을까?

그는 그것을 파스키에에게 보여주었다. 부르봉 가는 선언했다.

〈동맹군을 친구로 맞아들이시오. 그들에게 도시의 문을 활짝 열어주시오. 쓸데없는 저항은 커다란 해가 될 수 있다는 사실을 널리 알리시오. 프랑스로 들어오는 동맹군을 기쁜 마음으로 맞이하시오!〉

그들은 이같은 글을 썼다. 그리고 어떤 이들은 이런 글에 갈채를 보내고 있다.

그는 파스키에를 한참 쳐다보다가 말했다.

"오늘 내게 도움을 주기를 거부하는 자들은 필연적으로 나의 적일세."

그리고는 어조를 바꾸어 물었다.

"그런데, 국장. 파리에서는 무슨 말들이 떠돌고 있나? 적군이 라인 강을 건넜으며, 그들의 수가 30만에서 40만에 달한다는 것을 사람들이 알고 있나?"

"사람들은 페히기 군대를 지휘하기 위해 곧 출발할 것이며, 석을 막으러 갈 거라고 확신하고 있습니다."

그는 소리쳤다.

"군대, 군대라고! 사람들은 내게 아직도 군대가 남아 있다고 믿는가? 내가 독일로 데려갔던 병사들의 거의 대부분이 그 끔찍한 병으로 죽어가지 않았는가? 군대! 삼 주 내에 삼사만의 병사들을 모을 수만 있다면, 나는 진정 행복할 것이네! 하지만……."

그는 말을 중단하고 머리를 저었다.

"그러나 전쟁에서의 승산이 거의 없다 할지라도, 나는 내 눈에 불명예스럽게 비치는 것이나, 프랑스에게 치욕이라고 여겨지는 것은 그 무엇도 받아들이지 않을 것이네."

1월 2일 일요일, 상원 회의에 참석한 그는 낮은 목소리로 반복해서 중얼거렸다.

"박차와 군화들."

그는 상원의원들에게, 특별위원의 자격으로 각 지방을 시찰해줄 것을 원한다고 말했다. 툴롱과 니스, 그리고 이탈리아 군대에서 그러한 임무를 부여받고 파견되었던 대표들이 병사들의 용기를 북돋아주었던 일을 그는 기억하고 있었다. 그가 그러한 요청을 하는 것은 '국민 총동원령'을 선포해야 했기 때문이었다. 또한 알자스 지방에 들어온 러시아와 프로이센군에 대항하기 위해 '알자스 지방에 봉기를 일으킬 장군'을 임명해야 했다.

상원의원들은 감동된 표정으로 그의 말을 들었다. 그는 연단에서 내려와 친근한 어투로 계속해서 말했다.

"나는 전쟁을 너무 많이 했다는 사실을 기꺼이 인정하오. 나에게는 커다란 계획이 있었소. 나는 프랑스를 대제국으로 만들고자 했소. 하지만 잘못 생각한 것이오. 그러자면 나라 전체를 동원해야 했을 터인데, 오늘날 사람들의 온건한 품성은 한 나라의 국민 전체를 군인으로 만드는 것을 허용치 않았던 것이오!"

그는 친근하게 상원의원들 사이에 끼어앉으며 말을 이었다.

"지나치게 나의 행운을 믿는 잘못을 범한 것에 대해 나는 벌을 받아 마땅하오. 나는 벌을 받을 것이오. 잘못 생각한 것은 바로 나였으니, 고통받아야 할 사람도 바로 나요. 프랑스가 아니오. 프랑스는 잘못을 범하지 않았소. 프랑스는 나를 위해 피흘리는 것을 마다하지 않았고 어떤 희생도 거부하지 않았소……."

의원들이 그를 둘러싸고 환호를 보냈다.

그는 프랑스 일부 지방이 이미 적에게 점령당한 상태임을 상기시키며, 강한 목소리로 말을 맺었다.

"나는 프랑스인들에게 프랑스인들을 구하자고 호소하는 바이오.

우리가 그들을 불행 속에 내버려두어야 하겠소? 우리는 평화와 우리 땅의 해방을 위해 하나로 뭉쳐야만 하오."

그는 설득시켰을까? 경찰 보고에 따르면, 파리는 경악하고 있었다. 그는 튈르리 궁에서도 똑같은 분위기를 느끼고 있었다.

그는 마리 루이즈의 거처로 향했다. 그녀가 그에게 다가왔다. 두 눈에 눈물이 가득했다. 오르탕스 역시 초췌한 모습으로 눈물에 젖어 있었다. 이들을 안심시켜야 했다.

"오르탕스, 파리에선 사람들이 두려워하고 있느냐? 벌써 코자크 족을 본 사람들이 있다던데…… 하지만 그들은 아직 들어오지 않았다. 우리는 우리가 할 일을 잊은 것이 아니다."

그는 마리 루이즈에게로 몸을 돌리고 웃으면서 말했다.

"안심하오. 우리는 프란츠를 무찌르러 또다시 비엔나에 갈 것이오."

그는 식탁 앞에 앉아 로마 왕을 무릎에 앉혔다. 그는 흥얼거렸다.

"프란츠 할아버지를 치러 가세."

아이는 다부지게 구절을 따라 불렀다. 나폴레옹이 웃음을 터뜨렸다.

그는 뇌샤텔 공 베르티에 원수를 불렀다. 그는 원수에게 메모하도록 지시하고, 동맹군과 맞서기 위해 샹파뉴 지방에 병력을 집중시키는 계획을 구술했다.

그는 말했다.

"베르티에, 우리는 다시 한번 이탈리아 전투를 치러야 하는 셈일세."

황후와 오르탕스를 돌아보았다. 그녀들은 침묵한 채 듣고만 있었다.

"자, 부인들. 이제 만족하시나? 우리가 그렇게 쉽게 당하리라고 생각했소?"

—하지만 동맹군은 벌써 몽벨리아르와 디종과 랑그르에 들어와 있다. 원수들은 공포에 사로잡혀 곳곳에서 후퇴하고 있다. 도대체 그들은 뭘 하는 것인가? 그들의 용기와 영웅심은 어디로 사라졌는가? 빅토르는 보주 지방을 포기했고, 마르몽은 벌써 자르 지방에서 후퇴했다. 네는 싸워보지도 않고 낭시를 블뤼허에게 넘겨주었고, 오주로는 리옹을 지키는 것이 힘들 거라고 말하고 있다.

다행스러운 소식은 도처에서 농민들이 외국 군대에 맞서 항거하고 있다는 것이었다. 유격대가 자연스럽게 생겨나고 있었다. 코자크 족이 강간과 약탈을 일삼고, 집에 불을 지르기 때문이었다.

그는 명령을 구술했다. 싸워야 했다.

〈장군은 적의 전진을 지연시키는 것이 얼마나 중요한 일인가를 잘 알고 있을 것이네. 민병대를 동원하여 적에게 가능한 한 많은 피해를 입히도록 하게.〉

그는 한마디 한마디를 끊어가며 단호한 어조로 말했다.

〈우리가 파리를 포기하는 일은 절대로 없을 것이네. 불가피하게 그래야만 한다면, 우리는 파리의 잿더미 속에 같이 묻힐 것이네.〉

그는 낮은 목소리로 덧붙였다.

〈적이 파리에까지 이른다면, 제국은 더이상 존재하지 않을 것일세.〉

무슨 짓을 해서라도, 적군이 파리에 이르지 못하도록 막아야 했다.

오로지 그만이 그 일을 해낼 수 있었다. 그는 떠나야 했다.

튈르리 궁에서의 마지막 날들이 흘러가고 있었다.

이곳에 다시 돌아올 수 있을까? 그는 로마 왕과 함께 집무실에 있었다. 아이는 장난을 치고 있었다. 저 아이의 운명은 어찌 될 것인가?

—저 아이 덕분에 나의 왕조의 앞날이 보장되었다고 믿었다. 그런데 지금, 나는 내 편지들과 비밀 서류들을 벽난로에 던져넣고 있는 것이다.

그는 자신이 살아온 자취를 담고 있는 서류들이 잿더미로 변하는 것을 바라보았다.

—내일이면 외국의 왕들이나 그 장군들이, 이곳 나의 집무실에 들어와 내 서류철을 뒤적이게 될지 누가 알겠는가? 나 역시 베를린에 들어가기 직전, 프로이센의 루이제 왕비의 성에서 그렇게 하지 않았던가?

1814년 1월 23일 일요일, 그는 로마 왕의 손을 잡고 걸었다. 마리 루이즈는 아이의 다른 쪽 손을 잡고 있었다. 그들 세 사람은 파리 민병대 12개 사단의 장교들이 모여 있는 홀로 들어섰다. 나폴레옹은 원 모양으로 둘러선 그들의 한가운데로 나아갔다.

그는 말했다.

"민병대 장교 여러분, 나는 군을 지휘하기 위해 오늘 밤 이곳을 떠날 것이오."

그에게로 집중되는 시선들에 긴장감이 가득 담겨 있었다.

"수도를 떠나면서, 나는 내 아내와 아들을 그대들에게 맡기오. 그들이 여러분의 보호 아래 놓이게 될 때, 나는 아무 걱정 없이 떠날 수 있을 것이오."

그는 그들 하나하나의 얼굴을 뚫어지게 바라보았다.

"내가 프랑스 다음으로 소중히 여기는 것을 그대들에게 맡겨두고 가는 것이오. 그대들의 보살핌에 맡기는 것이오."

그는 감정이 북받쳐오르는 것을 느꼈다.

"내가 전개하게 될 피치 못할 작전으로 말미암아 적이 그대들의 성벽 아래에까지 다가오는 일이 생길지도 모르오. 그런 경우, 그 상황은 며칠 가지 않을 것이며, 내가 즉각 그대들을 구하러 달려올 것이라는 사실을 기억해두시오. 그대들은 서로 단결해야만 하오. 적은 분명히 국가에 대한 그대들의 충성심을 교란시키려 할 것이오. 하지만 나는 그대들이 그러한 비열한 선동에 넘어가지 않으리라는 것을 잘 알고 있소."

그는 아들을 들어올려 가슴에 안고 장교들 앞으로 데려갔다.

창문을 진동시킬 만한 함성이 홀 안에 울려퍼졌다.

"황제 폐하 만세! 황후 폐하 만세! 로마 왕 만세!"

얼마 후 그는 황후의 곁에 앉아, 옆에서 놀고 있는 아이를 응시했다.

언제 저 아이를 다시 볼 수 있을까?

그는 마리 루이즈에게로 몸을 돌렸다. 그녀는 넋이 나가 있었다. 민병대 장교들이 함성을 터뜨렸을 때, 그녀는 하마터면 정신을 잃을 뻔했다. 그녀는 말을 더듬거렸다.

"돌아오시는 거죠?"

그는 담담하게 미소지으며 말했다.

"그것은 신만이 아는 일이오."

이제 집무실로 돌아가야 했다. 그곳에 아직 남은 서류들을 분류하고, 그의 비밀 서신들과 첩보원들이 보낸 보고서들을 불태워야 했다. 그러나 그는 움직일 수 없었다. 시간이 정지하기를 바랐다. 그는 아들의 행동 하나하나를 자신의 시선 속에 담아두고 싶었다.

고관들이 그에게 인사하러 찾아왔다. 그는 정신을 되찾고 자리에서 일어섰다.

"잘 있으시오, 여러분. 우리는 아마도 다시 볼 수 있을 것이오."

아마도.

그가 승부에서 진다면, 이곳에 남겨놓은 모든 사람들, 아내와 아들을 다시는 볼 수 없으리라. 죽음만이 그를 기다리고 있을 것이다.

그가 이긴다면?

그후에 무슨 일이 벌어질지 상상할 수 없었다. 그러나 유럽을 다시 정복할 수는 없을 것이다. 대제국을 다시 건설하고, 다시금 왕들의 황제가 될 수는 없을 것이다. 그는 깨닫고 있었다. 그는 더이상 비엔나와 모스크바와 베를린과 바르샤바에 입성할 수 없으리라는 것을. 그것은 이미 있었던 일들이다. 하지만 앞으로 있을 일들은 아니었다.

그는 배수진을 치고 싸우게 될 것이다.

한 묶음의 편지를 벽난로 안으로 던져넣었다. 그는 조제프에게 편지를 썼다.

―나의 형! 우리 집의 징님! 물론 아버지의 포노밭에 관해서는 그가 장남이겠지! 나의 왕조를 세우는 데 형제들이 필요하다고 믿었던 것은 나의 실수 중 하나였다.

하지만 그는 조제프를 황제 대리로 임명해 섭정인 황후를 보필하도록 조치했다.

―조제프…… 비록 그가 무능력할지언정, 비록 그가 스페인을 잃어버렸을지언정, 어쨌거나 그는 나를 배반하진 않았다. 아직까지는.

그가 믿을 만한 사람이 과연 얼마나 남아 있을까? 민중들…… 그러나 민중이란 누군가에 의해 통솔받지 않으면 천민이 될 따름이었다.

그는 비서를 불러 명령을 구술했다. 아침 다섯시가 되기 전에 교황을 떠나게 할 것. 퐁텐블로에서 로마까지 교황을 호위할 것.

그리고 나서 그는 혼자 있고 싶다는 몸짓을 취했다.

아직 없애야 할 서류들이 남아 있었다. 시계는 벌써 새벽 두시를 가리키고 있었다.

그는 집무실에서 나와 텅 빈 튈르리 궁의 회랑을 가로질렀다.

언제 이곳에 다시 돌아올 수 있을 것인가?

그는 조심스런 걸음으로 아들의 방에 들어갔다. 희미한 불빛 아래 몽테스키우 부인이 보였다. 그녀는 깜짝 놀랐다. 그는 가정교사에게 움직이지 말고 조용히 있으라고 손짓했다.

그는 아이가 잠들어 있는 침대로 다가갔다.

그는 아이를 오랫동안 바라보았다. 고개를 숙여 아들의 이마에 가볍게 입을 맞추고, 그곳을 떠났다.

궁정 뜰에는, 대형 마차 한 대와 다섯 대의 역마차가 줄지어 서 있었다. 장군들과 전속부관들이 모여 있었다.

1814년 1월 25일 화요일 새벽 세시였다.

9
행운이 무엇인지 아는가

싸우자. 승리하자.

샬롱에 도착한 그는 주청사의 커다란 홀에 모인 원수들에게 이 두 단어를 반복해서 말했다. 그는 그들을 뚫어지게 쳐다보았다. 베르티에, 켈레르만, 네, 마르몽, 우디노, 모르티에…… 그들은 그의 은혜를 입어 뇌샤텔 공, 발미 공, 모스크바 공, 라구사 공, 레조 공, 트레비소 공이 되어 있었다. 그들은 그 빛나는 칭호를 보존하고 누리길 원하고 있었다. 하지만 그들은 아직도 병사들을 이끌어 공격을 감행하고, 기병대의 선두에 서서 목숨을 바칠 각오를 하고 있을까? 네와 베르티에는 침울한 얼굴이었다. 벨루노 공 빅토르는 말했다.

"길에는 벌써 도망병들로 가득합니다. 가지각색의 제복을 입은 신병들은 총을 쏠 줄도 모르고, 포격받거나 기병대의 돌격을 당해 본 적이 없습니다. 게다가 수십만의 적군을 상대해야 할 그들은 겨우 몇천 명 정도가 고작입니다."

나폴레옹은 다시 말했다. 싸우자. 승리하자.

그는 벽난로 앞으로 원수들을 이끌었다. 탁자 위에 지도들이 펼쳐져 있었다. 그는 말했다. 파리에서 샬롱까지 오는 동안, 중간에 멈춰 섰던 샤토 티에리, 도르망스, 에페르네 등지에서 군중들이 모여들어 '황제 폐하 만세!'를 외쳤다. 민병대 병사들이 도처에서 무기를 드는 것을 보았다. 그리고 이미 적에 의해 점령당한 지역에서는, 농민들이 곳곳에서 봉기를 일으키고 있다. 코자크 족과 프로이센인들에 의해 자행되는 약탈과 강간은 '푸른 작업복들(노동자 계급)'을 유격대로 변화시킬 것이다.

그는 말을 멈추고, 탁자를 등진 채 원수들을 마주보았다. 그는 말했다. 이탈리아와 이집트에서 그와 함께 싸웠던 사람들은 기억하리라고. 그들에겐 병사들이 거의 없었다. 그러나 그들은 매번 적들을 물리쳤다. 그는 천천히 한마디 한마디 끊어 말했다.

"전략이란 결국 시간과 공간을 어떻게 이용하느냐는 문제일세. 나는 공간보다는 시간에 더 큰 비중을 두네. 공간으로 말하자면, 우리는 언제든지 그것을 다시 되찾을 수 있지만, 한번 잃어버린 시간은 영원히 되찾지 못하는 법이네."

그는 말했다.

"이 원칙을 기억하게."

그는 몸을 돌려 지도를 내려다보았다. 바로 이것이 적의 실수다. 동맹군은 양쪽으로 분산되어 있었다. 하나는 블뤼허가 이끄는 슐레지엔*의 군대, 그들은 생 디지에를 통과해서 마른 강으로 내려

---

* 오데르 강의 상류와 중류 유역 대부분을 차지하고 있는 폴란드의 남서부 지방.

오고 있었다. 또다른 하나, 슈바르첸베르크 휘하의 보헤미아 군대는 센 강을 따라 트루아로 전진하고 있었다.

나폴레옹은 두 군대 사이를 손가락으로 가리키며 말했다. 블뤼허의 군대와 슈바르첸베르크의 군대를 차례로 무찔러야 한다. 스페인으로부터 '고참병들'이 도착할 것이다. 북부와 동부의 요새들에서도 지원군이 올 것이다. 카스틸리오네 공 오주로 원수도 리옹을 떠나 이곳으로 오는 중이다. 우리는 승리할 것이다.

그는 여러 전장을 누비며 열 배나 많은 적군을 차례로 격파했던 이탈리아 원정 때처럼 다시 활기에 차 있는 자신을 발견했다.

그는 베르티에에게 몸을 돌렸다.

"비트리에서 포도주와 화주를 이삼십만 병 정도 징발하게. 다른 포도주는 없고 샴페인밖에 남지 않았으면, 그것이라도 가져오게. 적에게 빼앗기는 것보다야 그 편이 낫지 않겠나?"

그는 계속해서 몇 가지 지시를 내린 뒤, 마리 루이즈에게 급하게 몇 자 적었다.

〈샬롱에 도착했소. 추운 날씨요. 길에서 열여덟 시간을 보냈소. 나의 건강은 아주 좋소. 나는 이곳에서 24킬로미터 떨어진 비트리로 갈 것이오. 안녕, 나의 친구. 나폴레옹.〉

이른 아침이었다.

그는 말에 올랐다. 바람은 살을 에는 듯했고, 땅은 얼어붙어 있었다.

"내일 공격이 있을 것이다. 우리에게는 오만의 병력이 있을 뿐이다. 하지만 나 혼자의 힘으로도 십만의 적을 상대할 수 있다."

그는 병사들의 행렬을 따라 말을 달렸다. 아직 애티가 가시지 않은 신병들의 얼굴을 바라보았다. 고참병들이 신병들을 '마리 루이즈'라고 부른다는 사실을 그는 알고 있었다. 신병들의 징집을 결정한 상원 결의안에 서명한 사람이 다름아닌 섭정 마리 루이즈였기 때문이었다. 저 어린 신병들을 데리고 무엇을 할 수 있단 말인가? 그러나 그는 그들을 신뢰했다. 신병들은 그를 보기만 하면 때와 장소를 가리지 않고 함성을 질러대고 있었다.

비트리 르 프랑수아의 시민들 역시 그와 같은 열광을 보여주었다. 그는 고관들과 심지어는 근처의 시골에서 온 한 떼의 농민들이 지켜보는 가운데 지도들을 살펴보았다. 그들은 정보를 제공하기도 했고, 자기들이 코자크 족이나 프로이센인들을 죽인 이야기를 자랑하기도 했다. 여인들은 그녀들이 당한 폭행을 떠올리며 울음을 터뜨렸다.

승리해야 하리라.

그는 명령을 내리고 참모들의 보고를 들었다. 러시아군이 생 디지에서 쫓겨났다는 소식이었다.

그는 웃으며 말했다.

"마리 루이즈들이 잘 싸우는군."

생 디지로 가야 했다.

도시의 거리에는 사람들이 가득했다. 그의 말 주위로 몰려든 사람들은 시장의 집까지 따라왔다. 그는 탁자 끄트머리에 앉아 주민들의 말을 경청하고 그들에게 질문했다.

그는 말했다.

"내일 브리엔에서 전투가 벌어질지도 모르오."

그는 지도 위로 몸을 굽혔다. 지도에는 참모들이 이곳 저곳에 꽂아놓은 핀들이 가득했다. 블뤼허의 군대와 코자크 족의 위치를 표시해둔 핀들이었다. 하지만 그의 눈에는 그 핀들이 들어오지 않았다. 브리엔, 그는 그곳을 생각하고 있었다. 운명은 그가 어린 시절의 한때를 보내었던 이곳, 이 도시, 이 지방에까지 그를 이끌고 온 것이었다. 이곳에서, 이번 전쟁의 첫 전투, 그의 전 생애가 걸려 있는 전투를 치르게 되리라. 그의 운명이 결정되었고, 군인이라는 직업과 더불어 그의 조국이 되어버린 프랑스와의 인연이 시작되었던, 이곳 브리엔에서……

—브리엔, 이곳에서 운명은 내게 또다른 시련을 겪게 할 것인가.

그는 상념을 떨쳐내며 말했다.

"우리는 삼백 문의 대포를 투입할 것이다."

그는 장교들 앞을 거닐었다. 이곳에서, 이제 시작될 이 전장에서 무슨 일이 벌어지고 있는지 그들이 이해해야 했다.

그는 침통한 어조로 말을 이었다.

"적군은 곳곳에서 끔찍한 짓을 자행하고 있네. 주민들은 모두 숲속에 피신해버렸어. 마을들에서 더이상 농민들을 찾아볼 수 없다. 적들은 눈에 띄는 것은 모두 먹어치우고 말들과 가축들과 옷가지들, 하다 못해 농민들의 넝마까지도 약탈하고 있다. 그들은 남녀를 가리지 않고 폭행을 가하고 있으며 강간을 저지르고 있다."

그는 어금니를 악문 채 고개를 숙었다.

"나는 나의 국민들을 이런 끔찍한 고통과 비참한 상황에서 당장 구해내고 싶다. 현재의 상황에서 국민들은 적에 대해 생각해야할 것이다. 프랑스인들은 참을성이 그다지 많지 않다. 그들은 용감한 사람들이다. 나는 그들이 자발적으로 무리를 이루어 적에게 저항하리라고 기대하고 있다."

그는 혁명의 소용돌이를 떠올렸다. 중위 시절, 그가 진압했던 사람들, 바로 그가 목격했던 사람들을 생각했다.

그는 참모장 클라르크 장군에게 보내는 명령을 구술했다.

〈당신은 포병대가 창을 많이 보유하고 있다는 사실을 내게 알려주었네. 그 창들을 파리 주변에 모여 있는 민병대들에게 나눠주어야 할 것이네. 창을 다루는 방법을 적은 교재도 인쇄하여 배포하도록 하고, 창들을 각 지방에 보내도록 하게. 적과 싸우는 데는 그것이 쇠스랑보다는 나을 것이야. 뿐만 아니라 도시에는 쇠스랑조차도 모자라는 형편 아닌가!〉

다시 출발했다. 비가 내리고 얼었던 땅이 녹으면서, 숲길은 진흙탕으로 변해 있었다. 메지에르를 지날 때였다. 소나기에 뒤이은 짙은 안개 속에서, 그는 한 신부가 걸어오는 것을 보았다. 신부는 숨찬 목소리로 황제를 계속 부르며 큰 걸음으로 다가오고 있었다.

"앙리오 신부입니다. 저를 알아보시겠습니까, 폐하?"

그 얼굴이 과거로부터 되살아났다. 그는 브리엔 군사학교의 옛 스승이었다. 시간이 사라지고 모든 것이 다시 하나로 연결되었다. 신부는 숲을 가로질러 병사들을 안내하겠다고 자청했다.

어둠 속에서 갑자기 고함 소리가 들렸다. 뒤이어 말 달리는 소리와 총소리. 코자크 족이었다.

— 내가 여기서 죽게 되는 것인가? 이것이 나의 운명인지도 모른다. 나에게 있어선 모든 것이 시작되었던 이곳에서……

한 코자크인이 말을 달려와 그에게 창을 들이대었다. 창이 그의 가슴을 스쳤다. 구르고 장군이 거칠게 창을 옆으로 밀어내며 총을 쏘았다. 코자크인은 쓰러졌다. 장군도 부상을 입었다. 창은 그의 레지옹 도뇌르 훈장을 스치고 지나갔다.

— 나의 모든 것이 이곳 브리엔에서 끝나지는 않을 것 같군.

어린 신병들로 구성된 근위대 척탄병들을 지휘하는 네의 고함 소리가 들려왔다.

"전진, 마리 루이즈! 전진!"

나폴레옹은 그들을 뒤따랐다. 그들은 성으로 이르는 좁은 언덕길로 접어들었다. 그는 병사들을 뒤따라 황폐해진 건물로 들어갔다. 그곳을 둘러보았다. 1805년, 이탈리아 왕으로 즉위하기 위해 밀라노로 가던 도중, 이곳에서 하룻밤을 묵었던 일이 떠올랐다. 이미 그때, 그는 운명이 자신을 어린 시절의 장소로 되돌아오게 한 것이라는 생각을 했었다. 그리고 또다시 그는 이곳에 와 있는 것이다.

그는 블뤼허의 군대를 일단 물리쳤다. 하지만 얼마나 오랫동안? 그는 불안했다. 그가 받은 보고문을 몇 줄 읽어보는 것만으로도 블뤼허가 슈바르첸베르크의 군대와 합류했다는 것을 알 수 있었다. 그처럼 막강한 군대에 대항할 수단이 그에게는 없었다. 로티에르에서 한 차례 전투를 치르고, 눈보라 속에서 보병대를 이끌고 브리엔으로 후퇴해야 했다. 그리고 그곳에서, 그는 한밤중에 트루아로 행군하라는 명령을 내렸다.

나폴레옹은 침울했다. 6천 명의 병사들이 사라졌다. 적이 한 곳에 집결해 있다면 무엇을 할 수 있단 말인가? 동맹군이 공격해온다면 어린 병사들 사이에 번지게 될 공포심을 어떻게 막는단 말인가? 나폴레옹은 브리엔 성에 머물며 명령을 구술했다. 그는 창가로 다가가 멀리 전장을 바라보았다. 적군이 야영지에 피워놓은 불빛이 눈에 들어왔다. 시간이 흘렀다. 블뤼허는 움직이지 않았다.

2월 2일 수요일 새벽 네시, 마침내 나폴레옹은 브리엔 성을 떠났다.

오브 강을 건너, 1814년 2월 3일 목요일 오후 세시, 그는 트루아에 도착했다.

그가 머물고 있는 탕플 거리의 작은 집으로 전문들이 도착하기 시작했다.

캉바세레스와 조제프의 하소연은 주의깊게 읽을 가치조차 없는 것들이었다. 그들은 그에게 동맹국들과 타협하길 종용하고 있었다. 현재 동맹국 대표들이 모여 회의를 갖고 있는 샤티옹에, 그는 콜랭쿠르를 보냈다. 그러나 그는 동맹국들이 원하는 바를 알고 있었다. 그것은 프랑스를 가위질하고 그의 왕조의 몰락을 보는 것이었다. 자기들이 프랑스 영토의 주인이 될 수 있으리라고 믿고 있는 마당에 그들이 무엇 때문에 양보하겠는가?

─저들이 그러한 요구를 해오는데도, 측근들은 내게 달려들듯이 나를 괴롭히고 있다. 마레 역시 콜랭쿠르의 영향을 받아 내게 동맹국들의 요구에 양보하라고 간청하고 있다.

그는 책을 하나 집어 마레에게 보여주었다.

몽테스키외의 저서 『로마인의 위대함과 그 쇠락의 원인에 관한 고찰』이었다. 그는 한 구절을 가리키며 말했다.

"읽어보게. 커다란 목소리로."

마레는 떨리는 목소리로 읽기 시작했다.

〈나는 왕으로서 받아들여서는 안 될 제안에 동의하기보다는 폐허 속에 자신의 왕좌와 같이 묻히겠다는 군주의 결심보다 더 고결한 것을 알지 못한다. 그의 영혼은 너무나 고결하여 불행으로 인해 그가 내려선 곳보다 더 아래로 추락하지는 않는다. 그는 또한 치욕이 아닌 용기만이 왕좌를 견고히 할 수 있다는 것을 안다.〉

그는 마레의 손에서 책을 빼앗았다.

─이것이 몽테스키외의 생각이고, 곧 나의 생각이다.

마레가 외쳤다.

"폐하, 저는 더욱 고결한 것을 알고 있습니다. 그것은 폐하와 함께 프랑스가 추락하고야 말 심연을 메우기 위해 폐하의 영광을 내던지는 것입니다."

나폴레옹은 그에게 다가가 그의 얼굴을 뚫어지게 쳐다보았다.

"그렇다면, 평화를 협상하게! 콜랭쿠르에게 그러라고 하게! 그로 하여금 해야 할 모든 것에 서명하라고 하게. 나는 그러한 수치는 참을 수 있을 것이네. 그러나 내가 나 자신을 모욕하리라고는 기대하지 말게."

그는 혼자 남았다. 평화 협정을 맺을 수 있도록 애들을 많이 쓰기를! 그들은 적의 의도를 알아차리리라! 그런데 그들에겐 어째서 활력도, 단호함도, 지혜도 없는 것일까? 싸우기보다는 왜 모든 수치를 받아들이려고만 하는가!

병사 하나가 파리에서 온 전문들을 그에게 가져왔다. 수도에는 음모가 들끓고 있었다. 탈레랑은 부르봉 가의 도착을 준비하고 있었으며, 동맹군의 전진이 더딘 데 대해 경악과 분노를 터뜨리고 있었다! 캉바세레스와 조제프는 마흔 시간에 걸친 미사와 기도를 올리기로 결의했다!

도대체 이들은 어떻게 된 인간들인가?

그는 캉바세레스에게 편지를 썼다.

〈내가 보기에 당신은 황후에게 의지가 되어주기보다는 그녀의 용기를 꺾고 있는 것 같소. 어째서 그처럼 이성을 잃어버리게 되었소? 성당에서 마흔 시간에 걸쳐 올린 기도는 무엇이며, 또 그 '미제레레'*란 도대체 무엇이오? 파리 사람들은 정신나간 것 아니오? 치안장관은 적의 동향을 살피기는커녕 어리석은 말과 행동을 하고 있소.〉

그는 중단했다. 참모가 들어와 보고했다. 농민들에 따르면, 적의 군대가 다시 둘로 갈라지고 있다는 것이었다. 블뤼허는 샬롱을 거쳐 파리를 향해 행군중이며, 슈바르첸베르크는 트루아로 향하고 있다는 것이었다.

이것이 어쩌면 새로운 기회일지도 모른다. 그는 트루아를 떠나 노장 쉬르 셴에 진을 쳤다. 파리를 방어하기 위해서였다.

---

* 다윗 왕 성시(聖詩) 제50편, 혹은 거기서 따온 찬송가.

이탈리아 전투 이래, 지금처럼 힘과 승리에의 의지와 민첩함을 느껴본 적이 없는 것 같았다. 그의 모든 기운을 끌어낸다면, 그리고 사람들이 배반하거나 두려움에 자포자기하지 않고 따라준다면, 그는 승리할 것이었다. 상황을 뒤집을 수 있었다.

마리 루이즈에게 편지를 써야 했다. 그녀를 안심시켜야 했다.

〈당신 편지를 2월 4일에 받아보았소. 당신이 슬퍼하는 모습이 나를 고통스럽게 하오. 용기를 내시오. 그리고 즐겁게 지내도록 노력하시오. 나의 건강은 아주 좋소. 내 일은 다소 어려운 상황이 긴 하지만 그렇게 나쁜 편은 아니오. 일 주일 전부터 상황이 나아지고 있소. 신의 도움으로 일이 잘 되어가기를 기대하고 있소. 안녕, 내 사랑. 나폴레옹.

어린 왕에게 키스를.〉

1814년 2월 7일 밤에서 8일 새벽 사이. 노장 쉬르 센 성당 맞은편에 위치한 나폴레옹의 숙소에 베르티에가 들어섰다. 나폴레옹은 시선을 돌렸다. 그는 낙담해 있는 원수의 얼굴을 바라보고 싶지 않았다.

베르티에는 말했다. 살롱에서 버텨야 했던 맥도날드 원수가 에페르네로 후퇴하는 바람에 군대의 좌익 전체가 노출되었다. 코자크 족이 상스에 들어갔으며, 현재 퐁텐블로를 향해 진군중이었다.

나폴레옹은 일어섰다. 그가 말하려는 순간, 콜랭쿠르가 보낸 전령이 도착했다. 전령은 샤티옹 회의에서 동맹국들이 결정한 제안을 담은 편지를 가져왔다.

편지를 받아 읽던 나폴레옹이 자리에 앉았다. 그는 한쪽 손으로 이마를 받치고, 다른 쪽 손은 마치 편지의 무게를 이겨내지 못하는 것처럼 밑으로 축 늘어뜨렸다.

—이게 가능한 일인가? 이것이 평화를 위한 조건들이란 말인

가! 이것을 나보고 받아들이란 말인가!

그는 베르티에와 마레에게 편지를 내밀었다. 읽어보라! 편지를 받아 읽은 그들은 콜랭쿠르에게 전권을 위임해야 한다고 반복해서 말했다.

"뭐라고! 그대들은 내가 이따위 조약에 서명하기를 원하는 것인가? 나더러 내가 한 서약을 짓밟아버리라는 거야?"

그는 자리에서 일어서며 소리쳤다.

"내게 닥친 최악의 불운으로 인해 나는 내가 정복했던 것들을 포기하겠다는 약속을 할 수밖에 없었네. 하지만 그렇다고 내가 나 이전에 프랑스가 이미 정복했던 것마저도 포기한다거나, 내게 모든 것을 맡긴 프랑스 국민의 신뢰감을 저버린다거나, 그토록 엄청났던 노력과 피와 승리에도 불구하고 프랑스를 원래보다 더 작게 만든다거나 하는 일은 결코 없을 것이야! 내가 어찌 그런 일을 할 수 있겠나? 그대들은 연이은 전쟁에 겁을 집어먹었네만, 나는 그대들이 보지도 못하는 더 큰 위험에 겁을 내고 있는 것일세!……그대들이 그토록 원하는 비이니 콜랭쿠르에게 답신을 보내게. 하지만 그에게 말하게. 나는 이 조약을 마땅치 않게 생각하고 있으며, 그보다는 차라리 전쟁이라는 험난한 길을 택하고 싶다고."

더이상 말할 수가 없었다. 그는 침대 위로 몸을 던졌다. 그러나 그대로 있을 수가 없었다. 그는 일어났다가는 다시 누웠다. 그리고 촛불을 모두 끄라고 했다가는 이내 다시 불을 밝히라고 명령했다.

그는 조제프에게 보내는 편지를 구술하기 시작했다.

〈나는 내 주위의 사람들, 내가 도움을 주었던 사람들에게 도움을 받을 권리가 있소. 황후와 로마 왕이 절대로 적의 수중에 떨어지는 일이 없도록 해주시오. 내 아들이 오스트리아 왕자로 비엔나에서 자라는 걸 보느니, 차라리 그 아이가 죽는 걸 보고 싶소. 아내로서 그리고 어머니로서, 황후 역시 나와 같은 생각일 거라고 믿소. 나는 '앙드로마크'* 공연을 볼 때마다, 그의 집안이 망하고서도 살아남은 아스티아낙스**의 운명이 안됐다고 생각했소. 그가 살아남은 것을 다행이라고 여긴 적이 한 번도 없었소. 현재와 같이 어려운 위기 상황에서, 우리는 우리가 해야 할 일을 할 뿐이오. 나머지는 어쩔 수 없는 일이오.〉

2월 8일 화요일 아침 일곱시였다. 그는 밤을 지새웠다. 마르몽의 참모가 방으로 들어와 급보를 전했다. 프로이센 기병대가 몽미라이로 들어왔으며, 그들 보병대가 샹포베르로 들어왔음을 알리는 소식이었다. 그 군대는 자켄 장군의 지휘를 받고 있었다.

나폴레옹은 장교를 내보내고, 컴퍼스로 거리를 재어가며 지도를 검토하기 시작했다.

마레가 다가왔다. 그는 콜랭쿠르에게 보내는 급송 전문에 황제의 서명을 부탁했다. 그것으로 콜랭쿠르는 동맹국들의 제안에 동의할 수 있는 권한을 갖게 될 것이었다.

나폴레옹은 머리를 들지 않은 채 큰 소리로 말했다.

"아, 그대로군! 지금은 그런 것이 문제가 아닐세! 나는 지금 블뤼허를 무찌를 수 있는 작전을 구상중이야. 그는 몽미라이의 길을 따라 전진하고 있네. 나는 출발할 걸세. 내일 그를 쳐부술 것이야. 모레에도 그를 쳐부술 것이네. 만일 우리가 성공을 거둔다면, 상황은 완전히 뒤바뀔 것일세. 그때가서 보세나. 적이 제안한 것과 같은 평화 협정이라면, 우리는 언제라도 그것에 응할 수 있는 것 아닌가?"

---

* 프랑스의 시인이자 극작가인 라신(1639~1699)의 대표적인 희극.
** 그리스 전설에 나오는 인물로, 전설에 의하면 트로이 전쟁에 패한 후 추방당했다고 함.

전진이다. 비와 눈을 무릅쓰고, 진흙탕 길과 늪을 지나, 전진이다! 서둘러야 한다. 러시아군를 쳐야 한다. 자켄과 올주피프와 요르크가 이끄는 블뤼허의 프로이센군과 맞부딪쳐야 한다. 그리고 방향을 돌려 빠른 속도로 행군하여, 슈바르첸베르크의 15만 오스트리아군과 싸워야 한다.

미친 짓이라고? 그는 원수들의 시선에서 이 말을 읽었다. 그러나 그는 바로 이처럼, 이탈리아 전투에서 승리를 거두었다. 이번의 프랑스 전투도 그렇게 이끌고자 했다. 그에게는 5만여 명의 병사들이 있었고, 동맹군의 병력은 30만에 달했다! 작전은 간단했다. 그들을 기습하여 힘껏 싸우는 수밖에 없었다.

전진! 샹포베르로, 몽미라이로, 샤토 티에리로, 보샹으로.

날씨는 험했고 길은 질척거렸다. 그는 말을 타고 있었다. 그는 편지에서 '6피트 깊이의 진창구덩이'라고 조제프에게 말했다. 대포를 실은 운반차들을 밀고 있는 병사들을 향해 그는 연신 고함을 질러댔다. 그는 마을로 들어가 농민들에게 말들을 빌려달라고 직접 부탁하고, 마차를 밀고 끄는 데 그들의 도움을 요청했다. 그렇게 샹포베르 전장에 도착했다. 그의 '마리 루이즈들'은 전열을 흐트러뜨리지 않은 채, 적의 총탄과 돌격을 맞받아냈고 공격에 나서 적을 무찔렀다.

그는 접전이 벌어지는 한가운데 위치했다. 1814년 2월 10일 목요일, 날이 어두워져서야 그는 샹포베르의 대로와 세잔 로가 교차하는 지점에 위치한 한 농가에 자리잡았다.

이탈리아에서 거두었던 첫 승리 이래로, 그는 이와 같은 기쁨을 맛보지 못했다.

러시아군의 올주피프 장군이 안으로 들어오는 것을 보았다. 올주피프는 휘하의 여러 장군들과 함께 포로의 몸이 되어 있었다.

나폴레옹은 포로가 된 그를 저녁식사에 초대했다. 그는 활기 없이 지쳐 보이는 원수들에게 말했다.

"제국의 운명이 무엇에 달려 있다고 보는가? 만일 오늘 우리가 올주피프를 상대로 싸웠던 것처럼, 내일 자켄 장군을 상대로 싸운다면, 적은 그들이 건너왔던 것보다 더 빨리 라인 강을 되건너게 될 것이고, 나는 또다시 비스타 강가에 있게 될 것이네!"

그는 원수들을 바라보았다. 모두들 침울한 얼굴들이었다. 그는 다시 말했다.

"승리를 거둔 후, 나는 라인 강의 자연적 국경에서 평화를 흥정할 것이야!"

그는 몇 분 만에 식사를 끝낸 뒤 자리에서 일어나 지도들을 들여다보았다. 원수들에게 앞으로의 진로를 가리키며 말했다.

"몽미라이를 향해 즉각 행군하게. 오늘 밤 열시면 그곳에 도착하게 될 거야. 나는 내일 아침 해가 뜨기 전에 그곳에 도착하여 이만 명의 병사들을 이끌고 자켄을 공격할 것이네. 오늘처럼 우리에게 운이 따라준다면 상황은 한순간에 역전될 것이네."

모두를 내보내고, 홀로 남은 그는 자리에 선 채 마리 루이즈에게 몇 줄 적었다.

〈나의 루이즈, 승리요! 나는 러시아군 12사단을 궤멸시키고, 6천 명의 포로를 사로잡았소. 40문의 대포와 2백 량의 운반차도 빼앗았소. 또한 적의 보병 사령관을 비롯해서 많은 수의 장군들과 대령들을 사로잡았소. 내가 잃은 병사는 2백 명을 넘지 않소. 앵발리드에서 축포를 쏘게 하고, 이 소식을 모든 사람들에게 알리도록 하시오. 나는 자정에 몽미라이에 도착하여 적의 숨통을 조이게 될 것이오. 나폴레옹.〉

2월 11일 금요일, 그는 몽미라이에 있었다. 그에게는 2만 4천 명의 병사들만이 있을 뿐이었다. 그들이 기적을 일으켜야만 했다. 또 한 번의 승리를 거뒀다. 자켄 장군의 러시아군은 궤멸당했다.

그는 야영지로 정한 그레노의 한 농가에 들어서면서, 자신이 머물게 될 방 안에 시체들이 쌓여 있는 것을 보았다. 이곳에서 하루 종일 전투가 있었던 것이다.

—파리에서, 튈르리 궁에서, 사람들은 내가 어떤 승리를 거두었는지를 알아야 한다.

그는 마리 루이즈에게 편지를 썼다.

〈패주하는 적군의 병사 하나도 살려두지 않을 것이오. 나는 무척 피로하오. 나의 아들에게 키스해주오. 60발의 축포를 쏘도록 하고, 모든 사람들에서 이 소식을 알리도록 하시오. 자켄 장군은 죽었소.〉

엄청난 피로에도 불구하고 그는 잠을 이룰 수가 없었다. 그는 말했다.

"지난 이틀 동안 상황은 완전히 역전되었다."

살아오는 동안 수도 없이 이런 일들을 겪었다. 그것은 언제 굴러떨어질지 모르는 낭떠러지 끝에 서 있는 상황이었다. 하지만 그는 몸을 뒤로 젖히거나 매달리면서, 적을 물리치고 궤멸시키면서, 매번 낭떠러지에서 벗어날 수 있었으며 자신의 권력을 공고히 할 수 있었다.

지금도 그럴 수 있으리라. 그래야만 하리라.

1814년 2월 12일 토요일, 그는 샤토 티에리를 향해 나아갔다. 농민들이 그를 따랐다. 그들은 쇠스랑과 구식 총으로 무장하고 있었다. 그들은 코자크 족이 폭행과 살인, 강간과 약탈을 행하는 마을에서 도망쳐나왔다고 말했다. 그들은 자기들이 매복해서 적의 병사들을 붙잡았으며, 뒤처진 자들이나 대열에서 이탈한 자들을 죽였다고 말했다.

만약 이 '푸른 작업복'들이 대규모 봉기를 일으킨다면, 동맹군은 패배하고 말 것이었다. 그는 병사들과 함께 온종일 전투를 치렀다. 그는 적의 저격병들의 총탄이 비 오듯 쏟아지는 전장을 질주하며 '마리 루이즈들'을 독려했다. 러시아군은 또다시 패주했다.

나폴레옹은 마른 강변에 이르렀다. 동맹군이 샤토 티에리의 다리를 폭파시켰다. 다리를 세워야 했다. 추격은 늦어질 것이다. 그는 공병들이 다리를 세우는 모습을 지켜보았다. 보상에서 전투가 재개되었다. 또 한 번의 승리를 거두었다.

그는 길가에 불을 피우게 하고 포로들의 행렬을 지켜보았다. 적에게서 빼앗은 전리품들을 자랑스레 내보이는 마리 루이즈들을 바라보며, 그는 그들 척탄병들에게 말을 건네고 이것저것을 물었다. 그는 레지옹 도뇌르 훈장을 수여하고 상금을 나눠주었다. 바로 이 병사들이 운명의 흐름을 바꾼 것이었다.

그는 말했다.

"그들은 기사도 이야기에나 나올 만한 무공을 세웠다. 그들은 갑옷과 잘 조련된 말들 덕분에 한 사람이 삼사백 명에 이르는 적을 죽일 수 있었던 시대의 무사들과 로마의 기사에 견줄 만하다. 적군은 커다란 공포에 사로잡혀 있을 것이다. 병사들은 내가 기대하던 것보다 훨씬 더 잘 싸워주었다. 그들은 진정 메두사의 머리와 같았다."

그는 마리 루이즈에게 편지를 썼다. 이번 승리가 파리에서 사람들의 화젯거리가 되어야 하리라. 파리 거리에서 포로들을 행진시키도록 했다.

─그러나 나의 병사들이 자기 능력 이상으로 싸워주고 있는 반면, 뮈라는 내게 전쟁을 선포했다! 그는 정신병자이며 배은망덕한 자다!

〈나폴리 왕의 행위는 비열하기 이를 데 없고 그 왕비, 바로 나의 누이인 카롤린의 행위는 도저히 뭐라 이름붙일 수도 없소. 나는 나와 프랑스가 그같은 끔찍한 모욕과 배신을 당한 것을 보복하기 전에는 결코 눈을 감지 않을 것이오.〉

몽트로를 향해 행군하라는 명령을 내렸다. 블뤼허 군대를 상대로 그가 전투를 벌이는 동안, 전진을 계속하고 있던 슈바르첸베르크 군대를 저지하기 위해서였다.

행군중에 근위 기병대 제2사단을 지휘하는 기요 장군이 적에게 대포 두 문을 빼앗겼다는 사실을 알게 되었다.

나폴레옹은 기요를 보자마자 말을 멈춰 세웠다. 그는 말에서 뛰어내려 고함을 지르며 자신의 모자를 땅바닥에 내팽개쳤다. 이윽고 다시 말에 올랐으나, 그의 노기는 가라앉지 않았다.

몽트로 주변에서 전투가 벌어졌다. 주위에 떨어지는 포탄에 아랑곳하지 않고, 그는 앞으로 나아갔다. 포대가 있는 곳까지 간 그는 말에서 내려 직접 대포 하나를 조준했다. 적이 반격하고 있었지만, 나폴레옹의 귀에는 포탄이 날아오는 소리며 폭발하는 소리가 전혀 들리지 않는 듯했다. 그는 포병들을 향해 몸을 돌리며 외쳤다.

"자, 친구들. 아무것도 두려워할 것 없다. 나를 죽일 포탄은 아직 만들어지지도 않았다!"

그는 온종일 전투에 몸을 내맡겼다. 이제까지 지휘했던 모든 전투에서 그랬듯이, 그는 자신이 불사신이라는 느낌이었다.

전장에 밤이 내렸다. 그는 마리 루이즈에게 편지를 썼다.

〈나의 루이즈, 나는 피로하오. 굉장한 하루를 보냈소. 비앙키의 2개 사단과 뷔르템베르크군을 무찔렀소…… 하지만 가장 훌륭한 전과는 적이 몽트로 다리를 끊기 전에, 그들로부터 다리를 빼앗았다는 것이오. 그 덕분에 나는 적을 향해 돌진할 수 있었소. 두 개의 오스트리아군 깃발을 빼앗았고, 장군 하나와 여러 명의 대령을 사로잡았소. 안녕, 나의 친구. 나폴레옹.〉

그날 밤, 쉬르빌 성에 머물던 그는 여전히 분노를 가라앉히지 못했다.

도대체 그의 원수들은 무슨 쓸모가 있는가? 빅토르? 우디노? 그들은 후퇴했다. 몽브룅 장군은 코자크 족이 퐁텐블로 숲을 침범하는 것을 막지 못했다. 디종 장군은 휘하 포병대에 포탄이 소진되었다는 것도 모르고 있었다. 오주로 원수는 전투 경험이 많은 병사들을 데리고 있기 때문에 적의 후방을 위협할 수 있었음에도 불구하고, 리옹에 처박힌 채 전진하지 않았다.

나폴레옹은 버럭 화를 내었다.

"나는 도처에서 시민들의 불평을 듣고 있다. 그들은 적에 대항하고자 하는데 시장들이나 부르주아들이 그것을 막는다는 것이다. 파리에서도 사정은 마찬가지다. 시민들은 활력과 명예를 잃지 않고 있다. 나는 일부 지도자들이 싸우기를 원치 않거나, 훗날 그들에게 닥칠 일을 전혀 깨닫지 못하는 멍청이들이 아닌가 염려스럽다."

벨루노 공 빅토르 원수가 찾아왔다. 그는 눈물을 글썽이며, 황제의 가장 오랜 전우들 중 한 사람으로서, 자기가 전장을 떠나 있는 상황을 받아들일 수 없다고 말했다.

과거가 현재의 행위들을 변명해줄 수는 없었다. 그러나 빅토르는 고집했다. 그는 사위인 샤토 장군을 전장에서 잃었다. 샤토는 병사들과 함께 싸우다 전사했다.

원수는 말했다.

"총을 잡겠습니다, 폐하. 저는 저의 오랜 직업을 잊지 않았습니다. 저 빅토르는 근위대의 대열에 서겠습니다."

나폴레옹은 그에게 손을 내밀었다.

"좋소, 이곳에 머무르시오. 하지만 당신 군대를 돌려줄 수는 없소. 이미 제라르에게 그 군대를 맡겼기 때문이오. 대신 근위대 2개 사단을 당신에게 맡기겠소. 가서 지휘권을 인수하도록 하시오. 이제 우리 사이에 더이상 아무 문젯거리가 없기를 바라겠소."

그는 빅토르에게서 등을 돌렸다. 장군들은 지쳐 있었다. 그 자신도 예외는 아니었다.

그는 다시금 화가 치밀었다. 그는 오주로에게 보내는 편지를 구술했다.

〈당신이 이 편지를 받은 후로부터 열두 시간 내에 전장으로 떠날 것을 명령하오. 당신이 여전히 카스틸리오네의 오주로라면 지휘권을 유지하시오. 만일 예순 살이라는 당신 나이가 부담스럽게 느껴진다면, 휘하의 장군들 중 최고 선임자에게 지휘권을 넘기시오. 조국이 위협받고 있고 위험에 처해 있소. 조국을 구하기 위해 대담성과 의지가 필요한 마당에 헛되이 시간을 끄는 행위는 용납될 수 없소. 당신에게는 6천 명 이상의 병사들로 이루어진 정예부대가 있을 것이오. 나는 그만한 병력을 갖고 있지 않소. 하지만 나는 적군 3개 군대를 궤멸시켰으며, 세 차례에 걸쳐 수도를 방어했소. 당신 역시 병사들의 선두에 서서 날아오는 적탄을 받아내시오. 이제는 더이상 과거의 행태를 되풀이해서는 안 되오. 지금은 1793년*과 같은 결심과 행동이 필요한 때요! 당신이 쏟아지는 적탄에도 아랑곳없이 전위에서 맹활약을 벌이는 모습을 프랑스인들에게 보여줄 수만 있다면, 그 외엔 당신 마음대로 해도 좋소!〉

---

* 툴롱에서 반혁명 봉기가 일어났던 해.

갑자기 엄청난 피로가 몰려왔다.

벌써 여러 날째 말을 달렸다. 전투가 벌어질 때마다 그는 선두에 나섰고, 밤에는 전술을 구상하고 명령을 구술했다. 제대로 식사도 하지 못한 채 추위와 비와 진창에 맞서야 했으며, 주위 사람들이 절망하지 않도록 계속 그들의 사기를 북돋워야 했다.

그리고 2월 19일 토요일, 그는 지금 아무것도 할 수가 없었다. 그는 스스로에게 부여했던 임무를 완수했다고 생각했다. 그는 연이어 블뤼허가 지휘하는 프로이센군과 러시아군을 격파했고, 슈바르첸베르크의 오스트리아군을 무찔렀다. 그는 잠들 수 있었다. 몸을 눕히자, 시종이 장화를 벗겨주었다. 쉬르빌 성의 작은 침실, 벽난로에선 장작이 불타고 있었다. 그는 눈을 감았다.

다음날 새벽, 그는 편지를 썼다.

〈어제 저녁, 너무도 피곤하여 내리 여덟 시간을 잤소. 몽트로 전투를 기념하여 서른 발의 축포를 쏘도록 하시오. 지금처럼 축포를 쏘게 하라는 편지를 내가 당신한테 보낼 때는, 참모장에게 직접 편지를 써서, 그것이 '황제가 어느 날 어떤 전과를 거두었기 때문'이라는 것을 반드시 밝혀야 하오. 참모장은 전투 결과에 대해 항상 직접적인 정보를 갖고 있어야 하기 때문이오. 안녕, 나의 착한 루이즈. 나폴레옹.〉

그는 밖으로 나갔다. 끔찍한 추위였다. 땅은 얼어 있었다. 이렇게 굳은 땅은 적의 이동을 수월하게 해줄 것이었다.

그는 말에 올랐다. 출발! 노장 쉬르 센으로, 트루아로.

노장 쉬르 센에 도착하자, 전령들이 전문들과 파리의 신문들을 가져왔다. 그는 분개했다. 그가 신문까지 신경써야 한단 말인가! 그들은 '전쟁에서 우선적인 원칙들 중의 하나는, 전력을 축소하는 것이 아니라 과장하는 것'이라는 사실을 이해하지 못한단 말인가?

그들은 얘기를 듣기만 해도 '내 머리카락이 곤두서는', 적이 저지른 만행들을 왜 밝히지 않는단 말인가? 그는 팔을 내둘러 자기 앞에 놓인 급보들과 신문들을 쓸어버렸다.

그는 소리쳤다.

"솔직히 말해서 나는 이렇게까지 도움받지 못한 때가 한 번도 없었다!"

방 안을 왔다갔다하던 그는 다시 소리쳤다.

"지금의 나처럼 사람들의 도움을 받지 못하는 자가 달리 누가 있단 말인가?"

방 안을 거닐며 흥분을 가라앉혔다. 마리 루이즈가 보낸 작은 사탕그릇이 눈에 띄었다. 그 위에 로마 왕의 초상화가 그려져 있었다. 그는 초상화를 응시했다. 아이는 두 손을 모으고 있었다.

나폴레옹은 펜을 들었다.

〈나는 아이의 초상 아래에 이런 글을 새겨넣었으면 좋겠소. '하나님, 제 아버지와 프랑스를 구해주세요.' 사람들은 그것을 보고 모두들 기뻐할 것이오.〉

아이의 이런 소망이 어쩌면 사람들에게 싸우고 저항하겠다는 의욕을 심어줄 수도 있으리라. 그런 생각에 다시 화가 치밀었다. 장교들과 병사들과 장관들 하나하나의 머릿속까지 신경써야 한단 말인가?

"용기와 인내와 침착성만 있으면, 그 어떤 문제도 해결할 수 있다. 하지만 그림을 그리기 위해 모든 재료를 다 모아놓고 나서 정작 상상력은 잘못된 길로 들어선다면, 거기엔 대책이 없다. 그것은 단지 절망과 무력감만을 낳을 뿐이다."

그는 트루아에 도착했다. 사람들이 그를 환호했다. 슈바르첸베르크 장군이 사람을 보내어 휴전을 요청해왔다.

—그것이 나의 공세를 늦추려는 의도라는 걸 내가 모르리라고 생각하는가? 나에게서 하루를 잃는다는 것은 곧 승리를 놓치는 것임을 내가 모를 것 같은가? 동맹군은 숫적으로 우위에 있고 거기에 예비병력까지 대기하고 있다. 시간과 공간이 그들의 편이다. 그런데도 사람들은 끊임없이 내게 타협할 것을 제안하고 있다. 그들은 깨닫지 못하고 있다. 동맹국들이 강요하는 것은 제국의 분열이며 나의 몰락이라는 사실을.

콜랭쿠르의 처남 생 테냥이 말했다.

"조속한 시일 내에 강화를 맺는 것이 좋을 것입니다."

나폴레옹은 대답했다.

"수치스런 강화라면 당장이라도 맺을 수 있겠지."

—이들은 언제라도 나를 배반할 준비가 되어 있다. 뮈라처럼.

트루아의 왕당파들은 도시가 점령당하자, 곧 알렉산드르를 찾아가 부르봉 왕가의 복귀를 간청했다. 그들 중 한 명은 프랑스군에 체포되어 처형되었다. 그자에 대한 나폴레옹의 사면 명령이 너무 늦게 도착했던 것이다.

황제는 중얼거렸다.

"어쩔 수 없는 일이지."

그는 말에 올라 트루아의 요새들을 살펴보았다. 온 도시가 전투로 인해 고통을 겪고 있었다. 사람들이 죽은 병사들의 시체를 땅에 묻고 있었다. 그는 고개를 돌렸다. 그는 승리가 손이 미치는 곳에 있다는 느낌이 들었다. 상황은 역전될 것이다. 바로 그 점을 그는 생각해야 했다. 영혼을 갉아먹고 있는 공포와 절망에 사로잡혀서는 안 되었다. 하지만 그것은 매순간의 노력을 필요로 했다. 그는 분노했다.

"이젠 아무도 내게 복종하지 않는군. 당신들 모두 나보다 생각이 많아서, '하지만' '만일' '왜냐하면' 따위의 말로 끊임없이 내게 반대하고 있어."

정작 그에게 필요한 힘과 지혜는 아무도 제공하지 않았던 것이다.

블뤼허의 프로이센군은 수아송으로 퇴각했다. 그들을 추격해야 했다. 마을 사제관의 작은 방에서 잠을 자야 했고 추위와 비를 이겨내야 했다. 라페르테 수 주아르에 이르자, 농민들이 그를 찾아와 자기들이 겪었던 고문과 폭력에 대해 이야기했다.

그는 그들의 말을 주의깊게 들어주고 그들을 안심시켰다. 그리고 나서 그는 지도 위로 몸을 기울였다. 계획은 간단했다. 그는 말했다.

"나는 로렌 지방에서 전투를 벌일 작정이네. 뫼즈와 라인의 요새들에 주둔하고 있는 병력들을 모두 그곳에 집결시킬 것이야."

그렇게 되면 적군을 그들의 후방으로부터 격리시킬 것이고, 그들이 파리로 전진하는 것을 막을 수 있을 것이다. 그는 파리를 직접 방어하기보다는 그렇게 동쪽으로 이동함으로써 수도를 방어할 생각이었다. 파리가 며칠, 아니 단 몇 시간만 버텨주면 될 것이었다.

그러나 문득 불안감이 엄습해왔다. 만일 파리가 버텨주지 못한다면? 그 가능성을 무시해야 했다. 적들을 그들의 후방기지로부터 격리시킴으로써 그들이 후퇴하지 않을 수 없게끔 압박하는 방법 이외엔 다른 선택의 여지가 없었던 것이다.

─마르몽이 파리 외곽에 위치하게 될 것이다. 내가 동쪽으로 전진하는 사이에 그는 파리를 수호하리라. 이러한 점을 사람들에게 설명하고 그들을 안심시켜야 한다.

그는 캉바세레스와 클라르크에게 편지를 썼다.

〈이제 수도에 대한 실제적인 위협은 사라졌다고 생각해도 좋을

것이오.〉

좀더 상세하게 적었다.

〈적이 사방에 깔려 있는 것은 사실이지만, 그들은 오합지졸에
불과할 뿐이오.〉

그는 다시 출발했다. 메리에서 프로이센군을 무찔렀다. 그러나
다리가 파괴되어, 당장 강을 건너 적을 추격할 수가 없었다. 몇
시간이 허비되었다. 그는 초조하게 다리가 복구되기를 기다리며
급보들을 훑어보았다. 그는 분노를 터뜨렸다. 수아송, 엔에서 블
뤼허의 후퇴를 지연시킬 수도 있었던 수아송 요새가 아무 이유 없
이 항복해버렸던 것이다! 그는 소리쳤다.

"수치다! 그레브 광장 한복판에서 장군을 총살시켜라! 그리고
그 소식을 널리 퍼뜨려라!"

— 모든 것을 다시 시작해야 하리라. 시간이 모래알처럼 내 손
가락 사이로 빠져나가고 있다.

대응해야 했다. 그는 눈보라 속에서 행군을 계속했다. 크라온과
랑에서 전투를 벌였다. 코르베니라는 작은 마을에서, 그는 주위에
모여 있던 부근 도시들의 시장들 중에서 낯익은 모습을 발견했다.
그 사내를 불렀다. 다가오는 사내를 알아볼 수 있었다.

— 브리엔에서처럼, 내 과거의 증인을 만났군. 드 뷔시, 라페르
연대에서 장교를 지냈던 사람 아닌가. 마치 운명이 고리를 이루는
것처럼 가는 곳마다 나의 흔적을 만나는구나.

그는 드 뷔시를 참모로 임명했다. 보주의 농민들이 봉기했다는
소식을 가져온 동부 지방의 밀사 볼프에게 훈장을 수여했다. 볼프
역시 라페르 연대 출신이었다.

출발 명령을 내리려고 할 때, 계속해서 협상을 벌이고 있던 콜
랭쿠르로부터 급보가 도착했다. 그는 그것을 옆으로 치워버리며
말했다.

"나는 더이상 그의 편지들을 읽지 않겠네. 그의 편지들이 나를 짜증나게 한다고, 그에게 전하게. 그는 평화를 원하지! 그러나 나는 그것이 아름답고 유익하고 명예로운 평화이기를 원하네!"

3월 7일 월요일, 그는 극심한 피로로 몸을 휘청이며 브레 앙 라오누아라는 작은 마을로 들어갔다. 밤을 보내게 될 한 집의 문지방을 넘기 전에, 그는 잠시 머뭇거렸다. 부상자들과 죽어가는 자들이 맨바닥에 누워 있는 모습이 눈에 들어왔던 것이다. 크라온에서 그들은 힘든 전투를 치렀던 것이다.

그는 한쪽 구석에 앉았다. 두 손으로 얼굴을 감쌌다.

한밤중에 콜랭쿠르가 보낸 전령이 도착했다. 프랑스가 제출한 모든 제안들이 동맹국들에 의해 거부되었다는 소식이었다. 동맹국들은 프랑스가 옛 국경으로 돌아가는 것만을 받아들일 뿐이었다.

나폴레옹은 자리에서 일어났다. 그는 바닥에 널브러져 있는 병사들을 건너뛰며 말했다.

"그들은 나를 채찍질하고 싶다는 것인가? 그렇더라도 내가 알아서 등을 내밀 거라고 기대해선 안 될 것이다. 게다가 나는 그런 채찍질 따위는 겁나지도 않아."

계속해서 싸울 수밖에 없었다. 랑에서 전투를 벌이고 랭스로 전진했다.

3월 10일 목요일, 마르몽이 파리 외곽을 포기하고 후퇴했다는 소식이 전해졌다.

─마르몽! 이탈리아 전쟁 때부터 나를 따르던 마르몽! 그가 도망가버렸다.

이미 벌어진 일이었다. 상황에 직면해야 했으며, 그 여파를 줄여야 했다. 그는 담담한 어조로 말했다.

"이런 일은 전쟁중에 늘상 일어날 수 있는 것이야. 하지만 우리에게 행운이 필요한 지금과 같은 시기에, 이번 일로 우리가 다소 곤란해진 것은 사실이지."

―뮈라와 오주로와 빅토르와 베르나도트에 이어 마르몽까지 포기한다면, 나는 이제 누구에게 기대를 해야 하는 것인가? 내 형제조차 믿을 수 없다. 조제프 역시 자신의 장래를 구하려 하지 않을까? 마침내 나에게 복수하려 들지 않을까? 그가 하지 못할 일이 무엇이 있겠는가?

갑작스런 의혹이 그를 사로잡았다.

그는 마리 루이즈에게 편지를 썼다.

〈나의 친구여, 조제프 왕과 지나치게 가깝게 지내지 마시오. 그를 멀리하시오. 당신의 심중을 결코 그에게 드러내지 마시오. 행사가 있을 때나 아니면 홀에서 그를 만나게 될 때는 캉바세레스를 대하듯 그를 대하시오. 그와 이야기를 나눌 때는 항상 말을 조심하고 거리를 두시오. 가능한 대로 그와의 대화를 피하고, 피치 못할 경우엔 공작부인 앞에서나 창가에서 그와 말을 나누도록 하시오.〉

모든 사람들을, 모든 것을 경계해야 했다. 그는 그들이 기회만 살피고 있다는 것을 느끼고 있었다.

―조제프는 마리 루이즈를 설득하려 할 수도 있다. 사람들 말에 따르면, 조제프는 고관들과 연대하여 강화를 요구하는 청원서를 꾸미는 중이라고 했다.

그는 말했다.

"강화를 요구하는 청원서를 내가 받게 된다면, 나는 그것을 반역 행위로 간주하겠다."

―치안장관 로비고 공 사바리는 도대체 무엇을 하고 있는가?

〈당신은 파리에서 무슨 일들이 일어나고 있는지, 내게 전혀 알려주지 않고 있소. 청원서며 섭정 문제며 기껏해야 어떤 멍청이들이 생각해냈을 시시콜콜한 음모들 따위를 말하는 것이오. 사람들은 내가 힘겹게 난국을 극복해가고 있다는 것을 깨닫지 못하고 있소. 그들은 지금의 나폴레옹이 바그람이나 아우스터리츠의 나폴레옹과 같은 사람이라는 것을 알아야만 할 것이오. 나는 국가에 대해 어떠한 음모도 용납할 수 없소. 나라를 다스리는 권한은 오로지 나에게만 있을 뿐이며, 단지 촌각을 다투는 일이 벌어졌을 경우에 나의 전적인 신임을 받고 있는 섭정 황후가 그 권한을 대신할 것이오. 조제프 왕은 나약한 인물이오. 그는 국가에 해를 끼칠수도 있는 음모에 쉽게 휩쓸려들어갈 수 있소. 나는 사람들이 국가의 중대사를 놓고 가타부타 결정내리려는 것을 용납할 수 없소. 오로지 나만이 그러한 결정을 내릴 수 있다는 것을 기억해야 할 것이오.〉

랭스 외곽에서 전투가 있었다. 그는 제일선에 나섰다.

3월 14일 월요일 자정, 그는 도시 안으로 들어갔다. 모든 창문에 불이 밝혀져 있었으며 군중들이 거리로 밀려나와 그를 환호했다. 시청에서 수백 명의 시민들이 그를 둘러쌌다. 그들은 '황제 폐하 만세!'를 외쳤다. 그는 러시아군을 지휘하던 생 프리에스트 장군을 포탄으로 날려버린 포병에게 훈장을 수여했다.

나폴레옹은 감탄하며 말했다.

"이 병사는 바로 모로 장군을 죽였던 바로 그 조준수요. 이럴 땐 이렇게 말할 수밖에 없지. 아, 신의 섭리다, 신의 섭리야!"

마르몽을 맞아 그는 심하게 질책했다. 그의 분노도 점차 가라앉았다. 승리가 다시 그의 손이 닿는 곳에 와 있는 것 같았다. 그는 블뤼허의 군대와 슈바르첸베르크의 군대 사이의 한쪽 측면을 격파했다. 이제 동맹군을 우회해서 동부에 도달할 수 있는 길이 열린 것이다.

그는 조제프에게 썼다.

〈형과 나는 성격이 정반대요. 형은 사람들에게 아첨하길 좋아하고 그들의 생각을 따르는 편이지만, 나는 사람들이 내 마음에 들고 나의 뜻에 복종하길 원하오. 아우스터리츠에서처럼 지금도 내가 주인이오.〉

"마지막 행운의 미소로구먼."

시청을 떠나면서 마르몽이 했다는 말이었다. 나폴레옹은 비웃었다. 그들이 행운에 대해 뭘 알고 있단 말인가? 그 행운을 얻기 위해 무엇을 해야 하는가를 그들이 아는가? 행운의 갈기를 붙잡아 자기 자신에게 끌어당기고 그 위에 올라타고 질주하기까지, 무엇을 해야 하는지 그들이 아는가?

3월 17일 목요일, 그는 에페르네에 있었다. 군중이 그를 환호했다. 사람들은 병사들에게 샴페인을 따라주었다. 그는 모에 시장에게 훈장을 수여했다. 그리고 나서 오브를 향해 행군했다. 슈바르첸베르크의 군대를 측면에서 기습하기 위해서였다.

아르시 쉬르 오브에 이르기 전에, 토르시에서 전투가 벌어졌다.

나폴레옹은 어린 신병들이 그들 앞에서 터지는 포탄에 겁을 먹고 뒤로 물러서는 것을 보았다. 그는 서둘러 그들의 선두에 나섰다. 포탄 하나가 그가 타고 있는 말의 발치에 떨어졌지만, 그는 꿈쩍도 하지 않았다.

여기서 죽는다? 안 될 게 무어냐!

가까이에서 포탄이 터졌다. 그는 말 위에서 나가떨어졌다. 그의 말이 배가 갈라져 죽었다. 자욱한 흙먼지 속에서 나폴레옹은 몸을 일으켰다. 병사들이 그에게 환호를 올렸다. 그들은 돌격했다. 토르시를 점령했다.

하지만 전사자들의 시체가 땅을 뒤덮고 있었다. 그에게는 이제 몇 명의 병사가 남아 있을까? 2만? 3만?

그는 한참 동안 침묵했다. 세바스티아니 장군이 그의 곁에 있었다. 그는 평민 출신인 그 코르시카인을 신뢰하고 있었다. 투르크에서 외교관으로 일했던 세바스티아니는 러시아와 독일 전선에서 싸웠다. 그는 방금 전에도 근위 기병대를 이끌고 돌격을 감행했다.

"장군, 자네는 현재 상황을 어떻게 생각하나?"

"제 생각을 말씀드린다면, 폐하께서는 틀림없이 우리가 알지 못하는 어떤 다른 방도를 갖고 계시리라 생각합니다."

나폴레옹이 대답했다.

"내게 그런 것은 없다. 자네가 알고 있는 게 전부야."

"그렇다면 폐하, 나라 전체에 봉기를 일으키는 것이 어떻겠습니까?"

나폴레옹은 세바스티아니를 쳐다보았다. 이번 전쟁이 시작되었을 때부터, 그는 여러 차례에 걸쳐 '푸른 작업복'들에게 성명을 발표했었다. 그리하여 곳곳에 유격대들이 발생하고 퍼져나갔지만, 그것은 스페인이나 러시아에서와 같은 전체적인 봉기의 성격을 갖고 있진 못했다.

나폴레옹은 세바스티아니에게 말했다.

"망상이네! 스페인과 프랑스 대혁명에서 비롯된 망상이란 말일세! 혁명으로 인해 귀족들과 성직자들이 떼죽음을 당한 나라에서, 바로 나 자신이 그 혁명을 진압했던 나라에서 민중을 봉기시킨단 말인가!"

그는 씁쓸하게 냉소지었다. 남아 있는 병사들만으로 상황의 흐름을 뒤바꿀 수밖에 없었다. 그러나 승리하리라고 확신할 수 있을까?

그는 병사들의 행군 대열을 바라보았다. 지칠 대로 지친 저 몇

천 명의 병사들을 데리고, 수십만에 달하는 적을 상대해야 하는 것이다.

운에 맡길 것이다. 그는 조제프에게 편지를 썼다.

〈이제 내가 펼치려는 작전으로 인해 파리에서는 심심찮게 내 소식을 전해들을 수 있을 거요. 만일 도저히 저항할 수 없을 정도의 엄청난 병력을 이끌고 적군이 파리로 진격해온다면, 섭정 황후와 나의 아들을 루아르 방면으로 피신시키시오. 내 아들을 항상 곁에서 지켜주시오. 그리고 내 아들을 적들의 손에 빼앗기느니, 차라리 센 강에 던져버리는 쪽을 택할 거라는 내 말을 잊지 마시오. 나는 그리스인들의 포로가 되었던 아스티아낙스의 운명이야말로 역사상 가장 불행한 운명이었다고 생각하오.〉

그러한 생각, 그러한 모습이 뇌리를 떠나지 않았다. 그리고 그처럼 강렬한 자신의 직관이 두려웠다.

10
내일 또다른 해가 떠오르는 한, 잃은 것은 없다

1814년 3월 23일 수요일 오후 두시, 그는 생 디지에에 도착했다. 병사들은 담벽에 몸을 기대고 땅바닥에 주저앉아 있었다. 그는 그들을 바라보았다. 여러 날에 걸친 행군과 전투로 그들의 군복은 진흙투성이였으며 피로가 그들의 몸을 짓누르고 있었다.

그에게는 병사가 얼마나 남아 있는가?

그는 시장 관저로 들어갔다. 원수들은 벌써 그곳에 모여 있었다. 베르티에와 네는 죽어드는 목소리로 말했다. 아르시 쉬르 오브 전투에서 많은 희생을 치렀다. 적군의 숫자는 적어도 10만은 되었으며 수백 문의 대포를 가지고 있었다.

그가 물었다. 우리의 병력 상황은 어떠한가? 차라리 베르티에의 대답을 듣지 않았으면 싶은 심정이었다. 대원수 뇌샤텔 공은 대답했다. 보병 1만 8천 명에 기병 9천 명이 전부였다.

하지만 한줌에 불과한 병사들만으로도 기적을 이룰 수 있는 게 전투다. 그를 처음부터 따라다녔던 그들은 그러한 사실을 알고 있지 않은가? 동부의 요새들에 주둔했던 병력들이 곧 도착할 것이다. 후위가 아군에게 노출당한 적군은 함부로 파리로 진격할 수 없을 것이다.

그는 편지를 썼다.

〈요 며칠 동안 계속해서 말 위에서 지냈소. 20일에 아르시 쉬르 오브를 장악했소. 그곳에서 적은 저녁 여섯시에 우리에게 공격을 가해왔소. 나는 그날 그들을 무찔러 4천 명의 적군을 죽이고, 2문의 대포를 빼앗았소. 그들 역시 내게서 2문의 대포를 빼앗아갔으니 서로 비긴 셈이오. 21일, 적군은 브리엔과 바르 쉬르 오브로 이동하는 그들의 수송대를 보호하기 위해 싸움을 걸어왔소. 나는 적을 파리로부터 더욱 먼 곳으로 밀어내는 동시에 우리의 요새에 가까이 접근하기 위해 마른 강 쪽으로 가기로 결정했소. 오늘 저녁, 나는 생 디지에 있소. 안녕, 나의 친구. 나의 아들에게 키스를. 나폴레옹.〉

이 편지가 마리 루이즈에게 도착하지 못하는 것은 아닐까? 그는 벌써 닷새 전부터 그녀에게서 편지를 받지 못하고 있었다. 그는 베르티에와 네에게로 몸을 돌리며 중얼거렸다.

"그 코자크 족이……."

그들은 자기들 주력부대로부터 멀리 떨어진 곳까지 진출해서 전령들을 괴롭히고 있었다. 그들이 편지들을 가로채고 있었다. 그럼으로써 적들은 나의 움직임과 파리의 동향에 대해 미리 간파하고 있을 수도 있었다. 하지만 그런 위험은 어쩔 수 없이 감수해야 했다. 내가 싸우고 있으며, 나의 마음이 희망과 각오로 가득 차 있다는 것을 파리의 '겁쟁이들'이 알아야 하리라.

밤이 내렸다. 침대에서 일어나 지도들이 놓여 있는 탁자로 가려는데 콜랭쿠르가 도착했다. 그는 초췌한 얼굴에 숨을 헐떡이고 있었다. 그는 송쥐와 생 디지에 사이에서 적군에 잡힐 뻔했다고 말했다. 동맹국들이 더이상 협상을 원치 않는다고 보고했다. 나폴레옹은 탄식했다. 그들은 애초부터 진정으로 협상을 벌일 생각이 없었던 것이다.

"적이 원하는 것은 프랑스를 약탈하고 뒤집어놓자는 것이네. 알렉산드르는 자기의 바보 같은 행동 때문에 모스크바를 불바다로 만들었던 일을 놓고, 엉뚱하게 파리에서 그 화풀이를 하려는 것이야. 적은 우리를 모욕하려는 것일세. 그런 일을 당하느니, 나는 차라리 죽음을 택하겠네."

그는 어둠침침한 방 안을 거닐었다.

"나는 삶에 집착하기에는 너무 늙은 병사네. 프랑스를 모욕하는 일에 결코 동의하지 않을 것이네. 우리는 싸울 것이네, 콜랭쿠르. 이 나라가 나를 지지한다면, 나보다는 적이 더 패배에 가까이 다가가고 있네. 민중들의 분노가 극에 달했기 때문이네. 나는 동맹군들 사이의 연락을 단절시켰네. 그들은 숫적으로는 엄청나지만, 아무런 거점도 마련하지 못하고 있네. 요새에 주둔하고 있던 군대 일부가 우리와 합류했네. 나는 적의 군대 하나를 궤멸시켰네. 조금만 더 타격을 가한다면, 그들을 아주 멀리 쫓아낼 수 있네."

그는 콜랭쿠르에게 몸을 숙이며 말을 이었다.

"내가 패배한다면 영광스럽게 패배하는 것이 나을 걸세. 이탈리아에서의 패배 이후, 총재정부도 받아들이지 않았던 그런 조건에는 굴복하지 않겠네. 사람들이 나를 지지한다면, 나는 모든 것을 복구할 수 있네. 비록 행운이 나를 저버린다 할지라도, 국민들은 내가 대관식에서 했던 맹세를 지키지 않았다고 나를 비난할 수는 없을 것이네."

그는 일어섰다.

"슈바르첸베르크가 나를 뒤따라오고 있네. 자네가 제때에 도착했어. 머지않아 좋은 구경을 하게 될 걸세."

그는 베르티에를 불렀다. 그는 뒷짐을 지고 방 안을 서성였다.

그는 베르티에에게 말했다.

"병사 하나를 주민으로 위장하여 메츠로 보내게. 낭시와 바르에도 각각 한 명씩 보내도록. 그들 편에 시장들에게 편지를 보내어, 우리가 적군의 후방을 기습할 거라고 알리게. 그들에게 대규모 봉기를 일으킬 순간이 왔음을 알리는 것일세. 경보의 종을 울리고, 요새를 지키는 적들과 그 하수인들을 체포하고, 수송대를 습격하고, 적의 병기고와 저장고를 점거하라고 지시하게. 또한 이 명령을 즉각 모든 지역에 공포하라고 하게. 메츠의 사령관에게는 주둔군를 한데 집결시켜 뫼즈로 데려와 우리와 합류하라고 지시하게."

그는 말을 멈추고 베르티에를 응시했다. 뇌샤텔 공 베르티에 원수는 얼빠진 표정을 하고 있었다. 베르티에는 더듬거리기만 할 뿐, 어떤 말도 입 밖에 내지 못했다.

―나는 그가, 아니 그들 모두가 무슨 생각을 하는지 안다. 그들은 자문하겠지. 우리는 어디로 가고 있는가? 만약 황제가 망한다면, 우리도 그와 함께 망하게 되는 것은 아닐까?

병력을 한 곳에 집결시키기 위해선 시간이 필요했다. 그러나 매 순간 적군은 더욱 강화되고 있었다. 그리고 아군은 모두 무너지고 있었다.

―카스틸리오네 공 오주로는 지원하러 오기는커녕 리옹을 버리고 발랑스로 후퇴했다. 마르몽 원수와 모르티에 원수, 그들 역시

후퇴하다가 라페르 샹프누아즈에서 적군에게 패했다. 그래도 제대로 버텨주는 것은 민병대들이다. 코자크 족은 이곳 생 디지에까지 출몰했다. 그들의 본대인 빈친게로드의 러시아군과도 싸워야 하리라.

나폴레옹은 '마리 루이즈'들과 근위대와 함께 선두에 섰다. 그들은 공격에 나서 완전한 승리를 거두었다. 그러나 전장으로부터 저 멀리, 1814년 3월의 얼어붙은 밤을 밝히고 있는 야영지의 불빛은, 지금은 잠시 정지해 있지만 머지않아 거대한 물결처럼 밀어닥칠 또다른 적군의 존재를 알려주고 있었다.

나폴레옹은 생 디지에 주위의 벌판을 거닐었다. 조금 전에 있었던 전투의 희생자들이 벌써 하얀 성에를 뒤집어쓰고 사방에 널려 있었다. 그는 부상당한 적의 병사들에게 다가가 물었다. 그들은 모두 슈바르첸베르크의 군대에서 분리되어 나온 한 부대 소속이었다. 슈바르첸베르크의 본대는 수도를 점령하기 위해 이틀 전부터 파리로 행군중이라고 했다.

시간이 필요했다. 단 며칠이면 된다.

그는 망설였다. 원수들을 불러들이고, 말했다. 선택은 간단하다. 그러나 네와 베르티에와 모르티에, 그들은 모두 고개를 떨구었다. 그들이 말하고 싶은 것은, 어떤 전략 전술을 택하느냐가 아니었다. 그들은 전투의 중단을 말하고 싶어했다.

—어디 말할 수 있으면 해보라!

그들은 감히 말하지 못했다. 그는 물었다. 동부로부터 지원군이 도착하기를 기다려야 하는가? 아니, 그보다는 우리 쪽에서 그들을 맞으러 가야 하는가? 아니면 농민들의 봉기를 부추겨 그것에 의지해야 하는가?

원수들은 얼굴을 찡그리며 거부를 표시했다.

그러면, 파리로 행군해야 하는가?

그들은 동의했다. 하지만 강행군은 무리라고 덧붙였다. 병사들이 버텨내지 못하리라는 것이었다. 바시, 바르 쉬르 오브, 트루아, 퐁텐블로를 거쳐 수도로 들어가야 했다. 그 동안 병사들은 기력을 되찾게 될 것이다.

—하지만 이것은 가장 멀리 돌아가는 길이 아닌가? 나는 시간이 급하다.

1814년 3월 28일 월요일, 그는 생 디지에를 떠났다. 그날 오후가 끝날 무렵, 둘르방 마을로 들어서던 그는 파리에서 도착한 전령들이 다가오는 것을 보았다. 그는 바로 말에서 뛰어내렸다. 첫번째 급보는 라발레트가 보낸 것이었다. 라발레트는 이탈리아 전쟁 이래 그를 따르며 단 한 번도 과오를 범하지 않은, 그가 전적으로 신뢰하는 사람이었다.

단 두 줄이었다. 그는 읽고 또 읽었다.

〈폐하께서 오셔야만 합니다. 수도를 적에게 내어주는 것을 막고자 하신다면, 잠시도 지체하지 마십시오.〉

이것이야말로 그가 생각지 못했던 것이었다. 파리를 '내어준다'!

—전투를 치르지 않고도 수도를 점령할 수 있으리라는 확신으로, 적들은 자기들의 후위에 신경을 쓰지 않았던 것이다. 그 때문에 내가 그들의 보급로에 압박을 가했음에도, 그들은 걱정하지 않았던 것이다. 하지만 포로들의 말에 의하면, 적은 탄약과 식량이 떨어져가고 있다지 않은가. 파리가 이틀 동안만 버티면 된다. 그 사이에, 적에게는 아무것도 남지 않게 될 것이고, 나는 푸른 작업복들의 봉기에 힘입어 적의 후위를 공격함으로써, 프랑스 전투를 적의 완전한 패배로 이끌 수 있을 것이다!

그러나 파리가 점령당하게 된다면, 그것은 바로 머리가 잘려나가는 것이다. 그렇게 되면 몸통은 기껏해야 요동만 칠 수 있을 뿐이리라.

그는 다른 편지를 읽었다.

〈파리에서 15리유(60킬로미터) 안에 있는 길들은 모두 적이 장악하고 있습니다. 수도에서는 왕당파들이 선언문을 배포하고 있습니다. 강화를 요구하기 위해 강제로 입법원을 소집한다는 말이 떠돌고 있습니다. 러시아인들은 모스크바의 화재를 보복하기 위해 파리에 불을 지를 것이 틀림없다고 사람들은 말하고 있습니다.〉

그는 생각했다. 이것은 탈레랑과 생 제르맹 지역의 귀족들과 모든 고관들이 꾸민 술책이다. 탈레랑은 틀림없이 동맹국들과 내통하고 있으리라. 그들은 싸우지 않을 것이다. 수도에는 수만 명의 병사들과 대포들이 있다. 그 병력으로 파리의 성문을 지켜낼 수 있을 것이다. 파리가 단 이틀만 버텨주면 승리할 수 있으리라. 하지만 그들은 싸우려 하지 않을 것이다.

─내게는 시간이 필요하다.

그는 당장 파리로 출발하고 싶었다. 하지만 코자크 족이 트루아로 향하는 길을 장악하고 있었다. 촌각을 다투는 마당에 둘르방에서 하룻밤을 보내야 했다.

3월 29일 화요일 새벽, 그는 마침내 출발 명령을 내렸다. 그는 근위대와 함께 행군했다. 돌랑쿠르 다리에서 그는 파리로부터 오는 전령들을 만났다. 원수들은 퇴각했다. 모는 적의 손에 넘어갔다. 적과 싸우겠다고 나선 노동자들이나 대학생들에게 무기 지급이 거부되었다. 공장주 리샤르 르누아르만이 자신의 노동자들을 무장시켰다. 그는 황제에 대한 충성을 저버리지 않은 유일한 고관이었다. '바스티유의 정복자들' 중 한 사람인 사령관 윌랭은 나눠줄 무기가 없다고 밝혔다. 거리에는, 적을 피해 수도로 피난온 농민들로 가득했다.

—시간이 필요하다.

그는 전속력으로 말을 질주했다. 말은 맹렬한 기세로 여러 시간을 달린 끝에 쓰러지고 말았다. 나폴레옹은 버드나무 가지로 만든 이륜 마차에 올라탔다. 트루아와 상스 사이의 빌뇌브 쉬르 반이라는 작은 마을에서 푸줏간 주인으로부터 빌린 마차였다.

나폴레옹은 썰매를 타고 러시아를 떠나올 때처럼, 그의 곁에 앉아 있는 콜랭쿠르에게 말했다. 파리가 마흔여덟 시간만 버텨준다면…… 그는 밖으로 고개를 내밀고 구르고 장군과 르페브르 원수를 태운 마차와 드루오 장군과 플라오* 장군을 태운 마차가 제대로 뒤따라오는지 살펴보았다. 그는 르페브르에게 변두리의 노동자들을 무장시켜 저항군을 조직하는 임무를 맡겼다. 하지만 그 역시 시간이 필요하리라.

말들이 교체되는 사이에 전령 하나가 소식을 알려왔다. 조제프는 원수들에게 항복 조건들을 협상하는 권한을 일임하고, 황후와 로마 왕과 장관들과 함께 파리를 떠났다. 하지만 수도의 성문에서는 전투가 벌어지고 있었다. 적은 전진하지 못하고 있으며, 오히려 후퇴하고 있었다. 노동자들과 대학생들이 민병대들이나 보병들과 함께 싸우고 있었다. 다만 방돔 광장과 부유층이 사는 지역에선, 사람들이 카페 테라스에 앉아 '국왕 만세!'를 외치고 있었다.

더 빨리. 더 빨리. 그는 흘러가는 시간보다도 빨리 가야 했다.

3월 30일 수요일 밤 열한시, 나폴레옹은 퐁텐 드 쥐비시의 우편국으로 들어갔다. 얼마 지나지 않아, 기병대가 지나가는 모습이 보였다. 그는 밖으로 뛰쳐나와 대열 선두에서 말을 달리고 있던

---

* 프랑스의 장교이며 외교관, 1785~1870. 1813년에 나폴레옹의 참모가 되었다.

벨리아르 장군을 소리쳐 불렀다.

그가 외쳤다.

"장군이 어떻게 여기에 있나? 적은 어디에 있나? 군대는? 누가 파리를 지키고 있는가? 황후와 로마 왕은 어디에 있나? 조제프는? 클라르크는? 내 병사들, 내 대포들은 다 어찌 됐느냔 말이다!"

그는 벨리아르의 말을 들었다. 용감하게 수도를 방어하고 있던 병사들을 놔두고 조제프가 항복을 허락했다. 그게 가능한 일인가? 단 몇 시간만 더 버티면 되는 일이었는데! 그는 걸었다. 벨리아르와 콜랭쿠르와 베르티에가 그를 따랐다.

"그렇게 비겁할 수가 있단 말인가? 항복을 하다니! 조제프가 모든 것을 망쳐버렸다! 네 시간 늦은 것이야! 네 시간만 일찍 도착했다면, 모든 것을 구할 수 있었을 것이야."

그는 주먹을 움켜쥐고 소리쳤다.

"모두들 머리가 돌아버렸단 말인가! 상식도 기력도 없는 자들을 등용한 결과가 바로 이런 것인가!"

그는 밤의 어둠을 헤치며 계속해서 걸음을 옮겼다.

"네 시간이 모든 것을 망쳐놓았다."

그는 갑자기, 몇 걸음 뒤에서 따르고 있던 콜랭쿠르를 향해 몸을 돌렸다.

"단 몇 시간이면, 나는 나의 훌륭한 파리 시민들의 용기와 헌신으로 모든 것을 구할 수 있다. 내 마차를 준비시켜라, 콜랭쿠르! 파리로 가자. 나는 민병대와 병사들을 직접 지휘하겠다. 우리는 일을 되돌릴 수 있을 것이야. 벨리아르 장군, 병사들에게 되돌아가라고 명령하게…… 출발! 내 마차가 어디 있나, 콜랭쿠르? 시간을 낭비하지 말라."

벨리아르는 움직이지 않았다. 그는 항복 조약이 이미 체결되었으며, 그것을 존중해야 한다고 말했다. 나폴레옹은 포효했다.

"조약은 무슨 조약! 누가, 무슨 권리로, 그런 조약을 맺었단 말인가? 파리에는 이백 문 이상의 대포가 있고, 한 달은 버틸 수 있는 식량이 있단 말이다…… 불과 네 시간 차이로…… 이 무슨 운명이란 말인가! 적은 내가 그들의 후위에 있다는 사실을 알고 있었다. 그렇기 때문에 파리가 버텨주기만 했다면, 적은 나를 그렇게 가까이에 둔 상태에서 너무 위험한 도박을 한 셈이야. 파리는 하루 정도는 충분히 버틸 수 있었을 것이야. 여기에는 뭔가 음모가 숨어 있네…… 도대체 왜 그리 서둘렀던 것일까? 조제프 때문에 나는 스페인을 잃었고, 이젠 파리까지 잃게 되었네. 이 일로 우리는 프랑스를 잃게 된 것일세, 콜랭쿠르!"

나폴레옹은 성난 걸음걸이로 서성였다.

"우리는 싸운다, 콜랭쿠르. 적들 앞에서 모욕을 당하느니, 손에 무기를 들고 죽는 게 나아. 생각해보면, 사태는 아직 결정난 게 아니야! 나를 지원해줄 사람만 있으면, 파리 함락은 오히려 구원의 징조가 될 수 있네…… 나는 사태를 되돌릴 수 있을 거야. 적들은 우리를 공격한 그 방약무인함에 대해 톡톡히 대가를 치르게 될 걸세."

그는 분노와 씁쓸함이 뒤섞인 어조로 말했다.

"조제프는 모든 것을 잃게 만들었어! 이만 오천 명의 민병대가 있고, 오만 명의 병사들이 외곽에 주둔하고 있는데, 스물네 시간을 버텨내지 못하다니!"

그는 갑자기 지친 목소리로 덧붙였다.

"자네는 인간을 알지 못하네, 콜랭쿠르. 파리와 같은 도시가 위기 상황을 맞았을 때, 복수심에 사로잡힌 몇몇 배신자들이 어떤 음모를 꾸밀 수 있는지 자네는 알지 못해."

돌연 입을 다문 그는 오랫동안 말이 없었다.

그의 귀에는 '루이 18세는 정통이다. 그는 합법적인 왕이다'라고 되풀이해서 말하는 탈레랑의 목소리가 들려오는 듯했다. 그리고 그 베네방 왕자의 뒤를 이어, 모든 고관들이 부르봉 가의 왕을 따르는 모습이 눈에 보이는 듯했다.

—나의 아들, 나의 로마 왕, 나의 왕조는 어찌 된단 말인가!

그는 짜증난 목소리로 말했다.

"나의 힘이 그들을 자극하고, 나의 집요함이 그들을 피곤하게 한 것이야. 음모는 밝혀질 걸세. 나는 모든 것을 알고 있네……."

그는 우편국 안으로 들어갔다. 그는 외쳤다.

"문명의 도시 파리가 야만인들에 의해 점령당했다! 그러나 이 위대한 도시는 바로 그들의 무덤이 되리라!"

그는 한숨을 내쉬었다.

"파리에는 적지 않은 음모꾼들이 있네. 내일 무슨 일이 일어날지 누가 알겠나? 병사들과 용감한 장교들은 나를 배반하지 않을 것일세. 마르몽은 내 병영에서 자라났어. 나는 그의 아버지나 마찬가지야. 그는 기력이 부족하거나 어리석은 짓을 범할지는 모르나, 결코 배신하지는 않을 거야."

그는 자리에 앉았다. 탁자 위에 팔꿈치를 대고 양손으로 얼굴을 감쌌다. 잠시 후 그는 편지를 쓰기 시작했다.

〈나의 친구. 나는 파리를 수호하려고 이곳에 왔소만 때를 놓쳐 버렸소. 도시는 저녁에 이미 적에게 넘어갔소. 나는 퐁텐블로 옆에 나의 군대를 집결시켰소. 나의 건강은 좋소. 당신이 고통스럽듯 나 역시 고통스럽소. 나폴레옹.〉

그는 자리에서 일어나 콜랭쿠르에게로 몸을 돌렸다.

"출발하게. 당장 파리로. 가서 프랑스와 자네의 황제를 구하게. 자네가 할 수 있는 일을 하게. 그들은 틀림없이 받아들이기 힘든 조건들을 우리에게 강요하겠지만, 나는 프랑스인으로서의 자네 명예를 믿고, 모든 것을 자네에게 일임하겠네……."

그는 즉석에서 구술한 명령서를 외무장관 콜랭쿠르에게 건네주며 중얼거렸다.

"자네는 너무 늦게 도착할 것일세. 파리 당국은 시민들이 적에게 해를 입지나 않을까 두려워할 것이야. 그들은 자네 말을 들으려 하지 않을 걸세. 직은 그들이 지금까지 말해온 것과는 다른 계획을 갖고 있기 때문이네……."

—그들이 원하는 것은 내 목이다.

파리에서 돌아온 플라오 장군이 마르몽의 편지를 내밀었다.

〈저는 폐하께 모든 진실을 알려드리지 않을 수 없습니다. 사람들은 스스로를 방어하겠다는 의향이 없을 뿐만 아니라, 오히려 그러지 않겠다고 단단히 결심하고 있는 것 같습니다. 황후께서 떠나신 이후 민심은 완전히 뒤바뀌었으며, 조제프 왕과 정부 각료들이 도시를 떠나자 사람들의 불만은 극에 달했습니다…….〉

나폴레옹은 고개를 떨구었다. 그는 말없이 우편국에서 나와 마차에 올랐다.

1814년 3월 31일 아침 여섯시, 그는 퐁텐블로에 도착했다.

그는 이층에 있는 집무실에서 나오지 않았다. 편지들을 읽고 비서를 불러 구술을 시작했다.

—내일 또다른 해가 떠오르는 한, 잃은 것은 아무것도 없다.

11
배신자를 키우는 것, 그것이 군주의 운명이다

절대로 포기해선 안 된다.

그는 창가에 서서 퐁텐블로 성의 정원을 바라보고 있었다. 1814년 3월 31일 목요일, 모든 것이 지나치게 조용했다. 오랫동안 생각에 잠겨 있던 그는 지도가 놓인 탁자를 향해 돌아오면서 말했다.

"오를레앙은 아군의 중추가 되어야 한다. 포병대와 기병대, 보병대, 그리고 민병대에 이르기까지 남아 있는 모든 군대들을 그곳에 집결해야 한다."

그는 지도 위로 몸을 숙였다. 모두 긁어모은다면 아직도 7만의 병력은 될 것이다. 동맹군의 병력은 18만에 가까웠다. 그들은 파리에서 1만 명을 잃었다.

—그들을 밀어붙이자. 시 외곽에 봉기를 유발시키고, 그들의 퇴각로를 차단하고, 샹파뉴 지방과 로렌 지방을 비롯한 전 동부 지역의 '푸른 작업복'들에게 도움을 청하자.

그는 손가락으로 지도 위에 선을 그으며 말했다.

"라구사 공 마르몽 원수가 전위를 맡는다. 그는 에손에 그의 모든 병력을 집결시킨다. 트레비소 공 모르티에 원수의 군대는 에손과 퐁텐블로 사이에 집결한다. 내무장관은 전국에 총동원령을 발동하여 부족한 전투 인력을 보충한다."

그는 구술을 멈추고 다시 창가로 다가갔다. 성 주위를 둘러싼 침묵이 그를 짓누르는 듯했다. 그는 모든 것을 잃은 것인가? 그의 아내와 아이는 어디에 있는가? 그는 편지를 썼다.

〈나의 루이즈. 여러 날째 당신의 편지를 받지 못했소. 파리를 빼앗긴 일로 당신이 너무 슬퍼하지 않을까 걱정이 되오. 용기를 내오. 그리고 당신의 몸을 잘 돌보시오. 나의 건강은 좋소. 어린 왕에게 키스해주오. 그리고 나를 잊지 마오. 나폴레옹.〉

파리에서 전령이 도착했다.

나폴레옹은 협상을 시도하고 있는 외무장관 콜랭쿠르의 편지를 손에 들었다. 마치 포탄이 날아오는 소리를 들을 때처럼 온몸의 근육이 팽팽하게 긴장되는 것을 느꼈다. 그는 편지를 천천히 펼쳐 들고 읽었다.

〈오늘 오후에 발표된 동맹국 왕들의 선언은, 우리 내부에서 이루어지는 배신이 이젠 심각한 정도에까지 이르렀다는 것을 입증하고 있습니다. 저는 단 한 사람의 우호적인 인물도 발견하지 못했습니다. 이곳에 남아 있는 자들이 어떤 자들이며, 어떤 생각을 하고 있는지 가늠해보실 수 있을 것입니다. 말씀드리기 고통스러운 사실이나, 저는 이곳에서 프랑스인을 거의 찾아볼 수 없었습니다. 사람들은 제가 떠나기를 바라고 있습니다. 하지만 저는 그들이 저를 내쫓기 전까지는 포기하지 않을 것입니다. 폐하께서는 부디 제가 폐하께 바치는 충성심과 이러한 배은망덕한 현실에 대해 느끼는 분노를 의심치 말아주시기를 바랍니다.〉

그는 콜랭쿠르를 너무 엄하게만 대했다.

―시련이 닥치면, 그는 내게 충성을 다한다. 그는 탈레랑의 유혹을 물리쳤다. 그를 믿어야 한다. 아직까지 내 주위에 남아 있는 자들, 그리고 아직까지 싸울 의지를 갖고 있는 자들이 과연 몇 명이나 될 것인가?

그는 편지의 두번째 장을 들여다보았다. 거기에는 알렉산드르가 서명한 '동맹국 왕들의 선언문'이 담겨 있었다.

〈동맹국 왕들은 나폴레옹이나 그 가족의 일원과는 협상하지 않을 것임을 선언한다. 따라서 우리는 제안하는바, 상원은 즉각적으로 임시적인 내각을 지명하여……〉

그는 종이를 구겨버렸다.

―상원은 나의 폐위를 선언할 것이다. 그들 모두 앞다투어 승리자들에게 달려갈 것이다.

콜랭쿠르는 편지 아래에 한마디 덧붙여놓았다. 지금 퐁탄이 상원의 이름으로 발표하게 될 글을 작성중이라고 했다. 콜랭쿠르는 그 내용의 일부를 전하고 있었다. '프랑스인도 아닌 한 남자에 대한 충성의 의무'에서 병사들을 해방시키겠다는 것이었다.

―나를 두고 하는 말이냐?

그는 토할 것 같았다.

―퐁탄, 내 덕분에 문교장관의 자리에 올랐던 퐁탄! 1804년 대관식에서 내게 향을 뿌렸던 퐁탄! 늘 내게 굽신거리던 퐁탄! 인간이란 이런 것이다. 이미 알고 있었잖은가.

그는 전령에게 파리의 거리 상황을 물었다. 차르와 동맹군 병사들이 파리에서 사람들에게 큰 환영을 받았다. 전령은 중얼거렸다.

"영판 딴 사람들 같았습니다."

귀부인들은 코자크 족 병사들의 말에 함께 올라탔다. 귀족들은 알렉산드르의 장화에 입을 맞췄다.

—그 귀족들! 그들은 내 덕분에 프랑스에서 쫓겨나지 않을 수 있었다. 나는 그들에게 커다란 은혜를 베풀어주었다! 이제 내가 할 수 있는 일이 무엇이 있는가? 그들은 나의 폐위를, 나의 죽음을 원하고 있다. 나는 최후의 순간까지 싸울 수밖에 없다.

그의 모습을 사람들에게 보여야 했다. 사열식을 준비하고, 병사들을 집합시키고, 그들에게 믿음을 심어주어야 했다.

그는 에손의 전초로 향했다. 그는 퐁텐블로 성 앞에서 병사들의 행진을 지켜보았다. 그에게 가까이 다가올 때, 몸을 꼿꼿이 세우는 병사들의 모습에서 신뢰감을 느낄 수 있었다. 저들은 배신하지 않을 것이다. 그는 자신을 향한 얼굴들에게 말해야 했다.

"장교와 하사관, 그리고 병사들이여……."

그들이 남은 군대의 전부였다. 비록 얼마 안 되는 병력이지만, 그들이 따라주기만 한다면, 그가 그들을 이끌어갈 수만 있다면, 지금 자신이 갇혀 있는 이 상황을 아직도 깰 수 있었다.

그는 그들을 천천히 둘러보다가 말을 이었다.

"우리는 적에게 기선을 제압당했다. 그들은 파리에 입성했다. 나는 알렉산드르 황제에게 평화를 제의했다. 많은 것을 양보할 생각이었다. 하지만 그는 나의 제안을 거절했다. 그뿐 아니라, 그들 동맹국들은 내가 목숨을 살려주었고 또한 커다란 혜택을 베풀었던 저 망명귀족들의 비열한 제안을 받아들여, 그들이 백색 휘장(왕당파의 휘장)을 달고 다니는 것을 허락했다. 그들은 곧 백색 휘장으로 우리의 삼색 휘장을 대신하려 할 것이 분명하다. 나는 머지않아 파리를 공격할 것이다. 나는 그대들에게 기대를 걸고 있다……."

병사들이 반응을 보일 것인가? 모든 것이 지금 이 순간에 달려 있었다.

"그대들을 믿어도 좋겠나?"

마침내 함성이 터져나왔다.

"황제 폐하 만세! 파리로 가자! 파리로 가자!"

그의 가슴이 부풀어올랐다. 그는 더욱 큰 목소리로 말했다.

"우리는 적들에게 프랑스 땅의 주인은 프랑스라는 것을 가르쳐 줄 것이다. 우리는 우리의 삼색 휘장을, 우리의 독립을, 그리고 우리의 영토를 지킬 능력이 있다는 것을 적들에게 보여줄 것이다."

"황제 폐하 만세!"

다시 울려퍼지는 함성을 들으며, 그는 자리를 떠났다.

그는 집무실에 홀로 있었다. 파리에 대한 공격이 성공하지 못한 다면? 그는 모든 가능성을 생각하고 있어야 했다.

그는 마리 루이즈에게 편지를 썼다.

〈나의 친구여, 당신 부친에게 편지를 보내어 당신과 아이를 의탁하고 싶다는 뜻을 전하도록 하시오. 그가 우리를 도와야만 하는 시기가 되었다는 것을 당신 부친이 깨닫도록 하시오. 안녕, 친구여. 당신 몸을 잘 보살피시오. 나폴레옹.〉

이제 파리에서 도착한 전문들을 읽어야 했다.

상원과 입법원은 그의 폐위를 선언했다. 임시 내각이 구성되었고, 탈레랑이 의장직에 올랐다. 그가 예상했던 모든 일이 현실로 벌어지고 말았다.

ㅡ그들은 며칠 내로, 아니 몇 시간 내로 루이 18세를 프랑스 왕으로 불러들이리라. 그에게 충성을 맹세하리라! 나는 그들을

안다. 안개달 18일에 그들의 행태를 지켜보았었다. 그들은 자기들에게 이익이 되는 말만을 들을 뿐이다. 그들은 무력을 통한 승리에만 반응을 보일 뿐이다. 그러나 나는 아직 승리할 수 있다.

그는 네, 베르티에, 르페브르, 우디노, 맥도날드 등 원수들과 장군들, 그리고 콜랭쿠르와 마레를 집무실로 불러들였다.

그는 그들의 앞을 활기차게 거닐며 그들의 얼굴을 살폈다. 그들은 온몸을 굳히고 침울한 표정을 짓고 있었다. 이들은 병사들의 함성을 듣지 못했단 말인가? '파리로 가자! 파리로 가자!'던 함성을. 그는 그들에게 질문했다. 그들은 중얼거렸다. 그들은 어떤 결과를 낳을지 자신이 없다고 말했다.

"결과! 하지만 그 결과는 바로 우리에게 달려 있는 것이야. 저 용감한 병사들을 보게. 그들에게는 보전해야 할 계급도 국가보조금도 없네. 그들의 머릿속엔 오로지 죽기를 불사하고, 외세의 손아귀에서 프랑스를 구해낼 생각밖에 없어. 그들을 뒤따라야만 하네. 센 강의 주요 다리들은 우리가 점령하고 있네. 동맹군은 강 양쪽으로 나뉘어 거대한 도시 안에 분산되어 있네. 이러한 상황에서, 우리가 거세게 몰아친다면 그들을 무찌를 수 있을 것이네. 그렇게 되면, 파리 시민들이 우리에게 호응하여 적이 그대로 도망가게 놔두지 않을 것이고 농민들이 그들을 끝장낼 것일세. 나에게는 7만의 병력이 있네. 그 군대를 이끌고, 나는 파리에서 도망쳐나오는 자들과 다시 파리로 되돌아가려는 자들을 모두 라인 강에 처넣어버릴 것이네. 그 모든 일을 이루자면 어떻게 해야 하겠나? 그대들이 마지막으로 한 번 더 힘을 써줘야만 하네. 그럼으로써 그대들은 이십오 년간의 노고 뒤에 마침내 명예로운 휴식을 즐길 수 있게 될 것이네."

원수들은 침묵하고 있었다. 그는 기다렸다. 이윽고 네가 입을 열었다. 르페브르와 맥도날드도 그 뒤를 따랐다.

맥도날드가 말했다.

"폐하께선 수도로 진격하자고 말씀하십니다만, 병사들의 이름으로 폐하께 말씀드리건대, 그들은 파리가 모스크바의 운명을 따르는 것을 원치 않고 있습니다."

그들은 입을 모아 떠들어대고 있었다. 그는 경멸하는 듯한 태도로 그들을 바라보았다. 그들은 모두 '모스크바'를 되풀이해서 입에 올렸다. 그들은 파리 상황을, 병사들의 사기 저하를 언급했다. 르페브르는 말했다. 이제는 휴식을 취할 시기다. 우리에게는 지위와 집과 땅이 있다. 폐하를 위해, 우리 목숨을 버릴 수는 없다!

인간들이란 이런 것이다.

—베르나도트의 뒤를 이어, 뮈라의 뒤를 이어, 저자들 모두 나에게 복종하기를 거부하고 있다. 저들은 언제라도 나를 배신할 수 있다. 하는 수 없다, 하는 수 없어. 부하들을 상대로 전쟁할 수는 없는 노릇이다.

"그렇다면, 사정이 이렇다면, 나는 퇴위할 수밖에 없군. 나는 프랑스의 행복을 원했네. 하지만 나는 성공하지 못했네. 이제는 모든 일이 내게 불리한 쪽으로 진행되고 있네. 나는 우리가 더 불행해지는 것을 원치 않네. 하지만 내가 퇴위하면, 그대들은 어찌할 셈인가? 로마 왕이 나의 후계자가 되고, 황후가 섭정을 맡는 것을 그대들은 받아들이겠는가?"

그들은 동의했다. 네, 마르몽, 콜랭쿠르가 동맹국들과 협상을 벌일 것이다.

나폴레옹은 다시 말했다.

"이제 물러가도록. 나는 협상 대표들에게 지시할 것들을 생각해 봐야겠네."

그는 소파 위에 털썩 주저앉았다. 그는 손바닥으로 허벅지를 치며 말했다.

196

"아니야, 아냐! 다 그만두게! 내일 병사들을 파리로 진격시키세. 우리는 적을 무찌를 수 있을 것이야. 모든 것을 시도해봐야만 하네."

하지만 원수들은 고개를 가로저었다.

그는 손짓으로 그들을 내보냈다.

인간들이란 저런 것이다.

그는 콜랭쿠르를 불렀다.

"원수들은 머리가 돌아버렸어. 그들은 늑대 아가리로 뛰어들려 하네. 그들은 내가 없다면 더이상 군대도 존재하지 않으며, 군대가 없으면 더이상 그들을 보장해주는 것도 없다는 것을 깨닫지 못하고 있네. 일개 병사로 태어난 나는 제국이 없어도 잘 살아갈 것일세. 하지만 프랑스는 내가 없으면 안 되네. 프랑스는 알렉산드르와 탈레랑의 속박에서 벗어날 수 없을 것이네."

그는 콜랭쿠르의 팔을 붙잡았다.

"나는 마음을 결정했어. 자네가 협상을 벌이는 동안 나는 싸울 것이야. 파리 시민들이 나를 도울 것이네. 지금 파리에서 벌어지는 일들은 오십 명도 채 안 되는 배신자들의 음모 때문에 생긴 결과일 뿐이야. 우리에게 조금만 더 힘이 있다면, 모든 것을 되찾을 수 있을 것이네. 그리고 전투가 모든 문제를 해결해줄 것이야."

—이것이 나의 마지막 계획이다. 두 장의 카드를 동시에 내놓는 것.

그는 콜랭쿠르에게 다시 말했다.

"나는 왕좌에 연연하지 않아. 하지만 알렉산드르의 가면을 벗겨야만 해."

콜랭쿠르는 침묵하고 있었다. 나폴레옹은 잠시 망설이다가 낮은 목소리로 다시 말했다.

"내 아들을 위해 자네에게 달리 부탁하진 않겠네. 자네를 믿어도 좋다는 것을 나는 잘 알고 있으니까. 나 자신에 대해선, 아무것도 필요로 하지 않는다는 걸 잘 알고 있을 걸세."

갑자기 모든 것이 지겨워졌다. 탈진해버린 듯했다. 침실에 들어가 자리에 누웠다. 아직 내놓을 카드가 그에게 남아 있는가?

잠을 이룰 수 없었다. 그는 창가로 가서 창문을 열었다. 1814년 4월 5일 새벽, 날씨는 부드러웠다. 숲에서 불어오는 미풍에 봄의 향기가 실려 있었다. 사람들이 말하는 소리, 말발굽 소리, 발걸음 소리가 들려왔다.

또다른 포탄이 그에게 떨어지리라. 그는 그것을 느끼고 있었다. 그는 기다렸다. 구르고 장군이 들어와 흥분한 목소리로 말했다. 뒤이어 장교들도 침실 안으로 들어왔다. 에손에서 전위를 맡고 있던 라구사 공 마르몽 원수가 자신의 군대를 떠나서 파리로 갔다. 그는 1만 명의 휘하 병력들도 이동시켜 오스트리아군 진영에 데려갔다. 적에게 내어준 것이다! 마르몽이 배반했다.

"배은망덕한 놈! 그놈은 나보다 더 불행하게 될 것이다."

그는 한동안 침묵에 잠겼다. 마르몽…… 마르몽을 툴롱에서 처음 알았다. 그는 마르몽을 참모로 삼아 이탈리아와 이집트 원정에도 데려갔었고, 불과 스물여덟의 나이에 장군으로 승진시켰었다.

그는 지시를 내렸다. 다른 군대로 하여금 에손 전선을 지키도록 해야 했다.

"적이 공격해올 수도 있다."

그는 차분한 목소리로 전군에 내리는 일일 명령을 구술했다. 하지만 그의 목소리는 이따금 끊겼다. 그는 자신이 승부의 끝에 다가가고 있음을 느끼고 있었다. 먼지를 뒤집어쓴 폴란드인 장교가 편지를 가져왔다. 창기병대를 지휘하고 있는 크라친스키 장군이 보낸 것이었다.

〈폐하, 원수들이 폐하를 배신하고 있습니다. 폴란드인들은 결코 폐하를 배신하지 않을 것입니다. 모든 것이 변할 수 있습니다. 하지만 폐하에 대한 우리 폴란드인들의 충성은 변치 않습니다. 우리는 생명을 바쳐 폐하를 지킬 것입니다. 저는 명령받은 바 없지만, 그 어떤 적도 막아낼 수 있는 부대를 이끌고 폐하와 합류하기 위해 제 임의로 숙영지를 떠납니다.〉

편지를 다시 한번 읽었다. 그는 담담했다. 자신이 이미 승부와 무관하다는 느낌이었다. 그는 마치 구경꾼처럼, 돌아가는 상황을 바라보게 되었다.

콜랭쿠르가 찾아왔다. 마르몽이 배신했다는 소식을 접한 러시아 황제 알렉산드르는, 로마 왕에게 양위하겠다는 나폴레옹의 제안을 거부했다. 이번 협상에서 프랑스측이 내놓을 수 있는 유일한 카드는, 모든 프랑스군이 아직도 나폴레옹에게 충성을 다한다는 사실이었다. 하지만 마르몽이 자기 병력들을 팔아먹은 상황에서 동맹국들은 무조건적인 완전한 퇴위를 요구할 수 있게 된 것이다. 그날 상원은 루이 18세의 즉위를 결의했다.

그는 콜랭쿠르의 말을 가만히 듣고만 있었다. 그는 먼 곳에 있었다.

그는 중얼거렸다.

"극히 드문 경우를 제외하고는, 무릇 사람은 상황의 힘을 어쩌지 못하는 법이지. 모든 것이 인간의 계산을 벗어나는 것이야."

그는 천천히 걷기 시작했다.

"마르몽은 자기가 누구의 깃발 아래에서 장군이 되었는지, 어느 지붕 아래에서 젊음을 보냈는지 잊어버린 거야. 그는 삼색 휘장에 대해 품어야만 하는 모든 존경심을 잊고, 배신의 증거를 보이기 위해 그것을 발 아래 짓밟았어. 나는 그의 충성을 믿었네. 그렇기 때문에 매번 그를 내보내 적을 상대하게 했었지. 내가 얼마나 잘 못 생각하고 있었던 것인가! 이것이 군주들의 운명일세. 군주들은 배은망덕한 자들을 키울 따름이야. 마르몽 군대는 자기네 지휘관이 자신들을 어디로 데려가는 것인지 알지 못했을 것일세."

콜랭쿠르는 그렇다고 대답했다. 사실을 확인했던 것이다. 마르몽의 병사들은 '황제 폐하 만세'를 외쳤으며, 장군들에게 욕설을 퍼부었다. 이미 오스트리아군에 의해 포위당한 상태에서도, 마르몽은 병사들에게 투항을 설득하기 위해 자신의 권위와 온갖 거짓말을 동원해야만 했다.

나폴레옹은 말했다.

"아, 콜랭쿠르! 이익, 자리 보전, 돈, 욕망…… 대부분의 사람들은 이런 것들에 이끌리고야 마는 것이네."

그는 걸음을 옮기며, 말을 이었다.

"배신자들은 언제나 상류계층에 존재하네. 나를 누구보다 먼저 버리는 자들은 바로 내가 가장 높게 출세시켜준 자들이야. 그들이 아직도 장교들이나 병사들이었다면, 그들은 아직도 손에 무기를 들고 나를 위해 죽어갔을 것이네."

그는 자리에 앉았다. 두 손으로 머리를 감쌌다.

"이제 사람들은 지쳤어. 그들은 어떤 대가를 치르더라도 강화를 맺기를 바라고 있어."

그는 다시 고개를 들어 정면을 응시했다.

"일 년도 채 지나지 않아, 사람들은 싸우는 대신 굴복한 것에 대해, 부르봉 가와 러시아인들에게 굴복한 것에 부끄러움을 느낄 것일세. 모든 사람들이 내게로 달려올 것이야."

그는 차분한 목소리로 덧붙였다.

"원수들은 내가 퇴위할 생각이 전혀 없다고 믿고 있겠지."

그는 어깨를 으쓱했다.

"하지만 모든 사람들이 내가 왕관을 버리기를 고대하고 있다면, 그것에 집착하는 것은 미친 짓이겠지."

그는 콜랭쿠르를 바라보았다. 그는 장관이 얼마나 놀라워할 것인지 짐작하고 있었다. 그렇다. 그는 그 말을 해버렸다. 그는 언제라도 퇴위할 준비가 되어 있었다.

그는 콜랭쿠르와 함께 최종적인 협상의 세부 사항들을 결정했다. 엘바 섬의 통치권을 그에게 넘겨준다고? 좋다. 프랑스의 일부인 코르시카를 프랑스에서 떼어낼 수는 없는 일이니까. 엘바? 엘바로 정하자.

그는 말했다.

"그곳은 바위처럼 단단한 영혼을 위한 섬이 되겠군."

그는 중얼거렸다.

"아마도 내 성격은 아주 독특할 거야. 하지만 내가 독특한 기질을 갖지 못했다면, 비범할 수도 없었겠지."

그는 콜랭쿠르에게 몸을 돌리며 목소리를 조금 높여 말했다.

"나는 낭떠러지 아래로 굴러떨어지는, 한 덩어리 바위야."

4월 6일 수요일, 그는 원수들을 맞았다.

그는 창을 마주보고 의자에 앉아 있었다. 이따금 심한 피로감이 엄습해왔다. 그럴 때면 그는 눈을 감고, 자리에 눕고, 아무것도 듣고 싶지가 않았다. 하지만 그것은 잠깐 동안의 느낌일 뿐이었다.

그는 네를 비롯한 원수들을 바라보며 말했다.

"그대들은 휴식을 원하고 있지. 이제 쉬도록 하게! 그대들은 얼마나 큰 위험과 후회가 그대들 푹신한 침대가에서 그대들을 기다리고 있는지 모를 것이야."

그는 몸을 일으켰다.

"그대들이 비싼 대가를 치르고 얻을 앞으로 몇 년간의 평화는, 가장 절망적인 전쟁 못지않게 그대들 중 많은 수를 죽음으로 몰아갈 것이네."

그는 그들에게서 등을 돌리고, 탁자로 가서 앉았다. 그는 쓰기 시작했다.

〈나폴레옹 황제가 유럽에 평화를 회복시키는 데 있어 유일한 장애가 된다는 동맹국들의 선언에 대해, 나폴레옹 황제 자신과 그의 후계자들은 프랑스와 이탈리아의 왕위를 포기할 것이며, 프랑스의 국익을 위해서라면 그 자신의 생명까지 포함하여 그 어떤 개인적인 희생도 마다하지 않을 것임을 선언하는 바이다.〉

이제 그에게는 자기 자신과 그의 가족들을 위해 협상을 벌이는 일만이 남아 있었다.

그는 말했다.

"나는 일 년에 백 루이*만 있으면 살 수 있네. 세상의 모든 보물을 차지하고 있었지만, 나는 나 개인을 위해 1에퀴**도 따로 빼돌리지 않았네. 모든 것은 국고에 보관되어 있으니 누구라도 확인할 수 있을 것이야."

그러나 그에게는 아내와 아들, 형제들과 누이들과 어머니, 그리고 아직도 충성을 다하고 있는 병사들이 있었다. 그들, 그들을 보호해야 했다. 그들에게 그들의 특권을 보전할 수 있는 권리를 보장해주어야 했다.

순간 분노가 치밀었다. 오스트리아 황제는 자신의 딸인 마리 루이즈를 위해 손끝 하나 움직이지 않는 것처럼 보였다.

---

* 루이 13세 때 만들어진 프랑스 금화.
** 프랑스의 옛 화폐, 5프랑짜리 은화.

"관심의 표시조차 없지 않나. 자기 딸이 이러한 고통스런 상황에 처해 있는데도, 그자는 아비로서의 추억도 잊어버린 모양이군. 인정도 없는 오스트리아놈들!"

그는 홀로 있고 싶었다. 아내와 아들을 다시 볼 수 있을까?
그는 편지를 썼다.
〈나의 루이즈, 당신의 고통을 생각하니 가슴이 아프오. 당신과 나의 아들을 위해 많은 배려를 하고 있소. 나 자신을 위해선 아무런 배려도 하고 있지 않다는 것을 당신은 알 것이오. 나의 건강은 좋소. 나의 아들에게 키스해주고, 당신 부친에게는 당신이 어디에 있는지 그가 알 수 있도록 매일 편지를 보내도록 하시오. 당신 부친은 우리의 가장 지독한 적인 것처럼 보이오. 당신이 나의 불운을 나눌 수밖에 없다는 사실에 화가 나오. 만일 그것이 당신의 고통을 더욱 크게 하는 일이라고 생각하지 않았다면, 나는 벌써 목숨을 버렸을 것이오. 안녕, 나의 루이즈. 당신이 불쌍하오. 당신 부친에게 편지를 써서, 당신에게 토스카나를 달라고 하시오. 나는 엘바 섬이면 더 바랄 것이 없소…… 당신 아들에게 키스해주오.〉

서명할 기운조차 남아 있지 않았다. 그는 아내와 아들이 곁에 있기를 바랐다. 그에게 다른 누가 남아 있단 말인가? 사람들이 그에게 남겨준 것, 그 엘바 섬이란 것이 과연 목숨을 부지할 만한 가치를 지니는 것인가?
그는 목에 걸려 있는 자그마한 가죽주머니를 만졌다. 그 속에는 러시아 원정 기간 동안 의사 이방이 마련해준 독약이 들어 있었다. 말로이아로슬라베츠에서 코자크 족에게 붙잡힐 뻔한 상황을 겪은 이후, 만일의 경우에 대비해 늘 지니고 다닌 것이다. 그 속에는 아편과 벨라돈나*와 흰 헬레보레**가 들어 있었다. 이것만 있으면 로마 황제처럼 죽어갈 수 있었다. 마치 최후의 대관식과도 같은 스스로 선택한 죽음, 자신의 의지에 따른 행위. 대관식 때 자기 손으로 자신의 머리에 황제의 관을 올려놓았던 것처럼…….

그는 조제핀을, 오르탕스를, 으젠을 생각했다.

─퇴위 문서의 조항에 그들의 운명이 명시되어야만 하리라. 그들은 내가 그들에게 베풀었던 것들을 모두 그대로 간직해야만 한다.

돈 문제를 생각지 않을 수 없었다. 콜랭쿠르를 불렀다. 황후가 머물고 있는 오를레앙에 장교들을 보내어, 그곳에 옮겨다놓은 튈르리 궁의 돈 일부를 가져오도록 했다.

콜랭쿠르는 파리에서 퇴위 조건들에 관한 합의가 이루어졌다는 것을 그에게 알렸다. 황제는 엘바 섬의 군주가 될 것이고, 2백만 프랑의 연금을 프랑스 정부로부터 지급받게 될 것이었다. 황후에게는 파르마 공국***의 통치권이 주어질 것이며, 그녀의 아들에게 그 권리를 상속할 수 있게 되었다.

그는 가만히 듣고 있었다. 그는 멀리 있었다. 마치 자기 자신이 한 사람의 배우로 등장하는 연극을 관람석에서 바라보고 있는 것 같았다.

그는 편지를 썼다.

〈나의 친구여. 당신의 고통을 함께 느끼고 있소. 그것이 내가 유일하게 견디기 힘든 일이오. 시련을 극복하도록 애쓰시오. 사람들은 내게 엘바 섬을 주었소. 당신과 아이에게는 파르마와 피아첸

---

* 독성이 강한 현삼목(玄蔘目) 가지과의 풀.
** 독성이 있는 초본성 식물.
*** 이탈리아 북부 에밀리아로마냐 지방에 위치하고 있으며, 피아첸차와 함께 16세기에 공작령이 되었다. 그후 나폴레옹이 점령했다.

차와 과스탈라를 주었다오. 그곳은 40만의 인구가 살고 있는 지방
이며, 연간 삼사백만 프랑의 수입이 나오는 곳이오. 당신은 최소
한 집 한 채와 아름다운 지방 한 곳을 소유하게 되었소. 엘바 섬
에 머무는 것이 피로해지거나, 내가 너무 나이가 들어 나와 함께
지내는 것이 지겨워졌을 때는, 당신은 그곳으로 돌아갈 수 있을
것이오. 모든 일이 끝나는 대로, 나는 즉시 브리아르로 갈 것이오.
당신도 그곳으로 오시오. 우리는 물랭과 샹베리를 거쳐 파르마에
갈 것이오. 그곳에서 라스페지아로 가서 배에 오를 것이오. 당신
이 어린 왕을 위해 취한 모든 조치들에 나는 동의하오. 나의 건강
은 좋소. 내게는 이 모든 것을 극복할 용기가 있소. 당신이 나의
불운을 받아들이고, 그 속에서도 행복을 찾을 수 있다고 생각한다
면 말이오. 안녕, 나의 친구여. 나는 당신을 항상 생각하고 있소.
나폴레옹.〉

　그녀는 올 것인가? 아내와 아이를 다시 보게 될 것인가? 아니
면 운명은 그마저도 앗아갈 것인가? 그는 방 안을 서성거렸다.
4월 7일 마지막 사열식이 있은 이후 공원은 적막했다. 불과 며칠
밖에 지나지 않은 4월 12일 화요일, 이날 그는 창가에 서서 적막
한 공원을 바라보고 있었다. 그 병사들의 행렬이 이미 머나먼 과
거의 일처럼 여겨졌다.
　콜랭쿠르가 퇴위 협정서를 가지고 왔다. 서명하는 일만이 남았다.
　─하지만 저들은 벌써 떠나가고 있다. 항상 내 곁에 머물던 베
르티에는 가능한 한 빨리 파리로 돌아가고 싶다고 말했다. 그는
나와 함께 엘바 섬으로 가지 않을 것이다. 베르티에, 그가 가장
먼저 나를 떠나는 자들 중 하나일 거라고 누가 상상할 수 있었겠
는가? 베르티에는 자기 재산을 지키려 하는 것이다. 이해한다.
　그러나 그가 출발하기도 전에, 베르티에가 퐁텐블로를 떠난다는

사실에 그는 충격받았다. 궁정 대원수 베르트랑 장군은 그를 따라 엘바 섬으로 가기로 결정했다. 그는 한숨을 내쉬었다. 단 한 사람의 충신에 얼마나 많은 수의 배신자들과 배은망덕한 자들이 있는 것인가?

그는 몸을 길게 뉘었다. 숨쉬기가 힘들었다. 그는 중얼거렸다.

"프랑스의 영광이 사라져버린 지금, 이제는 조국을 위해 아무런 일도 할 수 없게 된 내가 더 살아 있을 이유가 무엇인가?"

말하기도 힘이 들었다. 불현듯 엘바 섬을 향할 지중해 연안까지의 여행을 상상했다. 아마도 수치스런 꼴을 당하게 되리라. 부르봉 가에서 보낸 암살자들이 있을지도 모른다. 그리고 마리 루이즈와 로마 왕을 영원히 못 볼 수도 있으리라.

"아, 콜랭쿠르. 나는 너무 오래 살았네. 불쌍한 프랑스, 나는 네가 치욕을 당하는 것을 보고 싶지 않다!"

그는 자신도 모르는 사이에 말을 내뱉고 있었다.

"아, 나의 가엾은 콜랭쿠르. 이 무슨 운명이란 말인가! 가엾은 프랑스! 지금의 프랑스 상황을 생각하면, 외국인들이 프랑스에 가할 모욕을 생각하면, 나는 더이상 삶을 견뎌낼 수가 없네."

그는 눈을 감았다. 그는 중얼거렸다.

"황후는 일 년 내내 엘바 섬에서 지내기를 원치 않을 것이야. 그녀는 갔다가 다시 돌아올 것일세."

하지만 아니었다. 그들은 그녀를 붙잡아둘 것이다. 그녀는 지쳐버릴 것이었다. 그녀는 의지가 없는 한 젊은 여인에 불과했다. 그는 그 사실을 알고 있었다.

그는 말했다.

"삶을 견뎌낼 수가 없네. 나는 아르시에서 죽고자 했어. 하지만 포탄이 나를 원치 않았네. 나는 나의 임무를 다했네."

시종이 그에게 다가왔다. 나폴레옹은 깜짝 놀랐다. 마리 발레프스카, 그녀가 궁전의 회랑에서 기다리고 있다는 것이었다. 그녀는 혼자였다. 그녀는 황제를 만나기를 원했다.

그는 고개를 저었다. 그럴 수 없었다. 그래서는 안 된다. 그가 마리 발레프스카를 만났다는 것을 알게 되면, 적들은 필경 그것을 이유로 마리 루이즈가 아들을 데리고 그를 만나러 오는 것을 막을 것이었다.

그러나 그러한 거부는 하나의 굴복과 다름없지 않은가. 또 하나의 포기 아닌가.

그는 다시 한번 말했다.

"이러한 삶을 견뎌낼 수가 없다."

그는 눈을 감고 중얼거렸다.

"나는 휴식이 필요하네. 자네도 쉬어야 할 걸세, 콜랭쿠르. 이제 그만 가보게. 오늘 밤에 자네를 부르겠네."

자리에서 일어난 그는 탁자로 가서 편지를 썼다.

〈퐁텐블로, 13일 새벽 세시. 당신이 랑부이에로 가서 부친을 만나시오. 그것이 우리의 불행 속에서 당신이 얻을 수 있는 유일한 위안일 것이오. 일 주일 전부터 나는 이러한 때가 오기를 기꺼운 마음으로 기다리고 있었소. 당신 부친은 잘못된 길로 들어섰고, 우리에게 나쁘게 굴었소. 하지만 그는 당신과 아이에게는 좋은 아버지요, 할아버지일 것이오. 나는 당신 아들의 장래를 보장하게 될 일련의 조치들을 마련했소. 콜랭쿠르가 어제 그것에 서명해서 당신에게 사본을 보냈소. 안녕, 나의 루이즈. 당신은 내가 세상에서 가장 사랑하는 사람이오. 내가 나의 불행에 가슴 아파하는 것은 오로지 그 불행이 당신에게 고통을 주는 것이기 때문이오. 당신도 언제까지고 이 다정한 남편을 사랑해주오. 당신의 아들에게 키스를. 나폴레옹.〉

—나의 아내, 나의 아들은 이제 오스트리아 황제와 함께 있을 것이다. 그들은 보호받을 수 있으리라. 나는 해야 할 일을 했다. 나는 삶을 견딜 수 없다.

배신당한 황제, 그는 자신의 목에 걸린 독약 주머니를 손에 쥐었다. 그것을 물잔에 따랐다. 잠시 들여다보다가 그는 천천히 들이켰다. 그리고 자리에 누웠다.

뱃속에 불이 붙은 것 같았다.

그는 사람을 불렀다. 콜랭쿠르와 이야기하기를 원했다. 콜랭쿠르의 손을 잡아보고 싶었다. 지금 그에게는 한 인간의 애정이 필요했다.

"내 손을 좀 잡아주게. 나를 좀 안아줘."

콜랭쿠르는 눈물을 흘렸다.

"자네가 행복해지기를 바라네, 콜랭쿠르. 자네는 충분히 그럴 자격이 있어."

간신히 말을 할 수 있었다. 뱃속을 칼로 쑤시는 듯한 통증을 느꼈다.

"나는 잠시 후면 살아 있지 않을 것이네. 내가 죽고 나면 이 편지를 황후에게 전달해주게. 그녀가 내게 보낸 편지들은 서류가방 속에 그대로 간직했다가 훗날 내 아들이 자라면 그에게 전해주게. 황후에게 나의 변함 없는 애정을……"

불타는 듯한 열기와 함께 한기가, 얼어붙을 듯한 냉기가 엄습해왔다.

그는 중얼거렸다.

"나는 그녀에게, 나의 아들에게 왕좌를 물려주지 못한 것이 안타깝네. 나는 내 아들을, 프랑스를 다스릴 만한 자격을 갖춘 훌륭한 남자로 키웠을 것일세."

그는 구토를 느꼈다.

"내 말을 잘 듣게. 이제 시간이 없네."

그는 콜랭쿠르의 손을 꽉 쥐었다. 의사를 부르기를 원치 않았다.

"자네만 있으면 되네, 콜랭쿠르."

온몸이 불에 타는 듯했다.

"조제핀에게 내가 그녀 생각을 많이 했었다고 전해주게."

으젠에게 충분할 만큼 남겨주어야 했다.

"콜랭쿠르, 자네에겐 내가 가진 것들 중 가장 훌륭한 검과 권총을 주겠네. 그리고 맥도날드에게도 검 하나를 남기겠네."

그는 몸을 뒤틀었다. 온몸이 땀으로 뒤덮였다. 그는 숨을 헐떡거리며 말했다.

"죽기가 왜 이리 어려운가! 어차피 곧 끝날 목숨을 끊지 못하게 하는 이런 고약한 체질을 가졌다니, 불행한 인간이구나."

갑자기 구토가 일었다.

—독을 몸 밖으로 토해내선 안 된다.

하지만 입이 저절로 벌어지면서, 시고 씁쓸한 액체가 입 밖으로 쏟아져나왔다.

그는 의사 이방을 알아보았다. 콜랭쿠르가 불렀던 것이다.

"이보게 이방, 내게 좀더 강한 독약을 주게. 그것은 자네의 의무야. 나에게 애정을 갖는 사람들이 내게 해줘야 하는 마지막 봉사일세."

그는 이방을 뚫어지게 쳐다보며, 이방이 자기는 살인자가 아니라고 말하는 소리를 들었다.

—겁쟁이. 모두가 겁쟁이들이다. 그들은 나를 위해, 또한 그들 자신을 위해 내가 죽기를 바란다. 나는 그들의 얼굴에서 그러한 사실을 읽을 수 있다. 하지만 그들은 감히 그것을 행동에 옮기려 하지 않는다. 감히 결정내리려 하지 않는다. 그들은 내가 죽음을 토해내도록, 살아남도록 방관하고 있다.

그는 다시 토했다. 죽음이 도망치고 있었다.

그는 콜랭쿠르를 붙잡고 독약을 달라고 요구했다. 하지만 그들은 그를 자리에서 일으켜세워 창문이 있는 곳까지 부축해갔다. 그는 눈으로 자신의 권총을 찾았다. 하지만 누군가가 이미 탄창을 치워버린 뒤였다.

—이들은 왜 나를 살려두려고 하는가.

그들은 그를 창문 앞에 앉혔다. 날이 밝아오고 있었다. 고통스러웠다. 하지만 폭풍은 지나갔다. 서서히 통증의 불이 꺼져가고 있었다.

궁정 대원수 베르트랑은 그를 따라 엘바 섬에 가기를 원한다고 거듭 말했다. 타란토 공 맥도날드 원수가 나타났다. 그는 퇴위 합의서를 파리로 가져가야 했다. 나폴레옹은 서류에 서명했다. 1814년 4월 13일 수요일이었다.

이윽고 그는 가라앉은 목소리로 맥도날드에게 중얼거렸다.

"나는 너무 늦게야 당신의 충성심을 높이 평가하게 되었네. 이것은 내가 타보르 산악 전정에서 늘 지니고 나녔던 무라드 베이의 검일세. 이 검을 부디 받아주게."

그는 맥도날드를 껴안았다. 그에게는 그러한 생명의 열기, 충성의 열기가 필요했다.

그는 무릎 위에 팔꿈치를 대고 두 손으로 얼굴을 감쌌다.

그는 말했다.

"나는 살아 있겠네. 죽음이, 전장이 아닌 침대 위에서는 나를 데려가기를 원치 않으니 살아 있겠어."

그는 몸을 일으켰다. 힘들여 물 한 잔을 마셨다.

그는 다시 말했다.

"이러한 사건들 이후, 삶을 견뎌낸다는 것 역시 용기가 필요한 일일 것이야. 나는 용감한 자들에 관한 이야기를 쓸 것이네."

그는 다시 자신을 되찾았다. 그렇다면 삶을 계획해야 하리라.

그는 배를 타게 될 항구까지 비밀리에 여행할 것이다.

그는 중얼거렸다.

"내가 너무도 사랑하는 프랑스를 다시 바라본다는 것, 그 프랑스 앞에 마치 동정의 대상으로 모습을 나타내야 한다는 것, 그것은 내 능력을 벗어나는 힘든 일이야."

차라리 자기에게 죽을 수 있는 수단을 마련해주었던 것이 나았을 거라고, 그는 말했다.

마리 루이즈의 편지가 도착했다. 그는 천천히 걸으며 편지를 읽었다. 삶이 다시 그의 내부에 스며드는 것 같았다.

〈당신은 너무 좋은 사람이고, 너무 불행한 사람이에요. 당신은 전혀 그런 불행을 겪을 만한 짓을 하지 않았는데 말예요. 내 사랑이 당신을 조금이라도 행복하게 할 수 있다면, 당신이 이 세상에서 느끼게 될 행복은 아직도 많이 남아 있어요. 나는 당신이 슬퍼하는 상황에 가슴이 찢어지는 것 같아요.〉

그는 편지를 다시 한번 읽고, 콜랭쿠르에게 내밀었다.

그는 편지를 썼다.

〈나의 루이즈, 어서 우리가 이곳을 떠났으면 싶소. 사람들 말이 엘바 섬은 기후가 무척 좋다고 하오. 나는 사람들에게 염증을 느끼고 있소. 이제 나의 행복이 그들에 의해 좌우되는 것을 원치 않소. 당신만이 나의 행복과 관련이 있소. 안녕, 나의 친구여. 어린 왕에게 키스를. 당신 부친에게도 안부를 전하고, 우리를 잘 대해 달라고 그에게 부탁하시오. 나폴레옹.〉

그는 정원으로 내려갔다. 부드러운 공기를 호흡하며 천천히 걸었다. 그는 여행의 세부 사항 하나하나를 결정했다. 비밀리에 떠나리라. 근위대 병사들이 수행해선 안 되리라. 그는 콜랭쿠르의 팔에 의지해 걸으며 말했다.

"자네가 황후를 만나게 되면, 나와 동행하라고 그녀에게 강요하지 말게. 그녀가 강요에 못 이긴 얼굴로 엘바 섬에 따라오는 걸 보느니, 차라리 그녀가 피렌체에 있는 게 더 좋아."

그는 콜랭쿠르의 팔을 풀고 뒷짐을 지고 걸으며, 말을 이었다.

"나는 이제 황제가 아닐세. 나는 아무런 환상도 갖고 있지 않아. 카이사르는 한 사람의 시민이 되는 것에 만족할 수 있네! 하지만 그의 젊은 아내는, 자신이 이제 카이사르의 아내가 아니라는 사실을 견디기 힘들 거야! 황후는 아직 허영심을 만족시켜줄 치장들이 필요한 나이야. 그녀가 스스로 나에게 헌신하는 것을 자랑스럽게 여기지 않는다면, 그녀에게 굳이 그것을 강요하지 않는 것이 낫겠지."

그는 상상했다.

"만일 그들이 내가 그 어떤 일에도 끼어들지 않기로 결심한 것을 보게 된다면, 그리고 내가 마치 산초*처럼 내 섬을 통치하고 나의 회고록을 기술하는 것에 만족해하는 것을 알게 된다면, 어쩌면 그들은 내가 매년 몇 달간을 이탈리아에 가서 그녀와 함께 지내는 것을 허락할는지도 모르지."

콜랭쿠르는 놀란 얼굴로 그를 돌아보았다.

나폴레옹은 되풀이 말했다.

"산초처럼 말일세."

그는 참으로 오랜만에 미소지었다. 생에서는 모든 일이, 그런 일까지도 가능한 것이다.

---

* 산초 판자. 세르반테스의 『돈키호테』에 나오는 돈키호테의 시종.

12
나의 운명을 동정하지 말라

그는 탁자 앞에 앉아 있었다. 방을 거의 떠나지 않았다. 자주 창가로 가서 창문을 열고 성의 정원과 저 멀리 퐁텐블로 숲을 바라보았다. 이따금 슈발 블랑 안마당의 포도 위를 지나가는 마차 소리가 들려왔다. 그는 베르티에를, 그의 장관들을 생각했다. 몇 년 동안을 하루같이 그의 곁을 지키던 그들은 그가 떠나기도 전에 먼저 사라져버렸다. 얼마 전 상원에 의해 국왕서리로 지명된 부르봉 가의 아르투아 백작을 섬기기 위해 그들은 앞다투어 갔다. 도대체 어떻게 며칠 만에, 아니 몇 시간 만에 줄을 바꿔설 수 있단 말인가?

장교 한 사람이 그를 만나고자 찾아왔다. 몽톨롱 대령이었다. 그는 오트 루아르 지역의 주민들과 병사들의 의연한 정신에 대해,

오주로 원수에 대한 그들의 경멸감에 대해, 감동적으로 이야기했다. 카스틸리오네 공 오주로는 그의 병사들에게 백색 휘장을 취하라는 연설을 했다. "혁명의 표상을 떼어버리고, 진정으로 프랑스적인 이 색깔을 자랑스레 달고 다니자." 파리에서도 사람들은 마르몽 원수를 유다 원수라 부르며 경멸하고 있었다. 몽톨롱은 말했다. 병사들을 규합해서 아직 싸울 수 있을 거라고.

나폴레옹은 고개를 가로저었다.

"너무 늦었네. 이제는 내전을 일으키는 것밖엔 안 될 것이야. 그 어떤 이유로도 그러한 결정을 내릴 수는 없네."

그는 탁자에 놓인 책들과 지도들과 통계장부들 따위를 가리켰다. 그가 사람들에게 지시해서 모아놓은 그것들은 모두 엘바 섬에 관련된 것들이었다. 그는 말했다. 그 '휴식의 섬'에 대해서 모든 것을 알고 싶다고.

그는 몽톨롱을 배웅했다. 그리고 콜랭쿠르에게 말했다.

"신의 뜻이야. 나는 살아남을 것이네. 앞날이 어찌 될지 누가 알 수 있단 말인가? 나는 아내와 아들만 있으면 족하네."

— 그런데 그들은 왜 늦어지는 것일까?

그는 편지를 썼다.

〈나의 루이즈, 당신은 지금쯤이면 부친을 만나봤을 것이오. 당신이 부친을 만나기 위해 트리아농에 간다는 말을 사람들에게서 들었소. 당신이 내일 퐁텐블로에 와주기를 바라오. 우리는 함께 그 휴식의 땅을 찾아 떠날 수 있을 것이오. 그곳에서 당신이 바깥 세상을 잊고 행복하게 지내기로 마음먹는다면, 나 역시 행복할 수 있을 것이오. 나의 아들에게 키스해주고, 내가 당신을 사랑한다는 것을 잊지 마오. 나폴레옹.〉

이제 결정이 내려졌으니, 그는 지체 없이 떠나고 싶었다.

―동맹국들은 무엇을 하고 있는가? 그들은 자신들이 서명한 합의서를 서둘러 나에게 보내주고, 나를 엘바 섬까지 데려갈 위원들을 지명해야 할 게 아닌가?

그는 말했다.

"그들에게 나는 골칫덩어리가 아니던가? 내가 많은 장군들과 병사들과 함께 있다는 것 자체가 그들에게는 불안스러운 일일 텐데…… 왜 그들은 끝장을 보려 하지 않는가?"

그는 콜랭쿠르를 바라보았다. 저자는 무엇을 알고 있는가?

콜랭쿠르는 자기도 놀라고 있다고 말했다. 각 역참에 대기중이던 말들이 철수되었다. 파리에선 암살 계획에 대한 소문이 나돌고 있었다. 모브레유라는 자가 떠벌리고 다니길, 탈레랑과 가장 가까운 측근 한 사람이 자기에게 접근하여 '황제를 제거하자'고 제안했다는 것이다. 모브레유는 지금 적당한 자객을 물색중이었다. 그들은 나폴레옹의 여행중에 일을 벌일 것이다. 이곳 퐁텐블로에는 아직 근위대가 있었다.

―그들은 이미 수차례 나를 암살하려 했었지. 그자들은 무슨 일이라도 저지를 수 있을 거야.

그는 콜랭쿠르에게 말했다.

"탈레랑은 오래 전부터 나를 배신하고 있었네. 그는 프랑스를 부르봉 가에 넘겨주었어."

그는 경멸을 담은 몸짓을 취하며, 말을 이었다.

"나는 피비린내나는 혁명에 종지부를 찍었네. 그리고 그 살인자들을 용서해주기까지 했어. 내가 나 자신을 위해 무엇을 했단 말인가? 내 보물, 내 보석은 어디에 있나? 다른 자들은 금을 뒤집어썼지만, 나는 한 벌의 제복으로 만족했네……."

그는 몇 걸음을 걸어 창가에 기댔다.

"내가 체념했다는 것을, 이제 조용히 살려 한다는 것을 알면,

사람들은 무척 놀랄 거야. 자네까지도 내게서 발견할 수 있다고 믿었던 그 야망이란 것이, 오로지 내가 사랑하는 프랑스의 영광을 위한 것이었다는 사실을 사람들은 알게 될 걸세."

그는 콜랭쿠르를 향해 돌아섰다.

"내가 계속 살아 있어야 한다면, 나는 그 삶을 역사를 기술하는 데 바칠 것이네. 나는 프랑스를 위해 봉사했던 명예롭고 용감한 사람들에게 정의를 되돌려줄 것이고, 그들의 이름을 불멸의 것으로 남길 것이네. 그것은 내가 그들에게 진 빚에 다름아닐세. 나는 그 빚을 갚을 것이야."

그는 홀로 남았다.

그는 알고 있었다. 자기와 가장 가까운 사람들을 그는 이따금 부당하게 대했다. 자신의 정치적 목적을 이루기 위해 그들에 반하는 선택을 하기도 했다. 그가 그들을 아끼고 보호하려 노력했다 할지라도, 그는 그들을 고통스럽게 했다. 며칠 전에도, 이곳에 찾아온 마리 발레프스카를 그는 만나주지 않았다. 그녀는 몇 시간을 기다리다가 돌아갔다. 그녀는 단지 그를 만나보고 위로해주고 싶었다는 것을, 힘이 되어주고 격려해주고 싶었을 뿐이라는 걸 그는 안다.

마리 발레프스카, 가슴속에 수많은 추억들이 물결쳐왔다. 그는 편지를 쓰기 시작했다.

〈마리, 당신의 마음 씀씀이에 나는 깊이 감동하였소. 당신이 자신의 일을 정리한 후에 루카나 피사의 해변에 온다면, 나는 당신과 당신의 아들을 아주 기쁘게 맞이할 것이오. 나의 감정은 전혀 달라진 것이 없소. 몸을 잘 간수하시오. 아무런 걱정도 하지 마시오. 기쁜 마음으로 나를 생각하오. 결코 나를 의심치 마오.〉

그는 오랫동안 침묵하고 있었다. 콜랭쿠르가 찾아와서 알렸다. 동맹국 위원들이 4월 19일 도착할 것이고, 20일에 퐁텐블로를 떠나게 될 것이었다. 그는 콜랭쿠르에게 물었다. 내 아내와 아들이 오게 될 것인가? 콜랭쿠르는 그러기를 기대한다고 대답했다.

그는 혼자 있고 싶다고 손짓했다.

갚아야 할 빚이 하나 더 있었다. 그는 조제핀에게 편지를 썼다. ⟨나는 나의 상황에 기뻐하고 있소. 내 머리와 정신에서 큰 짐을 덜어낸 느낌이오. 나는 완전히 몰락했소. 하지만 나의 적들이 말하듯 거기에는 유익한 점도 있소. 나는 은퇴하여 검 대신 펜을 잡을 것이오. 내가 통치하던 시기의 역사는 무척 흥미로울 것이오. 사람들은 나의 일면만을 보았을 뿐이오. 나는 내 모습 전부를 보여줄 것이오. 내가 보여주지 못할 것이 무엇이 있겠소? 나에 대한 그릇된 생각을 갖고 있는 사람들이 얼마나 많소? 나는 많은 사람들에게 수없이 은혜를 베풀어주었소. 그런데 그들은 결국 내게 무슨 짓을 했소? 그들은 나를 배반했소. 그렇소, 모두가 나를 배반했소. 물론 으젠은 아니오. 나는 그를 그 배반자들의 무리에서 제외하오. 나는 그가 자연과 명예의 감정을 존중할 줄 아는 왕의 치하에서 행복하게 살기를 바라오. 안녕, 나의 조제핀. 당신도 나처럼 모든 것을 체념하고 마음을 편히 가지시오. 당신을 결코 잊은 적이 없었고 앞으로도 잊지 않을 사람에 대한 기억을, 당신 가슴속에 영원히 간직하시오. 나폴레옹.

추신 : 나는 엘바 섬에서 당신의 소식을 기다리겠소. 나는 몸이 별로 좋지 않소.⟩

조제핀에게는 고백할 수 있었다. 그는 이따금 숨쉬기가 힘들었다. 마치 무엇인가가 그의 가슴을 짓누르는 것 같았다. 죽음의 문턱까지 갔던 그날 밤 이후, 그는 위에 심한 통증을 느꼈다. 그는 불안했다. 마리 루이즈에게서 받는 편지들에도 불구하고, 그는 그녀가 오지 않으리란 걸 예감하고 있었다. 어쩌면 그는 아내와 아들을 영원히 다시 보지 못할 것이었다.

그녀가 보낸 편지들을 다시 읽었다. 마리 루이즈는 토스카나 온천에는 가지 못하고, 엑스 레 뱅 온천에 갈 거라고 알리고 있었다. 그녀의 부친이 그녀에게 알렉산드르와 프로이센 왕을 맞도록 강제한 것이었다. 그는 편지를 썼다.

〈당신이 그러한 방문을 받아야 한다는 것을 동정하오. 프로이센 왕은 별다른 악의 없이도 당신을 불편하게 하는 말을 할 수 있는 위인이오. 나는 당신이 평상시 다니던 온천장들과는 전혀 동떨어진 곳으로 간다는 사실에 기분이 좋지 않소. 어떤 경우든 당신의 건강을 잘 보살피도록 하시오. 용기를 내어, 당신의 위치를 지키고 단호한 태도로 불행을 이겨내시오. 안녕, 나의 루이즈.〉

편지를 몽테스키우에게 건네준 이후에야 자신이 편지에 서명하지 않았다는 사실을 깨달았다. 신경이 날카로웠다. 자기의 내부에서 점점 커져가고 있는 예감을 쫓아버리고 싶었다. 아내와 아들을 다시는 만나지 못할 것이라는 예감.

바깥 동정에 귀를 기울이던 그는 밖으로 뛰어나갔다. 오스트리아 황제의 전령이었다. 그는 단숨에 편지를 읽었다. 〈나의 형제이며, 친애하는 사위에게…….〉

그가 옳았다. 황제는 자기 딸과 로마 왕을 비엔나로 데려갔다.

〈건강을 되찾는 대로 나의 딸은 자기 나라로 돌아갈 것이고, 그러면 자연히 그녀는 폐하가 머무는 곳으로부터 가까운 거리에 있게 될 것이오.〉

그는 편지를 던져버렸다.

─이런 삶을 견딜 수 없다.

이미 오래 전부터 이것을 알고 있었다.

─그들은 내게서 아들을 빼앗아가려 한다.

그는 외쳤다.

"비엔나 사람들에게 구경시키려는 것이다! 카이사르의 딸, 프랑스인들의 황후, 나폴레옹의 아내를! 그리고 로마 왕, 오스트리아를 패배시킨 정복자의 아들을! 그러나 전 유럽의 동맹에 의해, 한 아비의 포기에 의해 왕좌에서 내쫓긴 아들을! 이건 너무나 무례한 짓이 아닌가!"

감히 그러한 짓을 꾀하는 자들은 부끄러운 줄 알아야 하리라.

그는 죽을 수 없었기 때문에, 죽음이 그를 거부했기 때문에, 그리고 위원들이 도착했기 때문에, 그렇기 때문에, 그는 떠나야 했다. 서둘러서, 아주 멀리.

1814년 4월 20일 수요일, 그는 새벽부터 일어나 있었다. 병사들의 걸음 소리가 들려왔다. 그들은 슈발 블랑 안뜰에 정렬하는 중이었다.

그는 마리 루이즈에게 편지를 썼다.

〈나는 지금 출발해서, 오늘 밤은 브리아르에 머물게 될 것이오. 내일 아침 다시 출발해, 생 트로페까지 직행하오. 당신이 건강을 되찾아 내게 오기를 기대하오. 안녕, 나의 루이즈. 당신은 언제까지고 당신 남편의 용기와 인내와 우정을 믿어도 좋소. 나폴레옹. 어린 왕에게 키스를.〉

그는 밖으로 나가 동맹국들이 파견한 위원들에게 다가갔다. 러시아의 슈발로프 백작, 오스트리아의 콜러 장군, 영국의 캠벨 대령, 그리고 프로이센의 발부르크 트루흐제스 백작 등이었다. 그는 그들이 감격해하고 있다는 것을, 거의 불안해하고 있다는 것을 느낄 수 있었다. 그는 그들을 압도했다.

그는 말했다. 오스트리아 황제는 자신의 약속을 지키지 않았다. 그는 딸에게 이혼을 강요했다. 황후를 찾은 동맹국의 군주들은 무례한 행태를 보였다.

이어서 그는 말했다.

"나는 권력을 빼앗았던 것이 아니오. 나는 나라 전체의 소청에 따라 왕관을 받아들였던 것이오. 그러나 루이 18세는 그 왕관을 강제로 빼앗았소. 그는 구성원들 중 열 명 이상이 루이 16세의 처형에 동의했던 비열한 상원에 의해 왕좌에 불려왔기 때문이오."

말을 마치고, 그는 자리를 떠났다. 마차들이 슈발 블랑 안뜰의 포도 위를 구르는 소리가 들려왔다.

때가 되었다.

무기를 들고 부동자세로 서 있는 병사들을 하나하나 바라보았다. 높은 털모자들 사이로 총검이 빛나고 있었다. 그는 뒤를 따르던 장교들을 향해 몸을 돌렸다. 그들과 악수를 나누고 단호한 걸음걸이로 계단을 내려갔다.

그는 병사들 한가운데 멈춰 섰다. 전투로, 죽음으로 그들을 내몰기 위해 그는 얼마나 여러 차례 연설했던가. 그는 그들에게 모든 것을 빚지고 있었다.

그는 입을 열었다.

"병사들이여, 나는 그대들에게 작별을 고하러 왔다. 그대들은 지난 이십 년 동안 명예와 영광의 길에서 언제나 나와 함께 있었다. 내가 번영하였던 때에도, 그리고 지금까지도, 그대들은 언제나 용맹과 충성의 본보기였다. 그대들과 같은 사람들이 있는 한, 우리는 결코 패한 것이 아니다. 그러나 전쟁이 언제 끝날지 알 수 없었고, 그것은 필시 내전이었을 것이며, 프랑스는 더더욱 불행해졌을 것이다."

그는 그들을 바라보았다. 어떤 자들은 손으로 눈을 가리고 있었고, 어떤 자들은 흐느끼고 있었다.

그는 감정이 북받쳐오르는 것을 느꼈다. 그는 말을 이었다.

"나는 조국을 위해, 우리 자신의 모든 이익을 희생시켜야 했다. 나는 떠난다. 그대들은 계속해서 프랑스를 위해 봉사하라. 나는 오로지 프랑스의 행복만을 생각했고, 앞으로도 그것은 내 영원한 바람들 중 하나일 것이다. 나의 운명을 동정하지 말라. 내가 살아남기로 작정한 것은, 그대들의 영광을 위해 봉사하고자 원했기 때문이다. 나는 우리가 함께 이루었던 위대한 일들을 기록할 것이다."

그는 잠시 중단했다. 감정이 북받쳐올라 말을 이을 수가 없었다. 병사들의 흐느낌 소리가 더욱 높아졌다.

"잘 있거라, 나의 아들들이여! 그럴 수만 있다면, 그대들 모두와 포옹하고 싶다. 하지만 그대들의 깃발에 입맞추는 것으로 대신하겠다."

프티 장군이 독수리 군기를 들고 앞으로 나섰다. 나폴레옹은 깃발에 입을 맞추고 장군을 껴안았다.

병사들이 모자를 벗어 총검에 걸고 높이 치켜들었다. 오스트리아의 콜러 장군도 엄숙한 표정으로 병사들을 따라 자신의 검 끝에 모자를 걸고 흔들어대고 있었다.

나폴레옹은 말이 나오지 않았다. 이윽고 그는 정신을 되찾고 힘찬 목소리로 말했다.

"잘 있거라, 나의 오랜 전우들이여! 나는 이제 떠난다. 그대들 가슴에 마지막 키스를 남기고."

그는 자신을 둘러싸고 있던 장교들과 포옹했다.

그가 오르자, 마차는 곧바로 출발했다.

13
휴식의 섬

　그는 말이 없었다. 너무나 많은 기억과 질문들로, 마음이 무거
웠다. 자신의 생에 있어 가장 중요한 순간들에, 그는 이 길을 따
라 여러 차례 남쪽으로 내려갔었다. 젊은 장교 시절, 그는 이 길
을 통해 코르시카를 왕래했다. 이집트 원정을 위해 툴롱에 갈 때
도 이 길을 통해서였다. 그후 영국 순항함대를 따돌리고 마르몽과
함께 마차를 달려, 권력을 쟁취하기 위해 파리로 올라갈 때도 이
길을 통해서였다. 바로 이 길 위에서 그의 전 생애가 흘렀다.
　그는 마차 밖으로 몸을 내밀었다. 숨을 크게 들이쉬며, 그 기억
들을 쫓아내려 했다. 열네 대의 마차들이 긴 행렬을 이루며 앞으
로 나아가고 있었다. 그는 군중들을 보았다. 그들은 처음엔 망설
이는 듯하더니, 곧 그에게 환호를 보냈다. 퐁텐블로, 느무르, 몽타

르지스의 길거리에 사람들이 밀려나왔다.

브리아르 우편국 앞에서 마차가 멈췄다. 마차에서 내려서는 그를 향해 함성이 터져나왔다.

"황제 폐하 만세!"

사람들은 동맹국 위원들의 제복을 알아보고, 그들에게 욕설을 퍼부었다.

"러시아놈들은 꺼져버려라!"

"오스트리아놈들은 뒈져버려라!"

그는 고개를 숙였다. 그의 운명은 이제 그러한 소란과 무관한 것이었다.

그는 혼자 식사하기를 원했다.

이튿날 아침, 군중들이 또다시 마차 주위에 몰려드는 가운데 그는 편지를 썼다.

〈나의 루이즈, 나는 잘 지내고 있소. 한 시간 후에 생 트로페로 떠나오. 여행은 길지 않을 것이오. 나흘이면 도착할 거라고 생각하오. 나는 주민들의 태도에 아주 만족하고 있소. 사람들은 나에게 많은 애착과 사랑을 보여주고 있소. 18일 이후로 당신 소식을 듣지 못했소. 왕궁의 전령이 아직 도착하지 않았는데, 아마도 말들이 부족한 때문인 것 같소. 안녕, 나의 친구여. 잘 지내시오. 내 아들에게 키스해주오. 나폴레옹.〉

느베르에선 장교들이 눈물을 글썽이며 그의 주위에 몰려들었다. 로안과 타라르에선 수많은 군중이 열렬하게 그를 맞아주었다. 마차들은 좁은 거리를 천천히 나아갔다. 그는 밖을 내다보았다. 영광의 시대처럼, 모든 얼굴들이 그에게로 향해 있었다. 그의 패배는 어디에 있는가? 사람들은 그의 이름을 외쳐 불렀다. 그는 아무 반응을 보이지 않고, 그들의 말을 듣고 있었다.

"영국인들이 조종하는 정부 밑에서 우리는 어떻게 될 것인가? 우리 물건들은 어떻게 될 것인가? 누가 우리 직물을 사줄 것인가?"

군중들은 외치고 있었다.

"우리를 위해 몸조심하십시오! 하루빨리 프랑스로 되돌아오셔야 합니다! 우리는 폐하가 돌아오시기만을 기다리고 있겠습니다. 황제 폐하 만세!"

그는 마차 안 깊숙이 몸을 파묻었다. 베르트랑이 뭐라 중얼거렸지만, 그는 반응을 보이지 않았다. 그는 황제의 자리에서 물러났다. 이제 그는 엘바 섬의 군주에 불과할 뿐이었다.

리옹으로부터 두 시간 거리인 살비니에서 그는 마차를 멈추게 했다. 날이 어두워진 이후에 마을을 통과하고 싶었다. 그는 이제 사람들의 소란을 원치 않았다.

그는 전원 한가운데 나 있는 길을 홀로 걸었다. 멈춰 선 마차들이 도시로 들어가는 길을 온통 메우고 있었다. 그는 한시라도 빨리 섬에 닿고 싶었다. 그가 그러기를 결심했기에, 그래야 했기에, 그는 모든 것을 잊어야 했다.

밤이 내렸다. 어둠 속을 마차는 달렸다. 하지만 마차 행렬이 기요티에르 광장에 도착했을 때, 이미 그곳엔 군중들이 모여 있었다. 그들은 '황제 폐하 만세!'를 연호했다.

그는 밖을 내다보았다. 그냥 지나쳐라. 멈춰 서지 말라.

4월 24일 일요일 새벽, 그는 비엔을 통과했다.

그 남쪽 지방의 향기를, 그 부드러운 봄내음를, 그 연초록 빛깔을, 그는 기억하고 있었다. 마치 어린 시절, 젊은 시절로 되돌아가는 것 같았다.

페아주 드 루시옹에서 마차가 멈췄다. 여인숙에서 사람들이 식사를 준비하는 동안, 그는 그 친숙한 풍경 속을 산책했다. 이곳론 강 곁에서 보냈던 옛 시절이 너무나 가깝게 느껴졌다. 마치 독일에서, 폴란드의 평원에서, 그리고 러시아에서 겪었던 그 많은 일들이 아직 일어나지도 않았던 것처럼. 성들이나 궁전들에서 잠을 잔 적도 전혀 없었던 것처럼.

마차는 생 발리에와 탱을 통과했다. 갑자기 두 사람의 전령을 앞세운 여섯 마리의 말이 모는 마차가 길에 나타났다. 호송대가 멈춰 섰다. 마차도 따라 멈췄다. 한 남자가 마차에서 내려 머리를 무겁게 늘어뜨리고 다가왔다. 카스틸리오네 공 오주로 원수였다!

─나를 배신한 자. 백색 휘장을 달고 다니게 한 자. 자기 병사들에게 '나폴레옹 보나파르트의 폭정'을, 나의 압제를 선언한 자. 또한 내가 '잔인한 야망을 위해 수백만의 희생자를 제물로 바쳤다'고 비난했으며, 내가 '군인답게' 죽지 않았다고 비난한 자. 그를 다시 마주치다니, 이것도 운명이로다.

나폴레옹은 앞에 와서 선 오주로를 바라보았다.

─오주로는 감히 고개를 들지도 못한다. 내 눈을 바로 쳐다보지 못한다. 그는 울고 있다.

그는 담담한 어조로 오주로에게 말을 건넸다.

"어딜 가는 중인가? 궁정에 가는 중인가? 당신은 바보 같은 선언을 했더군."

─우리의 젊은 시절로부터 많은 시간이 흘렀다. 내 밑에서 이십여 년을 보냈던 오주로. 그는 이제 그저 한 사람의 늙은 군인에 불과할 뿐이다. 그는 나를 배신했다. 더 무슨 말이 필요하랴? 그를 외면하는 것으로 충분하리라.

보병 일개 중대가 받들어총 자세로 길가에 도열해 있었다. 한 대령이 앞으로 나서며 말했다.

"이 고약한 작자를 만나보셨습니까? 이자는 발랑스에서 폐하를 기다리지 않고 눈치빠르게 도망쳤습니다. 병사들은 이자를 폐하가 지켜보는 앞에서 총살시키기로 결심했습니다."

나폴레옹은 고개를 저으며 말했다.

"그러나 그대들의 장군을⋯⋯."

장교는 외쳤다.

"폐하와 프랑스의 적은 따로 있는 것이 아닙니다. 우리는 배반당한 것입니다."

―아직까지도 내게 충성을 다하는 저 사람들과 함께 내가 일을 도모할 수 있을지를 더이상 생각하고 싶지 않다.

하지만 그는 마차의 창가에 오래 매달려 있었다. 이곳에선 모든 것이 그의 추억을 불러일으켰다. 그는 저 모든 길들을 돌아다녔고, 저 도시들을 알고 있었다. 발랑스에서 병사들은 그에게 경의를 표했다.

―마치 내가 아직도 황제인 것처럼.

어떤 자들은 울음을 터뜨렸고, 또 어떤 자들은 '황제 폐하 만세'를 외쳤다.

로리올의 역참에서, 그는 몰려든 군중들을 향해 강한 목소리로 말했다.

"나는 이제 그대들의 황제가 아니오. 그대들은 '루이 18세 만세'라고 외쳐야 할 것이오."

사람들이 그를 둘러싸고, 그의 손을 잡고, 그 손에 입을 맞추었다.

"폐하는 언제까지고 우리들의 황제이십니다."

그는 몸을 빼내었다.

흉갑기병 하나가 말했다.

"저와 같은 사람이 이만 명만 더 있다면, 우리는 폐하를 가로채 우리의 대장으로 모셨을 겁니다."

나폴레옹은 단호하게 몸을 돌려 마차에 올랐다.

보병 하나가 그의 등에 대고 소리쳤다.

"폐하를 배반한 것은 병사들이 아닙니다. 바로 장군들입니다!"

그는 감동으로 온몸이 떨리는 것을 억누를 수 없었다.

그는 베르트랑에게 중얼거렸다.

"저 사람들이 나를 가슴 아프게 하는군."

몽델리마르에 도착한 그는 마차에서 내려선 순간 분위기가 달라졌음을 느꼈다. 군중이 그에게 보이는 것은 호의라기보다는 일종의 호기심이었다. 군수가 다가왔다. 작은 몸집의 그 사내는 잔뜩 겁을 먹은 것 같았다. 론 지방은 온통 적대적이라고 군수는 말했다. 영국군은 마르세유에서 승리자로 환영받았다. 파리에서 온 왕당파들은 아비뇽, 오랑주, 오르공, 랑베스크 등지에서 그들의 지지자들을 집결시켰다. 그들은 황제를 암살하려 했다. 사람들은 그의 영광을 기린 유적물들을 파괴했고, 그의 허수아비를 만들어 목매달았다. 그들은 '국왕 폐하 만세! 폭군은 물러가라!'고 외치고 있다는 것이다.

나폴레옹은 묵묵히 듣고만 있었다. 퐁텐블로를 출발하면서부터 이러한 일을 예상하고 있었다.

―그럴 수만 있다면, 그들은 나를 죽이고야 말 것이다.

그가 지금까지 확인할 수 있었던 것처럼 너무나 많은 사람들, 너무나 많은 병사들이 아직도 그를 사랑하고 있는 것이다. 하지만 그는, 행로를 바꿔 그르노블과 시스트롱으로 돌아가는 것이 어떻겠냐는 군수의 제의에 고개를 가로저었다.

계획대로 새벽에 아비뇽을 통과할 것이다. 그뿐이다.

마차에 말을 매어라. 출발이다.

오랑주에 이르자 사람들이 외쳤다. '국왕 폐하 만세!' 아비뇽 가까이의 역참에 마차가 들어서자, 군중은 외쳤다. '폭군을 쳐죽여라!'

도시에는 수백 명의 사람들이 그를 공격하기 위해 호송대의 통과를 기다리고 있었다. 아비뇽의 외곽으로 돌아가야 했다.

오르공에서 그는 사람들이 세워놓은 교수대를 보았다. 피에 얼룩진 프랑스군 제복을 입은 인형이 거기 목매달려 있었다.

군중들은 소리쳤다.

"이것이 바로 폭군의 말로다!"

나폴레옹은 그 자리에 선 채 움직이지 않았다. 그는 이러한 일을 겪고 싶지 않았다. 이러한 수치, 증오, 무력감…… 러시아인 슈발로프 위원은 마차를 둘러싼 군중들을 진정시키기 위해 애쓰고 있었다. 군중은 마차에 돌을 던지기 시작했다. 그들은 마차를 흔들어대며 외쳤다.

"폭군을 죽여라!"

—내가 프랑스 국민들에게 위협받고, 적군 장교에게 보호받게 되다니!

마차는 힘겹게 다시 출발했다. 하지만 얼마 달리지 않아 곧 다시 멈춰 섰다. 기병이 달려와, 황제를 죽이기 위해 파리에서 온 첩자들이 전 지역에 깔려 있다고 말했다. 베네방 왕자 탈레랑이 보낸 자들로 확인된 그들은 모브레유란 자를 기다리고 있다. 모브레유가 자객들을 고용하여 엑스와 프레쥐스 사이에 매복시켜놓았다는 것이다.

—탈레랑이 나를 죽이려 하는군.

나폴레옹은 마차에서 내렸다. 푸른 외투를 입고, 둥근 모자를 쓰고, 백색 휘장을 달았다. 그는 말에 올라타고, 마차들에 앞서 홀로 길을 달렸다. 랑베스크를 통과할 때였다. 한 무리의 사람들이 그를 멈춰 세웠다.

"황제의 마차는 어디에 있소?"

그는 애매한 몸짓을 해 보이고는 그대로 말에 박차를 가했다.

—사냥꾼들에게 몰리는 짐승처럼 이렇게 죽을 수는 없다.

그는 생 카나까지 말을 질주했다.

영광을 향해 이 길을 거슬러올랐었다, 예전에. 그때, 사람들은 외쳤다. '보나파르트 장군 만세!'

그는 남들이 준비해주는 음식을 거부했다. 탈레랑의 첩자 모브레유가 프레쥐스로 가는 길에 매복하고 있다는 말을 들은 이후, 그는 독살을 경계했다.

살아 있어야 했다. 미친 자들에게, 자객들에게 죽임당하고 싶지는 않았다. 그는 콜러 장군을 바라보았다. 그는 오스트리아군 제복을 입고, 장군의 마차에 동승하기로 했다. 암살자들을 피해야 했다.

생 막시맹에서 그는 군수를 불렀다.

"내가 오스트리아군 제복을 입고 있는 것을 보고, 당신은 낯을 붉혔을 것이오. 하지만 나는 그 덕분에 이곳까지 안전하게 올 수 있었소. 그렇지 않았더라면, 나는 육천 명의 근위대 병사들을 데려왔어야 했을 것이오. 이곳에는 나의 생명을 위협하는 미친 자들이 득시글거리고 있소."

그는 곧 다시 출발하여 바르 지방으로 가고자 했다. 그곳에선 왕당파들이 별다른 호응을 얻고 있지 못하다고 사람들은 말했다. 마차를 타고 가면서 푸르른 하늘을 바라다보았다. 예전, 툴롱에서 니스로 말을 달렸을 때에도, 그리고 이집트에서 돌아오던 길에 프레쥐스에 상륙했을 때에도 하늘은 저렇게 푸르렀다.

그 모든 기억에 그는 구토를 느꼈다.

뤼크 근처의 부이에두 성에 살고 있는 폴린을 방문했다.

그녀는 울음을 터뜨렸다. 그녀는 오스트리아 군인으로 변장한 나폴레옹을 보고 싶지 않다고 말했다. 그는 입고 있던 옷을 벗어

던지고, 자신의 근위대 제복으로 갈아입었다. 그러고 나서야 누이들 중 가장 예쁜 그녀를 껴안을 수 있었다. 남매는 오래 대화를 나눴다. 그들의 고향 코르시카에 대해, 그리고 그곳에서 아주 가까운 엘바 섬에 대해 이야기했다. 그녀는 그에게 이것저것 질문했고, 그는 대답했다. 하지만 그녀가 마리 루이즈나 로마 왕에 대해 물을 땐, 아무런 대답도 하지 않았다. 다시는 그들을 보지 못하게 될지도 모른다는 말을 하고 싶지 않았다.

폴린은 형제들 소식을 전해주었다. 제롬과 조제프는 스위스로 갈 거라고 했다. 그곳엔 이미 루이가 도착해 있을 것이다. 어머니는 페쉬 추기경과 함께 로마로 떠났다. 아마도 그곳엔 뤼시앵이 있으리라. 그리고 엘리자는 볼로냐에 있을 것이고, 카롤린은…….

나폴레옹은 폴린의 말을 중단시켰다. 나폴리 왕 뮈라로 하여금 그를 배반하게 부추긴 누이에 대해 거론하기를 원치 않았다.

폴린은 울음을 터뜨리며, 자기도 엘바 섬으로 가서 오빠와 함께 살겠다고 말했다. 거의 모든 사람들이 그를 배신했지만, 폴린은 여전히 그에게 우의를 지켰다. 그는 그녀를 껴안았다. 운명의 끝에서, 그가 가장 사랑했던 누이를 다시 만난 것이다. 마치 그 무엇도 그것만은 변화시킬 수 없었던 것처럼…… 마치 그들의 삶에 있어, 그 동안 아무 일도 일어나지 않았던 것처럼…….

1814년 4월 27일 수요일 열한시, 그는 프레쥐스의 '붉은 모자'라는 여인숙에 들어섰다.

예전에, 기적적으로 영국 쾌속범선들을 피해 이집트에서 돌아온 그가 이 방 안에 들어섰던 1799년 10월 이후 아무것도 달라진 것이 없었다. 아니다, 그는 변했다. 당시 구릿빛으로 그을리고 깡마르고 단호한 표정의 그는, 이제 어디에서도 찾아볼 수 없으리라.

오늘, 그는 창가에 서서, 항구에 닻을 내린 그 배들을 바라보고 있었다. 바로 저 배들 중 하나를 타고 엘바 섬에 가게 되리라.

그는 자신의 짐들을 언돈티드(불굴) 호에 실으라고 지시했다.

프랑스 쾌속범선이 그의 호송을 책임져야 했을 터이지만, 그 배는 아직 도착하지 않았다. 그리고 아르투아 백작이나 베네방 왕자가 고용한 자객들이 선원들 사이에 숨어들었을지도 모르는 프랑스 배보다는 영국 배에 오르는 것이 더 안전하리라. 죽더라도 적들의 손에 죽는 것이 나으리라.

침실 창가에 서서, 그는 오랫동안 바다를 바라보고 있었다. 바다. 얼마나 자주 그는 그 해안을 따라 거닐었던가. 그를 태운 범선이 코르시카를 지나게 되지 않을까? 아직도 그 섬의 향기를 기억해낼 수 있을까?

그는 그 모든 것을 아내와 아이와 함께 겪기를 바랐다. 그들과 함께라면, 그는 고향이나 다름없는 그 풍경 속에서 평화를 되찾을 수 있을 것 같았다.

편지를 쓰기 시작했다.

〈나의 루이즈, 두 시간 전에 프레쥐스에 도착했소. 아비뇽에 이르기까지는, 프랑스의 정신에 무척 만족하였소. 하지만 아비뇽에서부터는 나에게 엄청난 반감을 갖고 있는 사람들이 있다는 사실을 깨달았소. 나는 위원들에게, 특히 오스트리아 장군과 러시아인에게 무척 만족하오. 그 사실을 당신 부친에게도 알리도록 하시오. 두 시간 후에 엘바 섬으로 떠날 것이오. 도착하면 다시 편지하겠소. 나의 건강은 좋소. 내게는 모든 것을 극복할 수 있는 용기가 있소. 나에 대한 당신의 사랑이 변치 않는 한, 그 용기는 약화되지 않을 것이오. 내 아들에게 키스해주오. 이곳에서 두 시간 거리의 성에 살고 있는 폴린은, 자기도 엘바 섬에 가서 내 벗이 되어주겠다고 고집하고 있소. 하지만 그녀는 몸이 편치 않아 언제쯤이나 여행할 수 있을지 알 수 없소. 대원수 베르트랑과 참모 드

루오가 나와 함께 떠나오. 당신의 성실한 남편. 나폴레옹.〉

출발이 늦어지고 있었다. 그는 영국 위원 캠벨 대령에게, '오륙 일 후에 폴린을 엘바 섬으로 데려올 수 있도록' 쾌속범선 한 척을 준비시키라고 요구했다. 그는 엘바 섬을 관할하는 달레스메스 장군에게 편지를 썼다.

〈섬은 이제 토스카나의 일부가 아니오. 나의 영토가 될 것이오.* 나는 국기를 정했소. 흰색 바탕에 대각선으로 붉은 줄무늬를 넣고 거기에 세 개의 벌 문양이 새겨질 것이오. 프랑스 왕좌를 포기할 수밖에 없는 상황에서, 조국의 이익과 행복을 위해 나의 권리를 희생시킬 수밖에 없는 상황에서, 나는 열강들의 동의하에 엘바 섬과 포르토페라이오와 포르토 론고네 요새의 소유권과 통치권을 양도받았소…… 주민들에게 이 새로운 사실을 통고해주시오. 그리고 내가 주민들의 온순하고 선량한 품성 때문에 그 섬에 머물기로 결정했다는 사실도 말해주시오. 나는 그들에게 항상 깊은 관심을 기울일 것이오.〉

퐁텐블로에서 며칠 동안 엘바 섬에 관한 책을 많이 읽은 덕분에, 그 섬의 역사에 대해 거의 모든 것을 알 수 있었다.

그는 침실을 거닐며, 이따금 창문 앞에 멈춰 서서 바다를 바라보았다. 저 너머 섬에 거주하게 되리라. 그리스인들은 '아이탈리아(연기가 솟는 곳)'라 불렀고 로마인들은 '일바'라 불렀던, 그 땅에서 코르시카의 해안을 볼 수 있을 것이다.

기묘한 운명 아닌가. 한 섬에서 시작하여, 대륙을 누비다가, 또 다른 섬에서 끝나는 그의 운명은.

---

* 이탈리아 서쪽 티레니아 해에 위치한 엘바 섬은 토스카나 공작령이었다가 1802년 프랑스에 양도되었다. 나폴레옹 유배 기간 동안에는 나폴레옹이 지배하는 독립 공국으로 인정받았다.

—그 섬은 내게는 휴식의 섬이 되리라.

프랑스 쾌속범선이 부두에 들어오고 있었다.

잠시 후, 함장이 여인숙에 나타났다. 그는 황제를 호송하는 영광을 갖고 싶다고 말했다. 나폴레옹은 고개를 가로저었다. 그는 말했다. 백색 깃발 아래에서 항해하고 싶지 않다고.

—프랑스 왕좌가 외국군의 총검에 의해 지켜지고 있는 한, 왕좌가 왕의 태도와 국민적 여론에 의해 진정한 프랑스 왕좌로 바뀌지 않는 한, 나는 '프랑스 왕'에게 어떠한 존경도 품을 수 없다.

출항하기 위해선 바람이 일 때까지 기다려야 했다. 이 기다림의 시간은 견디기 힘든 것이었다. 그는 끊임없이 자문했다. 마리 루이즈와 아들은 이곳에 올 것인가?

그는 언제 다시 프랑스 땅을 밟게 될 것인가?

4월 28일 목요일, 침실을 거닐던 그는 갑자기 구토를 느꼈다. 눈앞이 노래졌다. 그는 토했다. 문득 그 섬에서 홀로 죽어갈지도 모른다는 생각이 들었다. 그는 온몸에 식은땀을 흘렸다. 창가로 가서 벽에 기대고 바다를 바라보았다. 조금씩 기분이 나아졌다.

마리 루이즈에게 몇 글자 적었다.

〈날씨는 좋소. 항해는 순조로울 것이오. 당신이 건강을 되찾고 용기를 내주기를 기대하오. 당신과 나의 아들을 보게 된다면, 나는 무척 기쁠 것이오.〉

하지만 그들을 다시 만날 수 있을 것인가?

〈안녕, 나의 루이즈. 내 아들에게 키스해주고, 다른 모든 부인들에게도 안부 인사를 전해주오. 당신의 성실한 남편. 나폴레옹.〉

프랑스를 벗어나는 것이 참으로 힘들구나!

그는 언돈티드 호에 올랐다. 하지만 바람이 너무 약했기 때문에 생 라파엘에서 하선할 수밖에 없었다. 사람들이 그에게 환호를 보냈다.

1814년 4월 29일 금요일, 마침내 다시 출항했다.

그는 뱃머리에 머물러 있거나 갑판 위를 거닐었다. 뱃전 난간에 팔꿈치를 기대고, 프랑스 해안이 멀어지는 것을 바라보았다. 그는 베르트랑에게 말했다.

"부르봉 가는 자기들의 땅과 성을 되찾게 되어 만족하고 있을까. 그렇겠지. 하지만 프랑스 국민이 그것에 불만을 갖게 되고, 프랑스 제품의 판로가 보장되지 못한다는 것을 알게 되면, 부르봉 가는 육 개월 내에 쫓겨나게 될 거야."

베르트랑이 중얼거렸다.

"육 개월이라구요?"

나폴레옹은 대답하지 않았다. 부드러운 바람에 실려오는 섬의 냄새를 맡으며, 갑판 위에서 밤을 보냈다.

5월 1일 일요일, 아작시오가 대포의 사정거리 안에 들어왔다. 마치 아틀란티스처럼, 과거가 불쑥 솟아오른 것이다. 그는 오랫동안 항구와 요새를 말없이 바라보았다. 바로 저곳에서 첫 도전에 나섰고 운명의 주사위를 던졌었다.

칼비 앞에서, 배가 고장났다.

그는 섬의 공기를 한껏 들이마셨다. 코르시카의 산을 바라보면서, 그는 몸이 한결 좋아진 것을 느꼈다.

마침내 1814년 5월 3일 화요일, 그를 태운 범선은 포르토페라이오 앞에 닻을 내렸다. 그는 머리에 쓰고 있던 선원모를 벗어던지고, 자신의 이각모를 머리에 썼다. 그는 왕실 근위대 엽기병 제복에 레지옹 도뇌르 훈장과 이탈리아 왕의 장식을 달고 있었다.

여전히 그는 군인이고, 군주였다.

제 4 부

프랑스가 나를 그리워하며 부르고 있다

1814년 5월 4일 ~ 1815년 2월 28일

14
조제핀도 죽고, 모두들 죽었는데, 왜 나는 살아 있는가

1814년 5월 4일 수요일 오후 두시. 그가 나서자, 언돈티드 호의 영국군 병사들이 현문(舷門) 앞에 이열 종대로 늘어서서 검을 높이 뽑아들고 경의를 표했다. 그는 그들 사이를 지나 현문에 다가갔다. 가파른 절벽 아래 위치한 정박지를 바라보았다. 포르토페라이오 부두에는 많은 사람들이 나와 있었다. 병사들의 모습도 눈에 띄었다. 엘바 섬의 수도에 주둔하고 있는 병력들이리라. 사람들의 외침과 팡파르 소리가 바닷바람에 실려 이따금 들려왔다.

갑자기 스텔라와 팔코네 요새 위로 하얀 연기가 피어오르고, 연이어 폭음이 들렸다. 그를 환영하는 축포들이리라. 요새들 사이에 낡고 허물어진 몇 개의 풍차들이 늘어서서 도시와 바다를 굽어보고 있었다.

236

그 '물리니'* 지역을 바라보며, 그는 그곳에 자리잡아야겠다고 생각했다. 그곳에서라면 육지와 바다의 동향을 모두 살필 수 있을 것이었다.

부두까지 그를 데려갈 종선(從船)이 오자, 그는 배의 뒷전에 새로운 국기를 올리라고 지시했다.

이윽고 현문의 계단을 천천히 내려서며, 그는 중얼거렸다.

"이제야 쉴 곳을 찾았군. 이곳은 휴식의 섬이 될 것이다."

그는 종선 한가운데에 서 있었다. 아치형의 대문들과 단순한 벽면을 가진 집들이, 부두에서 계단식으로 위로 올라가며 늘어서 있었다. 그 때문인지 코르시카의 한 마을을 보는 듯한 느낌이었다.

이곳은 그의 고향이나 다름없었다.

─하지만 마리 루이즈는? 언제 그녀는 아들과 함께 대륙을 떠날 수 있을까? 그녀는 이곳에서 살아갈 수 있을까?

그는 부두로 뛰어올랐다.

사람들이 그를 금박 입힌 차양 아래로 안내하더니, 주민 대표들이 도시의 열쇠를 은쟁반에 받쳐들고 다가왔다. 이건 또 무슨 우스꽝스런 행렬인가? 그는 쓴웃음이 나왔다.

유럽이 자랑하는 훌륭한 도시들에 입성했던 그였다. 불타는 모스크바를 보았고, 장엄한 노트르담에서 대관식을 가졌던 그가 지금 한 작은 교회의 제단을 향해 나아가고 있었다. 골목길을 가득 메운 군중들의 환호성과 북 치는 소리가 요란했고, 쓰레기와 오물 냄새가 진동했다. 냄새는 작은 교회 안에까지 퍼져 있었다.

보나파르트 가문과 사촌간이라고 자처하는, 코르시카 출신 사제 아리기가 즉위식을 집전했다. 나폴레옹은 사제의 질문에 간신히

---

* '풍차' 라는 뜻의 이탈리아어.

응답했다.

그는 서둘렀다. 머물게 될 시청으로 빨리 피신하고 싶었다. 군중들은 건물 앞에서 소리치며 발을 구르고 있었다. 악취를 참을 수 없었다.

주민들에게 오물을 거리에 내다버리지 못하도록 하고, 섬 전역에 위생이 제대로 지켜지도록 법을 제정할 생각이었다.

—그녀가 아들을 데리고 이곳에 오면, 어디에 머물러야 할까?

그는 시종 마르샹과 비서 라트리에게 몇 가지 지시를 내리고, 드루오 장군과 캉브론 장군, 그리고 궁정 대원수 베르트랑에게 자신이 바라는 바를 구술하기 시작했다.

그러나 이내 말을 멈추었다. 그는 자신도 모르게 '궁정' 이라는 단어를 반복하고 있었던 것이다.

잠시 생각하던 그는 다시 말을 이었다. 튈르리 궁이나 생 클루에서와 같이 이곳에서도 예절이 존중되기를 원했다. 왕실 시종들도 임명하리라. 베르트랑은 도시의 명사들 중에서 뽑은 고관들을 감독할 것이다. 또한 그들과 그들의 부인들을 위해 만찬과 무도회를 열 것이며, 근위대가 섬에 상륙하는 대로 사열식을 가질 것이다. 그는 내일 새벽부터 섬을 돌아보겠다고 지시했다.

사람들이 물러갔다. 그는 홀로 남았다.

그는 편지를 썼다.

〈나의 루이즈, 바다가 잔잔해서 항해는 나흘밖에 걸리지 않았소. 전혀 힘들지 않았소. 이곳 엘바 섬은 무척 아름다운 섬이지만, 가옥들은 초라한 편이오. 나는 몇 주 안에 그 문제를 해결할 생각이오. 당신으로부터 소식을 받지 못하고 있소. 나는 매일 당신을 걱정하고 있소. 나의 건강은 아주 좋소. 안녕, 나의 친구. 당신은 멀리 있지만, 나는 언제나 나의 루이즈를 생각하고 있소. 나의 아들에게 다정한 키스를. 나폴레옹.〉

자리에 누웠다. 파도 소리가 들려왔다. 그는 어린 시절로 되돌아간 느낌이었다. 기운이 넘치는 것을 느꼈다.

이른 새벽, 그는 말을 타고 온화한 오월의 대기 속을 달렸다. 산허리를 따라 자갈투성이의 좁은 길을 달려갔다. 포르토페라이오에서 차츰 멀어짐에 따라 코르시카 섬에서와 같은 풀내음을 느낄 수 있었다.

그는 리오 마리나에 도착했다. 땅은 붉은색이었다. 철광 갱로가 절벽 중간중간에 뚫려 있었다. 그는 생산량과 그에 따른 수익과 세금에 대해 알고자 했다. 광산 책임자의 얼굴이 낯설지 않았다. 과거에 알았던 사람들이 간혹 그의 앞에 나타나는 일이 많아서, 폰즈라는 이 사내가 예전 그의 휘하에서 툴롱 전투에 참전했다는 걸 듣고서도 그는 그다지 놀라지 않았다. 폰즈는, 자기는 여전히 공화주의자이며 자코뱅파라고 자랑스럽게 말했다.

나폴레옹은 말했다.

"나는 오로지 프랑스에 대한 충성을 요구할 따름이네."

—이 사내는 믿을 만하군. 내가 영광을 누리던 시절에 아첨하지 않았기 때문이다.

폰즈와 헤어져 다시 섬을 돌아보며 주변을 살폈다.

도로를 놓아야 했다. 포도나무가 심어져 있는 산마르티노 언덕 이곳에 여름 별장과 사냥을 위한 휴게소를 세울 것이다. 조용하고 녹음이 우거져 있었으며, 바다를 바라볼 수 있는 곳이었다.

저곳, 물리니에 왕궁을 세울 것이다.

나폴레옹은 매일 나와서 공사를 지켜보았다. 절벽 사이로 굴을 뚫어, 포르토페라이오가 바라다보이는 '물리니'의 전망대까지 길을 내야 했다. 그렇게 되면, 도시를 통과하지 않고도 물리니를 떠나 이곳 별장에 올 수 있을 것이고, 몇 명의 보초병만으로도 적의 기습에 대처할 수 있을 터였다.

때로 섬의 지도를 들여다보면서, 물리니의 전망대나 몬테 조베 정상에서 아래를 내려다보면서, 그는 탄성을 내질렀다.

"아, 나의 섬은 정말 작군!"

베르트랑과 드루오, 그리고 그가 재정장관으로 임명한 옛 왕궁 재무관 페뤼스도 그러한 사실을 인정했다. 233평방 킬로미터의 영토에 몇천 명의 국민!

샤를마뉴에 버금갈 만큼 유럽의 대부분을 소유했던 황제 나폴레옹! 그는 각국에서 불러들인 수십만 명의 병력들을 지휘했었다. 그런데 지금 그의 휘하의 병사들은 1천6백 명이었다. 게다가 그중 근위대 척탄병은 675명에 불과했고, 폴란드 기병은 54명뿐이었다. 나머지는 현지에서 징집한 병사들과 코르시카의 병사들이었다. 그들은 신뢰할 수 없었다. 그중에는 분명 첩자나 적병, 어쩌면 자객이 끼어 있을 수도 있었던 것이다.

그러니 섬의 풍경은 참으로 좋았다.

몬테 조베 너머 밤나무 숲속에서 그는 성소(聖所)와 오두막집을 발견했다. 성모(聖母)를 모신 그곳 성소는 순례의 장소였다. 바위 사이를 깎아 만든 계단을 따라 올라간 그는 그 아름다운 장관에 넋을 잃었다. 성소에 해가 질 무렵, '그의 유년의 섬' 코르시카가 눈에 들어왔다. 그는 오래 서서 바라보았다. 카프라이아 섬과 몬테크리스토 섬, 그리고 푸른빛으로 반짝이는 티레니아 해(海)에 둘러싸인 엘바 섬의 해안선을.

그는 그 자리에 앉았다. 여기서 살 수 있으리라.

날이 더워지면, 그곳에서 지내기로 결정했다. 그는 은자가 거처했던 작은 방 하나를 선택했다. 병사들은 오두막집 아래에 야영지를 마련할 것이다. 드루오 장군은 다른 방 하나를 차지하게 될 것이다. 그리고 만일 어머니가 온다면, 그녀는 몬테 조베에서 비탈길을 따라 수백 미터 아래에 위치한, 마르시아나 알타 마을의 집들 중 한 곳에 머무르게 될 것이다.

'그의 새로운 공간'을 완전히 자기 것으로 하는 데에는 단 며칠이면 충분했다. 5월 21일 토요일, 그는 물리니에 자리잡았다. 실내에서는 아직도 칠 냄새와 석회 냄새가 가시지 않았지만, 그는 즉시 규칙적인 생활을 시작했다.

새벽이 되기 전에 일어나 그는 읽고 구술했다.

〈일요일에는 모든 마을에 깃발을 올리고 축제 분위기를 조성하시오. 나는 거리의 불결함을 무척 못마땅하게 여기고 있소. 시정하도록 하오. 마을들에서 비용을 갹출해 무도회를 열었으면 하오. 무도회는 광장에 나무로 홀을 지어 그곳에서 열도록 하고, 왕실 근위대 장교들도 초대하면 좋겠소. 홀 주위에는 악단을 마련해서 병사들이 춤출 수 있도록 하고, 포도주를 여러 통 준비하여 그들이 양껏 마실 수 있게 하고……〉

구술을 중단했다.

일출 시간이었다. 그는 전망대에 나가, 수평선과 포르토페라이오 만(灣)을 살펴보고, 선단을 구성하는 앵콩스탕 호, 카롤린 호, 무슈 호, 아베유 호, 에투알 호 등 작은 범선들을 바라보았다. 코르시카는 기껏해야 50킬로미터밖에 떨어져 있지 않았다. 피옴비노 항구까지는 채 12킬로미터도 되지 않았으며, 리보르노는 더욱 가까웠다. 프랑스 해안까지는 사나흘 정도 항해하면 도착할 수 있었다.

그는 그 범선들에서 눈을 뗄 수 없었다. 그 배들 덕분에, 프랑스와 유럽에서 지금 무슨 일들이 벌어지고 있는지를 알 수 있었다. 그는, 그가 원하기만 한다면, 섬을 떠날 수도 있을 것이었다.

그는 그 생각을 물리쳤다.

하지만 프랑스와 유럽이 어떻게 돌아가고 있는지는 알아야 했다. 그는 영국 신문들을 받아보고 싶었고, 자신의 정보망을 조직하고 싶었다.

—이 모든 것이 조속히 이루어져야 하리라. 이곳에 도착해서 최초로 받아본 편지들에 의하면, 루이 18세는 참모장에 뒤퐁 장군을 임명했다. 뒤퐁, 그는 바일렌에서 항복했던 장군이 아닌가! 이 임명은 나에 대한, 그리고 프랑스군에 대한 모독이다.

뒤퐁은 보복에 나섰다. 그는 10만 명의 병사들을 군에서 쫓아냈으며, 1만 2천 명에 달하는 장교들의 봉급을 반으로 깎았다. 그리고 루이 18세는 파리를 점령하고 있는 군주들에 둘러싸여 열병식을 벌였다.

아침 일곱시, 해가 벌써 높이 떠올랐다. 그는 돌아와서 아침식사를 했다. 그리고 나서 신문을 읽고 편지를 썼다.

〈나의 루이즈, 여기까지 나를 따라왔던 콜러 장군이 돌아가게 되었소. 그에게 이 편지를 낭신에게 전달해달라고 부탁할 생각이오. 콜러 장군은 내게 무척 잘해주었소. 당신이 부친에게 편지를 써서, 장군에게 뭔가 감사의 표시를 하도록 말해주면 좋겠소. 나는 정원이 딸린 꽤 그럴듯한 거처를 마련했소. 나의 건강은 아주 좋소. 섬은 깨끗하고 사람들은 선량해 보이오. 안락한 곳이오. 당신이 어떻게 지내는지, 건강은 나아졌는지, 전혀 소식을 듣지 못하고 있소. 프레쥐스에서 받아본 당신의 편지가 마지막이었소. 안녕, 나의 친구. 나의 아들에게 키스해주오. 나폴레옹.〉

한동안 우울했다.

마리 루이즈는 침묵하고 있었다. 그는 아들의 소식을 전혀 모르고 있었다. 그를 가족에게서 떼어놓으려는 야만적이고 잔인한 적의 의도에 그는 분노와 절망을 느꼈다.

부르봉 가와 오스트리아인들, 그들이 원하는 것은 무엇인가?

첩보원들은 보고했다. 루이 18세와 아르투아 백작 주변에선 벌써부터 그를 납치해서 암살하려는 계획이 준비중이라고 했다. 그들은 파리에서 카두달과 피슈그뤼, 심지어 모로 원수를 기리는 엄숙한 미사를 올렸다!

참모장 뒤퐁 장군은 코르시카 총독에 브뤼슬라르 기사를 임명했다. 그자는 슈앙파(올빼미 당원)로서 카두달과 공모했던 자이며, 노르망디 지방에서 여러 해 동안 반도들을 지휘했던 자였다.

─브뤼슬라르, 그자는 나를 암살할 생각밖엔 없다고 한다. 이곳에서조차 나는 그들을 불편하게 하고 있다. 루이 18세는 외국 군대에서 복무했던 망명자들로 구성된 새로운 군사 조직을 만들었다. 나의 병사들은 이에 대해 어떻게 생각할 것인가! 적의 군대에서 자기들과 싸웠던 자가 수여하는 레지옹 도뇌르 훈장을 그들은 어떻게 생각할 것인가! 그에 비한다면, 나는 이곳에서 또다른 프랑스를 구현하고 있는 것 아닌가!

그는 이러한 생각들을 머리에서 떨쳐버리고 싶었다. 매일 저녁, 그는 전속부관 한 명과 함께 섬을 돌아다녔다. 요새들을 살펴보았으며, 포르토페라이오에서 멀리 떨어진 마르시아나 마리나와 마리나 델 캄포 등의 항구들을 찾았다.

계속 움직여야 했다. 그는 오후 내내 접견했다. 사람들을 만나 엘바 섬은 물론 바깥 세상이 어떻게 돌아가는지 알아야 했다. 이따금 외부의 방문객들이 그를 찾아왔다. 주로 영국인들이었다. 그들은 공손한 태도로 그에게 질문했다.

물리니의 정원에 막 들어선, 런던의 의회의원 패저컬리와 버논의 표정에는 놀라운 기색이 역력했다. '왕궁'의 분주한 움직임,

예절, 화려한 제복들, 1백 명에 가까운 시종들, 보초를 서고 있는 병사들…… 이렇듯 다시 복원된 궁정 모습에 그들은 놀라고 있었다. 나폴레옹은 사가(史家)와 같은 담담한 태도로 그들과 오랫동안 이야기를 나누었다. 그가 치른 전투들과 그가 이룩한 업적은 이미 역사의 한 장이 되지 않았던가?

그는 말했다.

"나는 프랑스를 위해 위대한 일들을 하고 싶었소. 그러나 내가 항상 주장했듯이, 그러기 위해서는 내게는 이십 년이라는 시간이 필요했소."

그는 자리에서 일어나 그들을 전망대로 데려갔다.

그는 말했다.

"프랑스는 꼬리는 괜찮지만 머리가 형편없고, 영국은 머리는 훌륭한데 꼬리가 보잘것없소. 오늘날 영국은 유럽에서 주역을 담당하고 있지만, 곧 몰락의 길에 들어설 것이오. 다른 모든 제국들처럼 영국도 몰락할 것이오. 그러나 프랑스는 고갈되지 않았소. 나는 언제나 프랑스의 사원을 아껴왔소. 나는 독일과 이탈리아와 스페인에서 병사들을 징집함으로써 프랑스의 인력이 고갈되는 것을 막았고, 같은 목적으로 유럽 전역에서 세금을 거둬들였소. 당신들은 프랑스의 각 지방들마다 젊은이들이 넘쳐나는 것을 보았을 것이오. 농업은 개선되었으며 제조업 또한 호황을 누리고 있소."

그는 이곳 엘바 섬도 변화시키고자 했다. 감자를 도입했고, 언덕의 북쪽면에 밤나무를, 남쪽 비탈엔 올리브 나무와 포도나무를 심게 했다. 도로를 만들고, 주민들에게 집에 변소를 설치하도록 강제했다.

그는 말했다.

"나는 행동하는 사람이오. 나는 모든 것을 변화시킬 수 있소."

그는 그들을 자신의 '보잘것없는 집' 물리니에 초대했다. 왕궁은 아니었지만, 그게 무슨 대수겠는가?

"나는 군인으로 태어났소. 나는 십오 년 동안 권력을 잡았고, 그리고 나서 왕좌에서 물러났소. 일단 불행을 딛고 살아남은 이후엔, 겁쟁이가 아닌 이상 그 불행을 견뎌내야 하는 것이오. 이곳에서 나의 신조가 무엇인지 아시오? 나폴레오 우비스쿰케 펠릭스(나폴레옹은 어디에서나 행복하다)."

접견이 끝나자, 그는 말에 올라 오솔길을 달렸다. 사냥을 하고, 해가 질 무렵엔 몬테 조베의 성소까지 달려갔다. 그 밤나무 숲의 고요함과 산정의 상쾌한 공기, 그는 그속에서 마음을 진정시킬 수 있었다. 오랫동안 그곳에 서 있었다. 지는 해를, 그리고 붉게 물든 수평선 위로 뚜렷이 드러나는 코르시카 섬을 바라보았다. 이윽고 땅거미가 지고 밤이 내리면, 그는 성소의 작은 방에 들었다.

아침, 베르트랑 장군이 그를 찾았다. 모후께서 도착하셨다. 황제가 직접 포르토페라이오에 마중 나오지 않아 그녀는 불같이 화를 내고 있다는 것이었다.

나폴레옹은 감동했다. 어머니가 그와 함께 섬에 있게 된 것이다. 떠오르는 태양빛 때문에 지금은 눈에 잘 띄지 않는 저 다른 섬에서 그 옛날 그랬던 것처럼……

그는 서둘러 달려갔다. 마침내 그의 앞에 어머니가 있었다. 어두운 색의 긴 옷을 입은 그녀는, 언제나 그렇듯이 검은 돌조각처럼 꼿꼿하고 엄격한 모습이었다. 더욱 야윈 몸에 하얗게 센 머리, 전보다 더한 근심을 담고 있는 시선. 그는 그 시선에서 자신을 보았다. 그녀는 어린아이, 청년, 황제 나폴레옹을 떠올리고 있었으리라. 하지만 지금 그녀 앞에는 며칠 후면 마흔다섯이 되는 한 사내, 여전히 땅딸막하고 단단한 몸집이 더욱 불어난데다가 머리숱도 적어서, 마치 둥근 공처럼 보이는 한 사내일 뿐이었다. 그는 그녀를 껴안았다.

그는 포르토페라이오의 가장 아름다운 집에 그녀를 머물게 하고, 매일 저녁 물리니에서 내려와 그녀를 찾아갔다. 그들 모자는 마차에 나란히 앉아 산책했고, 물리니의 테라스에 자리잡았다. 그는 그녀와 함께 카드놀이를 했다. 그녀는 능숙하게 카드를 다루었다. 그러나 그는 지는 것을 받아들일 수 없었다. 그는 속임수를 썼다. 점수를 계산했다. 그가 이겼다.

어머니는 속아넘어간 것일까?

그는 자리에서 일어나 그녀를 배웅했다. 그녀는 그가 좋아하는 약간 쉰 듯한 목소리로 중얼거렸다.

"아디오, 미오 카로 필리오(안녕, 내 사랑하는 아들아)."

때로 그는 저녁 시간에 섬의 명사들을 초대하고, 사람들 사이를 돌아다니며 부인들에게 몸을 숙였다. 부인들은 수줍어하며 서투른 동작으로 그에게 존경을 표시했다.

이것도 하나의 삶이다. 그리고 앞으로는 바로 그의 삶인 것이다.

그러나 혼자 남게 되자, 그는 슬픔으로 가슴이 메이는 것 같았다. 그가 아쉬워하는 것은 튈르리 궁의 황금도, 그에게 몸을 바쳤던 어여쁜 여인들도 아니었다. 그에게는 아들과 아내가 있었다. 이들마저 그에게서 앗아간다면, 삶에 무슨 의미가 있을 것인가?

그는 마리 루이즈에게서 단 한 통의 편지를 받았을 뿐이었다. 그녀는 엑스 레 뱅으로 떠날 것임을 알리고 있었다. 분노가 치밀었다. 그러나 스스로 마음을 가다듬어야 했다. 그녀를 설득해야 했다. 그녀는, 그에게서 멀리 떨어뜨리고 그의 아들을 빼앗으려는 자들에 둘러싸여 있지 않은가.

그는 편지를 썼다.

〈당신이 가능한 한 빨리 토스카나로 와야 할 거라고 생각하오. 그곳은 사부아의 엑스만큼이나 물이 좋은 지방이오. 그렇게 되면 나는 당신 소식을 더욱 자주 접하게 될 것이오. 당신은 파르마에서 멀지 않은 곳에 있게 될 것이고, 아들과도 함께 지낼 수 있게 될 것이오. 나도 당신과 아들에 대한 걱정을 덜 수 있을 것이오. 당신이 엑스에 간다는 것은, 여러 가지 곤란한 문제들을 야기할 뿐이오. 만약 당신이 이 편지를 엑스에서 받게 된다면, 그곳에서 한 철만 지내고 당신의 건강을 위해 토스카나로 오시오. 나의 건강은 좋소. 당신에 대한 나의 사랑은 한결같소. 그리고 당신을 보고 싶은 마음이 간절하오. 안녕, 나의 친구. 내 아들에게 다정한 키스를. 나폴레옹.〉

여름이 찾아왔다. 무더위 속에 모든 것이 느릿하게 흘러갔다. 그는 자주 몬테 조베의 성소로 올라가 하루를 보내고, 저물 무렵 땅거미를 밟으며 마르시아나 알타 마을로 어머니를 찾아 내려왔다.

그곳엔 배들이 포르토페라이오에 부려놓고 간 신문들이 있었다. '모닝 크로니클' 지와 '르 주르날 데 데바' 지가 그중 읽을 만했다. 또한 파리에 머물고 있는 마레를 통해, 혹은 근위대 병사들이 보내온 편지들을 통해 프랑스에서 일어나는 일들을 접할 수 있었다.

그는 분노했다. 채 몇 주도 지나지 않아 부르봉 가는 그들의 정체를 드러내고 있었다.

—그들은 내가 건설한 새로운 프랑스를 전혀 이해하지 못한다!

달마치야 공 술트 원수는 부르봉 가에 아첨하기 위해, 슈앙의 영광을 기리는 기념물을 세우려 하고, '키베롱의 순교자들'*을 위한 서명 운동을 펼치고 있었다. 성직자들은 귀족들과 힘을 합쳐 국가 재산을 매각한 일을 문제삼고 있었다.

---

* 열달 반동(1794. 7. 27) 이후인 1795년 6월 망명 왕당파들이 영국의 지원하에 프랑스 서해안에 있는 키베롱 섬에 상륙하여 권력 회복 운동을 벌였으나 곧 진압되었다. 이때 7백 명 이상의 왕당파가 총살당했다.

—귀족들의 땅과 집을, 교회의 재산을 취득했던 농민들과 시민들은 그것을 어떻게 생각할 것인가?

신문들은 그를 모욕하는 내용들로 지면을 가득 채우고 있었다. 폴린이 섬에서 이틀을 지낸 것을 두고, 그들은 그와 폴린 사이의 '근친상간적 사랑'을 비난했다. 심지어 그가 '성병'에 걸려 거의 미친 상태이며, 폴린 역시 성병에 옮아 치료를 요하는 상태라고 말하고 있었다.

역겨울 뿐이었다. 그를 풍자한 그림들을 보며, 구역질이 날 것만 같았다. 풍자화에는 그가 집어삼켰던 국가와 왕좌와 재산들을 '토해내고' 있는 모습, 성병을 고치기 위해 '핏물이 가득한 욕조' 안에 몸을 담그고 있는 모습이 묘사되어 있었다.

이처럼 그를 지독하게 비방하는 자들에게 달리 어떤 의도가 있겠는가? 그들은 그의 주위에 첩자들을 깔아놓고, 그를 죽일 생각만 하고 있을 터였다.

베네방 왕자 탈레랑은, 포르토페라이오에서 뱃길로 다섯 시간밖에 떨어져 있지 않은 리보르노의 프랑스 총영사에 마리오티 기사를 임명했다. 소식을 접한 나폴레옹은 소스라치게 놀랐다. 그는 그 코르시카인 마리오티를 기억하고 있었다. 마리오티는 엘리자 공주 아래에서 루카의 경찰국장으로 일하다가, 공국의 주둔 부대를 이끌고 반란을 일으켜 여군주를 배반하고 부르봉 가로 돌아선 자였다.

—모브레유를 보내 나를 암살하려던 탈레랑. 그는 계획을 일부 수정한 것인가? 프랑스인들이 어떤 생각을 하게 될 것인가를 미리 짐작하고, 이곳에서 나를 납치하려는 것인가?

브뤼슬라르를 코르시카 총독에 임명하고, 리보르노에 마리오티를 보냄으로써 부르봉 가는 그의 목을 조여오고 있었다. 그들은 협정에 의해 정해진 2백만 프랑의 연금도 지급하지 않았다.

—그들이 원하는 것은 나의 죽음이다!

—결국 싸워야 하리라. 스스로를 지키기 위해 나의 정보망을
조직하고 이탈리아에 첩자들을 파견하고 정보를 수집해야 한다.
행동해야 한다. 그러기 위해서는 여론의 추이를 파악해야 한다.
신문을 읽어야 한다.

'르 주르날 데 데바'지를 훑어보던 그는 큰 충격을 받았다. 신
문 날짜를 보았다. 이미 여러 주가 지난 신문이었다.

—나는 1814년 한여름이 되어서야 소식을 접하게 되었구나.

5월 29일에 조제핀이 죽었다.

그는 움직이지 않았다. 이틀 동안 방에 틀어박혀 밖으로 나오지
않았다.

그의 삶이, '그녀와 관련된 모든 삶'이 그의 머릿속을 스쳐지나
갔다.

부고와 함께 실린 기사를 그는 굳이 생각하고 싶지 않았다. 그
녀 역시 그를 배반한 것이다. 그녀는 말메종의 자기 집에 차르 알
렉산드르와 오스트리아 황제와 프로이센 왕을 초대했다. 그들을
위해 저녁 만찬을 준비했고, 그들과 함께 춤을 추었다. 또한 오르
탕스와 으젠을 차르에게 소개했다. 차르가 그들을 루이 18세에게
추천해주기를 바라는 마음에서였으리라.

그녀가 그와 같은 짓들을 한 것은 아마도 사실이리라. 하지만
그녀는 이미 죽었다. 그녀는 그로 인해 많은 상처를 받은 여자였
다. 그가 줄곧 그녀를 보호하고자 노력했음에도 불구하고, 그리고
그녀가 진작부터 그를 속이고 다른 수많은 남자들과 놀아났음에
도 불구하고, 그녀는 그가 준 상처로 많이 괴로워한 여자였다.

그를 찾아온 베르트랑에게 그는 말했다.

"불쌍한 조제핀, 이제 그녀는 진정으로 행복할 것이야."

그리고 스스로를 위로하듯이 말했다.

"어쨌거나 조제핀은 내게 행복을 가져다주었지. 내게 있어 그녀는 언제나 가장 다정스러운 친구였네. 나는 그녀에게 커다란 고마움을 느끼고 있어."

그는 한숨을 내쉬었다. 그리고는 이틀 만에 처음으로 방을 나서서 전망대로 향했다. 그는 오랫동안 수평선을 바라보았다.

"그녀는 순종적이었고 헌신적이었으며 관대했어. 그녀는 여성으로서의 그러한 재능과 능력을 정치적 수완으로까지 발전시켰었지."

바다를 굽어보고 있는 오솔길을 혼자 걸어 내려왔다.

1814년 8월 15일, 그는 마흔다섯이 되었다.

조제핀을 비롯한 주변의 많은 사람들이 이미 죽었다. 그런데 그는 왜 아직 살아 있는 것일까?

물리니의 집에서, 그는 어머니와 섬의 명사들을 맞았다. 사람들이 그의 생일을 축하했다. 우울한 표정으로 그는 말이 없었다. 어쨌거나 명사의 부인들과 궁정 대원수의 부인 베르트랑 백작부인을 상대해주어야 했다. 잠시 후, 피아노를 향해 걸음을 옮기던 그는 건반을 두드리며 몇 음표를 연주했다. 그것은 이제 그만 자리를 뜨겠다는 것을 알리는 그 나름의 방식이었다. 몇 개의 조촐한 방과 욕실로 이루어진 자신의 거처로 돌아왔다. 욕조 위에는 나른한 모습의 여인을 담은 로마풍의 모자이크가 있었다.

어째서 그는 혼자 살아남은 것인가?

〈나의 루이즈, 당신에게 자주 편지를 보냈었소. 당신도 그랬으리라 생각하오. 하지만 나는 당신이 비엔나를 떠난 이후 한 통의 편지도 받지 못했소. 내 아들의 소식을 전혀 듣지 못하고 있소. 이것은 진정으로 고약하고 잔인한 처사요. 어머니는 여기서 아주 잘 지내고 계시오. 그녀는 건강을 완전히 회복했소. 나는 건강하오. 당신이 거처할 곳이 준비되었소. 포도 수확철인 9월에 당신이 이곳에 와주기를 기대하고 있소. 어느 누구에게도, 당신의 여행을 반대할 권리가 없소. 그 점에 대해서는 내가 이미 얘기했을 것이오.〉

―그러나 그녀 스스로가 나에게 오는 것을 거부하는 것이라면? 너무나 연약하고 영향받기 쉬운 그녀는 비엔나 사람들에게 이미 속았는지도 모르잖은가.

그는 다시 펜을 들었다.

〈아무 걱정 말고 이곳으로 오도록 하오. 당신이 오기를 간절하게 기다리고 있소. 당신에 대한 나의 감정은 당신도 잘 알고 있을 것이오. 더이상 긴 말은 쓰지 않겠소. 이 편지가 당신에게 도착하지 않을 수도 있으니까…… 폴린 공주는 9월에 여기 올 것이오. 포도 수확철은 바로 당신을 위한 축제가 될 것이오. 나는 그것이 즐거운 축제가 되기를 기원하겠소. 나의 아내와 아이가 내게 편지를 쓰는 것조차 막으려 하다니, 참으로 한탄스러운 일이오. 정말 비열한 짓이오. 안녕, 내 사랑. 나폴레옹.〉

15
마리 발레프스카의 성소

혼자 있고 싶었다. 물리니를 떠나 성소에 머물렀다. 때로 몬테 조베 언덕을 홀로 돌아다녔고, 몇 시간이고 평평한 바위 위에 앉아 있곤 했다. 코르시카 섬이 석양빛에 붉게 물드는 걸 바라보았고, 은빛 바다에 검은 다이아몬드처럼 박힌 카프라이아 섬과 몬테 크리스토 섬을 바라보았다. 그곳에서는 모든 풍경이 내려다보였다.

저녁이면 좁고 가파른 길을 내려와, 어머니가 머물고 있는 마르시아나 알타의 집으로 향했다. 어머니는 등을 꼿꼿이 세우고 정원에 앉아 있었다.

―마치 나의 삶의 축처럼 꿈쩍도 않고 계시군. 그 많은 우여곡절 끝에, 나는 어머니와 함께 지내던 어린 시절의 섬에 돌아와 있

다.

그는 아무 말 없이 그녀를 바라보았다.

때로 그녀는 그에게 간단한 질문들을 했지만, 마리 루이즈와 그의 아들에 대한 얘기는 절대 꺼내지 않았다. 그녀는 형제들에 대해 말했다. 뤼시앵은 로마에 자리잡았다. 그녀는 뤼시앵에게 편지를 썼다. 제련소를 차린 뤼시앵은, 리오 마리나의 철광석을 사고 싶어했다. 제롬은 트리에스테에 있었고, 엘리자는 볼로냐에 피신해 있었다. 오스트리아 경찰들이 그들을 감시하고 있었다. 루이는 삼촌 페쉬 추기경과 함께 로마에 있었고, 조제프는 레망 호 주변에 있는 자신의 영지 프랑쟁에 머물고 있었다. 조제프는 편지에서, 브뤼슬라르가 한 무리의 코르시카인 살인자들을 모집했다고 알려왔다. 그들의 임무는 엘바 섬에 침입하여 황제를 죽이는 것이었다.

나폴레옹은 어머니의 말을 듣고만 있었다. 그녀는 그들 가족이 전처럼 지내게 되기를 바라고 있었다. 그녀는 재차 말했다. 폴린이 나폴리에서 올 것이다. 그녀는 카롤린 얘기를 언급했다. 카롤린을 감싸려 했고, 뮈라를 변호했다.

그녀의 말을 들으며, 그는 고개를 끄덕였다. 그에게는 뮈라가 필요할지도 몰랐다. 나폴리 왕은 배반했지만, 인간이란 상황에 놀아나는 연약한 존재일 따름 아닌가.

성소에 올라온 그는 편지를 쓰기 시작했다.

〈나의 친구, 나는 지금 성소에 있소. 해발 6백 투아즈*(약 1,950 미터) 높이의 이곳에선 지중해가 한눈에 들어온다오. 주위에는 밤나무 숲이 있소. 어머니는 이곳에서 5백 투아즈 아래에 위치한 마

---

* 길이의 옛 단위. 1투아즈는 약 3.25미터.

을에 머물고 있소. 나는 이곳에서 즐겁게 지내고 있소. 건강도 아주 좋은 편이고, 낮 동안엔 사냥을 다니기도 하오. 당신과 아들을 보고 싶소. 화가 이자베가 함께 와준다면 더욱 기쁠 것이오. 이곳 경치는 너무 아름다워서 화폭에 담기에 좋을 것이오. 안녕, 나의 루이즈. 나폴레옹.〉

주위를 둘러보았다. 방 안 가득 눈부신 햇빛이 스며들고 있었다. 바깥에선 밤 사이에 죽은 나귀를 병사들이 끌어내고 있었다. 그는 그 모든 것을 자세히 관찰했고, 수평선 위로 빛이 바뀌는 것을 오래 바라보았다.

때로 그 모든 일들이 나름대로 가치를 지니고 있다는 느낌이 들었다. 나귀가 익사하지 않도록 마구간에 펌프를 설치하는 것이나, 전투를 준비하는 것이나, 똑같이 정성과 힘을 들여야 하는 일들 아닌가.

그는 그런 사람이었다. 그는 모든 것을 관찰하고, 질서를 부여하려 했으며, 혼동이나 혼란이나 방임을 용납하지 않았다.

그는 펜을 들었다.

〈베르트랑 백작, 나는 내 침실 창문에 설치할 세 개의 덧창이 필요하네. 어머니의 침실에도 역시 조치가 필요한데, 그곳엔 커튼대가 이미 설치되어 있으니 세 폭의 커튼만 보내면 될 것일세…… 전에 이미 부탁했던 것 같은데, 폴린 공주에게 편지를 보내어 피아노 연주자를 데려올 생각은 하지 말고 훌륭한 가수들이나 데려오라고 하게. 이곳에 이미 훌륭한 바이올린 연주자와 피아노 연주자가 있으니 말일세.〉

그는 쓰기를 멈추었다.

이곳에서 삶을 끝내야 하는 것인가?

—프랑스 전체가 나를 그리워하며 부르고 있는 지금?

자객들의 위협 속에서, 그리고 받기로 한 연금을 받지 못한 채 궁핍 속에서 살아가야만 하는 것인가?

그는 알고 있었다. 곳곳의 병영들에서, 병사들이 명령을 무시하고 성 나폴레옹 축일을 기념했으며 백색 휘장을 짓밟았다는 사실을.

주위 풍경을 바라보았다. 때로 저 몬테 조베의 돌산이 날개를 펼친 독수리 형상으로 그의 눈에 들어왔다. 그는 그렇게 느꼈다.

9월 1일 밤, 사람들이 그를 깨웠다. 배 한 척이 포르토페라이오 만에 들어왔다는 것이다. 그런데 그 배는 항구에 배를 대지 않고, 멀리 떨어진 한 포구에 닻을 내렸다.

그는 서둘러 옷을 입으며, 말에 안장을 얹으라고 지시했다. 그는 오솔길을 따라 내려와 프로키오 고개에 이르렀다. 저 멀리서, 기사들과 마차와 두 마리의 노새가 천천히 다가오는 모습이 보였다.

마리 발레프스카가 섬을 방문하고 싶다는 뜻을 전해온 지는 오래였다. 그는 그녀의 오빠, 폴란드 장교 테오도르 락친스키에게 그 방문을 허락한다는 것을 알렸었다. 그러나 마차를 맞이하러 가는 지금, 그는 마음이 혼란스러웠다. 충동적으로 내린 결정이 아니었을까? 그녀가 이곳에 온 것을 오스트리아 첩자들이 알게 된다면, 그들은 그 사실을 그에게 불리한 쪽으로 적극 이용할 것이 틀림없지 않은가. 황후 마리 루이즈는 이 일에서 어떤 구실을 찾으려 하지 않을까.

그러나 그녀의 방문에 그는 큰 감동을 받고 있었고, 서둘러 그녀를 보고 싶었다. 그가 무엇 때문에 그녀의 방문을 거절해야 하는가? 그의 퇴위가 있기 전날, 퐁텐블로를 찾아왔지만 만나줄 수 없었던 여인, 자기와의 사이에서 난 아이의 어머니, 마리 발레프스카는 정치적인 이유로 너무 많은 희생을 이미 강요받지 않았던가?

마차가 멈췄다. 사람들이 등불을 들어올렸다. 그는 그들을 보았다. 서른 살이 되어가는 그녀는 완숙한 여인의 아름다움을 지니고 있었다. 그리고 곱슬거리는 금발머리의, 그의 아들 알렉상드르.

—로마 왕과 똑같구나. 그리고 저 옆모습은 완전히 나를 닮았어.

그는 그녀의 곁에 앉았다. 실로 여러 해 만에 그녀와 함께 있게 된 것이다.

그는 그녀의 손을 잡았다. 아이의 머리를 쓰다듬었다. 커다란 감동이 물결쳐왔다.

하지만 이런 순간이 계속되지 않으리라는 것을 알고 있는 그는, 졸음이 가득 담긴 아이의 눈을 애틋함으로 바라볼 뿐, 아이에게 건네는 말에 자신을 몰입하지는 않았다. 그는 아이에게서 자기의 목소리를 듣고 자기의 모습을 보았다. 그는 스스로가 행하고 말하는 모든 깃의 증인이었다.

그녀는 폴란드 억양이 실린, 노래하는 듯한 목소리로 그에게 이것저것을 물었다. 그는 문득 옛날로 돌아간 듯한 느낌이었다. 그는 아들을 품에 안고 성소까지 갔다. 그곳에 그들이 머물 방을 준비시켰다. 그는 텐트에서 자게 될 것이다.

하지만 무엇 때문에 그가 그처럼 혼자 있어야 한단 말인가? 그러한 절제가 무슨 의미가 있단 말인가? 삶이란 누릴 수 있을 때 누려야 하는 것 아닌가.

그는 텐트에서 나와 성소를 향했다.

새벽이 되어 하늘이 밝아올 무렵, 그는 마리 발레프스카의 방을 나왔다. 그는 오랫동안 서서 수평선을 바라보았다.

근위대 장교 하나가 오솔길을 올라오는 것이 보였다. 장교는 드루오 장군의 편지를 갖고 포르토페라이오에서 오는 길이었다.

그는 편지를 읽었다.

항구의 모든 주민들은, 간밤에 황후와 로마 왕이 도착했으며 그들이 황제와 함께 섬에 체류하게 될 거라고 믿고 있다는 소식이었다. 이러한 소문이 퍼지기 시작했다면, 그것은 섬에 깔려 있는 첩자들의 귀에도 벌써 들어갔을 터였다.

그는 드루오의 편지를 구겨버렸다. 밤나무 숲속으로 걸어 들어갔다. 발에 족쇄를 찬 죄수와 다를 바 없다는 생각이 들었다. 코르시카의 마을 사람들처럼, 남을 염탐하고 험담하길 좋아하는 이곳 주민들의 여론을 고려하지 않을 수 없었다.

그는 이제 자신의 삶의 방식을 모두에게 강요할 수 있었던 황제가 아니었다. 비엔나의 결정과 마리 루이즈의 반응과 엘바 섬 주민들의 수다를 걱정해야만 하는 처지였다.

권력을 잃는다는 것, 그것은 다른 이들에게 종속되는 것이었다. 그는 굴욕을 느꼈지만, 마리 루이즈와 아들을 다시 보기 위해서는 신중하게 대처하지 않을 수 없었다.

결정을 내려야 했다. 그는 마리 발레프스카와 함께 저녁 만찬을 가지며, 폴란드 장교들의 춤과 노래에 박수를 보냈다. 그는 알렉상드르의 얼굴을 쓰다듬었다. 그리고 마지막 날 밤에 그는 마리를 다시 찾았다. 섬에 남기를 원하는 그녀의 소원을 그는 들어줄 수 없었다.

섬의 재무장관 페뤼스에게서 황제의 재원이 거의 바닥났다는 말을 들은 그녀는 자신의 보석을 그에게 주고자 했다.

그는 거절했다.

그녀는 눈물을 글썽이며 그의 말을 듣고 있었다. 그녀는 그가 알았던 여인들 중 가장 고결하고 관대한 여인이었다. 그녀는 그를 사랑할 수 있는 권리만을 요구할 뿐이었다. 하지만 그는 그녀를 받아들일 수 없었다.

폭우가 쏟아지고 거센 바람이 불어왔다. 그 폭풍우 속에 그녀를 떠나보내야 하는 것이다. 그는 그녀가 아이를 안고 마차에 오르는 것을 바라보았다. 그녀는 마르시아나 마리나에서 배에 오를 것이다.

이윽고 빗속을 뚫고 마차가 떠났다.

홀로 남은 그는 빗속에 서 있었다. 번개가 내리쳤다. 불현듯, 폭풍우 속을 그녀의 배가 돛을 올리고 사라져가는 모습이 눈에 보이는 듯했다.

갑자기 그는 소리쳤다. 전속부관을 불러 명령했다.

"백작부인과 그의 아들에게 달려가라. 태풍이 잠잠해지기 전에는 그들이 승선하지 못하도록 하라."

거센 바람을 헤치며 멀어져가는 장교의 모습을 바라보았다.

흠뻑 젖은 장교가 돌아와 말했다. 마리 발레프스카는 섬을 가로질러 포르도 론고네로 향했나. 나폴레옹은 폭우 속에서 비바람과 싸워가며 항구로 달려갔다.

저 멀리 포르토 론고네의 불빛이 보였다. 그가 도착했을 때, 드넓은 정박지에 배는 보이지 않았다.

그는 항구로 내려갔다. 사람들이 말했다. 그들은 이미 승선했다. 만류하는 사람들에게, 그녀는 황제의 허가를 받았다며, 곧바로 배의 닻을 올렸다.

그는 힘없이 중얼거렸다.

"모든 것이 잘되었다."

그는 천천히 성소를 향해 올라갔다. 굵은 빗줄기가 쏟아지고 있었다. 바람은 그쳤다.

성소에 이르렀을 때는 하늘이 맑게 개어 있었다.

그는 명령을 내렸다. 그는 알고 있었다. 자기가 다시는 이곳에
오지 않으리라는 것을. 성소, 그녀가 머물렀던 곳, 그러나 지금은
그녀가 떠나버린 곳.

16
내 운명이 적의 손에 있다

그는 물리니로 돌아왔다. 폭풍우가 지난 후 더위는 좀 누그러들었다. 사냥에 나섰다가 망원경으로 주위를 살펴보던 그는 남쪽으로 이십여 마일 떨어진 곳에서 작은 섬 하나를 발견했다. 그는 곧바로 앵콩스탕 호를 준비시키라고 명령했다. 그 버려진 땅, 피아노보라는 이름의 작은 섬을 찾아가보고 싶었다. 그는 피아노보를 둘러보고, 그곳에 몇 명의 병사들을 주둔시켰다. 또한 이탈리아인 가족들을 이주시켜 섬을 개간토록 했다. 그는 엘바 섬을 변모시키고 싶었다. 철광과 대리석 채석장과 농경지와 도로를 개발하고 싶었다. 매일 저녁 그는 하루의 누적된 피로를 안고 그대로 자리에 쓰러져 잠들기를 바랐다.

그러나 아무것도 잊혀지지 않았다.

그는 베르트랑에게 말했다.

"아내는 이제 내게 편지를 쓰지 않는군. 나는 아들을 빼앗겼어. 그 옛날 패자의 아이들이 승자의 전리품이 되듯이 말일세. 지금 같은 시대에 그러한 야만적인 행위는 그 예를 찾아볼 수 없을 것이네."

마침내 그는 알게 되었다. 프란츠 황제가 마리 루이즈에게 보내는 그의 편지들을 뜯어보았으며, 딸에게 답장하는 것을 금지시켰다.

그자들은 도대체 어떤 인간들인가?

그는 속았다는 느낌이 들었다. 그러나 포기할 수는 없었다.

─바로 내 아들이요, 내 아내 아닌가.

결국 그는 누구에겐가 도움을 청해야만 했다. 토스카나 대공에게 편지를 쓰면서, 그는 자기가 쓰고 있는 편지 구절 하나하나에 고통을 느꼈다.

〈대공, 나는 지난 8월 10일 이후로 아내에게서 아무런 편지도 받지 못하고 있소. 내 아들의 소식을 듣지 못한 지도 육 개월이 넘었소. 그런 연유로, 콜로나 기사 편에 이 편지를 대공에게 보내오. 나는 일 주일에 한 번씩 황후에게 보내는 나의 편지를 대공이 대신 전달해주고 그 답장을 내게 보내줄 수 있는지, 그리고 내 아들의 가정교사인 몽테스키우 백작부인의 편지를 내게 전달해줄 수 있는지 알고 싶소. 많은 사람들을 변화시켜버린 최근의 사건들에도 불구하고, 나는 대공이 나에 대한 약간의 우정을 아직 간직하고 있으리라 믿소. 대공이 내 부탁을 들어준다면, 내게는 커다란 위안이 될 것이오.〉

그러나 대공은 아무 회답도 하지 않았다. 유럽은 그를 배척하고 있었다.

—누구의 장난인가? 탈레랑이다! 베네방 왕자는 비엔나 회의에서 음모를 꾸미고 있다. 신문들은 입을 모아 그의 업적에 대해 말하고 있다. 탈레랑은 기회 있을 때마다 '정통성을 지닌 군주'라는 말을 입에 올리고 있다. 그는 자기는 '훌륭한 유럽인'이 되고자 할 따름이라고 말한다. 프로이센과 러시아에 등을 돌리고, 영국과 오스트리아와 한편이 되는 대가로 그자는 얼마나 많은 뇌물을 받아먹었을까?

정원을 거닐던 발걸음을 돌려, 나폴레옹은 방으로 들어섰다.

—탈레랑, 그자가 정작 증오하는 대상은 바로 나다. 첩보원들이 보내온 편지에 따르면, 비엔나 회의는 나를 유럽에서 더욱 먼 곳으로 보내버리자는 주장으로 온통 시끄럽다고 한다. 그들은 아조레즈 제도*를 거론하고 있다. 아마도 탈레랑이 한 말이겠지만, 아조레즈 제도는 '육지로부터 2천 킬로미터 떨어진 곳'이기 때문이었다. 그들은 나를 두려워하고 있다. 그들은 어떡해서든 나를 제거할 구실을 찾고 있는 것이다.

신문을 뒤적이던 그는 '르 주르날 데 데바'지의 한 기사에 눈을 주었다.

〈이탈리아에서 보나파르트의 첩자들이 체포되었다. 그 결과 나폴레옹은 세인트 헬레나 섬으로 이송될 것이라고 한다.〉

그는 베르트랑에게 신문을 보여주었다.

"그들이 나를 강제로 이전시킬 수 있으리라고 믿나? 나는 결코 그들이 하자는 대로 순순히 따르지는 않을 것이네."

—그러나 그들은 나의 이름과 나에 대한 기억을 지나치게 두려워하고 있다. 그들은 내 그림자만 봐도 겁에 질린다.

---

* 북대서양의 주요 9개 섬으로 구성된 제도. 포르투갈의 영토로서 포르투갈 서쪽 약 1천3백 킬로미터 지점에 위치함.

포르토 론고네의 부두 위를 걸었다. 그는 포르토 론고네 만을 방어하던 옛 스페인 성채에서 며칠 동안 머물고 있었다. 그는 베르트랑과 드루오에게 말했다. 섬에 있는 모든 요새들에 포대를 강화하라. 병사들의 훈련을 배로 늘리고, 나폴리에서 탄약과 밀을 구입하라.

그는 말을 이었다.

"나폴리 왕이 무척 다정한 편지를 보냈더군. 그는 그 동안 내게 편지를 여러 통 보냈다고 주장하지만, 그다지 믿기진 않는 얘기지. 그는 프랑스와 이탈리아의 일들로 걱정이 많은 모양이야."

그는 어깨를 으쓱했다.

—뮈라는, 비엔나 회의에서 탈레랑이 그의 왕위를 박탈하기 위해 애쓰고 있다는 것을 잘 알고 있으리라. 그래서, 그는 내게 접근하는 것이다.

뮈라는 자신의 왕좌를 빼앗길까봐 떨고 있었다. 뮈라 역시 프랑스로 돌아온 망명귀족들이 나라 전체에 반감을 일으키게 될 것을 예상하고 있었다. 새로운 참모장 달마치야 공 술트는, 그들의 조국 프랑스를 상대로 싸웠던 슈앙들이나 망명귀족들만을 장군으로 임명하고 있었다. 술트는 러시아 원정과 프랑스 전쟁의 영웅 엑셀망 장군을, 단지 그가 나폴리 왕에게 편지를 보냈다는 이유만으로 체포했다. 또한 감봉 조치를 당한 모든 장교들을 더 잘 감시하기 위해 그들을 각자의 출생지에서 근무토록 했다. 일은 거기에서 그치지 않았다. 망명귀족들은 이미 국가 소유가 된 그들의 재산을 돌려받을 수 있게 되었다. '아직 매각되지 않은 상태라면'이라는 단서가 붙어 있긴 했지만, 농민들과 시민들을 불안에 휩싸이게 하기에 충분한 조치였다.

나폴레옹은 드루오와 베르트랑을 바라보며 말했다.

"부르봉 정부는 더이상 프랑스에 알맞지 않아. 그 가문에 남아 있는 것은 고리타분한 늙은이들뿐이야. 어쩌다 보니 정치라는 것이 루이 18세를 무덤에서 되살려놓았지. 그렇다면 그자는 그저 내가 남겨놓은 그대로 내 침대에서 잠자는 것으로 만족해야 했는데, 그는 달리 처신했어. 그의 앞날이 결코 평화롭지 못할 거야!"

그는 드루오 장군을 가까이에 오게 하고 낮은 어조로 말했다.

"이곳을 떠나는 병사들 중 내게 충성을 다한 병사들에 대해선, 그들에게 유리하게 증명서가 작성되도록 신경 써주게."

드루오는 동의했다. 그는 잠시 머뭇거리다가 걱정거리를 털어놓았다. 봉급을 제때에 지불하지 못할 형편이었다.

―부르봉 가는 내게 연금을 지불한다는 퐁텐블로 조약을 지키지 않는군. 내 목을 조르고 있어. 아들과 아내를 빼앗아가고, 유배보내고, 암살하려 한다. 이곳에서나마 내가 목숨을 부지하는 걸 방해하자는 것이야. 교묘한 함정이다. 그들은 결국 내가 죽기를 바라는 것이다.

그는 차분한 목소리로 말했다.

"내게 헌신적으로 봉사한 병사들을 위해서라면 나는 모든 조치를 다할 것이네. 당장 증명서의 견본을 만들도록 하게. 엘바 섬의 군주를 상징하는 저 우스꽝스런 그림은 지워버리고, 한가운데에 내 문장(紋章)을 집어넣도록 하게."

하지만 상대의 주의를 끌어서는 안 되리라. 자신의 운명을 받아들이는 것처럼, 적이 무슨 일을 꾸미고 있는지 모르는 것처럼 행동해야 했다. 앵콩스탕 호를 타고 나폴리에서 도착하는 폴린을, 마치 어느 왕국의 수도에서처럼 맞이할 생각이었다.

―포르토페라이오의 주민들로 하여금 축제를 벌이게 하자. 내 누이가 도착할 때, 스텔라와 팔코네 요새에서 축포를 쏘아올리도

록 하자!

폴린은 물리니 '왕궁'의 이층에 머물렀다. 그녀는 자기 주위에 즐거운 축제 분위기를 조성할 줄 알았다. 그녀는 음악회와 가면 무도회를 열었다. 그러한 일들은 여흥이 될 뿐 아니라, 그에게 바람막이 역할을 해줄 것이다.

—그렇다. 나는 엘바 섬의 군주로 즐겁게 살아가고 있다. 나는 내가 왕들의 황제였다는 사실을 잊은 지 이미 오래다.

그는 구술했다.

〈섬 전체에 초대장을 돌리되, 참가하는 인원은 2백 명 이내로 제한하라. 음료를 제공하되 얼음은 생략하라. 구하기가 힘들 테니까. 자정에는 뷔페를 제공하라. 이 모든 것을 준비하는 데 드는 비용이 천 프랑을 넘지 않도록 하라.〉

이제는 돈이 부족하다는 사실을 염두에 두어야 했다.

사람들은 춤추고 노래했다. 폴린이 근위대 장교들과 함께 마련한 연극에 갈채를 보냈다. 무대에 올라 '거짓 부정'이나 '광적인 사랑'의 주인공이 되어 대사를 읊고 있는 그녀는 아름답고 쾌활했다.

그녀는 파리 궁전의 매혹적인 여인들을 연상시키는, 어여쁜 여인들을 그에게 소개했다. 그는 미소지었다. 한순간 모든 걱정거리를 잊었다. 방금 전, 드루오는 코르시카인 하나를 체포했다. 그 코르시카인은 황제를 암살하는 대가로, 브뤼슬라르 기사에게서 돈을 받았다고 자백했다. 어떻게 해야 할 것인가? 그를 처형해야 하는가? 그는 그자를 그냥 풀어주도록 지시하고, 마치 아무 일도 없었다는 듯이 폴린의 가면 무도회에 참석했던 것이다.

무도회가 끝나고, 그는 콜롬바니 부인, 벨리니 부인, 르벨 양과 잠시 대화를 나누었다. 모두들 선선히 그에게 몸을 내맡길 여인들이었다. 그는 르벨 양을 기억하고 있었다. 그녀는 전에 생 클루에서 며칠 밤을 함께 보냈던 여인이었다. 그러나 그는 방으로 들어오는 열일곱 살 어리고 예쁜 여인을 바라보며 느꼈던 그때와 같은 즐거움을 다시 발견할 수 없었다. 물리니에서 이날 그가 발견한 것은, 가족의 생계를 위해 이권을 얻으려는 탐욕스런 여인들뿐이었다.

마리 발레프스카와 조제핀을 생각했다. 두 여인 모두 그가 자기 생에서 멀리 떠나보낸 여인들이었다. 조제핀은 죽었다. 그는 베르트랑에게 말했다.

"나의 이혼은 역사를 통해 그 유례를 찾기 힘든 것이었네. 이혼에도 불구하고, 나와 조제핀의 관계는 변하지 않았으며, 서로에 대해 지닌 우리의 애정은 여전했기 때문이지. 우리가 서로 갈라진 것은, 나의 왕좌와 왕조를 지키기 위한 어쩔 수 없는 희생이었네. 조제핀은 내게 헌신적이었어. 그녀는 나를 사랑했네. 그녀의 가슴에서 나만큼 큰 자리를 차지한 사람은 달리 없었네. 내가 가장 우선이었지. 그 다음이 그녀의 아이들이었네. 그녀는 결코 틀린 것이 아니야. 나 역시 그녀를 그 누구보다도 사랑했고, 그녀에 대한 기억을 아직도 생생히 간직하고 있으니까……."

마리 루이즈에 대해서는 말하고 싶지 않았다. 그녀는 침묵하고 있었다.

—나의 죽음을 원하는 자들이 그녀와 나의 아들을 내게서 빼앗아갔다.

카롤린 호가 일주일에 한 번씩 피옴비노나 리보르노에서 편지들을 실어왔다. 프랑스 전역에서 그에게 보내오는 것들이었다. 그는 그것들을 읽고 또 읽었다. 감봉된 장교들이 분노를 터뜨리고 있었다. 그들은 말했다.

〈부르봉 가는 미덥지 않습니다. 우리는 그들을 좋아하지 않습니다.〉

그들은 자신들이 나폴레옹군에 복무하면서 거두었던 쾌거에 대해, 그리고 현재의 병영 분위기에 대해 이야기했다.

나폴레옹은 몇 주 전부터 되풀이했던 말을 베르트랑과 드루오와 페뤼스에게 다시 반복했다.

"프랑스가 나를 그리워하며 부르고 있네."

그는 신문들을 읽었다. 비엔나 회의에서 동맹국들 사이의 내부 분열이 가시화되고 있었다. 영국은 폴란드를 집어삼키려는 차르의 욕심에 제동을 걸고 나섰고, 오스트리아는 프로이센이 작센을 병합하려는 것에 반대하고 있었다.

동맹이 깨어진다면, 프랑스에게는, 그리고 그에게는 다시 기회가 찾아오는 셈이었다. 이곳에서 죽음을 기다리느니 싸우는 편이 나았다.

그들이 원하는 것은 바로 그의 죽음이었다.

나폴레옹은 자기를 위해 일하던 치프리아니의 정보를 믿었다. 그는 그 코르시카인을 어렸을 때부터 알고 있었다. 치프리아니는 보나파르트 가에 얹혀 살면서 잔심부름을 하던 고아였다. 뤼시앵은 그에게 읽는 법을 가르쳤다. 후에 살리체티의 집사가 된 그는 주인을 위해 여러 가지 임무를 수행했다. 예컨대 영국 장군 허드슨 로*가 지휘하던 카프리 주둔군의 코르시카인 병사들을 매수하여, 그들로 하여금 반란을 일으키도록 선동했던 것도 그였다. 그 덕분에 라마르크 장군이 이끄는 부대가 승리를 거둘 수 있었다.

나폴레옹은 치프리아니를 제노바나 비엔나에 파견했다. 능숙한 첩보원 치프리아니는 오스트리아의 수도 비엔나에서 군주들 주변이나 회의장 로비에서 떠도는 소문들을 포착하여 매주 그에게 보

---

* 영국의 장군, 1769~1844. 나폴레옹이 세인트 헬레나 섬에 유배되었을 때 그곳 총독을 지냈으며, 나폴레옹을 냉대했다.

고해왔다. 그 보고서들이 도착할 때마다 나폴레옹은 홀로 그것을 읽었다.

〈어제 아침 비밀리에 열린 회의에서, 보나파르트를 엘바 섬에서 몰아내고 뮈라를 권좌에서 물러나게 한다는 결정이 내려진 것 같습니다. 어제 회의에 대해 제게 알려준 사람의 말에 따르면, 오스트리아는 뮈라에 대한 실력 행사가 가능할 때까지 나폴리에 대한 결정을 비밀에 붙일 것을 요구했다고 합니다……〉

나폴레옹은 잠을 이룰 수가 없었다. 그는 자신이 그물에 걸렸다는 느낌이 들었다. 그들은 그의 목을 조여오고 있었다.

마리 루이즈 곁에 있는 멘느발은, 나폴레옹을 세인트 헬레나 섬으로 유배시키는 문제가 베네방 왕자의 사주를 받은 런던과 비엔나의 외교관들에 의해 검토중이라고 편지로 알려왔다.

— 나의 비서 멘느발을 나는 잘 알고 있다. 그는 나를 속이거나, 남들에게 속아넘어갈 위인이 아니다. 나는 탈레랑을 잘 안다. 그는 어떡해서든 나를 멀리 쫓아보내려 할 것이다. 아니, 나를 죽이려 한다.

가만히 앉아서 죽음을 기다리고 있을 것인가?

그는 명령을 내렸다. 필요하다면, 섬에 대한 봉쇄도 각오해야 하리라. 앵콩스탕 호를 리보르노로 보내어, 10만 프랑에 상당하는 밀을 실어오도록 했다.

드루오 장군을 불렀다. 요새들 앞에 있는 오두막집들이 포격하는 데 방해가 될 수 있으니 그것들을 철거하라. 섬 둘레에 순찰을 돌게 하고, 병사들의 훈련을 강화시켜라.

동맹국을 대표해서 섬에 머물며 그를 감시하고 있던 캠벨 대령에게 그가 말했다.

"나를 대서양의 어떤 섬으로 유배시킨다는 계획은 말이 안 되는 것이오. 그것은 협정에 대한 위반이오. 나는 필사적으로 저항할 것이오."

캠벨은 그러한 계획은 존재하지도 않는다고 장담했다.

—이자는 비엔나 회의에 대해 전혀 모르고 있군. 군주들 역시 탈레랑의 술책에 대해 알고 있지 못해. 그자는 내게 지급해야 할 돈을 주지 않으려고 공작을 벌이고 있는 것이야. 그뿐만이 아니다. 루이 18세는 보나파르트 가에 속했던 재산들을 압류하도록 지시했잖은가.

어떻게 엘바 섬을 관리하고 지킬 수 있단 말인가? 어떻게 섬을 다스릴 수 있단 말인가? 섬의 연간 수입은 47만 프랑에 불과했다. 그것으로는 겨우 민간 부문의 예산을 충당할 수 있을 뿐이었다. 군대와 왕궁을 유지하는 데 드는 비용은 어디서 구한단 말인가?

—그들은 나를 절벽 끝으로 몰아가고 있다. 그들이 나를 납치하고자 한다면, 나는 무장도 제대로 갖추지 못한 얼마 안 되는 병사들을 데리고, 얼마나 오랫동안 버틸 수 있을 것인가? 나는 그들의 손아귀에 들어 있다. 카두달이나 모브레유를 시켜 나를 암살하고자 했던 고약한 적들의 손에 나의 운명이 달려 있는 것이다.

1814년 12월 7일 밤, 치프리아니가 접견을 요청했다. 그는 제노바에서 오는 길이었다. 나폴레옹이 자리를 권했지만, 치프리아니는 그대로 서 있었다. 그는 확실한 정보라며 말했다.

"폐하에 대한 납치 계획이 결정되었습니다. 앞으로 몇 주, 아니 며칠 내로 실행에 옮겨질 것입니다."

치프리아니는 꽉 잠긴 목소리로 위험을 알렸다. 그는 지쳐 있었다. 태풍으로 인해 제노바에서 오는 뱃길이 순탄치 않았던 것이다. 나폴레옹은 태연했다. 결정을 내려야 할 순간이 되자, 오히려 내면의 평온을 되찾은 느낌이었다.

이제는 행동하는 일만이 남아 있었다.

날들이 흘러갔다. 카롤린 호의 선장이 편지를 가져왔다. 그는 잠시 망설였다. 비엔나에서 보내온 그 편지에는 합스부르크 가의 봉인이 찍혀 있었다. 혹시 마리 루이즈가 이곳에 온다는 소식이 아닐까. 그는 신경질적으로 봉투를 열었다. 편지를 빠르게 훑어보았다. 1815년 1월 1일자 편지였다.

마리 루이즈는 쓰고 있었다.

〈저는 올해가 당신에게 행복한 한 해가 되기를 빌겠어요. 적어도 당신은 당신의 섬에서 평온을 되찾게 될 것이고 행복하게 지내게 되겠지요. 그것은 또한 저처럼 당신을 사랑하고 당신에게 애착을 갖는 사람들을 위한 일이기도 해요. 당신의 아들이 당신에게 새해 인사와 함께 키스를 전해달라고 하는군요. 당신을 무척 사랑한다는 말도 전하랍니다.〉

이곳에 오겠다는 말은 한마디도 없었다. 냉담하고 무관심한 내용뿐이었다. 그녀는 그에게 운명을 받아들이라고 말하고 있었다. 누가 이런 편지를 그녀에게 받아쓰게 한 것인가?

암살자들을 기다리면서 이곳에서 살아간다?

이곳을 벗어나서, 적을 쳐부수고 아내와 아이를 되찾는다?

길은 하나밖에 없었다.

17
네가 휴식 속에서 죽는 것을,
하늘도 원치 않을 것이다

언제 떠날 것인가?

그는 항구들을 돌아보았다. 항구 입구에서 보초를 서고 있는 병사들에게 다가가 질문했다.

"어떤가 친구, 지겨운가?"

"아닙니다, 폐하. 하지만 그리 즐겁지는 않습니다."

"자네가 잘못 생각한 것이야. 주어진 현실을 있는 그대로 받아들여야지. 곧 변화가 있을 것이야."

그는 병사의 어깨를 토닥여주고 그곳을 떠났다. 최후의 순간까지 비밀을 지켜야 했다. 캠벨 대령이 그의 움직임 하나하나를 감시하고 있었다. 적의 첩자들이 섬 곳곳에 잠복해 있었고, 먼바다에는 백색기를 단 프랑스 전함들이 순찰하고 있었다. 그 전함들은 섬에서 탈출하려는 그의 모든 기도를 봉쇄하는 임무를 맡았을 것이다. 그 전함에는 암살자들이 타고 있어서, 섬의 어느 한적한 해안에 상륙시킬지도 모를 일이었다.

─신속히 움직여야 하리라. 포르토페라이오 만에 정박해 있는 영국의 쾌속선 파트리지 호를 피해야 한다. 필요한 기간 동안 평온을 유지하기 위해서는 싸움을 치르지 않고 섬을 떠나야 한다. 나를 주시하는 모든 사람들을 속여야 하는 것이다.

그는 캠벨에게 자신의 신조를 되풀이해서 강조했다. '나폴레옹은 어디에서나 행복하다.' 폴린 공주가 주최한 무도회에 대령을 초대했다. 프랑스의 소식에 대해서는 무관심한 태도를 취했다. 파리에선 1815년 1월 15일, 루이 16세에 대한 추모제가 있었다. 그 속죄 의식이 벌어지는 동안, 왕의 처형에 찬동했던 혁명파들은 위협받았다. 지난 잘못을 뉘우쳐야만 하는 푸셰와 자코뱅파들은 무슨 생각을 하고 있을까? 뿐만이 아니었다. 나라 전체가 지난 이십 년 이상의 역사를 백지화하려는 정책에 모욕을 느끼며 반발하고 있었다. 엑셀망 장군은 군법 회의를 통해 무죄를 선고받았다. 사람들 사이에 '보나파르트주의자'로 통하는 여배우 로쿠르 양의 장례식 집전을 생 로크 신부가 거부하자, 파리에서는 군중들의 시위가 벌어졌다.

─국민들은 준비가 되었다. 국민들은 나를 기다리고 있다. 바다를 건너가야 하리라. 겨울이라 밤이 긴 바로 지금이 적기가 아닌가.

그는 월식표를 들여다보았다.

─다음번 월식은 2월 27일에서 3월 2일 사이에 있을 것이다. 그때 섬을 떠나야 한다. 그리고 나선 운명이 이끄는 대로 배를 물결에 맡기자.

유쾌했다. 자신의 몸이 다시 가벼워진 듯한 느낌이었다. 그는 캠벨의 주의를 끌지 않기 위해 신중을 기하면서 많은 명령을 내렸다. 섬의 동쪽에 보관된 물자를 포르토페라이오와 포르토 론고네로 옮겨오기 위해서는 도로를 넓혀야 했다.

그는 드루오에게 말했다.

"앵콩스탕 호를 선거(船渠)에 넣도록 지시하게. 배의 밑창을 수선하고, 영국 선박처럼 보이도록 칠을 하고, 그 외에도 항해를 견디내는 데 필요한 모든 준비를 갖추게. 2월 24일에서 25일 사이에 앵콩스탕 호가 모든 준비를 갖추고 정박해 있기를 바라겠네. 백이십 명이 석 달을 먹을 수 있는 식량을 비축하도록 하고, 가능한 한 많은 수의 보트를 갖추도록 하게. 폰즈에게 지시해서, 리오 마리나에서 90톤 이상의 범선 두 척을 한 달간 빌리도록 하고."

탄약과 말들과 120명에 가까운 병사들을 싣고, 되도록 빠른 시간 내에 프랑스 해안에 닿아야 했다. 바람이 모든 것을 좌우할 것이다.

이집트에서 돌아오던 뱃길을 떠올렸다. 그는 자신의 운명에 절대적인 믿음을 가지고 있었다. 이곳에서 죽음 아니면 유배를 기다리면서 죄수처럼 머물러 있을 수는 없었다. 바다 한가운데서 죽거나, 아니면 영국이나 프랑스 배에 붙잡히는 것을 두려워하지 않았다. 그는 파리까지 갈 것이다. 그의 귀에는 벌써 길가를 가득 메운 군중들의 환호성이 들리는 듯했다.

그 이후는 운명에 맡길 일이었다.

1815년 2월 13일 월요일 저녁, 선원 복장을 한 사내가 접견을 요청하고 있다고, 근위대 장교가 알려왔다. 사내는 바사노 공 마레가 보낸 사람이라고 자기를 소개했다. 랭스의 군수였으며, 프랑스 전쟁에서 레지옹 도뇌르 훈장을 받았다는 사내, 플레리 드 샤불롱. 그는 몇 주 전에 길을 떠나 황제에게 프랑스의 소식을 가지고 왔다.

나폴레옹은 말없이 귀를 기울였다. 플레리는 흥분한 목소리로 말했다. 프랑스는 황제를 기다린다. 병사들과 농민들이 대규모로 봉기를 일으킬 것이다. 귀족들과 예수회 교도들의 복귀를 참지 못한 모든 사람들이 다시 황제의 곁에 모일 것이다. 사람들이 황제를 기다리고 있다. 온 프랑스가 그가 돌아오기를 희망하고 있다.

나폴레옹은 플레리에게 몇 가지 질문하고는 일단 물러가 쉬게 했다. 2월 14일 화요일, 나폴레옹은 플레리를 다시 접견했다. 이자에게 비밀을 누설할 필요가 있을까? 그는 플레리를 뮈라에게 파견하기로 결심했다. 나폴리 왕은 왕좌를 빼앗길까봐 떨고 있었다. 뮈라는 그런 이유로 그에게 접근해오고 있었다. 이탈리아에서 뮈라의 도움을 얻게 된다면, 그것은 매우 값진 것이 될 것이다.

나폴레옹은 플레리와 함께 물리니의 정원을 거닐었다. 그들의 발길은 정원 끝에까지 이르렀다. 그곳에서는 넓게 펼쳐진 장관을 바라볼 수 있었다.

그는 바다를 바라보며 낮은 어조로 말했다.

"흔히들 말하듯이, 인간이 은혜를 모른다는 것은 사실이 아니네. 사람들이 간혹 불평하는 이유는, 은혜를 베푸는 이가 자기가 베푸는 것보다 더 많은 것을 대가로 강요하기 때문이야. 사람들은 또 말하지. 어떤 사람의 성격을 알면, 그의 행동도 알 수 있다고. 하지만 그것 역시 잘못된 말이야. 지극히 정직한 사람도 어떨 때는 나쁜 행동을 할 수 있고, 악의 없이도 남에게 해를 끼칠 수 있는 것이네."

뮈라를 용서해야 했다. 그렇다고 그자가 했던 짓들까지 잊어서는 안 되겠지만……

―어쨌거나 내겐 그가 필요하고, 그에겐 내가 필요하다. '뮈라를 쫓아내야 한다. 유럽 그 어느 곳에서도 비정통성이 발붙이지 못하

도록 해야 한다'고, 탈레랑이 비엔나에서 말하지 않았던가?

2월 16일 목요일, 캠벨 대령이 만면에 미소를 띠고 나타났다. 캠벨은 폴린의 무도회에 초대받았던 일로 매우 만족해하고 있었다.

나폴레옹은 그에게 되풀이해서 말했다.

"나폴레옹은 어디에서나 행복하다."

캠벨은 며칠 동안 피렌체에 가 있을 예정이라고 말했다.

―운명은 다시금 내게 손을 내밀고 있다. 그러나 이 기쁨을 드러내선 안 된다.

저녁 어스름이 질 무렵, 캠벨을 태운 파트리지 호가 이탈리아 해안을 향해 멀어져가고 있었다. 나폴레옹은 그 모습을 오래 바라보며 생각에 잠겼다.

―이것은 함정인지도 모른다. 캠벨은 곧 다시 돌아올지도 모른다. 하지만 월식이 다가오고 있다. 이번 기회를 놓칠 수는 없다.

그는 모든 병사들에게 제복과 구두를 지급하라고 보급계 장교들에게 명령했다. 코르시카인 병사들을 사열하고, 그들 중 신뢰할 수 있는 자들의 명단을 작성하도록 지시했다.

2월 22일 수요일 밤, 앵콩스탕 호와 에투알 호에 탄약통들과 군수품들을 싣도록 했다.

24일 금요일, 그는 포르토페라이오 만이 내려다보이는 길을 산책하고 있었다. 그때 난데없이 영국 범선 하나가 만으로 들어와 돛을 접고 닻을 내리는 것이 보였다.

―운명이 손길을 거두어가려는 것인가?

섬을 향해 상륙정이 접근하더니, 해안에 여섯 명의 관광객들을 내려놓았다. 범선은 다시 출항 준비를 서둘렀다. 캠벨은 아직 피렌체에 있었던 것이다.

나폴레옹은 영국인들을 맞이했다. 그들과 얘기를 나누었다. 그는 자신이 치렀던 전투에 대해 얘기해주고, 그들에게 섬을 둘러보라고 권했다. 그리고 나서 그는 섬을 봉쇄하라고 명령했다. 이제는 누구도 엘바 섬에 들어올 수 없었고, 떠날 수도 없었다.

주사위는 던져졌다. 아무도 그것을 멈출 수 없었다.

1815년 2월 25일 토요일, 그는 홀로 앉아 포고문을 작성하기 시작했다.

프랑스 국민과 군대와 근위대 병사들을 위해 힘과 열정과 활력과 신뢰가 담긴 단어들을 찾아야 했다. 문장이 떠올랐다.

〈프랑스 국민들이여, 일시적인 승리를 거둔 적들은, 지난 이십오 년간 끊임없이 민중의 지탄을 받아온 소수의 배신자들로부터 지지받는 왕을 프랑스의 왕좌에 앉혀놓았다. 나는 유배지에서 그대들의 불평과 염원을 들었다. 그대들은 그대들 스스로 정부를 선택할 것을 요구하였다. 그러한 정부만이 합법성을 가질 수 있을 것이다. 나는 바다를 건넜다! 나는 바로 그대들의 것이기도 한 나의 권리를 되찾기 위해 여기 돌아왔다. 위대한 국가, 위대한 나폴레옹의 병사들이여! 국민의 동의 없이 이루어진 것은 모두 불법임을 선언하노라.〉

그는 자기 말에 흥분이 고조되었다. 그는 테라스로 나왔다. 당장 병사들을 모아놓고 연설하고 싶었다. 곧 그럴 수 있을 것이다. 그는 확신했다.

〈병사들이여, 백색 휘장을 떼어내버리라! 지난 이십오 년 동안 프랑스의 모든 적들을 하나로 집결시키는 데 기여했던 그 휘장을 떼어내버리라! 그리고 이 삼색 휘장을, 바로 그대들이 우리의 영광의 날들에 달고 다녔던 이 휘장을 다시 달도록 하라. 그대들이 울름에서, 아우스터리츠에서, 예나에서, 아일라우에서, 프리트란트에서, 투델라에서, 에크뮐에서, 에슬링에서, 바그람에서, 스몰렌스크에서, 모스크바 강에서, 뤼첸에서, 뷔르셴에서, 몽미라이에서 높이 들었던 독수리 깃발을 되찾도록 하라. 오늘날 저 얼마 되지 않는 오만한 프랑스 지배자들이 그 광경을 제대로 쳐다볼 수 있으리라고 생각하는가? 그들은 자기들이 왔던 곳으로 되돌아갈 것이다. 그들이 여전히 지배하기를 원한다면, 그들은 바로 그곳에서, 지난 십구 년 동안 그래왔던 것처럼 지배를 계속하면 될 것이다.〉

더이상 비밀을 지키는 것이 불가능했다.

그는 어머니에게 다가갔다. 하얗게 센 그녀의 머리카락을 어루만졌다. 그녀가 걱정하고 있음을 느낄 수 있었다. 저녁식사를 하는 내내 그녀는 그를 관찰했으며, 때로 그의 침묵에 의아해했다. 그는 불쑥 말했다.

"미리 말씀드리는데, 저는 내일 밤 떠납니다."

"어디로?"

"파리로요. 하지만 그전에 어머님의 충고를 듣고 싶습니다."

그녀를 쳐다보았다. 그는 이 여인을 신뢰하고 있었다. 그녀는 결코 그를 붙잡은 적이 없었다. 오히려 그에게 앞을 향해 돌진하는 법을 가르쳐주었다.

그는 그녀의 한숨 소리를 들었다.

그녀는 낮게 말했다.

"일어날 일은 언젠가는 일어나게 되는 법. 나는 그저 신의 가호를 빌 뿐이다. 아마도 나는 네게 다른 말을 하지 못한 것을 후회하게 될지 모른다. 하지만 네게 죽음이 예정되어 있다면, 네가 너의 명성에 어울리지 않게 휴식 속에서 죽는 것을 하늘도 원치 않을 것이다. 네가 독살을 당하는 것보다는 손에 칼을 들고 싸우다 죽는 것을 바랄 것이다."

그는 말없이 자리를 물러났다. 그날 밤 『카를 5세의 역사』를 읽었다. 그리고 몇 시간 동안 눈을 붙였다. 1815년 2월 26일 일요일 새벽, 그는 눈을 떴다. 하늘은 맑게 개어 있었다. 오늘 저녁에 바람이 불 것인가? 배들을 북쪽으로 밀어줄 바람이 과연 불어줄 것인가?

포르토페라이오 쪽을 바라보았다. 승선이 진행되고 있었다. 많은 사람들이 부두를 메우고 있었다. 사람들이 외치는 소리와 발소리를 들었다. 엘바 섬의 주민들이 물리니 뒤쪽의 전망대에 모여 있었다. 그가 다가가자, 사람들이 그에게 몰려들었다. 그들은 무릎을 꿇고 그의 손에 입을 맞추었다. 하지만 아직 그들에게 말할 때가 아니었다. 그는 다시 방에 들어갔다. 문서들을 불태우고 제복을 입었다. 그는 항구로 내려가 배들을 점검했다. 그것들 중에는 닷새 전에 강제로 압류한 마르세유의 배도 한 척 끼어 있었다. 폴란드 병사들이 그 배에 올라타고 있었다.

저녁 무렵, 그는 엘바 섬의 대표단을 접견했다. 마음이 조급했다. 이곳에서의 삶은 이제 끝났다. 그는 이미 다른 곳에 있었다. 마음은 벌써 바다를 건너 파리로 향하는 길 위를 달리고 있었던 것이다.

"여러분, 나는 떠나오. 프랑스가 나를 부르고 있소. 부르봉 가는 프랑스를 망쳐놓았소. 유럽의 많은 나라들이 나의 귀환을 기쁘게 여길 것이오."

어머니와 폴린과 함께 앉아 저녁식사를 했다. 초췌한 얼굴의 폴린은 내내 눈물을 흘렸다. 그는 차마 그녀를 바라볼 수 없었다. 폴린이 그에게 목걸이를 건네려 하자, 감격한 그는 그녀를 이끌고 정원으로 나갔다. 그녀는 언제나 그에게 위안이 되어준 동생이었다.

깊은 밤, 그를 태운 사륜 마차가 부두에 모인 군중을 헤치고 앞으로 나아갔다. 집집마다 불이 밝혀져 있었다. 사람들은 외쳤다.

"황제 폐하 만세, 나폴레옹 만세!"

그는 몸을 일으켜, 부두를 가득 메우고 있는 사람들을 바라보았다.

"엘바의 주민들이여, 나는 그대들에게 감사드리오. 내가 고난을 겪을 때, 그대들은 나를 사랑과 헌신으로 감싸주었소……. 나는 그대들에 대한 기억을 언제까지고 소중하게 간직할 것이오. 잘 있으시오, 엘바의 주민들이여! 나는 그대들을 사랑하오. 그대들은 용감한 토스카나인들이오."

그는 보트에 올랐다.

항구 입구에 정박해 있는 앵콩스탕 호의 검은 선체가 눈에 들어왔다. 사람들의 함성이 높아지면서 바다 위로 퍼져나갔다. 승선한 병사들의 노랫소리가 그에 화답했다.

가자, 조국의 건아들이여.
영광의 날이 찾아왔노라.

그는 중얼거렸다.

"아, 프랑스, 프랑스."

1815년 2월 26일 일요일 자정 무렵, 마침내 남풍이 불어오기 시작했다.

27일 월요일 열시, 수평선에 범선 한 척이 출현했다. 파트리지 호였다. 그 영국 범선은 다가오는 것 같았다. 앵콩스탕 호는 속력을 내기 위해 보트들을 견인하던 밧줄을 끊어야 했다. 나폴레옹은 병사들에게 전투 대기를 명하고, 망원경으로 파트리지 호를 관찰했다. 범선은 차츰 멀어져가고 있었다. 운명.

그는 뒷갑판 위를 거닐었다.

그는 말했다.

"저 배의 선장이 내가 엘바 섬을 떠났다는 사실을 캠벨에게 보고하면, 그는 꽤 당황하겠군."

갑판 위에 앉았다. 한낮이었다. 망루를 지키던 선원이 두 척의 범선이 나타났다고 소리쳤다. 프랑스 초계정들이었다. 그러나 그 배들 역시 이내 수평선 너머로 사라졌다. 황혼 무렵, 또다른 프랑스 범선 제피르 호가 앵콩스탕 호로 접근해왔다. 병사들은 갑판 위에 몸을 엎드렸다. 제피르 호의 선장은 선상 통신을 통해 선원들에게 황제의 근황을 묻고는 멀어져갔다.

예상했던 대로, 바다에 달빛 하나 없는 캄캄한 밤이 내렸다. 바람은 줄기차게 불어주었다.

1815년 2월 28일 화요일 정오 무렵, 프랑스 해안이 나타났다.

나폴레옹은 뱃머리에 섰다. 그는 자신의 뒤에 모여 있는 장교들에게 몸을 돌렸다. 그들 역시 김푸른 해안선을 쳐다보고 있었다.

그는 말했다.

"나는 총 한 방 쏘지 않고, 파리에 도착할 것이다."

제5부
프랑스인들이여, 나의 뜻은 곧 그대들의 뜻이다

1815년 3월 1일~1815년 6월 12일

18
가장 위대한 승리

1815년 3월 1일, 나폴레옹은 모래사장 위로 뛰어내렸다. 오후 두시였다. 쥐앙 만의 바닷물 위로 햇살이 반짝이고 있었다. 모든 배들이 해안에서 몇백 미터 떨어진 곳에 닻을 내렸다. 병사들의 상륙이 시작되었다. 그들은 해안을 둘러싸고 있는 갈대밭을 지나, 올리브 나무들이 있는 곳으로 대열을 이루며 나아가고 있었다. 작은 보트들이 배와 해안 사이를 오가기 시작했다. 1천2백 명의 병력과 말들, 4문의 대포와 탄약 상자들을 옮기려면 여러 시간이 걸릴 터였다. 이곳에서 시간을 보내며 기다리고 있을 수는 없었다. 빨리 내륙으로 전진해서, 칸과 앙티브와 그라스 등지의 도시들을 확보해야 했다.

─운명은 다시 한번 내게 길을 열어주었다. 전진이다.

해변에서 몇백 미터 떨어져 있는 올리브 재배지까지 나아갔다. 그는 직접 초병들을 배치하고, 근처의 초원에 막사를 세우도록 지시했다. 추운 날씨였다. 낮이 아직 짧은 탓에, 벌써 해가 기울고 있었다. 그는 전위부대를 지휘하게 될 캉브론 장군을 불렀다. 모든 것이 그에게 달려 있었다.

"자네에게 전위를 맡기겠네. 한 방의 총도 발사하지 말게. 내가 한 방울의 피도 흘리지 않고 왕좌를 되찾고자 한다는 것을 명심하게."

그는 말을 이었다. 모든 프랑스 병사들을 우리 편으로 끌어들여야 한다. 아비뇽과 프로방스의 왕당파들과 마주치지 않기 위해 도피네로 가는 길을 택할 것이다. 전위부대는 무력을 사용하지 않고 길을 뚫어야 한다. 우리와 맞서 싸우라는 명령을 받고 다가오는 병사들에게 황제의 포고문을 들려주라.

그는 군을 위해 준비한 포고문을 손에 들고, 커다란 목소리로 읽어내려갔다.

〈병사들이여, 나의 깃발 아래로 모이라! 승리를 향해 돌진하자! 삼색의 독수리는 종루에서 종루를 거쳐 노트르담 성당의 탑까지 날아갈 것이다. 그날이 오면, 그대들은 영광의 상처를 자랑스럽게 내보일 수 있으리라. 그대들은 그대들이 한 일을 자랑할 수 있으리라. 그대들은 조국의 해방자가 될 것이다!〉

나폴레옹은 상기된 표정으로 캉브론에게 다가가 그를 포옹했다. 그리고 거듭 강조했다.

"우리는 총 한 방 쏘지 않고, 종루에서 종루를 거쳐 노트르담 성당의 탑까지 갈 것이네."

그는 캉브론과 주위에 있는 병사들의 반응을 살폈다. 그리고 나서 불가에 자리를 잡고 앉았다.

며칠 내로 모든 것이 판가름날 것이다. 올리브 나무들 너머로, 한 무리의 농부들과 어부들이 모습을 나타냈다. 그들은 그를 무심하게 쳐다보고 있었다. 그는 포르토페라이오 부두에서 함성을 지르던 군중들을 기억하고 있었다. 이곳에서 병사들과 시민들이 그의 편이 되어주지 않는다면, 그는 아무 힘도 쓸 수 없을 것이다. 한 명의 자객이면 그를 때려눕히기에 충분할 것이고, 독수리는 추락하고 말 것이었다.

그는 양 무릎 위에 팔꿈치를 괴고, 손바닥으로 턱을 감쌌다. 몸이 무거웠다. 다리가 아프고, 특히 아랫배에 칼로 찌르는 듯한 심한 통증이 이따금 느껴졌다. 그는 예전처럼 날렵하지 못했다. 말에 오르기가 힘들었으며, 오랫동안 안장 위에 머물러 있을 수가 없었다. 엘바 섬에서 산책과 사냥을 하면서, 자신의 몸이 그러하다는 것을 이미 알고 있었다. 게다가 이따금 자신도 모르는 사이에 깊은 잠에 빠져들곤 했다.

그는 마흔다섯 살을 넘기고 있었다.

몸을 일으켰다. 전진하라! 그는 선두에 서서 행군할 것이다. 무엇이 위험하단 말인가? 죽음? 그것을 위험이라고 할 수 있는가?

찬바람이 몰아치는 새벽, 병사들은 그라스를 향해 걷고 있었다. 그는 그곳을 우회할 예정이었다. 그의 목적지는 혁명이 시작되었던 도시, 그르노블이었다.

그는 행군중에 에메리를 불렀다. 엘바 섬에서부터 그를 따라온, 그르노블 출신의 에메리는 헌신적인 의사였다. 그는 에메리에게, 한발 앞서 그르노블에 가서 시민들에게 황제의 도착을 알리라고 지시했다. 그르노블이 성문을 열고, 그곳 주둔 병사들이 그에게 합류한다면, 승부는 이미 결정난 것이나 다름없었다.

그는 몸을 돌렸다. 긴 대열을 이룬 병사들이 생 발리에로 향하는 오솔길을 기어오르고 있었다. 길은 자갈과 덤불로 뒤덮여 있었다. 대포를 포기해야 했다. 그는 잠시 걸음을 멈추었다. 숨쉬기가 힘들었다. 경사가 가파른 길이었다. 금화가 든 함을 싣고 가던 나귀 한 마리가 미끄러졌다. 깨진 함에서 쏟아져나온 금화들을 주워야 했다. 흐린 하늘에서 눈이 내리기 시작했다. 드루오 장군이 그에게 지팡이를 건넸다. 전진. 그는 쌓인 눈 속에 지팡이를 박았다. 문득 그가 걸었던 팔레스타인의 사막이 떠올랐다. 그가 걸었던 러시아의 눈길과 독일의 빗속 진창길, 알프스의 가파른 빙판길. 그는 이제 돌투성이 눈길을 걷고 있는 것이다.

여러 시간이 지난 후, 그는 잠시 휴식을 취했다. 눈은 그쳐 있었다. 해가 다시 나타났다. 나이 든 농부 두 사람이 그에게 다가왔다. 그들은 그에게 한 묶음의 제비꽃을 바쳤다.

그는 감동받았다. 외투 깃에 그 꽃을 꽂았다. 그것은 그가 처음으로 접한 우정의 표시였다. 프랑스에 발을 디딘 지 이틀이 지났다. 그러나 그와 마주친 사람들은 모두 그에게서 거리를 두었다. 그가 돌아온 것을 두려워하는 것일까? 그를 이미 잊은 것일까?

그는 점심식사로 먹고 남은 닭뼈를 내던졌다.

—지금은 더이상 의혹을 가질 때가 아니다. 승리하든가, 죽든가 둘 중 하나다.

생 발리에에 도착했다. 그는 광장에서 걸음을 멈추었다. 한 남자가 손에 술병을 들고 다가왔다. 남자는 그에게 술을 권했다.

—이자가 먼저 마셨으면 좋겠군! 나는 군인답게 포탄이나 총알에 맞아 죽고 싶지, 독을 마시고 죽고 싶진 않다.

남자가 마시고 술을 건네자, 그도 목을 축였다.

전진하라. 오솔길은 더욱 좁아져가고 옆으로는 깎아지른 벼랑이었다. 튈르리 궁에 있을 때, 그는 그르노블, 딘과 니스 사이에 마차가 다닐 수 있는 길을 놓으라고 지시했었다. 그는 그 명령이 실행되었다고 믿고 있었다. 그런데 결과는 이 모양이었다! 에스크라뇰과 세라농을 거쳐 카스텔란에 이르는 길은, 노새 한 마리가 겨우 다닐 정도로 좁고 가파랐다. 카스텔란의 광장에 이르자, 몇 사람이 그에게 호기심 어린 눈길을 보냈지만 열광적인 함성은 없었다. 군수는 이미 캉브론에게 전갈을 받았음에도 무척 당황한 모습이었다.

프랑스는 그를 거부하는 것인가? 피로가 엄습하는 것을 느꼈다. 바렘에서 몇 시간 동안 수면을 취하고, 새벽에 다시 출발했다.

길이 넓어졌다. 말을 타고 가던 나폴레옹은 계곡 위에서 멈춰섰다. 딘 시를 관찰하기 위해서였다. 딘은 쥐앙 만을 떠난 이후 거쳐온 도시들 중 가장 큰 곳이었다.

그는 오후 한시경에 도시로 들어갔다.

—이 침묵은 무엇인가? 주민들은 왜 아무 반응이 없는가? 왜 내가 지나가는 것을 바라만 보고 있는가? 이들은 함성도 지르지 않고 나를 뒤따르고만 있다.

그를 따라온 십여 명의 사람들이 '작은 파리'라는 여인숙 입구에 몰려 있었다. 그는 그들에게 다가가 말했다.

"적들과 배신자들로 더럽혀진 파리를 구해내야 하오."

군중들이 불어났다. 그는 망명귀족들에 대해 언급했다. 그자들은 농부들에게 분배되었던 땅을 다시 빼앗아가려 하고 있다. 몇몇 사람이 반응을 보였다. 약간의 함성이 일었다. 그러나 이내 침묵이 다시 찾아왔다.

—이들은 왜 나를 경계하는 것일까?

그러나 스스로에게 의문을 던져서는 안 되었다. 전진해야 했다. 뒤랑스의 평원에는 차디찬 바람이 불고 있었다. 이따금 우박이 섞인 비가 내렸다.

밤이 내렸다. 그는 지쳐 떨어졌다. 1815년 3월 4일 토요일이었다. 이미 그가 상륙했다는 소식이 파리에 전해졌을 것이다. 비엔나도 알고 있을 것이다. 민중들이 봉기하여 그를 파리에까지 이끌어주지 않는다면, 운명의 문은 닫혀버릴 것이다. 그는 죽을 수밖에 없으리라.

이날 밤을 말리자이 성에서 보냈다. 그는 잠을 이룰 수 없었다. 캉브론에게서는 아무 소식이 없었다. 붙잡혔는지도 모른다. 상륙하고 몇 시간 지나지 않아 십여 명의 병사들이 앙티브 요새에서 붙잡혔듯이…… 몇 시간 후에는, 모든 것이 끝장나버릴 수도 있었다.

그러한 일을 생각하고 싶지 않았다. 어쨌거나 불면의 시간 이외에는 그러한 생각을 떠올리지 않았다. 출발! 블레온 강과 뒤랑스 강을 따라 전진했다. 멀리 시스트롱의 성채가 모습을 드러냈다. 성채는, 절벽 바로 아래 위치한 도시를 굽어보고 있었다. 그는 병사들의 선두에 서서, 플라타너스 나무가 늘어선 곧게 뻗은 길을 나아갔다. 그를 만나기 위해 다가오는 군중들의 모습이 보였다. 그는 말에 박차를 가했다. 기다려서는 안 된다. 먼저 앞으로 나아가 정체를 확인해야 했다. 두려워해서는 안 된다. 순간, 사람들이 양팔을 쳐드는 것을 보았다. 삼색기가 나부꼈고, 함성이 들렸다.

"황제 폐하 만세!"

마침내! 여러 날, 여러 시간의 침묵 뒤에 처음으로 듣는 함성이었다.

운명의 문이 마침내 활짝 열리게 되는 것인가?

사람들이 그를 둘러쌌다. 그는 그들과 몇 마디 말을 나누었다. 그러나 지체하고 싶지 않았다. 남쪽에서의 냉담한 태도와는 달리 이토록 열광적으로 그를 맞이해주는 사람들을 더더욱 많이 만나기 위해 서둘러 앞으로 나아가고 싶었다.

밤이 내리자, 병사들은 횃불을 들고 가프를 향해 행군을 계속했다. 갑자기 도시의 불빛이 시야에 들어왔다.

밤 아홉시였다. 함성이 들려왔다. 열광한 군중들이 가프 시의 모든 거리를 메우고 있었다. 그들이 그에게 몰려들었다. 그들은 외쳤다.

"황제 폐하 만세!"

"귀족들을 교수형에 처하자!"

"부르봉 놈들을 죽이자!"

농민들은 갈퀴를 휘둘러댔다.

—마침내! 마침내 이토록 많은 시민들이 나를 반기고 있다!

그는 이제 피로를 느끼지 않았다. 그는 말에서 뛰어내려 마르샹 호텔로 들어갔다. 사람들이 그를 둘러쌌다. 그들은 말했다.

"폐하는 우리의 아버지입니다."

그들은 그의 손을 붙잡고 그를 껴안았다. 사방에서 그의 이름을 연호하고 있었다. 그들은 부르봉 가가 공표한 국가 재산에 관련된 법을 비난했다. 그는 귀를 기울였다. 그들은 분노하고 있었다. 바로 몇 시간 전까지만 해도, 나폴레옹은 이같은 일을 상상하지 못했다. 아직 아무것도 얻은 것은 없었다. 승부는 이제부터 시작이었다.

그는 계단 위에서 소리쳤다.

"시민들이여, 나는 그대들의 열렬한 환영에 깊은 감동을 받았소. 그대들의 소원은 이루어질 것이오. 국가의 대의는 또다시 승리할 것이오!"

함성이 터졌다.

"황제 폐하 만세! 프랑스 만세!"

그는 말을 이었다.

"그대들이 나를 '아버지'라고 부른 것은 결코 틀린 말이 아니오. 나는 오로지 프랑스의 명예와 행복을 위해서만 살고 있소. 나의 귀환으로 그대들의 모든 걱정은 사라질 것이오. 나는 모든 사유 재산을 그대로 보존할 것이오. 계급의 평등과 그대들이 이십오년 전부터 누리고 있는 권리는, 오늘날 우리 존재의 한 부분을 이루는 것들이오. 그리고 그러한 권리는 우리의 아버지들이 그토록 갈망했던 것이기도 하오. 내가 있음으로 해서, 그 모든 것들이 확실하게 자리잡을 것이오."

—이러한 열광이 군대에까지 퍼져나가 병사들의 마음을 불태울 수 있다면, 그 무엇도 나를 막을 수 없으리라.

그는 마음이 안정되었다. 자부심을 느꼈다. 일생을 거쳐오면서, 그는 이러한 감정을 수없이 느껴왔다. 그것은 일견 터무니없어 보이는 계획을 마음속에 품고 있다가, 그것이 현실로 이루어졌을 때 느낄 수 있는 그러한 감정이었다.

바야르 고개로 향하는 길을 오르면서, 코르에서 휴식을 취하면서, 그리고 라프레를 향해 전진하면서, 그는 내내 이런 생각에 잠겨 있었다.

그의 군대는 이제 병사들과 합류하여 파리를 향해 행군하고 싶어하는 농민들에 둘러싸여 있었다. 그들을 해산시켜야 했다. 그는 국가를 이끄는 황제이며, 그가 이끄는 국가는 질서의 국가이지 혁명의 국가가 아니었다. 게다가 앞으로 어떤 사태가 벌어질지 알 수 없는 노릇이었다.

마침내, 그르노블로 통하는 라프레의 협로에서, 그는 일단의 프랑스 병력과 처음으로 맞닥뜨렸다. 그들은 길을 가로막고 있었다. 달리 우회할 수도 없었다.

—바로 이곳에서, 이번 거사의 성패가 결정될 것이다.

그는 근위대 장교를 불렀다. 장교에게 전갈을 주어, 길을 막고 있는 부대 지휘관에게 가져가도록 지시했다. 아마도 제5대대인 것 같았다.

〈황제는 그대들이 있는 곳으로 행군할 것이다. 만일 그대들이 발포한다면, 그 첫번째 총탄을 맞을 사람은 바로 그대들의 황제이리라.〉

그는 장교가 돌아올 때까지 기다리지 않았다. 외투 깃을 양손으로 붙잡고 홀로 걸어나갔다.

─여기에서 내가 죽지 않는다면, 나는 파리까지 갈 수 있을 것이다.

제5대의 장교가 발포를 명령하는 소리가 들려왔다. 병사들이 총을 겨누었다. 하지만 발사하는 자는 아무도 없었다. 그는 천천히 나아갔다.

─내가 죽어야만 한다면, 이곳에서 죽겠다.

그들에게서 불과 몇 미터 정도밖에 떨어져 있지 않았다. 병사들의 얼굴과 그들의 휘장을 바라보았다. 바로 제5대대였다.

그는 강하고 확신에 가득 찬 목소리로 외쳤다.

"병사들이여! 나는 그대들의 황제다! 나를 기억하겠는가!"

그는 또다시 한 걸음 앞으로 다가섰다. 더욱 높은 목소리로 외쳤다.

"나를 기억하라! 그대들 중에 자신의 황제를 죽이고 싶어하는 자가 있다면, 앞으로 나서라! 내가 바로 여기에 있다!"

한 병사가 외쳤다.

"황제 폐하 만세!"

그러자 다른 병사들도 그 뒤를 따랐다. 병사들은 총을 머리 위로 흔들어대며 앞으로 달려나왔다. 어떤 병사들은 삼색 휘장을 달고 있었다. 그들은 사방에서 그를 에워싸며 함성을 질렀다.

눈물이 나올 것 같았다. 자신의 입술이 감동으로 떨리는 것을 느낄 수 있었다. 운명의 문이 미래를 향해 활짝 열린 것이다.

그는 병사들에게 각자 위치로 돌아가라고 명령했다. 그는 그들을 사열했다. 그는 드루오 장군에게 말했다.

"이제 모든 것이 끝났네. 열흘 후면 나는 튈르리 궁에 도착할 걸세."

그는 말 위에 몸을 꼿꼿이 세웠다. 점점 무거워지는 몸과 다리와 배의 통증으로 고생하던 그가 이젠 아무런 통증도 느끼지 않았다.

그는 외쳤다.

"현재의 정부는 몇몇 사람들의 이익을 위해 존재할 뿐이다. 모든 국민은 구체제로 돌아가려는 부르봉 가에 반기를 들어야 할 것이다."

병사들은 물론, 그들을 에워싸고 있던 농민들도 외쳤다.

"황제 폐하 만세!"

그르노블로 향하는 길 위에서, 일단의 병사들이 다가오는 것을 보았다. 그들은 삼색기를 펄럭이고 있었다. 그는 병사들의 선두에 서 있는 라 베두아예르* 대령을 알아보았다. 그는 나폴레옹군의 뛰어난 젊은 장교들 중 하나였으며, 모스크바 강 전투와 프랑스 전투에서 영웅적으로 싸웠던 자였다. 왜 이런 인물을 장군으로 임명하지 않았던 것인가!

라 베두아예르 대령은 휘하의 병사들을 황제의 군대에 합류시키겠다고 말했다. 또한 그르노블의 주둔군이 이미 황제의 편으로 돌아섰으며, 시 당국의 불허 방침에도 불구하고 온 도시가 황제를 기

---

* 프랑스의 장교, 1785~1815. 1808년 란의 부관이었던 그는 백일천하 시기에 나폴레옹 진영에 가담했다. 루이 18세가 왕위에 다시 오르자 총살당했다.

다리고 있다고 말했다. 대령은 잠시 주저하다가 덧붙였다.

"폐하, 야망이 크면 클수록 폭정은 필연적인 것입니다. 폐하께서는 프랑스와 폐하 자신에게 불행을 안겨다주었던 정복과 지나친 권력 체제를 자제하셔야 합니다."

―평화를 거부한 것이 누구인가? 내게 스스로를 방어하기 위해 전쟁을 선택할 수밖에 없게 한 것이 누구인가? 그들이 암살하고 싶어하는 자가 누구인가? 부르봉 가는 칙령을 통해 뭐라고 선언했던가? '나폴레옹 보나파르트는 배신자이며 반도이다'고 하지 않았는가. 나를 잡아 군법 회의에 회부시키되, 간단한 신원 확인만 끝내고 곧바로 총살에 처해야 한다고 말하지 않았던가! 비엔나 회의에 모인 군주들에게, 나는 '세상을 혼란에 빠뜨리는 적' 아닌가. '사회로부터 격리되어야 하고 재판에 처해져야 한다'고 표현되는 인물 아닌가. 탈레랑의 입에서 나온 표현이겠지만, 이것이 적들이 내게서 원하는 것이다!

나폴레옹은 대령의 귀를 잡아당겨 목덜미를 두들겼다. 아직 젊은 그가 무엇을 알겠는가.

―모스크바 공 네는 나를 철창에 가둬서 파리로 끌고 오겠다고 선언했다! 부르봉 가는 '괴물'을 쳐부수기 위해 전 유럽에 도움을 요청하고 있다! 프랑스가 어찌 되든 좋단 말인가?

병사들을 바라보던 그는 라 베두아예르에게 몸을 돌리며, 그르노블을 향해 걷고 있는 농민들을 가리켰다.

"사람들이 말하듯 나는 병사들의 황제일 뿐만 아니라 저 농민들과 평민들의 황제, 바로 프랑스의 황제네. 그렇기 때문에 지금 자네 눈으로 보듯이, 사람들이 내게로 돌아오는 것이야. 우리는 서로 공감하고 있네. 나 역시 평민 출신일세. 그들은 나의 말을 따를 것이네."

1815년 3월 7일 화요일 밤 아홉시, 병사들이 그르노블의 성문을 돌파했다. 나폴레옹은 도시 안으로 들어섰다. 그는 기쁨에 도취되었다. 제국이 가장 번영을 누리던 시절에도 이처럼 열광하는 군중을 본 적이 없었다. 그들은 환호하고 노래부르고 춤을 추었다. 파리는 과연 어떠할 것인가?

군중은 그가 머물 트루아 도팽 호텔 주위로 몰려들었다. 그는 창문을 열었다. 그들의 얼굴을 바라보고 함성 소리를 들었다.

그는 창가에 서서 말했다.

"시민들이여! 나는 유배지에서 조국이 곤경에 처했다는 불행한 소식을 듣게 되었소. 민중의 권리가 짓밟히고 있다는 사실을 알게 되었소. 그 소식을 들은 나는 한시도 지체하지 않았소. 나는 곧장 조국의 땅에 발을 디뎠고, 독수리가 날듯이 빠른 속도로 이 아름다운 도시 그르노블에 도착한 것이오. 나는 그르노블 시민들의 애국심과 나에 대한 충성심을 익히 알고 있었소. 시민들이여, 그대들은 나의 기대를 만족시켜주었소!"

그는 호텔의 홀로 내려갔다. 한 무리의 사람들이 그곳에 몰려와 있었다.

―명사들이 찾아왔군. 그들은 비굴하게 허리를 굽신거리며 존경을 표하고 있다.

그는 베르트랑에게 몸을 기울이며 낮은 목소리로 말했다.

"이곳 그르노블에 이르기 전까지, 나는 모험가에 불과했지. 그런데 지금, 나는 다시 왕이 되었네."

이제 누가 그의 앞길을 가로막을 수 있겠는가?

―술트? 그자는 얼마 전 '보나파르트는 협잡꾼에 불과하다'고 선언했다지. 하지만 그는 수일 내에 내게로 돌아서지 않겠는가? 아르투아 백작과 맥도날드? 그들은 삼색 휘장을 달고 있던 리옹

주둔군의 병사들을 자기들 편으로 끌어들이려 했으나 실패했다.

그는 그르노블에서 리옹으로 말을 달렸다. 도중에 마주친 군중들은 열렬히 그를 맞아주었다. 기요티에르의 외곽에선, 너무 많은 수의 군중들이 몰려들어 앞으로 나아가기가 힘들 정도였다. 맥도날드와 아르투아 백작은 도망치고 없었다. 사람들은 그의 주위에 몰려들어 외쳤다. '사제들을 타도하라!' '왕당파를 때려죽여라!' '그놈들을 교수대로 보내라!' '부르봉 가 놈들을 단두대로 보내라!' '나폴레옹 만세, 황제 폐하 만세!'

혁명에 종지부를 찍은 건 그였다. 그는 혁명으로부터 태어난 무질서한 기운을 잠재웠었다. 그런데 그 기운이 다시 민중들 사이에 들불처럼 번져가고 있었다. 그것은 과거의 행태를 버리지 못하고, 그것으로부터 아무런 교훈도 얻지 못한 부르봉 가 때문이었다.

그는 이날 아침까지 아르투아 백작이 머물던 대주교관으로 들어갔다.

부르봉, 그 망명귀족은 무슨 생각을 하고 있었을까? 나를 제지할 수 있을 거라고 생각했을까?

다음날인 3월 11일 토요일, 침실에서 나온 그는 권력을 되찾았다는 걸 새삼 깨달았다. 도시의 모든 명사들이, 그의 기상 시간에 맞추어 모여 있었다. 예전처럼.

그는 벨쿠르 광장에서 병사들을 사열하겠다고 명령했다. 그리고 법령을 구술했다.

〈삼색을 복원한다. 루이 18세가 내린 모든 왕령을 취소한다. 1814년 4월 이후에 이루어진 군대 내의 모든 진급을 취소한다. 같은 기간 동안 수여된 모든 레지옹 도뇌르 훈장을 취소한다.〉

그는 뒷짐을 지고 방 안을 거닐며, 그의 말을 받아적고 있는 비서들을 쳐다보았다. 명사들은 정중하게 그의 말을 경청하고 있었다.

그는 말을 이었다.

〈1814년 4월 이후 프랑스에 돌아온 망명귀족들을 추방한다. 그들에게 반환되었던 국유 재산을 환수한다. 일 년 전부터 부르봉 가에 주어졌던 재산을 압류한다. 의회를 해산시키고, 시민 연맹으로 하여금 전국 선거인 회의를 소집케 한다. 그 회의를 통해 프랑스 국민 스스로 법을 제정하게 될 것이다.〉

그는 목소리에 힘을 주어 말했다.

〈그것은 '샹 드 메(오월의 광장)'*가 될 것이다.〉

몸을 돌려 베르트랑을 향한 그는, 메츠에 주둔하고 있는 옛 근위대에게 황제와 합류하도록 하라는 명령을 내렸다. 그들의 지휘관인 우디노가 다른 생각을 품고 있다 할지라도, 옛 근위대는 그의 명령에 복종할 것이었다.

그는 잠시 머뭇거렸다.

— 나의 아내와 아들은 내게로 돌아올 것인가?

그는 '쉰브룬의 프랑스 황후 마리 루이즈'에게 보내는 공식 서한을 쓰기 시작했다.

〈친애하는 부인, 나는 다시 왕좌를 되찾았소…….〉

그는 다른 종이를 집어들었다.

〈나의 친구여, 당신이 이 편지를 받을 때쯤이면 나는 파리에 있을 것이오. 아들을 데리고 내게로 오시오. 3월이 지나기 전에, 당신을 포옹하게 되기를 바라겠소. 나폴레옹.〉

그는 가만히 있었다. 갑작스런 피로가 몰려왔다. 불안이 그의 마음을 사로잡았다. 다시는 그들을 보지 못할지도 모른다는 생각

---

* 훗날 1815년 5월 샹 드 마르스(마르스 광장)에서 열린 '제국 헌법 부칙' 선거에 의해 탄생한 새로운 제국을 기념하기 위한 행사를 지칭하는 말.

이 들었다.

'황제 폐하 만세!'라는 외침 소리가 들려왔다.

그는 방을 나섰다. 한 여인이 그를 향해 다가오고 있었다. 마리 프랑수아즈 펠라프라였다. 그녀는 여전히 젊고 아름다웠다. 그 옛날…… 이탈리아로 가던 길에 이곳 리용에서 그녀와 밤을 함께 보냈다. 그는 그녀가 낳은 에밀리라는 조그만 계집아이의 아버지가 자신일 거라고 생각했다. 그녀는 그를 알고 나서 그 여자아이를 낳았다.

마리 프랑수아즈 펠라프라는 그의 손을 붙잡았다. 그는 그녀가 하는 말을 가만히 듣고만 있었다. 과거는 되찾을 수 없는 것이다. 사람들은 변하기 마련이었다. 브리엔 군사학교 시절의 동창생이자 오랫동안 그의 비서로 있었던 부리엔이 파리와 함부르크에서 부정을 저질렀으며, 얼마 전에는 루이 18세에 의해 파리의 경찰국장으로 임명되었다는 사실을 알게 되었다. 부리엔은 푸셰를 체포하려 시도했다가 실패했다. 다른 사람 아닌 부리엔이!

—몸을 움직일 수 있고 앞으로 나아갈 수 있는 한, 과거는 뒤돌아볼 것이 못 된다.

1815년 3월 13일 월요일, 그는 리용을 떠났다.

빌프랑슈 쉬르 사온으로 향하는 동안, 그와 마주친 농민들은 믿을 수 없다는 듯이 그를 쳐다보다가는 주머니에서 5프랑짜리 동전을 꺼내어 거기 새겨진 초상과 비교해보고는 소리쳤다. '진짜 황제다!' 그리고는 함성을 올렸다. '황제 폐하 만세!'

—이제 누가 나의 앞길을 가로막을 수 있단 말인가? 빌프랑슈와 마콩과 투르뉘와 샬롱과 디종의 거리는 내게 환호를 보내는 군중들로 가득하다. 나에게로 몰려드는 군중들 때문에 천천히 길을

갈 수밖에 없을 정도다. 네? 모스크바 공의 병사들은 루이 18세를 위해 일하는 지휘관의 명령에 복종하기를 거부했다. 네에게 손을 뻗쳐야 할 것이다. 나는 그가 필요하고 그의 병사들이 필요하다.

나폴레옹은 베르트랑으로 하여금 네에게 보내는 편지를 받아적게 했다.

〈베르트랑 장군이 그대에게 군대를 이동시키라는 명령을 전달할 것이다. 나는 그대가 리옹에서 나의 도착을 알자마자, 그대의 군대에 다시 삼색기를 취하게 했으리라고 믿어 의심치 않는다. 베르트랑이 전달하는 명령을 받들어 내게 합류하도록 하라. 나는 모스크바 강 전투를 치른 다음날처럼 그대를 맞이할 것이다.〉

그는 네가 돌아오리라고 확신했다. 이미 많은 부대들이 도착하고 있었다. 병사들은 모자에 삼색 휘장을 달고, 머리 위로는 삼색기를 휘날리고 있었다. 사람들 말에 따르면, 루이 18세에게 가장 충성스럽다고 평판이 나 있던 빌쥐프의 부대조차 삼색 휘장을 달았다고 했다. 파리에서 온 전령들은, 엑셀망 장군이 감봉당한 장교들과 더불어 파리의 왕실 포대를 장악했다고 보고했다.

—이제 아무도 저항하지 않는다. 시장들은 충성을 증명하기 위해 나에게로 달려오고 있다.

나폴레옹은 오탱의 시장에게 말했다.

"당신은 사제들과 귀족들이 이끄는 대로 따랐을 뿐이오. 그들은 십일조(十一租)와 봉건제적인 법을 복원시키고자 했소. 나는 정의를 시행할 것이오. 그들을 교수대로 보낼 것이오!"

오세르에서 네가 접견을 요청했다. 네는 당황한 표정으로 어쩔 줄을 몰라하며, 자신이 루이 18세에게 합류할 수밖에 없었던 이유를 설명하려 했다.

—행위는 곧 그 자신이다. 네 원수는 내게 합류했다. 내가 승리

자이기 때문인가? 그렇다면, 내가 계속 승리자로 남아 있는 한, 네는 나를 배신하지 않을 것이다.

나폴레옹은 네에게 말했다.

"변명할 필요 없네. 자네는 내가 그랬듯이, 사람의 힘으로는 어쩔 수 없는 상황에 처해 있었던 것일 뿐이야. 더이상 과거를 언급하지 말게. 더욱 나은 미래를 위해 노력하면 되는 일이야."

그는 양팔을 벌렸다. 네가 그의 품안에 뛰어들었다.

인간들이란 이런 존재들이다.

3월 19일 일요일, 그는 마차에 올랐다. 그는 이제 자신의 수도로 입성하는 황제였다. 전령이 마차 곁으로 달려왔다. 부르봉 가의 왕이 튈르리 궁을 떠나 북쪽 국경으로 향했다는 소식을 전하며, 전령은 푸셰의 편지를 내밀었다.

오트랑트 공은 적고 있었다.

〈폐하, 파리 주변에는 폐하를 암살하려는 자들이 잠복해 있습니다. 경계하십시오.〉

— 결국 앙리 4세의 경우처럼, 그들은 나를 암살하는 것말고는 달리 할 수 있는 일이 남아 있지 않단 말인가?

그는 퐁텐블로 숲으로 향하는 모든 길을 경계하라는 지시를 내렸다. 그러나 성에 도착하기 전에 길을 멈춘다는 것은 있을 수 없는 일이었다. 슈발 블랑 안뜰에 내려선 그는 계단을 천천히 올라갔다. 그는 잠시 멈춰 섰다.

거의 일 년 전인 1814년 4월 20일, 그는 이곳 퐁텐블로 성에서 자신의 근위대에게 작별을 고하고 엘바 섬으로 떠났다. 도중에 암살자들이 그의 목숨을 노렸고, 그 암살자들이 여전히 존재하고 있었다. 그러나 그는 살아남았다.

1815년 3월 20일 월요일 열시, 그는 성과 권력을 되찾은 것이다.

지난 일 년 동안 무슨 일이 있었는가? 그는 그 사이에 아무 일
도 일어나지 않았던 것처럼 느껴졌다. 자신이 엘바 섬에서 체류했
다는 사실이 너무 생경하기만 했다.

그의 생은 그러했다. 수시로 장면이 바뀌는 연속이었다.

그는 회랑을 걸어 자신의 집무실로 들어갔다. 그는 명령을 내렸
다. 파리로 가는 도중에 퐁텐 드 쥐비시에서 군대를 사열하고자
했다.

그는 공원 안을 잠시 거닐다가 다시 마차에 올랐다.

퐁텐블로에서 파리로 이르는 길, 그는 이 길을 수없이 지났었다.
그리고 수없이 군대를 사열했었다. 그러나 지금 그는 자신의 생애
에서 가장 훌륭한 전투를 치른 것이었다. 조금의 미혹도 없는 완
전한 승리였다. 그가 원하고 생각하고 꿈꾸었듯이, 단 한 발의 총
탄도 발사되지 않았다. 민중이 그에게로 돌아서면서 모든 것이 역
전되었다.

그리고 그 민중이 지금 파리의 입구에서부터 그를 맞아주고 있
었다. 남녀노소를 가릴 것 없이, 사람들은 마차를 에워싸고 함께
달렸다. 말들이 앞으로 나아가기가 어려울 지경이었다.

아우스터리츠 전투의 다음날에도, 대관식 날에도, 그는 결코 이
같은 모습을 보지 못했었다.

마차를 호위하는 기병들은 사람들을 밀어내기가 힘들었다.

그의 아들이 이 순간을 함께 할 수 있었다면…… 3월 20일, 이
날은 바로 아이의 네번째 생일이었다! 운명의 전조인가! 하지만
마음은 더욱 쓰라렸다.

그는 사람들이 울고 있는 모습을 보았다. 상이용사들은 그들의
목발을 휘둘러대며 레지옹 도뇌르 훈장을 내보였다.

툴르리 궁 앞에 사람들이 물결처럼 몰려들었다. 그들은 그에게 달려들었다. 그의 몸이 위로 들려졌다. 그는 사람들의 팔과 팔을 거쳐 궁전 앞까지 옮겨졌고 계단을 올랐다. 마침내 그는 사람들의 힘으로 자신의 집에 돌아온 것이다.

어제까지 루이 18세가 이곳에 있었다.

함성 소리가 끊이지 않고 들려왔다.

깃발에 피 한 방울 묻히지 않은, 가장 위대하고 훌륭한 승리였다.

그의 눈에 눈물이 맺혔다.

피로에 지친 그는 그대로 의자에 주저앉았다.

내일부터는 모든 것이 힘들어질 것이다. 지금 이대로 시간이 멈춰버렸으면 싶었다.

19
죽음? 그것은 내가 바라는 것이다

그는 집무실과 방들을 둘러보았다. 마치 아무도 그곳에 머물지 않았던 것처럼 모든 것이 제자리에 놓여져 있었다. 단지 신체가 부자유한 사람을 위한 커다란 안락의자가 하나 있었는데, 그것이 루이 18세가 그곳에 있었다는 사실을 상기시켜주고 있었다.

—감히 내 집에…….

그는 안락의자를 당장 치우라고 지시했다.

다시 방들을 둘러보았다. 열한 달 동안 아무 일도 일어나지 않았으며, 그가 오랜 전투를 마치고 돌아왔다고 해도 의심치 않을 정도였다.

그러나 그는 혼자였다. 아내도 아들도 없었다. 단지 응접실에 몰려드는 저 고관들이 있을 뿐이었다. 그들은 무언가를 수군거리고 있었다. 밤이 깊어가는데도 그들은 튈르리 궁을 떠날 생각을 하지 않았다. 황제에게 모습을 보이고, 약속 날짜를 잡고 싶어하는 것이리라. 자신들이 했던 짓들을 황제로 하여금 잊게 하고 싶은 것이다.

그는 문을 열었다. 그는 캉바세레스, 마레, 몰리앵, 몰레, 다부, 콜랭쿠르를 보고자 했다. 그날 밤으로 새 정부가 구성되어야 했다. 그래야 다음날 아침부터 명령이 시행될 수 있을 것이며, 부르봉 가가 남긴 모든 흔적을 없앨 수 있을 것이다.

캉바세레스가 다가왔다. 대법관은 늙은이처럼 기침을 해댔다. 그는 웅얼거리며 변명했다. 장관 자리를 맡을 수 없다는 것이었다. 그는 병이 들었다. 쉰두 살이 된 그는 자기가 늙었다고 말했다. 콜랭쿠르와 몰레 역시 몸을 사렸다. 신중을 기하려는 것이리라.

그는 재무장관 자리를 수락한 몰리앵에게 말했다.

"저들은 부르봉 가가 떠나는 것을 방관했듯이, 내가 돌아온 것을 바라보고만 있네."

그들은 두려워하고 있었다.

그는 말을 이었다.

"나를 파리에까지 이끌어준 것은 사리사욕이 없는 사람들이었어. 하사관들과 병사들이 그 모든 일을 해냈지. 나는 민중과 군대에 그 모든 것을 빚진 것이야."

밤이 깊었지만, 많은 사람들이 튈르리 궁 앞에 모여 있었다. 어슴푸레한 횃불 아래에서 그들은 춤을 추고 있었다. 그는 몰레에게로 몸을 돌렸다. 몰레는 계속해서 새 정부에 참여하기를 거절하고 있었다.

그는 말했다.

"당신은 몰라보게 달라졌군. 우리 중에 건강한 사람은 나뿐인 것 같군."

그는 군중을 가리키며 말을 이었다.

"내가 프랑스에 돌아와 가장 놀란 것은, 사제와 귀족에 대한 증오심을 다시 발견하게 되었다는 사실이야. 그것은 혁명 초기만큼이나 강렬하게 사방에 번져가고 있어."

그는 고개를 숙이고 몇 걸음 걸었다.

"다시 혁명이 일어날지도 몰라. 부르봉 가가 프랑스에 저지른 악행은 이루 형언할 수 없을 정도야."

그는 한숨을 내쉬었다. 오늘 하루는 이것으로 충분했다. 그들이 받아들이건 말건 그것은 별로 중요하지 않았다. 그는 그들을 내각에 임명할 것이다. 캉바세레스는 법무장관, 마레는 정무장관, 푸셰는 치안장관, 콜랭쿠르는 외무장관, 사바리는 헌병대장, 다부는 전쟁장관, 카르노는 내무장관을 각각 맡게 될 것이다.

그는 침대 끝에 걸터앉았다. 욕조에 물을 받는 소리가 들렸다. 그의 시종 마르샹이 분주히 움직이고 있었다. 그토록 충성스러워 보였던 시종 콩스탕은 그에게로 돌아오지 않았다. 그는 나폴레옹의 퇴위와 동시에 사라져버렸다. 콩스탕은 자기가 가지고 갈 수 있는 것은 모두 가지고 사라졌다고 했다. 그리고 부리엔과 베르티에 원수는 왕을 따라 북쪽으로 도망치고 있었다!

바로 그게 인간이었다!

—나를 둘러싼 이들에게 의지하는 것말고 내가 달리 무엇을 할 수 있단 말인가? 나는 폭도들의 왕이 되고 싶지 않다. 혁명이 일어나는 것을 원치 않는다. 민중과 군대에 모든 것을 빚지긴 했지만, 그들의 광기에 양보할 수 없다. 그들과 함께 어떤 체제를 세울 수 있단 말인가? 공안위원회를 다시 설치하고, 내 머리에 로베스피에르의 가발을 덮어쓰란 말인가? 카루젤 광장에 단두대를 설치하란 말인가? 나는 거부한다. 그렇다고 예전처럼 나라를 다스

리는 것도 이제는 불가능하다. 자유가 꽃피도록 해야 할 것이다. 나는 검열을 없애고 새로운 통치 원칙을 세울 것이다. 누구와 함께? 남아 있는 자들! 푸셰? 그렇지. 이자는 신임할 만한 인간은 아니지만, 자기가 해야 할 일을 잘 알고 있다. 그리고 다른 자들도 필요하다. 비록 나를 따르다가 배반한 자들이지만, 나에게는 그들이 꼭 필요하다.

그는 튈르리에서의 첫날 밤을 이렇게 보냈다. 그리고 3월 21일 화요일 아침 여섯시, 그는 벌써 업무에 들어갔다. 읽고 정리하고 쓰고 구술했다. 그는 다부를 접견했다. 나폴레옹은 에크뮐 공 다부 원수를 신임하고 있었다. 함부르크에서, 다부는 도망칠 수 있는 기회가 모두 사라지고 난 후에까지 오랫동안 도시를 사수했고, 백색기를 향해 발포를 명령했었다.

나폴레옹은 전보들을 읽으면서 낮게 중얼거렸다.

"불쌍한 프랑스, 불쌍한 프랑스."

유럽이 프랑스에 반기를 들게 될 거라고 그는 말했다.

— 나는 평화를 원한다. 하지만 평화를 향해 내민 내 손을 누가 잡아줄 것인가?

"결국 끝까지 싸워야만 하네. 그러기 위해 삼 개월 이내에 삼십만의 병력을 준비해야 해."

그는 다부의 팔을 잡았다.

"우리가 원하느냐 원치 않느냐를 따질 경황이 없네. 승리 아니면 죽음이야."

— 모든 것이 또다시 전장에서 결판이 날 것이다. 나는 이러한 선택을 할 수밖에 없다. 그들은 나에게 다른 선택의 여지를 남겨놓지 않았다.

그는 다부를 이끌고 창가로 향했다. 파리 주둔군과 민병대 병사들이 카루젤 광장에서 대열을 이루고 있었다. 다른 병사들은 샤틀레 광장에 자리잡고 있었다. 오후 한시에 그들을 사열할 것이다. 여러 달 만에 치르는 대규모 열병식이었다. 그가 자기 자리를 되찾았으며, 돌아온 지 몇 시간 만에 모든 권력을 다시 손에 넣었다는 것을 사람들이 알게 될 것이다.

그는 다부에게 말했다.

"통치는 항해와도 같네. 항해하기 위해서는 바람과 물이라는 자연의 두 가지 요소가 있어야 하듯이, 국가라는 배를 이끄는 데도 역시 두 가지 요소가 필요하네. 우리는 공중에 떠 있는 기구는 조종할 수 없을 걸세. 거기에는 공기라는 한 가지 요소만 주어질 뿐 그 어떠한 지지점도 없기 때문이지. 마찬가지로, 민중 민주주의 체제하에서는 통제란 불가능하네. 하지만 민주주의를 귀족 정치와 공존시킴으로써 그 둘을 서로 대립시키고, 상반된 열정을 통해 국가라는 배를 조종할 수 있는 것이네."

그는 다부와 함께 밖으로 나왔다. 군중이 함성을 올렸다. 3월의 선선한 바람을 받으며 깃발들이 펄럭이고 있었다. 대열 앞을 지나던 그는 민병대가 도열해 있는 곳에 이르러 발걸음을 멈췄다.

그는 소리쳤다.

"우리가 이루어낸 모든 영광을, 나는 그대들에게 돌린다."

환호성이 일었다. 그는 병사들을 바라보았다. 바로 그들이 충성스러운 사람들이었다. 그들은 언제라도 그를 위해 죽을 각오가 되어 있는 사람들이었다. 그들의 권리를 그가 수호하고 있다고 그들은 믿고 있었기 때문이었다. 그들의 생각은 틀린 것이 아니었다. 그는 옛 프랑스를 원하지 않았다. 그는 혁명의회가 부르봉 가에 반대하여 제정했던 모든 법들이 실행되도록 할 것이었다. 나폴레옹과 부르봉 가 사이에는 타협의 여지가 없었다. 처음부터 그들은 나폴레옹을 회유하고 매수할 수 없다는 것을 깨닫자 그를 암살하고자 하지 않았던가? 그리고 이제 그들은 유럽을 전쟁으로 몰고 가서 그를 끝장내고자 하는 것이다.

—그러므로 부르봉 가와 함께 일했던 자들은 바로 나의 적이다.

그는 반역자 열세 명의 명단을 작성했다. 탈레랑, 마르몽, 부리엔, 몽테스키우 등 그들의 전 재산을 몰수하고 추방할 것이다. 어쨌거나 그들은 이미 루이 18세와 함께 북쪽 국경을 넘어간 자들이었다!

—그러나 끝까지 내게 충성을 지킨 사람이 과연 얼마나 되는가? 권력의 유혹에 저항할 수 있었던 사람이 얼마나 되는가?

그는 오르탕스를 접견했다. 그녀는 나폴레옹의 유배 기간 동안 편지 한 통, 인사 한 번 보내오지 않았다. 그리고 적국의 군주들에게 경의를 표했다. 그런 그녀가 지금 두 아이를 앞세우고 나타나 눈물을 흘리고 있었다.

그는 담담한 어조로 말했다.

"나는 네가 나를 배신하리라고는 꿈에도 생각지 못했었다."

물론 그녀에게는 훌륭한 변명거리가 있었다. 가장 비열한 배신자조차도 변명거리는 늘 있게 마련인 것이다. 그녀는 어머니 곁에 머물러 있고 싶었다고 말했다. 병에 걸려 있는 어머니 조제핀을 떠날 수 없었다는 것이다. 나폴레옹은 알고 있었다. 조제핀은 죽기 전에, 차르와 프로이센 왕을 말메종에 초대해 함께 춤을 추었다. 오르탕스도 그녀를 따랐다. 조제핀은 자기 아이들의 미래를 생각했던 것이다.

나폴레옹은 그녀의 말을 잘랐다.

"너는 프랑스에 남아 있지 말았어야 했다. 차라리 헐벗고 굶주리는 쪽을 택했어야 했어. 너는 철없는 어린아이처럼 행동했다. 한

가족으로서 번영을 함께 누렸으면 그 불행도 함께 나누어야 하는 거야."

그녀는 울음을 터뜨렸다.

—그녀에게는 안된 일이지만, 내가 이들마저 처벌한다면 내 주위에는 누가 남겠는가? 마리 발레프스카!

마리 발레프스카가 돌아왔다. 그는 마리와 몇 마디 말을 주고 받았다. 그러나 그는 열정을 잃어버렸다. 그는 그녀를 존중하고 보호하고 싶었다. 앞일을 누가 알 수 있단 말인가? 그녀는 가난으로부터 보호받아야 했다. 하지만 그녀와 다시 관계를 맺는다? 그럴 수 없었다. 무엇인가가 그의 내부에서 죽어버렸다. 마리 발레프스카에 대한 사랑뿐만이 아니라 어떤 희망, 그것이 없이는 타인에 대한 깊은 애정이 생기지 않는 그러한 희망이 사라져버린 것이다.

때로 그는 몹시 지쳐버린 자신을 발견했다. 피로를 이겨내고자 했다. 사열, 분열행진, 회의, 접견, 튈르리 궁이나 엘리제 궁에서의 저녁 파티…… 4월 17일 월요일 이후 그는 엘리제 궁에 머물고 있었다. 튈르리 궁은 혼자 지내기에는 너무 컸다.

그는 전처럼 매일 열두 시간에서 열다섯 시간까지 일을 했다. 밤은 밤대로 정신없이 보냈다. 그는 모든 것을 살펴보고 생각하고 조직하고 추진하고 싶었다. 그래야 했다. 그것만이 유일한 탈출구였다.

그는 사람들에게 말하곤 했다. '밤낮을 가리지 말고 일에 매달리도록 하시오. 프랑스의 운명이 바로 여기에 달려 있소.' 군대를 갖추기 위해서는 돈이 들어와야 했다. '나에게는 10만 명의 병사들이 있지만, 그들을 어디에도 내보낼 수가 없소. 그들을 입히고 무장시키는 데 필요한 돈이 없기 때문이오.'

그는 파리의 여러 지역에서 벌어지는 공사 현장들을 방문했고, 에콜 폴리테크니크, 생 드니, 앵발리드, 박물관, 오페라 등지를 방문했다. 사람들에게 그들의 미래가 예전만큼이나 밝을 것이라는 믿음을 주기 위해서는 그가 모습을 나타내야 했다.

3만 명에 이르는 민병대 기병과 보병들을 사열하고, 미사에 참석했다. 오르탕스, 뤼시앵, 조제프, 제롬, 그리고 어머니 레티지아와 함께 저녁식사를 했다. 그들은 모두 파리에 돌아와 있었다. 그는 형제들에게 가졌던 불만을 모두 잊어버렸다.

그는 지칠 줄을 몰랐다.

그런데 갑자기 그는 머리가 멍해짐을 느꼈다. 몸 전체가 가라앉는 듯한 느낌이었다. 그는 선잠이 들었다가 소스라치게 놀라며 깨어났다. 주위가 조용했다. 사람들이 그를 지켜보고 있었다. 그는 몸을 한번 흔들고는 어깨를 으쓱이며 그 자리를 떠났다. 다리가 무겁고, 배가 묵직하게 느껴졌다. 하반신 전체가 아팠다. 그는 몸을 회복하고 기운을 되찾을 것이다. 통증에도 불구하고 말에 오를 것이었다. 하지만 기운이 전과 같지 않았다. 운명이 그에게 또 한 번의 기회를 제공한 지금, 그는 자신감을 상실한 것 같았다.

무엇인가가 그에게서 사라지고 없었다.

뒤샤텔 부인이 그를 찾아왔다가 물러가고, 조르주 양이 찾아왔다. 예전의 여인들과 대화를 나누며, 그는 긴장을 풀고 미소를 지어보려 애썼다. 하지만 그는 곧 권태를 느꼈다. 그는 자리에서 일어나 집무실로 향했다. 비서들에게 물었다. 황후에게서는 여전히 편지가 없었다.

비엔나에서 쫓겨온 멘느발을 맞았다. 나폴레옹은 멘느발에게, 마리 루이즈의 곁에 남아 있으라고 명령했었다. 멘느발은 고개를 숙이고 주춤주춤 얘기했다. 그의 몇 마디만으로도 일의 추이를 짐작할 수 있었다. 머리와 가슴속에서 무수한 돌덩이들이 쏟아져내렸다.

—마리 루이즈는 내게 편지쓰는 것을 거절했다. 그녀는 나이페르크* 백작의 유혹에 넘어갔다. 백작과 사랑에 빠진 그녀는 내 아들을 오스트리아 황제에게 맡겨 오스트리아 왕자로 키우려 한다. 마리 루이즈는 나와 갈라서기를 원하고 있다. 나는 아들을 잃었다.

그는 그 모든 일을 잊고 싶었다. 자신의 상심을 밖으로 드러내지 않으려 노력했다.

원로원 의원들을 만난 자리에서 그는 말했다.

"나는 유배라는 큰 대가를 치르고 3월 20일, 내가 사 년 전 아들을 얻은 그날, 파리에 돌아왔소. 그때 파리 시민들이 내게 보여준 애정은 너무 감동적이어서, 아직도 내 가슴속에 남아 있소."

—그러나 나는 그 아들을 잃었다. 이제 내가 무슨 희망을 가질 수 있단 말인가? 복수, 활력, 의지, 결심…… 내게는 이런 것들만이 남아 있을 따름이다. 그뿐이다. 이제 아내와 아들을 생각하고 싶지 않다. 그들에 대해 더이상 알고 싶지도 않다. 그들은 포로로 잡혀 있는 것이다. 그것이 전부다.

그는 콜랭쿠르에게 보내는 편지를 구술했다.

〈오스트리아가 저지른 잔인한 짓을 만천하에 밝혀야 하네. 멘느발은, 그들이 황후를 내게서 떼어놓았을 때 그녀가 겪었던 고통을 증언할 것이네. 내가 배에 오르고 나서 삼십 일 동안을 황후는 잠을 이루지 못했네. 멘느발은 황후가 포로로 붙잡혀 있다는 사실을 강조할 것일세. 그들은 황후가 내게 편지를 보내는 것조차 허락하지 않았던 것이네.〉

---

* 오스트리아의 장군, 1775~1829. 1814년 마리 루이즈의 왕궁 감독관이었다가 연인 사이가 되었으며, 1821년 나폴레옹이 죽은 후 그녀와 결혼했다.

―이것이 공식적인 사실이다. 다른 이야기는 듣고 싶지 않다. 그럴 수도 없다.

그는 아들의 초상화를 바라보았다. 그의 의지와는 상관없이 울컥 솟은 눈물이 그의 얼굴을 적셨다.

내무장관 카르노가 찾아왔다. 장관에게 슬픔을 내보일 수는 없었다. 감정을 수습하며, 그는 천천히 거닐기 시작했다.

이윽고 그가 말했다.

"십오 년간 쌓아올린 모든 것이 무너졌소. 그것은 저절로 다시 세워지는 것이 아니오. 그러기 위해서는, 이십 년이라는 세월 동안 이백만 명의 병사들이 희생을 치러야 할 거요. 나는 평화를 갈망하고 있소. 나는 승리를 통해서 그 평화를 얻고야 말 것이오."

그는 카르노에게 다가갔다.

"나는 거짓된 희망을 주고 싶진 않소. 협상이 진행중이라고 당신에게 말할 수도 있겠지만, 그런 것은 존재하지 않소. 길고 힘든 싸움을 벌여야 하리라고 예상하고 있소. 전쟁을 치르기 위해선, 국민들이 나를 지지해야만 하오. 국민들은 내게 자유를 요구하겠지. 나는 그들에게 자유를 줄 것이오."

카르노는 혁명론자였다. 바로 이것이 그가 듣고자 하는 말일 것이었다.

나폴레옹은 말을 이었다.

"지금은 전혀 새로운 상황이오. 내게는 도움이 필요하오."

그는 고개를 숙였다.

"나는 늙었소. 마흔다섯의 나이에 서른 살의 몸과 마음을 가질 수는 없소! 합법적인 절차에 의해 왕위를 물리고 휴식을 취하는 것이 나에게 어울리겠지."

그는 한숨을 내쉬었다.

"내 아들을 위해서도, 그것이 가장 좋은 방법일 거요."

―그러나 나는 아들을 잃었다.

그는 고개를 돌렸다. 또다시 눈물이 나올까봐 걱정스러웠다. 감정을 밖으로 드러내서는 안 되었다.

튈르리 궁 앞에 모인 민병대에 다가갔다. 그들의 수는 수천 명에 달했다. 그는 그들 앞을 천천히 걸었다. 그들의 열정을 느낄 수 있었다. 이처럼 믿음직한 병사들을 가져본 적이 있었던가? 연설자가 대열 앞으로 나섰다. 그는 귀를 기울였다. 작은 키의 그 사내는 감동한 목소리로 말하고 있었다.

"우리는 폐하를 열렬하게 환영합니다. 폐하는 국가를 대표하시며, 조국의 수호자이시며, 민중의 권리를 지켜주시는 분이기 때문입니다."

사내는 '귀족들을 무찌르기 위해' 전선에 나설 각오가 되어 있는 시민들에게 무기를 달라고 요청했다.

이것도 하나의 길이 될 수 있을 것이다. 혁명의 불길이 번지도록 가만히 놔두었다가 그 흐름을 타는 것……

나폴레옹은 대답했다.

"프랑스 국민은 역경을 통해 더욱 강인한 국민이 되었소. 프랑스 국민은 이십 년 전 유럽을 깜짝 놀라게 했었던 그때의 젊음을 되찾은 것이오."

하지만 그는 거기에서 그칠 수밖에 없었다.

그는 민병대와 병사들과 하사관들이 필요했지만, 또한 푸셰와 몰레가 필요했다. 심지어는 바로 어제까지 루이 18세 아래서 전쟁장관을 지냈던 술트도 필요했다. 다시 그에게 충성을 맹세한 술트에게 그는 참모장 자리를 주었다.

나폴레옹은 집무실로 돌아와, 방자맹 콩스탕을 접견했다.

―자유주의자를 자처하는 이 작가는 3월 19일, 내가 튈르리 궁으로 돌아오기 바로 전날 발표한 글에서, 나를 칭기즈 칸, 아틸라,

네로와 같은 잔인한 인물들에 견주어 비판했다! 나는 그에게 '제국 헌법 부칙'의 작성을 맡길 것이다. 그 부칙을 통해, 황제에게 임명권이 있는 세습직인 상원과 더불어 하원을 신설할 것이다. 바로 이러한 자들, 방자맹 콩스탕이나 몰레와 푸셰 같은 자들이 귀족들의 여론을 이끌 것이다. 그들이 없다면, 내가 무엇을 할 수 있단 말인가?

그는 말했다. '모든 주권은 국민에게 있다.' 그러자 그 즉시 몰레는 '1793년을 상기시키는' 이 경구에 반발했다. 그들은 단두대와 로베스피에르의 망령을 상기시켰다.

그들을 안심시켜야 했다. 나폴레옹은 몰레에게 설명했다.

"지금은 당장 닥쳐오는 위기를 극복하기 위해 자코뱅파를 이용해야 해. 걱정할 것은 없어. 나는 언제고 그들을 제지할 수 있네. 결코 그들에게 휘말리지는 않을 것이야."

―누가 미래를 결정한단 말인가? 선거를 거쳐 6월 1일에 의회를 소집하기를 원하는 방자맹 콩스탕, 몰레, 푸셰, 바로 이들인가? 아니면, 피할 수 없는 전쟁을 치러야만 하는 나인가? 내가 전장에서 승리를 거둔다면, 그들의 의혹과 타산은 모두 사라질 것이며, 나는 내가 원하는 대로 할 수 있을 것이다. 만약 패배한다면, 그들은 상황이 어떻든 간에, 그리고 내가 어떤 헌법 부칙을 받아들였든 간에 나를 매장시키는 데에 모두 동의할 것이다. 그럴바에야 양보하자. 선거를 치르게 하자. 6월 1일에 당선자들을 소집하게 하자.

그는 말했다.

"나는 지난 십오 년 동안 그 기초를 쌓는 데 그쳤던 대제국 건설의 꿈을 포기했네. 당시의 내 목표는, 유럽을 하나의 거대한 연방으로 만드는 것이었지. 나는 그것이 우리 시대의 정신에 합당하며, 우리 문명의 발전에도 도움이 될 거라고 믿었네. 하지만 이제 내가 바라는 목표는, 국민의 자유를 공고히 함으로써 프랑스를 더욱더 번영시키는 데 있을 뿐이야."

─그러니 선거를 하라! 자기 뜻대로 조종할 수 있는 자들이 선출되도록 푸셰가 공작을 피운다 해도 나는 상관하지 않겠다. 전쟁에서 내가 승리하고 돌아올 수 있다면, 이 모든 것은 아무런 영향도 미치지 못할 것이다. 그런데 내가 패배한다면…… 이 선거가 어떤 영향력을 발휘할 것인가? 나는 어디로 가게 될 것인가? 죽음? 그것은 오히려 내가 바라는 바이다. 하지만 죽음이 나를 피해가리라는 걸 나는 안다.

─그러나 나는 내 주위에서 죽음의 존재를 언제나 느끼고 있다.
그것은 이를테면 그가 오르탕스와 함께 산책하는 말메종의 정원에도 있었다. 그곳 나무들을 바라볼 때마다, 그는 지난날 벌어졌던 축제나 흥겨운 저녁 시간들을 떠올리지 않을 수 없었다.
─이제는 그 그림자만이 남아 있을 뿐이다. 조제핀은 죽었고, 오락과 파티를 주도했던 폴린, 그토록 아름다운 폴린은 비아레조에 오스트리아의 포로로 붙잡혀 있다. 엘리자 역시 오스트리아에 의해 모라비아 지방의 브륀에 억류되어 있다. 카롤린도 마찬가지다. 그녀는 두 아이들과 함께 오스트리아의 포로로 트리에스테에 억류되어 있다. 영광의 시절, 이곳 말메종을 밝게 비춰주었던 나의 누이들 모두가 그러한 신세다! 그리고 뮈라, 카롤린의 품안에서 으스댈 줄만 알았던 멍청한 뮈라, 그는 자신의 나폴리 왕국을 지키고 이탈리아를 차지하기 위해 오스트리아를 공격했다가 패배했다. 칸으로 쫓겨난 그는 지금 도망자 신세다. 뮈라는 다시 내 밑으로 들어오고 싶어한다. 인간이란 그런 존재다.
나폴레옹은 말메종을 떠났다. 그는 엘리제 궁으로 돌아가는 마차 안에서 선잠이 들었다. 그는 지쳐 있었다.

그러나 그것은 그가 피로를 이겨내지 못하는 한순간에 불과했다. 엘리제 궁에 돌아온 그는 목욕을 하고, 거울 앞에 서서 옷을 입었다. 문득 거울에 비친 자기의 몸을 바라보던 그는 공포에 가까운 발작을 일으켰다. 배가 너무 튀어나와서, 이제는 셔츠 끝이 바지 바깥으로 빠져나오고, 조끼의 단추를 끼우기도 힘들었다. 그는 손으로 머리카락 몇 줄기를 이마 위로 쓸어내렸다. 이제 그는 정말로 병사들이 부르듯이 '대머리 땅딸보'가 되어 있었다.

그는 마르샹을 불렀다. 시종은 그가 옷을 입는 것을 도왔다. 집무실에 들어선 그는 첩보원들의 보고서를 검토했다. 그들은 푸셰를 감시하고 있었다. 치안장관 푸셰를!

―푸셰를 어떻게 신뢰할 수 있단 말인가? 나는 그의 능력을 인정할 뿐이다.

푸셰는, 영국군 웰링턴 장군의 선동과 지원으로 서쪽 지역에서 발생한 왕당파의 반란을 진압하는 데 성공했다.

―푸셰는 나의 패배를 능히 생각하고 있을 사람이다. 그는, 내가 몰락하게 되면 자기가 원하는 체제를 세울 것이다. 그렇기 때문에, 1815년 5월 말에 시행될 하원 선거에 그는 지나치게 집착하는 것이다. 그리고 그러한 이유로, 그는 메테르니히에게 사람을 보내어 접촉하고 있는 것이리라.

푸셰를 호출했다. 그는 이미 여러 차례 오트랑트 공을 위협했었다. 그리고 수없이 푸셰의 태연자약함과 시선을 감추는 두터운 눈꺼풀, 탈레랑만큼이나 창백한 안색에 분노했었다.

나폴레옹은 돌조각처럼 무표정한 푸셰를 향해 경멸조로 말했다.

"당신은 반역자요, 푸셰. 나는 당신을 총살시켰어야 했소."

푸셰는 여전히 표정에 변화가 없었다. 그는 거의 입술을 움직이지 않으면서 낮게 말했다.

"폐하, 저는 폐하의 생각에 동의하지 않습니다."

—지옥에나 가라, 푸셰!

나폴레옹은 분노로 온몸을 떨었다. 그는 말했다.

"사람들은 내가 원치 않는 곳으로 나를 밀어내고 있소. 사람들은 나를 약화시키고, 나를 억압하고 있소. 프랑스는 나를 원하지만, 나를 찾아내지 못하고 있소. 프랑스는 묻고 있소. 황제의 오른팔은 도대체 어디로 사라진 것인가?"

그는 소리쳤다.

"지금 최우선의 정의는 바로 공안이오!"

그리고 나서 그는 지친 몸짓으로 푸셰에게 나가라고 손짓했다.

나폴레옹은 교수대도 단두대도 원하지 않았다. 무기가 모든 것을 결정할 것이다.

1815년 5월 18일 일요일, 그는 빠른 걸음으로 밖으로 나와 말에 올랐다. 카루젤 광장에 정렬한 병사들의 총검이 빛을 발하고 있었다.

—병사들을 사열할 것이다. 나와 저 병사들에게 모든 것이 달려 있다.

20
죽음이 나를 잊지 않고 데려가주기를

나폴레옹은 투표 결과를 훑어보았다. 제국 헌법 부칙은 찬성 1,532,000표에 반대 4,802표로 채택되었다. 그는 종이를 옆으로 치워버렸다. 3백만 명 이상이 투표하지 않았다. 하지만 그게 무슨 대수이겠는가.

ㅡ영웅이 역사를 이끌지 않을 때에는, 우유부단한 자들과 비열한 자들이 역사를 만든다. 내가 패배하거나 죽는다면, 변변치 못한 자들이 프랑스를 지배하게 될 것이다.

그는 두번째 종이를 집어들었다. 거기에는 하원 의원 당선자들의 명단이 들어 있었다. 그는 그것을 대충 훑어보았다.

ㅡ자코뱅파가 얼마 되지 않는군. 대략 40명 정도. 그리고 나를 배신하지 않을 자들이 80여 명쯤 되는 것 같고, 나머지 대다수는

이른바 자유주의자들이군. 나를 두려워하는 자들, 그리고 자기들의 이익만을 생각하는 자들.

아직은 그들이 필요했다. 그는 종이를 구겨버렸다. 이 의회는, 그가 안개달 18일에 생 클루에서 맞섰던 의회보다 장악하기가 쉽지 않을 것이다.

―그들은 내가 강할 때는 굴복하겠지만, 내가 약해졌다고 느끼면 나에게 반대하려 할 것이다. 그들은 어떤 상황에서건 말만 늘어놓을 줄 알지, 결단을 내릴 능력이 없다.

이제 177명의 세습귀족들을 지명해야 했다. 지명권은 황제인 그에게 있었다. 그는 충성스러운 장군들의 이름을 적어넣었다. 드루오, 베르트랑, 캉브론, 엑셀망, 라 베두아예르…… 그리고 시에예스의 이름을 추가했다. '대혁명의 두더지', 안개달 쿠데타의 동지이자 적수이기도 했던 시에예스, 그는 아직도 건재했다. 그리고 파리로 돌아온 형제들의 이름을 적었다. 조제프, 뤼시앵, 제롬.

그는 갑자기 쓰기를 중단했다.

―이 모든 것에 민중은 어디 있는가? 쥐앙 만에서 튈르리 궁까지 나를 이끌어주었던 그 농민들과 하사관들과 병사들은 어디에 있는가? 군에 입대해 전선에 나가겠다는 사람들, 아무런 보수 없이 보루를 세우는 일에 나선 사람들, 놀라운 열정으로 소집에 응한 사람들, 그들은 모두 어디에 있는가?

그는 몽블랑의 주지사가 보내온 보고서를 다시 읽었다.

〈두 달 사이에 지원자와 징집자와 전역자들을 포함해서 모두 5천 명의 남자들이 입대했습니다. 그것은 혁명 때보다 더 많은 숫자입니다.〉

바 랭 지역에서는 민병대 소속 제7대대가 나폴레옹군에 배속시켜줄 것을 요구하고 나섰다. 그들도 최전선에서 싸우겠다는 것이었다.

그는 자리에서 일어나 집무실을 거닐었다. 그는 감동에 젖어들었다. 다부를 불렀다. 다부가 나타나자마자 그는 소리쳤다.

"이봐 다부, 프랑스는 정말 아름다운 나라야. 프랑스는 고귀하고 섬세하고 관대한 나라며, 언제라도 뭔가 위대하고 훌륭한 일을 이루어낼 수 있는 나라라구."

엘바 섬에 있을 때, 그를 찾아왔던 영국 의원들에게 했던 말을 떠올렸다. '프랑스는 꼬리는 괜찮은데 머리가 형편없소.' 이제 그가 그 머릿부분에 많은 배려를 해야 했다. 하원 의원에 선출되어 과거로부터 다시 빠져나온 라 파예트처럼, 저들 멋대로 통치할 날을 꿈꾸며, 프랑스 국민의 나폴레옹 대군이 패배하기만을 기다리는 6백여 명의 왕당파들을 무시해버릴 수는 없었다.

그런 자들이건만, 결국 당선된 것은 그들이었고, 그들이 프랑스의 머리를 형성하는 것이다.

1815년 6월 1일, 선거 결과를 공표하기 위한 대집회가 샹 드 마르스에서 열렸다. 넓은 단상 위에 자리잡은 나폴레옹은 자기 주위에 둘러앉아 있는 그자들을 바라보았다.

축포가 터지고 팡파르가 울렸다. 병사들이 분열행진했다. 그의 앞쪽으로 사관학교를 마주보고 세워진 원형극장에는 오천 명 가량 되는 참석자들이 자리잡고 있었으며, 샹 드 마르스 주변에 십여만 명의 구경꾼들이 운집해 있었다. 그는 자신이 입고 있는 연한 붉은색 튜닉과 흰 담비 모피로 안을 대고 가장자리를 금실로 두른 망토, 흰 사틴 천으로 된 퀼로트가 답답하게 느껴졌다.

이같은 대집회는 그가 원해서 이루어진 것이었다. 그는 이후 '샹 드 메'라고 불려질 이 행사를 통해 새로운 제국의 탄생을 기념하고자 했던 것이다.

날씨는 쾌청했다. 미사가 진행되었다. 노트르담과 조제핀이 떠올랐다. 그는 행사가 진행되는 것을 건성으로 듣고 있었다.

"황제의 이름으로, 나는 제국 헌법 부칙이 프랑스 국민에 의해 받아들여졌음을 선포합니다."

시종장이 앞으로 나와 나폴레옹에게 부칙 원문을 건넸다. 나폴레옹은 자리에서 일어나 서명했다. 그는 새까맣게 모여든 군중들을 바라보았다. 그들을 선동하여, 이 모든 고관들을 쓸어버리고 새로운 혁명을 일으킬 수도 있을 것이다. 하지만 그는 그것을 원하지 않았다. 그는 질서의 인간이었다. 그렇지만 그는 자신의 힘이 바로 이 군중에게서 나온다는 것을 잘 알고 있었다.

그는 외투자락을 젖히고 앞으로 몇 걸음 나아갔다.

"이곳 샹 드 메에 모인 유권자 여러분, 그리고 의원 여러분⋯⋯."

그는 군중을 바라보았다. 그리고 힘찬 목소리로 말을 이었다.

"황제요 통령이자, 한 사람의 군인인 나는 이 모든 것을 여러분에게 빚지고 있소. 영광을 누리고 있을 때, 고난에 처해 있을 때, 국정을 맡고 있을 때, 전장에 나섰을 때, 왕좌에 있을 때, 그리고 유배를 떠나 있을 때에도, 나는 프랑스만을 생각했으며 프랑스만을 위해 행동했소⋯⋯ 여러분, 지금 우리는 중요한 시기를 맞고 있소. 우리가 우리의 힘과 인내력을 하나로 뭉쳐 적에게 대항한다면, 우리는 한 위대한 국민과 그 압제자들 간의 싸움에서 승리를 거둘 수 있을 것이오."

그는 더욱 목소리를 높였다.

"프랑스인들이여, 나의 뜻은 바로 국민의 뜻이며, 나의 권리는 국민의 권리이며, 나의 명예와 영광과 행복은 바로 프랑스의 명예와 영광과 행복이오!"

함성이 일었다. 그것은 파도처럼 군중들 사이에 번져나갔다.

그는 기다렸다. 그리고 말했다.

"나는 제국의 헌법을 준수할 것을 맹세하오."

장교들이 검을 빼어들었다. 그들은 외쳤다.

"황제 폐하 만세, 황후 폐하 만세, 로마 왕 만세!"

사람들의 함성에 뒤섞여 누군가가 소리쳤다.

"귀족놈들, 어디 두고보자!"

그의 뒤에 자리잡고 있던 귀족들이 분노하며 항의했다.

─민중만이 내가 느끼는 바를 알고 있다.

그가 앞으로 나아가자, 군대과 근위대와 민병대 기수들이 그를 향해 피라미드 모양으로 군기를 내렸다.

그의 발 아래, 군기와 검과 총검들이 하나의 바다를 이루고 있었다. 튈르리 궁과 사관학교와 몽마르트르와 뱅센 성에서 일제히 축포를 쏘았다. '황제 폐하 만세'를 외치는 사람들의 함성은 그 축포 소리에 묻혀버렸다.

─다시 한번 검과 포탄이 나의 운명을 결정하리라.

─그 외에 다른 무엇을 기대할 수 있단 말인가?

6월 3일, 하원 의장 선거 결과가 그에게 전해졌다.

그는 분노했다.

"이것은 나에 대한 공격이다! 지금과 같은 위기 상황에, 그들은 나를 약화시키려 하고 있다."

그들은 랑쥐네*를 의장으로 선출했다. 렌 의회의 변호사였으며 혁명의회 의원에 선출되었던 랑쥐네를 그는 잘 알고 있었다. 그는 예전에 랑쥐네를 원로원 의원에 임명했었다. 그런데 그자는 종신 통령제와 제정에 반대표를 던졌다.

─내 반대파들 중 하나다. 그자는 카두달의 공모자들을 처벌하는 것에도 반대하지 않았던가. 지난 1814년 나의 퇴위 문서를 작

─────────────

* 프랑스의 정치가, 1753~1827.

성한 것도 바로 그자였다. 그리고 루이 18세에 의해 상원 의원에 지명된 그자를 새로운 제국의 하원 의장에 선출하다니! 이것은 나에 대한 반항이다! 나는 하원을 해산시킬 수도 있다.

그는 경멸스러운 표정을 내보이며 얼굴을 찡그렸다. 오른쪽 옆구리에 다시 통증이 느껴졌다. 그는 어깨를 으쓱이고는 말했다.

"그들은 내 편에 서려 하지 않는군. 오로지 나만이, 그들이 두려워하는 모든 것으로부터 그들을 보호해줄 수 있는데도 말야. 지금은 대포만이 혁명을 막을 수 있는 시기야. 그런데 그들 중 대포를 쏠 줄 아는 자가 하나라도 있단 말인가?"

—어쨌거나 나는 그들이 필요하다.

그는 의자 위에 주저앉으며, 양손으로 얼굴을 감쌌다. 피로했다.

—내가 무엇을 할 수 있을까? 싸워서 이기는 것, 그것뿐이다.

그는 다부에게 보내는 명령을 구술했다.

〈그루쉬 원수에게 기병대를 지휘하여 6월 5일까지 랑에 도착해 있도록 지시하게. 10일에는 전투를 개시할 수 있어야 하네. 근위대에 완전한 배급이 이루어지도록 하게. 근위대 역시 6월 10일까지는 전투 준비가 끝나 있어야 하네. 그대는 북부와 라인 강과 모젤 지방으로 통하는 모든 교통로를 폐쇄하도록. 어떤 마차도 그곳을 통과하지 못하도록 하게. 그리고 그대는 6월 8일에 파리를 떠나도록 하게. 도중에 릴을 지날 때, 그곳에 첩보망을 설치하도록 하고, 적의 최근 동향에 대한 정보를 입수하도록 하게. 네 원수를 부르게. 그가 앞으로 벌어질 전투에 참가할 의사가 있다면, 내 사령부가 설치될 아벤으로 오라고 말하게.〉

그는 창가로 걸음을 옮겼다. 엘리제 궁의 정원에 햇살이 넉넉하게 내리고 있었다. 여름이 시작되고 있었다. 그는 구술을 이었다.

〈내가 출발 명령을 내리고 두 시간 이내에 떠날 수 있도록 마차

들을 비밀리에 준비시키게.〉

—자, 또다시 바퀴는 구르기 시작했다. 그 바퀴에 치이고 깔려 사람들이 죽어갈 것이다. 나 역시 죽을지 모른다.

비서가 뮈라의 편지를 가져왔다. 뮈라는 프랑스군에서 싸우게 해달라고 부탁하고 있었다. 나폴레옹은 편지를 땅바닥에 던져버리고, 뮈라에게 보낼 답장을 구술했다.

〈황제는 바로 일 년 전 프랑스 국민을 배반했던 자를 받아들일 수 없다. 게다가 자네는 올해 섣부르게 오스트리아를 공격함으로써 프랑스를 위태롭게 했다.〉

달리 더 할 말도 없었다.

그러나 몇 시간 후, 방돔 광장에서 용기병 제13연대를 사열하는 그의 뇌리에 뮈라의 영웅적인 돌격이 떠올랐다.

세월이란 냉혹한 것이다. 그는 말안장에 힘없이 앉아 있었다. 금세라도 몸이 아래로 굴러떨어질 것 같았다. 아르콜레의 다리에서, 그의 목숨을 구하기 위해 몸을 던졌던 뮈롱은 어디에 있는가? 드제, 란, 뒤로크, 베시에르, 이들은 모두 어디에 있는가?

—전장에서 죽음은 나를 데려가기를 원치 않았다. 죽음은 퐁텐블로에서도 내게 복종하기를 거부했다. 이제 벌어질 전쟁에서 내가 패배한다면, 이번에야말로 죽음이 나를 잊지 않고 데려가주기를 바랄 뿐이다.

1815년 6월 5일 월요일, 사열을 마친 그는 천천히 엘리제 궁으로 돌아왔다.

한 장교가 궁 입구에서 그를 기다리고 있었다. 장교는 그에게 전문을 건넸다.

전문을 받아든 나폴레옹은 순간 눈앞이 보이지 않았다. 그는 넋을 놓고 그 자리에 쓰러졌다.

정신을 차리자, 몇 명의 장교들이 그를 굽어보고 있었다. 그들의 시선에 공포감이 가득했다. 얼굴이 흠뻑 젖어 있었다. 그들이 그의 얼굴에 물을 뿌린 것이다. 그가 기절했었다고 장교들은 말했다.

그는 몸을 일으켜 천천히 걷기 시작했다. 손에 편지가 쥐어져 있다는 사실을 깨달았다. 걸음을 멈추고, 그는 그것을 다시 읽었다.

베르티에 원수가 죽었다. 오스트리아인들에 의해 밤베르크에 억류되어 있던 뇌샤텔 공은 창문으로 몸을 던져 자살했다.

—베르티에, 내 곁에서 모든 전투를 함께 치렀던 나의 동반자. 내가 나의 전술을 채 다 말하기도 전에 나의 뜻을 이해했던 오랜 전우. 단 한 번 퐁텐블로에서 나를 배반하고 루이 18세와 함께 도망갔던 베르티에. 그는 나에게로 돌아오고 싶었던 것이리라. 회한에 시달리다가 죽음을 선택한 것이리라.

나폴레옹은 젖어드는 눈으로 하늘을 바라보았다. 이탈리아 원정군 총사령관 시절 베르티에를 처음 만나 참모로 임명한 이래, 그와 함께 치른 숱한 전장들이 뇌리를 스쳐지나갔다.

—베르티에, 나의 군대는 그를 아쉬워하리라. 병사들은 전투를 원하고 있지만, 나의 장군들은 모두 어디에 있는가? 란과 뒤로크와 베시에르와 베르티에는 어디 있는가? 네는 거의 미쳐 있다. 나를 배반했던 술트, 그는 훌륭한 참모장 재목이 못 된다. 그루쉬는 무슨 쓸모가 있는가? 그중 가장 뛰어나다고 할 수 있는 다부는 파리에 있어야 한다. 그가 아니면 누구를 내 뒤에 남겨놓을 수 있겠는가? 나는 전 유럽을 상대로 싸워야 한다. 적의 백만 명 이상의 병력과 영국의 막대한 돈을 상대로 싸워야 하는 것이다!

그는 몰리앵에게 다가가, 지친 목소리로 말했다.

"베르티에가 죽었네."

그리고 자리를 떠나며 혼잣말처럼 중얼거렸다.

"나의 운명은 바뀌었다. 나는 그 무엇으로도 대신할 수 없는 나의 동지를 잃었다."

한시라도 빨리 군대와 합류해 전장에 나가고 싶었다.

—드디어 최후의 시련이 다가오고 있다. 하지만 그전에 6월 7일, 하원과 세습귀족들 앞에서 연설할 일이 아직 남아 있다. 나를 염탐하면서 내가 흔들리기만을 기다리고 있는 그들 앞에서.

그것은 그에게는 전쟁의 전주곡과 같았다. 그는 이를 악물고 힘찬 목소리로 말했다.

"나와 군대는 우리의 임무를 수행할 것이오. 귀족들과 하원 의원 여러분은 믿음과 활력과 애국심의 본보기를 국민들에게 보여주시오. 고대 로마 제국의 원로원 의원들이 그랬던 것처럼, 프랑스의 불명예와 수치와 함께 살아남기보다는 차라리 죽음을 택하시오. 조국의 숭고한 대의는 결국 승리할 것이오."

그들은 갈채를 보냈다. 그러나 그들 중 몇 명이나 자신을 희생할 수 있을 것인가?

어쨌든 상관없는 일이었다. 중요한 것은 전쟁의 결과였다. 이제부터는 세세한 사항 하나하나에 주의를 기울여야 했다.

그는 다부에게 보내는 명령을 구술했다.

〈오늘 아침에 출발한 2개 연대의 병사들이 신고 있는 군화 외에 여벌이 없다는 사실을 알고 마음이 아팠네. 창고에는 군화들이 아직도 많이 쌓여 있지 않은가? 그것들을 병사들에게 배급하도록 하게. 신고 있는 군화 외에도 배낭에 두 켤레씩은 가지고 있어야 하네.〉

하루 종일 구술하고 지도를 검토하고 사열했다. 시간은 빠르게 흘러갔다.

6월 11일 일요일, 튈르리 궁에서 거행된 미사에 참석한 후, 그는 하원 대표들을 맞았다.

—이들은 나의 병사들이 죽은 뒤에도 살아남아 있을 사람들이다.

그는 그들에게 다가가 그들이 시선을 피할 때까지 그들의 눈을 응시했다.

그는 말했다.

"군을 통솔하기 위해 나는 오늘밤 떠날 것이오. 적들의 동향을 참작건대, 내가 전선에 나가는 것이 불가피하게 되었소."

그는 그들에게서 멀어졌다가 힘찬 걸음걸이로 다시 돌아왔다. 이들은 무엇인가? 수다쟁이일 뿐 아닌가! 쏟아지는 포탄이 병사들의 가슴을 찢어놓는 순간에 이들은 무엇을 하고 있을까?

그는 다시 말했다.

"우리는 지금 심각한 위기를 맞고 있소. 동로마 제국의 전례를 답습하지 마시오. 그들은 사방에서 밀고 들어오는 야만인들이 성문을 부숴버린 바로 그 순간에도, 터무니없는 토론에만 열중하고 있었소. 그 때문에 그들은 후대에까지 웃음거리가 되고 있는 거요."

그는 팔짱을 끼며 말을 이었다.

"나는 조국을 구할 것이오. 나를 도와주시오."

그들에게서 등을 돌리고, 그는 집무실로 돌아와 구술을 시작했다.

〈전투는 6월 14일에 시작될 것이다.〉

그는 빠르게 전문들을 살펴보았다. 러시아와 오스트리아와 네덜란드와 영국과 프로이센, 그들 동맹국 군대들이 벨기에를 향해 속속 집결하고 있었다.

때가 되었다.

그는 식당으로 들어갔다. 어머니와 형제들, 조제프와 뤼시앵과 제롬이 그를 기다리고 있었다. 그들은 모두 심각한 표정들이었다.

그는 유쾌한 모습을 보여주어야 했다. 오르탕스는 울음을 참느라 얼굴을 찡그리고 있었다.

오르탕스의 아이들과 조제프의 아이들이 들어오자, 그는 그들을 하나하나 안아주었다.

—나의 아들은 어디 있는가?

울컥 감정이 솟았다. 서둘러 식사를 마치고, 그는 응접실로 향했다. 장관들이 그를 기다리고 있었다. 장관들은 뤼시앵과 조제프와 함께 매주 수요일 각의를 열 것이다. 그러나 최종 결정을 내리는 것은 여전히 황제이리라. 그는 매일 편지를 통해 국내 소식을 알게 될 것이다.

그는 사람들에게 농담을 던지고 어깨를 두드렸다. 엘바 섬까지 그를 동행했던 베르트랑 장군 부인에게 작별을 고하며, 그는 그녀에게 몸을 기울였다.

그는 미소지으며 말했다.

"우리가 엘바 섬을 그리워하는 일이 없었으면 좋겠소."

그는 집무실로 돌아왔다. 자신의 서류들을 쳐다보았다. 이미 두 차례나 그랬던 것처럼, 그는 가장 비밀에 속하는 서류들을 태워버릴 수도 있었다. 하지만 그는 그것들을 옆으로 치우는 것으로 대신했다.

아직 아무것도 잃은 것은 없었다. 그가 이번 전쟁에 패한다면, 이 서류들을 불태워서 무슨 소용이 있단 말인가? 그는 종막의 마지막 장에 들어선 것이었다. 더이상 피할 곳도 없다.

그는 이같은 사실을 깨닫고 있었다.

1815년 6월 12일 월요일 아침 네시, 그는 마차에 올랐다.

제6부
석들의 증오에 나 자신을 제물로 바친다

21
베르티에와 뒤로크와 베시에르와 란은 어디 있는가?

눈을 뜨고 머리를 들었다. 마차 밖을 내다보았다. 빌레르 코트 레의 역참이었다. 말들과 마부들이 교체되었다. 그를 알아본 주민 몇 사람이 '황제 폐하 만세'를 외치는 소리가 들렸다. 그는 중얼 거렸다.

"빨리 가자, 빨리."

브뤼셀에 집결해 있는 웰링턴의 영국군과, 남쪽에서 올라와 나 무르로 진군중인 블뤼허의 프로이센군이 합류하기 전에 전투를 시작해야 했다. 그가 지휘하기로 결심한 북부군 12만 병력을 이끌 고, 블뤼허 군대와 웰링턴 군대 사이로 끼어들어, 그들을 각각 상 대하여 순서대로 쳐야 했다. 작전대로 진행되면, 6월 17일에는 브 뤼셀을 함락할 수 있을 것이다. 그 이후는 두고볼 일이다. 그는 그뒤의 일까지는 생각할 수가 없었다. 라인 강에서는 오스트리아의 슈바르첸베르크가 병력을 움직이고 있었고, 러시아군은 독일 영토를 가로질러 진군해오고 있었다.

—동맹군은 백만 명 이상의 병력들을 모았다. 유럽은 프랑스를 굴복시키려 하고 있다. 나는 파리와 모든 국경을 지키는 데 단 삼십만 명의 병력만을 보유하고 있을 뿐이다. 죽을 힘을 다해 싸울 뿐이다.

우선은 영국군과 프로이센군을 격파해야 했다. 동맹군들이 모두 합류하기 전에 각자를 상대해서 깨뜨리는 것, 이 길밖에는 없었다.

그는 맞은편에 앉은 베르트랑에게 진군로를 설명했다. 우리는 상브르와 샤를루아를 지날 것이다. 그 이후 나무르와 니벨레스를 잇는 도로, 그리고 샤를루아와 브뤼셀을 잇는 도로가 교차하는 카트르 브라를 향해 진군할 것이다. 카트르 브라를 수중에 넣는 것은 곧 벨기에를 수중에 넣는 것과 같았다.

서두르자!

갑자기 마차가 요동을 쳤다. 그는 고개를 숙이고 눈을 감았다. 격렬한 통증이 그의 복부를 찢어놓는 것만 같았다. 뱃속에서 검붉은 피가 뜨겁게 불타오르며 육신의 아랫부분까지 무겁게 퍼져나가고, 혈관은 금방이라도 터져버릴 듯이 부풀어올랐다. 그는 고통으로 새어나오려는 신음을 이를 악물고 참았다.

마차는 계속해서 흔들렸다. 통증은 복부에 들러붙은 채 몸 전체로 퍼져나갔다. 그는 한숨을 깊게 내쉬었다. 이 통증을 억눌러야 했다. 그것이 그의 몸을 점령하지 못하도록 해야 했다.

1815년 6월 12일 월요일 정오, 그는 랑에 도착했다.

지도! 현재 상황은!

그는 연구하고 조사하기를 원했다. 참모장 술트는 무엇을 하고 있는가? 전쟁장관 다부는?

그는 구술했다.

〈랑에서도, 수아송에서도, 나는 사람들이 내게 약속했던 군수품을 찾아볼 수 없었다.〉

참모들이 전문을 가지고 왔다. 그것들을 빠르게 훑어보았다. 병사들의 이동이 너무 더뎠다. 그는 바깥으로 나왔다. 그의 눈에 보이는, 저 보병들과 대포를 실은 운반차들과 짐마차들을 한데 뒤섞어놓은 것이 바로 그의 군대였다! 병사들은 벌써부터 지쳐 있었다. 그들은 너무 무거운 배낭을 짊어지고 있었던 것이다. 나흘치의 빵과 필요한 모든 탄약들이 그 안에 들어가 있었다. 탄약을 운반할 마차의 수가 충분치 않았기 때문이었다.

그는 잠시 길가에 머물렀다. 병사들이 그를 알아보고 함성을 지르며 모자를 벗어 흔들어댔다.

—바로 이들이 프랑스 군대의 전부이다. 암스테르담이나 앙베르에서 나를 따르고 환호했던 벨기에 병사들과 네덜란드 병사들은 이제 웰링턴과 블뤼허 휘하에 들어가 있다. 유럽은 예전 혁명기의 국민공회에 반대했듯이 지금 나에게 반대하고 있다.

그는 병사들에게 보내는 포고문을 구술했다. 이 포고문은 6월 14일에 발표될 것이다.

〈병사들이여, 오늘은 마렝고 전투와 프리트란트 전투 승전 기념일이다. 그 두 전투로 유럽의 운명은 두 번 바뀌었다. 그런데 우리는 아우스터리츠 전투와 바그람 전투 이후 지나치게 관대했었다. 우리는 왕들의 공언과 맹세를 믿었고, 그들을 그대로 왕위에 머무르게 하였다. 그런데 오늘날 그들은 우리에 맞서 동맹을 맺고, 프랑스의 독립과 가장 성스러운 권리를 침해하려 하는 것이다…… 한때의 번영에 그들은 눈이 멀어버렸다! 만일 그들이 프랑스에 들어온다면, 그들은 그곳에서 자신들의 무덤을 발견하게 될 것이다.〉

그는 가슴에 턱을 묻었다.

—이 전투가 나의 패배로 끝나게 된다면, 나 역시 이 전장에 묻히기를 바란다.

그는 구술을 이었다.

〈병사들이여, 우리는 강행군해야 하고 전투를 벌여야 하며 위험을 무릅써야만 한다. 하지만 그 모든 것을 참고 견딘다면, 승리는 우리에게 돌아올 것이다. 우리는 조국의 권리와 명예를 되찾게 될 것이다. 용감한 모든 프랑스인들에게 결정의 순간이 다가왔다. 승리하느냐 아니면 죽음을 맞느냐, 선택은 둘 중 하나다.〉

아벤과 보몽과 샤를루아를 향해 다시 출발했다. 폭우가 쏟아졌다. 마차 바퀴가 진창 속에 파묻혔다. 비가 그치자, 푹푹 찌는 무더운 날씨가 이어졌다. 바람은 이따금 불어왔다.

그는 말에 올랐다. 말발굽이 땅을 내디딜 때마다, 통증이 아랫배에 묵직하게 퍼져갔다. 이 통증을 이겨내야 했다.

샤를루아와 플뢰뤼스 사이에 있는 풍차 아래 멈춰 섰다. 하늘은 맑게 개어 있었다. 멀리서 차이텐의 프로이센 군대가 다가오고 있는 것이 보였다. 저 군대를 내일, 6월 16일에 공격할 것이다.

그는 말에서 내려 천천히 걸었다. 진흙투성이가 된 땅에 군화가 들러붙고, 움직임 하나하나가 고통스러웠다.

—이 망할 놈의 몸.

그의 의지와는 상관없이 절로 한숨이 새어나왔다. 길가에 서 있는 건물이 눈에 들어왔다. 상브르 강 유역을 굽어보고 있는 벨뷔 술집이었다. 그는 잠시 가만히 서 있었다. 그의 앞을 지나쳐가는 병사들이 총을 쳐들며 외쳤다. '황제 폐하 만세.'

그는 라 베두아예르가 가져온 의자를 바라보다가 그 위에 몸을 부렸다. 앞에서 행군하는 병사들을 바라보는 그의 눈에, 병사들의 모습이 점차 희미해지고 외침 소리가 멀어져갔다.

다시 정신을 차렸다. 병사들이 여전히 행군하고 있었다. 그는 네와 술트와 참모 장교들을 바라보았다. 그는 무겁게 몸을 일으키며 말했다.

"네 원수, 적들을 브뤼셀로 향하는 길로 밀어내고, 카트르 브라에 자리잡도록 하게."

그는 술트를 향해 몸을 돌렸다.

"내일, 아주 중요한 일이 벌어질 것 같네."

그는 명령들을 구술하기 시작했다. 한순간 그는 의구심이 일었다. 술트는 그의 말을 제대로 이해했을까? 그는 베르티에를 떠올렸다. 뇌샤텔 공에게는 한마디만 던지는 것으로 충분했다. 그것으로 베르티에는 그의 뜻을 간파하고, 부하들에게 전달했으며, 그의 명령을 완수했었다. 술트는 무엇을 할 수 있는가?

—그러나 다른 누가 있는가? 누가 나를 도울 수 있단 말인가? 네는 정신병자 같은 시선을 하고 엉뚱한 말만 하고 있다. 그루쉬는 일 처리가 변변치 못하다. 베르티에와 란과 베시에르와 뒤로크는 어디에 있는가? 모두들 죽었다!

그는 다시 의자에 주저앉았다. 제라르 장군이 다가오고 있었다. 안색이 좋지 않았다. 나폴레옹은 일어나 그에게 다가갔다. 나쁜 소식은 일어서서 들어야 하는 법이다. 제라르는 침통한 표정으로 말했다. 부르몽* 장군과 그의 참모 클루에 대령, 기병대장 비유트레를 비롯한 몇몇 장교들이 프로이센군 진영으로 넘어갔다는 것이었다. 제라르는 부르몽이 그에게 남긴 편지를 건넸다.

〈저는 프랑스에 피로 물든 전제주의를 세우는 데 이바지하고 싶지 않습니다…… 저는 적군의 편에서 싸우지는 않을 것입니다.

---

* 프랑스의 장군, 1773~1846.

그들은 제게서 어떤 정보도 얻을 수 없을 것입니다……〉

그러나 나폴레옹은 알고 있었다. 부르몽은 자기가 알고 있는 모든 것들, 하달받은 명령과 프랑스 군대의 현황과 작전 계획 등을 털어놓을 것이다. 모든 것을.

나폴레옹은 그를 경멸했다.

—부르몽은 피슈그뤼의 친구였다. 왕당파 음모에 연루되어 체포된 일도 있었고, 포르투갈 전선에서 영국군에 투항했었다. 그후 러시아 원정에서의 전공을 높이 평가해 나는 그를 승진시켰다. 그는 다시 배반했다. 배신자가 다시 배반한 것뿐이다. 당연한 일이다.

나폴레옹은 경멸스럽다는 듯 인상을 찡그리며 말했다.

"푸른 것은 푸르고, 하얀 것은 하얗지. 그뿐이야."

차이텐이 이끄는 프로이센 군대가 후퇴하고 있다는 소식이 전해졌다. 첫 접전이 승리로 끝난 것이다. 프로이센군 4개 사단을 무너뜨리며, 1천5백 명의 포로와 6문의 대포를 탈취했다.

그러나 그것은 블뤼허의 군대가 아니었다. 단지 블뤼허 군대의 일부에 불과했다. 나폴레옹은 말에 올랐다. 그는 너무 지쳐서 말을 타고 가면서도 졸았다. 샤를루아에 들어선 그는, 숙소가 마련된 방에 들어가 지도들을 검토하며, 매시간 프로이센군의 이동 상황을 보고하게 했다. 네는 어디에 있는가? 카트르 브라 교차로를 점령했는가? 드루에 데블롱* 군대는 어디 있는가? 그 군대는 내일 나와 함께 블뤼허를 공격하기로 되어 있지 않은가?

그는 자신이 말하고 구술하는 모든 것이 헛된 일이 아닌가 여겨

---

* 프랑스의 원수, 1765~1844. 1차 왕정 복고 때 감금되었던 그는 백일천하 기간 동안 프랑스의 귀족으로 임명되었으며, 워털루 전쟁에 참전했다.

333

졌다. 술트는 그의 말을 들었다. 그루쉬와 네 역시 그의 명령을 접수했다. 하지만 그들은 그것을 이해하지도, 수행하지도 못하고 있었다. 그들에게는, 그의 명령을 확실하게 수행하도록 하기 위해서는, 명령을 더욱 상세하게 전해야만 했다.

〈나는 열시와 열한시 사이에, 플뢰뤼스에 도착할 것이다. 만약 적이 송브레프에 있으면, 나는 그들을 공격할 것이다. 장블루에 있는 적들도 공격할 것이며, 그들이 차지하고 있는 장소를 장악할 것이다. 나는 오늘밤에 출발해서 네 원수가 지휘하는 군대와 함께 영국군을 공격할 작정이다.〉

그는 자신의 구술 내용이 불만스러웠다. 부수적인 것을 너무 상세하게 얘기한 것이다.

—하지만 어쩌겠는가, 그들이 내가 원하는 것을 파악하지 못하고 수행하지 못하는 데야. 베르티에는 어디 있는가? 뒤로크와 베시에르와 란은 어디에 있는가? 모두 죽어버렸다!

그는 잠을 자지 않았다. 밤새 지도를 들여다보며 작전을 구상했다. 1815년 6월 16일 금요일 아침 여섯시, 그는 숙영지를 돌아다니며 참모들을 깨우고 그들에게 새로운 명령을 구술했다. 그루쉬는 오른쪽 날개를 맡고, 네는 왼쪽 날개를 맡는다. 그리고 그는 중앙에 있을 것이다.

그는 전위부대를 향해 말을 달렸다. 공격 명령을 내리고, 병사들의 선두에 서서 함께 전진했다. 그는 리니 마을에서 근위대와 합류했다. 저기, 뷔시의 고지대를 점령해야 하리라.

—나의 근위대여, 전진하라.

그는 망원경을 들고 백병전을 지켜보았다. 블뤼허의 프로이센군은 후퇴하고 있었다. 그는 말했다.

"세 시간 후에는 전쟁의 승패가 결정날 수도 있겠군. 네 원수가 잘 싸워준다면, 적군의 대포를 모조리 빼앗을 수 있을 것이야."

—그런데 네는 뭘 하고 있는가? 블뤼허의 나머지 군대를 포위하기 위해 나를 지원하기로 한 드루에는 어디에 있는 것인가? 기병들이 그들 군대를 흐뜨려놓은 이때를 놓친단 말인가? 블뤼허는 말에서 떨어져 부상당했지만, 몇몇 용기병들이 그를 구했다고 한다. 프로이센군은 2만 5천 명의 병사를 잃었고, 우리는 8천5백 명의 병사를 잃었다. 그러나 블뤼허 군대를 완전히 무너뜨리지는 못했다.

그는 전장을 둘러보았다. 불타버린 리니 마을에는 부상자들과 시체들, 프로이센과 프랑스 병사들이 한데 뒤섞여 있었다. 그들은 총검으로, 총의 개머리판으로 치열한 백병전을 치렀던 것이다.

전투중, 리니의 교회는 수차례에 걸쳐 주인이 바뀌었다. 승리했다. 그러나 블뤼허의 군대는 질서정연하게 후퇴하고 있었다.

—네는 도대체 무엇을 했단 말인가? 드루에 휘하의 6천 명 이상 되는 병력은, 네와 나의 진영 사이를 이동만 했을 뿐, 전투에 투입되지도 못했다. 도대체 명령이 어떻게 잘못 전달되었기에 이행되지 않았단 말인가?

그는 네를 호출했다. 그는 소리쳤다.

"이 부정확함과 지체는 무엇 때문인가? 그대 때문에 나는 세 시간을 허비했다."

영국군은 비록 많은 피해를 입었지만, 여전히 카트르 브라를 고수하고 있었다. 네는 몇 시간 전에 이미 그들을 밀어붙였어야 했다.

그들을 공격하여 격파해야 했다. 그는 그루쉬에게 말했다.

"내가 영국군을 향해 행군하는 동안, 그대는 프로이센군을 추격하게. 내가 영국군을 공격하는 동안, 블뤼허의 프로이센군이 개입하지 못하게 하는 게 그대의 임무야."

비가 내렸다. 그는 비를 맞으며 전진했다. 포탄이 날아오기 시작했다. 적군 포수가 그를 알아볼 수도 있는 거리였다. 그러나 그는 말을 달리지 않았다. 똑같은 속도로 전진했다. 가까운 곳에서 터지는 포탄, 폭발음과 섬광, 날아오는 돌들과 흙더미가 그를 괴롭히던 통증을 멀리 밀어내었다. 그러나 포격이 멈추고, 그가 말에서 내리자마자 찌르는 듯한 날카로운 통증이 다시 파고들었다.

갑자기 천둥이 치더니, 폭우가 지평선을 가렸다. 이내 빗물이 외투 안으로, 장화 속으로 스며들었다.

참모가 달려와, 영국군이 카트르 브라를 포기하고 후퇴하고 있다고 알려왔다. 전진하라! 그는 근위 기병대의 선두에서 말을 달렸다. 그는 몸에 파고드는 통증을 잊었다. 소나기가 그의 얼굴과 몸을 내리치고 있었다. 영국군이 후퇴하면서 쏘아대는 포탄과 총알이 날아왔다.

그는 허리에 힘을 주고 말에 박차를 가했다. 그에게는 지도에서 확인했던 곳, 고지대에 위치한 벨 알리앙스 주점에까지 도달해야 한다는 의지만이 남아 있었다.

그는 그 주점에서 말을 멈추고, 브뤼셀로 향하는 길을 따라 몇 걸음 걸었다. 정면에 생 장 고원이 바라다보였다. 비가 내리는 속에서도, 영국군 병사들이 그곳에 진지를 구축하고 있는 것을 볼 수 있었다. 그는 그들을 격파한 것이 아니었다. 그는 웰링턴과 블뤼허 사이를 완전하게 파고들어가지 못했다. 그루쉬가 프로이센군을 확실하게 밀어내야 하리라. 블뤼허 군대가 이곳 전장에 개입하지 못하도록 해야 했다. 그 사이에 그는 내일 웰링턴의 영국군을 격파할 것이었다.

영국군은 계속해서 대포를 쏘아대고 있었다. 그는 천천히 그 자리를 떠났다. 날아오는 포탄과 총탄에 무심한 채. 이곳에서 죽는다면? 왜 안 되겠는가? 그는 생 장 고원을 향해 행군하는 병사들의 무리를 거슬러 나아갔다. 그는 그들의 지친 얼굴을 바라보았다. 그들은 그를 알아보고 총을 들어올리며 외쳤다.

"황제 폐하 만세!"

비는 병사들의 어깨 위로, 머리 위로 줄기차게 내리고 있었다. 병사들은 진흙범벅의 군화를 힘겹게 떼어놓으며 행군하였다.

그는 고개를 돌렸다. 몸이 떨려왔다.

비에 젖은 몸을 말리기 위해 그는 카유의 농가에 불을 지피도록 했다. 몸 전체에 통증이 퍼져갔다. 그는 다시 밖으로 나왔다. 너무 고통스러워서 말에 오를 수조차 없었다. 그는 진흙탕 길을 천천히 걸어 전초에까지 이르렀다.

피로. 통증. 결심.

그에게 남은 것은 이런 것뿐이었다. 카유의 농가로 다시 돌아왔다. 정찰을 나갔던 장교들이 돌아왔지만, 확실한 정황은 파악할 수 없었다. 날씨 때문에 모든 것이 느리고 불확실했다. 그루쉬에게서도 프로이센군에 대한 소식이 오지 않았다. 초조했다. 불안이 엄습해왔다. 그는 잠들 수가 없었다.

늦은 밤, 그는 다시 농가를 나갔다. 비는 그쳐 있었다. 영국군 숙영지의 불빛이 생 장 고원을 환하게 수놓고 있었다.

내일…….

그는 새벽 한시에 다시 카유의 농가로 돌아왔다. 1815년 6월 18일 일요일이었다.

그는 단호한 목소리로 구술했다.

〈지휘관들은 각자 휘하의 병사들을 집합시키고, 그들의 무기를 점검하도록 하라. 그리고 병사들이 수프를 끓여 먹을 수 있도록 조처하라. 포병대와 위생대를 위시하여 각 군대는 아침 아홉시 정각까지 모든 공격 준비를 완료하라.〉

22
나는 나의 운명을 완성했다

나폴레옹은 카유의 농가의 작은 방에 놓인 야전침대 위에 앉아 있었다. 그는 드러누울 생각조차 하지 않았다. 자신이 잠들 수 없으리라는 것을 알고 있었다. 그는 일어나서 작은 창문 쪽으로 걸어갔다. 그리고 여러 방들을 돌아보았다. 방마다 장교들이 짚단 위에 비좁게 들어앉아 잠들어 있었다. 밖엔 모든 것이 젖어서 몸을 부릴 데가 없었던 것이다.

비가 다시 내리기 시작했다. 병사들은 저 퍼붓는 빗속에 서로 몸을 기대고 앉아 잠을 청하고 있으리라. 열린 문 틈 사이로 빗소리가 들려왔다. 진흙 냄새, 물에 젖은 땅의 냄새가 혹 끼쳐왔다. 그는 현관으로 나갔다. 멀리서 기상을 알리는 북소리가 들려왔다. 야영지에 병사들이 피워놓은 모닥불이 소나기 아래 가물거리며 사위어가고 있었다. 날이 그리 춥지 않았는데도 몸이 떨려왔다. 지나가는 병사들을 바라보았다. 젖은 군복과 무기. 피로에 지친데다가 지난밤 동안 천둥 소리와 비 때문에 제대로 잠을 자지도 못한 병사들이 부시시한 얼굴로 느릿느릿 움직이고 있었다.

그는 그 자리에 그대로 서 있었다. 그는 생 장 산을 바라보았다. 영국군이 그곳에 있었다. 그 언덕 꼭대기까지, 그들이 쏘아대는 총알을 머리 위에 받으며 올라가야 하리라. 그리고 고원에까지 이르기 전에, 그들이 요새화한 건물들을 탈취해야 하리라. 그들의 오른쪽에 있는 우구몽 성과 중앙의 에 생트 농가, 그리고 그들의 왼쪽에 있는 파플로트 농가가 그것들이었다.

그는 호흡하기가 힘들었다. 가슴이 짓이겨지는 듯했다.

벌써 여러 날째 통증이 그를 괴롭히고 있었다. 하지만 그는 이 날을 위해 자신에게 남은 모든 힘을 끌어내어야 했다.

지도를 볼 필요조차 없었다.

—내 머릿속에 모든 것이 단순하고 명확하게 그려져 있다. 첫번째 공격은 웰링턴의 오른쪽, 우구몽 성을 목표로 한다. 웰링턴은 공격에 대처하기 위해 중앙에서 일부 병력들을 빼낼 것이다. 그 사이 나는 중앙의 에 생트 농가와 파플로트 농가를 공격한다. 그리고 나의 부름을 받고 달려온 그루쉬와 그의 병력들은 웰링턴의 왼쪽을 공격할 것이다.

전투 장면이, 그 마지막 순간까지 눈앞에 그려졌다. 그는 고원위에 위치한 워털루 마을을 향해 걸어갈 것이다. 그리고 그곳에서 브뤼셀로 군대를 보낼 것이다. 그후에는……

그 이후를 알 수가 없었다. 바로 그러한 공허, 그러한 암흑은, 그가 그의 내부 깊은 곳에까지 뿌리내려 못박아두려는 승리에 대한 확신을 지워버릴 정도로, 그가 상상한 전투의 모든 단계들을 뒤덮어버리면서 밀려드는 조수와도 같은 것이었다.

그는 알 수 없었다. 무엇인가가 영혼의 본능적인 움직임처럼 그를 잠식해 들어오며 괴롭히고 있었다.

—중국에는 불행에 이를 것이다. 너는 또다시 승리를 거둘 수는 없을 것이다. 그들, 베르티에와 란과 베시에르와 뒤로크는 이제 존재하지 않는다. 너의 생각을 그대로 좇아, 네가 내린 명령을 수행할 그들이 이제는 없다. 적의 수가 너무 많다. 이번에 네가 승리를 거둔다 할지라도, 다음번에는 패배할 것이다.

그의 내부에서 들려오는 이러한 말을 그는 듣고 싶지 않았다. 이러한 생각을 떨쳐버리고 싶었다. 북소리가 울리고 있었다. 승리 아니면 죽음이다. 그는 동쪽 하늘을 바라보았다. 날이 밝아왔다. 비는 멈췄다. 그는 농가로 들어갔다. 장군들이 그의 주위에 모였다.

드루오는 중얼거렸다.

"오늘 아침엔 전투를 치를 수 없겠습니다. 대포들이 진창 속에 빠져 있습니다."

레유는 고개를 가로저으며 덧붙였다.

"영국군의 보병은 난공불락입니다. 그들은 침착하고 끈질기며 사격술이 뛰어납니다. 총검을 들고 그들과 맞붙기 전에 우리 병사들이 반으로 줄어들 것입니다. 정면공격으로 승리를 거두기가 어렵다면, 다른 전략을 강구해야 할 것입니다."

나폴레옹은 그들의 말에 귀기울였다. 북소리가 울리고 있었다. 병사들은 모두 정렬했다. 그는 말했다.

"나도 알고 있네. 이미 진지를 구축하고 있는 영국군을 격파하기가 쉽지 않겠지. 어쨌든 내가 지휘하겠네."

그는 장교들의 얼굴을 응시했다. 그들 모두의 얼굴에 어려 있는 똑같은 불안과 공포와 불확실성을 읽을 수 있었다. 그것은 그가 가지고 있는 생각이기도 했다. 그들은 그의 거울이었다.

밖으로 나가기에 앞서 그가 소리쳤다.

"우리에게는 구십 퍼센트의 승산이 있네. 그대들에게 말하건대, 웰링턴은 무능력한 장군이야. 영국군 병사들의 능력도 보잘것없네. 우리는 점심식사를 하듯이, 이번 전투를 치를 것이네."

햇빛에 눈이 부셨다. 그는 눈을 감았다. 자신의 내부에서 강한 피가 솟아오르는 것을 느꼈다. 몸이 뜨거워지고 있었다. 갑자기 모든 피로가 사라져버린 것 같았다.

나폴레옹은 말에 올랐다. 그는 전초까지 달려갔다. 총탄은 아직 날아오지 않았다. 그는 작은 언덕 위에서 멈췄다. 언덕 정상에는 로솜 농가가 세워져 있었다. 그는 두 개의 고원 사이에 나팔 모양으로 펼쳐진 계곡을 바라보았다. 하나는 북쪽의 생 장 고원이었다. 그 위에 빨간 군복을 입은 영국군 보병들이 움직이는 것을 볼 수 있었다. 다른 하나는 벨 알리앙스 고원이었다. 그곳에는 프랑스 병사들이 전투대열을 갖추고 있었다.

그는 술트를 향해 몸을 돌렸다. 그루쉬에게 보내는 명령문을 구술했다.

〈황제는 그대의 군대가 우리와 합류하기를 바란다.〉

그는 그곳에 있는 농가에 그의 막사를 세우라고 지시했다. 한 시간 정도 잠을 잘 생각이었다.

하지만 몇 분 후 잠에서 깨어났다. 북소리가 울리고 있었다. 군대는 카유 농가에서 북쪽으로 1.5킬로미터 정도 떨어진 곳에 위치한 벨 알리앙스 농가를 향해 행군하고 있었다.

얼마나 훌륭한 군대인가!

그는 팔짱을 끼고 서서 그들을 바라보았다. '저 용감한 병사들.' 감동에 휩싸여 그는 중얼거렸다. 참모들이 다가오자, 그는 명령을 구술했다. 근위대는 이곳, 로솜 농가와 벨 알리앙스 농가 사이에 자리잡는다. 그는 그 두 농가들 중 한 곳에 머물 것이다.

열한시 삼십분이었다. 결전의 순간이었다.

—영국군 병사의 수는 8만 4천이다. 우리 병사의 수는 그들보다 1만 명이 적다. 하지만 나는 훨씬 수가 많은 적들을 얼마나 자주 물리쳤던가. 그리고 그루쉬가 나타난다면, 우리는 내일 브뤼셀에 이를 수 있게 되리라.

그는 팔을 들었다.

근위대 포대가 우구몽 성을 향해 포격을 시작했다. 첫번째 단계였다. 웰링턴의 오른쪽 날개에 대한 공격이었다. 양쪽 진영에서 5백여 문의 대포가 일제히 불을 품었다. 사방에서 우레와 같은 폭발음과 흙먼지가 일었다. 양쪽 진영에서 병사들이 쓰러져갔다. 기병대가 불을 뿜는 진지를 향해 돌진해가고 있었다. 기병대는 적의 진지를 무너뜨리고 포병대를 짓밟으면서 돌격했다. 그러나 곧 격퇴당하고 말았다.

열두시, 보병들이 제롬의 지휘하에 공격에 나섰다.

나폴레옹은 그들이 돌진해가는 모습을 지켜보았다. 그러나 그들은 미처 총을 재장전하기도 전에 쓰러져갔다. 영국군의 저항은 완강했다.

제롬! 그는 제롬을 믿었다. 그러나 이제 와서 그를 누구와 대체시킨단 말인가? 달리 선택의 여지가 있는가? 제롬은 휘하의 병사들로 하여금 정면공격을 하게 하여 그들을 죽음으로 몰아넣고 있었다. 병사들은 전진하지 못했다. 희생만 늘어갔다. 네 차례의 파상적인 공격이 격퇴당했지만, 병사들의 워낙 거센 돌격에 영국군의 피해도 상당했다.

그는 파플로트 농가가 있는 북동쪽을 쳐다보았다. 저 멀리서 먼지 구름이 일고 있었다. 그것은 행군중인 군대가 일으키는 먼지였다. 그루쉬가 오는가? 정찰병들을 내보냈다.

오후 한시였다. 병사들이 포로 하나를 붙잡아왔다. 프로이센 경기병으로, 뷜로와 블뤼허의 군대 소속이었다. 그자는 프로이센 군대의 도착을 알리는 뷜로의 편지를 웰링턴에게 가져가던 중이었다.

나폴레옹은 먼지 구름을 응시했다. 병력이 어느 정도일까? 그들이 블뤼허가 이끄는 프로이센 군대라면, 그 수는 3만에 이를 것이다. 어떻게 해야 하나? 그루쉬는 틀림없이 그들을 멀리 쫓아버렸을 것이다. 그러나 불안했다. 지금 이곳에선 전투가 벌어지고 있다.

—그들을 붙잡고 있어야 한다. 나는 무통 원수에게 그 일을 맡길 것이다. 시간이 없다. 네 원수가 웰링턴 군대의 중앙을 공격하도록 할 것이다.

태양이 이글거리고 있었다. 찌는 듯한 더위였다. 그 열기는 수천 개의 불똥이 되어 피부를 파고들었다. 1815년 6월 18일 일요일, 오후 한시 반이었다.

그런데 네는 무엇을 하는가? 그는 대포도 없이 에 생트 농가를 공격하고 있었다! 농가에서는, 밀밭에 숨어 있던 적군이 네의 기병들을 향해 총을 쏘아댔다. 보병들이 쓰러져갔다.

나폴레옹은 말 위에서 꼼짝도 않고 있었다. 다시금 통증이 그의 온몸으로 번져갔다. 도대체 네는 무엇을 하고 있는가?

네 원수는 이제 자신의 흉갑기병들을 이끌고 돌격을 감행하고 있었다. 말들이 쓰러져갔다. 네는 다시 전 기병대를 이끌고 공격에 나섰다. 적군의 진지가 무너졌다. 영국군 제일선이 돌파당했다. 그러나 곧 반격에 부딪혀 물러나고 말았다. 참모가 달려와 외쳤다. 네 원수의 말이 총에 맞았다! 도대체 네가 원하는 것은 무엇인가? 죽음? 네의 군대는 줄기차게 돌격하고 있었다. 그러나 그들이 영국군 진지 가까이에 접근했을 때는 이미 말들이 지쳐버렸다. 그들은 적의 총탄과 포탄에 쓰러져갔다.

나폴레옹은 외쳤다.

"불쌍한 놈! 네는 삼 일 사이에 두 번씩이나 프랑스를 위험한 지경으로 이끌고 있다."

그러나 네를 지원해야 했다. 에 생트 농가를 점령해야 했다. 생 장 고원 너머로, 생 장 산의 농가를 점령해야 했다. 어떤 희생을 치르더라도.

이미 피아간에 수만의 시체가 진흙탕을 덮어가고 있었다. 완강하게 저항하는 영국군이나, 줄기차게 공격을 가하는 프랑스군이나 모두 지쳐 있었다. 이럴 때 그루쉬가 와준다면 완전한 승리를 거둘 수 있었다. 그러나 블뤼허가 이끄는 프로이센 군대가 온다면?

예상치 않았던 사건이 계속해서 터지면서 그를 압박해오고 있었다. 그루쉬는 어디에 있는가? 왜 오지 않는 것인가? 그는 술트를 향해 몸을 돌렸다. 그루쉬에게 전갈을 보냈는가? 몇 명의 장교를 보냈는가?

ㅡ술트는 그것을 단 한 명의 참모의 손에 들려보냈다. 베르티에였다면 그런 경우 스무 명은 보냈으리라! 그루쉬는 나와 합류하라는 지시를 받지 못했는지도 모른다. 일은 그렇게 된 것이다.

나폴레옹은 새로운 전령들을 그루쉬에게 보냈다. 그루쉬가 와주기만 한다면.

나폴레옹은 천천히 말을 달려 근위대 앞으로 나아갔다. 털모자를 쓴 근위병들은 손에 총을 들고 꼼짝도 않고 정렬해 있었다.

청년 근위대를 먼저 내보낼 것이다. 프로이센군은 이제 벨 알리앙스로부터 3킬로미터밖에 떨어져 있지 않았다. 그들은 언제라도 프랑스군의 오른쪽 측면을 뚫고 들어올 수 있었다.

ㅡ내가 있는 이곳까지.

그들의 전진을 막아야 했다. 어떤 대가를 치르더라도, 플랑스누아 마을을 방어해야 했다.

그는 고수를 앞세우고 마을로 향하는 척탄병들을 바라보았다.

이윽고 프로이센군의 포격이 시작되었다. 플랑스누아 마을 위로 화염이 일었다. 청년 근위대는 버텼다. 하지만 수천 명의 프로이센 병사들이 다시 몰려왔다. 그들은 마을을 점령했다.

그렇다면 이제는 근위대 차례다.

그는 척탄병들에게로 다가갔다.

"친구들, 결정적 순간이 다가왔다. 지금은 총을 사용할 때가 아니다. 적과 백병전을 벌여야 한다. 그대들의 총검으로, 우리 군대와 제국과 프랑스를 위협하는 적들을 그들이 빠져나왔던 구덩이로 다시 처넣어라."

병사들이 움직이기 시작했다. 그들은 플랑스누아를 다시 탈환할 것이다. 그는 확신했다. 하지만 북쪽의 웰링턴과 생 장 산의 고원을 공격하는 일이 가장 큰 문제였다. 그에게 그럴 만한 병력이 남아 있게 될 것인가?

날이 기울고 있었다. 플랑스누아 마을이 불타오르며 노을을 환히 비추고 있었다. 부상당한 참모 하나가 다가와 중얼거렸다. 모두들 백병전을 벌이다가 적들의 총구 바로 앞에서 죽어갔다고. 리니에서처럼.

그는 들었다. 아직 최후의 승부가 남아 있었다. 그는 남은 근위대를 데리고, 영국군의 전선을 돌파해야 했다.

그는 그 6천 명의 병사들에게 다가갔다. 그들 앞에 자리잡았다. 그는 신호를 보냈다. 북소리와 팡파르가 울렸다. 근위대는 전진했다. 근위대를 지원하게 될 보병들이 외쳤다.

"황제 폐하 만세."

그들은 생 장 고원으로 향하는 비탈을 올랐다. 나폴레옹은 폐허가 된 에 생트 농가를 쳐다보았다. 그곳을 바로 조금 전 점령했다.

그들이 언덕 꼭대기에 이르렀을 때였다. 갑자기 밀밭에서 붉은 군복들이 뛰어나와 사격을 가해왔다. 사격은 쉴 새 없이 이어졌다. 근위대는 주춤거렸다. 그들은 뒤로 물러섰다. 끊임없이 영국군의 포탄이 떨어졌다. 뒤이어 영국군 기병대가 돌격해왔다.

누군가가 외쳤다.

"전원 후퇴하라! 각자 알아서 피신하라!"

근위대에 인접한 연대들도 무너졌다. 밤이 내리자, 병사들은 뿔뿔이 흩어져 도망쳤다. 영국군이 공격해왔다. 영국군과 합류한 차이텐의 프로이센군이 돌격해왔다. 숫적으로 우세한 그들을 당해낼 수가 없었다.

나폴레옹은 살아남은 근위대 병사들 한가운데 자리잡았다. 그는 몸을 세웠다. 바로 지금 이 순간이었다. 그가 총탄을 맞고 죽어야 할 순간. 그는 말을 몰아 대열의 가장자리로 나아갔다.

—여기 있는 병사들은 가장 뛰어난 자들이다. 이들은 근위대 제1연대 제1대대 소속의 척탄병들이다. 나는 이곳에서 이들과 함께 죽으리라. 병사들이 날아오는 총탄에 맞아 쓰러져가고 있다. 그러나 나는 아직 털끝 하나 다치지 않았다. 나는 패배했다. 그러고도 아직 살아남아 있는 것이다!

근위대는 뒤로 후퇴했다. 팡파르가 울렸다.

그는 근위대와 함께 이동했다. 병사들이 사방으로 흩어지는 것을 보았다. 그들은 도망치고 있었다. 그들은 주나프에서 딜 강을 가로지르는 다리를 서로 먼저 건너기 위해 다투고 있었다.

그는 말에서 내려섰다. 도망병들을 붙들고자 했다. 하지만 누군가가 다급하게 그를 잡아끌었다. 어둠 속에서 병사들의 외침 소리가 들렸다.

"프로이센군이다! 프로이센군이다!"

—프로이센 기병대다. 그들은 검을 휘두르며 달려들고 있다. 하지만 그들은 너무 서두르는 바람에 나를 발견하지 못하고 지나가 버렸다.

나폴레옹은 어둠 속으로 말을 몰아 그곳을 벗어났다.

더이상 아무것도 할 수가 없었다. 몇 명의 기병들이 그를 둘러싸고 있었지만, 그는 그들을 염두에 두지 않았다. 그는 말에서 내렸다. 참모들이 분주히 움직이면서 빈터에 불을 피우고 있었다. 그는 나무 그루터기에 주저앉아 두 손으로 얼굴을 감쌌다. 이제 완전히 끝장난 건가.

다시 몸을 일으켰다. 중도에 포기해서는 안 된다고 스스로에게 다짐했다. 이번 전투에서 죽어간 3만 명의 병사들을 위해서라도 목숨이 붙어 있는 한 끝까지 최선을 다해야 했다. 적의 피해는? 아마도 그들 역시 비슷한 피해를 입었으리라.

끝까지 가자, 운명의 끝까지. 그는 몇 명의 호위병들을 데리고 출발했다. 길에는 도망병들이 가득했다. 그는 중얼거렸다.

"나는 불행한 종말을 직감적으로 느낀다."

—나의 운명은 이제 완성되었다.

6월 19일 월요일 아홉시, 그는 필리프빌에 도착했다.

또다른 하루가 밝아오고 있었다. 또다른 전투가 벌어지리라. 끝까지 포기하지 않으리라.

그는 조제프에게 편지를 썼다.

〈아직 아무것도 잃은 것은 없소. 나한테 남은 병사들을 모두 그러모은다면, 아마도 15만 명은 될 것이오. 그 외에도 용감한 민병대들이 10만 명 가량 될 것이고, 예비병들도 5만 명 가량 되오. 나는 적과 맞서기 위해 30만 명의 병사들을 동원할 수 있는 것이오. 나는 또한 10만 명의 신병들을 징집할 것이오. 왕당파들과 능력 없는 민병대들의 무기로 그들을 무장시킬 것이오. 또한 도피네와 리옹과 부르고뉴와 로렌과 샹파뉴에서, 시민들이 대규모 봉기를 일으키도록 유도할 것이오. 나는 적들을 무찌를 것이오. 하지만 그러자면 주위에서 나를 도와야 하며, 나를 혼란에 빠뜨리지 말아야 하오. 나는 랑으로 갈 것이오. 거기에는 병사들이 있을 것이오. 나는 그루쉬에 대한 소식을 듣지 못하고 있소. 내가 걱정하듯이 그가 적에게 붙잡힌 것이 아니라면, 사흘 후에 나는 5만 명의 병사들을 더 보유할 수 있을 것이오. 이 끔찍한 전투가 하원에서 어떤 반향을 일으키고 있는지 내게 편지로 알려주시오. 나는 의원들이 지금과 같은 결정적인 순간에, 나를 중심으로 한데 뭉쳐야만 한다는 것을 깨닫게 되기를 기대하오. 그것이 곧 프랑스를 구하는 길이오. 그들이 나를 지지하도록 형이 애써주어야 하오. 무엇보다도 용기와 단호함을 잃지 마시오.〉

그는 필리프빌 요새의 지휘관 뒤피 장군의 마차에 올랐다.

용기! 단호함! 조제프에게는 바로 이것들이 필요하다! 그러나 그는 다른 자들, 푸셰와 라 파예트와 랑쥐네 같은 자들의 행태를 상상할 수 있었다.

— 하원의 그 수다쟁이들은 벌써부터 나를 쫓아내기 위해 음모를 꾸미고 있으리라. 마렝고와 아우스터리츠, 바그람에서 내가 승리를 거두지 못했더라면, 그때도 역시 그랬으리라.

그는 마차가 흔들리는 대로 몸을 내맡겼다. 몸은 녹초가 되어 있었다. 벌써 여러 날 동안 그는 잠을 이루지 못했으며 목욕을 하지 못했다. 사흘 전부터는 제대로 먹지도 못하고 있었다. 그는 눈을 감았다. 몸은 지저분하고 고통스러웠다. 목욕하고 싶었다. 흔들리는 마차에 몸을 맡기면서 그가 내내 생각한 것은 그것이었다. 눈을 반쯤 떴다. 낯익은 프랑스의 풍경이 눈에 들어왔다. 그 부드러움이 그를 감동시키고 그의 마음을 진정시켰다. 르텔과 랑을 지나면서, 조금씩 마음이 편안해지는 것을 느꼈다.

앞으로 어떤 일이 벌어지든, 인간들이 그에 대항해 짜놓은 음모들의 결과가 어떤 것이든, 그는 아무런 회한도 갖지 않을 것이다. 그는 자신의 운명의 끝까지 가보았다. 다시는 엘바 섬과 같은 유배지에서 돌아오지 않을 것이다.

쓰러져가던 근위대 병사들의 모습이 아직도 눈에 선했다. 폭발음과 비명이 아직도 귓전에 들리는 듯했다. 죽음은 그의 주변을 휩쓸고 갔을 뿐, 이번에도 그를 데려가지 않았다. 운명은 오직 그만이 살아남기를 원하기라도 했던 것처럼.

―이것이 나의 운명이다.

아픔도 후회도 느끼지 않았다.

―나는 행운에 올라타고 전장을 누벼왔다. 하지만 바로 그 전장에서 행운은 나를 땅바닥에 내팽개쳤다. 이제 어떤 일이 내게 닥치든 상관하지 않겠다. 나는 나의 운명을 완성했다.

그는 눈을 떴다. 1815년 6월 21일 수요일, 날이 밝아오고 있었다. 마차는 파리의 포도 위를 달리고 있었다. 그는 아직 황량한 거리들과 문을 열지 않은 상점들을 바라보았다. 새벽 여섯시였다. 그들은 시 외곽을 지났다.

―사람들은 뭘 하고 있는 것인가? 내게 충성스런 사람들은 농민들과 서민들과 병사들뿐이다! 내가 원한다면 나는 그들과 함께할 수 있으리라.

여러 가지 생각들로 머릿속이 어지러웠다.

마차가 속도를 늦추더니 멈추어 섰다.

콜랭쿠르가 엘리제 궁의 층계에서 그를 기다리고 있었다.

23
나의 시간은 끝났다

　나폴레옹은 엘리제 궁의 계단을 천천히 걸어올라갔다. 숨쉬기가 힘들었다. 지저분한 손이 그의 목을 조르고 있는 듯이, 피로가 굴레처럼 숨통을 짓눌렀다. 그는 뒤를 따르는 콜랭쿠르에게 지친 목소리로 낮게 말했다.

　"치명적인 타격을 입었네."

　집무실로 들어서서 팔을 치켜들었다. 시종 마르샹이 황급히 다가와 옷을 벗겼다. 욕조에 물 받는 소리가 들려왔다.

　그는 말했다.

　"콜랭쿠르, 어찌 하면 좋겠나. 전투에서 패배했네. 국민들은 이러한 사태를 어떻게 받아들일까? 의회는 나를 지지할까?"

　욕조에 물이 차기를 기다리며, 그는 긴 소파 위에 몸을 던졌다.

콜랭쿠르를 바라보았다. 그리고 차례차례 집무실에 들어오는 다부와 라발레트, 마레와 르뇨 드 생 장 당젤리를 바라보았다.

—지난 열흘 동안 나는 소나기를 맞으며 진창길을 달렸다. 열흘 동안 나는 아무데서나 잠을 잤고 제대로 먹지도 못했다. 열흘 동안 나는 싸웠다. 그 동안 이자들은 어떻게 지냈는가? 이들은 기다리면서 무얼 했는가?

콜랭쿠르가 조심스레 입을 열었다.

"폐하, 폐하의 불행한 소식은 이미 전해졌습니다. 그 소식은 모든 이들의 마음을 크게 동요시켰습니다. 의원들은 그 어느 때보다도 폐하께 적대적인 태도를 보이고 있습니다. 의회가 폐하의 기대에 부응하지 않을 것이 염려됩니다. 폐하, 저는 파리에서 폐하를 보게 되어 안타깝습니다. 폐하는 군대를 떠나지 않는 편이 나았으리라고 생각됩니다. 폐하의 힘과 안전은 바로 군대에 있습니다."

나폴레옹은 고개를 가로저었다. 모든 이들이 각자의 책임을 다 해주기를 기대하며, 마지막 행동을 취해야 할 곳은 바로 이곳이었다! 그는 1814년 4월처럼 바깥에 나가 있지 않을 것이다. 당시 사람들은 그가 전투를 하는 사이에 동맹군을 수도로 끌어들여 그를 배반했던 것이다. 그는 더이상 그런 상황을 원치 않았다. 사람들은 그의 앞에서 분명한 선택을 해야 하리라. 그가 무대를 떠나야 한다면, 만천하가 아는 상태에서, 격식에 따라 이루어져야 할 것이다. 그가 군대의 선두에 서서 싸워야 한다면, 그것 역시 모든 사람의 동의를 필요로 했다. 그는 그 두 가지 극단 중 어느 것이라도 받아들일 수 있었다.

그는 자신을 둘러싼 고관들의 낙담한 모습을 쳐다보았다. 목욕물이 그에게 달라붙어 있던 더러움과 피로와 긴장을 씻어내주었다.

—이들은 현재의 상황이 나를 변화시켰다는 것을 알고 있을까?

이제 시작되는 새로운 한판 승부는 전혀 다른 성질의 것이다. 그것은 나의 운명 밖에 있는 것이다. 새로운 무대다. 그리고 나는 이 새로 시작하는 무대의 배우이자 증인이다. 그렇지만 지금 이들의 머릿속에 있는 나는, 생 장 산의 비탈이나 플랑스누아 마을 주변에서 근위대와 함께 패퇴하는 나이리라.

나폴레옹은 욕조에 누워 그들의 말에 귀기울였다. 그의 아우 뤼시앵은 안개달 18일의 쿠데타를 다시 일으키자고 말했다. 카르노는 '위험에 처한 조국'을 황제의 이름으로 공표해야 한다고 말했다.

―푸셰와 다른 모든 이들은 내가 퇴위할 수밖에 없게끔 상황을 몰아가는군.

그는 물을 튀기며 욕조에서 나왔다. 고관들이 뒤로 물러났다. 그는 옷을 입으며 말했다.

"나는 알고 있소. 라 파예트와 랑쥐네는 나를 원하지 않소. 나는 내가 그들을 불편하게 한다는 걸 알고 있소."

그는 문득 말을 멈췄다. 고관들도 그처럼 어떤 소리를 들은 것이 분명했다. 그들 모두가 상심에 가득 찬 얼굴을 창문 쪽으로 돌렸다. 함성이 들려왔다.

"황제 폐하 만세! 황제 폐하 만세!"

민중들이었다.

나폴레옹은 창가로 다가갔다. 엘리제 궁 주변으로 수많은 군중이 몰려와 있었다. 그들은 주먹을 들어올리며, 함성을 지르고 있었다. 노동자들의 푸른 작업복과 시 외곽에 거주하는 여인네들의 검은 옷이 물결을 이루고 있었다.

그는 고관들을 향해 몸을 돌렸다. 그는 손으로 창 밖을 가리켰다. 이들을 보지 못하는가? 듣지 못하는가?

그러나 그들은 의회에 대해, 푸셰가 만든 통치위원회에 대해 말할 뿐이었다.

르뇨 드 생 장 당젤리가 말했다.

"저는 커다란 희생을 치러야 하지 않을까 염려됩니다."

─당젤리! 그에게 내가 그토록 많은 것을 베풀었건만!

당젤리는 계속해서 말했다.

"만약 폐하께서 스스로 퇴위를 결정하시지 않는다면, 의회가 그것을 요구하고 나설 가능성이 있습니다."

그리고 낮은 목소리로 덧붙였다. 어쩌면 의회는 황제의 폐위를 선언할 수도 있다고.

뤼시앵은 분노했다. 카르노는 당젤리의 발언에 항의하며 말했다.

"폐하께서 강권을 행사하셔야 합니다. 폐하의 뒤에는 민중이 있고 또한 군대가 있습니다."

나폴레옹은 말없이 그들을 지켜보았다. 창 밖에서 들려오는 함성 소리가 더욱 커져가고 있었다. 민중이 거기에 있었다. 그것은 사실이었다. 하지만 그들과 무엇을 할 수 있단 말인가?

그는 낮게 말했다.

"나의 정치적인 삶은 끝났소."

그는 천천히 방 안을 거닐었다.

"그들이 강요하는 퇴위는, 나는 하지 않을 것이오. 내가 평온 속에서 그 문제를 생각할 수 있도록 나를 가만히 내버려두었으면 좋겠소."

그는 르뇨 드 생 장 당젤리 앞에 멈춰 섰다. 그는 말했다.

"의원들이 무슨 짓을 하든 간에, 나는 언제나 민중과 군대의 추앙을 받을 것이오."

그의 목소리는 차분했다. 지금 말하고 있는 것이 그인가?

그는 무대 위에 있었다. 동시에 그는 무대를 떠나 있었다.

그는 바라보고 분석하고 말했다. 하지만 또다른 목소리가 그의 내부에서 속삭이고 있었다.

─승부는 결정난 것이다. 너의 운명은 완성되었다. 행운은 너를 버렸다. 이제 너를 따라다니지 않는다. 행운은 네게 모든 것을 제공했다. 이제 더이상 네게 줄 것이 남아 있지 않다. 너는 행운을 만끽했다. 이제 그것은 네게서 멀어진 것이다.

그는 창가로 가서 뒷짐을 지고 군중들을 무연히 바라보았다. 군중들은 시간이 지나면서 그 수가 점점 늘어나고 있었다.

─행동하기 위해서는 나에게 행운이 있다는 확신을 가져야 한다. 그런데 나는 이제 운명을 따라 나아가고 있다는 느낌이 들지 않는다. 나는 혼자다. 내게는 이제 운명이라는 길잡이가 없다. 아직도 억지로 몇 가지 행운을 낚아챌 수 있을지는 모르지만, 그것은 모두 환상이다. 나의 시간은 끝났다.

그는 여전히 창 밖을 바라보며 말했다.

"내 말 한마디면, 의원들 모두가 저들에게 몰살당할 수도 있소."

군중들의 함성은 더욱 커져가고 있었다.

"황제 폐하 만세! 황제 폐하 만세!"

그는 덧붙였다.

"나는 나 자신에 대해선 아무것도 걱정하지 않소. 다만 나는 프랑스를 걱정할 뿐이오. 만약 우리가 서로 싸운다면, 우리는 동로마 제국과 같은 운명을 맞이하게 될 것이오. 우리는 모든 것을 잃게 될 것이오."

그는 방에서 나왔다. 엘리제 궁의 회랑은 비어 있었다. 티에보 장군이 다가오고 있었다.

─티에보, 그는 포르투갈 전선과 스페인 전선, 운명이 내게서 멀어지기 시작한 그곳에 있었다.

티에보가 말했다.

"폐하, 저의 깊고도 존경 어린 충성심을 받아주십시오."

—나는 이자를 안다. 이자는 승자에 대해서도 비굴하지 않을 인간이다.

"지금은 프랑스 내부 문제에 몰두하셔야 할 때입니다."

—이자는 더이상 내가 문제되지 않는다는 걸 이해할 것인가?

티에보가 결연한 태도로 덧붙였다.

"폐하께서는 그 어느 때보다도 용서받지 못할 과오를 범하신 것입니다."

나폴레옹은 무심한 표정으로 티에보에게서 몸을 돌렸다.

—이제 이런 얘기가 무슨 소용인가. 또다른 극은 이미 시작되었다.

그는 정원으로 내려와 오솔길을 산책했다. 철책을 두드리며 질러대는 군중들의 함성 소리가 들려오고 있었다. 어둠이 내리기 시작했지만, 함성 소리는 더욱 커져가면서 일종의 광란과 같은 거친 열정을 뿜어내고 있었다. 나폴레옹은 마치 공격을 앞둔 전장에 서 있는 것 같은 느낌이었다.

"황제 폐하 만세! 황제 폐하 만세!"

방자맹 콩스탕이 오솔길을 따라 그에게 다가왔다. 방자맹 콩스탕, 나폴레옹에 의해 추방당해 독일에서 숨어지내다가 돌아온 자유주의자. 나폴레옹에게 가장 비판적인 작가 중의 한 사람이었던 그에게 나폴레옹은 새로운 헌법의 기초를 맡겼다. 작가의 태도가 조심스럽고 공손했다.

—이 자유주의자는 나를 좋아하지 않지. 하지만 이자는 자유로운 정신의 소유자다. 지금의 나처럼, 이자 역시 무대 위에 있으면서 정작 연극에서는 빠져 있는 것이다.

나폴레옹은 말했다.

"이제 문제되는 것은 더이상 내가 아니네. 그것은 프랑스야. 사람들은 내가 왕위를 내놓기를 원하고 있네. 하지만 나의 퇴위가 가져올 불가피한 사태들을 그들은 과연 염두에 두고 있는가? 내가 엘바 섬을 떠나 쥐앙 만에 내려섰을 때, 그들이 나를 거부했다면 감수할 수 있었을지 모르지. 하지만 지금 나를 버린다는 것은 받아들일 수 없네. 적이 바로 몇 킬로미터 밖에 있는데, 정부를 뒤엎을 수는 없는 일이야. 지금 나는, 적이 공격하는 대상의 일부분일세. 지금 나는, 프랑스가 방어해야만 하는 것의 일부분이야. 나를 적에게 내어준다면, 프랑스는 바로 자신을 내어주는 꼴이 되네. 프랑스는 패배하게 되는 것이야."

그는 말을 멈추고, 방자맹 콩스탕을 한동안 응시했다.

"나를 왕위에서 내모는 것은 워털루야. 두려움 때문에 나를 왕위에서 내몰려는 것이야. 적들은 바로 그러한 두려움을 이용하려 들 것이네."

그는 귀를 기울였다. 콩스탕 역시 샹젤리제를 향해 고개를 돌렸다. 커다란 소란이 일고 있었다. 외침 소리가 뚜렷하게 들려왔다.

"부르봉 가 놈들을 타도하자! 사제들을 타도하자! 나폴레옹 만세!"

황제는 다시 걷기 시작했다. 어쩌면 그는 할 수 있으리라.

그는 말했다.

"당신도 알다시피 내가 명예와 부를 베풀어주었던 것은 저들이 아니네. 저 사람들이 내게 빚진 것이 무엇일 것 같은가? 나는 저들의 가난을 알고 있었지만 그대로 내버려두었네. 그러나 애국심이 그들의 정신을 밝혀주었어. 그들의 입에서 나오는 말이 곧 프랑스의 목소리야. 내가 원한다면, 내가 수락한다면, 한 시간 내에 반역자들의 의회는 사라지게 될 것이네."

콩스탕은 침묵하고 있었다. 그는 콩스탕의 얼굴을 응시했다.

그는 반복해서 말했다.

"만약 내가 원한다면…… 그러나 나는 원치 않네. 한 인간의 목숨이 그만한 가치를 지니고 있진 않아. 나는 파리를 피바다로 만들기 위해 엘바 섬을 떠나온 것이 아니네."

방자맹 콩스탕을 남겨두고, 그는 자리를 떠났다. 궁전 앞 계단에서 걸음을 멈추었다. 그는 밤하늘 가득 울려퍼지는 함성 소리를 들었다.

"나폴레옹 만세! 황제 폐하 만세!"

저들 민중과 합류하고, 그들을 이끌어, 하원 의원들을 몰아내고 대규모 봉기를 일으킨다면?

그리고 나서는? 그후에는? 알 수 없었다. 그의 미래는 검은 베일에 가려 있었다. 그는 마렝고를, 아우스터리츠를, 바그람을 재현할 수는 없을 터였다.

자신의 운명의 끝에 와 있는 것이다.

베르트랑 장군 부인이 그에게 달려왔다.

그녀는 고관들의 태도를 비판하며 소리쳤다.

"우리는 어쩌자고 엘바 섬을 떠나왔던 것일까요?"

그녀는 그의 곁에서 함께 걸었다. 그녀는 말했다. 자기는 아일랜드인 딜런 장군의 딸이라며, 어느 정도는 영국인이라고 할 수도 있다는 거였다.

"편견이 없고 개화된 영국인들은 폐하를 환영할 거예요. 그들은 폐하를 이해할 수 있을 거예요."

그는 집무실로 들어갔다. 책상 위에 편지들이 가득했다. 그것들을 뜯었다. 그러다가 갑자기 읽어보지도 않은 채 집어던졌다. 이제 무슨 소용이 있단 말인가?

오르탕스가 들어왔다. 그녀는 일그러진 얼굴로 그를 바라보고만 있었다.

나폴레옹은 자리에서 일어서며 담담한 목소리로 물었다.

"너는 저녁식사를 했겠구나. 내가 식사하는 데 같이 있어주지 않겠느냐?"

그가 저녁식사를 마치는 데는 몇 분이면 충분했다. 아무런 맛도 느낄 수가 없었다. 그는 살롱으로 향했다. 어머니가 그를 바라보았다. 그녀 주위에 형제들, 제롬과 뤼시앵과 조제프가 있었다. 가족. 그는 그들을 정원으로 데리고 나갔다.

아내와 팔짱을 낄 수도 없었고, 아들의 손을 잡을 수도 없었다. 그의 곁에는 그 옛날처럼 어머니와 형제들만이 있을 뿐이었다. 그 지나온 세월 동안 아무 일도 일어나지 않았던 것처럼. 마치 운명이 그 사이의 세월을 그에게서 앗아가버린 것처럼······.

밤이 내렸다. 그는 잠을 이루지 못했다. 아직도 샹젤리제 거리에 울려퍼지는 함성이 이따금 가슴속에 파고들었다.

—민중은 나와 함께 있다. 그러나 다른 모든 이들, 하원 의원들과 고관들은 나를 버렸다. 그럼으로써 그들은 스스로를 구할 수 있다고 생각하고 있다. 그들에게 프랑스에 대해 말한다는 것은 쓸데없는 일이다. 어쨌거나 나는 이미 결정을 내리지 않았던가?

그는 자리에서 일어났다. 분류도 하지 않고 한아름의 서류를 태우기 시작했다.

—이 모든 것은 내 머릿속에 있다. 나의 기억력과 정신만이 내게 남은 유일한 재산이다. 그것에 관한 한, 아무도 나의 주인이 될 수 없다. 그것에 관한 한, 나는 결코 내 자리를 내놓지 않을 것이다.

새벽 일찍 그는 일어나 있었다. 의회에서 사람이 와 있었다.

—솔리냑 장군이군. 안개달 18일에 나와 함께 있었지. 하지만 나는 언제나 그를 무시하고 경멸하기까지 했다. 그를 공금횡령죄로 면직시켰다. 그런 그가 의회의 최후통첩을 내게 전하러 왔군.

　떨리는 목소리로 말하고 있는 솔리냑의 주위를, 그는 팔짱을 끼고 천천히 거닐었다.

　—내게 한 시간 안에 퇴위를 하라? 그렇지 않으면 나를 폐위시키겠다?!

　그는 솔리냑에게 대답하지 않았다. 그자는 무시해버려도 좋을 인간이었다.

　그는 집무실로 향했다. 뤼시앵이 있었다. 뤼시앵은 안개달 18일을 상기시켰다. 그때 상황은 지금보다 훨씬 악조건이었지 않았냐며, 뤼시앵은 소리쳤다.

　"형님은 모든 권력을 쥐고 있습니다! 외국군이 파리로 다가오고 있어요. 이런 상황에서 군사 독재 체제는 합법성을 갖는 것입니다."

　나폴레옹은 뤼시앵에게 다가가 동생의 팔을 잡았다. 그렇게 하기를 원했어야 했을 것이다. 하지만 이제 그는 그러기를 원치 않았다.

　그는 평온한 목소리로 말했다. 마치 현실을 벗어나 멀리서 방관하는 사람처럼, 그는 이 모든 일에 무관심해 보였다.

　"사랑하는 나의 뤼시앵, 우리는 안개달 18일에 국민을 구원하겠다는 생각만을 가지고 있었어. 오늘, 우리에게는 충분한 권리가 있지. 하지만 나는 그것을 행사할 수 없다."

　푸셰가 들어왔다. 푸셰의 뒤를 이어, 고관들이 하나 둘씩 집무실에 들어섰다.

　—푸셰, 온갖 음모를 꾸미는 저 인물을 나는 경멸한다. 테러리스트, 왕 시해파, 로베스피에르에 반대했던 교활한 인간…… 그는

기회가 있을 때마다 나를 배반했다. 그리고 이제는 나에게 퇴위를 강요하고 있다.

나폴레옹은 말했다.

"그렇다면 당신들의 소원대로 해주기로 하지. 당신들은 이제 만족하게 될 게요. 그러나 당신들이 프랑스를 위해 옳게 행동한 것인지는 미래가 말해줄 것이오."

그는 푸셰에게서 몸을 돌리고 말했다.

"뤼시앵 왕자, 받아적도록 하라."

그는 방 안을 거닐면서 침착한 목소리로 구술하기 시작했다. 그는 전혀 서두르지 않았다. 이제 배는 해안에 닿은 것이다. 생의 이 지점에 이르기 위해, 그 험난한 바다를 지나온 것이다.

〈프랑스 국민들이여, 조국의 독립을 지키기 위해 전쟁을 시작하면서 나는 모든 노력, 모든 의지가 한데 모아지기를 기대했었소. 모든 권력 계층의 협력을 기대했었소. 나는 우리가 승리를 거둘 거라고 믿었소. 하지만 상황이 여의치 않았소.〉

그는 자신을 둘러싸고 있는 고관들의 얼굴을 하나하나 쳐다보았다.

〈나는 프랑스의 적들의 증오에, 나 자신을 제물로 바치오.〉

그는 말을 중단했다. 어깨를 으쓱하고는 고관들을 바라보았다.

―이들이 나를 이해할 수 있을까?

그는 다시 거닐면서 말을 이었다.

〈나는 적들이 선언한 바가 진실이기를 바라며, 그들의 말대로 나 개인만을 원망했던 것이기를 바라오. 나의 통치는 끝났소. 나는 나의 아들이 나폴레옹 2세라는 이름하에 프랑스 황제가 되었음을 선포하오. 조속한 시일 내에 법에 의거한 섭정회를 구성할 것을, 나는 의회에 요구하는 바이오. 프랑스 국민들이여, 단결하시오. 그리하여 조국의 독립을 유지하시오.〉

끝났다. 그는 고관들이 예를 바치고 떠나는 모습을 바라보았다.

—저들은 이 좋은 소식을 빨리 전하고 싶어 안달이군. 물론, 저들은 섭정회를 구성하지 않을 것이다. 나말고 누가 나의 아들을 생각하겠는가? 그 아이를 위해 나는 무엇을 할 수 있단 말인가? 저들은 승리자의 말을 좇느라 로마 왕을 잊을 것이다. 저들은 결국 부르봉 가에 모두 달라붙게 될 것이다.

그는 알고 있었다. 푸셰와 라 파예트가 공작을 벌이고 있었다. 오로지 라 베두아예르만이 상원에서 그를 옹호하는 발언을 했다. 라 베두아예르는 이렇게 말했다.

"황제 폐하를 일찌감치 배신하고 앞다투어 외국의 법을 받아들이고 있는 비열한 장군들에게 저주가 내리기를. 그들이 했던 맹세는 어디로 갔는가? 이곳에서 우리는 비열한 발언들만을 듣기로 작정했단 말인가?"

—가여운 라 베두아예르! 그의 용기도 헛된 것이다. 민중이 봉기를 일으키지 않을까 하는 두려움 때문에, 어서 내가 떠나주기만을 바라고 있는 저 교활한 자들 앞에선 헛된 일일 뿐이다.

함성이 들려오고 있었다.

"나폴레옹 만세."

"부르봉 놈들을 타도하자."

그는 황량한 궁전을 거닐었다. 에크묄 공, 아우어슈테트 공작 다부 원수의 모습이 보였다.

—다부는 의회의 이름으로 내게 이곳을 떠나라고 독촉하러 왔군.

"다부, 그들은 내가 어디로 가기를 원하고 있나?"

그리고 그는 정원 쪽을 가리키며 말했다.

"그대도 이 함성 소리를 듣고 있겠지. 저들은 조국이 필요로 하는 것이 무엇인가를 본능적으로 깨닫고 있네. 내가 저 민중들의 선두에 선다면, 나는 내가 저항할 힘이 없을 때만 나와 맞설 용기를 가진 자들을 당장 끝장내줄 수 있을 것이야! 내가 빨리 떠나기를 원한다고?"

그는 온몸으로 경멸감을 드러냈다.

"그대들 모두 나보다 더한 대가를 치르게 될 걸세. 푸셰는 모든 사람을 속였어. 하지만 결국 그자 역시 속을 것이며, 자기가 친 그물에 걸릴 것이야! 그자는 그대들 앞에 루이 18세를 데려올 것이네."

하지만 무슨 상관이랴! 그들이 원하는 바가 그것이라면! 어쨌거나 그는 이미 무대 밖에 있는 것이다.

그는 마지막 남은 서류들을 분류했다. 엘리제 궁을 떠나 말메종으로 가고 싶었다. 그들은 그를 동맹국들에게 넘길 수도 있었다. 카르노가 찾아왔다.

—카르노, 제정에 반대했던 사람이지만, 러시아 원정 이후 어려웠던 시기에 나를 찾아주었던 사람.

카르노는 몹시 동요하고 있었다. 그는 흥분한 목소리로 말했다.

"영국으로 가지 마십시오, 폐하. 폐하는 그곳 사람들에게 지나친 증오심을 불러일으켰습니다. 폐하는 그곳에서 사람들에게 모욕당하게 될 것입니다. 차라리 미국으로 가십시오. 그곳에서 폐하는 폐하의 적들을 여전히 공포에 떨게 할 수 있을 것입니다. 만일 프랑스가 부르봉 가의 지배하에 있어야 한다면, 폐하가 어느 자유로운 나라에 건재해 있다는 사실만으로도 국민들의 여론을 고양시킬 수 있을 것입니다."

—이자는 애국자다. 라 베두아예르처럼, 그리고 함성을 지르는 저 민중들처럼.

나폴레옹은 그를 포옹하며 말했다.

"잘 있으시오, 카르노. 나는 너무 늦게서야 당신을 알게 되었소."

그는 책상 앞에 앉았다. 그는 자신이 미국까지 타고 갈 두 척의 범선을 로슈포르에 준비시켜달라는 공식적인 요구서를 작성했다. 그리고 천천히 자기 주위를 둘러보았다. 그는 궁전 앞 층계로 향했다.

엄청난 군중들이 모여 있었다. 그들의 웅성거림은 대단했다. 그들은 여섯 마리의 말이 끄는 마차를 발견하고는 외쳤다.

"우리를 버리지 마십시오!"

그는 고개를 숙였다. 그가, 아직도 군중들이 원하고 찬양하는 바로 그 사람이라고 말할 수 있을까? 그는 그들이 호소하는 대상이 자기 아닌 다른 사람이라는 느낌이 들었다.

이미 저질러진 일은 어쩔 수 없는 법.

그는 정원으로 난 문으로 나갈 것이다. 대기중인 저 호화스런 마차에는 참모들이 올라탈 것이다. 그들이 군중들의 주의를 다른 곳으로 돌릴 것이다. 그는 몸을 돌려 궁전을 바라보았다. 사요 궁으로 향하는 마차 안에서, 그는 바깥으로 몸을 내밀었다. 건설중인 개선문을 바라보기 위해서였다.

그는 알고 있었다. 다시는 저것들을 보지 못하리라. 저 대로들과 뤼에이 거리, 그리고 지금 그가 가고 있는 말메종 공원의 이 오솔길, 이 살롱들과 침실들…… 이것들은 그의 삶이었다. 그의 모든 삶이었다. 그곳에서 그의 삶이 전개되었다. 이 마지막 순간, 그 모든 삶들이 한꺼번에 그의 기억 속에 되살아나고 있었다. 그의 영광이 시작되었던 첫 순간들과 함께.

사요 궁에 도착한 그는 거울 앞을 천천히 지났다. 뚱뚱한 몸집, 머리가 벗겨진 이마, 누런 얼굴, 피곤에 지친 모습, 거울 속의 낯선 이 사내가 누구인가? 그가 바로 자신이었다.

—깡마른 통령은 어디로 갔는가? 죽었다. 조제핀과 뒤로크와 베시에르와 란처럼, 사라졌다. 나의 아들과 마리 루이즈처럼, 사라졌다.

그는 방들을 돌아보았다. 조제핀의 방에 들어갔다가 다시 나왔다. 그는 정원으로 가서 오르탕스 곁에 앉았다. 그는 낮게 말했다.

"그녀가 없는 이곳이 익숙지가 않군. 그녀가 오솔길 끝에서, 장미나무 뒤에서, 갑자기 나타날 것만 같은 느낌이 드는구나."

그는 일어나 정원을 홀로 산책했다. 그와 더불어 제국을 건설하고 전투를 치렀던 이들과 함께 수없이 거닐던 정원이었다. 어제까지 아첨꾼들이거나 충성스런 장관들이었던 그들은, 이미 모두 죽었거나 적의 편에 붙어버렸다.

아무런 회한도 없었다. 단지 시간이 흘렀으며 운명이 다했다는, 그리고 다시는 새로 시작할 수 없으리라는 확신만이 있을 뿐이었다.

다가올 일에 대한 준비를 해야 하리라. 그는 사서(司書) 바르비에에게, 미국에 대한 책들과 그가 이십 년 동안 지휘하며 치렀던 여러 전투들에 관련된 모든 인쇄물들의 목록을 구해달라고 부탁할 것이다.

그것이 앞으로 전개될 새로운 삶의 목적이었다. 정신으로 싸우는 것, 기억과 생각들로 옛날을 다시 사는 것, 그래서 무기력에서 벗어나는 것. 그는 자기 내부에서 힘이 솟아나는 것을 느꼈다. 그는 군에 보내는 마지막 포고문을 구술했다.

〈병사들이여, 나는 비록 떠나지만 그대들의 발길이 닿는 곳이면 어디에나, 나는 그대들과 함께 있을 것이다. 사람들은 우리를 비방하고 있다. 그대들의 업적을 평가할 자격이 없는 그들이, 내게 보내는 그대들의 애정을 나에 대한 광신으로 이해하고 있다. 하지만 나에 대한 복종을 통해 그대들은 그 무엇보다도 조국에 봉사한 것이라는 사실을, 또한 내가 그대들에게 애정을 받았다면 그것은 우리 모두의 어머니 프랑스에 대한 나의 불타는 사랑 때문이었다는 것을, 나는 그대들이 앞으로 거둘 승리를 통해 그들에게 깨우쳐주기를 바란다.〉

그는 감정이 솟구쳤다.

―나의 병사들에게 이 글이 전달될 것인가? 푸셰와 다른 이들은 내 입을 막으려고 한다. 아직도 그들은 나 때문에 불안해하고 있다. 나를 옹호하는 시위가 파리에서 계속되고 있다. 그들은 떨고 있는 것이다.

그는 계속했다.

〈병사들이여, 프랑스인으로서의 명예와 긍지를 잃지 말라. 내가 알고 있는 그대들의 모습 그대로를 끝까지 간직하라. 그러면 그 누구도 그대들을 패배시킬 수 없을 것이다.〉

그는 다시 말메종의 정원을 찾았다. 은행가 라피트*가 찾아왔다.

그는 라피트에게 말했다.

"열강들이 싸우려는 대상은 정확히 말하자면 내가 아니오. 그 대상은 바로 혁명이오. 그들은 항상 나를 혁명의 인간으로, 그것의 상징으로 바라보았소."

그는 한숨을 내쉬었다.

"빨리 프랑스를 떠나고 싶소. 내가 부탁했던 두 척의 범선을 그들이 내어주기만 하면, 나는 즉시 로슈포르로 떠날 것이오."

그는 라피트를 한쪽 구석으로 데려갔다. 프랑스 은행을 경영하고 있으며, 루이 18세의 재산을 관리했던 라피트는 신뢰할 수 있는 사람이었다. 돈이 없으면 무엇을 할 수 있겠는가? 돈에 대한

---

* 프랑스의 은행가이자 정치가, 1767~1844.

얘기를 꺼내야 했다.

그는 말했다.

"나는 어떤 일이 나를 기다리고 있는지 아직 모르오. 나는 아직 건강하니, 앞으로 십오 년은 더 살 것이오. 나는 내가 일어나고 싶을 때 일어나고, 잠들고 싶을 때 잠이 드오. 하루에 네 시간 동안 말을 탈 수 있고, 열 시간 동안 업무를 볼 수 있소. 내가 먹고 사는 데에는 그다지 큰돈이 들지 않소. 하루에 일 루이면, 나는 어디서든지 아주 잘 살아갈 수 있소. 두고보시오."

그는 자리에 앉았다. 사람을 시켜, 튈르리 궁 금고에 있는 금화 3백만 프랑을 라피트에게 가져오게 했다. 그리고 현금 80만 프랑과 엘바 섬에서 남겨온 돈을 그에게 맡겼다. 모두 합하면 5백만 프랑에 가까운 금액이었다. 그는 은행가가 건네주는 영수증을 받으려 하지 않았다. 나폴레옹은 말했다.

"나는 당신을 신뢰하오. 이 돈은 형제들과 어머니와 황실 사람들과 베르트랑 부인과 시종들에게 나눠주어야 할 돈이오. 제롬과 어머니에게 십만 프랑, 조제프에게 칠십만 프랑, 뤼시앵에게 이십오만 프랑⋯⋯."

그리고 오르탕스와 마리 발레프스카, 펠라프라 부인과 뒤샤텔 부인도 잊어서는 안 되리라.

—나의 여인들, 그녀들이 하나씩 말메종으로 나를 찾아온다. 마리는 울고 있다.

마리 발레프스카는 아들에게 속삭였다. 아이가 다가오자, 나폴레옹은 아들을 품에 안았다. 북받쳐오르는 감정을 억제해야 했다.

그의 또다른 아들, 레옹 공작이 후견인과 함께 찾아왔다.

—이 아이의 엄마인 엘레오노르 드뉘엘과 함께 밤을 보낸 지 벌써 아홉 해가 흘렀다. 모두들 나를 찾아주었다. 나의 아내와 적

366

자만이 빠졌다.

그는 홀로 공원의 오솔길을 걸었다. 그는 오르탕스에게 다가가 낮은 목소리로 말했다.

"말메종은 정말 아름답구나. 그렇게 생각지 않느냐, 오르탕스? 이곳에 머물 수 있다면 얼마나 행복할까?"

그는 자리에 앉아 정원을 둘러보았다. 오래 침묵하고 있었다.

민병대 소속 장교가 숨을 헐떡거리며 달려왔다. 블뤼허가 이끄는 프로이센군이 다가오고 있다. 그들이 말메종을 공격할지도 모른다.

그는 웃었다.

"좋을 대로 하라지."

그는 천천히 집 안으로 들어갔다. 프로이센인들의 포로가 된다? 절대로 그런 일은 없을 것이다. 그는 의사 코르비자르가 그에게 주었던 붉은 액체가 든 작은 병을 마르샹에게 내밀었다.

"내가 이걸 몸에 지니고 다닐 수 있도록 어떻게 해봐. 웃옷에 달든지, 아니면…… 어쨌거나 내가 언제든지 쉽게 손에 넣을 수 있도록……."

마르샹은 얼빠진 얼굴로 병을 받아들었다. 그는 시종의 귀를 잡아당겼다. 그는 중얼거렸다. 또다른 삶을 살 수 있는 한, 죽을 생각은 하지 않는다. 그렇지만 이곳, 프랑스 땅에서 포로로 잡히는 일은 용납할 수 없다. 그런 모욕을 당하느니 차라리 죽음을 택하겠다. 운명을 스스로 선택하겠다. 그 이후의 일은 순리에 맡길 수밖에.

—이것이 내가 가야 할 길이리라.

함성이 들려왔다.

"황제 폐하 만세!"

병사들이 말메종 공원 가에 모여 있었다. 북소리가 울렸다. 그들의 함성이 더욱 커졌다. 장교 하나가 들어와 말했다. 블뤼허의 군대가 영국군을 기다리지 않고 단독으로 파리로 접근하고 있다는 것이었다.

단독으로.

그렇다면 블뤼허를 무찌를 수 있다. 나폴레옹은 집무실로 달려가 지도들을 검토했다.

그는 베케르 장군에게 큰 소리로 말했다. 베케르 장군은 푸셰의 명령에 따라 황제에게 배속된 근위대를 지휘하고 있었다.

"얼마 안 되는 프로이센군에게 굴복할 수는 없네! 나는 아직 적을 막을 수 있어. 정부가 그들과 협상할 수 있는 시간을 벌어주도록 하겠네."

그는 성큼성큼 걸으면서 흥분한 목소리로 말했다.

"그리고 나서 미국으로 떠나겠네. 그곳에서 남은 여생을 보내겠어."

그는 베케르에게 요구했다.

"내게 군대를 지휘할 수 있는 권리를 주게. 황제로서가 아니라 장군의 자격으로 말일세. 적이 파리에 이르기 전에, 나는 그들을 짓밟아버리겠네. 어서 가서 통치위원회에 나의 요구를 전하게. 그들에게 내가 권력을 되찾으려는 것이 아님을 잘 설명해주게."

그는 팔을 치켜들며 말했다.

"나는 한 사람의 군인으로서, 또한 한 사람의 프랑스 시민으로서, 나의 명예를 걸고 약속하겠네. 내가 적을 물리치는 바로 그날, 나는 미국으로 떠날 것이네."

베케르는 받아들였다. 그는 달려갔다.

—선의를 지닌 사람들이라면, 그들은 나의 말을 들을 것이다.

나폴레옹은 서재로 향했다. 그는 기다렸다.

그러나 파리에서 누가 그의 제안을 받아들일 것인가? 그는 천천히 걸었다. 푸셰와 랑쥐네, 그리고 다부와 같은 자들이 어제 이미 거부했던 것을 오늘이라고 받아들이겠는가? 그는 조제프를 맞았다. 조제프는 프랑스를 떠나 미국으로 가겠다고 말했다.

나폴레옹은 말했다.

"그들이 나의 제안을 거절한다면, 나 역시 떠나는 것밖엔 다른 할 일이 없소."

그는 궁정 대원수를 불러 자신의 의사를 밝혔다.

"준비하게. 그리고 준비가 끝나면 내게 알려주게."

베케르가 돌아왔다. 그는 말했다. 파리에서는 군중들이 계속해서 나폴레옹의 이름을 외치고 있지만, 통치위원회는 황제의 제안을 거부했다.

나폴레옹은 낮은 음성으로 말했다.

"그자들은 사태가 어떻게 돌아가는지, 사람들이 어떤 생각을 하는지 전혀 알지 못하는군."

그는 천천히 제복을 벗고, 밤색 윗도리와 푸른색 바지를 걸쳤다. 그리고 둥근 모자를 눌러썼다. 그는 거울을 들여다보았다. 새로운 삶을 시작하려는 한 남자가 거기에 서 있었다.

이제 떠난다. 가능한 한 빨리.

오르탕스는 눈물을 흘렸다. 장군들이 소란을 피웠다. 그들은 돈을 요구했다. 그는 소리쳤다.

"그들에게 돈을 주도록 하라."

그는 가족들에게로 향했다. 나의 어머니, 나의 아들. 마음속으로 그들에게 작별 인사를 했다.

그리고 조제핀의 침실로 들어갔다.

그 시절이 너무나 멀게, 그리고 너무나 가깝게 느껴졌다.

그는 빠른 걸음걸이로 마차로 향했다.

1815년 6월 29일 목요일 오후 다섯시 삼십분이었다.

베케르와 사바리는 그의 맞은편에 앉았다. 그의 왼편에 앉아 있는 베르트랑은 그와 눈이 마주치자 시선을 돌렸다. 아무도 입을 열지 않았다.

마차가 랑부이에에 이르렀을 때, 나폴레옹은 갑자기 성에서 그날 밤을 보내겠다고 결정했다. 그는 숨이 막혔다. 공기가 무더웠다. 암살자들이 숲길에 잠복해서 그가 지나가기만을 기다리고 있을지 누가 알 수 있단 말인가? 수많은 사람들이 그가 죽기만을 고대하고 있었다. 그는 자신의 새로운 삶을 도중에서 끝내고 싶지는 않았다.

아침이 되어 그가 모습을 나타내자, 성의 철책문에 매달려 있던 군중들이 외쳤다.

"황제 폐하 만세!"

7월 2일 일요일 아침, 그가 하룻밤을 보낸 니오르의 거리에는 군중들이 가득 몰려나와 있었다. 그들은 황제를 알아보고 함성을 질렀다. 도시에 주둔하고 있던 경기병들 역시 시위를 벌였다.

그는 랄르망 장군을 알아보았다. 이탈리아와 이집트에서 함께 싸웠던 장군이었다. 장군은 흥분한 목소리로 말했다.

"우리는 브르타뉴 지방의 라마르크 장군과 방데 지방의 클로젤 장군이 이끄는 부대를 집결시킬 수 있습니다. 우리는 적과 맞설 수 있습니다."

그는 고개를 돌렸다. 사람들이 그에게 제안하는 계획들, 군중의 함성 소리, 검을 치켜들고 그에게 경의를 표하는 경기병들, 충성스런 주지사, 그 모든 것들은 지난날 그가 누렸던 권력의 그림자일 뿐이었다. 그가 그러한 환영(幻影)에 자신을 내맡긴다면, 황제인 그는 결국 범법자로 전락하고 말 것이다.

그는 말했다.

"나는 이제 아무것도 아니네. 나는 아무것도 할 수가 없어."

내일, 7월 3일 월요일 새벽 네시에 니오르를 떠날 것이다.

저녁 여덟시경, 그는 로슈포르에 들어섰다. 정박해 있는 두 척의 프랑스 전함을 바라보았다. 잘레 호와 메뒤즈 호, 저 두 척의 전함이 그를 미국까지 데려가줄 것이다.

그리고 그 너머 먼바다에 영국 전함들이 떠 있는 것을 보았다. 그것들은 정박지에서 떠나는 선박들을 언제라도 가로막을 수 있는 위치에 자리잡고 있었다. 그 육중한 전함의 선체가 석양빛을 받아 더더욱 두드러져 보였다.

행운이 따라주지 않는다면, 그 어느 것도 기대했던 대로 이루어지지 않을 것이었다.

24
명예로운 최후를 바란다

그는 로슈포르의 해군관구의 방 안에 앉아 있었다. 1808년에 그는 이곳에 체류했었다. 그때 그는 영광과 권력의 절정에 있었다. 지금의 그는 어떠한가?

그는 카시미르 드 본느푸가 하는 말을 듣고 있었다. 그가 해군관구 사령관으로 임명했던 이자 역시 대부분의 사람들처럼 그를 배반했다.

본느푸는 루이 18세 편에 가담해서, 바로 이곳에서 앙굴렘* 공을 맞이했었다. 앙굴렘 공은 나폴레옹이 엘바 섬을 탈출한 1815

---

* 샤를 10세의 아들로 프랑스 부르봉 왕조의 마지막 왕세자, 1775~1844. 왕당파 군대의 대장이었으며, 부르봉 왕정 복고의 주역이었다.

년 3월에 서쪽 지방에서 반란을 꾀했었다.

나폴레옹은 본느푸를 바라보았다.

─이자를 어떻게 신뢰할 수 있겠는가? 이자는 파리에서 내려진 결정을 주저없이 실행에 옮길 자이다. 그런데 그들은 나를 어쩌자는 것인가? 그들은 내가 미국으로 가는 것을 허락할 것인가? 동맹국들은 통행증을 내어주지 않았다. 어쩌면 길목을 막고 있는 저 영국 함대를 뚫고 가야 할지도 모른다. 그리하여 내가 탄 전함이 침몰하여 죽거나, 아니면 적의 포로가 되는 것을 파리의 반역자들이 원하지 않을 까닭이 없다. 탈레랑은 루이 18세 밑에서 수상이 되었다! 그리고 푸셰는 치안장관이 되었다! 내가 죽기만을 바라는 그자들에게서, 내가 무엇을 기대할 수 있단 말인가? 그들은 자기들의 충성심을 증명하기 위해 나를 적에게 내어주려 할 것이다. 푸셰는 그렇게 함으로써 자기가 테러리스트이며 왕 시해파라는 것, 그리고 제국이 탄탄하다고 믿었을 때 나를 위해 왕당파들을 몰아세웠던 일을 사람들의 뇌리에서 지우고 싶어할 것이다. 나는 나의 생명과 존엄을, 그들에게 선물로 안겨줄 수는 없다.

그는 앞에서 떠벌리는 본느푸를 무시하고 자리에서 일어나 서성였다.

─하지만 어떻게 해야 하는가?

그는 자신의 앞날을 바라보려 애썼다.

─나는 이제 아무런 확신도 없다. 이제 구원에 이르는 길을 발견할 수가 없다. 늪지대만을 볼 수 있을 뿐이다. 희망 없는 모험이 결국 실패로 끝나는 것을 바라볼 뿐이다.

그는 바깥으로 나왔다. 그러자 바로 군중들의 함성이 들렸다. 사람들은 아직도 그를 환호하고 있었다. 그들은 외쳤다.

"우리를 버리시 마십시오!"

그는 주민들과 병사들의 대표를 맞았다. 그들은 그에게 프랑스를 떠나지 말고, 저항군을 이끌어달라고 간청했다.

그는 입고 있는 평복을 가리키며 말했다.

"여러분, 내 충고와 의견이 무시당했소. 적은 이미 파리에 들어왔소."

그는 머리를 가로저었다.

"적에게 침략당한 이 마당에, 끔찍스런 내전까지 일으킬 수는 없소."

되도록 빨리 떠나야만 했다. 그런데 어떻게? 그리고 어디로?

조제프가 그를 찾아왔다. 걱정스러운 표정이었지만 단호해 보였다.

─내가 그에 대해 어떤 생각을 하든, 그는 오늘 내 곁에 있다. 그는 형으로서, 나를 도와주기로 결심한 것이다. 그러나 나는 육십 명이나 되는 대가족을 거느린 나폴레옹 보나파르트다! 나는 도망자가 아니다. 쫓기는 군주가 아니다. 나는 내 양심에 따라 퇴위를 결정했다. 나는 법의 보호를 받아야 하는 것이다.

그는 라스 카즈를 맞았다. 라스 카즈와 적대적이던 시절에도, 그는 이 망명귀족을 좋게 평가했다. 해군장교였던 라스 카즈는 콩데의 군대와 함께 싸웠으나, 1806년에 제국의 품으로 돌아섰었다.

─나는 돌아온 그를 참사원에 넣었다. 그는 『역사 지도』란 책을 저술해 큰 성공을 거둔 역사가이기도 하지. 나는 라스 카즈가 나의 시종이 되어 내가 하는 말들을 기록해주기를 바란다.

나폴레옹은 라스 카즈와 그의 아들 엠마뉘엘을 마음에 들어했다. 라스 카즈는 그가 가는 곳이면 어디라도 따르겠다고 말했다.

─그런데 나는 어디로 가게 될 것인가?

적들은, 사서 바르비에가 미국에 관한 책들과 나폴레옹군이 치렀던 전투에 대한 책들을 그에게 전달하려는 것을 막았다. 여러 가지 걱정스러운 조짐들이 감지되었다. 곳곳의 공공 건물들 위에 백색기가 내걸렸고, 영국 전함들 중 가장 강력한 전함인 벨레로폰 호가 정박지에 들어와 영국기를 휘날리고 있었다.

―적들이 다가왔다. 그들은 나를 함정에 몰아넣으려 하고 있다.

그는 구르고 장군을 호출했다. 그는 구르고 장군을 신뢰하고 있었다. 구르고는 브리엔 전투에서 나폴레옹을 향해 날아오는 코자크 족의 창을 몸을 던져 막기도 했었다.

―이 포병은 거칠고 성마른데다가 비사교적인 성격을 갖고 있지만, 내게 충성스러운 자이다. 그 역시 나와 함께 망명을 떠날 각오가 되어 있다.

나폴레옹은 구르고에게 말했다.

"전함들에 지시하여 엑스 섬으로 떠날 준비를 갖추도록 하게. 나는 전함들 가까이에서 기다리면서, 바람만 불어준다면 언제라도 승선할 수 있도록 대기하고 있을 것이네."

1815년 7월 8일 토요일, 그는 사구에서 내려와 해안가에 이르렀다. 부근 푸라 마을의 주민들이 모두 모여 있었다. 파도가 높았다. 엑스 섬까지 갈 수 있을까?

그는 몸을 돌리고 손을 들어 인사했다.

"잘 있으시오, 나의 친구들."

'황제 폐하 만세.' 외침 소리가 바람을 타고 멀어져갔다. 그는 천천히 걸어갔다. 그는 프랑스의 땅을 떠났다. 그는 한 수병의 어깨에 올라탔다. 수병은 바닷물 속으로 걸어들어가 보트가 있는 곳까지 그를 업고 갔다.

보트가 파도에 흔들리고 있었다. 섬까지 이르지 못할지도 모른다. 그는 느꼈다. 앞으로는 그 무엇도 쉽지 않으리라. 그는 두 전함들 중 하나인 잘레 호를 향해 노를 저으라고 명령했다.

그는 현문(舷門)의 사다리를 올랐다. 전함은 아직 삼색기를 휘날리고 있었다. 장교들이 칼을 빼들어 그에게 경의를 표했다. 수병들은 부동자세를 취했다. 하지만 그는 필리베르 함장의 얼굴을 한 번 쳐다보는 것만으로도, 그가 난처해하고 있음을 금세 알아차릴 수 있었다. 함장은 황제를 체포하라는 해군장관의 명령을 거역하지 않을 사람이었다.

―이 전함이 나의 감옥이 될 수도 있겠군.

그는 갑판 위를 걸었다.

선실 하나가 그에게 배당되었다. 날씨가 좋아지는 대로, 엑스 섬으로 가자고 함장에게 말했다.

7월 9일 일요일, 그는 엑스 섬에 상륙했다. 그는 땅에 발을 내디뎠다. 프랑스 땅이었다. 프랑스 땅을 밟는 것이 이것이 마지막이 아닐까? 사람들이 몰려나와 그를 환호했다. 그는 병사들을 사열하고 요새를 찾아갔다. 그 요새를 건설하도록 명령한 사람이 바로 그였다.

―이곳이 나의 마지막 요새이리라.

병사들은 외쳤다.

"우리를 떠나지 마십시오!"

장교들이 다가왔다. 그들은 칼을 세우며 외쳤다.

"루아르군을 위하여!"

하지만 그는 잘레 호로 되돌아왔다. 전함에 어떤 전보들이 도착했는지 알고 싶었다. 그는 그것들을 훑어보았다. 정부는 그를 추방하기로 결의했다. 그리고 가능한 한 빠른 시일 내에 프랑스 영토를 떠나라는 마지막 구절에서, 그는 또다른 의도가 숨겨져 있음을 알아차릴 수 있었다. 그들은 그가 탄 전함을 나포하고자 하는 것이다.

─신임 해군장관 조쿠르*는 영국군의 요구에 동의할 수밖에 없었으리라. 그 역시 나를 이용해 루이 18세의 용서를 받고 싶은 것이다. 그들은 나의 목숨과 자유를 대가로 지불하고 새로운 권력층 안으로 들어갈 수 있는 통행증을 얻고자 하는 것이다. 그것은 지켜야 할 재산이나 지위가 있는 자들 모두에게 공통된 상황일 것이다. 신문들은 벌써 나를 '찬탈자'라고 부르고 있지 않은가.

─하지만 그런 방식으로는 나를 사로잡지 못하리라.

그는 잘레 호를 떠나 엑스 섬으로 갔다. 그곳에서 그는 요새 지휘관의 집에 머물렀다. 그는 잠을 자지 않았다. 여러 사람의 의견을 들었다. 메뒤즈 호 함장 포네는 영국 순양 함대를 뚫고 나가자고 제안했다. 그는 자신의 전함과 수병들을 희생시켜 벨레로폰 호를 공격하겠다고 말했다. 그 사이에 황제는 잘레 호를 타고 멀리 달아날 수 있을 것이다.

─하지만 잘레 호의 함장을 믿을 수 있을까?

젊은 장교들은 대형 포경선을 탈취하여 먼바다로 달아나거나, 상선을 설득해 미국까지 타고 갈 것을 제안했다. 그렇게 한다면 엑스 섬의 항구에 정박해 있는 덴마크 배의 시선도 따돌릴 수 있을 것이다.

7월 13일, 조제프가 다시 찾아왔다. '나의 형!' 나폴레옹은 그를 안았다. 조제프는 영국 함대를 상대로 자기가 미끼가 되겠다고 제안했다. 그 사이에 나폴레옹은 보르도로 가서, 조제프가 빌려둔 배에 올라 프랑스를 떠나면 될 것이다.

나폴레옹은 고개를 저었다.

---

* 프랑스의 정치가, 1757~1852. 워털루 전투 후에 루이 18세에 의해 해군장관으로 임명되었다.

그는 그러한 계획들이 내포하는 위험을 두려워하는 것이 아니었다. 죽음은 아무것도 아니었다. 오히려 그는 죽음을 원했다. 다만 명예롭게 죽기를 바랐다. 그럴 수 없다면, 삶의 마지막 순간까지, 자신이 지금까지 지켜온 명예를 간직하고 싶었다.

비열한 도망이나, 웃음거리가 될지도 모르는 모험은 받아들일 수 없었다.

그는 집 앞을 산책하고 있는 왕실 사람들을 가리켰다. 네 아이가 있었다. 한 아이는 라스 카즈의 아들이었으며, 다른 한 아이는 몽톨롱 백작부인의 딸이었고, 나머지 두 아이는 베르트랑 백작부인의 아이들이었다. 그리고 두 여인과 장군들과 장교들과 하인들이 있었다. 육십 명에 가까운 인원이었다. 그는 자기에게 딸린 저 사람들 모두와 함께 명예롭게 떠나고 싶다고 말했다.

그는 조제프를 다시 껴안았다. 이제 작별이었다. 이제부터 그는 앞일을 홀로 결정할 것이다.

라스 카즈와 구르고는 벨레로폰 호의 함장 메이틀런드를 찾아갔다. 황제가 영국 함선에 오르는 문제를 상의하기 위해서였다.

영국의 손에 그의 운명을 맡기지 못할 이유가 무엇인가?

—배반자들의 음모에 맞서 선수를 치지 못할 이유가 무엇인가? 그것은 나의 일생에 견주어 부끄러울 것 없는 영웅적인 행동일 것이다. 내가 스스로 그들을 찾았는데도, 영국인들이 신의를 저버린다면, 나는 위선자들의 수중에 떨어진 명예로운 인간이 될 따름이다.

1815년 7월 13일 자정이었다.

그는 플루타크의 『영웅전』을 상기했다.

—그러한 최후는 내가 읽은 이야기에 견주어, 손색없는 명예로운 최후이리라.

그의 생을 통해 처음으로 다른 이들의 손에 자신을 내맡긴다는 생각, 그것도 자신의 적 영국군에게 자신의 새로운 삶을 맡긴다고 생각하자 그는 차라리 안도감을 느꼈다.

일생 동안 맞서고 싸우고 도전했다. 쉴 새 없이 일만 했었다. 그러나 이제 펼쳐질 생은, 그의 머리와 기억력만을 필요로 하는 것이다. 그는 구르고에게 말했다.

"적에게 자신을 내맡긴다는 것은 항상 위험이 따르지. 그러나 적의 손에 포로로 잡히는 것보다는, 그들의 명예를 믿는 위험을 감수하는 편이 낫네."

그는 결정했다. 마음이 안정되었다.

—이제 나의 운명이 완성되리라.

그는 펜을 잡았다. 눈을 들어 창 밖 하늘을 바라보았다. 저 멀리 수평선에 벨레로폰 호가 검은 암초처럼 버티고 있었다.

그는 영국의 섭정공*에게 편지를 쓰기 시작했다.

〈전하, 프랑스의 내부 분열과 유럽 열강의 적의를 감당할 수 없어, 나는 나의 정치적 인생에 종지부를 찍게 되었소. 나는 나의 적들 중 가장 강하고 관대한 전하에게 몸을 맡기고자 하오. 나폴레옹.〉

그는 편지를 다시 읽었다. 루이 18세와 푸셰의 명령을 한 발 앞지를 수 있을 것이다. 그들은 그를 체포하고자 했다. 그는 벨레로폰 호에 자신을 내어줌으로써, 그들 배신자의 손에서 벗어나고자 했다. 평생의 적의 손에 자신을 맡기는 것이다. 죽더라도 자기와 맞서 싸웠던 적의 손에 죽고 싶었다. 그것은 군인으로서 명예로운

---

* 훗날의 조지 4세(1762~1830)를 말함. 1811년부터 정신 이상자가 된 아버지 조지 3세를 대신해 섭정을 시작했다.

죽음이리라.

그는 구르고에게 지시 사항을 구술했다. 장군은 그의 서한을 들고, 영국의 섭정공을 찾아갈 것이다.

〈미국으로 갈 수 없는 상황이라면, 나는 어떤 다른 나라보다도 영국을 선호하오. 영국이 나를 받아들인다면, 나는 런던으로부터 4백여 킬로미터쯤 떨어진 시골에 머물기를 원하오. 나는 그곳에서 여생을 조용히 보내고 싶소. 사람들이 나를 알 수 없도록 나는 뮈롱 대령이라는 호칭을 사용하려 하오.〉

뮈롱, 그 생각은 편지를 구술해나가다가 문득 떠오른 것이었다. 아르콜레 다리 위를 돌진하는 그에게 쏟아지는 적탄을 자신의 온몸으로 받아내고 죽어간 뮈롱. 나폴레옹은 그 젊은 참모를 다시 보고 있었다.

— 그가 없었다면, 뮈롱이 없었다면, 내 생에는 아무 일도 일어나지 않았으리라. 그곳 아르콜레에서 나는 죽었으리라. 뮈롱, 그가 내 앞에 있다. 마치 시간이 하나도 흐르지 않은 것처럼.

〈나를 따르는 사람들이 함께 머물 수 있으려면, 집은 아주 커야 할 것이오……〉

그러나 그렇게 되지 않는다면? 영국인들이 죽이지도 않고, 그를 가둔다면?

미국으로 가기 위해, 위험을 무릅쓰고 봉쇄를 뚫는 것이 나은 방법이 아닐까?

하지만 그럴 수는 없었다. 왕들의 황제였던 자가 이름 없는 일개 시민처럼 행동할 수는 없는 노릇이었다.

그는 자신에게 합당한 유일한 출구를 선택한 것이다.

— 더이상 망설여서는 안 된다. 나를 체포하라는 명령이 이미 내려졌을 것이다. 나는 푸셰를 안다. 조제프의 시종이었던 해군장

관 조쿠르를 안다. 조쿠르는 치안장관 못지않게 부르봉 가의 용서를 받기 위해 무슨 짓이라도 할 자이다.

그는 부하들에게, 자정이 조금 지난 후 자기를 깨우라고 지시했다. 1815년 7월 15일 토요일이었다.

그는 근위대 엽기병 제복을 입었다. 그 위에 회색 외투를 걸치고, 삼색 휘장이 달린 모자를 썼다. 머리를 당당히 들고, 그의 첫 번째 생을 마감할 것이다.

베케르 장군이 벨레로폰 호까지 따르겠다고 나섰다. 나폴레옹은 거절했다.

그는 말했다.

"프랑스를 생각하게. 영국 순양함에 오르는 것은 내 자신의 의지에 의한 것이야. 그러나 그대가 함께 가게 된다면, 사람들은 주저하지 않고 그대가 나를 영국인들에게 넘기는 거라고 말할 것일세. 나는 프랑스가 그런 비난을 받는 것을 원치 않네."

베케르는 눈물을 흘렸다.

"나를 포옹해주게, 장군. 나는 그대를 진작 알지 못했던 것이 유감스럽네. 그대를 내 곁에 두었을 텐데."

"안녕히 가십시오, 폐하. 부디 행복하게 사십시오."

행복? 불행?

그는 벨레로폰 호까지 자신을 데려다줄 프랑스 전함 에페르비에 호에 오르면서, 그 두 단어를 생각했다.

행복? 불행?

그는 모든 것을 경험했다. 그러나 행복을 추구한 일도, 불행을 두려워한 일도 없었다. 그는 자신의 내부에서 분출되는 태풍과도 같은 삶의 에너지가 억눌리지 않기만을, 자신의 한계까지 가기만을 원했다.

밤이었다. 에페르비에 호 함장 주르당은, 황제가 메이틀런드 선장을 비롯한 영국인들을 믿는 것은 잘못된 일이라고 말했다. 함장은, 영국의 해상 봉쇄를 뚫을 수 있다고 장담했다.

"너무 늦었네. 그들은 나를 기다리고 있어. 나는 그들에게 갈 것이네."

에페르비에 호가 벨레로폰 호에 접근했다. 벨레로폰 호에서 보트 하나가 내려졌다.

나폴레옹은 에페르비에 호의 수병들에게 작별을 고했다. 잘 있어라, 프랑스여.

그는 벨레로폰 호의 현문 사다리를 올랐다.

높이 솟은 돛대 위 장루(檣漏)에 있던 선원들의 호각 소리가 어둠침침한 새벽을 가르며 울려퍼졌다.

나폴레옹은 메이틀런드 선장에게 다가갔다. 선장은 모자를 들어올리며 경의를 표했다.

나폴레옹은 단호한 목소리로 말했다.

"나는 당신들의 섭정공과 영국에 몸을 의탁하고, 당신네 법의 보호를 받기 위해 이곳에 왔소."

그는 몇 걸음 걸으며 덧붙였다.

"운명은 나를, 나의 가장 끔찍한 적에게로 이끌었소. 나는 나의 적이 신의 있는 사람들이기를 기대하오."

제 7 부

카이사르로 시작했다가
순교자이자 예언자로 끝마치는 운명

플리머스　영국　토베이
건지 섬
우에상 갑　로슈포르
가스코뉴 만　프랑스
포르투갈　스페인
마데이라 섬
아 프 리 카
기니 만
적도
세인트 헬레나 섬

1815년 7월 16일 ~ 1821년 5월 5일

25
가장 강력하고 영광스러운 관,
구세주가 썼던 가시관

메이틀런드 선장은 그에게 뒷갑판의 커다란 선실을 내주었다. 그는 평온함을 느끼고 있었다. 이제 그가 지배해야 할 것은 오로지 그의 정신뿐, 그 외엔 아무것도 없었다. 자유로움을 느꼈다. 마치 자신을 영국에게 내어준 그의 선택이, 마침내 그를 책임감이라는 짐으로부터 벗어나게 한 것 같았다. 선장은 벨레로폰 호의 항로를 선택할 것이다. 그후에는 바람이 영국까지의 항해를 책임지리라. 영국에 닿으면……

─구르고 장군은 섭정공에게 나의 희망을 전달했을 것이다. 그들은 나의 미국행을 수락할지도 모른다. 아니면 나를 영국에 거주토록 하리라.

그러나 상황이 그렇게 전개되지 않는다면?

그는 갑판으로 나왔다. 수병들이 그에게 경례했다. 영국군 호샘 제독의 전함 수퍼브 호가 그다지 멀지 않은 곳에 닻을 내렸다고, 메이틀런드가 알렸다. 제독은 벨레로폰 호의 손님을 만나보기를 원한다는 것이다.

— 영국인들은 야만인이 아니군. 그들은 나를 한 사람의 군주로 존경하고 환대하고 있어.

그는 수퍼브 호로 제독을 방문했다. 열병식 구경이라도 하듯이, 수병들이 모두 활대 위에 올라가 있었다. 호샘 제독은 예를 갖춰 그를 맞이했다. 모든 것이 괜찮았다. 그들은 점심식사를 함께 했다.

나폴레옹은 말했다.

"당신네 영국이 없었다면, 나는 동방의 황제가 되었을 것이오. 그러나 배를 띄우는 곳이면 어디에서나 당신들과 마주칠 수밖에 없었지."

그는 빈번하게 맞서 싸웠던 적수 스미스 경을 떠올렸다. 뮈롱 호를 타고, 이집트에서 돌아오던 뱃길을 떠올렸다. 영국 순양 함대를 피할 수 있었던 행운과 그보다 앞서 넬슨 함대를 피할 수 있었던 행운을 떠올렸다.

그는 벨레로폰 호의 갑판을 거닐었다. 1815년 7월 16일 벨레로폰 호는 드디어 출범 준비를 마쳤다.

그는 자신의 선택을 다행으로 생각했다. 루이 18세와 탈레랑과 푸셰가 쳐놓았을 올가미를 벗어난 것이다. 그는 뱃전에 몸을 기대고 멀어져가는 프랑스 해안을 바라보았다.

— 저곳에 나의 삶이 있었다.

7월 23일 일요일 새벽 다섯시, 그는 갑판에 올랐다. 병사들이 물을 뿌려가며 청소하고 있었다. 지난밤 그는 잠을 이룰 수가 없었다. 선체의 삐걱거리는 소리 때문에 머리까지 혼란스러웠던 것이다. 그들은 지금 우에상 해(海)를 지나는 중이리라.

그는 한 병사에게 물었다. 병사는 바다 멀리 한 지점을 손가락으로 가리켰다.

"우에상 갑(岬)."

— 나의 조국과 나의 삶의 경계.

나폴레옹은 포가(砲架) 위에서 발돋움을 했다. 망원경을 들고 그 땅의 끄트머리를 바라보았다. 눈을 뗄 수가 없었다. 이윽고 정오의 강한 햇빛 속에 그 땅의 모습이 사라졌을 때, 그는 자신의 일부가 심연으로 빠져드는 듯했다.

그날 저녁, 황혼빛 속에 영국 해안이 모습을 드러냈다.

토베이 정박지에는 비가 내리고 있었다.

그는 현창으로 밖을 바라보다가 뒷갑판으로 올라갔다. 벨레로폰 호 주위로 수많은 보트들이 모여 있었다. 함성은 없었다. 이쪽을 가리키고 있는 손들만이 있을 뿐이었다. 그때 그도 알고 있는 사람이 불쑥 나타났다. 구르고 장군이 배에 올랐다. 섭정공은 장군을 만나주지 않았다. 구르고는 영국까지 타고 온 배에서 하선할 수도 없었다. 구르고는 입수한 영국 신문들을 나폴레옹에게 가져왔다. 라스 카즈가 기사들을 불어로 옮겨주었다. 영국 신문들은 '부오나파르테 장군'을 런던탑*이나 스코틀랜드의 요새에 감금하든지, 세인트 헬레나 섬으로 유배보내야 한다고 주장하고 있었다.

뭐라고? 나폴레옹은 갑판 위로 올라갔다. 벨레로폰 호는 해안을 따라 천천히 플리머스**로 이동하고 있었다. 장교들은 이제 침묵한 채 굳은 표정을 하고 있었으며, 메이틀런드 선장은 그의 시

---

* 런던 시 동쪽, 템즈 강의 북측 강변에 있는 왕실 성채.
** 영국 잉글랜드 데번 주에 있는 항구 도시.

선을 피했다.

나폴레옹은 선미에서 뱃머리로 걸어갔다.

이것이 가능한 일인가? 그가 도망갈 곳은 없는 것인가? 그는 주변의 모든 기류가 변했다는 것을 느꼈다. 영국인들은 그 어떤 덫이라도 놓을 수 있는 사람들이었다. 그는 그것을 알고 있었다. 하지만 그 사실을 잊고자 했던 것이다. 진리란, 그것을 보지 않으려고 눈을 감은 자들에겐 언제나 놀라움으로 닥쳐오는 법이다.

그는 불영해협의 함대 지휘관 키스* 제독을 떠올렸다.

─툴롱 전투에 참전했던 영국군 제독. 나는 그의 함대를 폭파하도록 했지. 1801년에 아부키르에 상륙하여, 마지막 남은 프랑스 군대가 이집트를 떠나지 못하도록 막았던 것도 바로 그였다.

나폴레옹은 메이틀런드에게 말했다.

"나는 키스 제독을 만나고 싶소. 그가 의전에 구애받지 않기를 바라오. 영국 정부가 나를 어떻게 대할지 결정하기 전까지는, 나는 일반인으로 대접받는 것으로 만족하겠소."

그러나 메이틀런드 선장은 아무런 대답도 하지 않았다. 이탈리아어를 할 줄 아는 아일랜드 출신 젊은 영국군 의사 배리 오미어러도 그를 피했다.

─나에게 그토록 친절을 베풀던 배리 오미어러는 감히 나를 쳐다보지도 못한다. 뭔가 잘못되었다.

7월 28일 금요일, 마침내 키스 경이 그의 앞에 나타났다.

─워털루 전투에서, 나는 부상당한 그의 조카를 죽음에서 구해주었다. 전투가 한창임에도, 나는 그를 안전한 곳으로 옮겨 나의

---

* 조지 키스 엘핀스톤. 영국의 해군대장, 1746~1823. 1814년 나폴레옹의 세인트 헬레나 이송 작전 조정 및 준비를 담당했다.

외과의들에게 보살피게 했다.

나폴레옹은 일이 어떻게 된 것인지 알고 싶었지만, 키스는 그것에 관해서는 침묵을 지키고 있었다. 나폴레옹은 분노가 치밀었다. 키스는 뻣뻣한 태도로 툴롱 전투나 이집트 전투에 대한 얘기를 나누려 할 뿐이었다.

—이자는 어떤 암시도 내게 주려 하지 않는군. 지금 문제는 나의 과거가 아니라 미래란 말이다.

나폴레옹은 또박또박 힘주어 말했다.

"키스 경, 나는 이제 아무것도 아니오. 어느 누구에게도 방해가 되지 않는 사람이오. 내가 영국에서 살 수 없겠소?"

키스는 대답하지 않았다. 기다려야 했다. 베르트랑 장군 부인의 분노와 광기를 견뎌야 했다. 그녀는 영국 땅에 상륙하려는 일념으로, 갑판에서 몸을 던지려고 했다. 그녀는 황제가 세인트 헬레나 섬으로 유배가게 될 거라고 확신하고 있었다.

나폴레옹은 죽음을 원했다.

비가 내렸다. 그는 갑판에 올라가 빗속을 걸었다. 갑판은 미끄러웠다. 세인트 헬레나를 상상했다. 예전에 그 이름을 여러 차례 떠올렸었다. 동인도 회사* 상선들의 기항지로 쓰이는 그 작은 섬을 빼앗고자 했었다. 그 바위투성이 섬에서, 그는 무엇을 할 수 있을 것인가? 적도의 기후 속에서? 그것은 죽음이나 다름없었다. 차라리 이곳에서 죽는 편이 나았다.

1815년 7월 31일 월요일 오전 열시 반, 키스가 번베리 차관을 동반하고 함선에 올랐다.

---

* 영국이 인도 및 극동 지역과의 무역 촉진을 위해 설립한 회사.

―그들이 왔다! 키스는 손에 편지를 들고 있다.

편지를 읽어주는 키스의 침착한 목소리가 칼날처럼 나폴레옹의 가슴을 뚫고 들어왔다. 전쟁 포로? 세인트 헬레나? 다른 말들은 중요하지 않았다. 들리지도 않았다.

그는 키스의 손에서 편지를 빼앗아 탁자에 내던졌다. 그리고 이내 침착을 되찾고 영국 제독을 경멸하듯이 바라보았다.

그는 말했다. 영국 정부는 그의 신상을 임의로 처리할 권리가 없다. 그는 영국 국민과 영국의 법에 호소한다. 메이틀런드는 그를 속였다. 호샘 제독은 그에게 거짓말을 했다.

―내가 포로가 될 거라고 그가 말했다면, 나는 오지 않았을 것이다.

그는 말을 이었다.

"세인트 헬레나 섬으로 가라는 것은, 내게 사형 판결을 내리는 것이오! 세상의 끝에 있는 그 작은 바윗덩어리 위에서 내가 무엇을 할 수 있단 말이오? 세인트 헬레나보다는 죽음을 원하오. 나의 죽음이 당신들에게 이익이 되길 바라오. 나를 죽이시오."

그는 소리쳤다.

"차라리 오스트레일리아의 보터니 만 도형장(徒刑場)으로 이송하시오. 그편이 내게도 낫소!"

그는 탁자로 몸을 돌리고 편지를 가리키며 말했다.

"그리고 당신네 영국 정부는 나를 '보나파르트 장군'이라고 부를 권리가 없소. 내가 황제의 자리에서 퇴위했지만, 나는 아직 제1통령이오. 나를 죽이더라도 그러한 신분으로 대해주어야 할 것이오. 내가 엘바 섬에 있을 때도, 나는 프랑스 왕좌에 있었을 때만큼이나 군주의 대접을 받았었소. 나는 프랑스 왕 루이 18세와 같은 군주요. 프랑스 왕과 나는 각자의 깃발을 가지고 있었소. 각자의 함대와 각자의 군대를 가지고 있었소. 나는 육백 명의 병사를,

루이 18세는 이십만 명의 병사를 가지고 있었소. 하지만 나는 승리를 거두어 그를 나라에서 쫓아냈었소. 그를 왕좌에서 몰아냈던 것이오. 이 모든 것을 두고 보건대, 내 위치를 변하게 할 만한 것은 아무것도 없소. 그 무엇도, 죽음조차도, 유럽의 군주들과 어깨를 나란히 했던 나에게서 나의 지위를 박탈해갈 수 없소."

그는 키스의 얼굴을 뚫어지게 쳐다보았다. 그는 영국 정부에 항의문을 보낼 것이다.

그는 라스 카즈에게 구술했다.

〈나는 당신들이 나의 성스러운 권리를 침해한 데 대해 항의하오. 당신들은 무력을 사용하여, 내 신상과 나의 자유를 임의로 처리하려 하고 있소. 나는 내 의지에 따라 벨레로폰 호에 올랐소. 나는 포로가 아니오. 나는 영국의 손님이오. 벨레로폰 호에 오른 순간, 나는 영국 국민의 집 안에 들어선 것이오. 나는 역사에 호소하는 바이오. 역사는 말할 것이오. 영국을 상대로 이십 년간이나 전쟁을 벌여왔던 적이 곤경에 처하자, 그는 스스로 영국의 보호를 받고자 찾아왔었다고. 영국인들에 대한 그의 존경과 신뢰를 증명하는 데 이보다 더 확실한 증거가 어디 있겠소? 그런데 이처럼 큰 도량을 지닌 적에게 영국은 어떻게 대답했소? 영국은 그에게 친절하게 손을 내미는 척했고, 그리하여 그가 기꺼이 자신의 몸을 내맡기자, 그를 때려죽였던 것이오!〉

1815년 8월 4일 목요일, 벨레로폰 호는 출범 준비를 했다. 그리고 천천히 플리머스 정박지를 떠났다.

나폴레옹은 선실에 누워 있었다.

―이들은 호기심 많은 자들의 보트로부터, 영국인들로부터, 그리고 자유주의자들로부터 멀리 떨어진 난바다에서, 나를 노섬버랜드 호로 옮겨 태울 것이다. 영국의 자유주의자들 중 어떤 이들은,

내가 유배지로 떠나는 것을 지연시키기 위해 나를 법정의 증인으로 소환하려고 시도하기까지 했다.

죽어야 할까?

그는 마르샹을 불렀다. 그는 시종에게 『영웅전』을 내밀었다.

"읽어라."

그는 커튼을 내렸다.

조끼에 매달린 붉은 약병을 쉽게 꺼낼 수 있었다. 이 독약은 퐁텐블로에서 마셨던 것보다는 효과가 확실하지 않을까? 그는 플루타크에 버금가는 최후를 맞이할 수 있을 것이다.

그는 망설였다. 침대에 앉았다. 그는 자신의 삶을 돌이켜보았다.

—나의 명성에는 오직 불행만이 빠져 있었다. 그 빠져 있던 것을 영국이 채워주려 하는군. 나는 프랑스 제국의 왕관과 이탈리아의 왕관을 머리에 썼었다. 그런데 이제 영국이 또다른 관을 내게 씌우려 한다. 더욱 강력하고 영광스러운 관, 바로 구세주가 썼던 가시관을…….

그는 운명을, 운명의 완성만을 생각하고 있었다. 그 외는 어찌되든 상관없었다.

—만약 내가 그것을 받아들인다면, 사람들의 머릿속에서 나의 위치는 어느 정도까지 높아질 것인가? 누가 나를 잊을 수 있단 말인가?

그는 갑판에 올랐다. 멀리 노섬버랜드 호의 모습이 나타났다. 이 두번째의 삶을 거부하려면 간단한 동작 하나면 충분했다. 그리고 그러한 종말 역시 사람들에게 강렬한 인상을 줄 것이다.

그는 죽음을 두려워하지 않았다. 그러나 호기심이 그를 붙들고 있었다. 이 긴 항해의 끝에는 무엇이 기다리고 있을까? 그 꺼져버린 화산섬에서의 삶은 어떠할 것인가?

그러한 미래에 어떤 신비함이 깃들어 있었다. 또한 도전이 있었다. 카이사르로 시작했다가 순교자이자 예언자로 끝마치게 되는 운명!

그는 라스 카즈에게 말했다.

"그런데 내가 세인트 헬레나로 가는 건 확실한가?"

그는 천천히 걸었다. 마음이 평온했다. 그러한 그의 모습에, 메이틀런드 선장은 의외라는 듯 놀라움이 담긴 시선으로 그를 바라보았다. 선장은 그가 몹시 낙담해 있을 거라고 상상했으리라.

나폴레옹은 선장을 바라보며 말했다.

"때로 나는 당신을 떠나고 싶었소. 그것은 그렇게 어려운 일도 아니오. 흥분을 잠시만 참지 않으면, 당신을 바로 떠날 수 있었을 테니까. 그것으로 모든 것이 끝나고, 당신은 당신을 기다리는 가족들 품으로 돌아갈 수 있었을 것이오."

─내 아들은 어떻게 되었을까? 그 아이를 위해서라도 내 생의 기록을 남겨야 하리라. 그 기록의 몫을 적들의 손에 맡길 수는 없다.

그는 라스 카즈의 말에 귀를 기울였다.

"우리는 그 외진 장소에서 무엇을 할 수 있을까?"

"폐하, 사람들은 과거를 가지고 사는 존재입니다. 그 속에서 무엇인가를 찾으며 사는 거지요. 사람들은 카이사르의 삶이나 알렉산더의 삶을 음미하고 있지 않습니까? 사람들은 이제 더 많은 것을 얻게 될 것입니다. 폐하, 폐하는 오래 읽히게 될 것입니다."

나폴레옹은 수평선을 바라보았다. 모든 것은 생각하기 나름이다. 생각이 결국 모든 것을 결정하는 것이다. 그는 라스 카즈에게 말했다.

"우리는 '회고록'을 쓸 것이네."

그는 뱃전으로 걸어갔다가 다시 되돌아왔다.

"그래, 일을 해야 하네. 일은 시간의 낫*이기도 하지. 어쨌거나 우리는 우리의 운명을 완수해야 하는 것이야."

—그것은 나의 신조이기도 하지. 그래, 나의 운명을 완수하자!

그는 세인트 헬레나에 함께 갈 사람들의 명단을 작성했다. 몽톨롱 가족과 베르트랑 가족, 라스 카즈와 그의 아들.

—이들이 나의 '궁정'을 이루리라.

마르샹과, 알리라고 불리는 맘루크인 생 드니 , 그리고 치프리아니를 포함한 열두 명의 하인들. 아일랜드인 의사 배리 오미어러도 그를 따르겠다고 나섰다.

그러나 아직은 키스 경과 해군소장 조지 콕번 경**에게 항의해야 하리라. 키스 경과 함께 툴롱 전투에 참전했던 콕번은 노섬버랜드 호를 지휘하고 있었다. 뿐만 아니라 콕번은 세인트 헬레나 섬을 통치할 사람이었다.

콕번이 다가와 인사하자, 그가 말했다.

"나는 내 발로 걸어서 벨레로폰 호와 영국을 떠나지는 않을 것이오. 제독, 당신은 나를 끌고 가야 할 것이오."

그는 난감한 표정을 짓는 콕번에게 미소지으며 말했다.

"아, 농담이오. 제독, 당신은 날 안내하기만 하면 되오."

—나의 운명이 완수되어간다. 나는 그것을 방해하지 않을 것이다.

노섬버랜드 호의 병사들이 현문 계단에 도열해서 그에게 경의를 표했다. 그는 되돌아섰다. 이별의 순간이었다. 랄르망 장군과 로

---

* 그리스 신화에 나오는 시간의 신 크로노스의 낫. 시간과 죽음을 상징함.
** 영국의 해군원수, 1772~1853. 1815년 나폴레옹을 세인트 헬레나 섬까지 이송했다.

비고 공 사바리는 그와 함께 가지 않을 것이다. 그들은 몇 명의 장교들과 함께 나폴레옹 주위로 몰려들었다. 어떤 이들은 눈물을 흘렸다. 그는 랄르망과 사바리를 포옹했다.

"행복하게, 나의 친구들. 우리는 다시 볼 수 없을 것이네."

그는 잠시 침묵하다가 덧붙였다.

"그러나 나는 언제나 그대들을 생각할 것일세. 프랑스 국민들에게 전해주게. 내가 그들을 위해 기도할 것이라고."

그는 선실로 들어가, 푸른색 명주 커튼이 드리워진 작은 철제 침대에 누웠다. 천장은 낮았다. 갑판을 오가는 선원들의 발걸음 소리가 삐걱거리며 들려왔다. 그는 몸을 돌렸다. 침대 가까이엔 마르샹이 가져다놓은 은세면대와 제국의 문장이 새겨진 이동식 책상이 놓여 있었다. 이동 서가의 책들도 손이 닿는 곳에 놓여 있었다.

─이것은 전장의 야영지다. 무기도 근위대도 없는, 나의 마지막 전투를 위한······.

그는 일어나 앉았다.

─나의 유일한 힘은 나의 정신이다. 나의 힘은 바로 나의 의지에서 나온다.

배가 움직이고 있었다.

1815년 8월 9일 수요일, 노섬버랜드 호는 소함대의 호위를 받으며 높은 파도를 헤치고 남쪽으로 나아갔다.

26
나는 역사를 믿는다

　―굴복하지 않으리라. 나는 그 누구도 아닌 나 자신으로 남으리라.

　그는 뒷짐을 지고 노섬버랜드 호의 갑판 위를 돌아다녔다. 코담배를 맡으며, 좌현에 있는 대포들 중 하나에 몸을 기댔다. 수많은 눈길이 그에게 쏠려 있었다. 활대 꼭대기에 있는 병사들, 각자의 자리를 지키고 있는 선원들, 뒷갑판에 있는 병사들, 모두가 그를 뚫어지게 관찰했다.

　노섬버랜드 호에는 1천 명 이상의 병사들이 승선해 있었다. 그들 모두가 나폴레옹을 보고 싶어했다. 하지만 그가 쳐다보면 그들은 시선을 피했다.

　―나는 패배한 황제가 아니다. 나는 그 누구에게도 굴복하지

않는 한 인간으로 남아 있는 것이다.

그는 동쪽을 바라보았다. 수평선에 보이는 검은 선, 그것은 바로 브르타뉴 지방이었다. 잘 있어라, 프랑스여. 그는 향수나 감상에 빠지지 않았다. 그는 태연했다. 그러한 그의 모습은 그를 엿보던 영국인들을 놀라게 했다.

그가 영국 전함에 타고 있다고? 어디에 있든지, 그것이 무슨 상관인가? 식당에서 함께 식사하던 콕번 제독은 충격을 받았다. 나폴레옹은 아무렇지도 않은 듯이 갈비 고기를 손으로 들고 먹었다. 그리고는 다른 사람들이 모두 앉아 있는데도, 자기는 식사가 끝났다고 먼저 일어나버렸다. 그는 전혀 상황을 개의치 않았다.

—나는 지금 어디에 있는가?

때로 그는 어린 시절로 되돌아간 듯한 느낌이었다. 어린 시절, 그는 낯선 사람들 속에서 언제나 혼자였다. 그는 그들의 언어를 이해하지 못했다. 매순간 스스로를 방어해야 했다. 그들은 말했다. 코에 지푸라기가 묻은 너절한 촌놈.

그는 오탱에 있었다. 그는 브리엔에 있었다. 그는 세인트 헬레나 섬으로 향하는 노섬버랜드 호에 있었다. 그는 굴복하지 않았다.

—나는 나 자신으로 남아 있다.

사람들은 그의 지난 삶을 그에게서 앗아가지 못할 것이다. 그는 밀라노와 베를린과 비엔나와 마드리드와 모스크바에 입성했다. 그는 왕들을 지명했다. 자신의 의지대로 교황을 움직였다.

—내가 어디에 있건, 그것이 뭐가 중요하단 말인가?

지난 모든 영광이 그의 것이었다. 그의 의지는, 굳건한 정신 이외에는 가진 게 아무것도 없었던 브리엔 시절 어린아이의 의지만큼이나 단단했다.

그는 매일 아침 열한시부터 라스 카즈에게 구술했다.

시간은 빨리 지나갔다. 라스 카즈는 받아적은 원고들을 정리해서, 다음날 나폴레옹에게 읽어주었다.

—이탈리아 전투, 이집트 전투. 그 장소, 그들의 얼굴, 그때의 감동, 내가 취할 수밖에 없었던 선택. 그리고 병사들의 용기와 희생. 그 모든 것이 다시 떠오른다.

그는 라스 카즈에게 말했다.

"이 회상록은, 그 사건들만큼이나 유명해질 것이네. 그대는 우리가 기억하는 작가들처럼 이름을 남기게 될 걸세. 사람들은 우리가 겪은 위대한 사건들을 영원히 기억하게 될 거야. 앞으로 누군가가 나에 대한 글을 쓰고자 한다면, 그는 반드시 그대의 기록을 참조해야 할 걸세."

배는 가스코뉴 만*으로 들어서고 있었다. 스페인의 해안선이 보였다. 전함 하나가 다가왔다. 페루비안 호였다. 그 배는 콕번 제독의 지시를 받아, 건지 섬**에서 프랑스산 포도주 1천2백 병을 사가지고 오는 길이었다. 배의 선장이 노섬버랜드 호에 올랐다. 선장은 건지 섬에서, 7월에 발행된 '르 모니퇴르'지 신문뭉치와 다른 일간지들을 구해왔다.

나폴레옹은 선실에 혼자 앉아 그 신문들을 읽었다.

씁쓸한 감상에 빠지지 말자.

신문들은 그에 대해 혹독하게 말하고 있었다. 찬탈자, 식인귀, 마침내 감금된 사나운 짐승.

—그들은 모두가 한편이 되어 나를 비웃고 있군.

그들은 '보나파르트주의자'들을 체포하여 죽이고 있었다. 라 베두아예르는 재판에 회부되었다. 신문들은 벌써부터 라 베두아예르

---

* 서유럽 해안에 만입된 북대서양의 넓은 만.

** 불영해협의 채널 제도에서 두번째로 큰 영국령의 섬.

가 사형을 선고받을 거라고 말하고 있었다. 네는 수배중이었다. 프로방스 지방 전역에서는 나폴레옹의 추종자들을 사냥하고 있었다.

나폴레옹은 선실에서 나오지 않았다. 그는 갑판 위를 달리는 병사들의 군화 소리를 들었다. 그들은 돛을 올렸다. 남쪽으로 나아갈 것이다. 적도를 지날 것이며, 기니 만*의 무더운 열기를 경험하게 될 것이다. 그러고 나면 곧 세인트 헬레나의 절벽이 나타나리라.

본래의 나 자신을 간직하리라.

그는 구술을 시작했다. 그는 말했다.

〈나는 역사를 믿는다. 내 주위에는 수많은 아첨꾼들이 있었다. 그리고 지금은 지독한 비방꾼들이 활개를 치고 있다. 그러나 위인들의 영광은, 그들의 삶처럼 굴곡 많은 운(運)에 노출되기 마련이다. 언젠가 오직 진실에 대한 사랑만이 작가들의 마음을 이끌 날이 올 것이다.〉

그는 목소리를 높였다. 어느 누구도 그가 했던 일들을 지울 수는 없을 것이다. 그 모든 것은 사람들의 기억 속에 남을 것이다. 살아 있어야 하리라. 포기하지 말고, 스스로를 잃지 말아야 하리라. 과거를 되살려야 한다. 중상하고 모략하는 자들과 맞서 싸워야 한다. 그의 생각을 미래의 세대들에게 알려야 한다. 『골 족 전쟁사』를 쓴 카이사르나, 『영웅전』을 쓴 플루타크에 버금가거나, 그들보다 뛰어나야 하리라.

그는 말했다.

"나의 생에서 사람들은 물론 잘못들을 끄집어낼 것이다. 하지만 아르콜레, 리볼리, 피라미드 전장, 마렝고, 아우스터리츠, 예나,

---

* 아프리카 대륙 서해안에 위치한 대서양 동부의 열대해역.

프리트란트에서의 일들은 화강암과도 같다. 질투의 이빨로도 그것들을 어쩌지는 못할 것이다."

사람들이 그의 선실로 몰려들어왔다. 그는 그들의 방약무인함에 놀랐다. 그들은 서로 부대끼면서 거기에 있었다. 몽톨롱, 베르트랑, 그들의 부인들과 아이들, 구르고, 라스 카즈와 그의 아들……그리고 그들 뒤로 하인들이 통로까지 막고 있었다.

—아, 내가 잊었었군. 1815년 8월 15일, 나의 마흔여섯번째 생일이구나.

그는 갑판에 올라갔다. 콕번 제독과 영국 장교들이 저녁식사로 구운 빵을 가지고 왔다. 그는 홀에서 콕번과 뱅테앵*을 했다. 그는 1백 개에 가까운 나폴레옹 금화를 땄다. 그는 게임을 중단했다. 제독을 빈털터리로 만들어놓을 것이 확실했기 때문이었다. 그는 라스 카즈와 함께 잠시 걸었다.

그는 말했다.

"나는 무언가를 이루는 데 관심이 있지, 그것을 소유하는 데는 별 흥미가 없네."

그는 포가(砲架) 위에 앉았다. 그가 습관처럼 늘 앉는 장소였다.

그는 낮은 목소리로 말했다.

"내가 정치 무대에서 결정적인 역할을 할 수 있겠다는 생각이 든 것은, 로디 전투에서 승리를 거두고 난 다음이었네. 그때, 커다란 야망에 최초의 불씨가 당겨진 것이지."

마흔여섯 살! 이제 모든 역할은 끝났다. 그는 몽톨롱과 베르트랑의 아이들이 갑판 위를 뛰어다니는 모습을 바라보았다.

---

* '21'이라는 뜻으로 카드놀이의 일종.

그에게도 아들이 있었다. 그러나 그는 혼자였다.

하지만 사람들은 그의 운명을 기억할 것이다. 그는 확신했다. 그리고 희망했다.

—내가 성취한 것에 대한 기억이 영원히 잊혀지지 않기를.

그는 라스 카즈의 팔을 붙잡고 선미로 데려갔다. 그는 말했다.

"나는 결코 왕위를 찬탈한 것이 아니네. 나는 그것을 쓰레기통에서 건져낸 것이나 다름없어. 민중들이 그것을 나의 머리에 씌워 주었네. 그들의 행위는 존중되어야 해!"

때때로 배멀미가 일었다. 배가 마데이라*에서 잠시 쉬고 있을 때 태풍이 불었다. 태풍이 지나가자, 이번엔 바람 한 점 없는 날씨가 계속되었다. 기니 만의 습기 속에서 돛이 내려졌다. 오랜 항해로 인해 무질서하고 불만이 많아진 선원들에게 채찍이 가해졌다.

—인간을 다스리는 데 이렇게 야만적이고 어리석은 방법을 사용하다니.

똑같은 나날들이 이어졌다. 갓 잡아올린 상어가 갑판 위에서 난동을 치며 사방에 피를 뿌려대고 있었다. 볼 만한 풍경이 못 된다고, 콕번 제독이 그에게 선실로 들 것을 권했다.

—나는 내장을 드러낸 병사들을 수없이 보았다.

문득 뒤로크가 떠올랐다.

—워털루에서, 모스크바 강에서, 나는 왜 죽지 않았던 것인가?

지난 이십여 년 동안, 전투를 앞두고 수없이 그래왔던 것처럼 지도를 들여다보았다. 세인트 헬레나를 손가락으로 짚었다. 평방 122킬로미터의 작은 섬. 기껏해야 3천4백 명의 주민과 군인들이

---

* 북대서양에 있는 포르투갈령 섬.

살고 있으며, 그들 중 절반 이상이 노예였다. 아프리카 해안으로부터 2천 킬로미터 떨어진 곳. 영국에서는 두 달 이상 항해해야 도달할 수 있는 곳!

벌써 1815년 10월 14일 토요일이었다. 마침내 바람이 불기 시작했다. 돛이 부풀었다. 망루에 올라가 있던 수병 하나가 외쳤다. 육지다.

—나의 감옥, 나의 마지막 전투 무대가 될 곳이 바로 저기에 있다.

다시 바람이 잦아들었고, 달빛 아래 바다는 검고 매끄러운 널판지로 돌아가 있었다.

새벽에 그는 잠에서 깨어나 뱃머리로 향했다. 어두컴컴한 절벽을 바라보았다. 그리고 그 안쪽의 작은 도시를 바라보았다. 몇몇 집들의 붉은 지붕, 교회의 종탑, 야자수들, 그리고 대포들이 눈에 들어왔다. 제임스타운이었다.

—그래, 드디어 왔구나!

그는 라스 카즈를 불렀다. 여느 날과 다름없이 일을 해야 했다. 선실로 들어가 라스 카즈에게 전날 자신이 구술했던 것을 읽게 하고, 구술을 시작했다.

〈나는 30만 프랑도 채 안 되는 돈을 지니고 이탈리아 전장에서 돌아왔다. 나는 어렵지 않게 1천만에서 1천2백만 프랑을 가져올 수도 있었다. 그 모든 돈이 나의 것이 될 수 있었다. 나는 해명할 필요도 없었다. 사람들도 그것을 요구하지 않았다. 나는 귀향하게 되면, 국가에서 내리는 큰 보상을 받을 수 있으리라 생각했다. 그러나 총재정부는 그런 점을 전혀 거론하지 않았다.〉

그러나 탈출구는 언제나 있다. 지휘해야 하는 전투는 언제나 있다. 죽음이 찾아오기 전까지는.

노섬버랜드 호의 선체가 흔들렸다. 돛이 삐걱거리며 메마른 소리를 냈다. 배가 섬에 접근하고 있었다. 1815년 10월 15일 일요일, 쇠사슬 소리가 들렸다. 그들은 닻을 내리고 있었다. 오전 열시 반이었다.

그는 갑판에 올랐다. 검은빛의 섬은 적대적으로 보였다. 내일 하선할 거라고, 제독이 말했다.

나폴레옹은 구르고 장군에게 몸을 돌리며 말했다.

"그리 유쾌한 체류는 아니겠군."

그는 계곡들과 겹겹이 쌓인 바위들을 가리키며, 장난기가 섞인 목소리로 말했다.

"이집트에 그냥 머무는 게 더 나았겠어!"

그는 뒷짐을 진 채 자신의 선실로 향했다.

27
불행에는 영웅주의와 영광이 뒤따르게 마련이다

그는 침대가에 걸터앉았다. 제임스타운 항구의 둑에서 몇백 미터 떨어진 곳에 위치한, 포터스 하우스 여관 일층의 비좁은 방 안이었다.

갑자기 뭔가 바삭거리는 소리가 방 안에서 들렸다. 시종 마르샹이 비명을 질렀다. 그는 머리 위로 횃불을 들어올려, 콕번 제독이 감히 '방'이라고 부른 그 장소를 비추었다. 불빛에 드러난 마룻바닥에 엄청나게 큰 검은 쥐들이 돌아다녔다. 십여 마리는 되는 것 같았다. 그것들은 도망가지도 않고 빨간 눈으로 그들을 주시했다. 마르샹이 다가가서 쥐들을 쫓아버렸다. 쥐들은 벽 틈이나 바닥의 널빤지 사이로 도망쳤다.

빌어먹을 섬! 나폴레옹은 침대머리에서 일어나 작은 창문 앞으로 다가갔다.

1815년 10월 17일 화요일, 앞으로 얼마나 많은 밤을 이곳에서 지내야 하는 것일까? 그는 방 안을 서성거렸다. 그는 많은 사람들이 어둠이 깔린 여관 앞 거리에 모여 있는 것을 바라보았다. 그들은 아무런 함성도 지르지 않았다. 그들은 웅성거리고 있었다. 그는 수없이 군중들을 대했었다. 카이로나 이집트의 마을들, 독일의 도시들에서처럼 군중들은 때로 그에게 적대적이었다. 그는 증오심과 마주하기도 했지만, 열광과 마주한 경우가 그보다 훨씬 많았다. 그러나 이곳 항구에서 여관으로 오는 동안, 주둔군 병사들에 의해 제지당한 채 내내 그를 훔쳐보던 이와 같은 군중들은 처음이었다.

저들이 세인트 헬레나의 주민들인가? 노섬버랜드 호의 선원들이 들고 있던 횃불에 드러난 그들의 시선과 얼굴에는 탐욕스런 호기심이 있었다. 의연한 자들은 흑인 노예들이었다. 그들은 혼혈아들과 중국인들과 함께 뒤로 물러나 있었다. 맨 앞에 서 있는 사람들, 천박해 보이는 여인들, 거친 뱃사람들, 상인들, 동인도 회사의 직원들, 그들 백인들은 그에게 경멸감을 안겨주었다. 쥐새끼들! 그렇다. 그들은 그의 다리 사이를 빠져 달아났던 방 안의 쥐들과 같았다.

얼마나 많은 밤을 이곳에서 보내야 하는가?

엘바 섬에 내렸을 때, 포르토페라이오의 주민들이 보내주었던 환호를 생각했다. 그리고 그가 프랑스를 정복하기 위해 떠나려 할 때, 그들이 불러주었던 노래와 만세 소리를 생각했다. 불과 일곱 달 전의 일이었다.

그리고 지금 그는 이곳, 감옥이나 다름없는 '끔찍한 섬'에 있는 것이다.

그는 중얼거렸다.

"일찌감치 죽었어야 했다. 워털루에서, 아니면 그보다 더 일찍 죽었어야 했어. 내가 모스크바에서 죽었더라면, 나는 역사상 가장 위대한 정복자로 명성을 남길 수 있었을 것이다."

그는 마르샹을 쳐다보았다. 시종은 벽에 몸을 기대고 있었다. 그는 이 좁은 방을 야영지로 변모시키려고 애썼다. 쥐들로 가득한 이 불결한 방보다는 전쟁터의 헛간이나 부상자와 시체들이 가득한 파괴된 농가가 훨씬 더 나았다. 전쟁과 죽음이 이 섬보다는 나았다.

그는 상륙하기 전, 노섬버랜드 호에서 온종일 섬을 관찰했었다. 절벽들과 벌거벗은 고원들과 바람에 휘어진 키 작은 나무들을 보았다. 그는 이 섬의 기후가 비와 차가운 돌풍과 찌는 듯한 무더위가 번갈아 이어지는 날씨일 거라고 예상했다. 그리고 노예들과 주인들이 뒤섞인 그 군중들을 보았다.

—나는 대양 한가운데, 쥐들이 들끓는 감옥에 갇혀버렸다.

침대로 돌아가, 다시 자리에 주저앉았다. 마르샹에게도 앉으라고 권했다. 시종은 땅바닥에 주저앉았다.

—나는 수많은 왕, 원수, 장관, 학자들과 얘기를 나누었다. 나는 법을 만들어 사람들의 관습을 변화시켰다. 내가 구상한 작전 계획은 수십만 적군들을 혼란에 빠뜨렸다. 그런데 이제 내가 말을 나눌 수 있는 사람은, 이 충성스러운 젊은이 마르샹과 아직까지 나를 버리지 않은 몇몇 사람들뿐이다. 그런데 그 충성스러운 자들은 노섬버랜드 호에서부터 벌써 서로 갈라지고 시기하고 있다. 유배란 결코 즐거운 일이 아니기 때문이다.

나폴레옹은 생각했다. 할 수 있는 일이 그것밖에 없었다. 만약 그가 영국인들에게 한 발 양보한다면, 그가 그 자신과 그가 떠나온 곳과 그가 했던 일들을 잊는다면, 그래서 자신에 대한 경계를 조금이라도 늦춰보고자 한다면, 그와 그의 존엄은 사라져버릴 것이다. 그리고 지난날의 그의 영광은 이러한 굴복으로 인해 빛이 바래고 더러워질 것이다.

―바로 그것이 적들이 원하는 것이리라. 나를 굴복시키는 것, 그래서 내가 이제는 별것 아닌 존재라고 만천하에 알리는 것. 그 이후로 사람들은 나를 쥐나 다름없는 존재로 여길 것이다.

―지금이야말로 내가 황제가 되어야 하는 순간이다. 바로 지금, 나는 죽음으로 끝날 수밖에 없는 최후의 전투를 벌여야 하는 것이다. 전열을 갖춰야 하리라. 나는 곧 나폴레옹군이다. 나는 죽으면 죽었지, 항복하지 않는 근위대이다.

그는 말했다.

"내게 폭력을 행사할 수는 있지만, 나를 굴복시킬 수는 없다."

그는 다시 일어났다. 발길질로 쥐들을 쫓아버렸다.

"나는 아무것도 아닌 신분에서 출발하여 유럽에서 가장 위대한 군주의 자리에까지 올랐다. 유럽은 내 발 아래 있었다. 나에 대한 사람들의 비방에도 불구하고, 나는 나의 명성 때문에 걱정하지는 않는다. 후세는 나에 대한 잘못된 평가를 바로잡을 것이다."

그는 거리를 바라보았다.

밤이 이슥해졌지만, 군중들은 달빛 아래 여전히 모여 있었다. 그들은 웅성거렸다.

―저 얼굴들을 잊자. 이 섬을 잊자. 이곳에서 나의 길을 가자. 간수와 형리들에게, 내가 그들의 감옥에서 내가 나 자신으로 남을 수 있는 자유를 요구하자. 그들이 나의 인격을 침해하려 할 때마다 그들을 물리치자. 그들을 더이상 보지 말자. 그들도, 쥐새끼들도, 파리떼도 보지 말자. 바람과 더위와 습기를 느끼지 말자. 견디자.

그는 말했다.

"나는 털끝 하나 다치지 않고, 큰일들을 수없이 겪어냈다."

—여기서 일어날 일들 따위가 내게 영향을 미칠 수 없다. 이 모든 것은 아무것도 아니다. 나는 빛으로 가득한 운명을 살아왔다. 그리고 이제는 내가 그 운명을 위해 봉사할 때이다.

그는 말했다.

"내가 왕좌에 앉아 절대적인 권력을 누리는 상태에서 죽었다면, 나는 수많은 사람들에게 하나의 의문으로 남았을 것이다. 오늘날 내게 닥친 불행 덕분에, 사람들은 이제 나의 진정한 모습을 평가할 수 있을 것이다."

그는 브리어스로 이동해 그곳에 며칠 머물렀다. 동인도 회사 직원 밸컴의 집에 딸린 부속건물이 그의 거처로 주어졌다. 들장미와 야자수로 둘러싸인 그 건물에서, 황량한 고원 정상에 있는 롱우드 저택이 정리를 마칠 때까지 기다려야 했다.

여기든 거기든, 무슨 상관인가?

마르샹과 하인들은 분주하게 움직였다. 틈새 곳곳으로 쥐가 드나드는, 나무칸막이로 만들어진 방을 침실로 꾸미고 있는 것이다. 몽톨롱 부부와 그 아이들, 구르고, 라스 카즈와 그의 아들 엠마뉘엘은 좁은 방들이나 텐트 안에 적당히 자리잡았다. 베르트랑 가족은 브리어스에서 약간 떨어진 허츠 게이트에 있는 집을 선택했다.

일을 시작하자!

그는 라스 카즈에게 구술하기 시작했다. 주위의 다른 사람들에게도 할 일들을 정해주었다. 그는 브리어스 영지를 돌아다녔다. 콕번 제독이 제공한 말을 타고 영지 너머까지 다녀오기도 했다. 때로 밸컴의 어린 두 딸이 그를 찾아왔다.

작은딸 베시는 쾌활하고 말이 많은 장난꾸러기였다. 그는 아이들과 잠시 놀아주며 웃음을 터뜨렸다. 그리고는 갑자기 입을 다물었다. 감시 임무를 맡고 있는 영국 장교가 접견을 요청했다. 그는 자신의 간수를 만나지 않았다. 그들은 내가 누구인지 잊지 말아야 할 것이다. 내 감옥의 주인은 나다. 궁정 대원수 베르트랑을 불러 장교를 돌려보내게 했다.

"나의 내면을 침해하려 든다면, 병사들을 동원해야만 내 몸에 손댈 수 있다는 것을 경고하게!"

장교는 고집부리지 않고 돌아갔다. 그것은 모든 사람들에게 마찬가지일 것이다. 예의와 격식을 갖추는 경우에만, 그리고 그가 원하는 경우에만, 접견은 받아들여질 것이다.

—나는 어떤 초대도 받아들이지 않을 것이다. 만찬도, 파티도. 콕번 제독은 내가 이런 '쥐새끼들'에게 모습을 내보이리라고 생각하는가? 이러한 영국식 예의 뒤편에서, 내가 발견하는 것은 '악의와 모욕' 뿐이다.

그는 라스 카즈와 산책하며 대화를 나누었다. 그가 말했다.

"그들이 아무리 나를 없애고 왜곡하려 해도 소용없는 일이야. 나를 완전히 사라지게 하기란 어려운 일이지! 언젠가 프랑스의 한 역사가가 나타나 제국을 연구하게 될 걸세. 그리고 그가 용기 있는 사람이라면, 그는 내 입장이 되어 내가 잃어버린 것들을 회복시킬 걸세. 그의 일은 수월할 것이네. 사실들이 태양처럼 밝게 빛을 발하며 존재할 테니까."

그는 방에 들어와 구술을 시작했다. 기침이 자주 나왔다. 습기가 벽에 배어 있었다. 날씨는 추웠다. 그리고 갑자기 타는 듯한, 건조하고 강한 바람이 불었다. 사막의 바람과도 같은. 그리고 안개가 끼었다. 건조한 공기가 지면으로부터 축축한 증기를 유발시키는 것이리라.

그는 투덜거렸다.

"이 저주받은 섬은 언제나 비와 안개뿐이고, 태양도 달도 보기가 힘들군!"

몸이 떨려왔다. 걸으면 숨이 찼다. 밤이 내리기 시작했다. 그는 중얼거렸다.

"또 하루가 가는군."

끝나지 않을 것 같은 밤. 그는 책을 읽었다. 그가 일어나면, 마르샹과 알리가 불을 켜고 마실 것을 가져왔다. 그는 식은땀에 젖어 있었다. 기침이 멈추지 않았다. 숨이 막히고, 왼쪽 옆구리가 아팠다. 그는 작은 방들을 서성였다.

이 낮과 밤은 어디로 향하는 것인가? 그 끝은 죽음이 아니면 무엇이란 말인가?

그는 말했다.

"나는 나를 밀어붙여야 할 필요를 느낀다. 앞으로 나아가는 기쁨만이 나를 받쳐줄 수 있다."

일하고 또 일해야 했다.

그는 구술했다. 그리고 전투에 대해 구술했던 내용을 다시 읽었다. 그의 서가에 있던 책의 일부가 마침내 도착했다. 그러나 그에게 온 편지들은 개봉되어 있었다. 영국인들이 먼저 읽은 것이다. 그를 모욕한 것이다.

그는 분노했다. 더럽고 비열한 간수놈들!

그는 식탁 앞에 앉았다. 그의 '작은 궁정' 인사들이 그의 주위에 자리잡았다. 그는 저녁식사 때 남자들은 제복을 갖춰 입고 훈장을 달 것이며, 몽톨롱 부인과 베르트랑 부인은 의식 때 입는 드레스를 입고 참석할 것을 요구했다. 예법과 차림새, 그리고 규율이 본래의 모습대로 남을 수 있는 방법이었다. 그는 말했다. 우리는 모든 것을 잃었다. 이제는 궁전도 시종들도 추종자들도 없다. 가능한 것들이나마 보존하자.

갑자기 그는 자리에서 일어나 불같이 화를 냈다.

"도대체 그들은 우리를 얼마나 비열한 방법으로 대하려는 것인가! 그들은 불의와 폭력에 모욕까지 덧붙여 우리를 대하고 있다. 내가 그들에게 그토록 해가 된다면, 그들은 왜 나를 당당하게 처형하지 못하는가? 머리와 심장에 총 몇 발만 쏘면 충분하지 않은가!"

노섬버랜드 호의 선원들이 가져온 황실의 접시들을 가리키며 그가 말했다.

"여러분들이 있지 않았다면, 특히 부인들이 이 자리에 있지 않았다면, 나는 단지 일반 병사들에게 지급되는 음식만을 원했을 것이오."

그는 경멸스럽다는 듯이 입을 비죽거렸다.

그는 낮은 목소리로 말했다.

"유럽의 군주들은 나를 형제라고 불렀소. 오스트리아 황제는 나의 장인이오. 그런데 그들은 내 아들에 대한 소식도 전해주지 않고 있소. 그들은 내 속에 있는 고귀한 군주의 성품이 오염되도록 놓아두는 것이오! 나는 승리자가 되어 그들의 수도로 들어갔었소. 그때 내가 지금의 그들과 같은 태도를 취했다면, 그들은 지금 어떻게 되었겠소?"

사람들이 식탁에서 일어났다. 몽톨롱 부인은 응접실이라 불려지는 곳으로 갔다. 그녀는 피아노를 연주하면서 노래부를 것이다. 시간이 흘러가야 했다. 되도록 많은 밤 시간을 베어내야 했다. 그의 '작은 궁전'은 예민해져 있었다. 그는 손을 들어 수다와 말다툼을 막았다.

—이들은 벌써 서로를 증오하고 있다. 이들은 라스 카즈를 질투한다. 그가 나의 큰 신임을 받고 있으며, 그에게 내 깊은 사유의 정수들을 구술하기 때문이다. 특히 구르고는 모두를 시기하고

있다.

나폴레옹은 구르고에게 소리쳤다.

"자네는 나를 즐겁게 해주기 위해 따라왔네, 그렇지 않은가? 그렇다면 서로 형제가 되게! 그렇지 않으면 자네는 내게 성가신 존재만이 될 뿐이야! 나는 이곳에 있는 모든 이들이 나로 인해 활기를 띠기를 바라네. 그대들 모두 내 곁에서 행복하게 지내기를 바라고 있어."

대화중에, 베르트랑이 그의 말에 이의를 제기하며 말했다.

"튈르리 궁에서였다면, 폐하께서는 제게 그렇게 말씀하지 않으셨을 것입니다!"

―나를 낮추는 것은 그 어느 것도 받아들이지 않겠다. 그것이 나와 가까운 이들의 실수에 의한 것일지라도. 약간의 저항이라도 내버려두어서는 안 된다. 모든 것을 거부한다. 아무것도 아닌 일로 놀라지 않는다. 최악의 경우를 예상한다. 나는 그렇다.

그는 그곳을 나가면서 말했다.

"가엾고 슬픈 인간이여. 인간은 궁전에 있거나 바위 끝에 있거나 전혀 안전할 수가 없구나. 어디에 있건 상황은 마찬가지야. 인간은 언제나 인간일 뿐이다!"

자신의 방 앞에 이르러 걸음을 멈추었다. 조그만 원탁 위에 마리 루이즈와 아들의 초상화가 놓인 것을 발견했다. 마르샹이 가족적인 분위기를 만들기 위해 가져다놓은 것이었다.

―그들은 내게서 아들을 빼앗았다.

그는 마리 루이즈를 생각하고 싶지 않았다.

그는 낮은 목소리로 중얼거렸다.

"내가 알고 있는 한, 인간은 잔인할 수밖에 없다."

하룻밤이 또 지나갔다. 동인도 회사의 배가 신문들을 가져왔다.

신문들은 라 베두아예르의 처형과 아비뇽에서 왕당파들이 브륀 원수를 암살한 사실을 알리고 있었다.

끔찍한 일이었다. 부당한 일이었다.

나폴레옹은 중얼거렸다.

"라 베두아예르는 훌륭한 프랑스인이었다. 그는 고귀하고 기사 도적인 정신의 소유자였다."

— 수많은 사람들이 나를 위해, 내가 현신(現身)하고 있는 프랑스를 위해 죽었다.

그는 말했다.

"나는 배반당했다기보다는 버림받았다. 내 주위 사람들은 신의가 없었다기보다는 약했다. 그것은 성 베드로의 부인(否認)과 같은 것이었다. 뉘우침과 눈물이 곧 뒤따를 수 있으리라. 역사상 누가 나보다 더 많은 신봉자들과 친구들을 가지고 있었던가? 누가 나보다 많은 인기를 누리고 사랑을 받았던가? 누가 나보다 더 강렬하고 생생한 회한을 남겨놓았던가?"

그는 라 베두아예르를 생각했다.

— 그 모든 희생, 행동, 영광, 그리고 나의 운명은, 나로 하여금 이곳에서 싸울 수밖에 없게 하고 있다.

나폴레옹은 라스 카즈와 함께 밖으로 나왔다. 한 늙은 노예와 마주쳤다. 그들은 노예에게 질문했다. 그는 강제로 가족과 헤어져 이곳에 보내졌다. 그는 품위 있고 느린 동작으로 일을 했다.

나폴레옹은 라스 카즈가 통역한 그의 대답을 듣고, 천천히 발걸음을 옮겨 그 자리를 떠나며 말했다.

"저 불쌍한 인간 기계는 과연 무엇인가? 겉은 다르게 생겼지만, 그 속은 똑같은 인간 아닌가. 인간이 그 많은 잘못을 저지르는 것은, 이런 진리를 보지 않으려 하기 때문이네. 그 남자에겐 가족이 있었고, 즐거움이 있었고, 자신의 삶이 있었네. 그런데 사람들은 그를 여기로 데려와 노예로 일생을 마치게 했어. 잔인한 범죄를 저지르고 있는 것이야!"

그는 문득 걸음을 멈추고 라스 카즈를 쳐다보았다. 자기 위안이 아니었다. 그는 자기 자신에 대해 말한 것이 아니었다. 그는 노예가 아니다. 앞으로도 노예는 절대로 되지 않을 것이다.

그는 말했다.

"나는 부족한 것이 없었네. 그 점은 인정해야 할 것이야. 나는 언제나 명령했어. 나는 인생의 문턱에서부터 권력 안에 있었지. 주인도 법도 알아볼 필요가 없었네. 그러니까 저 노예와 나와는 아무런 공통점도 없다는 것을 알 수 있을 것이야. 사람들이 우리에게 신체적인 고통을 부과하지는 않았네. 그리고 그들이 설령 그러고자 할지라도, 우리에게는 우리의 폭군들을 속일 만한 지혜가 있지."

그는 라스 카즈의 팔을 붙잡았다.

"어쩌면 우리의 상황이 그렇게 나쁜 것만은 아니야! 세상이 우리를 응시하고 있네! 우리는 불멸의 대의를 위해 죽어간 순교자로 남을 것이야! 수백만에 달하는 사람들이 우리를 위해 눈물을 흘리고 있어. 조국은 한숨쉬고 있으며, 영광은 상복(喪服)을 입고 있지! 우리는 여기에서 권력자들의 압제에 대항해서 싸우고 있는 것이야. 그리고 모든 국가들이 우리를 위해 기도하고 있네. 이곳에 있는 것이, 사실 나는 정말로 고통스럽지는 않아. 만약 내가 나만을 생각한다면, 나는 지금 즐거워하고 있을 거야! 불행에는 영웅주의와 영광이 뒤따르게 마련이지! 일생 동안 나는 적수다운 적수를 만난 적이 없었네!"

그는 라스 카즈를 데리고 집을 향해 걸었다. 다시 일을 시작해야 했다.

—여론이 곧 전부다. 내가 여기서 구술하는 것, 라스 카즈가 받

아적고 있는 것이, 앞으로 다가올 세기에 나의 모습을 새겨놓게 되리라.

1815년 12월 10일, 그는 마침내 정리가 끝난 롱우드 영지로 들어갔다. 영국인 병사들이 경례했다. 북소리가 울렸다. 말은 앞발을 들고 일어섰다. 나폴레옹은 박차를 가했다.

그는 말에서 뛰어내렸다. 바람이 고원 위를 휩쓸고 있었다.

—여기가 내가 살 곳이란 말인가?

건물은 목재로 지어져 있었다. 동인도 회사의 옛 농장 건물을 확장한 것이었다. 마침내 욕실이 생겼다! 유감스럽게도 라스 카즈와 그의 아들에게는 다락방이 할당되었다. 벽은 벌써 습기로 축축해 있었다.

그는 밖으로 나갔다. 오십 보쯤 떨어진 곳에서 초병들을 발견했다. 그들은 집 주위 4마일 떨어진 곳에 첫번째 원을 이루고 있었고, 12마일 떨어진 곳에 두번째 원을 이루며 경계하고 있었다. 그러나 그는 말을 타고 달릴 수 있었다. 어쩌면 사냥할 수도 있을 것이다. 콕번이 그에게 마련해준 마차를 타고 달릴 수도 있었다.

—그러나 그것은 중요한 것이 아니다. 이곳은 감옥이기 때문이다. 그러나 나의 영역이다. 나는 이곳에 울타리를 치고 규칙을 부가할 것이다.

그는 구르고와 몽톨롱과 라스 카즈를 불렀다. 정확한 시간표를 작성하고, 그것을 준수해야 했다. 그는 매일 아침 구술할 것이다. 그들은 교대로 그의 앞에 출두하여, 그가 전투와 통치에 대해 이야기하는 것을 받아적게 될 것이다. 접견은 왕궁에서처럼 철저하게 관리될 것이며, 저녁식사는 매일 여덟시에 시작될 것이다. 장교들은 정장을 갖춰 입고, 부인들은 옷깃이 넓게 트인 드레스를 입어야 할 것이다. 그는 각자가 할 일을 정확하게 지시했다.

목적은? 견디고 저항하는 것, 절망감에 사로잡히지 않는 것, 그 것이다.

영국인들이 먼저 황제의 권위에 굴복하지 않는 이상, 그들이 내 리는 모든 지시들을 거부해야 하고, 그러한 지시들을 모욕으로 간 주해야 했다.

—산책하고 있는 나를 감시하는 저 장교들은 무엇을 바라는 것 인가? 나는 새장 속에 갇힌 새인가?

범선이 기항할 때마다, 급사장 치프리아니는 신문들을 가지러 제임스타운에 다녀왔다. 1816년 1월 7일, 그는 치프리아니가 가져 온 신문들을 펼쳐들었다. 뮈라는 칼라브리아(이탈리아 남부 지방) 사람들에게 총살당했다. 그리고 네는 프랑스인들에게 총살당했다!

나폴레옹은 자리에서 일어섰다. 혼자 있고 싶었다.

그는 살롱으로 들어서면서 중얼거렸다.

"끔찍하군. 하지만 칼라브리아인들은 나를 이곳에 보낸 인간들 보다는 관대하고 인간적이군."

—항복해서는 안 된다. 살아남아 일해야 한다. 라 베두아예르, 뮈라, 네, 브륀, 뮈롱, 뒤로크, 베시에르, 베르티에, 란, 드제…… 이미 죽은 이 모든 동지들과 함께 내가 이루었던 일들이 퇴색되거 나 사라지지 않게 해야 한다.

그는 라스 카즈의 아들에게 질문했다. 사춘기에 접어든 소년은 정확하게 대답했다. 나폴레옹 리세(고등학교)를 다녔던 소년은 그 리스와 로마의 역사를 잘 알고 있었다.

나폴레옹은 말했다.

"우리의 뒤를 이을 젊은이들은 얼마나 훌륭한가! 그들은 나의 작품들이다. 그들은 그들이 원하는 방식으로, 나에 대한 복수를 해줄 것이다. 사람들이 끊임없이 반복해 말하듯이, 내가 나만을,

나의 권력만을 꿈꿨다면, 그리고 나에게 이성에 의한 통치말고 다른 목적이 있었다면, 나는 자라나는 어린 싹들을 처음부터 짓눌러 버렸을 것이다. 하지만 나는 그러지 않았다. 오히려 그들이 훌륭하게 자랄 수 있도록 힘썼다. 나는 아이들을 위해 내가 생각했던 모든 것들을 실행에 옮기지 않았는가? 나의 대학은 그중 걸작품이다."

그는 방으로 들어갔다. 한 떼의 영국인 장교들이 다가오고 있는 것을 본 것이다.

—신임 총독 허드슨 로이리라. 자기를 소개하기 위해 찾아오는 것이리라. 그는 왜 방문을 미리 알리지 않은 것인가? 무슨 생각을 하고 있는가? 내가 언제나 그를 만나줄 수 있으리라고 생각하는가? 감옥에 갇힌 죄수처럼?

그는 허드슨 로를 알고 있었다. 그자는 혐오스런 인간이었다. 사람들은 그를 모욕하기 위해서 그자를 선택했으리라. 다른 많은 영국인 장교들처럼 허드슨 로 역시 툴롱 전투에 참전했었다. 코르시카의 바스티아 포위에도 참전했던 자였다. 게다가 아작시오에 있는 보나파르트 가의 집에 묵은 적도 있었다. 그 이후, 그자는 파스칼 파올리를 따라 영국 편으로 돌아선 코르시카 연대의 지휘관이 되었다. 그자는 그 '코르시칸 레인저들(코르시카 사냥개들)'을 데리고 이집트 전선에도 참전했다.

나폴레옹은 창가로 다가갔다. 붉은 얼굴에 붉은 머리카락, 키가 크고 마른 체형의 허드슨 로를 알아보았다.

나폴레옹은 라스 카즈에게 말했다.

"교수대를 연상시키는 흉악한 얼굴이군. 덫에 걸린 하이에나의 얼굴이야."

그는 어깨를 으쓱하고는 덧붙였다.

"하지만 섣부른 판단은 삼가기로 하지. 어쨌거나 저런 불길한 얼굴 뒤에 전혀 다른 정신이 숨어 있을지도 모르니까. 전혀 불가능한 일은 아닐 거야."

그러나 아니었다. 그 얼굴이 그의 성질을 그대로 표현하고 있다는 걸 깨닫는 데는 며칠이면 충분했다.

—내가 산책하는 공간을 축소시키려는 이자는 도대체 어떤 인간이란 말인가? 그는 나를 염탐하고, 편지도 일체 전달해주지 않고 있다.

거기에서 그치지 않았다. 허드슨 로는, 나폴레옹의 수행원들이 너무 많다고 시비를 걸었다. 네 사람을 돌려보내라고 강요했다. 사람들의 수를 줄이고, 소비를 줄이라는 것이었다.

—그자는 바로 형리다. 그자는 군인이 아니다. 코르시카의 도망병들이나 지휘할 줄 아는 인간이다!

그는 허드슨 로를 만나지 않았다.

—나는 그에게 고개를 숙이지 않을 것이다. 기껏해야 사령부에서 흔히 볼 수 있는 서기에 불과한 자. 할 줄 아는 짓이라곤 셈을 하거나 되는 대로 끄적거리는 것밖엔 없는 자이다.

나폴레옹은 말콤 제독의 접견을 허락했다. 그는 세인트 헬레나 섬의 함대들과 주둔부대의 지휘를 맡고 있었다. 그는 진정한 장교였다. 간수도 아니었고, 경멸스러운 형리도 아니었다.

나폴레옹은 제독에게 말했다.

"나는 통치했었소. 경멸스런 인간들에게나 맡길 수 있는 임무가 있다는 것을, 나는 잘 알고 있소. 허드슨 로에게 맡긴 임무는 형리의 임무요. 그는 나를 가두고 싶어하오. 그는 나를 평범한 인간으로 끌어내리려 하고 있소."

—황실의 표시를 모두 없앤 뒤 은식기들을 팔도록 하리라. 헐

값에 팔도록 하리라! 그럼으로써 영국과 그를 대표하는 허드슨 로가 나를 어떤 지경으로 몰고 갔는지 온 유럽이 알게 하리라.

"그는 나를 알지 못하오. 나의 몸은 못된 자들에게 붙잡혀 있을지라도, 나의 영혼은 자유로운 상태에 있소. 그것은 내가 육십만 병사를 거느리고 있을 때나, 황제의 자리에 있으면서 왕들을 임명할 때나, 언제나 다름없이 고결한 영혼이오."

—허드슨 로 같은 짐승이라면, 내가 이곳에서 뭔가를 꾀하고 있다고, 그래서 사람들을 끌어모으려는 것이라고 떠벌리고 있지 않겠는가?

나폴레옹은 '항의서'를 구술했다. 그는 자기가 처한 상황에 대한 모든 불만을 요약했다. 영국은 그를 마치 전쟁 포로처럼 취급했고, 이 외딴 바위섬에 유배시켰다. 그것은 법을 위반하는 행동이다. 그리고 이 섬에서 그는 박해받고 있다. 그들은 그의 자유로운 서신 왕래마저 막고 있다.

그는 구술했다.

〈한 위인이 적과 맞붙는 모습이야말로 가장 숭고한 광경이오. 그러한 입장에서 보건대, 지금 나폴레옹에게 잘못을 저지르고 있는 자들은, 그들 자신과 그들이 대표하는 나라의 품격을 떨어뜨리고 있을 뿐이오.〉

그는 침착하게 말했다. 그는 분노하지 않을 것이다. 그를 핍박하는 허드슨 로, 그에게서 아들을 빼앗고 그의 아내의 사랑을 돌려버린 군주, 그리고 한때 형제로 불렀건만 지금은 힘을 합쳐 그를 죽이려 드는 군주들에 대한 분노와 경멸감이 서서히 그를 잠식하고 있었지만, 그는 결코 동요하지 않을 것이었다.

그는 측근들을 하나씩 바라보며 말했다. 그는 그들의 모습에서 피로와 두려움을 발견했다.

"죽는 것보다, 고통을 견디는 데 더 큰 용기가 필요한 법이네."

그는 공포에 사로잡혀 뿔뿔이 흩어지기 쉬운 그들을 한데 뭉쳐야만 했다.

그는 말했다.

"인간은 자연이 부여해준 성질을 지배할 때에만 자신의 삶에 뭔가를 남길 수 있네. 그대들은 나의 고통을 덜어주기 위해 나를 따라왔네. 그런 마음이 다른 모든 것을 통제하기에 충분치 않단 말인가?"

그는 라스 카즈와 함께 아직 남아 있는 은제품들의 목록을 작성했다. 그것들을 브리어스 영지의 주인 밸컴에게 팔 수 있을 것이다. 그자는 큰 이익을 남기게 되어 무척 즐거워하리라. 또한 영국 은행이나 파리의 라피트에게서 환어음을 얻을 수 있을 것이다. 미국에 자리잡은 조제프는 상당한 재산을 소유하고 있었다. 으젠도 4천만 프랑을 갖고 있었다. 세인트 헬레나에 있는 황실이 체면을 지킬 수 있도록 그들이 도와줄 수는 없는가?

—지체를 보전한다는 것은, 나를 보잘것없는 인간으로 만들려는 자들에게 저항하는 행위이다.

그는 구술했다.

〈나는 내가 필요로 하는 것을 모두 충족시키기를 원한다. 하지만 만일 영국 정부가 내가 그렇게 하는 것을 방해하고 나선다면, 나는 영국군 53연대의 급식소를 찾아갈 것이다. 그 병사들은 유럽 최고의 군인에게 자선을 베푸는 것을 마다하지는 않을 것이다.〉

그는 방으로 들어갔다.

그는 옷 벗는 것을 거들고 있는 마르샹에게 중얼거렸다.

"밤 시간은 지내기가 힘들다. 나는 새벽 두시까지 일하다가 잠들었으면 싶은데, 아홉시만 되면 벌써 졸리운 거야. 그래 잠이 들면 두 시간, 때로는 반 시간도 못 자고 다시 깨어나지. 밤에 하는 생각들은 별로 유쾌하지가 못해."

기침이 잦아졌다. 다리와 배가 아팠다. 눈이 따갑고 눈물이 나왔다. 걷기가 힘들었다. 예전만큼 자주 말을 타지 못했으며, 산책할 때는 사륜 마차를 이용해야만 했다. 그런데도 빌어먹을! 영국 놈들은 그를 감시하고 있는 것이다. 그들은 무엇을 두려워하는가. 탈출?

그는 우두커니 앉아 있었다. 조는 듯했다. 그러다가 갑자기 이집트 전투나 프랑스 전투의 새로운 장을 구술하기 시작했다.

밤이면 상념에 사로잡혔다.

—모든 것을 다시 시작할 수 있다면…… 나는 얼마나 기구한 생을 살았는가! 내가 이집트가 아니라 아일랜드에 원정을 나섰더라면! 제국의 운명은 어찌 되었을까! 우주의 구성에 비교한다면, 우리의 혁명은 얼마나 보잘것없는 것이며 불완전한 것인가!

그는 계속 기침을 했다. 배의 통증이 가슴까지 퍼졌다. 그는 일어나 몇 걸음을 걸었다. 쥐들이 도망갔다. 모자를 집으려 하자, 커다란 검은 쥐 한 마리가 모자에서 튀어나와 방을 가로질러 달아났다.

천장에 난 구멍으로 빗물이 떨어졌다. 속옷과 겉옷들에 곰팡이가 슬었다.

그는 밖으로 나갔다. 벌써 기후가 바뀌어 있었다. 무더웠다. 바람이 불었다. 그는 롱우드 주위의 고원을 바라보았다. 나무 한 그루 없었다. 샘 하나 없었으며, 풀밭도 없었다.

그는 저 멀리 녹음에 둘러싸인 대농장의 화려한 건물을 바라보았다. 저곳에 허드슨 로가 살고 있었다.

—내가 마음대로 섬을 돌아다니지 못하게 하는 저 하이에나에게 저주가 내리기를! 그자는 내가 죽기를 바라고 있다. 나를 죽

이라는 지시를 받은 것이다! 저항하고 싸워야 한다. 굴복해서는 안 된다.

세인트 헬레나에 기항한 하바나 호의 선장이 그에게 존경심을 표하고 싶다며 그를 방문했다. 그러나 나폴레옹이 유럽에 편지를 한 장 전달해줄 것을 부탁하자 그는 거절했다. 선장은 그에게 원하는 것이 무엇이냐고 물었다. 그는 선장에게 단호한 목소리로 말했다.

"내가 무엇을 원하는지 알고 싶소? 나는 자유가 아니면 죽음을 원하오. 이 말을 당신네 섭정공에게 전해주시오. 나는 이제 내 아들에 대한 소식을 원하지 않소. 그들이 잔인하게도 지금까지의 내 요구에 아무런 회답도 해오지 않았기 때문이오. 나는 당신들의 포로가 아니오. 야만인들도 이보다는 나은 대우를 내게 해주었을 것이오. 당신네 장관들은 부당하게 내게서 피보호의 신성한 권리를 침해했소. 그들은 영국의 명예에 지울 수 없는 오점을 남긴 것이오. 영국에 명예라는 것이 있다면 말이오."

아직 얼마나 많은 날을 견뎌야 하는가?

"매일 말을 타고 사십, 육십, 팔십 킬로미터를 질주했던 나에게 이 섬은 너무나 작다. 기후도 너무 다르다. 태양도, 계절도, 유럽과 같지 않다. 이곳에선 모든 것이 끔찍하게 권태로울 뿐이다. 장소는 불쾌하고 비위생적이고, 물을 전혀 구할 수가 없다. 그들은 사람이 살 수 없는 황폐한 섬의 한구석에 나를 내버린 것이다."

그들이 왜 롱우드를 선택했는지, 그는 알고 있었다. 그를 감시하고, 그가 무엇을 하며, 어떤 사람들의 방문을 받는지 염탐하기 위해서였다.

"허드슨 로에게 관을 하나 보내달라고 하게! 머리에 총알 두 방도 요구하게. 내게 필요한 건 바로 그거야!"

죽음?

죽음은 이곳에서 그를 데려가리라. 그는 이따금 심한 피로를 느꼈다. 살이 쪘다. 가느다란 사지에 배만 불뚝 나온 뚱뚱한 남자, 거울에 비친 저 모습이 바로 그였다!

―삶이 나를 이렇게 만들었다.

죽는다? 언제? 어떻게? 그는 매일 죽음을 생각했다.

아무런 두려움도 느끼지 않았다. 오히려 일종의 호기심이 일었다.

그는 라스 카즈에게 말했다.

"인간은 자신의 마지막 순간에 관해서만큼은 아무것도 맹세해서는 안 되네. 내가 어디서 왔는지, 내가 누구인지, 내가 어디로 갈 것인지, 이 모든 것들은 나의 생각 너머에 있어. 하지만 그것들은 분명히 있지. 존재하지만, 자신이 존재한다는 사실을 깨닫지 못하는 시계와 같네. 그렇지만 나는 신의 법정 앞에 설 수 있네. 신의 심판을 두려움 없이 기다릴 수 있어."

그는 라스 카즈가 들고 있는 종이를 가리켰다. 거기에는 나폴레옹의 빠른 구술을 따라가기 위해 라스 카즈가 사용한 약호들이 가득 적혀 있었다.

"나는 프랑스의 영광과 번영만을 원했네. 바로 그를 위해, 나는 나의 모든 능력과 노력과 시간을 바쳤네. 그러한 미덕을 어떤 범죄라고 부를 수는 없을 것이야."

그는 몇 걸음을 걸은 뒤 말을 이었다.

"나는 출신이 평범한 사람이네. 나는 살아오면서 나의 출신을 저버리는 짓을 한 번도 한 적이 없었네. 황제로 있으면서 민중의 이익을 간과한 적이 없었고, 통치하는 동안 그들에 대한 생각을 잊어본 적이 없었네."

─나는 이제 나라를 다스리지 않는다. 앞으로도 다스리지 못할 것이다. 나는 이곳에서 죽어갈 것이다. 동맹국들은 내가 이 바위 섬에서 썩어가도록 내버려둘 것이다. 오스트리아와 러시아와 프랑스의 의원들이 도착했다. 그들 모두와 맞서 내게 남아 있는 유일한 힘은 나의 생각밖에 없다. 내가 라스 카즈에게 받아적게 하는 문장들, 내가 죽은 이후에도 사람들의 머릿속에 남아 있을 문장들밖에 없는 것이다. 내게 다른 무엇이 남아 있는가? 나는 모든 것을 경험했다. 몽톨롱 부인의 우아함과 베르트랑 부인의 활력조차 더이상 나의 마음을 끌지 못한다. 그럼에도 불구하고 그들은 나를 비방한다. 하지만 그게 무슨 대수이겠는가!

그것 역시 과거일 뿐이었다.

그는 구르고에게 말했다.

"자네는 젊네. 사랑에 대해, 여자들에 대해 얘기해보게. 내게 시간만 있었다면, 나도 꽤 많은 여인들과 사랑을 나눴을 거야. 하지만 시간은 너무 빨리 지나가고, 내게는 해야 할 일이 너무도 많았네!"

그는 오랫동안 마리 루이즈와 로마 왕의 초상화를 바라보았다. 그는 조제핀에 대해 말했다.

"그녀는 남편에게 행복을 가져다주었어. 언제나 다정한 친구로서의 모습을 잃지 않았지. 그녀는 때와 장소를 가리지 않고, 복종과 헌신과 순응을 주장했네. 나 역시 그녀에 대해 가장 다정한 기억들과 깊은 감사의 마음을 간직하고 있네."

─그녀의 배신을 상기할 필요가 있는가? 그러나 나는 모두 기억하고 있다. 기억력이 없는 머리는 병사들이 지키지 않는 요새와 같다. 내 머리는 병사들로 가득 차 있다.

그는 구술했다. 그는 아무것도 잊지 않았다. 그가 겪었던 모든 것이 생생하게 되살아났다. 문득 구술을 멈추었다. 1816년 11월 25일 새벽 네시였다. 그는 창가로 향했다. 난데없이 한 떼의 기병들이 롱우드를 향해 달려오고 있었다. 그들의 선두에는 허드슨 로가 있었다.

그는 베르트랑에게 말했다.

"저 짐승이 원하는 것이 무엇인지 가서 알아보게."

영국인들은 라스 카즈와 그의 아들을 체포하겠다고 했다. 라스 카즈가 하인을 시켜 비밀리에 유럽에 편지를 보내려 했다는 것이 이유였다.

라스 카즈 부자는 병사들에게 둘러싸여 멀어져갔다. 병사들의 손에는 원고가 가득 담긴 두 개의 가방이 들려 있었다.

—라스 카즈가 경솔하게 행동하는 바람에 나의 계획이 틀어지게 생겼다. 허드슨 로가 내가 구술했던 원고들을 가져가 없애버린다면, 나에게는 무엇이 남는단 말인가?

그는 답답했다. 모든 것이 무너져내리는 것 같았다.

—저 형리는 위험하다. 그는 모든 법을 무시한다. 그가 이곳에 왔을 때, 그의 두 눈이 기쁨으로 빛나는 것을 나는 보았다. 나를 괴롭힐 수 있는 또다른 기회를 찾아냈기 때문일 것이다. 그가 병사들을 시켜 나의 집을 포위하게 했을 때 나는 보았다. 포로를 잡아먹기 전에 그 주위를 돌며 춤추는 남태평양의 야만인들을! 그들은 이곳에서 나를 죽일 것이다. 확실하다!

그런데 라스 카즈는 어떻게 될 것인가? 나폴레옹은 벌써 밝아오기 시작하는 동쪽 하늘을 바라보았다.

—허드슨 로는 라스 카즈를 섬에서 쫓아낼 것이다. 라스 카즈는 그 조치를 그다지 불만스러워하지 않을 것이다! 인간이란 원래 그런 존재 아닌가? 내가 어떻게 그를 탓할 수 있겠는가? 내가

구술한 원고를 그가 출판할 수만 있다면.

1816년 12월 11일, 나폴레옹은 편지를 썼다.

〈친애하는 라스 카즈 백작. 나는 그대가 어떤 고통을 겪고 있는지 잘 알고 있네. 세인트 헬레나에서의 그대 행동은, 그대가 이제껏 살아왔던 삶처럼 전혀 비난할 바 없는 명예로운 것이었네. 내게는 그대의 도움이 절대로 필요했었지. 그대만이 영어를 읽고 말하고 이해할 수 있었으니까. 내가 병이 들었을 때, 그대는 밤을 지새가며 나를 돌봐주었네. 하지만 이제 나는 그대에게 권하네. 아니, 필요하다면 명령하네. 섬의 지휘관에게 유럽 대륙으로 돌려보내달라고 부탁하게. 그대가 유럽으로 가고 있다는 소식을 듣게 된다면, 커다란 위안이 될 걸세.〉

—어차피 라스 카즈는 떠나야 하리라. 그 자신도 떠나고 싶을 것이다. 그럴 바엔 그가 나의 동의하에 떠나는 것이 낫다!

나폴레옹은 다시 펜을 들었다.

〈만약 그대가 언제든 내 아내와 아들을 볼 수 있게 된다면, 그들을 안아주게. 이 년 전부터 나는 직접적이든 간접적이든 그들의 소식을 전혀 듣지 못했네. 어찌되었건 이제 그대 스스로를 위로하고, 나의 친구들을 위로해주게. 내 몸은 나를 증오하는 적들의 수중에 놓여 있네. 그들은 자신들의 복수심을 만족시키는 것이라면, 그 무엇도 서슴지 않고 행하고 있어. 그들은 나를 천천히 죽이고 있는 중일세. 그러나 정의로운 신은 그러한 일이 너무 오래 계속되는 것을 용납하지 않을 것일세.〉

라스 카즈가 섬을 떠나기 전에 그를 보러 올 수 있을까? 원고는 어떻게 되었을까? 허드슨 로의 붉은 낯빛이 떠올랐다.

〈그들은 그대가 섬을 떠나기 전에 나를 보러 오는 걸 허락지 않을 것일세. 이 편지로 작별 인사를 대신하겠네. 행복하게! 나폴레옹.〉

28
램프에 기름이 떨어졌군

이것이 가능한 일인가?

1817년 1월 1일 월요일, 이 삭막한 섬에 체류한 지, 아니 매장된 지 겨우 14개월이 지났을 뿐인데, 그는 이곳에 아주 오래 전부터 있었다는 느낌이 들었다. 그는 절망감에 사로잡혔다. 고원은 안개에 덮여 있었다. 습기가 몸속 깊이 스며들었다. 쥐들은 곳곳에서 분주히 움직였다. 저 쥐들은 언제나 일을 멈출 것인가? 달리고 바스락거리고 갉아먹고 침실과 식당 안을 돌아다니는 저것들은, 사람들이 열심히 쫓아내도 소용없었다. 곧 다시 돌아왔다. 1817년의 정초를 어떻게 보낼 것인가?

그는 몽톨롱과 베르트랑에게 말했다.

"나는 무덤 속에 있네. 신년회를 열 마음이 나지 않는군."

나중에나 그럴 마음이 들까? 책을 읽고 구술한 다음에나? 그러나 라스 카즈가 없었다. 그는 주위 사람들이 하나 둘씩 떠나리라고 확신했다.

—임신중인 몽톨롱 부인은 떠날 생각만 하고 있다. 구르고는 주위 사람들을 원망하고 있다. 아직 젊고 원기왕성한 그는 이 무기력 상태를 견딜 수 없기 때문이리라. 베르트랑 부인은 올 봄을 이곳에서 보내지 않을 거라고 떠들고 다닌다. 그렇게들 가리라. 모두들 떠나리라. 내게는 마르샹만이 남을 것이다. 하인들마저도 유럽으로 돌아갈 궁리를 하고 있다.

그는 몽톨롱에게 말했다.

"네시경에 나를 찾아오게. 밤에 일을 하면 잡념이 생기지 않으니까."

그는 프랑스 전투와 백일천하와 워털루 전투에 대한 기억을 구술하기 시작했다. 그러나 이내 구술을 중단했다. 이 모든 것이 무슨 의미가 있는가?

몽톨롱을 바라보며 말했다.

"이보게 몽톨롱, 후세에 이 회상록을 전하는 것이 무슨 소용이 있을까? 우리는 재판관을 성가시게 하는 소송인들일 뿐 아닐까. 후세 사람들은 우리가 굳이 그들에게 진실을 전하려 애쓰지 않아도 그것을 발견하게 될 것이야."

방으로 돌아와 침대에 누웠다. 날이 갈수록 잠자는 시간과 조는 시간이 많아졌다. 잊기 위한 수단인 것처럼. 그는 다시 일어났다. 아직 싸워야 했다. 힘이 다할 때까지 버텨야 했다. 그는 살롱으로 들어가 사람들에게 새해 선물을 나눠주고 아이들과 어울려 잠시 놀았다. 오래 지나지 않아, 뭔가를 따지는 구르고의 목소리가 들려왔다. 또 다투고 있다. 어리석은 말싸움인 것이다. 그는 구르고에게 소리쳤다.

"자네는 이곳에서 모든 것의 중심이 되려 하고 있어. 하지만 중심은 바로 나야. 그렇게 못되게 굴 바에는 차라리 우리를 떠나도록 하게!"

─이들이 모두 떠나고 혼자 남았으면 좋겠군.

그는 아무도 필요하지 않았다.

그는 살롱을 거닐면서 사람들에게 말했다.

"후세는 나를 공정하게 평가할 것이오. 진실은 알려질 것이며, 나의 잘못과 더불어 내가 베푼 선행도 함께 심판받게 될 것이오. 내가 성공했다면, 나는 역사상 가장 위대한 인물이라는 명성을 지닌 채 죽었을 것이오. 비록 내가 성공하지 못했을지라도, 사람들은 나를 특출한 인물이라고 생각할 것이오. 나는 오십 번의 전투를 벌여 대부분 승리로 이끌었소! 나는 법령을 제정했소. 그것은 아주 먼 훗날까지 내 이름을 전해줄 것이오. 나는 무에서 출발해서 세상에서 가장 위대한 군주의 위치에까지 올랐소. 유럽은 내 발 아래에 있었소."

─이것이 나다. 어느 누구도 이런 나를 내게서 앗아갈 수 없다. 나는 새로운 시대를 대표하는 목소리였다.

"나는 언제나 주권이 민중에게 있다고 믿었소. 나의 제정은 일종의 공화정이었소. 국민들의 부름에 의해 그들의 주인이 되었던 나는, 빈부의 차이를 두지 않고 재능 있는 모든 인재를 등용하는 것을 원칙으로 삼았소. 그러한 평등 제도 때문에 과두정치를 펴고 있는 영국인들이 나를 증오했던 것이오."

자신의 방으로 들어갔다. 이 섬에 갇혀, 허드슨 로에게 끊임없이 감시와 괴롭힘을 당하고 있는 마당에, 그가 전에 무슨 일을 했으며 제정의 원칙이 어떠하였는가를 말해보았자 무슨 소용이 있는가?

그는 한 선원이 런던에서 가져다준 로마 왕의 흉상(胸像)을 바라보았다.

—나의 아들. 허드슨 로는 저 안에 편지가 감춰져 있지 않은지 확인해야겠다며 흉상을 깨뜨리려 했다.

세인트 헬레나의 총독 허드슨 로, 그는 제임스타운에 기항한 선박의 여행객이 마리 루이즈와 로마 왕에 대한 소식을 나폴레옹에게 전하려는 것도 금지시켰다.

—오세아니아의 식인종들도 그런 짓은 하지 않을 것이다! 포로들을 잡아먹기 전에는, 그들은 포로들이 서로 얘기를 나눌 수 있도록 허락한다. 이곳에서 벌어지고 있는 잔인함은, 식인종조차도 비난할 일이다!

—워털루에서, 아니 그 이전에 죽었어야 했다. 불행한 것은, 사람이 굳이 죽고자 할 때는 쉽게 죽지 못한다는 사실이다. 내 주위 사람들이 모두 죽어갔다. 포탄은 유독 나만을 피해가버렸다.

유럽에 그의 처지를 알리고 허드슨 로의 잔인성을 폭로하려는, 나폴레옹의 노력은 그 어느 것도 성공을 거두지 못했다. 그 반대였다! 엑스 라샤펠 회의에서, 군주들은 영국이 나폴레옹을 다루는 방식을 찬성하고 찬양하기까지 했다!

—파스칼 파올리 시절부터 나의 적이었던 포조 디 보르고, 알렉산드르에 붙은 배반자 포조가 나에 관련된 보고서를 작성하고 있다. 적들은 나를 풀어주지 않는다. 적들은 언제나 같은 자들이다. 조국과 평등을 원치 않았던 자들. 그들이 나를 붙들고 있다. 그들은 나를 풀어주지 않을 것이다. 그것은 내가 누린 영광의 대가이리라.

그는 몽톨롱에게 말했다.

"예수가 가시관을 쓰지 않았다면, 그는 아직까지도 신이 되지 못했을 것이네. 그의 순교로 인해 사람들의 상상력이 발동하기 시작한 것이지. 만약 내가 여기 있지 않고, 조제프처럼 미국에 있었다면, 사람들은 더이상 나를 생각하지 않았을 것이네."

─그것이 인간이다. 그렇다면, 나는 죽어야 한다.

밖으로 나가는 횟수가 줄어들었다. 방에서 하루 종일을 보내는 날들이 늘어갔다.

그는 젊은 장군의 팔에 몸을 기대며 말했다.

"나의 구르고, 나는 이제 걸을 수가 없네."

사람들은, 늘 추워하는 그의 다리를 털이불로 감쌌다. 그러나 그의 다리는 얼어붙은 듯이 온기가 느껴지지 않았다. 그는 구토했다. 잇몸에서 피가 흘렀다. 이따금, 일어서지도 못할 만큼 심하게 위통을 앓았다. 그는 수염을 깎지 않았다. 창백한 얼굴이 온통 수염으로 뒤덮였다. 몸은 앙상하게 말라가는데 배는 부풀어올라 기형적으로 보였다.

그럼에도 불구하고 그는 구술을 계속하고자 했다. 하지만 수시로 구술을 멈추고 선잠에 들었다. 그는 따뜻한 물로 목욕하겠다고 말하고는 정신을 잃었다.

다시 깨어난 그의 두 눈이 잠시 허공을 응시했다. 그는 다시 구술을 시작했다. 목소리는 맑고 어조는 단호했다. 하루도 빠뜨려서는 안 된다. 그는 모든 부대의 전투 위치를 기억하고 있었다. 스페인 전쟁 당시의 군대 상황을 분석하는 그에게는, 지적인 엄격성이 여전히 남아 있었다.

갑자기 피로가 몰려왔다. 구토가 일었다.

1818년 4월 12일, 허드슨 로가 의사 오미어러를 영국으로 되돌려보내기로 결정했다고 통보해왔다. 벨레로폰 호의 선의(船醫)였던 오미어러가 그를 따라 이 섬에 온 지도 이 년 육 개월이 지났다. 나폴레옹이 영광을 누리던 시절 은혜를 입었던 자들도 견디지 못하는 고초를 같이 한 사람이었다.

작별의 순간, 그는 아일랜드인 의사에게 말했다.

"그들은 비열하게도 나의 의사에게까지 손을 대는군. 그대의 보살핌에 감사하네. 이 지옥 같은 곳에서 되도록 빨리 벗어나게. 나는 병에 걸린 채 이 초라한 침대 위에서 죽게 되겠지. 그렇지만 그로 인해 영국이 입을 불명예는 영원히 씻을 수 없을 것이네."

─누가 내 곁에 남을 것인가?

오미어러는 떠났다. 몽톨롱 부인은 유럽으로 돌아갔고, 구르고도 떠났다. 브리어스의 주인 밸컴과 그의 두 딸이 작별을 고하기 위해 찾아왔다. 그들은 런던으로 돌아갈 것이었다. 그리고 치프리아니, 그는 죽었다. 엘바 섬에 체류하는 동안 가장 소중한 충복이었으며, 제임스타운에 떠도는 소문들을 그에게 전해주었던 사람이었다.

─내 차례는 언제 올 것인가?

그러나 그는 흔들리지 않았다. 세인트 헬레나에 체류하는 영국인 의사들이 왕진을 자청했지만, 그는 거부했다. 의사 오미어러를 쫓아낸 허드슨 로, 그자는 자기 행위에 책임을 져야 할 것이다.

그는 말했다.

"나는 곧 죽게 될 것이네. 그들이 보기에, 나는 너무 오래 살았지. 런던 정부는 파렴치한 짓을 저질렀어. 나도 교황을 프랑스에 붙잡아둔 적은 있었지만, 그에게서 개인 의사를 빼앗느니 차라리 내 손목을 잘랐을 것이네."

그는 분노했다. 군주들이 예전에 나폴레옹에게 보냈던 비밀 편지들이 있었다. 지금은 조제프가 보관하고 있는 그 편지들을, 오미어러는 유럽에 돌아가서 공개해야 하리라.

"내게 힘과 권력이 있었을 때, 군주들은 나와 동맹을 맺고 나의 보호를 받으려고 애썼지. 그들은 내가 지나간 자리의 먼지도 서슴 없이 핥았네. 그런 그들이 이제는 늙은 나를 학대하고 있어. 그들 은 내게서 아내와 아들을 빼앗아갔네!"

—늙었는가? 가만, 올해가 몇 년인가? 1819년, 내가 벌써 쉰 살이 되었군.

이곳에 매장된 지도 사 년이 다 되어갔다. 두 다리가 부어올랐 다. 격심한 위통에, 그는 간혹 의식을 잃기도 했다. 오미어러는 떠나기 전에 몇 번을 반복해서 말했다. 그는 간염에 걸린 것이다.

치료가 필요했다. 그러나 허드슨 로가 정한 조건에 따라 영국인 의사들이 그를 치료하는 것은 거부했다.

—나는 굴복하지 않는다.

그는 구토했다. 매일 여러 시간을 침대 위에서 지내며 외출하지 않았다. 그러나 그는 뜻을 굽히지 않았다.

1819년 9월 20일, 한 떼의 사람들이 롱우드로 다가오고 있었다. 그는 힘겹게 몸을 일으키고, 사제 두 사람과 그들을 호위하는 병 사들의 모습을 바라보았다.

부오나비타 신부와 비그날리 신부였다. 비그날리 신부는 의학적 인 지식도 갖추고 있다고 소개했다. 그들 외에 또다른 코르시카인 프란체스코 앙톰마르쉬*, 그는 자신을 외과 의사라고 소개했다.

그의 어머니와 페쉬 추기경이 보낸 사람들이었다!

나폴레옹은 그들을 맞았다. 이들이 그를 돕고 보살펴줄 사람들 이었다!

---

* 코르시카 출신의 의사, 1780~1838. 나폴레옹의 세인트 헬레나 시절 마지막 주 치의였다.

—왜 이 사람들이 선택되었을까? 이들이 많은 돈을 요구하지 않아서? 나의 가족이 구두쇠라서?

그는 씁쓸한 목소리로 말했다.

"늙은 신부는 아무짝에도 쓸모가 없네. 미사나 할 수 있을 뿐이겠지…… 젊은 신부는 풋내기고. 그를 의사라고 보낸 것은 웃기는 짓이야. 앙톰마르쉬는 교수야. 실제 의료 경험이 거의 없어. 나는 페쉬 추기경을 잘 알아. 나를 돌볼 사람에게, 매년 삼사만 프랑을 지불하기에는 돈이 너무 아까웠던 거야!"

—인간이란 그런 것이다. 가족일지라도 그렇다!

그는 일어나려고 애썼다. 그는 구술했다. 그는 정원 일을 지휘하여 롱우드 주변에 나무를 심도록 했다. 그렇게 세월이 흘렀다.

1820년 10월 4일, 그는 다시 사륜 마차를 타고 오랜 산책을 할 수 있었다. 마차에서 내려 말로 바꿔 타고, 영국인 윌리엄 도브턴의 집을 방문하기도 했다. 그 영국인은 상냥한 사람이었다. 그들은 점심식사를 같이 했다. 이제 다시 떠나야 했다. 하지만 나폴레옹은 말에 오를 수가 없었다. 그는 다시 사륜 마차에 올랐다. 마차가 빠른 속도로 몇백 미터쯤을 달렸을 때, 그는 몸을 떨면서 구토했다.

그는 곁에 앉은 앙톰마르쉬에게 말했다.

"이건 사는 게 아니야. 나는 끝에 와 있네. 어떤 환상도 갖고 있지 않아."

그는 알고 있었다. 아직까지 그를 떠나지 않고 남아 있는 주위 사람들, 그들은 죽음에 대한 두려움과 이 저주받은 섬에서 도망치고 싶다는 열망을 갖고 있었다.

그는, 몸을 덥히기 위해 그의 몸을 마사지하고 양털 이불로 감싸고 있는 마르샹에게 말했다.

"모두들 떠날 것이다. 그렇지만 너는 홀로 끝까지 남아 나의 눈을 감겨주겠지."

사륜 마차를 타고 산책을 해보려 애썼지만, 이제 그는 너무 지쳐 있었다. 그는 오랜 시간 목욕을 했다. 목욕은 그를 편안하게 해주지만 지치게도 했다. 이젠 오랫동안 책을 읽을 수도 없었다. 눈이 아팠다. 빛이 그에게 현기증을 일으켰다.

하지만 자리에서 일어나 구술을 다시 시작하곤 했다.

가슴은 자신감으로 차올랐지만, 이내 숨이 가빴다.

〈내가 승리를 거두고자 하는 곳이면, 어디에나 내가 있어야 했다. 그것이 바로 나의 실수였다. 내 휘하의 장군들 중 어느 누구도 독립적인 지휘권을 행사할 능력을 갖고 있지 못했다. 골 족을 굴복시킨 것은 로마군이 아니라 카이사르였다. 또한 로마의 성문 앞까지 쳐들어가 공화국을 떨게 했던 것은 카르타고 군대가 아니라 한니발이었다…….〉

그는 말을 중단했다. 계속할 수가 없었다. 하지만 그는 다시 구술을 시작했다. 스페인 전쟁에 대한 분석을 끝까지 이끌어가고 싶었다.

〈만일 그랬더라면, 제국은 신권 왕들과의 싸움에서 승리를 거두었을 것이다…….〉

그는 지쳤다. 그는 몽톨롱에게 중얼거렸다.

"램프에 기름이 떨어졌군."

그는 자리에 누웠다. 이제 일어나고 싶지 않았다.

그는 앙톰마르쉬에게 말했다.

"휴식이란 얼마나 포근한 것인가. 침대는 내게 기분 좋은 장소가 되었네. 나는 세상의 모든 왕좌를 준다 해도 침대와 바꾸지 않을 것이네! 이 얼마나 엄청난 변화인가! 나는 얼마나 약해진 것인가! 지칠 줄 모르는 활력을 가지고 있던 내가…….."

그는 한숨을 내쉬었다. 고통이 간헐적으로 엄습해왔다. 그는 얼굴을 찡그렸다.

"나는 무기력증에 빠져 있네. 눈꺼풀을 들어올리는 게 너무 힘들어."

앙톰마르쉬는 그에게 말했다. 침대에서 일어나 정원으로 나가자고, 몇 걸음이라도 걸어야 한다고.

그는 말했다.

"그러지. 하지만 나는 너무 약해졌어. 다리가 비틀거려서 걷기가 힘드네."

그러나 그는 걸었다. 앙톰마르쉬의 부축을 거절했다. 그는 이를 악물고 말했다.

"아, 의사 선생. 나는 무척 피곤하네! 내가 숨쉬는 이 신선한 공기가 건강에 좋다는 것을 느낄 수 있어. 하지만 한 번도 병에 걸린 적이 없고, 약을 복용해본 적도 없어서 나는 지금 내가 어떤 상태인지 전혀 알 수가 없네. 내 몸의 이 이상한 상태가 나로서는 도저히 납득이 안 가네."

그는 천천히 집 안으로 들어갔다. 1820년 12월 26일이었다. 사람들이 제임스타운에서 신문꾸러미를 가져왔다. 유럽에서 도착한 것이었다.

그는 눈을 반쯤 뜨고 빠르게 훑었다. 신문은 엘리자의 죽음을 알리고 있었다. 그녀는 1820년 8월 7일, 아풀레에서 멀지 않은 자신의 영지 빌라 비첸티나에서 죽었다. 나폴레옹의 누이 엘리자는 마흔세 살이었다.

그는 앙톰마르쉬에게 신문을 내밀며 말했다.

"엘리자 공주가 죽었군. 엘리자는 우리가 가야 할 길을 알려준 것이야. 우리 가족을 잊은 듯이 보였던 죽음이, 드디어 우리 가족에게 들이닥치고 있네. 나의 차례가 멀지 않았을 것이야. 우리 가족들 중 가장 먼저 엘리자를 따라 무덤 속으로 들어갈 사람은 바로 나야. 이 위대한 나폴레옹이지."

29
불멸이란 무엇인가

이건 사는 게 아니다.

그는 구토했다. 사람들이 침대보를 갈았다. 그는 면도하지 않았다. 사람들은 마차까지 그를 부축했다. 그는 병이 물러갔으며 자기 몸이 나았다고 생각했다. 하지만 다시 피로가 닥쳤다. 되찾았다고 여겼던 식욕도 사라졌다.

그는 배 위에 손을 가져가며 중얼거렸다.

"여기에 심하고 격렬한 통증을 느끼네. 마치 칼날로 베어내는 것 같아. 유문(幽門)이 상한 것 같지 않은가? 나의 아버지는 이 병 때문에 서른다섯 살에 운명하셨지. 이 병이 유전되는 건 아닌가?"

그러나 아무것도 모르는데다 수시로 자리를 비우는 저 돌팔이 앙톰마르쉬를 어떻게 믿을 수 있단 말인가?

—나는 자연이 주는 병과 의사가 주는 병, 두 가지를 다 가지고 싶지는 않다.

그러나 앙톰마르쉬가 주는 약을 받아먹지 않을 수 없었다.

"아, 의사 선생. 아파 죽겠네."

격심한 통증에 그는 땅 위를 구르며 구토했다.

—저 저주받을 의사놈들은 모두 똑같아. 그자들은 환자에게 뭔가를 하려고 할 때는 항상 환자를 속이고 겁을 준다. 게다가 저 의사놈은 멍청하고 무지한 돼지새끼야. 저놈을 내 눈앞에서 사라지게 해! 나는 유서를 작성했다. 앙톰마르쉬에게 20프랑을 남겨줄 것이다. 그가 목을 맬 밧줄을 살 수 있도록!

그는 다시 토했다.

"아르노트를 불러오게. 앞으로는 그가 나를 치료하라고 하게."

그는 세인트 헬레나 주둔부대에 소속된 영국인 의사가 자기를 진찰하도록 내버려두었다. 그는 몸을 일으키며 말했다.

"과두정치를 하는 극소수의 독재자들은 어딜 가나 똑같다. 그들은 지휘하는 한 막강하고 불손하지만, 위험이 닥치는 즉시 비열하게 변해버리지! 비열한 인간들. 무방비 상태의 인간을 바위섬에 가둬놓다니! 그들은 모두 같은 종류의 인간들이야. 나는 베니스의 독재자들이 망하기 전날의 모습을 보았어. 그들 역시 그 당시에는 영국의 독재자들만큼이나 막강했지."

그는 마르샹에게 말했다.

"나는 오래가지 못할 것이다. 나의 종말이 가까워지고 있어."

마르샹이 그렇지 않다고 말하자, 나폴레옹은 고개를 저으며 말했다.

"그것은 바로 신이 원하는 것일 거야."

그는 일하려고 애썼다. 오르탕스가 보내온 책들 중 몇 권을 읽으려 했다. 그는 그의 '승리와 정복'을 다룬 책들을 훑어보았다.

그는 중얼거렸다.

"오백 년 후 프랑스인들은 나만을 꿈꾸게 될 것이다. 그들은 나의 혁혁했던 전투의 영광만을 얘기할 거야. 나를 나쁘게 말하는 자들에게 불행이 있기를. 나의 전투에 관한 글을 읽고 있자니, 나자신도 감동이 되는군. 모든 프랑스인들은 이것을 읽으면서 스스로를 용감하다고 느끼게 될 것이야."

몇 걸음을 걷던 그가 힘없이 쓰러졌다. 부축을 받으며 다시 몸을 일으킨 그가 말을 이었다.

"공화정만이 현재의 프랑스에 다소의 활력과 자유를 줄 수 있다."

그는 사람들이 가져온 식사를 밀쳐냈다.

"모든 것이 혐오스럽다. 모든 것이 구토를 일으킨다구. 아무리 부드러운 음식이라도 넘길 수가 없어."

그는 눈을 감았다. 그는 중얼거렸다.

"기계가 수명을 다했군. 이제 작동하지 못할 거야. 끝났어. 나는 여기서 죽을 걸세."

그는 시간 관념을 잃어버렸다. 그는 날짜와 연도를 반복해서 물었다.

1821년 3월 27일 화요일이었다. 몇 달 후면 그는 쉰두번째 생일을 맞이하게 될 것이었다.

그는 베르트랑에게 말했다.

"내가 죽는다면, 나는 행복할 것이네. 때때로 죽음을 원했지. 나는 그것을 두려워하지 않네. 보름 안에 죽었으면 좋겠어. 그것말고 내게 남은 게 무엇이 있겠나? 더욱 비참하게 최후를 맞는 일

밖엔 없을 것이야."

그는 일어나려고 했다. 잠옷 위에 외투를 걸치고, 머리에 이각모를 썼다.

그는 베르트랑의 팔에 몸을 기대고 몇 걸음을 걸었다. 실내화를 신은 채 정원으로 나갔다.

"아, 어째서 포탄은 나의 목숨을 앗아가지 않았단 말인가?"

현기증이 일었다. 그는 말했다.

"한 가지 걱정스러운 것은, 영국인들이 내 시체를 내주지 않고 웨스트민스터(영국 런던의 중심부)에 가져다놓지나 않을까 하는 점이네."

그는 걸음을 멈추었다.

"그들이 나의 시체를 프랑스에 돌려주도록 압력을 가해야 하네. 나를 암살한 마당에, 내 유해를 프랑스에 돌려주는 것은, 최소한의 도리야. 나는 내가 사랑했던 유일한 조국, 프랑스 땅에 묻히고 싶네."

그는 몸을 굽혔다. 그리고 토했다.

그는 어슴푸레한 방 안에 들어가 조심스럽게 침대 위에 누우며 말했다.

"불멸이란……."

그는 신음했다.

쥐들이 마루판 위를 돌아다니는 소리가 들렸다.

다시 힘겹게 말을 이었다.

"불멸이란, 사람들의 기억 속에 살아남는 것이네. 자기 삶의 흔적을 남기지 못할 바에는 애당초 태어나지 않는 편이 낫네."

그는 선잠이 들었다가 갑자기 일어나 토했다. 사람들이 가져다준 약을 거부했다. 그것은 무엇인가? 수은을 주성분으로 한 약에 아편과 키니네*와 계피가루와 칼로멜**을 뒤섞어놓은 것 아닌가.

그는 얼굴을 찡그리며 중얼거렸다.

"아마도 이 세상에서 나만큼 약을 싫어하는 사람도 없을 것이네. 나는 전혀 동요하지 않고 온갖 위험을 겪어냈네. 죽을 고비를 수차례 넘겼어. 그런데 아무리 애를 써도 저 별것 아닌 약그릇에는 내 입술을 갖다 댈 수가 없군."

그는 고개를 떨구었다. 지쳤다. 그는 약을 삼켰다.

그는 중얼거렸다.

"기록된 바대로, 그대로."

영국인 의사 아르노트를 바라보며, 그가 물었다.

"의사 선생, 당신은 세상에 일어나는 모든 일들이 이미 기록되어 있고, 우리의 수명이 이미 정해져 있다고 생각지 않소?"

그는 눈을 떴다.

힘겹게 팔을 들어 하늘을 가리키며, 그가 말했다.

"카이사르가 죽기 전, 혜성이 나타나 그의 죽음을 예고했었네."

---

* 기나 나무에서 얻어지는 흰색 결정의 약. 맛이 매우 씀.
** 감홍(甘汞). 흰 가루로서 하제(下劑), 이뇨제로 쓰임.

30
이제 죽지 않는다면, 유감스런 일이 아니겠는가?

사람들이, 식은땀에 젖은 그의 옷을 갈아입혔다.

그는 마르샹과 몽톨롱의 팔을 밀어내며 말했다.

"나를 함부로 다루지 말게."

그는 토했다. 입에서 씁쓸한 맛을 느꼈다.

아르노트는 그의 상태가 절망적인 것은 아니라고 거듭 말했다.

"의사 선생, 당신은 진실을 말하지 않고 있소. 내게 진실을 감추는 것은 잘못된 일이오. 나는 이미 알고 있소."

아르노트는 하제 작용을 하는 환약을 그에게 내밀었다.

이들은 그를 뭘로 취급하는가?

─나는 코끼리와 비슷한 데가 있다. 코끼리를 움직이려면 가는 끈을 사용해야지 밧줄로는 안 된다.

그는 갑자기 자리에서 일어났다. 1821년 4월 13일 금요일이었다. 그는 중얼거렸다.

"서둘러야 한다. 유언장을 구술해야 해."

그는 몽톨롱을 불러 말했다.

"오늘은 몸이 좀 나은 것 같네. 하지만 나의 종말이 가까워지고 있어."

그가 손짓하자, 몽톨롱은 침대 발치에 앉아 그가 말하는 것을 받아적었다.

〈나는 오십여 년 전 내가 태어났을 때와 마찬가지로, 로마 가톨릭교의 신자로서 눈을 감는다.〉

그는 구술을 멈췄다. 기침을 하고는 중얼거렸다.

"사실 나는 만물의 원리로서의 신을 믿는 유신론자로 눈을 감지만, 대중들의 도덕 관념에 비춰볼 때, 내가 가톨릭 교도로서 죽었다고 하는 편이 더 나을 거야."

그는 고개를 떨구고 검은 색깔의 점액을 토해냈다. 그는 중얼거렸다.

"나는 가톨릭 교인으로 태어났네. 나는 그것이 부과하는 의무들을 완수하고, 그것으로부터 도움을 받고 싶네."

비그날리 신부를 불렀다. 그는 침착한 목소리로 물었다.

"당신은 빈소가 무엇인지 알고 있소?"

"예, 폐하."

"그렇다면 내가 죽음에 임박했을 때, 당신이 나의 빈소를 차리도록 하시오. 옆방에 제단을 세우고 성체를 준비하고 죽어가는 사람들을 위한 기도를 올려주시오."

그는 미소를 띠고 있는 앙톰마르쉬에게로 몸을 돌렸다.

"당신의 어리석음은 나를 피곤하게 하네. 나는 당신이 경박하고 삶에 대한 지혜가 없다는 것은 용서할 수 있지만, 따뜻한 마음이 없다는 것은 결코 용서할 수 없어. 나가게."

그는 숨쉬기가 힘들었다. 몽톨롱과 단둘이만 있고 싶었다. 그는 다시 구술했다.

〈나는 나의 재가 내가 그토록 사랑했던 프랑스 국민들이 지켜 보는 가운데, 센 강변에 뿌려지기를 바란다. 나는 사랑하는 나의 아내 마리 루이즈에 대해 항상 만족했었다. 나는 마지막 순간까지, 그녀에 대한 사랑의 감정을 간직하고 있다. 나는 아직 어린 내 아들을 주위의 음모로부터 지켜줄 것을 아내에게 부탁한다.〉

그는 힘겹게 벽난로 쪽으로 몸을 돌려, 로마 왕의 흉상을 향해 손을 뻗쳤다. 그는 구술했다.

〈내 아들에게 당부하노니, 그는 자신이 프랑스인이라는 사실을 잊어서는 안 될 것이며, 유럽의 민중을 억압하고 있는 독재자들의 하수인이 되어서는 안 될 것이다. 그는 결코 프랑스와 싸워서는 안 되며, 어떤 식으로든 프랑스에 해를 입혀서는 안 된다. 그는 '모든 것을 프랑스 국민을 위해 바친다'는 나의 신조를 이어받아 야 할 것이다. 나는 때이른 죽음을 맞이한다. 나는 영국의 독재 정부와 그 자객에 의해 암살당한 것이다. 머지않아 영국의 민중들 이 내 복수를 해줄 것이다.〉

그는 오랫동안 침묵했다. 그는 토했다. 마르샹이 그의 발을 이 불로 덮어주었지만, 그는 계속 몸을 떨었다.

그는 말했다.

"내 아들아, 이제 끝이 다가온다. 나는 그것을 느낀다."

그는 이를 악물고 다시 구술했다.

〈프랑스가 아직 힘을 갖고 있었음에도 불구하고, 두 차례의 침 략을 막아내지 못한 것은 마르몽, 오주로, 탈레랑, 라 파예트 등 의 배반 때문이었다. 나는 그들을 용서한다. 후세의 프랑스인들도 그들을 용서하기를.〉

그는 잠시 호흡을 가다듬고 구술을 이었다.

〈나는 나의 어머니에게 감사드린다. 그리고 추기경과 나의 형제들…….〉

이제 계속할 기운이 없었다. 그는 말했다.

"자, 내가 구술한 것을 가져가서 정리하게. 그리고 모레쯤, 내가 기운이 좀 나게 되면 그것을 다시 읽어보도록 하세. 정리된 것을 그대가 불러주면, 내가 받아적겠네."

—이제 삶을 정리해야 하리라. 나를 도와주고 지원했던 사람들 중 누구도 잊어서는 안 되리라.

4월 22일 일요일, 그는 유언 추가서를 옮겨 적었다. 모든 사람들에게 재산을 나눠주었다. 몽톨롱에게는 〈육 년 동안 부모를 대하듯 나를 돌봐준 것에 대한 만족의 표시와 세인트 헬레나에서의 체류에 따른 보상금〉으로 2백만 프랑을 남겼다. 베르트랑, 마르샹, 하인들, 라스 카즈, 몇몇 장군들, 라 베두아예르의 아들들과 손자들, 뮈롱, 이 모든 이들에게도 그는 감사의 표시를 남겼다. 그리고 〈내가 알았던 사람들 중 가장 덕망이 높은 사람인〉 수석의 라레에게도 10만 프랑을 남겼다.

이제 정해진 액수를 사람들에게 나눠주기 위해 은행가 라피트에게 편지를 써야 했다. 그에게 맡겼던 5백만 프랑에 따른 이자는, 워털루에서 부상당한 병사들과 엘바 섬의 병사들에게 돌아갈 것이다.

그는 몽톨롱이 구술하는 것을 따라가기가 힘이 들었다. 하지만 유언장과 유언 추가서는 친필로 기록해야 했으며, 그것을 봉한 후 유언 집행자를 지명해야 했다. 유언 집행자는 마르샹이 맡게 될 것이다.

일을 거의 끝마쳐갈 때, 마르샹이 영국 신문들을 가져왔다. 한 신문의 기사는 앙갱 공작의 처형 사실을 다시 들춰내어 고발하고 있었다. 그들은 콜랭쿠르와 사바리를 그 '범죄'의 책임자로 지목해 비난했다. 나폴레옹은 몸을 일으켰다. 몇 줄을 더 추가해야 했다. 그는 쉰 목소리로 구술했다.

〈나는 그것이 프랑스 민중의 안전과 이해와 명예를 위해서 불가피한 일이었기 때문에, 앙갱 공작의 체포를 지시했다⋯⋯.〉

그는 다시 자리에 주저앉아, 자기가 구술했던 것을 천천히 옮겨 적었다.

그는 토했다.

"너무 오랫동안 펜을 잡고 있었네. 아, 어쩌면 이토록 고통스럽고 힘이 들까. 쓰러질 것 같군. 더이상은 못 하겠어. 위장의 왼쪽 끄트머리가 몹시 아파."

구토, 딸꾹질. 그러고 나자 몇 시간 동안 몸이 좀 나아졌다.

—나의 아들. 유언 집행자들이 내 아들을 만날 경우에 그 아이에게 전해줄 말을 구술하는 일이 남았다.

그는 몽톨롱을 불렀다. 구토와 기침으로 간간이 끊어지는 목소리로 그는 구술했다.

〈내 아들은 나의 죽음에 대한 복수를 꿈꿔서는 안 된다. 그는 그것을 이용해야 한다. 내가 이룬 일들을, 나는 그가 언제까지고 기억하기를 바란다. 그가 나처럼 철저한 프랑스인으로 남아 있기를 바란다. 한 세기 동안 똑같은 일은 두 번 반복되지 않는다. 나는 무력을 사용하여 유럽을 굴복시킬 수밖에 없었다. 이제는 유럽을 설득해야 한다. 나는 꺼져가던 혁명을 구해냈다. 나는 혁명에서 범죄의 피를 씻어내어, 그 영광스러운 모습을 세상에 보여주었다. 나는 프랑스와 유럽에 새로운 이념을 심었다. 그 이념은 결코 후퇴하지 않을 것이다. 나는 내가 뿌려놓은 씨가 나의 아들에 의

해 꽃피울 수 있기를 바란다.〉

호흡이 편해졌다. 구토 증세가 사라진 것 같았다.

〈내 아들은 모든 파벌들을 무시하고, 대중만을 존중하기 바란다. 프랑스는 우두머리들이 그다지 커다란 힘을 발휘하지 못하는 나라이다. 그들에게 의지한다는 것은, 모래 위에 성을 쌓는 것과도 같다. 프랑스에서 일어난 큰 사건들은 모두 대중의 지지하에서만 가능했다. 프랑스라는 나라는, 제대로 파악하기만 한다면 세상에서 가장 통치하기 쉬운 나라다. 프랑스 국민의 판단력처럼 신속하고 정확한 것은 없다. 그들은 즉각적으로 그들을 위해 일하는 사람들과 그 반대의 사람들을 구별해낸다. 그러므로 언제나 그들이 원하는 바를 파악하고 있어야 한다. 그렇지 않으면 불안감이 그들을 사로잡게 되고, 그들을 폭동으로 내몰고 만다.〉

구술을 중단했다. 식은땀이 온몸을 적셨다. 그러나 그는 몽톨롱이 다가오려는 것을 막았다. 계속하고 싶었다.

〈프랑스 민중에게는 두 가지 열정이 있다. 그 두 가지는 서로 상반된 것처럼 보이지만, 결국 동일한 감정에서 유래된 것이다. 하나는 평등에 대한 사랑이며, 다른 하나는 차별에 대한 사랑이다. 정부는 엄격한 정의에 의해서만, 이러한 두 가지 욕구를 동시에 충족시켜줄 수 있을 것이다…… 나는 내 아들이 역사서를 많이 읽고 그에 대해 사색하기를 바란다. 그것만이 진정한 철학이다…… 하지만 마음속 깊은 곳에 성스러운 불꽃, 위대한 일들을 가능케 하는 선(善)에 대한 사랑을 지니고 있지 않다면, 그 모든 배움도 전혀 쓸모없는 것이다. 나는 내 아들이 타고난 운명에 부끄럽지 않은 사람이 되기를 기원한다.〉

그는 쓰러졌다. 그리고 토했다.

아직 할 말이 남아 있었다. 그는 자신이 소유한 것들이 정확하게 분배되기를 바랐다. 재산은 전장에서의 각각의 부대와도 같았다. 그리고 유언에 의한 그것들의 분배는, 하나의 작전 지시와 같았다.

—이것은 나의 마지막 전투다.

그는 구술하고 옮겨 적었다. 그의 아들, 레옹 공작은 보조금을 받게 될 것이다. 그는 법관이 되면 좋을 것이다. 사생아로 태어난 그의 두번째 아들, 〈알렉상드르는 프랑스 군대에 들어오는 것이 좋을 것이다〉. 옥손 주둔 시절 청년 장교였던 그에게 호의를 베풀었던 포병대 준장 뒤 테이 남작의 아들과 손자도 잊지 않았다.

—영국도 잊어서는 안 되리라!

그는 영국인 의사 아르노트에게 말했다.

"당신네 영국인들이 내게 저지른 일만큼 수치스럽고 끔찍한 일은 없을 것이오. 당신들은 내가 나의 아내나 아들과 단순한 연락을 취하는 것도 금지시켰소. 이제까지 그런 일을 당한 사람은 아마 없을 것이오. 당신들은 육 년 동안 나를 이 고통스러운 감옥 속에 붙잡아두었소. 말을 질주하며 온 유럽을 누볐던 내가 이 더러운 공기가 감도는 방 안에 갇혀 지낼 수밖에 없었단 말이오! 당신들은 나를 서서히 죽인 것이오."

그는 몸을 돌렸다. 토했다.

그는 말했다.

"당신들은 그 융성했던 베니스 공화국처럼 최후를 맞게 될 것이오. 나는, 가족과 헤어져 모든 것이 부족한 이 끔찍한 바위섬에서 죽어가고 있는 나는, 내 죽음의 치욕과 끔찍함을 당신네 영국 황실에 유산으로 물려주겠소."

최후의 날들이었다.

딸꾹질을 할 때마다, 그의 내장이 찢기는 것 같았다.

그는 몽톨롱을 불렀다. 때가 되면, 하이에나 같은 허드슨 로에게 보낼 편지를 구술하고자 했다. 그는 갑자기 또렷한 목소리로 구술했다.

〈총독 각하, 황제는 길고 고통스러운 투병 끝에 모월 모일 죽음을 맞이했소. 그 사실을 각하에게 알려드리는 바이오.〉

그것이 전부였다.

그는 토했다. 마르샹이 그에게 마실 것을 가져다주었다.

물맛이 시원했다.

"프랑스가 나를 추방했듯이 내 시체마저 받아들이지 않겠다고 한다면, 나를, 이 달고 깨끗한 물이 흐르는 곳에 묻어주게."

그는 베르트랑 가족이 살던 허츠 게이트의 오두막집 위쪽에 위치한 그곳을 기억하고 있었다. 그곳에서는 바다가 바라다보였다. 세 그루의 버드나무가 그늘을 만들고 있던 그 샘터에서 그는 물을 떠마시며 말했었다.

"내가 죽은 후 적이 나의 시신을 섬 밖으로 옮기지 못하게 하면, 나를 이곳에 묻어주게."

그는 앙톰마르쉬에게 들어오라고 손짓했다.

4월 28일 토요일이었다.

딸꾹질이 가라앉기를 기다렸다가, 그는 앙톰마르쉬의 얼굴을 뚫어지게 쳐다보았다. 이 돌팔이에게도 맡겨야 할 일이 있었다.

"내가 죽은 후 당신이 나의 시신을 검시했으면 하네. 그리고 당부하건대, 아니 명령하건대 그 어떤 영국인 의사도 내 몸에 손대지 못하도록 하게."

그는 말을 중단했다. 그러나 아르노트 의사가 앙톰마르쉬를 도울 것이 분명했다.

그는 눈을 감았다. 말을 이었다.

"당신이 내 심장을 끄집어내어 에틸 알코올에 담궈서, 파르마에 있는 나의 사랑하는 마리 루이즈에게 가져가주기 바라네. 내가 그녀를 사랑했었다고, 그녀에게 말해주게. 그리고 당신이 보았던 모든 것, 내가 처한 상황이나 나의 죽음에 관련된 모든 것을, 그녀에게 말해주게."

—그녀와 내 아들은 알아야 한다. 내가 이곳에서 어떤 생활을 했으며, 내가 어떻게 죽었는지.

그는 앙톰마르쉬를 붙잡고 말했다.

"구토가 계속되는 것을 보니, 내 장기 중 위장이 가장 심하게 탈이 난 것 같네. 나는 그 병이 내 아버지를 무덤 속으로 보냈던 것과 같은 병이라고 생각하네. 그러니까 유문 경성암이라던가……."

—배울 것. 알 것. 그 어느 것도 어둠 속에 남겨놓지 않을 것. 모든 것, 지금 내게 닥쳐오는 이 죽음마저도 환한 빛 속에 드러낼 것. 모든 것을 알고, 모든 것을 이해할 것. 이것이 내가 언제나 원했던 것이다.

그는 주위 사람들에게 힘없는 목소리로 말했다.

"내가 죽게 되면, 그대들은 모두 프랑스로 돌아갈 수 있는 위안을 얻게 될 걸세. 부모들과 친구들을 다시 볼 수 있겠지. 그리고 나는 천국에 가서 나의 용감한 전우들을 다시 볼 수 있을 것이네."

그는 미소지었다.

"그들이 나를 보면 모두들 기뻐서 어쩔 줄을 모를 거야. 우리는 로마 장군 스키피오와 한니발과 카이사르와 프리드리히 대왕과 함께 앉아, 우리가 벌인 전쟁에 대해 이야기를 나눌 것이네. 재미있을 거야……."

그는 웃었다.

"그 많은 전사들이 한꺼번에 모이면 좀 무섭긴 하겠지만 말야……."

1821년 5월 3일 목요일.

그는 여러 시간 동안 딸꾹질에 시달렸다. 오후가 시작될 무렵, 그는 주위에 모인 사람들에게 말했다.

"그대들은 나와 함께 유형 생활을 해주었소. 그대들의 신의는 내 기억 속에 영원히 남을 것이오."

그는 몽톨롱에게 몸을 돌렸다.

"자, 아들아, 이렇게 모든 것을 잘 정리해놓았는데 죽지 않는다면 유감스런 일이 아니겠는가?"

31
그는 살아 있다

몸 한가운데를 송곳으로 찌르는 듯한 통증이 끊임없이 느껴졌다.

그는 중얼거렸다.

"하느님, 하느님, 하느님⋯⋯."

그는 어둠 속으로 빠져들었다가 다시 정신을 차렸다.

사람들이 그의 입에 흘려넣어준 달콤한 액체가 그를 진정시켰다.

"괜찮군. 아주 좋은데⋯⋯."

그런데 이게 무엇이지? 그는 그 액체의 색깔을 알아보았다. 그리고는 잔을 밀어내려고 했다. 그의 팔이 밑으로 처졌다. 그는 칼로멜을 마신 것이 틀림없었다.

그는 시종에게 말했다.

"마르샹 이놈!"

하인들이 그의 몸을 문질렀다.

그는 눈을 감았다. 그는 어디에 있는 것일까?

1821년 5월 4일 금요일에서 5일로 넘어가는 밤이었다.

그는 신음했다. 얼굴에 경련이 일었다.

"내 아들의 이름이 뭐지?"

그는 마르샹의 손을 쥐었다. 마르샹이 대답했다.

"나폴레옹입니다."

새벽 두시, 그는 눈을 반쯤 떴다. 그리고 입술을 달싹거렸다.

그는 말했다.

"물러서지 마라!"

그는 토했다. 그의 온몸이 뒤로 젖혀졌다. 그는 숨을 헐떡거리며 뭔가를 말하려 했다. 두 단어가 그의 목구멍에서 튀어나왔다.

"선두, 군대."

그리고 조금 시간이 흐른 후, 죽음이 그에게 찾아왔다.

1821년 5월 5일 토요일, 오후 5시 49분이었다.

그의 절정의 시기였던 1804년 12월 12일, 그는 말했었다.

"죽음은 아무것도 아니다."

그리고 덧붙였었다.

"그러나 패배자로서 영광없이 사는 것, 그것은 매일 죽는 것이나 다름없다."

그는 아직 살아 있다.

나폴레옹 연보

세 즉위)

보나파르트 가계도

샤를 마리 보나파르트   1764년 결혼   레티지아 라몰리노
(1746~1785)   (1750~1836)

조제프
(1767~1844)
나폴리 왕, 스페인 왕
1794년 결혼
쥘리 클라리
(1777~1845)
→ 두 딸을 두었음

나폴레옹
(1769~1821)
프랑스 제국 황제
1796년 결혼
조제핀 드 보아르네
1810년에 이혼
1810년 재혼
마리 루이즈
오스트리아 황녀
(1791~1847)
→ 아들 하나를 두었음
프랑수아
샤를 조제프
나폴레옹 2세
(1811~1832)
로마 왕,
라이히슈타트 공작

나폴레옹의 의붓아들
외젠 드 보아르네
(1781~1824)
이탈리아 부왕
(1806~1814)
1806년 결혼
아우구스타 아벨리
바이에른 공주
→ 일곱 명의
아이를 두었음

뤼시엥
(1775~1840)
카니노 왕자,
프랑스 왕자
1795년 결혼
크리스틴 부와이에
(1773~1800)
→ 네 명의
아이를 두었음
1803년 재혼
알렉상드린 주베르통
→ 여섯 명의 아들과
네 명의 딸을 두었음

엘리자
(마리아 안나)
(1777~1820)
루카와
피옴비노 공주,
토스카나 대공부인
1797년 결혼
펠릭스 바치오키
(1762~1841)
→ 다섯 명의
아이를 두었음

루이
(1778~1846)
네덜란드 왕
(1806~1810)
1820년 결혼
오르탕스 드 보아르네
(1783~1837)
아들:
나폴레옹-루이 샤를
(1802~1807)
나폴레옹-루이
(1804~1831)
샤를 루이 나폴레옹
(나폴레옹 3세)
(1808~1873)

폴린
(파올라 마리아)
(1780~1825)
과스탈라 대공부인
1797년 결혼
샤를 르클레르 장군
(1772~1802)
→ 루이 나폴레옹
(1798~1804)
1803년 재혼
보르게세 왕자
(1775~1832)
아이 없었음

카롤린
(마리아 아눈지아타)
(1782~1839)
베르크 대공부인
(1806~1808),
나폴리 왕비
(1808~1815)
1800년 결혼
조아섕 뮈라
(1767~1815)
나폴리 왕
(1808~1815)
→ 네 명의 아이를 두었음

제롬
(1784~1860)
베스트팔렌 왕
1803년 결혼
엘리자베스 패터슨
(1785~1879)
1811년 이혼
(미국)
→ 아들 하나
1807년 재혼
카트린
뷔르템베르크 공주
(1783~1835)
→ 제롬 나폴레옹
(1814~1847)
마틸드 공주
(1820~1904)
나폴레옹 왕자
(1822~1891)

■ 용어 해설

독일 해방 전쟁　나폴레옹의 유럽 지배 시기에 독일 전역에서 일어난 대프랑스 전쟁(1813~1814). 1812년 나폴레옹이 모스크바 원정에서 실패하자 1813년 3월 민족주의 감정이 크게 치솟은 프로이센은 마침내 프랑스에 선전포고를 하게 된다. 이로써 북독일 각지에서 반나폴레옹 봉기가 거듭 일어나고 프로이센군과 러시아군의 협력 관계가 다져졌다. 또한 중립을 지키겠다고 했던 오스트리아도 프랑스에 선전포고를 했다. 1813년 10월 라이프치히 전투에서 동맹군이 나폴레옹군에 대승함으로써 프랑스의 중유럽 지배는 끝났다. 동맹군이 파리를 점령(1814. 3. 31)하자 부르봉 왕정이 복고되었으며 파리 조약(5. 30)으로 해방 전쟁은 끝이 났다.

라이프치히 전투　오스트리아 · 프로이센 · 러시아 · 스웨덴 군대로 이루어진 동맹군이 독일과 폴란드에 남아 있던 프랑스 병력을 완전히 격파시킴으로써 나폴레옹에게 결정적인 패배를 안겨준 전투(1813. 10. 16~19). 나폴레옹 전쟁(1800~1815) 중 가장 격렬했던 전투에 속하는 이 전투로 라인 강 동부의 프랑스 제국은 붕괴되었다.

백일천하(百日天下)　나폴레옹이 엘바 섬을 탈출해 파리에 도착한 1815년 3월 20일부터 루이 18세가 파리로 돌아온 7월 8일까지의 기간. 나폴레옹은 3월 1일 1천5백명의 부하를 이끌고 엘바 섬을 탈출, 3월 20일 파리에 입성했다. 3월 25일 오스트리아 · 영국 · 프로이센 · 러시아는 나폴레옹에 대항하는 동맹을 맺어 여러 차례 전투를 치렀으며 결국 6월 18일 워털루 전투에서 나폴레옹을 대패시켰다. 6월 22일 나폴레옹은 두번째로 폐위되었다.

비엔나 회의　나폴레옹 전쟁 이후 유럽 재편을 논의한 국제회의(1814. 9~1815. 6). 나폴레옹의 첫번째 퇴위 후에 시작하여 워털루 전투와 나폴레옹의 백일천하가 끝나기 직전인 1815년 6월에 '최종 결의안'을 완성했다. 이 결의는 유럽 역사상 가장 광범위한 내용을 담은 조약이었다.

샤티옹 회담　1814년 2월 5일부터 3월 19일까지 프랑스의 샤티옹에서 프랑스와 동맹국 사이에 이루어진 회담. 오스트리아와 러시아의 대표, 영국의 대표 캐슬레이, 그리고 프랑스의 대표 콜랭쿠르가 참석했다. 이 회담에서 동맹국은 평화 조약을 체결하기 위해서는 프랑스의 국경이 옛 경계선으로 돌아가야 한다고 요구했다. 이 요구를 전해 들은 나폴레옹은 이를 거부했다.

세인트 헬레나　브라질 해안에서 3,500킬로미터, 아프리카 서해안으로부터 1,850킬로미터 떨어진 곳에 위치한 남대서양의 영국의 식민지 섬. 수도는 항구인 제임스타운이다. 유럽 열강은 절해 고도의 이 섬을 나폴레옹의 유배지로 삼았으며, 나폴레옹은 1815년부터 1821년 죽을 때까지 롱우드에 유배되었다.

엑스 라샤펠 회의　나폴레옹 전쟁 이후 열린, 유럽 열강들이 유럽 문제를 토의하기 위해 엑스 라샤펠(지금의 독일 아헨)에서 가진 네 차례의 회의 중 첫번째 회의 (1818. 10. 1~11. 15). 이 회의에서 프랑스가 치러야 할 전쟁 배상금의 액수를 정하는 조약이 체결되었다.

워털루 전투　나폴레옹이 최후의 패배를 겪은 전투(1815. 6. 18). 이로써 프랑스와 유럽 국가들 간의 23년에 걸친 오랜 전쟁이 끝났다. 워털루 남쪽 5킬로미터 지점에서 나폴레옹의 7만 2천 명과 웰링턴 장군의 동맹군 6만 8천 명 및 블뤼허의 프로이센 주력부대 약 4만 5천 명 사이에 벌어졌다. 이 전투의 패배로 나폴레옹은 4일후 두번째로 퇴위했다.

파리 조약　나폴레옹 전쟁이 끝난 후 1814년, 1815년 두 차례에 걸쳐 조인된 조약. 1차 조약은 1814년 5월 30일 동맹국과 프랑스 간에 맺어졌으며, 프랑스의 국경을 1792년 1월 1일의 경계선으로 되돌리는 것이 주요 내용이었다. 2차 조약은 나폴레옹의 두번째 퇴위 후인 1815년 11월 20일 맺어졌으며, 이 조약으로 프랑스는 전쟁 배상금을 지불해야 했으며, 영토도 1790년 1월 1일의 국경선으로 줄어들었다.

퐁텐블로 조약　나폴레옹의 퇴위와 그 이후의 조치에 관한 조약(1814). 이 조약으로 동맹국들은 나폴레옹에게 엘바 섬을 영지로 주면서 해마다 프랑스 정부로부터 2백만 프랑과 4백 명의 자원 호위대를 거느릴 수 있도록 허용했다.

프라하 회의　나폴레옹의 모스크바 원정 후 오스트리아가 무력을 앞세우고 중재에 나서서 휴전을 요구하자 유럽 각국이 프라하에서 개최한 회의(1813. 7. 29~8. 10). 이 회의에서 오스트리아는, 프랑스는 자연 국경으로 되돌아가고 바르샤바 대공국과 라인 연방을 해체하며 프로이센은 1805년의 국경으로 복귀한다는 조건을 제시했다. 이에 대한 나폴레옹의 답변이 도착하기 전인 8월 10일에 회의는 막을 내렸고, 오스트리아는 즉각 프랑스에 선전포고를 했다.

■ 주요 인물

구르고(1783~1852)　프랑스의 군인, 역사가. 1814년 1월의 브리엔 전투에서 권총에 맞은 나폴레옹을 구해주었다. 1814년에 나폴레옹이 퇴위하자 왕당파에 잠시 가담했지만, 나폴레옹의 백일천하 때 다시 나폴레옹에게 돌아왔고, 나폴레옹이 세인트 헬레나 섬으로 추방당하자 자진해서 그를 따라갔다. 그는 나폴레옹에 관한 중요한 전기와 역사책을 여러 권 썼는데, 『세인트 헬레나의 일기 1815~1818』(1899)은 나폴레옹의 말년을 기록한 중요한 보고서로 알려져 있다.

구비옹 생 시르(1764~1830)　프랑스의 군인, 정치가. 나폴레옹 전쟁(1800~1815)

때 뛰어난 활동으로 이름을 떨쳤다. 1812년 러시아 원정에 참여했고, 1813년 직접 지휘한 드레스덴 방어 작전에서 패배하자 스스로 군대에서 물러났다.

드루오(1774~1847)　프랑스의 장군. 1808년에 제국 근위대 포병대 대령으로 임명된 그는 1809년 바그람 전투와 1812년 모스크바 강 전투에서 공을 세웠다. 1814년 그는 엘바 섬 통치자로서 나폴레옹과 함께 엘바 섬으로 갔다.

라스 카즈(1766~1842)　프랑스의 유명한 역사가. 백일천하 때 나폴레옹에게 가담했고, 나폴레옹을 따라 세인트 헬레나로 갔다. 거기서 약 18개월 동안 나폴레옹과의 마지막 대화를 기록했다. 이 대화록은 『세인트 헬레나의 회상』이라는 책으로 1823년에 출간되었는데, 이것은 나폴레옹 몰락 후 최초로 나온 나폴레옹에 대한 옹호로 평가받았으며, 유럽에서 나폴레옹 신화를 퍼뜨리는 데 큰 역할을 했다.

레유(1775~1860)　프랑스의 원수. 1807년 나폴레옹의 참모가 된 그는 1809년 바그람 전투에서 활약하였고, 1812년 포르투갈 군대의 선두에 섰다가 이후 술트 원수 휘하로 들어갔다. 1815년 워털루 전투에 참전한 후 부르봉 왕가 편으로 돌아섰다.

루이 18세(1755~1824)　프랑스의 왕. 루이 16세의 동생으로, 1795년 왕이 되었으나 이름뿐이었고 실권을 잡은 것은 1814~1824년이다. 1791년 루이 16세가 체포되던 날 망명해 줄곧 반혁명 운동을 전개했으며, 1795년 조카인 루이 17세가 죽자 국왕을 자칭하면서 자신을 루이 18세로 선언했다. 1807년 영국으로 망명했으며, 1814년 3월 대불 동맹군이 파리에 입성하자 왕정 복고를 실현했다. 나폴레옹의 백일천하 때 그는 강(Ghent)으로 도망쳤고 워털루 전투(1815. 6)가 끝난 뒤에 돌아왔다(2차 왕정 복고).

몽톨롱(1783~1853)　1809년 황후의 시종이 되었으며, 1811년에는 뷔르츠부르크 대공국 주재 대사가 되었다. 나폴레옹에게 충성했으며, 나폴레옹은 그를 장군으로 임명하고, 궁정 시종장으로 승진시켰다. 1815년 세인트 헬레나 섬으로 나폴레옹을 따라갔으며, 나폴레옹이 죽은 뒤 프랑스로 돌아왔다. 구르고와 함께 『유배생활을 함께 한 장군들이 회고한 나폴레옹 시대 프랑스 역사에 관한 회상록(1822~1825)』을 출판하기도 했다.

방담(1770~1830)　프랑스의 장군. 1813년 후퇴하는 동맹군의 방어선을 무너뜨리기 위해 드레스덴 전투에 파견되었으나 그의 군단은 쿨름에서 항복했다. 전쟁이 끝났을 때 그는 파리 귀환을 금지당했으나 나폴레옹이 엘바 섬에서 돌아오자 나폴레옹과 합류해 북부군 제3군단 군단장이 되었다. 워털루 전투에서 패한 뒤 왕정 복고가 이루어지자 추방당했다.

베르트랑(1773~1844)　프랑스의 장군. 나폴레옹의 충성스런 동지였던 그는 엘바섬, 그리고 세인트 헬레나 섬(1815~1821)까지 나폴레옹과 동행했다. 1840년 황제의 유해를 프랑스로 다시 가져오기 위해 그는 세인트 헬레나 섬에서 돌아왔다.

빌로(1755~1816)　프로이센의 장군. 1813년에 데네비츠에서 네 원수와 전투를 치

461

렀고, 라이프치히 전투의 승리에 기여했다. 워털루 전투 때 그는 프랑스군의 동쪽 측면을 공격해 승리에 결정적인 역할을 했다.

블뤼허(1742~1819) 프로이센의 육군원수. 1806년 예나 전투 때 프로이센군 후위 대를 지휘했으며, 1813년 71세의 나이로 뤼첸 전투와 바우첸 전투에 참가했다. 라이프치히 전투에서 공을 세워 육군원수로 임명되었다. 나폴레옹의 백일천하 동안 리니 전투(1815. 6)에서 나폴레옹군에 패배했으나 워털루 전투에서는 승리로 이끄는 데 중요한 역할을 했다.

엑셀망(1775~1852) 프랑스의 원수이며 귀족. 뮈라의 마사 책임자였던 그는 1812~1814년에 벌어진 전쟁에 참전했으며, 1815년에는 로캉쿠르에서 프로이센 연대를 물리쳤다. 2차 왕정 복고 때 독일로 추방당했다.

요르크(1759~1830) 프로이센의 육군원수, 개혁가, 독일 해방 전쟁(1813~1814)의 개선 장군. 1812년 러시아를 침입한 나폴레옹군에 합세한 프로이센의 분견대를 이끌었으며, 그후 나폴레옹이 참패하고 러시아에서 후퇴하는 동안 러시아와 개별적인 중립 협정 체결을 주도해 프로이센이 반나폴레옹 동맹국에 가담할 토대를 마련했다. 이어서 벌어진 독일 해방 전쟁에서 두드러진 전과를 올렸다.

조미니(1779~1869) 프랑스의 장군, 군사평론가, 역사가. 그는 울름 전투(1805)와 예나 전투 및 아일라우 전투(1806)에 참가했으며, 1808년에는 네 원수와 함께 스페인 원정에 참여했다. 1813년에 네 원수의 참모장으로 승진했으나, 이후 군사 보고서를 늦게 제출했다는 이유로 체포당했다. 이에 불만을 품은 그는 1813년 8월에 프랑스군을 떠나 러시아 황제의 부관이 되어 러시아를 위해 싸웠다.

캉브론(1770~1842) 프랑스의 장군. 제국 근위대 참모장이었다. 1814년 나폴레옹과 엘바 섬까지 동행했으며, 백일천하 기간 동안 백작 작위를 받았고 프랑스의 귀족이 되었다. 1815년 6월 워털루 전쟁 당시 그는 구근위대의 '마지막 사각대열'을 지켰다.

캐슬레이(1769~1822) 영국의 정치가. 그는 영국 역사상 가장 뛰어난 외무장관 중 한 사람이었다. 외무장관(1812~1822)으로 재임중 강대국들의 힘을 모아 결국 나폴레옹을 권좌에서 몰아내는 데 주도적인 역할을 했을 뿐 아니라 유럽 지도를 바꾸어 놓은 1815년 비엔나 회의에 주역으로 참석했다.

프리드리히 아우구스트 1세(1750~1827) 작센의 초대 왕이며, 바르샤바의 공작. 나폴레옹의 가장 충성스런 동맹자 중 한 사람이었다. 나폴레옹의 러시아 원정 실패 이후에도 나폴레옹의 동맹으로 남았던 그는 1813년 10월 라이프치히 전투에서 프로이센군에 패배해 포로가 되었다. 이로 인해 비엔나 회의의 결정에 따라 영토의 5분의 3을 잃었다.

옮긴이 **임헌**

서울대학교 불어교육과와 동대학원 불문과를 졸업했다. 프랑스 투르의 프랑수아라블레대학교에서 발자크 연구로 문학박사 학위를 받았다. 인하대학교 프랑스언어문화학과 교수로 재직했다. 「청년기 발자크, 혹은 근대적 작가의 탄생」 「트랜스문화론의 변주(I–III)」 등 다수의 논문을 발표했고, 『크림슨 리버』 『똥오줌의 역사』 『EXIT』 『금성의 약속』 『모세』 『클레오 파트라』 등을 우리말로 옮겼다.

문학동네 세계문학

나폴레옹 제5권 불멸의 인간

1판 1쇄	1998년 10월 1일
1판 5쇄	2023년 9월 15일

지 은 이	막스 갈로
옮 긴 이	임헌
펴 낸 이	김소영
펴 낸 곳	(주)문학동네
출판등록	1993년 10월 22일 제2003-000045호

주 소	10881 경기도 파주시 회동길 210
전자우편	editor@munhak.com
전화번호	031) 955-8888
팩 스	031) 955-8855

ISBN 978-89-8281-138-8 04860
     978-89-8281-131-9 (세트)

www.munhak.com

이 그림은 나폴레옹 당시의 종군화가들이 그린, 생생한 현장감이 담긴 작품이다.

모든 것을 걸어야 한다면, 저 어린 신병들 속에, 최전방에,
내가 던지는 내 목숨이야말로 최후의 카드가 아니겠는가.
—나폴레옹

플뢰뤼스 전투(1814.3.25) C. 몰트(석판화).